HEYNE
BÜCHER

SCIENCE FICTION

Herausgegeben
von Wolfgang Jeschke

POUL ANDERSON

KONTAKT MIT JUPITER

JOHN BRUNNER

IM ZEICHEN DES MARS

FRANK HERBERT

GEFANGEN IN DER EWIGKEIT

Drei Science Fiction-Romane
in einem Band

WILHELM HEYNE VERLAG
MÜNCHEN

HEYNE-BUCH Nr. 06/3930
im Wilhelm Heyne Verlag GmbH & Co. KG, München

Titel der amerikanischen Originalausgaben

THREE WORLDS TO CONQUER
Deutsche Übersetzung von Werner Gronwald

BORN UNDER MARS
Deutsche Übersetzung von Walter Brumm

THE HEAVEN MAKERS
Deutsche Übersetzung von Walter Brumm

Das Titelbild schuf Tony Roberts

Redaktion: Wolfgang Jeschke

Printed in Germany 1982
Umschlaggestaltung: Atelier Heinrichs & Schütz, München
Satz: Schaber, Wels/Österreich
Druck und Bindung: Mohndruck, Graphische Betriebe GmbH, Gütersloh

ISBN 3-453-30855-7

POUL ANDERSON

KONTAKT MIT JUPITER

1

Der Leitstrahl glitt als Antwort auf sein Signal durch den Weltraum auf ihn zu und schaltete sich in das Kontrollsystem des Mondschiffes ein.

Wieder daheim, dachte er.

Seine Hände bewegten sich über die Schalttafel und stellten Richtungssender noch genauer ein, als ein Pianist seine Tasten bedient. Bis das Mondschiff auf dem richtigen Kurs lag. In der Kabine war das Beben der riesigen Energien zu spüren, die dieses Raumschiff antrieben.

Fraser hob den Blick zum Bildschirm und sah Ganymed als Halbkugel vor sich schweben. Es war eine kalte, unheimliche Landschaft: Gebirge wie Raubtierzähne und festungswallartige Krater, die lange Schatten über blaugraue Ebenen warfen. Obwohl die Nacht bereits angebrochen war, lag das Berkeley-Eisfeld östlich der John-Glenn-Berge hoch genug, um noch einen Widerschein des Jupiterlichts herüberzusenden. Es war ein Bernsteinschimmer, der sich an der Wölbung des Globus in der Weltraumnacht verlor.

Südwärts davon — viertausend Kilometer jenseits des Mare Navium — erstreckte sich die riesige Kerbe der Dante-Schlucht in Richtung der Roten Berge. Nicht weit nördlich davon und fast an der Grenzlinie des Sonnenuntergangs kam jetzt das Aurora-Leuchtfeuer in Sicht: ein grüner Stern, der aufflammte und erlosch, aufflammte und erlosch. Aber jenseits des Horizonts war die Schwärze mit anderen und älteren Sternen gesprenkelt, die in der unveränderlichen hellen Klarheit von Brillanten herüberschimmerten.

Ich möchte zu gern wissen, was uns dort weit, weit draußen erwartet, dachte er wie so oft.

Aber er würde nicht so lange leben. Und es spielte auch keine Rolle. Es gab noch genug Geheimnisse im Sonnensystem selbst für viele Menschenleben. Ja, und Schwierigkeiten und Gefahr und Hoffnung in wirrem Durcheinander, wie es das Dasein so ergab.

Das Radio summte.

»Aurora-Raumfahrtkontrolle an Mondschiff eins-sieben. Bitte melden«, sagte eine vertraute Stimme.

Fraser war unwillkürlich im Sitz zusammengezuckt und lächelte im nächsten Moment über sich selbst deswegen.

»He, Bill, du brauchst nicht so formell mit mir zu reden«, sagte er. »Hier ist Mark, an Bord der guten, alten *Charlie*. Weißt du jetzt Bescheid?«

»Also ...« Enderbys Stimme klang verlegen. »Mußt dir nichts denken. Ich bin unwillkürlich in den Kommißton zurückgefallen. Falls zufällig einer von denen zuhört, sollen sie uns meinetwegen für Büffel halten. Wahrscheinlich haben sie sogar recht.«

»Kommißton? Was soll das bedeuten?«

»Hast du es noch nicht gehört? Wir haben es an jeden Außenposten gemeldet.«

»Ich war nicht in der Jo-Basis. Bin direkt in die Mine gegangen und gleich wieder hierher zurückgeflogen, als meine Arbeit beendet war. Was ist passiert?«

»Ein Schlachtschiff — das ist es.«

»Wie?«

»*USS Wega* ist vor fünfzehn Stunden gelandet.«

Frasers Herz schlug unwillkürlich schneller, und er versuchte die nervöse Spannung zu unterdrücken.

»Was gibt es für Neuigkeiten?« fragte er mit gleichmütiger Stimme.

»Nicht viel, soweit ich erfahren konnte. Wir haben nur wenige von der Mannschaft zu Gesicht bekommen. Nach Meldungen der Administration war das Schlachtschiff auf Patrouillenflug in der Nähe der Venus, als die Revolution ausbrach. Es sollte nach der Satellitenstation suchen, die Sam Halls Anhänger angeblich irgendwo in jenem Raumsektor errichtet haben. Die Station wurde nicht gefunden. Wahrscheinlich haben sie nicht allzu eifrig gesucht, wenn der Kommandant irgendwelche Sympathie für die Revolutionäre hat. Es scheint so gewesen zu sein, denn die *Wega* wurde nach dem Sieg von Sam Halls Rebellenpartei nicht sofort heimbeordert. Statt dessen schickte die neue Regierung das Raumschiff her, um festzustellen, ob wir etwas brauchten, und um sich unserer Loyalität zu vergewissern.«

Fraser kämpfte immer noch um seine innere Ruhe. Harte Monate lagen hinter ihm. Das Radio hatte Bruchstücke von Informationen über den Bürgerkrieg auf dem amerikanischen Kontinent gesendet — eines Krieges, der jeden Augenblick zu einer Atomschlacht auszuarten drohte. Die Funkübermittlung war unterbrochen worden, als die Erde hinter den Vorhang des Sonnenwinds glitt — acht Tage nach einem noch immer ungewissen Sieg!

»Unsere Bündnistreue für Sam Hall und die neue Regierung ist sicher«, sagte er. »Aber ich werde dem Weihnachtsmann eine lange Wunschliste schreiben. Meine Abteilung hat dringenden Nachschubbedarf an allen Dingen, die mit dem letzten Vorratsschiff nicht angekommen sind.«

Als ob das jetzt noch wichtig ist, dachte er. *Ich könnte heimfliegen . . . als freier Mann!*

Sein Blick glitt zur Schwärze des Bildschirms zurück. Einen Moment wurde das Bild überblendet von der Erinnerung an blaue Meereswellen mit weißen Schaumkronen und an einen Wind, der Salzgeruch mit sich trug — dort unter dem wunderbaren Himmel der Erde. Aber dann wanderte sein Blick weiter und fiel auf den Jupiter — und plötzlich war er seiner Gefühle nicht mehr so sicher. Er hatte zwölf Jahre unter jenem von Stürmen zerwüteten Himmelsschild gelebt, und wenn man auch auf Ganymeds Felsen und Eis schwer Wurzeln schlagen konnte, so wurden diese Wurzeln um so fester gehalten.

»Weswegen hast du angerufen, Bill?« fragte er hastig.

»Ach, ja«, sagte Enderby, »das Schlachtschiff nimmt soviel Raum ein und wir müssen die Mondschiffe deshalb am Nordende in dichter Formation unterbringen. Einige parken schon dort. Du mußt mit sehr genauem Kurs einfliegen und manuell manövrieren. Geht das?«

»Hör zu, ich inspiziere und bediene diese Navigationsanlage selbst. Ich könnte mein Boot auf dem breiten Hintern eines Kongreßmannes landen.«

»Verstanden.«

Enderby gab seine Anweisungen, und Fraser lauschte aufmerksam. Zugleich fühlte er sich ein wenig beschämt wegen seiner hämischen Bemerkung. Regierung und Gerichtshöfe sollte man wieder respektieren, nachdem die Befreiungsarmee die Diktatur ausgelöscht hatte. War es nicht so?

Oder etwa nicht ...? Nach dieser langen Zeit am Ende einer Nachrichtenvermittlungslinie von sechshundert Millionen Kilometer Länge, wo ihn nur wenige zensierte Radionachrichten, wenige zensierte Briefe und Zeitungen erreicht hatten: wieviel von der Wahrheit konnte er da wissen? Edle Redensarten waren billig, und die besten Vorsätze konnten in Mißerfolgen enden. Auch die Diktatur hatte als eine politische Bewegung begonnen, die den geschlagenen Vereinigten Staaten ihre Souveränität und ihren Stolz zurückgeben sollte. Dann hatte sich eine Schwierigkeit nach der anderen ergeben, und wer zu maulen begann, bekam Schwierigkeiten mit der Polizei ...

Seine Gedanken wurden zurückgedrängt, als er sich auf die Landung konzentrieren mußte. Wenn man an unvorhergesehenen Punkten landen mußte, war ein Raumschiff oft mehr auf den Piloten als auf die automatische Steuerungsanlage angewiesen. Nicht jeder konnte sich die notwendige Geschicklichkeit aneignen. Etwas davon war immer angeborene Begabung.

Als die letzte Düse abgeschaltet und die bebende Unruhe in der Kabine tiefer Stille gewichen war, schnallte sich Fraser ab. Vierzig Lebensjahre hatten ihre Linien in das hagere Gesicht mit der kühn vorspringenden Nase, den grauen Augen und dem breiten Mund gegraben. Fraser war groß und schlank. Sein schwarzes Haar begann sich bereits mit grauem Schimmer zu überziehen.

Nachdem er alle Geräte auf Stand geschaltet hatte, ging er nach hinten und holte den Raumanzug aus dem Kasten. Da er so weit entfernt vom eigentlichen Raumhafen gelandet war, konnte er nicht erwarten, daß ihn ein Kabinenwagen abholte und nach Aurora hineinbrachte. Er schlüpfte in den Raumanzug und spürte Ungeduld beim Warten in der Schleusentür. Er war ebenso neugierig darauf, Eve und die Kinder wiederzusehen, wie darauf, den Neuankömmlingen zu begegnen. Und natürlich wollte er Theor anrufen, um festzustellen, was auf Jupiter los war. Es hatte ihn bedrückt, daß er gerade dann für eine Woche nach Jo hinüberfliegen mußte, als sein Freund ihn so nötig gebraucht hätte. Aber die automatischen Mineneinrichtungen hier und auf verschiedenen anderen Monden waren noch im Aufbau, und Fraser als Minenspezialist der Kolonie bekam ständig Notsignale, irgendwo hinzukommen und Geräte wieder in Gang zu bringen.

Er ließ die Leiter hinab und stieg wie in eine Grube hinunter. Andere Raumfahrzeuge standen ringsumher: breite, dickbäuchige Gebilde, die die tintenschwarzen Schatten des luftleeren Raums auf den Boden warfen. Beinahe wäre Fraser bei *Charlies* Landeböcken mit einer großen Gestalt im Raumanzug zusammengestoßen.

»Oh, hallo«, sagte er. »Ich kann Sie zwar durch die Sichtscheibe nicht erkennen, aber trotzdem alles Gute.«

Eine Hand ergriff seinen Helm und zog ihn zur direkten Berührung an den anderen Helm.

»Du bist es, Mark, nicht wahr?« hörte er Lorraine Vlaseks Stimme.

»Was ist los? Warum müssen wir in Direktkontakt sprechen? Ist dein Radio entzwei?«

»Es soll keiner mithören.« In der dumpfen Stimme schwang deutlich Erregung mit. Die Elektronen-Technikerin neigte sonst nicht zu dramatischem Überschwang. Fraser spürte wieder ein beklemmendes Gefühl von Unruhe.

»Gott sei Dank, daß du wieder da bist«, sagte sie unsicher. »Du bist der einzige, zu dem ich offen zu sprechen wage.«

»Was stimmt denn nicht?«

»Ich weiß nicht. Vielleicht bilde ich es mir auch nur ein. Aber warum ist dieses Schlachtschiff hergekommen?«

»Also, Bill Enderby hat gesagt . . .«

»Ja, ja!« Ihre Stimme überschlug sich fast. »Aber ergibt das wirklich einen Sinn für dich? Vielleicht ja. Du bist schon so lange von der Erde fort. Aber ich bin erst vor zwei Jahren weg. Schon damals war die Atmosphäre in Siedehitze geraten wegen zersetzerischer Propaganda, ermordeter Sicherheitsbeamter und Aufruhr überall in der Welt. Meinst du, das hat aufgehört, nur weil jetzt in Washington ein neue Regierung sitzt? Man hätte uns eine Frachtrakete schicken können. Wir sind hier nur fünftausend Männer, Frauen und Kinder — unbewaffnet und nicht einmal in der Lage, dieses Planetensystem des Jo zu verlassen. Welche Gefahrenquelle könnten wir bilden? Und inzwischen wird jede amerikanische Kraftreserve daheim gebraucht.«

Fraser holte tief Atem. Er spürte Erleichterung, als er erkannte, wie unbegründet Lorraines Besorgnisse waren.

»Schau, Lory«, sagte er, »du läßt dich durch deine Vorurteile — entschuldige, deine Ansichten — zu Fehlschlüssen verleiten. Ich habe Verständnis dafür und dir auch nie wie die anderen die kalte Schulter gezeigt, weil du so unglücklich wegen der Revolte warst. Es ist nicht dein Fehler, daß man in der Schule deiner Generation eingehämmert hat, die USA müssen über die gesamte menschliche Rasse wachen, weil sonst ein neuer Atomkrieg ausbrechen würde. Aber, verdammt noch einmal: alle Fremden sind nicht einfach Teufel. Sie haben sich nur gegen unsere Bevormundung aufgelehnt, und wer hätte das nicht getan? Hat dein Land nicht auch die sowjetische Bevormundung abgelehnt und schließlich mit Gewalt vernichtet? Wenn die Sam-Hall-Anhänger jene Art von Friedensregiment errichten können, das sie versprochen haben, nun — dann wäre das ganze Problem ja gelöst. Hör doch auf damit, Geister des Unheils heraufzubeschwören.«

»Oh, Mark! Du bist zwar ein guter Ingenieur, aber du weißt einfach nicht Bescheid in der Welt. Ich habe Angst. Die Geschichte, die der Schlachtschiffkommandant uns da verzapft, klingt zu unglaubwürdig. Von Jupiter aus gesehen, nimmt der Sonnenwind nicht einen so weiten Bogen ein, daß die Radioverbindung zur Erde mehr als zwei Wochen unterbrochen sein müßte. Sicherlich hätte die Regierung so lange gewartet und direkt bei uns angefragt, bevor sie ein Schiff geschickt hätte, das vielleicht überhaupt nicht gebraucht wird. Und außerdem steht das Schlachtschiff ständig unter Bewachung. Die Mannschaft hat auch nicht frei bekommen, um von Bord zu gehen und sich mit uns anzufreunden. Abgesehen von einigen Offizieren mußten alle an Bord bleiben.«

»Hm.« Fraser dachte bestürzt an seine Familie und daran, was eine Bombardierung für Aurora bedeuten konnte. »Aber sie müssen doch wissen, daß wir auf ihrer Seite sind. Warum sind denn mehr als die Hälfte von uns überhaupt hier? Natürlich um die wissenschaftliche und technische Aufbauarbeit zu leisten — aber dafür gibt es auch sonstwo genug Möglichkeiten, nicht erst fast am Ende der Welt. Wir sind doch im Grunde genommen deswegen hier, weil wir die Geheimpolizei, die Zwangsarbeit, die Zensur und die Bürokraten satt hatten. Wir wollten soviel Raum wie möglich zwischen uns und die Erde bringen. Die alte Regierung wußte das und hat gern mitgeholfen, uns auf diese Weise so leicht und wirksam loszuwerden. Alle wußten das.«

»Eben. Und warum sendet man deshalb ein Schlachtschiff her?«

Fraser hielt inne. In der Stille spürte er seinen Pulsschlag und seinen Atem wie in fiebriger Heftigkeit.

»Ich weiß nicht«, sagte er schließlich rauh. »Und ich weiß auch nicht, was wir in dieser Hinsicht unternehmen können. Hast du irgendwelche Vorschläge?«

»Ja, wir sollten geheime Vorbereitungen zum Verlassen der Stadt treffen.«

Er packte mit seinem Raumhandschuh ihren Ärmel in Höhe des Dienstabzeichens.

»Was könnte nach deiner Meinung geschehen?«

»Ich habe keine Ahnung. Vielleicht gar nichts. Vielleicht bin ich nur hysterisch. Aber ... ich habe mich so danach gesehnt, mit dir reden zu können.«

Sie hat keinen Menschen sonst, wurde ihm klar.

Es war an sich merkwürdig. Kein anderes Mädchen war in einer Siedlung, die noch immer mit Junggesellen überfüllt war, zwei Jahre lang allein geblieben. Er tätschelte ihr ungeschickt den Rücken.

»Na, ich bin ja jetzt da, Mädchen, und ich möchte dir nur sagen: sei nicht so ein Unglücksprophet. Gehen wir hinein, ja?«

Vielleicht nickte sie. Er hörte das Summen in seinem Ohrstöpsel, als sie ihr Radio einschaltete.

Die *Wega* war riesig groß. Dieses Schlachtschiff hätte nie auf der Erde direkt landen können. Und jetzt, da Lorraine das Problem angeschnitten hatte, kam es auch Fraser seltsam vor, daß das Raumschiff nicht um Ganymed in Orbit gegangen war. Das kugelförmige Schlachtschiff von hundertfünfzig Meter Durchmesser, dessen grauer Anstrich von Strahleneinwirkung und Meteoriten zerschrammt war, nahm mit seinen Geschütztürmen, Raketenrohren und Außenbooten wie ein riesiges Ungeheuer fast die gesamte Betonfläche des normalen Landefelds ein.

Das war eine Täuschung, wie Fraser wußte, und auch der Eindruck von überwältigender Masse war eine Täuschung. Die Hülle dieses Schlachtschiffes war dünner als die jedes zivilen Raumschiffes. Die *Wega* verließ sich auf ihre Schnelligkeit und Feuerkraft gegenüber Waffen, die jeden Schutzpanzer nutzlos machten. Aber trotzdem hatte Fraser das Gefühl, ein Berg habe sich herabgesenkt, und die Landschaft erschien ihm plötzlich fremd.

Unwillkürlich schaute er sich um und suchte vertraute Landschaftszeichen. Im Westen erstreckte sich der Sinus Americae dorthin außer Sicht, wo er sich dann ins Mare Navium öffnete. Seitlich davon hing die Sonne — mit ihren Flügeln von kegelförmigem Zodiakallicht — dicht über dem Navajo-Krater. Die Scheibe war hier auf ein Fünftel des Durchmessers zusammengeschrumpft, wie man ihn von der heimischen Erde her gewöhnt war, aber der Glanz war immer noch zu hell, als daß man hätte hineinblicken können. Im Osten erstreckte sich dunkel und kahl die Lavaebene — nur durchzogen von der dünnen Metallinie der Mono-Schiene, die zu den Eisminen führte. Nur die höchsten Gipfel der John-Glenn-Berge waren von hier aus in Sicht. Im Norden ragte der Gunnison als zerklüftete Mauer empor, dessen Krone noch im Lichterglanz lag. Und darüber, wie über allem anderen, wölbte sich die Schwärze der Weltraumnacht. Es waren nicht viele Sternbilder zu sehen. Obwohl Ganymed nur vier Prozent der Lichtstrahlung der Erde empfängt, gewöhnt sich das menschliche Auge so schnell daran, daß die Landschaft nicht besonders düster erscheint. Am Tage verengen sich die Pupillen so sehr, daß nur die hellsten Sterne sichtbar bleiben. Jupiter selbst hing natürlich als riesige, wolkig schimmernde Scheibe in seiner halb erhellten Phase etwas südlich vom Zenit.

»Los!« rief er und setzte sich mit den langen, flachen Schritten in Bewegung, die die viel geringere Schwerkraft hier erforderte.

Insgeheim war er stolz darauf, sich in seinem Alter noch so leicht bewegen zu können. Nicht, daß er etwa regelmäßig gymnastische Übungen machte. Dafür schluckte er lieber Aufmunterungspillen vor jedem Anfall von Niedergeschlagenheit. Man hatte wenig Auswahl, wenn man sich auf einem Planeten mit nur achtzehn Prozent der Schwerkraft der Erde gesund erhalten wollte.

Als sie das Raumschiff passierten, bemerkte er den Kreis von schwerbewaffneten Wachtposten.

Ach, zum Teufel, dachte er, *sie haben nur einen übervorsichtigen Kommandanten.*

Er versuchte, das Gefühl von Unbehagen abzuschütteln und blickte an den Wachtposten vorbei zum Westrand des Feldes. Die *Olympia* war noch da. Ihre mächtigen, ungeschlacht wirkenden Umrisse wirkten beruhigend und vertraueneinflößend.

Es sei denn . . .

Sein Blick glitt zu dem Planeten über ihnen.

»Irgendeine Nachricht von Jupiter, während ich weg war?« fragte er.

»Ja«, sagte Lorraine. »Pat Mahoney hat mir gesagt, daß dein Freund — dieser Prinz, oder was er ist — vor fünfzig Stunden angerufen hat und dich dringend sprechen wollte. Einer von der Dolmetscherabteilung hat es Pat erzählt und dazu berichtet, daß keiner den Grund für den dringenden Anruf von deinem Freund erfahren konnte.«

Fraser fluchte leise. »Das bedeutet Unannehmlichkeiten. Ich muß mich sofort mit ihm in Verbindung setzen.«

Hinter dem Feld bewegten sie sich im Zickzackkurs durch ein Portal in der Sicherheitsmauer und sahen Aurora vor sich. Abgesehen von einigen abseits liegenden Kuppelbauten für Spezialzwecke, bestand die Stadt aus vier langen, durch Plattenwände begrenzten Teilen von je acht Stockwerken Höhe. Diese vier Teile bildeten ein Quadrat, aus dessen Innenhof der Haupt-Radiomast mit seinem Leuchtfeuer an der Spitze emporragte. Das Baumaterial bestand aus rötlichem Stein, mit weißem Siegelplastik überzogen. Es war nicht nötig, sich hier — wie etwa auf Luna — unter der Oberfläche zu vergraben. Die Sonnenstürme konnten hier nicht mehr richtig zur Wirkung kommen, und wenn man regelmäßig sein Antion nahm, brauchte man keine körperlichen Schäden wegen kosmischer Strahlen zu befürchten. Meteoriten stellten zwar eine theoretische Gefahr dar, aber in den dreißig Jahren seit den Kolonisierungsarbeiten hier war in dieser Gegend noch kein großer Meteorit niedergegangen. Wenn es je der Fall sein sollte, würde die Innenaufteilung der Gebäude den Luftverlust auf ein Minimum verringern. Es lohnte sich jedenfalls, dieses kleine Risiko auf sich zu nehmen, um dafür große Energien einzusparen. Der Hitzeverlust im luftleeren Raum an der Oberfläche war wesentlich geringer als bei der Ableitung durch das Ganymed-Felsgestein bei minus hundertzwanzig Grad Celsius und noch darunter.

Eines Tages werden wir dieses Felsgestein mit atomarer Energie erwärmen, dachte Fraser. *Wir werden es in eine Hülle von fruchtbarer Erdscholle verwandeln, eine Luftatmosphäre schaffen und eine schöne grüne Welt daraus machen.*

Das würde nicht nur aus idealistischen Gründen geschehen, machte sich Fraser klar. Im Planetensystem des Jupiter war noch soviel zu erforschen, daß eine ständige Forschungsbasis zu einer wissenschaftlichen Notwendigkeit wurde. Das bedeutete die Anlage einer ausgedehnten Lebensbasis, was wiederum einen großen Stab von Technikern erforderte. Diese Techniker würden sich aber — wie viele Wissenschaftler hier — nicht ohne ihre Familien ansiedeln wollen, und so würde die Kolonie schnell anwachsen. Die meiste Nahrung mußte in hydroponischen Gärten selbst hergestellt werden, und auch das Metall mußte man hier an Ort und Stelle veredeln, weil Versorgungsschiffe nicht sehr häufig kommen konnten. Jeder weitere Zuwachs an wirtschaftlicher Unabhängigkeit bedeutete zudem eine Ersparnis an Frachtkosten. Das logische Fernziel mußte also sein, Ganymed in eine neue Erde zu verwandeln.

Aber letzten Endes waren alle praktischen und politischen Motive nicht so wichtig. Nichts ist so wertlos und unpraktisch wie die Ideologien und Politiken der vergangenen Generation. Das Geschaffene selbst war das einzig Wichtige, und das würde alle

Meinungskämpfe überdauern: Der blaue Himmel, schimmernde Seen, Wälder, durch deren Baumwipfel der Wind strich.

Manchmal erwachte Fraser aus einem Kindertraum am Strande des Ozeans, und sein Kopfkissen war feucht.

Er riß sich mit Gewalt aus seinen Gedanken. »Hör auf, vor dich hinzuträumen«, wies er sich zurecht.

»Was?« fragte Lorraine.

Es kam ihm zum Bewußtsein, daß er laut gesprochen hatte, und er wurde rot.

»Nichts. Ich habe mir nur überlegt, daß es uns in unserer Arbeit zwanzig Jahre zurückwerfen könnte, wenn Theors Anhänger überrannt worden sind.«

Sie betrachtete durch die Sichtscheibe forschend sein Gesicht, als sie vor einer Luftschleuse stehenblieben.

»Versuche nicht, mir etwas vorzumachen«, sagte sie ruhig. »Ich habe dich neulich beobachtet, als die schlechten Nachrichten kamen. Diese Jupiter-Bewohner bedeuten dir mehr als nur ein wissenschaftliches Projekt.«

Überrascht und ein wenig verlegen erwiderte er ihren Blick. Sie war ein großes, blondes Mädchen — nicht besonders hübsch, aber mit einer von jenen Figuren, die einen Mann mehr zu fesseln vermögen als ein hübsches Lärvchen.

Er hatte in ihr eine tüchtige und sympathische Mitarbeiterin gefunden. Sogar ihre politischen Meinungen konnte er ertragen, da sie aus Instinkt die nahezu vergessene Kunst beherrschte, Meinungsverschiedenheiten mit Verrat zu verwechseln. Außerdem hatte sie Sinn für Humor, und es machte ihr nichts aus, Überstundenarbeit zu leisten. Bevor die Revolution begann und Freundschaften und Bekanntschaften in politische Feindschaften verwandelte, hatte Lorraine sich sogar eifriger am gesellschaftlichen Leben der Stadt beteiligt als Fraser, der mehr ein Bücherwurm war. Aber das war so ungefähr alles, was er über Lorraine wußte.

»Sicherlich bedeuten mir die Jupiter-Bewohner etwas«, murmelte er und drehte das Handrad, um die äußere Schleusentür zu öffnen. »Aber nun mach du dir keine Gedanken mehr über das Schlachtschiff. Alles wird in Ordnung kommen. — Übrigens, würdest du bitte meinen Anzug für mich verstauen und meine Frau anrufen und ihr sagen, daß ich wahrscheinlich noch eine Weile in der Nachrichtenzentrale bin? Ich muß unbedingt Theor anrufen.«

2

Er setzte sich vor ein Mikrophon und schaltete den Kanal ein, der für die Sprechfunkverbindung mit Jupiter bestimmt war.

»Theor, hier spricht Mark«, sagte er.

Dabei benutzte er weder Englisch noch die Nyarran-Sprache, weil keine der Rassen die Laute der anderen Sprache bilden konnte, sondern jene Mischung von Krächzen, Grunzen, Schnalzen und Pfeifen, die man während zweier Jahrzehnte als Verständigungsmittel entwickelt hatte.

»Kannst du mich hören . . .?«

Die Laute verwandelten sich in elektronische Wellen, die von einem Radio-Satelliten in einiger Entfernung von Aurora empfangen und auf einem Strahl weitergeleitet wurden, der automatisch auf jenen der drei Relais-Satelliten mit dem augenblicklich günstigsten Orbit gerichtet war.

Die empfangenen Wellen wurden im Relais-Satelliten wieder in Tonimpulse verwandelt und dann in einem äußerst kompliziert konstruierten Beschleuniger gespeichert. Atomkerne wurden dabei mit Gammastrahlen beschossen und gegen isotopisch reine Kristalle geschleudert, die in flüssigem Helium lagerten. Jedes Atom wurde dabei in ein bestimmtes elektrisches und magnetisches Feld von stärkster Konzentration geschleust. Die kristallinen Atomkerne nahmen für Mikrosekunden die geballte Strahlenladung auf und gewannen ihre normale Ladung zurück, indem sie ihrerseits einen ungeheuer energiereichen Strom von Neutrinos aussandten.

Unsichtbar, unfühlbar, ohne meßbare Ladung und praktisch masselos breitete sich dieser konusförmige Strahl nahezu mit Lichtgeschwindigkeit in Richtung Jupiter aus. Eine Million Meilen jenseits des Planeten hatte sich die Strahlung zu absoluter Unkenntlichkeit zerstreut. Aber lange genug hatte sie ihre Wirkung erzielen können.

Der stärkste, kraftvollste Laser-Strahl hätte kaum durch jene magnetischen Stürme und Wirbelwinde atomarer Herkunft dringen können, die das riesige Magnetfeld des mächtigen Planeten umgaben. Ganz abgesehen davon, daß dann noch eine Atmosphäre durchquert werden mußte, die oft von Wirbelstürmen vom Durchmesser der Erde zerrissen wurde. Eine Atmosphäre, die zweieinhalbmal dichter als auf der Erde war und auf der Oberfläche einen Druck erreichte, der dem des Wasserdrucks am

Grunde der Mindanao-Meerestiefe entsprach. Solch ein noch so hochkonzentrierter Laser-Strahl hätte nie einen vielschichtigen Planeten durchdringen können, dessen Eis, Metall und Fest-Wasserstoff einer Masse von mindestens zwei Billiarden Tonnen entsprach. Aber so geisterhaft waren diese Neutrino-Strahlen, so riesig die leeren Räume, die sie nicht nur zwischen den Atomen, sondern im Innern eines jeden Atoms selbst fanden, daß sie überall hindurchdrangen, als existierten überhaupt keine Hindernisse.

Fast: nicht ganz. Irgendwo auf der Oberfläche von Jupiter geriet ein winziger Bruchteil der Strahlung in einen anderen Kristall. Dieser war nicht identisch mit dem Senderkristall im Relais-Satelliten; aber seine atomare Ladung vollzog eine blitzschnelle Rückverwandlung jenes Vorganges, der den Neutrino-Strahl geschaffen hatte. Besondere Isotopen wurden durch ständige radionukleare Bestrahlung in einen Zustand so hochgradiger Unstabilität versetzt, daß schon wenige Neutrinos diese Isotopen in einen viel schwächeren Energiezustand zurückversetzten und dabei zur Abgabe von gewissen Quantenteilchen veranlaßten. Die Quanten entluden sich in einem Rhythmus, der dem Kode des ursprünglichen Strahls entsprach. Ein Verstärker, der sich aus seiner eigenen radioaktiven Energiequelle speiste, verstärkte diese Signale, übertrug sie in ein anderes Potential und ließ ein kleines piezoelektrisches Blättchen vibrieren. Der Empfänger, eine Platte von vier Zoll Durchmesser, sprach wieder mit der Stimme von Mark Fraser.

Einige der größten Geister der menschlichen Rasse hatten eine Generation Studium, Forschung und Arbeit darin investiert, diese besondere Art von Radioübertragung zu schaffen. »Theor! Bist du da, Junge?«

Er muß sich melden, verdammt! In diesen Tagen trägt er doch sein Gerät bestimmt ständig bei sich. — Es sei denn, er ist tot!

Fraser zog eine zerschrammte Bruyère-Pfeife aus der Tasche und begann sie aus dem Tabakbeutel zu füllen. Es war ihm im Moment gleichgültig, ob seine Ration alle wurde, bevor die nächste Schiffsladung kam. Seine Hände zitterten. Er brauchte jetzt eine Beruhigungspfeife.

In einer Dunkelheit, die menschliche Augen als absolute Schwärze empfunden hätten, bewegte sich, durch weltenweite Räume von Fraser getrennt, eine andere Hand. Ein Knopf wurde gedrückt. Eine Stimme sagte froh: »Bist du es?«

Kristalle vibrierten, Elektronen sprangen, und etwas von der

Energie der freiwerdenden Isotope verwandelte sich in ein Radiosignal von außergewöhnlich großer Wellenlänge. In dieser unirdischen Umgebung wurde die Materie durch Druck, Kälte und ihre eigene Beschaffenheit in seltsame kristallinische Formen umgewandelt, und die Radiowelle wurde daher über den Boden geleitet. Sie war natürlich schwach, aber von so künstlicher Art, daß sie sich allein dadurch deutlich von ihrer natürlichen Umgebung unterschied. Die Reichweite dieser Radiowelle betrug daher etwa fünfzehnhundert Kilometer. Ehe sie jedoch so weit gewandert war, aktivierte sie einen weiteren Neutrino-Generator. Auch dieses Gerät konnte nicht die Beschaffenheit seines Gegenstücks im Relais-Satelliten haben. Abgesehen von den fundamentalen Unterschieden, wie sie die natürlichen Bedingungen auf Jupiter erforderten, war es ein Breitstrahler und nicht ein Strahlen-Konzentrator. Denn wenn auch diese Monde seit Ewigkeiten dem Jupiter dieselbe Hemisphäre zuwenden, so rotiert doch der Planet selbst in neun Stunden und fünfundfünfzig Minuten um seine Achse. Aus diesem Grunde waren die Impulse, die den Relais-Satelliten erreichten, viel schwächer als die von ihm ausgesandten. Aber die Menschen hatten viel aufnahmefähigere Empfänger und wirkungsvollere Verstärker, als sie bisher auf der Mondoberfläche hatten landen können. Der Radiostrahl wurde entsprechend moduliert und verstärkt und nach Aurora weitergeleitet.

»Bist du es?«

Fraser fiel die Pfeife aus den Fingern. Aber sie sank so langsam hinunter, daß er sie auffangen konnte, bevor sie den Boden berührte.

»Ja«, stammelte er idiotisch. »Ich — ich hoffe, ich störe dich nicht.«

In den sieben Sekunden, die zwischen Frage und Antwort vergehen mußten, hatte er sich wieder in der Gewalt.

Warum rege ich mich so auf? dachte Fraser verdrossen. *Natürlich ist Theor in seiner menschenunähnlichen Art ein netter Kerl. Und wenn seine Feinde ihn überwältigen, leiden unsere Projekte darunter. Aber wie kann etwas, was auf jenem Planeten vor sich geht, mich oder meinesgleichen überhaupt tiefer berühren? Jupiter ist uns fremder als die Hölle selbst.*

»Nein«, sagte Theor. »Ich hätte zwar mein Bewußtsein längst in Dämmerzustand versetzen wollen, denn um mich her ist Nacht. Aber die Zukunft ist so düster, daß ich keine Ruhe finde. Gut, daß du nicht noch später angerufen hast, mein Geistesbruder.

Unsere Rasse und unser Herrschertum brauchen deine Hilfe sehr nötig.«

»Konntest du keine Hilfe von meinen Kollegen bekommen?«

Fraser fühlte sich tief im Herzen angerührt. Man arbeitete nicht zehn Jahre lang zusammen — wie er mit Theor —, ohne dabei ein Gefühl für gegenseitiges Verständnis und Sympathie zu entwikkeln. Schon vor langer Zeit hatte Fraser festgestellt, daß dieses Geschöpf aus Kälte, Weltraumdämmerung und Giftchemie ihm näherstand als die meisten Menschen.

»Ich habe ihnen das verständlich machen wollen«, antwortete Theor. »Und sie haben sich sicherlich große Mühe gegeben, mich zu verstehen. Aber ich konnte ihnen nicht begreiflich machen, was ich wollte.«

Fraser stieß ein erstauntes Murren aus.

»Ist man hier so schwer von Begriff? Ich habe das noch gar nicht gemerkt.«

Aber jetzt würde er besser aufpassen. Er hatte sich nie genau darum gekümmert, wie das Jupiter-Forschungsteam sich entwikkelt hatte. Als er vor zehn Jahren geholfen hatte, das Nachrichtensystem zu den anderen Monden aufzubauen, war ihm die Sprache dieser fremden Rasse so interessant geworden, daß er sich die primitiven Verständigungsmittel angeeignet hatte, mit denen man mit den Bewohnern des Jupiter in Verbindung treten konnte.

Der Chef der Sprachforschungsgruppe in Aurora ließ Fraser nur zu gern gewähren. So hatten sich der fremde Prinz und Fraser eine Sprache ausgearbeitet, deren Einzelheiten in unzähligen Aufzeichnungen und Protokollen festgehalten wurden.

»Mir war bisher auch nicht bekannt, daß die Verständigungsschwierigkeiten so groß sind«, sagte Theor. »Mein Halbvater Elkor und verschiedene Philosophen haben früher schon manchen Gedankenaustausch gepflegt. Aber in dieser momentanen Krisensituation scheint die Verständigung mit einemmal wieder sehr schwierig zu sein.«

»Hm. Ich glaube, ich weiß, warum es so ist. Die meisten, die unsere Verständigungssprache verstehen, sind Spezialisten auf bestimmten Teilgebieten und stellen daher nur Fragen in dieser Richtung. Ihr Vokabular bleibt also ziemlich beschränkt. Sprache ist aber mehr als eine Summe von Worten. Man muß auch spüren können, wie der fremde Partner denkt. Die Geistesverfassung der Jovianer und Menschen weicht sehr voneinander ab. Wir beide haben versucht, mehr Verständnis füreinander aufzubringen, als es normalerweise getan wird. Infolgedessen sind auch unser Sprachschatz und unsere Verständigungsmöglichkeiten größer.«

Der alte Ike Silverstein war der eigentliche Initiator dieser Nachrichtenverbindung gewesen. Sein Lebenswerk war es, die Regierung davon zu überzeugen, daß intelligentes Leben auf Jupiter existierte.

»Deine Gedanken sind einleuchtend, Mark«, sagte Theor. »Aber ich bin sicher, daß du mich verstehst. Es wird nicht lange dauern, bis das Heer dieser Ulunt-Khazul unsere Hauptstadt erreicht hat.«

»Was ist geschehen? Als letztes habe ich gehört, daß du eine Armee gegen die Eindringlinge ausgesandt hast.«

Joe Dahlbeck, der nach Silversteins Tode dessen Posten übernommen hatte, war auch universal genug gebildet gewesen, um Theor die nötigen strategischen Ratschläge für die Verteidigung seiner Herrschaft zu geben. Aber Dahlbeck war vor einigen Jahren mit einem Raumschiff verunglückt, und danach hatte ein mittelmäßiger Routinier das Sprachforschungsteam übernommen.

Nach der Entwicklung des *Olympia*-Projekts würde allerdings diese Sprachforschung ohnehin in Rückstand geraten sein. Die Anziehungskraft dieses Projekts war zu groß. Sogar Fraser ertappte sich manchmal dabei, daß er von Flügen mit diesem Raumschiff träumte.

»Ja«, sagte Theor, »wir dachten zunächst, es sei nur ein harmloser Barbarenüberfall und befahlen den Grenzposten, sie zu vertreiben. Statt dessen wurden unsere Leute vernichtend geschlagen. Überlebende berichten, daß das fremde Heer sehr groß sei und von Angehörigen einer völlig fremden Rasse gebildet werde.«

»Was?« Fraser stieß einen erregten Pfiff aus. »Das könnte immerhin stimmen. Auf einem so großen Planeten wie eurem, wo die Fortbewegung so schwierig ist, könnten sich ohne weiteres irgendwo noch andere intelligente Lebensformen entwickelt haben. Ich nehme allerdings an, daß die Grundrasse dieselbe ist.«

»Offenbar haben die Angreifer den West-Ozean auf den schwimmenden Inseln überquert«, berichtete Theor.

»Unsere eigenen Händler haben dort eine Außenstation — oder hatten sie jedenfalls. Wenn die Ulunt-Khazul diese Station überrannt haben, könnten sie von den dort Gefangenen unserer Sprache und alles mögliche über unsere Art von Zivilisation gelernt haben. Zweifellos haben die Ulunt-Khazul auch insgeheim unsere

Küsten erkundet. Nach dem ersten Kampf haben wir Unterhändler hinübergeschickt. Wir hoffen, auf diese Weise mehr über die Angreifer zu erfahren. Die Ulunt-Khazul waren mit Verhandlungen einverstanden, und ihre Abgesandten werden in zwei Tagen die Stadt erreichen.«

»Das sind ja nach unserer Rechnung nur zwanzig Stunden«, sagte Fraser erregt. »Aber wie soll ich dir helfen?«

In der plötzlichen Stille hielt Fraser Umschau in dem mit Nachrichtengeräten vollgestellten Raum. Es kam ihm plötzlich erstikkend heiß hier drinnen vor.

»Du weißt, mit welcher Ehrfurcht eure Sprechmaschine von uns empfangen wurde«, erklärte Theor. »In gewisser Art wurde dadurch die ganze Art unserer Führung verändert und auf gewisse magische Riten der Vorzeit zurückgeführt. Das Volk glaubt an Wunder und Zauber, aber wir wissen natürlich besser Bescheid. Das Bildgerät, das ihr uns vor einigen Monaten geschickt habt, wurde in einem besonderen Raum nahe der Ratshalle aufgestellt. Dieser Raum wird jetzt Iden Yoth genannt — das Haus des Orakels. Viele Leute glauben, daß dort Prophezeiungen ausgesprochen werden. Aber wir hier in der Stadt Nyarra und auf den Ebenen von Medalon sind nicht mehr so abergläubisch und rückständig. Barbaren lassen sich vielleicht eher durch diese Bilderscheinungen beeindrucken.«

»Aha . . . ja! Ich verstehe! Du willst, daß ich . . .«

Die örtliche Sprechanlage schaltete sich ein. Aus dem Interkom-Lautsprecher plärrte eine Männerstimme:

»Achtung, Achtung! Eine Meldung vom Verwaltungs-Hauptquartier. Bob Richards spricht. Admiral Swayne, der Kommandant des Kriegsschiffes draußen im Raumflughafen, hat eben angerufen und gefragt, ob er einen größeren Teil der Mannschaft auf Stadturlaub hereinschicken kann. Wer also Urlauber einladen will, hat jetzt Gelegenheit dazu. Ende.«

Ein mattes Lächeln zuckte um Frasers Mundwinkel.

Lory hat sich also ganz umsonst gefürchtet, dachte er.

»Was war das?« fragte Theor aufgeregt.

»Nichts Wichtiges«, sagte Fraser. »Beschäftigen wir uns wieder mit unseren Angelegenheiten. Ich gebe zu, daß mein Anblick jeden nicht darauf vorbereiteten Jovianer zu Tode erschrecken könnte. Du willst sicherlich, daß ich diesen Barbaren eine eindrucksvolle Warnung davor zukommen lasse, was ihnen widerfahren könnte, wenn sie dein Land nicht verlassen.«

Aus dem angrenzenden Laboratorium war Geklapper zu hören. Offenbar machten die Burschen drüben den Laden dicht, um die Raumfahrer zu begrüßen. Fraser achtete nicht weiter darauf.

»Deine Idee ist gut«, sagte Theor. »Vielleicht könnte das die ganze Situation ändern. Die Ulunt-Khazul müssen ja wissen, daß es weiter nördlich Landgebiete gibt, die reicher als Medalon sind und sich leichter erobern lassen. Wenn man ihnen also Angst vor übernatürlicher Vergeltung einflößen könnte, würden sie vielleicht vor einer Invasion zurückschrecken.«

»Hm-hm. Ich weiß nicht, wie der Verstand dieser Barbaren arbeitet. Sogar dich begreife ich nicht immer, und hier haben wir es wieder mit einer ganz anderen Rasse zu tun. Aber ich werde mein Möglichstes versuchen. Nur wie soll ich es anstellen? Deine Feinde verstehen unsere Verständigungssprache nicht, und ich spreche nicht nyarranisch.«

Kein Mensch konnte das. Vielleicht würde es auch nie ein Mensch lernen. Es war nicht nur ein Problem der unterschiedlichen Sprechorgane. Dahlbeck hatte festgestellt, daß das Nyarranische aus drei ineinander verwobenen Sprachsystemen bestand: so als ob ein Erdenmensch Englisch, Chinesisch und Hopi durcheinandermischte. Und diese Sprache war von Lebewesen geschaffen worden, deren Lebens- und Welterfahrungen völlig von der des Menschen abwichen.

»Ich weiß«, sagte Theor. »Aber ich könnte jetzt gleich hier die entsprechende Rede halten. Du brauchst sie dann nur auf Band zu nehmen und mit deinem Bild herüberzusenden.«

»Ausgezeichnet! Ich muß allerdings den Sinn der Worte kennen, damit ich die entsprechenden Gesten machen kann. Hast du schon ein Manuskript vorbereitet?«

Fraser zündete seine Pfeife an und blies fröhlich Rauchwolken in die Luft. Alles schien wieder in Ordnung zu kommen: auf Jupiter ebenso wie auf der Erde und auf Ganymed.

»Ich habe mir schon Skizzen gemacht«, erklärte Theor. »Aber ich möchte das Ganze gern mit dir durchsprechen. Sicherlich kannst du mir noch wertvolle Anregungen geben.«

»Großartig! Ich könnte auch noch Filmszenen einblenden, wenn du das für wirkungsvoll hältst. Machen wir uns an die Arbeit.«

Eine Stunde später waren sie fertig. Fraser war überrascht, wieviel Zeit inzwischen vergangen war.

Hoffentlich ist Eve nicht ärgerlich auf mich, dachte er.

»Also gut«, sagte er. »Ich werde hier zur Konferenzzeit bereit sein. Du brauchst mich dann nur anzurufen, wenn ich mit der Sendung anfangen soll.« Er hielt einen Augenblick inne. »Ich hoffe, daß es gelingt, Theor!«

»Deine Anteilnahme macht alles viel leichter für mich«, antwortete Theor. »Auf Wiedersehen, mein Freund.«

Ein Klicken war zu hören. Fraser saß eine Minute reglos da und fühlte sich seltsam vereinsamt. Schließlich riß er sich aus dieser trüben Stimmung und ging auf die Tür zu.

Im gleichen Moment wurde die Tür aufgestoßen. Pat Mahoney stürzte mit schreckverzerrtem Gesicht herein.

»Mark! Verschwinde so schnell wie möglich! Sie verhaften jeden, der irgendwelche technischen Kenntnisse hat!«

»Was?« Fraser starrte ihn entgeistert an.

»Diese Kerle von dem Kriegsschiff — die Urlauber — haben plötzlich ihre Waffen gezogen und die Macht in der Stadt an sich gerissen! Im Namen der früheren Regierung!«

3

Ohne entsprechende Instrumente hätte kein Mensch das Morgenlicht auf dem Planeten Jupiter erkennen können. Auf dem Grunde dieses riesigen atmosphärischen Ozeans, der zum überwiegenden Teil aus Wasserstoff, aus viel Helium und geringen Prozenten von Methan, Ammoniakdämpfen und anderen Gasen bestand, erzeugten nur gelegentliche Blitze die einzige sichtbare Helligkeit. Dann konnte man Wolkenbänke zwischen meilenhohen roten und gelbbraunen Klippen schweben sehen, bis die Dunkelheit wieder alles verschlang.

Aber Theors Augen — golden schimmernd und dreimal so groß wie die eines Menschen — sahen bei Infrarot ebensogut wie bei den längsten Rotwellen. Für ihn begann eine Helligkeit aus den nächtlichen Nebeln aufzuleuchten und sie mit hundertfachen Farbschattierungen zu überziehen. Er spürte einen scharfen, kalten Wind auf seinem Gesicht. Die Chemofühler an seinem Mund bebten, während sie die von den Ebenen herüberwehenden organischen Düfte tranken.

Sein Geist war noch auf die nächstliegenden Aufgaben gerichtet. Die Drugas unterzogen sich gerade ihrer üblichen Verwandlung aus Pflanze in Tier, und die Rancher, die solche Herden hielten, hatten jetzt alle Hände voll mit ihnen zu tun. Das bedeutete, daß andere Aufgaben vernachlässigt wurden. Wind, Regen, Hagel, Gewitter, Hochwasser, Vulkanausbrüche und Steinschläge konnten furchtbare Verwüstungen anrichten, wenn nicht die nötigen Vorsichtsmaßregeln getroffen wurden.

Das war Theors Aufgabe. Er als Prinz und seine Stammesgenossen mußten das überwachen. Nur gelegentlich waren sie Priester, Magier, Richter oder Heerführer. Ihre ständige Aufgabe war die von leitenden Ingenieuren. Ohne ihre Fähigkeiten würden die Nyarraner in einer Welt, die von so elementaren Kräften beherrscht wurde, bald wieder in Barbarei zurückversinken.

Das konnte jederzeit geschehen, dachte Theor grimmig. *Wir können die Piraten von Rollarik ohne große Anstrengung abwehren, denn wir sind zahlenmäßig überlegen und besser bewaffnet; und außerdem müssen sie die natürliche Barriere der Wilderwand erst überwinden. Aber diese neuen Eindringlinge! Wer hat eine so gewaltige Streitmacht über den riesigen Ozean bringen können?*

Das beunruhigte Theor fast ebensosehr wie der Kampfesmut jener Barbaren. Nyarranische Schiffe waren nach Süden vorgedrungen, um Handel mit den Foresters zu treiben; sie befuhren auch das Meer bis nahe Orgover. Einige Expeditionen waren westlich bis zu den Hellen Inseln vorgedrungen. Aber wie war es möglich, die Tausende von Meilen sturmdurchpflügten flüssigen Ammoniaks zu überqueren, die sich jenseits davon erstreckten? Theor wußte, daß die Entfernung zum nächsten besiedelbaren Land so weit sein mußte. Die Erdmenschen auf Ganymed hatten es auf Grund ihrer Spektralanalysen erkundet und dieses Wissen an ihn weitergegeben.

Sein Blick glitt nach oben. Er hatte nie die Monde oder auch nur die Sonne gesehen. Seltsam, daß Nyarr von einem unsichtbaren und unerreichbaren Ort aus gerettet werden sollte. Allerdings hatte Mark ihm ja erklärt, daß jene Monde gewaltige Luftfluten erzeugten und auf diese Weise die Vier Kleinen Zyklen kontrollierten . . .

»Ulloala!« Die Stimme kam von unten, und der Schall bewegte sich schnell durch die dichte Atmosphäre. »Theor, ich sehe dich! Komm zu einer Beratung herab!«

»Ush!«

Theor zügelte seinen Forgar. Die riesige, heuschreckenartige Bestie verlangsamte ihren Flug — oder ihre Schwimmbewegung — und glitt schräg nach unten. Der Reiter stand auf dem breiten Rücken des Tieres: die Füße von vier Steigbügeln gehalten.

Theor war noch ein Stück von der Stadt entfernt und konnte sowohl die weite, schimmernde Biegung des Flusses Brantor wie auch den rötlich angehauchten Rauch über Ath sehen. Die Dorfbewohner dort waren jetzt dabei, Wasser über ihren vulkanischen Kaminen zu schmelzen — die einzige Art von Feuer, die auf Jupiter bekannt war —, um dann Waffen zu schmieden.

Eine schlanke Gestalt, in eine Decke aus gefärbtem Pirell und Onsy gehüllt, stand da und schwenkte einen federgekrönten Stab. Theor erkannte seinen Halbvater Norlak. Was tat er hier draußen?

Theor landete und sprang ab. Sein Forgar machte sich daran, die schwammartigen Blätter der nahen Büsche abzuweiden. Die Büsche wuchsen auf pulverartigem Eis, das mit organischen und mineralischen Elementen durchsetzt war. Theor fühlte es unter seinen Füßen knirschen, als er auf seinen Halbvater zuging.

»Mögen die Hohen Mächte dir gnädig gesonnen sein«, begrüßte er ihn formell, um dann sofort in die Alltagssprache überzugehen. »Wir haben nicht viel Zeit. Die Delegation unserer Feinde muß schon in der Stadt sein.«

»Sie sind es«, antwortete Norlak. »Sie sind gestern abend schon angekommen. Aber ich wollte vorher noch mit dir sprechen. Deshalb habe ich dich hier draußen abgefangen.«

»Warum bist du nicht bei der Zusammenkunft? Vielleicht hat sie schon angefangen.«

»Die Eindringlinge erklären, daß nach ihren Gesetzen nur Männer an den Beratungen teilnehmen können. Wenn wir darauf bestehen, auch Mitglieder der anderen Geschlechter hinzuzuziehen, würden sie die Verhandlungen sofort abbrechen. Elkor und ich haben beschlossen, diese Beleidigung zu ertragen.«

Theor blinzelte überrascht. In Nyarr waren die drei Geschlechter völlig gleichberechtigt. Allerdings brachte es das ruhige Temperament der Frauen und ihre normale Beschäftigung mit den Kindern mit sich, daß sie sich nur ungern mit öffentlichen Angelegenheiten befaßten. Der wilde Völkerstamm von Rollarik hatte eine etwas andere Gesellschaftsordnung und die Foresters wieder eine andere.

»Der Häuptling der Ulunt-Khazul hat erklärt, daß sie ihre Frauen als persönlichen Besitz hielten und daß die meisten ihrer Halbmänner bei der Geburt getötet würden. Nur wenige werden zur Fortpflanzung aufgespart. Ihr Heer besteht nur aus Männern. Wenn sie uns erobert haben, wollen sie ihre anderen Geschlechter von den Schwimmenden Inseln herüberbringen, wo sie jetzt warten.«

Theor schnitt eine Grimasse.

»Jetzt weiß ich wenigstens, daß sie eine ganz andere Art von Lebewesen sind — nicht nur eine andere Rasse.« Er zupfte nachdenklich an seinen Fühlern. »Das könnte allerdings zu unserem Vorteil sein. Ihr Halbmänner seid zwar leichter erregbar als Männer, aber dafür auch schneller im Denken.«

»Das stimmt«, sagte Norlak mit einem Beiklang von Selbstgefälligkeit. »War es nicht meine Idee, deinen im Himmel wohnenden Freund einzusetzen, um die Ulunt-Khazul zu erschrecken? Ich wäre gern dabei, um die Reaktion der Feinde zu beobachten und ihre Gefühle zu dirigieren. Männer haben nicht die nötige Empfindungsfähigkeit für solche Dinge.«

Bei früheren Diskussionen hatte Theor immer darauf beharrt, daß dies eine verleumderische Übertreibung sei. Schließlich hatte er selbst die Verbindung mit Mark hergestellt. Norlak erwiderte dann immer, dies sei mehr auf männlichen Starrsinn als auf Vernunft zurückzuführen. Aber jetzt war nicht die Zeit für Streitereien.

Theor schüttelte den Kopf, was die gleiche Bedeutung hatte wie ein Schulterzucken bei Menschen.

»Was wolltest du mir sagen?« fragte er.

»Ich wollte dir Ratschläge für dein Verhalten geben, weil ich ja selbst nicht dabei sein kann. Dann wollte ich dir auch mitteilen, was ich inzwischen über die Ulunt-Khazul erfahren habe. Du sollst ihnen nicht gegenübertreten müssen, ohne wenigstens etwas informiert zu sein. Wir haben irrtümlicherweise geglaubt, sie seien lediglich eine Horde von Barbaren. Tatsächlich sind sie etwas viel Schlimmeres.«

Theor lockerte seine Haltung und lauschte.

Ein Mensch, dem diese beiden Jovianer begegnet wären, hätte sie zweifellos für Zentauren gehalten. Aber der Vergleich war zu ungenau. Die Haut von Theors unbehaartem, rotem Körper war tigerartig gestreift. Er stand auf vier kräftigen Beinen, und jeder Fuß hatte drei Greifzehen. Die langen Arme mit den vierfingrigen Händen und der kräftige Rumpf konnten als menschenähnlich angesehen werden, wenn man verschiedene Einzelheiten nicht beachtete. Der runde Kopf hatte jedoch keine sichtbaren Ohrmuscheln und trug einen hahnenartigen Kamm, der bis zu hundertfünfundzwanzig Zentimeter über den Boden reichte. Der Mund saß dicht unter den großen Augen und diente nur zur Nahrungsaufnahme. Die Sprache wurde durch vibrierende Muskelgewebe in einer Hauttasche unter den Kinnladen erzeugt.

Er hatte keine Nase oder Lungen im irdischen Sinne. Sechs Schlitze zu beiden Seiten des Kehlkopfs, die nach Bedarf durch Lippen geschlossen werden konnten, ließen Wasserstoff ins Innere des Körpers fließen. In einem komplizierten Stoffwechselvorgang wurden dann die nötigen Nährstoffe verarbeitet und Methan und Ammoniak durch entsprechende Ventile ausgeschieden. Bei den atmosphärischen Druckverhältnissen auf Jupiter war dieses Stoffwechselsystem wirkungsvoll genug, um ein großes, kräftiges Wesen am Leben zu erhalten.

Abgesehen von einem Werkzeuggürtel und der am Hals baumelnden Funksprechscheibe war Theor nackt. Da seine Körpertemperatur der seiner Umgebung entsprach und die geringe Achsneigung von Jupiter schwächere Temperaturunterschiede als auf der Erde erzeugte, hatten die Jovianer kaum je praktischen Bedarf für Kleidung.

Norlaks Geschlecht zeigte jedoch die Neigung zu modisch bunter Kleidung. Der Halbmann war klein und schlank. Ihm fehlte der Kamm, und seine Fühler waren länger und spitzer. Es gab noch viele weitere kleinere und größere Unterschiede. Mann und Halbmann mußten beide innerhalb weniger Stunden eine Frau befruchten, wenn es zu einer wirkungsvollen Empfängnis kommen sollte. Da die verschiedenen Erbanlagen auf diese Weise vervielfacht wurden, war die Rasseentwicklung fast so schnell vorangeschritten wie auf der Erde — und das trotz der geringeren Mutationsmöglichkeiten in dieser kalten und schwach bestrahlten Welt. Geburt und Ernährung des Kindes wurden durch die Organe der Nahrungsmittelzufuhr bewerkstelligt. In Nyarr wurde eine solche Trio-Ehe als dauerhaft und ausschließlich angesehen. Andere Gesellschaftsformen hatten andere Sitten.

Wie etwa auch die Ulunt-Khazul. Theor war schockiert von dieser für seine Begriffe barbarischen Art von Gesellschaftsform. Und solche Kreaturen wollten Medalon erobern? Er war von Natur aus weniger aggressiv als ein Erdmann, aber bei diesem Gedanken krampfte sich doch unwillkürlich seine Hand fester um den Hammer.

Norlak sprach weiter: »Ich habe zusammengefaßt, was Späher und Überlebende der Schlacht zu berichten wußten. Die Heimat der Ulunt-Khazul scheint demnach flaches, sumpfiges Gelände zu sein, das sich in dichten Inselgruppen in den Ozean hinaus erstreckt. Du wirst selbst feststellen, daß diese Leute die Körperformen gut ausgebildeter Schwimmer haben und meisterhafte Schiffsbauer sind. Wir wissen, daß sie das Eis durchschiffen können. Sie haben ihren Weg quer über den Ozean gefunden. Das bedeutet, daß sie bessere Navigatoren als wir sind. Tatsächlich haben sie den Kompaß selbst erfunden, während wir diese Idee erst von den Erdmenschen übernehmen mußten.«

Es gab auf Jupiter erzhaltiges Gestein meteorischen Ursprungs. Aber das war wertvoller als Diamanten auf der Erde.

Norlak seufzte.

»Wir müssen den Tatsachen ins Auge blicken«, sagte er. »Sie sind im Grunde genommen keine Barbaren. Ihre Zivilisation weicht zwar weit von unserer ab, ist aber fast ebenso vielgestaltig.«

»Hm«, sagte Theor. »Dann werden sie sich vom Bildschirmzauber kaum stark beeindrucken lassen.«

»Zumindest dürfte es wirkungsvoller sein, ihnen mit technisch überlegener als mit übernatürlicher Rache zu drohen.«

»Dadurch lassen sich aber bestimmte Phrasen in der Warnung nicht vernünftig erklären«, sagte Theor. »Ja, ich wünschte wirklich, du könntest dabei sein.«

»Da sie ja nur Männer sind, lassen sie sich leichter bluffen. Aber ich glaube, du solltest dich enger an die Tatsachen halten und diese Himmelsbewohner mehr als normale Lebewesen denn als Hohe Mächte hinstellen ... Natürlich mußt du verschweigen, daß sie nicht selbst herkommen können.«

»Mark hat gesagt ...«, begann Theor und unterbrach sich sofort wieder. Davon zu sprechen, hatte augenblicklich keinen Zweck. »Warum haben die Feinde ihre Heimat verlassen?«

»Das Klima hat sich verändert. Stürme haben zu Hungersnöten geführt.«

»Ja, Mark hat mir das einmal erklärt. Wenn sich in großer Höhe zwei mit verschiedener Geschwindigkeit rotierende Atmosphäreschichten treffen, erzeugen sie einen riesigen Unruheherd, der ...«

»Erspar mir das«, unterbrach ihn Norlak. »Ich verstehe ohnehin nichts davon. Um weiter von den Ulunt-Khazul zu sprechen: es hat sich herausgestellt, daß sie unser Land gründlich ausgekundschaftet haben. Das erklärt auch die Gerüchte, die vor einem oder zwei Zyklen kursiert sind. Es war da von im Verborgenen lebenden Fremden die Rede. Aber in einem Land wie unserem, das so groß und dünn besiedelt ist, kann sich auch leicht jemand verborgen halten. Jedenfalls wissen die Ulunt-Khazul ziemlich gut über uns Bescheid. Ihre offen ausgesprochene Absicht ist es, uns zu entmachten. Bei der heutigen Zusammenkunft solltest du also . . «

Norlak begann mit einer langen Liste von Ratschlägen, und Theors Ungeduld wuchs. Die Ideen waren zweifellos gut, aber die Zeit verrann. Am Schluß sagte er:

»Ja, ja, ich werde tun, was ich kann. Jetzt muß gehandelt werden und nicht nur geplant. Ich mache mich also auf den Weg. Friede mit dir!«

Er schwang sich auf seinen Forgar und lenkte ihn himmelwärts, ehe Norlak noch etwas erwidern konnte.

Einige Minuten später lenkte er den Forgar auf Nyarra hinab. Von oben sah die Stadt mehr wie eine Landschaft voller Unterholz als wie eine Ansiedlung aus. Die Häuser waren Gruben mit dünnen Innenwänden, die ihre Bewohner bei einem Erdbeben nicht erdrücken konnten. Die Dächer bestanden aus lebenden Pflanzen, die dicht genug ineinander verflochten waren, um wetterfest zu sein, andererseits aber elastisch genug, daß die Winde sie nicht wegreißen konnten. Eine dichte, hohe Hecke von Dorngestrüpp wuchs rings um die ganze Stadt. An den Kais des Flusses lagen leere Schiffe, und auf den Pfaden zwischen den Häusern fehlte die übliche Betriebsamkeit. Die meisten Nyarraner warteten in ihren Häusern die weitere Entwicklung ab.

Theor landete auf dem Platz zwischen dem Versammlungshaus und dem Haus des Orakels und eilte auf das erste zu. Drei Soldaten bewachten den Eingang. Sie trugen Rüstungen aus schuppiger Kannik-Haut und trugen Speere mit Spitzen aus legiertem Eis: bei dieser Temperatur von minus siebzig Grad Celsius ein hartes, festes Mineral.

»Halt!« rief der eine und dann: »Ah, Sie sind es, Prinz. Gehen Sie hinein. Wir waren schon sehr besorgt, wo Sie geblieben sind.«

»Wie verläuft die Zusammenkunft?« fragte Theor.

»Schlecht. Sie haben Elkors Drohungen verächtlich zurückgewiesen und über seinen Vorschlag, sich in Rollarik anzusiedeln, höhnisch gelacht.«

»Hier kommt mein Sohn«, ertönte Elkors Stimme von drinnen.

»Hungh«, sagte eine tiefere, guttural und rauh akzentuiert klingende Stimme. »Also dürfen sogar gewöhnliche Speerträger unserem Gespräch lauschen.«

Theor ging die Rampe hinunter und durch eine Vorkammer in den Hauptraum. Der Raum wurde auf die übliche Weise durch phosphoreszierende Blüten erhellt, die zwischen den Blättern an der Decke wuchsen. Aber er war größer als sonst üblich. Um einen Mittelkreis formierten sich ansteigende Ränge, auf denen die Männer des Ältestenrats des Landes standen: Rancher, Handwerker, Kaufleute und auch Philosophen. Die Spannung hing fast physisch spürbar über der Versammlung.

Elkor, der Landesvogt, stand im Mittelkreis allein mit sechs Ulunt-Khazul. Er hielt sich noch aufrecht und wirkte kraftvoll in seinen mittleren Jahren, aber neben den Eindringlingen sah er zwergenhaft aus.

Theors Blick glitt zu den Fremden hin, und er erschrak zutiefst. Er hatte Beschreibungen von ihnen gehört, aber der tatsächliche Anblick wirkte schockierend.

Ein Mensch würde wenig Unterschied erkannt haben. Ebenso wie ein Jovianer keine bedeutenden Unterscheidungsmerkmale zwischen Mensch und Gorilla entdeckt hätte. Die Ulunt-Khazul waren mehr als dreißig Zentimeter größer als die Nyarraner. Kleine Stoßzähne ragten bis über ihr Kinn hinunter. Ihre Füße waren breit und mit Schwimmhäuten versehen. Sie hatten lange, dicke Schwänze, und ihre Haut war schimmernd grau. In jeder Körpereinzelheit wirkten sie mehr oder minder fremdartig. Ein beißender Geruch ging von ihren Leibern aus.

Tierisch, dachte Theor angewidert und überlegte sich im nächsten Moment, wie er wohl den Ulunt-Khazul riechen mochte.

Sie trugen Pelerinen mit Kapuzen, und zwei von ihnen stellten Armbänder zur Schau, die sie wohl toten Nyarranern abgenommen hatten. Schlimmer noch: Sie hatten ihre Waffen in dieses dem Frieden geweihte Haus mitgebracht. Theors Herz krampfte sich zusammen vor Zorn.

»Wir hatten schon befürchtet, du würdest überhaupt nicht mehr kommen, mein Sohn«, sagte Elkor. »Ich wollte den Fremden schon selbst das Orakel zeigen.« Seine Sprechscheibe ragte aus einem Beutel an seinem Werkzeuggürtel. »Aber nun — Chalkhiz, Kriegsherr der Ulunt-Khazul —, dies ist Theor, der mit den jenseits des Himmels wohnenden Mächten am besten vertraut ist.«

Norlak hatte erwähnt, daß der feindliche Anführer persönlich gekommen sei. Das deutete sowohl auf persönliche Furchtlosigkeit wie auch auf sehr gute Organisation seines Kriegsapparates hin, daß Chalkhiz' Tod keine ernsthafte Schwächung des Gegners bedeutete. Theor hielt dem kalten Blick stand und sagte:

»Da Sie so viel über uns wissen, werden Sie vielleicht auch schon von unserem Bündnis mit jener fernen Macht gehört haben. Ich gebe zu, daß wir dies nicht unseren besonderen Vorzügen zu verdanken haben. Aber ich weiß, daß wir dieser fernen Macht auch nützlich sein können und deswegen von ihr begünstigt werden. Man wird bestimmt nicht tatenlos zuschauen, wenn Feinde uns vernichten wollen.«

Chalkhiz verzog den Mund zu einem breiten, verächtlichen Grinsen.

»Warum hat diese Macht dann zugelassen, daß wir in euer Land eindringen?«

»Wir haben unsere Verbündeten bisher noch nicht um Hilfe ersucht.«

»Wir haben auf unseren Erkundungszügen viel Altweibergeschwätz über Geister und Erscheinungen und geheimnisvolle Stimmen gehört. Aber die Ulunt-Khazul glauben nur, was sie sehen, und sonst nichts.«

»Dann kommt und seht«, erwiderte Theor.

Norlaks Rat folgend, machte er einfach auf dem Absatz kehrt und verließ den Raum. Ein überraschtes Gemurmel erhob sich von den Rängen, und sogar die Eindringlinge wirkten verblüfft. Aber sie folgten ihm nach kurzem Zögern die Rampe hinauf, quer über den Platz und ins Haus des Orakels hinunter.

Zwei von den Fremden blieben stehen und riefen etwas in ihrer eigenen Sprache. Ein Neutrino-Empfänger ist auch wirklich ein eindrucksvoller Anblick, selbst wenn man einer Rasse angehört, die diese Geräte baut. Außerdem war die lange, dämmrig erhellte unterirdische Halle mit allen möglichen Geräten und Abbildungen angefüllt, die in dieser Umgebung Staunen erregen mußten. Da waren Teilstücke von auseinandergenommenen Fahrzeugen, telemetrische Instrumente, die die Expeditionen mitgebracht hatten und Abbildungen des Weltraums, der Erde und der Menschen in klimabeständigen Kristallen. Die grauen Krieger griffen unwillkürlich nach ihren Waffen und rückten näher zusammen.

Chalkhiz rief einen Befehl. Sofort nahmen die anderen einen schlecht gespielten Ausdruck von Verächtlichkeit an. Er selbst stapfte ruhelos umher, nahm einen Gegenstand zur Hand, setzte ihn wieder ab, zerkrümelte ein Stückchen Metall zwischen seinen

Fingern und hielt es an seine Fühler, wobei er lange Zeit auf die Kontrollzeiger seines Instrumentenbretts starrte. Sein Gesichtsausdruck blieb undurchdringlich.

»Nun?« sagte Theor.

»Ich sehe einige Merkwürdigkeiten, die Wilden vielleicht Ehrfurcht einflößen würden«, brummte Chalkhiz.

»Sie werden mehr sehen. Einer der Himmelsbewohner hat eingewilligt, vor uns zu erscheinen und Sie und Ihre Männer zu warnen.«

Theor trat an den Bildempfänger. Es war natürlich nicht ein üblicher dreidimensionaler Erd-Bildschirm, sondern ein massives Gerät — wie fast alles massiv sein mußte, was zum Jupiter gesandt wurde. Aber heute würde es wohl seinen Zweck erfüllen. Mit nicht ganz sicheren Fingern begann Theor an dem Gerät zu hantieren.

»Ich versichere Ihnen, daß es äußerst gefährlich ist, die Himmelsbewohner herauszufordern«, sagte Theor. »Ich werde jetzt einen von ihnen bitten, uns in lebenden Bildern zu zeigen, was er allein vernichten könnte, wenn er nur wollte.«

Chalkhiz wirkte unbeeindruckt. Aber sahen seine Begleiter nicht unruhig aus? — Neue Hoffnung durchflutete Theor. Er drückte auf einen Knopf seiner Sprechscheibe.

»Mark!« rief er in der Sprache, die sie sich zurechtgelegt hatten. »Dies ist der Augenblick. Sie sind hier, und sie sehen entsetzlich aus. Bist du bereit?«

Der Bildschirm blieb leer.

»Mark, bist du bereit für mich?«

Der Boden zitterte unter einem der plötzlichen Vulkanstöße. Ein Sausen zog durch die Dachblätter.

»Mark, sie warten! Hier spricht Theor! Beeil dich! Ich bitte dich! Mark . . . Mark . . .«

Chalkhiz begann den dunklen Schnurrlaut auszustoßen, der bei den Jovianern als Lachen galt. Als er mit seinen Kriegern den Raum verließ, rief Theor immer noch in die Leere:

»Wo bist du? Warum antwortest du nicht? *Was ist geschehen?«*

4

»Du bist verrückt«, sagte Fraser ungläubig.

»Nein.« Mahoney lehnte an einer Werkbank und rang nach Luft. Eine rote Haarlocke klebte an seiner schweißnassen Stirn. »Ich habe es gesehen: Ich war in der Süd-Halle B und ging auf die Haupteingangsschleuse zu, um sie hereinkommen zu sehen. O ja, sie kamen: Ein ganzer Zug, die Rampe herauf, mit Pistolen in der Hand. Clem, Tom, Manuel und zwei oder drei andere gingen mit erhobenen Armen zwischen ihnen. Sie sahen mich, als sie auf die Plattform kamen. Manuel schrie mir zu: ›Flieh! Sie reißen im Namen der alten Regierung die Macht an sich!‹ Daraufhin versetzte ihm einer von den Soldaten einen Schlag an die Schläfe, und der Anführer legte die Waffe auf mich an und rief: ›Halt! Im Namen des Gesetzes!‹ Ich war nahe an der Ecke, und um Zeit zu gewinnen, fragte ich: ›Wessen Gesetz?‹ und wich dabei ein wenig zurück. Er antwortete: ›Der Regierung der Vereinigten Staaten‹, und ich wich wieder ein wenig zurück und sagte: ›Wir haben keine Schwierigkeiten mit der Regierung.‹ Er antwortete: ›Ich meine die rechtmäßige Regierung, nicht die Rebellen ...‹ Und dann merkte er, was ich vorhatte und schrie: ›Halt, oder ich schieße!‹ Aber ich war schon ganz nahe an der Ecke und sprang in Deckung. Als ich zu rennen anfing, hörte ich noch die Kugel in die Wand klatschen. Ich duckte mich in den nächsten Querschacht, und da bin ich, Mark!«

Fraser ließ sich auf einen Stuhl sinken.

Das war ein böser Traum, dachte er. Es konnte einfach nicht wahr sein. Sein ruhiges Leben konnte sich doch nicht so plötzlich in ein derartig unwahrscheinliches Melodrama verwandeln.

Fraser richtete sich auf und straffte sich. Was hatte Lory gesagt?

»Wir sollten geheime Vorbereitungen zum Verlassen der Stadt treffen.«

Dazu war es jetzt zu spät. Aber ... Seine Gedanken machten einen Sprung.

»Sie müssen diese Basis aus irgendeinem Grunde brauchen«, sagte er laut. »Wenn die Rebellion wirklich niedergeschlagen worden wäre, hätten sie es nicht nötig. Clem, Tom und Manuel sind als erfahrene Techniker verhaftet worden, damit sie keine Radionachricht zur Erde funken können. Wahrscheinlich wird auch hierher jeden Moment ein Besatzungskommando kommen. Gehen wir!«

Er sprang auf, eilte zum Eingang und öffnete die Tür einen Spalt. Der Gang lag leer und still vor ihm.

»Komm«, flüsterte er hastig. »Wenn wir uns beeilen, können wir einen Kabinenwagen erwischen und fliehen.« Er wandte sich nach rechts.

»Nicht in die Richtung«, widersprach Mahoney.

»Ich habe eine Familie«, sagte Fraser.

»Ach — ja, natürlich. Also gut.«

Sie stiegen in einen Lastenaufzug. Er summte quälend langsam in die Tiefe. Fraser spürte seinen Herzschlag hoch im Halse.

Die Halle unten war voller Leute. Sie bewegten sich langsam und ziellos in kleinen Gruppen hin und her. Ihre Augen und ihre bleichen Gesichter drückten Verwirrung und Unruhe aus. Ein Murmeln war zu hören.

»He, Mark!« rief ein Mann. »Was ist eigentlich los? Jemand behauptet ...«

Fraser beachtete ihn nicht. Er wäre am liebsten so blitzschnell gerannt, wie man sich bei der geringen Schwerkraft hier bewegen konnte. Aber die Menge war zu dicht, und er mußte sich wie in einem Alptraum durch eine zähe Masse von Menschen hindurchkämpfen.

Endlich stand er vor seiner Wohnung. Die Tür war verschlossen. Er hämmerte dagegen.

»Um Himmels willen«, sagte Mahoney hinter ihm. »Wenn sie etwa nicht da sind ...«

»Dann mußt du allein gehen«, sagte Fraser nervös. »Ich kann doch meine Familie nicht hier im Stich lassen.«

Da öffnete sich die Tür. Der fünfzehnjährige Colin ließ den Stuhl sinken, den er angriffsbereit über den Kopf gehoben hatte.

»Papa!« stieß er erleichtert hervor.

»Sind Mutti und Ann da?«

Fraser trat mit Mahoney ein und schloß die Tür hinter sich. Colin nickte.

»Anziehen!« befahl Fraser. »Schnell!«

Eve kam aus den Innenräumen. Sie war schmächtig und so dunkelhaarig wie ihr Mann. Ihre Augen wirkten sehr groß in dem zart geschnittenen Gesicht. Ann, die vor zehn Erdjahren auf Ganymed geboren war, folgte ihr mit Tränenspuren auf den Wangen.

»Ich habe Männer von der Raummarine mit Waffen vorbeigehen sehen«, sagte Eve aufgeregt. »Ich — ich dachte, es wäre das beste, hier auf dich zu warten. Telefonisch konnte ich dich nicht erreichen. Die Leitung ist tot.« Ihre eiskalten Finger schlossen sich um seine Hand. »Was können wir tun?« flüsterte sie verstört.

»Die Stadt verlassen«, antwortete er.

»Wir — wir — könnten dabei getötet werden!« jammerte Ann.

Fraser knuffte sie. Es tat ihm im nächsten Moment leid, aber da hatte er schon gesagt: »Halt den Mund und zieh dich an!«

Alle wandten sich den Schränken zu. Fraser inspizierte die Ersatzanzüge und deutete auf eine Garnitur.

»Das dürfte dir passen«, sagte er zu Mahoney. »Nicht so gut wie deine eigenen Raumanzüge, aber es wird genügen.«

Fraser begann sich anzuziehen. Der Raumanzug mit dem Sauerstofftank, der Wasserflasche, dem Gürtel mit Nährmittelriegeln, Sanitätskasten, Batterien und Werkzeug kam ihm ungewohnt schwer vor. Er ließ den Helm offen und zog die Raumhandschuhe noch nicht an. Da er als erster fertig war, hielt er Umschau in dieser Behausung, die sie vielleicht alle nie wiedersehen würden.

Die Wohnung war eng und schmucklos wie alle anderen in Aurora, aber Eve hatte das Bestmögliche daraus gemacht. Buchfilme standen auf den Regalen. Über einem Tisch hing ein halb fertiges Raumschiffsmodell von Colin, und neben Frasers Tabakdose stand ein Schachspiel. Frasers Blick fiel auf ein Leuchtbild über der Couch. Es war ein Panorama des Golfstroms. Das Wasser war nahezu violett, und Möwen hingen in einem dichten Schwarm in der Luft.

Einen Moment mußte Fraser daran denken, daß in manchen Nächten die See phosphoresziert hatte. Wenn man die Hand in die Wellen tauchte, die gegen das Boot schlugen, flossen feurige Ströme von den Fingern herab, sobald man sie aus dem Wasser zog. Das war in seiner Knabenzeit auf einer Meeresstation gewesen. Dort, in dem schwimmenden Dorf, hatten sie Walherden versorgt und Algen geerntet — und sie hatten weite Horizonte vor sich gehabt, wie sie die armen, eng beieinander wohnenden Millionen an der Küste nie zu sehen bekamen. Dieses freie Leben, umgeben von Menschen, denen man vertrauen konnte, und ohne Furcht vor den Schnüffeleien irgendeiner Geheimpolizei, war für Fraser eine schlechte Vorbereitung für das spätere Leben auf der Erde gewesen. Und als er dann schließlich nach Ganymed kam, war er zuerst wie berauscht gewesen von der Weite und Freiheit des Lebens hier.

»Alles in Ordnung, glaube ich«, sagte Mahoney.

»Wohin gehen wir, Dad?« fragte Colin.

Fraser gefiel der abenteuerlustige Klang in der Stimme seines Sohnes. Auf den neuen Planeten, weit weg von der Erde, wuchsen prächtige Kinder heran, wenn sie nur überlebten.

»Zu einer der Außenstationen«, antwortete Fraser. »Die Besatzung des Schlachtschiffs kann nicht mehr als Aurora besetzen. Dessen bin ich sicher. Wenn wir erst jenseits der Glenn-Berge sind, können wir weitersehen.« Er lächelte seiner Frau und den Kindern aufmunternd zu. »Haltet euch jetzt dicht hinter mir. Pat, du bildest die Nachhut. Achtet auf Blauröcke. Aber wenn ihr welche seht, nicht davonrennen. Sie könnten euch erschießen.«

Sie verließen die Wohnung, und Fraser führte sie durch die jetzt leeren Gänge zu der nächsten Garage. Als Fraser um eine Ecke bog, sah er in einiger Entfernung einen Raumfahrer stehen. Es war ein dicker Mann in azurblauer Uniform und weißem Gürtel um den Bauch. Die Waffe in seinen Händen richtete sich sofort auf die Gruppe. »Halt!« rief er laut. »Wohin wollen Sie!«

Fraser war einen Moment zu erschrocken und verblüfft, um antworten zu können.

»Nach Hause«, hörte er Eve im nächsten Augenblick geistesgegenwärtig sagen.

»Was?«

»Wir sind eben erst von draußen gekommen. Einer von den Uniformierten hat uns gesagt, wir sollten sofort nach Haus gehen, und das tun wir jetzt.«

»In Ordnung. Geht weiter.«

Als sie außer Hörweite waren, pfiff Mahoney anerkennend durch die Zähne.

»Gut gemacht, Mädchen! Wie bist du darauf gekommen, gerade das zu sagen?«

»Wenn keiner mehr auf den Gängen zu sehen ist, scheinen die Blauröcke Ausgehverbot verhängt zu haben«, sagte Eve.

»Sollten wir nicht doch lieber zurückgehen, Dad?« fragte Ann furchtsam.

»Unsinn«, sagte Colin sofort.

Mahoney öffnete die Tür einer abwärts führenden Rampe. Aurora hatte eine Kellerabteilung, wo alles gelagert werden konnte, was kältebeständig war. Modrig-kalte Luft umgab sie. Als Fraser die Tür schloß, sah er durch die Sichtscheibe im Helm, wie seine Atemluft sich zu einem weißen Wölkchen kondensierte.

»Angenommen, sie haben die Garage bereits unter Bewachung gestellt: was dann?« fragte Mahoney.

Fraser trat in eine Werkzeugkammer und kam mit einem Hammer und zwei Schraubenschlüsseln heraus.

»Für dich, mich und Colin«, erklärte er.

»Gegen Schußwaffen?« protestierte Eve.

»Wenn nötig . . .«

Fraser wußte selbst nicht, warum er so reagierte. Er hatte sich nie für einen Helden gehalten und auch nie daran gedacht, sich der Untergrundbewegung anzuschließen. Allerdings war in seiner Jugend diese Bewegung auch noch viel kleiner und schwächer gewesen. Vielleicht war seine frühere Zurückhaltung der Grund, daß er jetzt kämpfen mußte.

»Ann, du siehst am harmlosesten aus«, sagte er. »Willst du vorausgehen? Wenn ein Wachtposten da ist, verwickle ihn in ein Gespräch. Es wird höchstens ein einzelner Mann sein, dessen bin ich sicher.«

Er ergriff sie bei den Schultern ihres Raumanzuges und blickte ihr in die Augen, die ihn so sehr an Eve erinnerten. Ann nickte ihm mit einem tapferen Versuch des Lächelns zu.

»In Ordnung, Dad. Ich werde tun, was ich kann.«

Eve ergriff Frasers Hand, als ihre Tochter vor ihnen herschritt. Sie näherten sich schweigend dem zur Garage führenden Quergang. An der Ecke blieb Ann stehen, und im nächsten Moment wurde sie auch schon von einer rauhen Stimme angebrüllt:

»He, du da! Was ist los mit dir?«

»Ich kann meinen Vati nicht finden!« jammerte Ann und lief außer Sicht, auf die Stimme zu. »Bitte, helfen Sie mir, meinen Vati zu finden!«

Fraser nickte Mahoney und Colin zu. Sie schlichen an die Ecke. Anns hysterisches Geschrei übertönte die Stimme des Wachtpostens.

»Jetzt«, flüsterte Fraser. »Wir springen vor und benutzen die Werkzeuge als Wurfgeschosse!«

Fraser sprang vor, schwang den Hammer über den Kopf und ließ ihn lossausen. Die schweren Schraubenschlüssel wirbelten einen Moment später durch die Luft. Sie waren alle geübt im Werfen, weil sie oft auf einem Feld vor Aurora Baseball spielten.

Im Gesicht und am Bauch getroffen, brach der Wachtposten zusammen. Er kämpfte sich fluchend auf die Knie hoch und versuchte die Waffe auf die Angreifer zu richten, aber da waren sie schon über ihm. Es folgte ein kurzer, heftiger Kampf.

Nachher lag der Wachtposten reglos da. Mahoney hatte ihn bewußtlos geschlagen, und seine Atemzüge gingen röchelnd. Colin griff nach dem Laserstrahl-Revolver und Mahoney nach dem Gewehr.

»Das können wir gebrauchen«, sagte Colin triumphierend.

»Beeilt euch«, rief Eve nervös. »Man könnte uns gehört haben.«

Fraser nickte und eilte weiter. Die anderen folgten ihm durch ein Tor in die weiträumige Garage.

Die großen Geländewagen standen dort in Reih und Glied. Jeder Wagen war ein geräumiges kubisches Gebilde, mit einer durchsichtigen Kuppel und mit einziehbaren Rädern und Raupen ausgerüstet. Die Akkumulatoren wurden immer geladen gehalten, und die Vorratskästen waren gefüllt. Fraser öffnete den nächststehenden Geländewagen und ließ die anderen zuerst einsteigen.

Er übernahm selbst die Steuerung. Der Wagen glitt die Rampe empor und in die Luftschleuse hinein. Während Fraser darauf wartete, bis die Kammer luftleer war, begann er die wachsende Nervosität zu spüren.

Haben wir es wirklich geschafft? fragte er sich immer wieder.

Dann öffnete sich die äußere Schleusentür, und Fraser spürte jubelnde Erleichterung, als er den Wagen ins Freie lenkte.

Es war inzwischen Nacht geworden. Unzählige Sterne und ferne Sonnen schimmerten am schwarzen Himmel. Die Stadt ragte hinter ihnen als gespenstisch-weiße Masse empor, und über ihnen hing der riesige Jupiter in seiner dreiviertelhellen Phase: viel heller als Luna und im Durchmesser fünfzehnmal größer wirkend.

Fraser lenkte dan Wagen auf die Glenn-Berge zu, auf deren dunkle Kämme herab sich die Milchstraße wie ein schimmernder Katarakt von Diamantenstaub zu ergießen schien. Hinter dem Shepard-Paß lagen einige kleinere Ansiedlungen. Dort wohnten einzelne Familien als Erzgräber in den Bergen, oder sie bauten das Eis am Berkeley-Feld ab.

»Jetzt ist alles in Ordnung«, sagte Fraser. »In wenigen Stunden sind wir alle in Sicherheit.«

»Nein«, sagte Mahoney. »Keiner ist in Sicherheit, bis nicht diese Banditen in Aurora kampfunfähig gemacht worden sind. Aber außerhalb der Stadt sind wir natürlich besser aufgehoben, das stimmt.«

Eine richtige Straße gab es hier nicht. Über den Felsen gezogene Linien in Leuchtfarbe markierten eine einigermaßen gut befahrbare Route. Nach etwa drei Kilometern würde Aurora für einen großen Mann bereits hinter dem Horizont versunken sein. Noch eher schon würde der Apachen-Krater einen Wagen gegen Sicht von der Stadt her schützen. Direkt vor ihnen ragte der Krater mit seiner dunklen Basis und den zerklüfteten Rändern in die Nacht empor.

Aus dem Empfänger, der automatisch auf das normale Sprechband eingestellt war, krächzte plötzlich eine Stimme:

»Ihr dort! In dem nach Osten fahrenden Wagen! Halt! Im Namen des Gesetzes!«

Fraser drehte sich erschrocken um und spähte durch die Kuppel nach hinten. In der Dunkelheit konnte er etwa anderthalb Kilometer entfernt die Umrisse eines anderen Geländewagens erkennen. Er schaltete seinen Sprechfunksender ein.

»Was ist los?« fragte er.

»Ihr wißt verdammt gut, was los ist! Der Wachtposten, den ihr überfallen habt, ist gefunden worden. Sofort anhalten!«

Pat Mahoneys Gesicht schimmerte schweißfeucht im Jupiterlicht. Aber er schnaubte verächtlich.

»Euer Wagen ist nicht schneller als unserer«, sagte er. »Und wir kennen das Gelände besser als ihr. Fahrt lieber zurück und laßt uns in Frieden.«

»Könnt ihr schneller fahren als eine Kugel oder ein Energiestrahl, ihr Verräter?« rief die Stimme aus dem anderen Wagen.

5

Die Kriegsschiffe der Nyarraner glitten den Brantor flußabwärts und in die Timlan-Bucht hinaus. Dort schwenkten sie nach Norden ein. Theor stand auf dem Hinterdeck und blickte über die langen, grauen Wogen zum Ufer zurück. Dort bewegte sich die Landarmee als eine rötliche Masse dahin. Die Speerspitzen glitzerten über den Köpfen, und die Banner wehten im Wind. Forgar-Reiter kreuzten über den Marschkolonnen hin und her und glitten zwischen dunklen Wolken dahin. Schwerbeladene Kanniks, die eine vage Ähnlichkeit mit sechsbeinigen Tapiren in Schuppenpanzern hatten, folgten als Nachhut. Einige Kanniks zogen auch

Wagen. Aber es waren nicht Wagen in unserem Sinne, weil Räder auf der rauhen Oberfläche von Jupiter kaum verwandt werden konnten. Die Fahrzeuge bestanden aus Kisten, die man unter Houkflöße gebunden hatte. Durch die Innenausdehnung bei Reibungshitze wurden diese Kisten und die Flöße von der Luft getragen und schwebten dicht über dem Boden.

»Jedenfalls sind wir auf dem Marsch«, murmelte Theor vor sich hin.

Er gab sich Mühe, nicht an den Abschied von seiner Frau und dem Halb-Ehemann zu denken. Seine Frau hatte nicht viel gesprochen, aber ihre Liebkosungen hatten mehr ausgedrückt als alle Worte. Und sie trug gerade ihr erstes Kind.

»Wir müßten die Eindringlinge zurückschlagen können«, sagte Theor grimmig zu seinem Halbvater. »Du hast doch jetzt die Einzelheiten über die Kampfkraft der Ulunt-Khazul gesammelt und zusammengerechnet. Um wieviel stärker als die Feinde sind wir schätzungsweise?«

»Wir müßten ungefähr die vierfache Kampfkraft haben«, antwortete Norlak. »Aber die Ulunt-Khazul sind Berufskrieger und unsere Männer nicht.«

Elkors Blick glitt über die vielen Schiffe seiner Flotte hinweg. Er winkte einem Forgar-Reiter zu, der sofort herabstieß.

»Sag dem Kapitän der *Adler*, er soll sein Schiff in Formation halten.«

Der schwarze Lozenge flog davon.

»Warum so nervös?« fragte Norlak. »Es wird Tage dauern, ehe wir Orgover erreichen.«

»Wenn es soweit ist, werden wir froh sein, etwas Übung im Manövrieren der Flotte zu haben.«

Unten im Schiffsbauch wurde die Mannschaft ausgewechselt. Vom Bewegen der Tretmühle müde Männer kamen auf Deck, während unten die Ersatzmannschaft zu gehen begann. Das breite Fließband drehte sich unter ihren Füßen. Die Schaufelräder außen am Schiffsrumpf tauchten in die Wellen, und das Schiff glitt weiter.

»Wir sind zu lange friedlich gewesen«, sagte Elkor. »Einige hundert Grenzposten haben genügt, um die Barbaren abzuschrekken. Jetzt wäre es allerdings besser für uns, wenn die natürliche Barriere des Wilderwall-Gebirges nicht existieren würde. Dann wüßte jeder Mann in Medalon, wie man kämpfen muß.«

»Das ist eine düstere Logik«, antwortete Norlak mit einem

schiefen Lächeln. »Im übrigen: wenn alles schiefgeht, gibt es noch andere Länder. Wir könnten ...«

»Als geschlagener Überrest eines Volkes?« fragte Elkor erregt. »Weißt du nicht mehr, wie lange es gedauert hat, ehe unsere Vorfahren dieses Land unter ihre Herrschaft bringen konnten? Nein, wir würden dann zu irgendeinem der vielen Barbarenstämme degenerieren.« Elkor hob in einer stolzen Bewegung das kammgezierte Haupt. »Lieber tot!«

Theor trat von den beiden fort. Zweifellos hatte sein männlicher Halbvater recht, aber er dachte jetzt nicht gern an diese ausweglose Alternative.

Als Theor den Plankensteig zum Vorderdeck entlangging, hörte er plötzlich die Stimme:

»Theor!«

Einen Moment blieb Theor erschrocken stehen. Dann erst begriff er, woher die Stimme kam und tastete mit zitternden Händen an seine Sprechfunkscheibe.

»Ja, ich höre dich, Mark!«

»Bist du wohlauf?«

»Bis jetzt schon.« Theor fand sein inneres Gleichgewicht wieder und fragte zurück: »Und du?«

»Danke, es geht einigermaßen.« Fraser ließ ein grimmiges Lachen hören.

»Was ist passiert, Mark? Warum hast du dein Bild nicht nach Iden Yoth gesandt, wie vereinbart?«

»Das tut mir schrecklich leid. Aber zu der Zeit hatte ich alle Hände voll zu tun, um meine Familie und mich am Leben zu erhalten. Was ist geschehen, als ich mich nicht gezeigt habe?«

»Die Ulunt-Khazul haben unsere Friedensangebote höhnisch zurückgewiesen und sind aufgebrochen. Jetzt haben wir keine andere Wahl, als gegen sie zu Felde zu ziehen und zu hoffen, sie bei ihrer Landestelle vernichtend zu schlagen. Ich bin selbst an Bord eines Schiffes.«

»Wollt ihr von Land und von See her angreifen?«

»Ja. Wir glauben, daß sie ihre Flotte nicht ganz schutzlos zurücklassen können und ihre Kräfte daher teilen werden. Da wir zu Lande zahlenmäßig überlegen sind, könnte das ihren Vorteil der körperlichen Überlegenheit und Kampfkraft vielleicht ausgleichen.«

»Hätte es einen Sinn, wenn ich mich jetzt noch auf dem Bildschirm zeigen würde?« fragte Fraser.

»Ich fürchte, nein. Jedenfalls nicht, bevor wir ihnen eine Niederlage zugefügt haben.« Mit Besorgnis in der Stimme fragte Theor: »Aber was ist bei euch passiert?«

»Nichts Erfreuliches. Ich habe dir doch erzählt, daß unsere Regierung auf der Erde gestürzt worden ist.«

»Ja. Ich habe es nur nicht ganz verstanden. Wie kann eine Führerschicht sich überhaupt halten, wenn sie nicht zum Vorteil des Volkes regiert.«

»Viele Menschen haben gedacht, daß die Regierung gut für das Volk ist«, antwortete Fraser. »Aber einige von uns waren der Ansicht, daß Freiheit wichtiger ist als nur materielle Sicherheit.«

»Ich begreife zwar nicht den Sinn dieser Worte, aber sprich bitte weiter.«

»Also, es ist ein Raumschiff bei Aurora gelandet. Wir dachten, dieses Schlachtschiff käme in friedlicher Absicht, aber die Mannschaft ist plötzlich in die Stadt eingedrungen und hat sie besetzt, und zwar im Namen der gestürzten Regierung, der Garwardisten. Ich weiß nicht, wie die Lage ist. Ob etwa die Kämpfe auf der Erde wieder aufgeflammt sind. Jedenfalls hielt ich es für besser, mit meiner Familie die Stadt zu verlassen. Wir haben uns mit einem Freund von mir ein Fahrzeug besorgt und sind in die Berge geflohen.«

»So ist das«, sagte Theor, als Fraser innehielt. »Aber du hast mir schon oft erzählt, daß deine Rasse ohne künstliche Hilfsmittel nicht auf Ganymed leben könnte.«

»Das stimmt. Wir waren noch nicht weit von der Stadt weg, da wurden wir auch schon von einem anderen Geländewagen voller Soldaten verfolgt und beschossen. Wir haben unsere Raumanzüge geschlossen und sind weitergefahren. Es war eine halsbrecherische Flucht in dem von Kugeln und Energiestrahlen durchlöcherten Wagen. Wenn wir das Gelände nicht viel besser als unsere Verfolger gekannt hätten, wären wir ihnen bestimmt in die Hände gefallen. Aber dann mußten wir den zusammengeschossenen Wagen doch verlassen und zu Fuß weiterfliehen. Wir fanden eine Höhle, in der wir uns verschanzten und mit Hilfe zweier Laserwaffen verteidigten, bis dann nach einigen Stunden endlich Hilfe kam.«

»Hast du nicht einmal gesagt, daß die Siedler keine Waffen haben?«

»Stimmt. Aber ein Laser-Schneidbrenner hat auf kurze Entfernung eine doppelte Wirkung wie eine gleichartige Waffe, und

Sprengkapseln können bei der geringen Schwerkraft hier ziemlich weit geworfen werden. Die Hoshis haben uns gerettet: ein Mann und seine Söhne. Sie haben unsere Verfolger unschädlich gemacht und uns in ihr Haus mitgenommen. Dort sind wir jetzt. Ich benutze sein Radio, einen Strahlsender, der auf den nächstgelegenen Sendeturm gerichtet ist. Sobald ich konnte, habe ich versucht, Verbindung mit dir aufzunehmen.«

»Dein Schweigen hat Tage gedauert«, sagte Theor. »Hat eure Flucht soviel Zeit in Anspruch genommen?«

»Nein«, gab Fraser etwas zögernd zu. »Aber nach unserer Rettung klappte ich, offen gestanden, erst einmal zusammen und mußte mich erholen. Außerdem mußten wir zuerst die anderen Siedler benachrichtigen und Pläne für einen Gegenschlag aufstellen.«

»Hältst du einen solchen Gegenschlag für möglich?«

»Ich weiß nicht. Wir müssen es jedenfalls versuchen.«

Theor schaute über den Bug hinaus in die Dunkelheit, die sich grenzenlos nach Norden erstreckte. Eine Woge brach sich an der Bordwand und überschüttete Theor mit einem dünnen Sprühregen. Er stemmte die Füße fester auf das Deck und sagte langsam: »Unsere Kämpfe beginnen also zur gleichen Zeit: eure und unsere — und keiner kann dem anderen helfen. Welche Mächte haben sich da gegen uns verschworen ...?«

6

Der Raum war groß, mit rauhen Steinwänden und Mobiliar, das aus demselben Gestein gehauen und mit Kissen gepolstert war. Die von einem gestrandeten Raumschiff abmontierte runde Ausstiegluke war nach Norden hin als Tür eingesetzt. In jener Richtung erstreckte sich die unwirtliche, dunkle Bergwildnis, mit den Schattenflecken, wo Meteoriten Krater in den Granit gerissen hatten — und wurde im Hintergrund von den Steilklippen des Berkeley-Eisfeldes begrenzt. Im schwindenden Licht Jupiters schimmerte die dreißig Meter hochragende Eiswand grünlichgelb. Am Fuß der Wand war Samuel Hoshis Eismine mit dem hohen Kran und dem Schuppen, der die Maschinerie gegen Meteoriten schützen sollte, undeutlich zu erkennen.

Hoshi selbst stand in diesem Augenblick von seinem Stuhl auf und trat an das 3V-Gerät. Er war ein untersetzter Mann, mit breitem Gesicht und grauem Bürstenhaar.

»Es wird Zeit, daß wir zu hören bekommen, was Admiral Swayne zu sagen hat«, erklärte Hoshi, während er an dem Apparat hantierte.

»Pah!« stieß Tom, der älteste der fünf Söhne, verächtlich hervor. »Ich traue ihm nicht einmal zu, daß er den von ihm selbst verkündeten Zeitpunkt seiner Deklaration einhält.«

»Oh, darauf kannst du dich bestimmt verlassen«, erwiderte Pat Mahoney. »Ich kenne seine Sorte.«

Eines von Hoshis Enkelkindern begann zu weinen. Die Mutter hatte alle Mühe, das Kleine zu besänftigen. Die Frauen und Kinder saßen abseits. Nur die Männer hatten sich dicht um den Bildschirm geschart. Colin war bei ihnen, hielt sich aber in der Nähe seines Vaters.

Mahoney lachte: »Einfach durch seine Anwesenheit hier will der Kerl uns alle gleichschalten. Bin wirklich neugierig, was er zu sagen hat.«

In diesem Moment erhellte sich der Bildschirm, und Fraser riß vor Staunen den Mund auf, als er Lorraine Vlaseks Blick auf sich gerichtet sah.

»... wichtige Erklärung abzugeben«, sagte sie mit ihrer verschleiert klingenden Altstimme. »Man hat mich gebeten, als erste Frau zu sprechen, die die Zivilbevölkerung im Raume des Planetensystems Jupiter vertritt: das heißt also, jeden von uns hier. Was Sie zu hören bekommen, wird Ihnen nicht gefallen. Aber im Hinblick auf Ihre Familien und Nachbarn bitte ich Sie, ruhig zuzuhören. In Zeiten wie diesen können wir nichts anderes tun, als die Anweisungen unserer rechtmäßigen Regierung zu befolgen.«

»Du meine Güte!« stieß Mahoney hervor. »Ich wußte ja, daß Lory eine Schwäche für die Garwardisten hatte. Aber ich hätte nie gedacht, daß sie sich ihnen so bedingungslos unterwerfen würde.«

Fraser schüttelte düster den Kopf.

»Ich auch nicht«, sagte er niedergeschlagen.

»Sie hat sich vielleicht gedacht, es gäbe keine andere Wahl«, warf Eve sanft ein. »Das Schlachtschiff könnte ganz Aurora mit einer einzigen Salve zerstören, nicht wahr?«

»Ruhe, bitte«, sagte Hoshi.

»... Kommandant der *USS Wega*, Admiral Lionel Swayne.«

Lorraines Gesicht verschwand vom Bildschirm. Statt dessen erschien das Gesicht eines hinter einem Schreibtisch sitzenden Mannes. Er trug Galauniform mit vielen Orden und wirkte sehr steif und streng mit seinem hageren, graumelierten Kopf und den kalten, blauen Augen.

»Meine lieben amerikanischen Mitbürger.« Seine Stimme klang überraschend sanft. »Ich komme zu Ihnen in einer tragischen Stunde — der dunkelsten Stunde im Leben unserer Nation. Wieder einmal wird das Land von einem Bruderkrieg zerrissen. Wieder einmal kann nichts uns retten als der Mut und die Aufopferungsfähigkeit eines Lincoln und der eiserne Wille eines Grant.«

»Wann wird er endlich zur Sache kommen?« murmelte Colin.

»Aber dies ist eine Zeit noch größerer Gefahr«, fuhr der Admiral fort. »Denn wir leben im Zeitalter der entfesselten Atomgefahr. Die Vereinigten Staaten waren Sieger in einem Atomkrieg. Aber wir alle wissen, was dieser Sieg gekostet hat und wie nahe wir selbst der endgültigen Vernichtung waren. Nachdem wir nun die Weltherrschaft gewonnen hatten, war es unsere Aufgabe, das Chaos auf diesem Planeten zu beseitigen und den Völkern Frieden und Sicherheit zu geben. Wir alle sind unter der Herrschaft dieser strengen, aber gerechten Friedensregierung aufgewachsen. Keiner von uns will, daß ein neuer Krieg entsteht. Der Wille des amerikanischen Volkes hat sich immer wieder für Frieden, Sicherheit und weise Führerschaft entschieden. Ist nicht Präsident Garward mehrere Male mit einer Majorität von mehr als neunzig Prozent wiedergewählt worden? Aber wie Sie alle wissen, existiert in unserer Mitte auch eine Bande von Verrätern. Über Jahre hinweg ist es den Anhängern von Sam Hall gelungen, im Weltraum und mit Hilfe fremder Regierungen eine gewisse Macht zu erringen. Nicht wenige unserer Bürger sind der lügnerischen Propaganda Sam Halls erlegen und haben sich seiner Piratenflagge angeschlossen. Und unsere Regierung war zu großzügig, um mit nuklearen Waffen gegen die Verräter vorzugehen.«

So habe ich es eigentlich nicht gehört, dachte Fraser. *Nach Mitteilung der neuen Regierung wurden die nuklearen Waffen nicht benutzt, weil die Revolutionäre auch welche hatten. Garward hätte durch einen Atomkrieg nichts gewinnen können.*

In Swaynes Gesicht zuckte ein Muskel. Er sprach mit erhobener Stimme weiter.

»Das Resultat ist allgemein bekannt. Die Verräter haben triumphiert. Sie sitzen in diesem Moment in Washington. Ihre Agenten machen Jagd auf die tapferen Männer der Sicherheitspolizei. Die neuen Männer sind dabei, die ganze Struktur von Gesetzen und Regeln zu zerstören, deren Vorhandensein für die Aufrechterhaltung von Disziplin und Ordnung so wichtig war. Ihre Diplomaten handeln neue Friedensverträge aus, die — wie sie sagen — auf einer Basis der internationalen Gleichberechtigung aufgebaut sein sollen. Dabei hat uns die jüngste Revolte gezeigt, daß unsere ehemaligen Feinde nur mit starker Hand niedergehalten werden können und wir nicht einmal unseren eigenen Brüdern trauen können. Dem muß ein Ende gesetzt werden. Zum Wohle der gesamten Menschheit müssen die Sam Halls vernichtet und ein legitimer Nachfolger des großen Präsidenten Garward eingesetzt werden.«

Er hielt inne. Sein Blick blieb weiterhin mit eindringlicher Härte auf die Zuschauer gerichtet.

»Glaubt er das wirklich?« fragte Fraser.

Hoshi nickte.

»Leider ja. Das ist das schreckliche daran.«

Swayne stützte die Ellbogen auf die Schreibtischplatte. Seine Stimme wurde sachlicher.

»Sie werden sich natürlich wundern, welche Rolle unser Schlachtschiff bei alldem spielt. Die *Wega* war auf Patrouillenflug und hatte den Auftrag, eine feindliche Satellitenstation ausfindig zu machen. Aber wir haben sie leider nicht gefunden. Auf der Erde konnten wir ebenfalls nicht in die Kämpfe eingreifen, weil ja unser Raumschiff zu groß und zerbrechlich ist, als daß es auf einem Planeten mit erdähnlicher Atmosphäre landen könnte. Im übrigen waren wir nicht mit Atomwaffen ausgerüstet, weil das ja in Friedenszeiten nicht üblich ist. Unsere chemischen Granaten und Raketen an Bord sind nur für die Kämpfe mit anderen Raumschiffen bestimmt. Wir hatten auch keine Möglichkeit, uns neu zu bewaffnen, da das Mondarsenal von den Rebellen sofort besetzt wurde. — So kam es also zur völligen Entmachtung der rechtmäßigen Regierung. Alle Marineeinheiten wurden zur Demobilisierung zurückbeordert. Ich habe daraufhin mit meinem Stab beraten. Unsere Mannschaft war sorgfältig nach Gesichtspunkten der Loyalität ausgewählt worden, und die Männer waren bereit, den Kampf unter der richtigen Führung fortzusetzen. Ich bin sehr stolz darauf, erklären zu können, daß keiner meiner Offiziere zu den Rebellen übergelaufen ist.« Die asketischen Gesichtszüge strafften sich. »Und das ist mein Entschluß: Ganymed verfügt über beachtliche Industrieanlagen. Hier werden Atomenergien aus den Rohstoffen erzeugt, die der eigene Boden birgt. Wir haben also Aurora besetzt und im Namen der rechtmäßigen Regierung der Vereinigten Staaten das Kriegsrecht über das gesamte Planetensystem des Jupiter verhängt. Wie Sie wissen, wird die Erde bald wieder per Radio erreichbar sein. Die Banditen in Washington werden dann einen Rechenschaftsbericht von unseren Kolonistenfreunden hier bekommen und erfahren, wie friedlich hier alles ist und daß wir vorläufig keine besonderen Vorräte brauchen. Ich nehme an, daß die Banditen auf der Erde alle Hände voll zu tun haben und keine kostspielige Expedition herschicken werden. Sollte sich doch ein Raumschiff von der Erde her nähern, werden unsere Patrouillenboote es rechtzeitig sichten und abschießen. Auf der Erde wird man das als einen zufälligen Verlust ansehen. Alles in allem sollte es uns Regierungstreuen gelingen, das Jovianische System ungefähr drei Monate lang isoliert zu halten. Innerhalb dieser Zeitspanne werden wir die von uns so dringend benötigten nuklearen Sprengköpfe hergestellt haben. Dann werden wir den Hauptsender zerstören — eine bedauerliche, aber notwendige Maßnahme — und mit höchster Beschleunigung zur Erde zurückfliegen. Das Raumschiff *Wega* wird mehrere überraschende Vernichtungsschläge gegen Raumschiffbasen führen und dann der Regierung ein Ultimatum stellen. Wenn das nichts nützt, werden wir — so leid es uns tut — weitere Bombardierungen durchführen. Aber ich glaube, das wird nicht nötig sein. Das Volk wird sich erheben, die Verräter vertreiben und die rechtmäßige Regierung wieder einsetzen. Aber begehen Sie keine Fehler. Wir führen Krieg. Verrat wird nicht geduldet. Es sind bereits einige Abtrünnige aus der Stadt geflohen. Männer der *Wega*, in der Uniform unseres Staates, sind getötet worden. Die Verräter werden verhaftet und erschossen werden. Jeder weitere Versuch der Untreue wird mit größter Strenge geahndet. Sie alle, die Bewohner des Jovianischen Systems, sind jetzt Soldaten in der Armee der rechtmäßigen Regierung. Ich erinnere jeden Verräter mit aller Deutlichkeit daran, daß das Schlachtschiff *Wega* auch ohne nukleare Waffen in der Lage ist, jede Ansiedlung auf jedem Jupitermond zu zerstören. Aber ich bin davon überzeugt, daß die überwiegende Mehrzahl der Bevölkerung hier wie überall Seite an Seite mit den tapferen Männern der *Wega* kämpfen wird: für den Sieg — für den amerikanischen Sieg!«

Noch einige Sekunden blieb Swayne im Bild, dann schwenkte die Kamera auf eine Sternenbannerflagge hin, die fünfhundert Millionen Meilen entfernt im frischen Erdwind flatterte. Im gleichen Augenblick begann die Nationalhymne zu schmettern.

Keiner regte sich in Hoshis Haus. Lorraine Vlaseks Gesicht erschien wieder auf dem Bildschirm.

»Sie haben Admiral Swaynes Proklamation gehört«, sagte sie, und eine unnatürliche Ruhe war in ihrer Stimme und in ihrem Gesichtsausdruck. »Im Namen der vorläufigen Kolonialregierung möchte ich Sie gern darüber aufklären, was dies bedeutet und . . .«

Hoshi sprang auf und schaltete das Bild aus.

»Ich lasse das Tonband mitlaufen«, sagte er. »Aber im Augenblick kann ich es einfach nicht mehr ertragen.«

»Der Mann ist verrückt«, flüsterte Eve. »Ein Schlachtschiff gegen die gesamte Erde.«

»Verrückt vielleicht«, antwortete Fraser. »Aber er könnte sogar Erfolg haben. Die Situation in den kommenden Monaten wird ziemlich chaotisch sein, und selbst wenn Swaynes Versuch mißglückt, könnte er mit seinen Atomschlägen das ganze Land vernichten.«

»Aber dann hätte er umsonst gekämpft und zerstört«, sagte Mahoney.

»Er gehört zu diesem Typ von Fanatikern, die alles mit sich in den Abgrund reißen, wenn sie selbst nicht an die Macht kommen können«, sagte Hoshi.

»Eine lobenswerte Haltung, wenn jemand auf unserer Seite sie hätte«, bemerkte Fraser mit bitterem Spott.

Hoshi betrachtete ihn erstaunt.

»Was meinst du damit, Mark?«

»Nichts. Vergiß es.« Fraser starrte zur Sichtluke hinaus. »Wir müssen natürlich gegen ihn kämpfen«, fügte er seufzend hinzu.

Hoshi begann hin und her zu gehen und mit zögernder Stimme zu sprechen.

»Mark hat recht, wir müssen kämpfen«, sagte er. »Wir können auf mehrere hundert Verbündete rechnen. Sie verfügen über genügend schnelle Geländewagen. Wir werden mehrere Sammelpunkte vereinbaren und von dort aus konzentrisch gegen Aurora vorstoßen. Mit etwas Glück können wir Aurora bei Dunkelheit erreichen.«

»Womit wollt ihr kämpfen?« fragte Mahoney zweifelnd.

»Wir waren am Shepard-Paß ziemlich erfolgreich, nicht wahr?« erwiderte Tom Hoshi.

»Das stimmt«, bestätigte sein Vater. »Miniergeräte sind für den Nahkampf recht gut geeignet. Natürlich hätten wir gegen reguläre Kampftruppen keine Chance. Aber die Mannschaft der *Wega* besteht aus Matrosen. Sie haben nur wenige Handfeuerwaffen, und wir sind ihnen zahlenmäßig weit überlegen. Vom Raumschiff aus können wir beschossen werden, aber diese Geschosse sind dazu bestimmt, innerhalb von feindlichen Raumschiffen zu explodieren. Wenn sie im luftleeren Raum zerplatzen, haben sie weder große Reichweite noch Zerstörungskraft. Es müssen nur ein paar Minenleger an das Schiff herankommen. Einige hundert Pfund Sprengstoff unter den Landeblöcken zur Explosion gebracht, würden die *Wega* für alle Zeiten unschädlich machen. Dann haben wir die ganze Bande in der Falle.«

»Falls sie nicht starten, sobald sie uns ankommen sehen«, wandte Fraser ein.

»Dazu werden sie nicht mehr kommen. Wenn sie uns auch sofort erspähen, sobald wir am Horizont in Sicht kommen, nützt ihnen das nichts. Es dauert nämlich doppelt so lange, ein Raumschiff von dieser Größe zu starten, als aus Horizontentfernung heranzukommen.«

»Dann brauchen wir also nur noch die Freiwilligen zusammenzuholen«, sagte Fraser.

»Und zwar so schnell wie möglich«, stimmte Hoshi zu. »Die Überraschung wird unser größter Vorteil sein.«

7

Tom Hoshi blickte auf den Schwerkraftmesser am Armaturenbrett, nickte und bremste den Geländewagen. Der Motor verstummte.

»Wir sind da.«

Fraser warf einen Blick auf seine Uhr.

»Auch nicht zu früh«, sagte er. »Schätzungsweise noch eine dreiviertel Stunde bis Aurora. Weitere fünfzehn Minuten für alle möglichen Zwischenfälle und Vorbereitungen hinzugerechnet, dann würden wir kurz nach Beginn der Sonnenfinsternis an Ort und Stelle sein — genau wie wir es geplant haben.«

Die fünf Brüder Hoshi, die mit ihm in der Kabine hockten,

wirkten so gelassen wie ihr Vater, dessen Plan sie jetzt ausführen sollten. Fraser fragte sich, ob sie innerlich auch so nervös waren wie er.

Sie schlossen die Sichtscheiben ihrer Raumhelme und luden sich die Bündel mit Sprengstoff über die Schultern. Tom öffnete die Kabinentür, sobald der Luftdruck weit genug gesunken war. Ein Rest von Luft zischte als weiße Wolke ins Freie und löste sich alsbald unter dem schwarzen Sternenhimmel in Nichts auf.

Eine Felswand ragte vor Frasers Augen empor, als er als letzter aus dem Geländewagen stieg. Das war die eine Grenzmauer der Dante-Schlucht. Wegen der Breite der Schlucht lag die gegenüberliegende Felswand schon jenseits des Horizonts verborgen. Vom Jupiter war nur noch ein schmaler, goldschimmernder Rand erhellt, die übrige riesige Scheibe war dunkel. Weiter unten in der Schlucht konnte Fraser nur die Lichtpunkte von Taschenlampen erkennen. Dort bewegten sich die Männer aus den anderen Wagen. Trotz Radar und Geländekarte war es Fraser ein Rätsel, wie Tom die Gruppe hierhergeleitet hatte, ohne daß einer der Wagen über die Klippen abgestürzt war.

Als hätte er Frasers Gedanken gelesen, sagte der Fahrer des Wagens plötzlich neben ihm: »Puh! Der Kampf wird direkt eine Erleichterung sein nach dieser Fahrt. Ich dachte immer, ich sei es gewöhnt, zwischen Kratern und Klippen herumzukreuzen. Aber jetzt ...«

Tom Hoshis Stimme tönte gleich darauf wie aus weiter Ferne an Frasers Ohr.

»Alles fertig? Dann steigen wir hinauf — in Einzelreihe. Jeder hält den Lichtstrahl auf die Füße des Vordermannes gerichtet.« Tom wandte sich vom Wagen ab und begann den Aufstieg.

Fraser schloß sich ihm an. Mitunter mußten sie auf allen vieren klettern, weil der Hang steiler wurde. Aber es gab hier wenig loses Gestein, und die geringere Schwerkraft erleichterte den Aufstieg wesentlich. Trotzdem war Fraser in Schweiß gebadet, als er sich am oberen Felsrand erschöpft hinsetzte.

Einer nach dem anderen tauchten die unförmigen Gestalten in Raumanzügen neben ihm auf. Tom zählte ruhig:

»... achtundfünfzig, neunundfünfzig, sechzig, einundsechzig. Das sind alle. Vorwärts, marsch!«

Er eilte über die blau-schwarze Lavaebene voran. Nur vereinzelte Meteoritenmulden und die Ringmauer des Dakota-Kraters unterbrachen die kahle Einförmigkeit. Fraser verfiel in den schwebenden Sprungschritt, mit dem man sich hier so schnell vorwärtsbewegen konnte: Mit einem Fuß abstoßen, in sanftem Bogen hochgleiten und absinken, und dann den anderen Fuß zum Abstoß bereithalten, sobald der Boden nahekam.

Pat Mahoney glitt neben ihn. Hinter der Sichtscheibe war sein grinsendes Gesicht zu erkennen.

»Mal etwas anderes, nicht wahr, Boß?«

Frasers Lächeln fiel etwas schief aus.

»Ganz bestimmt«, sagte er ohne große Überzeugung.

Die Sonne war dem Jupiter inzwischen immer näher gerückt und begann jetzt hinter die riesige Scheibe zu gleiten. Urplötzlich wurde es Nacht. Während die Augen sich langsam auf die neuen Lichtverhältnisse einstellten, erhellte sich die Ebene von Tintenschwärze zu einem geisterhaften Grau. Der Planet schwebte zwischen den funkelnden Sternen wie ein Brunnenschacht, dessen Rand in schwachem rötlichem Glanz schimmerte. Die Sonnenfinsternis würde etwas länger als drei Stunden dauern.

»Da! Der Hauptsendemast!«

Fraser erkannte die Stimme nicht, die aufgeregt in seine Ohrstöpsel gellte. Er spähte nach vorn und erkannte die schwarze Silhouette, die quer über das Sternengeflimmer der Milchstraße emporragte.

»Wir verteilen uns jetzt«, sagte Tom. »Haltet ungefähr dreißig Meter Abstand voneinander. So lange wie möglich nicht sprechen — und so schnell wie möglich rennen. Ich laufe voran!«

Sie begannen in riesigen Sprüngen die Ebene zu überqueren. Fraser hörte seine eigenen keuchenden Atemzüge, und er hatte das Gefühl, wie in einem Alptraum über diese schwarze Ebene zu jagen, ohne seinem Ziel näher zu kommen. Und dann — von einem Augenblick zum nächsten — tauchte Aurora als helle Erscheinung vor ihm auf. Seitlich davor waren die dunklen Umrisse des Schlachtschiffes zu erkennen — nicht mehr viel weiter als einen Kilometer entfernt.

Fraser erkannte im nächsten Moment, daß da vor ihm der Kampf bereits in vollem Gange war. Es wimmelte von kleinen Geländewagen, die in wildem Zickzackkurs den zwischen ihnen explodierenden Geschossen zu entgehen versuchten. Die Granaten explodierten lautlos in aufglühenden Feuergarben. Rauch und Felsbrocken wirbelten empor und sanken schnell wieder herab. Fraser hörte jetzt auch die Stimmen in seinem Empfänger:

». . . hierher, Tim!«

»Arnesens Abteilung: Ausschwärmen!«

»Steinmeier, laß deine Leute zu Fuß angreifen!«

». . . verdammt . . . verdammt . . . verdammt!«

Fraser schaltete seinen eigenen Sender wieder ein. Unter diesen Umständen waren Vorsichtsmaßnahmen dieser Art überflüssig geworden.

Tom Hoshis Gruppe schwenkte nach Westen ab, um sich dem Raumschiff von der Seite zu nähern, wo nicht gekämpft wurde. Die Gebäudeplattformen von Aurora waren jetzt seitlich von ihnen. Tom schwenkte plötzlich im rechten Winkel ab und jagte auf das Flugfeld zu.

Mit einemmal wurde Fraser wie von einer riesigen Faust gepackt und zu Boden geschleudert. Der Aufprall war so hart, daß es ihm schwarz vor Augen wurde. Er kam gleich wieder zu sich, benommen und nach Luft ringend. Während er sich langsam aufrichtete, kam ihm mit Verwunderung zum Bewußtsein, daß er noch lebte. Sein Schädel schmerzte, und auf seiner Zunge war Blutgeschmack — aber er lebte.

Automatisch tastete er den Raumanzug nach einem Leck ab. Es war nichts zu finden. Einige Meter vor ihm hatte sich ein winziger Krater geöffnet. Ein Geschoß mußte dort explodiert sein, und der Gasdruck hatte Fraser offenbar umgerissen, ohne ihm weiteren Schaden zuzufügen.

Fraser stand auf und eilte im Zickzackkurs den anderen nach. Ein stechender Schmerz war in seiner Hüfte, aber er achtete nicht darauf.

Der Felsboden ging in die Betonpiste über. Die *Olympia* ragte als ungeschlachte Masse aus der Dämmerung empor.

Sie haben uns kommen sehen, dachte Fraser, während er weiterhetzte. *Aber jetzt sind wir zu nahe, als daß sie uns mit den Bordgeschützen noch erreichen können.*

Die Männer rasten auf das Schlachtschiff zu. Riesengroß ragte es vor ihnen empor. Allein die Landeböcke wirkten wie Säulen einer mächtigen Kathedrale. Aber wenn der Sprengstoff erst an mehreren Stellen unter dem Koloß zur Explosion gebracht worden war, würde er von seinen Sockeln stürzen und die dünne Hülle unter dem Eigengewicht wie eine Eierschale zerbrechen.

Feuerblitze schossen plötzlich aus der Dunkelheit zwischen den Landeböcken. Ein Mann warf die Arme in die Luft und fiel rücklings zu Boden. Ein anderer Mann starb im Laufen und krachte gegen die Stützsäulen. Wieder und wieder züngelten die Strahlen aus der Dunkelheit und mähten die Angreifer mit vernichtender Gewalt nieder.

Der Angriff kam zum Stocken. Fraser sah sich mit einemmal neben Mahoney auf dem Rückzug. Bei der *Olympia* machten sie halt. Fraser rang nach Atem, aber Mahoney stand da und winkte und schrie, bis er ungefähr zwanzig Männer um sich versammelt hatte. Tom Hoshi war nicht dabei. Er war wohl beim ersten Ansturm gefallen.

»Laser-Gewehre«, stieß Mahoney hervor. »Sie haben sich dort unten mit einer großen Gruppe verschanzt. Aber wir können die Kerle immer noch schlagen.«

Jemand fluchte in ohnmächtiger Wut.

»Wir müßten bis auf einen Meter an die Burschen herankommen, bevor unsere Schneidbrenner wirksam werden. Die Laser-Gewehre haben eine viel zu große Reichweite für uns.«

Mahoney machte eine ungeduldige Geste.

»Wir sind ihnen zahlenmäßig überlegen«, sagte er.

»Nicht so sehr. Warten wir lieber, bis sich die anderen Gruppen über das Flugfeld gekämpft haben. Dann sind wir vielleicht wirklich stark genug.«

»Dann gehe ich allein!« rief Mahoney. »Wenn ihr nicht genug Mut habt!«

Fraser packte Mahoneys Arm.

»Nein, das wirst du nicht tun«, sagte er. »Wir können uns sinnloses Heldentum jetzt nicht leisten. Wir müssen warten, bis Sam Hoshi mit den anderen durchbricht und . . .«

Eine Leuchtrakete zischte in diesem Moment in den schwarzen Himmel empor. Das war Sam Hoshis Signal!

»Sie greifen an!« rief Fraser. »Noch ein paar Minuten, dann können auch wir angreifen!«

Die Gebäude von Aurora hatten bisher den größten Teil der Funkgeräusche abgeschnitten. Als jetzt Sam Hoshis Männer zu Fuß und in ihren Geländewagen in Sicht kamen, brach zugleich ein Höllenlärm los. Der Boden unter Frasers Füßen begann zu beben. Am gegenüberliegenden Rand des Flugfeldes flammten Feuergarben auf. Die Hauptmacht der Angreifer war durchgebrochen. »Los!« schrie Mahoney und stürmte vorwärts.

Fraser folgte ihm dichtauf. Die Laser-Strahlen begannen sofort wieder aus der Dunkelheit zwischen den Säulen des riesigen Raketensockels hervorblitzen. Luft puffte als weißes Wölkchen aus Mahoneys Raumanzug. Er brach in die Knie. Ein anderer

Mann sprang über ihn hinweg und wurde mitten im Sprung getötet. Er sank mit furchtbarer Langsamkeit in sich zusammen und prallte noch einmal vom Boden hoch, als er hinfiel.

Wieder und wieder zuckten die lautlosen Blitze. Instinktiv warf sich Fraser auf den Bauch. Er hob den Kopf und sah am anderen Ende des Flugfeldes einen Wall von zerschossenen Geländewagen. Gewehrfeuer knatterte, und Energiestrahlen zuckten.

Fraser erkannte die schreckliche Wahrheit. Swayne hatte nur ein Minimum seiner Mannschaft im Raumschiff und in der Stadt gelassen und keinen auf dem Flugfeld selbst postiert. Seine ganze Streitmacht war in Deckung der Raketensockel konzentriert.

Fraser riß das Sprengstoffbündel von seiner Schulter und riß die Umhüllung auf. Die Tordenite-Stäbe rollten heraus. Mit bebenden Fingern drehte er am Zeitzünder der Sprengkapseln. In drei Minuten würden sie explodieren. Irgendwie gelang es ihm, im allgemeinen Wirrwarr des Kampfes die Uhr zu beobachten. Im letzten Moment warf er die Sprengstäbe. Sie fielen in die Dunkelheit zwischen die Landeböcke und explodierten in kleinen Garben von Feuer und Rauch.

Vielleicht verletzten sie den einen oder anderen. Aber so aufs Geratewohl und in den luftleeren Raum geworfen, konnten sie dem riesigen Raumschiff keinen Schaden zufügen.

Irgend etwas bewegte sich nahe bei Fraser. Im aufflammenden Lichtschein einer explodierenden Mine sah er Mahoneys Gesicht hinter der Sichtscheibe seines Raumanzugs, aus dem Wölkchen von Sauerstoff wie weißes Blut quollen. Mit einem Laser-Schneidbrenner kroch er auf Händen und Füßen auf das Raumschiff zu.

Das Feuer ließ nach. Der Boden bebte nicht mehr. Jenseits des Flugfeldes bewegte sich fast nichts mehr. Die Toten lagen dicht nebeneinander, und die Überlebenden hatten die Flucht ergriffen.

Fraser robbte quer zur Seite, um Mahoney den Weg abzuschneiden.

»Pat!« rief er durch den allgemeinen Radiolärm. »Pat, komm her! Ich bringe dich in Sicherheit!«

Mahoney kroch weiter. Fraser packte ihn, und Mahoney versuchte fluchend, ihn abzuschütteln.

»Pat, sei nicht verrückt!« rief Fraser. »Ich bringe dich zurück und helfe dir!«

»Achtung! Achtung!« rief plötzlich Admiral Swaynes Stimme deutlich durch den allgemeinen Lautwirrwarr. »Hört zu, ihr Aufständischen! Euer Angriff ist blutig zurückgeschlagen worden! Solltet ihr versuchen, Aurora anzugreifen, so würde das den Tod der Zivilbevölkerung bedeuten!«

Stille. Fraser hatte sich aufgerichtet und schleppte Mahoney von dem Raumschiff weg. Kurze Zeit hörte er nichts als seine eigenen keuchenden Atemzüge. Dann wieder Admiral Swaynes Stimme:

»Aufständische! Versammelt euch zwischen der Stadt und dem Apachen-Krater. Wenn ihr das tut, halten wir das Artilleriefeuer zurück, bis ihr dem Befehl gefolgt seid.«

Es war keine Kraft mehr in Fraser. Aber irgendwie schleppte er sich mit Mahoney weiter.

Wieder die Stimme des Admirals: »Ich bin bereit, mit euren Anführern zu verhandeln — vorausgesetzt, ihr wartet an dem angegebenen Platz. Ihr müßt erkennen, daß ihr geschlagen seid. Die *Wega* könnte mit einer kleinen Mannschaft in weniger als einer Stunde starten. Aber ihr könntet nicht in einem Jahr das Flugfeld erobern. Findet euch mit eurer Niederlage ab!«

Fraser bettete Mahoney zu Boden, kauerte sich neben ihn und suchte nach seinem Reparaturzeug. Wieder trat Stille ein. Diesmal war sie so absolut, daß er das leise Zischen der kosmischen Ströme in den Ohrstöpseln hörte. Er beugte sich tief über Mahoneys Sichtscheibe und erschrak im nächsten Moment tief im Herzen.

Mahoneys Augen starrten ihn blicklos an. Kein Leben mehr darin! Nur das Sternenlicht reflektierte aus diesen blind gewordenen Spiegeln . . .

8

Im Westen, in der nebelverhangenen Ferne, ragten die schimmernden Klippen der Orgover-Inseln aus dem Dunst.

Theor konnte die weißen Kronen der Brandung erkennen, die sich am Fuß der Felsen brach, und er hörte das dumpfe Tosen der Wellen. Es gab keine Schiffe, die diese Brandung und die gefährlichen Strudel und Querströmungen passieren konnten. Aber die Inseln schirmten das Gebiet zwischen dem augenblicklichen Standort von Nyarras Flotte und dem Festland ab, und der schwarze Sand des Gillen-Strandes wurde nur von einem leichten Wellengekräusel von grauem Ammoniak überspült. Jenseits davon erstreckte sich nach Süden und Osten Weideland bis in dunstige Fernen. Die Steilklippen des Jonnary bildeten einen Grenzwall im Norden.

Theor starrte auf die ausgeplünderten Ruinen eines Fischerdorfs und dorthin, wo die schlanken, schwarzen Schiffe der Feinde vor Anker lagen und die Armee der Giganten sich am Ufer zum Kampf formierte, während die Nyarraner heranmarschierten.

Durch das Dröhnen der fernen Brandung waren Signaltrommeln zu hören. Speerspitzen blinkten über den wehenden Kriegsbannern.

Elkor runzelte die Stirn.

»Sie bemannen ihre Schiffe nicht«, sagte er. »Sie halten fast ihre gesamte Streitmacht am Lande bereit.«

Norlaks schmale Hände krampften sich nervös zusammen.

»Können unsere Soldaten mit so vielen Gegnern fertig werden? Wir hatten damit gerechnet, daß sich die feindlichen Kräfte aufsplittern.«

Elkor machte eine ungeduldige Geste.

»Wenn sich die Ulunt-Khazul dazu entschlossen haben, in Medalon zu leben, können sie auch gleich ihre Schiffe opfern«, erklärte er.

»Nein, das ergibt keinen Sinn«, erwiderte Norlak. »Sie müssen irgendwie ihre Leute herschaffen können, wenn sie sich ansiedeln wollen.«

»Vielleicht rechnen sie damit, nach dem Sieg neue Schiffe zu bauen oder unsere zu benutzen«, gab Elkor zu bedenken, während er unruhig auf dem Vorderdeck hin und her ging. »Das kann ein tödlicher Schlag für unsere Pläne sein«, sagte er düster. »Wir haben so viele Kampftruppen auf den Schiffen eingesetzt, daß die Ulunt-Khazul sehr wohl unsere Landtruppen schlagen könnten. Vielleicht sollten wir auch Verstärkungen an Land werfen?« Ohne eine Antwort abzuwarten, fügte er schnell hinzu: »Nein, das würde zu lange dauern. Sie hätten uns überrannt, bevor wir in Kampfformation wären.«

Eine Weile stand Elkor grübelnd da. Schließlich hob er seinen mächtigen Kopf und verkündete: »Wir operieren so weiter, wie es geplant war. Die feindlichen Schiffe werden angegriffen, die Gegner niedergemacht, und dann landen wir. Auf diese Weise können wir den Ulunt-Khazul in den Rücken fallen, während sie noch gegen unsere Landtruppen kämpfen.« Er wandte sich an einen wartenden Offizier. »Umfokaer, schicke einen Forgar-Mann los.

Wacht-Chef Walfilo soll um jeden Preis dem feindlichen Angriff so lange wie möglich standhalten. Wir eilen ihm zu Hilfe.«

Der Offizier salutierte und eilte davon.

»Wir müssen uns bereitmachen«, sagte Norlak.

Schweigend begannen sie sich zu bewaffnen. Überall um sie her und auf den anderen Schiffen der Flotte herrschte die gleiche rege Betriebsamkeit.

Theor schlüpfte in den Mantel aus Kannik-Haut, der seinen Rumpf schützen sollte, und dann in die Jacke aus gleichem Material. Die festen Schuppenplatten hingen lose über den verwundbaren Öffnungen der Kiemen und Ventile. Die nächsten Ausrüstungsgegenstände waren der Pickelhelm, der Rundschild für den linken Arm und der Gürtel für die Messer. In der rechten Hand schwang er eine Axt.

Trommeln dröhnten. Die Infanterie der Ulunt-Khazul hatte sich formiert und ging gegen die Nyarraner zum Angriff vor. Ihre Speere bewegten sich wie Halme im Wind.

Theor richtete seine Aufmerksamkeit hinter sich auf die See. Die feindliche Flotte war noch einige Meilen entfernt, aber er konnte bereits Einzelheiten erkennen. Die Schiffe waren kürzer und schmaler als die der Nyarraner. Außerdem waren sie völlig überdacht. Aber was hatten die Holzgestelle zu bedeuten, die von jedem Bug vorragten? Und wie bewegten sich diese Schiffe ohne Schaufelräder oder Masten oder auch nur Ruder vorwärts?

Einige Gestalten bewegten sich an Bord der feindlichen Schiffe. Sie trugen Helme und mit Horn plattierte Brustpanzer, die das Licht wie Metall reflektierten. Einige Boote bewegten sich in tieferes Wasser hinaus. Im Gegensatz zu den runden Rettungsbooten der Nyarraner, die von einem einzigen Mann mit kurzen Paddelrudern vorwärtsbewegt wurden, waren die feindlichen Boote mit Langrudern und Dreiecksegeln ausgestattet.

»Wohin fahren sie?« überlegte Theor laut. »Was haben sie vor?«

»Ihre Schiffe sind nicht in der Lage, Rammstöße auszuführen«, sagte Elkor. »Das wissen wir ja bereits. Aber sie könnten ohne weiteres schneller als unsere sein. Ob sie einfach in Sicherheit flüchten wollen?«

»Wenn es so ist, können wir um so eher landen«, antwortete Theor mit falschem Optimismus.

»Mir gefällt das nicht«, murmelte Norlak mit nervös zuckenden Fühlern. »Es stinkt geradezu nach schlechten Vorzeichen.«

Die Schiffe der Nyarraner durchpflügten das Meer. Die bewaffneten Soldaten standen kampfbereit an Deck.

Theor spähte zum Ufer hinüber. Die beiden Armeen stürmten im Laufschritt aufeinander zu.

»He! Was ist das?« rief Elkor plötzlich.

Theor drehte sich schnell um und folgte mit dem Blick der deutenden Speerspitze. Die feindlichen Segelboote hatten am Rande einer riesigen Seeweide angehalten. Die Männer an Bord hielten die Hände trichterförmig an ihre Kehlsäcke und stießen Signallaute aus.

Plötzlich zerteilte sich das Gewirr von Schiff und Seekraut, Wellen wogten und riesige, schwarze Körper tauchten empor.

Norlak wich zitternd zurück.

»Was sind das für Ungeheuer?« stieß er hervor.

Elkors Gesichtsmuskeln strafften sich.

»Bestien des Meeres«, erklärte er gepreßt. »Ich habe nie etwas davon gesehen oder gehört, aber sie sind offenbar gezähmt. So werden also die Schiffe der Ulunt-Khazul vorwärtsbewegt.«

Die Meerungetüme ließen Schwänze und Flossen hin und her schnellen und schwammen auf die Schiffe der Ulunt-Khazul zu. An den deichselartigen Gestellen am Bug der Schiffe standen jetzt Männer mit entsprechenden Geschirren bereit.

Jemand hinter Theor stieß einen langen Seufzer der Resignation aus.

Elkor stand aufrecht da und schätzte die Lage ab.

»Die Ungetüme sind fast halb so lang wie eines von unseren Schiffen«, sagte er, »und fast so massiv, dessen bin ich sicher. Ich weiß nicht, was sie uns antun könnten, aber ganz offensichtlich rechnen unsere Feinde mit der Kampfkraft dieser Bestien. Deshalb konnten sie auch ihre Soldaten an Land konzentrieren.« Er stieß den Speerschaft erregt auf die Deckplanke. »Wir müssen annehmen, daß die Feinde sehr wohl ihre eigene Kampfkraft kennen. Ich glaube nicht, daß wir einem Zusammenstoß mit diesen Meerungeheuern auf offener See gewachsen sind. Aber wir können landen, bevor die Flotte der Ulunt-Khazul kampfbereit ist. Das Anschirren dieser Bestien muß eine umständliche Sache sein.«

»Landen? Hier?« protestierte Theor. »Halbvater, ich habe vor dem Gillen-Strand gefischt. Es ist zu seicht hier. Wir würden unsere Schaufelräder in den Untiefen zerbrechen.«

»Die können repariert werden«, antwortete Elkor scharf und spähte zur Küste. »Wir steuern jene Landzunge an. Walfilos Leute müßten sie passiert haben, bis wir dort sind. Wir gruppieren uns, während er die Feinde zurückhält. Dann greifen wir an. Das ist nicht so gut, als wenn wir den Ulunt-Khazul in den Rücken fallen könnten, aber es muß genügen. Übermittle die Botschaft, Umfokaer.«

»Sehr wohl.« Der Offizier winkte dem Signalmaat auf dem Unterdeck zu, und dieser begann sofort seine Flaggen aufzufalten.

Der nächste Forgar schwebte herab. Umfokaer rief dem Reiter seine Befehle zu, und dieser gab sie weiter.

Theor spähte übers Meer. Die Seebestien näherten sich jetzt den feindlichen Schiffen. Ein nackter Matrose sprang bei jedem Schiff über Bord und schwamm vorwärts. Sobald er eine von den Seebestien erreicht hatte, hielt diese an, und der Matrose schwang sich auf den Rücken. Vom Bug her wurden ihm die Zügelenden des Geschirrs zugeworfen. Er fing sie auf und machte sich an die Arbeit.

Nyarras Schiffe hatten kaum den Kurs gewechselt, als die Flotte der Ulunt-Khazul schon in Bewegung war. Ammoniak schäumte zwischen den heranschwimmenden Seebestien hoch, und die Reiter auf dem Rücken der Tiere waren in weißen Sprühregen gehüllt.

Elkor trat neben Theor, legte eine Hand auf dessen Schulter und sagte sehr sanft: »Ich habe mich also in dieser Hinsicht auch getäuscht. Sie werden uns eine Meile vor dem Ufer einholen. Nun ... falls wir diesen Tag nicht überleben ... du warst mir ein willkommener Gast.«

Theor neigte den Kopf. Man weint nicht auf dem Jupiter.

Norlak schwang seinen Dolch hoch über dem Kopf. Sobald ein Halbmann sich einer unausweichlichen Situation gegenübersah, verlor er seine Furcht.

»Laßt sie herankommen und von uns verspeist werden!« rief er.

Jemand von der Mannschaft rief ihm eine Antwort zu. Die meisten warteten jedoch schweigend und mit kampfbereiten Waffen an der Reling.

»Organisiere an dieser Seite die Verteidigung«, sagte Elkor. »Ich werde zum Steuermann aufs Hinterdeck gehen.« Er wandte sich ohne ein weiteres Wort ab.

Während Theor Norlak half, die Reihen der Speerträger auf dem Vorderdeck zu postieren, arbeitete sein Jägerverstand. Jeder Bestie konnte man mit entsprechender Klugheit und Kaltblütigkeit entgegentreten. Diese Seeungetüme sahen zwar erschreckend aus, aber sie würden die Schiffe bestimmt nicht direkt rammen. Dabei müßten sie sich selbst die Hälse brechen. Wahrscheinlich würden sie sich längsseits legen und Männer von Bord zu reißen versuchen. Ein Wall von Schilden und eine dicke Hecke von Speeren würden ihnen entgegenstarren.

Theor rief seine Befehle. Mit kampfbereitem Gemurmel und klirrenden Schilden stellten sich die Nyarraner an der Reling auf.

Näher und näher rauschten die Seebestien ... Theor hob seine Streitaxt. Er starrte in die Augen der herankommenden Bestie und stemmte seine Fußsohlen fest aufs Deck.

Im letzten Augenblick schwenkte die Bestie nach Backbord ab. Der Reiter zerrte heftig an den Halszügeln, und die Bestie wälzte sich zur Seite. Der mächtige Schwanz peitschte über die Reling.

Das Schiff erbebte. Holz krachte, und die Reling zerbarst. Zwei Nyarraner schrien in Todesangst. Noch ein Schlag — und ein weiterer.

Forgars tauchten herab. Die Reiter legten ihre Lanzen ein und stachen zu. Aber die Bestien schüttelten sich nur und tauchten unter. Ihre Reiter blieben wie festgeschmiedet auf den breiten Rücken sitzen.

Das Ungetüm tauchte bei dem Schaufelrad wieder auf und zerschmetterte es mir einem einzigen wohlgezielten Schwanzhieb. Das Flaggschiff der Nyarraner trieb jetzt hilflos in den Wogen. Aus dem Schiffsbauch klommen die Rudertreter mit angstverzerrten Gesichtern empor. Eine Flut von Ammoniak quoll hinter ihnen hoch. Das Schiff begann zu sinken.

»Entert die feindlichen Schiffe!« schrie Elkor über das Kampfgetümmel hinweg.

Aber es gab keine Möglichkeit dazu. Die Bestie, die das Flaggschiff zertrümmert hatte, war bereits auf dem Rückzug.

Theors Blick glitt über seine Flotte, und er sah, daß überall die Kampfformationen zerbrochen wurden — daß Schiffe sanken oder zu flüchten versuchten.

Es gab nur noch die Möglichkeit, sich schwimmend ans Land zu retten. Theor erkannte es und handelte sofort. Er entledigte sich seiner Rüstung und sprang über Bord.

Der Aufprall war infolge der Schwerkraft des Jupiter sehr hart. In einem Gewirbel von Schaum und Wogen tauchte Theor wieder empor und schwamm in Richtung des Ufers.

Andere Köpfe tauchten aus den Wogen empor. Er erkannte

Elkor in dem Schwarm der Krieger, die sich von dem sinkenden Schiff entfernten.

»Hier!« schrie Elkor. »Folgt mir, Nyarraner!«

Wie auf ein Losungswort hin, nahm eines von den Seeungetümen Kurs auf die Schwimmenden. Der Schaum, der im nächsten Moment hochsprühte, war blutgetränkt. Die Nyarraner starben mit ihrem Anführer.

Theor zwang sich dazu, den Blick von der schrecklichen Szene abzuwenden und zum Ufer hinüberzuspähen. Dort war der Kampf in vollem Gange. Aber die Hälfte der nyarranischen Banner war bereits gefallen, und die gigantischen Krieger der Ulunt-Khazul drangen als geschlossener Keil immer tiefer in die Kampfformation der Nyarraner ein.

Es half wenig, daß Forgar-Reiter von oben her in den Kampf eingriffen. Auch die tapfere Gegenwehr der Landtruppen wurde immer schwächer. Als Theor schließlich schwer atmend am Ufer stand, formierte Walfilo den Rest seiner Truppen bereits zum geordneten Rückzug. Sie eilten nordwärts, in Richtung der Steilklippen.

Wir haben noch einen Teil der Kampfkraft gerettet, dachte Theor, während er den Fliehenden nacheilte. *Aber wozu?*

Ein Verwundeter reckte ihm die Hände entgegen, als Theor das Schlachtfeld passierte.

»Etwas zu trinken«, stöhnte ein Halbmann, dessen Gesicht Theor bekannt vorkam. »Theor, bist du es? Gib mir bitte etwas zu trinken!«

Ein Speer hatte den Körper des Kämpfers durchbohrt.

Theor konnte ihm nicht mehr helfen. Er konnte sich nur niederbeugen und die ihm entgegengestreckten Hände ergreifen.

»Ich habe nichts«, sagte er. »Lebe wohl, mein tapferer Freund.«

»Geh nicht! Laß mich hier nicht allein!«

Während Theor noch zögernd über den Sterbenden gebeugt stand, fiel ein Schatten auf ihn. Zwei riesige Ulunt-Khazul standen da und richteten ihre Speere auf ihn. Einer von ihnen machte eine befehlende Geste:

Komm mit!

9

Der kurze Tag ging zur Neige. Von Süden her kam ein scharfer Wind auf und wehte einen Vorhang von schwarzen Wolken mit schwefelgelben Rändern heran. Blitze zuckten vom dunkler werdenden Himmel. Funken stoben empor, wo die Blitzkeile auf den Strand schlugen.

Die Ulunt-Khazul lenkten ihre Schiffe und Boote an die Küste, drängten sich in Gruppen zusammen und sprachen miteinander in gedämpfter Erregung.

Die wenigen Nyarraner, die in Gefangenschaft geraten waren, standen schweigend und niedergeschlagen da. Theor schreckte aus seinem erschöpften Dämmerzustand empor, als zwei Krieger herantraten und ihn anstießen. In mühseligem Stolperschritt bewegte er sich auf lose zusammengefesselten Füßen zwischen ihnen dahin. Sie führten ihn zu den Zelten, die für die Häuptlinge der Ulunt-Khazul am Strande errichtet worden waren. Auch seine Hände waren gefesselt, aber so, daß er die an seinem Hals hängende Sprechscheibe erreichen konnte. Aus abergläubischer Furcht hatten die Ulunt-Khazul ihm diesen so wichtigen Nachrichtenübermittler bei der Gefangennahme nicht abgenommen.

Verstohlen drückte Theor auf den Knopf:

»Mark«, flüsterte er. »Ich brauche dringend Hilfe.«

Noch immer kam keine Antwort von Ganymed.

Eine Speerspitze trieb Theor durch die Öffnung des größten Zeltes. Im Innern stand Chalkhiz mit verschränkten Armen. Von oben her verbreitete eine Lichtblume matten Dämmerschein. Das grob geschnittene Gesicht des Ulunt-Khazul-Häuptlings lag im Schatten. Nur die Augen glühten in kaltem Licht.

»Guten Abend«, sagte Chalkhiz.

Theor antwortete nicht.

»Darf ich Ihnen eine Erfrischung anbieten?«

Chalkhiz deutete auf eine Schüssel mit Ammoniak und eine Platte mit Fischen. Theor hörte Hohn aus der Stimme heraus, aber er war zu praktisch erzogen, als daß sein Stolz die Oberhand behalten hätte. Er nahm die Einladung an und begann heißhungrig zu essen.

»Es ist gut, daß Sie am Leben geblieben sind und daß einer von meinen Männern Sie wiedererkannt hat«, sagte Chalkhiz. »Vielleicht können wir ein Abkommen treffen.«

»Was hätte ich schon zu bieten?« fragte Theor resigniert.

»Nicht viel«, bestätigte Chalkhiz. »Immerhin ist die Stadt Nyarra in gutem Verteidigungszustand.«

»Ja. Es würde Sie teuer zu stehen kommen, die Stadt zu erobern. Jeder Mann und Halbmann, der heute nicht am Kampf teilgenommen hat — und das sind viele wegen der Erntesaison — wird mit seiner Frau und den Jungen zur Verteidigung der Stadt eilen.«

»Das ist der Grund, weswegen ich ein Abkommen mit Ihnen treffen möchte.« Chalkhiz ließ eine bedeutungsvolle Pause eintreten. »Ich nehme an, daß Ihr Vater und Ihr Halbvater beide gefallen sind.« Die Erinnerung an die schreckliche Szene auf See überfiel Theor wie ein Schock. »Wenn ich Ihre Gesetze richtig verstehe, sind Sie der neue König — oder wie Sie sich nennen mögen. Ihr Volk müßte Ihnen gehorchen, wenn Sie die Übergabe befehlen.«

»Nein. Wir sind ein freies Volk. Meine Leute brauchen keine Befehle von mir entgegenzunehmen. Und ich hoffe, sie würden mir in diesem Falle nicht gehorchen. Ganz abgesehen davon, daß ich einen Befehl zur Übergabe nie aussprechen würde.«

»Hören Sie«, sagte Chalkhiz drängend. »Wenn Ihre Leute kämpfen, werden wir sie alle vernichten. Aber wenn sie sich ergeben, werden wir sie unbehelligt über die Berge ziehen lassen. Das Land dort ist nicht gut. Aber jedenfalls könnten sie sich dort am Leben erhalten.«

»Nein«, sagte Theor fest.

»Denken Sie genau darüber nach. Ihr Land kann Ihnen nicht so wertvoll sein, daß Sie all die vielen Leben dafür opfern wollen.«

Theor überlegte.

»Wenn wir Ihre Krieger wirklich unbehelligt in die Stadt einziehen ließen, könnten die Ulunt-Khazul dann über meine Nyarraner herfallen und sie niedermachen.«

Chalkhiz lachte.

»Sie müssen sich auf mein Wort verlassen, und wenn Sie das nicht tun, gibt es nichts als Tod und Sklaverei für die Nyarraner.«

Theor richtete sich auf.

»Ein großer Teil unserer Truppen ist unversehrt entkommen«, sagte er. »Sie können mit neuer Verstärkung zurückkehren. Die Ulunt-Khazul sind es, die Vernichtung gewärtigen müssen. Es sei denn, Sie überlegen es sich und siedeln sich mit Ihrem Volk in Rollarik an, wie wir es vorgeschlagen haben.«

Chalkhiz stieß ein verächtliches Zischen aus. Donner grollte über dem Zelt. Der Boden erbebte unter einem Blitzschlag.

Nach einer Weile sagte der Ulunt-Khazul: »Ich werde Sie getrennt von den anderen Gefangenen halten. Wir werden hier einige Tage bleiben und uns auf den Marsch nach Nyarra vorbereiten. Denken Sie noch einmal über meinen Vorschlag nach — denken Sie gut darüber nach, wenn Sie Ihr Leben retten wollen.«

Chalkhiz stieß einen Ruf aus. Ein Wachtposten schaute herein. Chalkhiz rief ihm einen Befehl zu und wandte sich ab. Der Krieger ergriff Theors Arm und führte ihn weg. Sie gingen am Strand entlang bis zum Rand des Feldlagers. Dort hatte man eine kleine, primitive Hütte errichtet. Der Krieger stieß Theor hinein und postierte sich vor dem offenen Eingang.

Theor ließ sich zu Boden sinken und dachte über seine Lage nach, während draußen die Blitze zuckten und der Regen zu prasseln begann.

Was sollte er tun? Chalkhiz' Angebot annehmen? Das Land aufgeben, mit den Nyarranern in die Wildnis ziehen und dort der Barbarei verfallen?

»Theor!« hörte er plötzlich eine Stimme sagen.

Er zuckte zusammen.

»Theor, hier spricht Mark. Hörst du mich?«

Theor führte die Sprechscheibe an seine Kehle und versuchte sie ruhig zu halten.

»Ja, das meiste«, stammelte er.

In einem aufflammenden Blitzstrahl sah er den Wachtposten als deutlich erkennbare Silhouette vor dem Eingang stehen. Regen rann in Bächen an seinen Beinen herunter. Er hatte sich nicht gerührt. Bei dem Geräusch der Brandung und dem Toben des Unwetters konnte er die leisen Stimmen in der Hütte bestimmt nicht hören.

»Ich habe keine Zeit gehabt«, sagte Fraser. »Dies ist meine erste Möglichkeit, mich mit dir in Verbindung zu setzen. Wie geht es dir?«

Theor berichtete in kurzen, nüchternen Worten.

»Verdammt«, sagte Fraser. »Das sind keine guten Nachrichten.«

»Und wie geht es dir, mein Freund?« fragte Theor.

Ein leises, bitteres Lachen tönte über die vielen hunderttausend Meilen des Weltraums an Theors Ohr.

»Mir geht es etwas besser als dir, Theor. Aber wir sind ebenso geschlagen wie du und dein Volk. Unser Angriff auf Aurora und auf das Schlachtschiff der Meuterer ist zurückgeschlagen worden. Jetzt kampieren wir auf einem befohlenen Sammelplatz, und unsere Gegner wollen Verhandlungen mit uns beginnen.«

»Schlimm sind die Zeiten«, sagte Theor. »Aber sage mir eines: Wenn eure Feinde soviel Macht haben, warum wollen sie dann überhaupt mit euch verhandeln?«

»Nun, es wäre nicht so leicht, uns völlig auszulöschen«, antwortete Fraser. »Und natürlich könnten wir in höchster Verzweiflung sogar die Stadt vernichten. Swayne braucht aber die dortigen Industrieanlagen, um seinen teuflischen Plan durchzuführen. Er wird uns also wohl anbieten, unbestraft in die Siedlung zurückzukehren.«

»Habt ihr die Hoffnung, noch einmal erfolgreich zurückschlagen zu können?« fragte Theor. »Oder zumindest Hilfe von der Erde anzufordern?«

Fraser seufzte.

»Ich weiß nicht, wie. Selbst wenn wir uns eines Raumschiffs bemächtigen könnten, kämen wir nicht weit. Diese Mondschiffe sind nur zu Flügen im Jovianischen System eingerichtet. Selbst wenn wir es wagten, würde die Beschleunigung nur dazu ausreichen, daß wir die Erde nach einigen Monaten erreichen. Inzwischen hat Swayne seine Pläne längst zu Ende geführt.«

»Trotzdem bist du besser dran als ich«, sagte Theor düster. »Im schlimmsten Falle kannst du noch in deinem eigenen Land leben, und wenn dir auch deine neuen Herren nicht gefallen: sie sind wenigstens von deiner Rasse.«

Ein Blitz flammte wieder auf. Donnergrollen erschütterte minutenlang den Boden. Dann hörte Theor wieder Frasers Stimme.

»Was dich betrifft, Theor: Wir müssen Mittel und Wege finden, dich zu befreien.«

»Wie?«

Theor spürte neue Hoffnung in sich aufsteigen. Die Erdbewohner konnten so viele Wunder verrichten. Vielleicht auch eines für ihn und seine Nyarraner.

»Beschreibe mir deine Lage so sorgfältig wie möglich«, befahl Fraser.

Theor tat es. Als er fertig war, hörte er so lange nichts, daß er schon fürchtete, die Verbindung sei wieder unterbrochen.

»Du wirst also nur von einem Feind bewacht«, sagte Fraser schließlich. »Und du kannst im Schutz eines Unwetters operieren. Das ist ein Vorteil. Könntest du deinen Bewacher überwältigen?«

»Ich bin an Händen und Füßen gefesselt. Er hat einen Spieß und einen Dolch.«

Fraser antwortete fast sofort.

»Wenn du seine Aufmerksamkeit ablenken könntest, wäre es dir vielleicht möglich, eine von seinen Waffen zu erwischen. Natürlich ist das riskant. Aber was hast du noch zu verlieren? Dreh dein Radio auf volle Lautstärke und wirf die ganze Transistorscheibe hinaus, wenn er nicht hinschaut. Ich werde ein furchtbares Gebrüll ausstoßen.«

»Gut!« Theor streifte die Schnur, an der das Gerät hing, über seinen Kopf. »Ich werde tun, was du vorschlägst. Vielleicht gelingt es mir, in einem Boot zu fliehen.«

»Viel Glück«, sagte Fraser mit unsicherer Stimme. »Ich wünsche dir alles Glück des Universums.«

»Nein, mein Freund, behalte auch etwas davon für dich«, antwortete Theor. »Und jetzt warte auf mein Signal.«

Theor schlich zum Eingang. Der Wachtposten spähte in Richtung des Lagers, und Theor benutzte die willkommene Geräuschkulisse eines rollenden Donners, um das Signal in die Sprechscheibe zu flüstern und sie dann ins Freie zu werfen — dicht neben den Wachtposten.

Ein schreckliches Kreischen tönte plötzlich aus der am Boden liegenden Sprechscheibe.

Der Ulunt-Khazul sprang kerzengerade in die Luft vor Schreck. Im gleichen Moment zuckte ein Blitzstrahl herunter, und die metallische Sprechscheibe reflektierte das grelle Licht.

Der Wachtposten sprang zurück und stieß in blinder Abwehr mit dem Spieß nach diesem grausigen kleinen Ding, aus dem eine Geisterstimme zu kreischen schien. Für kurze Zeit vergaß er seinen Gefangenen.

Theor sprang zu. Er hatte sich die Stelle gemerkt, wo der Dolch im Gürtel des Wachtpostens steckte. Mit einem schnellen Griff hatte er die Waffe herausgerissen, und er stach einmal zu.

Der Ulunt-Khazul wirbelte herum und umklammerte Theor mit seinen mächtigen Armen. Noch einmal gelang es Theor, dem Barbaren einen Dolchstich dicht unter die gewaltigen Kinnladen zu versetzen. Er selbst spürte einen stechenden Schmerz, als sich die Arme immer fester um seinen Leib preßten. Aber dann ließ der Druck plötzlich nach. Blut sprudelte Theor ins Gesicht. Der Wachtposten brach zusammen, zuckte noch ein paarmal krampfhaft und blieb dann reglos liegen.

Theor bückte sich als erstes nach der Sprechscheibe und hängte sie sich wieder um den Hals.

»Ich habe ihn überwältigt, Mark«, sagte er. »Hoffentlich hat keiner den Kampf gehört.«

Nachdem er sich mit Hilfe des Dolches von den Fesseln befreit hatte, nahm er dem toten Wachtposten den Gürtel und die Waffen ab und flüchtete damit in Richtung des Strandes.

Ein Blitzstrahl. Dann wieder Dunkelheit und Donner. Jedesmal, wenn ein Blitz zuckte, fürchtete Theor, entdeckt zu werden. Aber es blieb still hinter ihm.

In schattenhaften Umrissen tauchten vor ihm die am Strand verankerten Boote auf. Theor warf die Waffen in ein Boot, riß den Anker aus dem Sand und ließ ihn ebenfalls ins Boot fallen. Dann stemmte er sich mit all seiner Kraft gegen den Bug und schob das Boot in die Wellen hinaus.

Später wußte er nicht, wie er an Bord gekommen war, wie er es geschafft hatte, die Brandung zu durchqueren und das Segel zu setzen. Er wußte nur noch, daß das Boot Fahrt bekommen hatte und daß das Segel sich im scharfen Wind gefüllt hatte.

Instinktiv hatte Theor den Kurs vom Ufer weggerichtet. Später, als er wieder vernünftiger denken konnte, hatte er Fraser von der geglückten Flucht berichtet und von ihm Segelanweisungen bekommen. Aber das war auch alle Hilfe, die sein Erdenfreund ihm geben konnte.

Schwere Sturmböen zwangen Theor dann, das Boot in Richtung der Küste zurückzulenken. Zu spät erkannte er im Licht eines aufflammenden Blitzstrahls die vor ihm emporragende Klippe.

Ein Krachen und Bersten, und im nächsten Moment trieb Theor hilflos in der Brandung. Seine Füße berührten Boden. Die Unterströmung riß ihn von den Beinen. Er hörte zu schwimmen auf, sank unter und krallte sich im Sand fest.

Mühsam kämpfte er sich Schritt um Schritt gegen den Sog der Brandung auf festen Boden hinauf.

Ein paar stolpernde Schritte auf trockenem Strand. Dann brach Theor zusammen, und es wurde Nacht um ihn.

Als er aufwachte, war die Sonne jenseits der westlichen Nebelbänke versunken. Die Brandung dröhnte. Riesige Klippen ragten von der Geröllhalde empor, auf der er lag.

Theor glaubte einen möglichen Aufstiegsweg zu erkennen. Aber jenseits der Klippen konnte nichts als Wildnis sein. Und er war allein — mit einem Dolch als einziger Waffe.

10

Die erste Zusammenkunft zwischen Admiral Swayne und den Aufständischen fand in Aurora statt.

Fraser begleitete Sam Hoshi. Lorraine war auch da — und zwei höhere Marineoffiziere. Offenbar sollte Lorraine die Stadtbewohner vertreten. Alle saßen sie steif und in unbehaglichem Schweigen in dem überfüllten Raum. Nur Swayne hinter seinem Schreibtisch wirkte selbstbewußt und siegessicher.

»Kommen wir gleich zur Sache«, begann der Admiral mit fester Stimme. »Für mich seid ihr nichts als Aufständische. Ihr habt mehrere regierungstreue Männer verwundet und getötet. Eure eigenen Verluste sind geringer, als ihr es verdient hättet.«

Hoshi öffnete den Mund und schloß ihn wieder. Seine Finger krampften sich zusammen. Er mußte daran denken, daß zwei von seinen Söhnen tot dort draußen lagen.

»Natürlich seht ihr die Sache anders an«, fuhr Swayne mit einem kalten Lächeln fort. »Vermutlich wird keiner von uns jetzt hier in diesem Raum seine Meinung ändern. Nun, ich bin ein Kämpfer von Beruf. Ich gebe zu, daß ihr einen Standpunkt rechtschaffen verteidigt. Doch ihr seid fehlgeleitet. Es geht hier nicht um gefühlsmäßige Haltungen, sondern darum, was man praktisch tun kann. Ich bin mehr daran interessiert, meinen Plan durchzuführen, als persönliche Rache zu nehmen oder eine sofortige Strafjustiz durchzusetzen. Denkt genau darüber nach! Die wiedereingesetzte Regierung wird für lange Zeit auf der Erde und den inneren Planeten alle Hände voll zu tun haben. Warum sollten sie sich auch mit einigen weit abseits hausenden Kolonisten beschäftigen — besonders, wenn ich ein gutes Wort für euch einlegen würde? Arbeitet mit mir zusammen, und ihr habt mein Wort als Offizier der US-Raummacht, daß euch nichts passiert.«

Fraser blickte in das hagere Gesicht und wußte, daß der Admiral seine Worte ernst meinte.

Hoshi beugte sich vor.

»Es gibt fünftausend Menschen im Jovianischen System«, sagte er tonlos. »Viel weniger, als eine einzige von Ihren Raketen auf der Erde töten könnte. Ganz zu schweigen von denen, die vor ein Erschießungskommando kommen. Im Grunde genommen müßten wir die ganze Kolonie opfern, um Sie an der Durchführung Ihres Plans zu hindern.«

»Das hätte unter den gegebenen Umständen wenig Sinn«, antwortete Swayne. »Wir könnten in unserem Schlachtschiff auf alle Fälle der Vernichtung entgehen und uns andere Landeplätze suchen.« Er beugte sich vor und fuhr mit beschwörender Stimme fort: »Erkennt doch die Tatsachen an! Ihr seid geschlagen. Ihr habt jetzt nur noch Verpflichtungen euren Familien gegenüber. Ich wiederhole mein Angebot: Zieht euch in eure Heimstätten zurück und macht keine weiteren Schwierigkeiten. Dann lassen wir euch auch in Frieden.«

»Ihr könnt sogar die Leute mitnehmen, die Aurora verlassen wollen«, fügte Lorraine hinzu. »Und wir übrigen werden euch wie bisher mit Vorräten versorgen.«

»Hübsch ausgedacht«, höhnte Hoshi. »Dadurch werdet ihr alle zweifelhaften Elemente und möglichen Saboteure los, nicht wahr?«

»Natürlich«, gab Swayne ungerührt zu. »Aber seid ihr so unmenschlich, daß ihr diese Leute nicht aufnehmen wollt?«

Er spricht von Unmenschlichkeit, dachte Fraser. *Ich werde nie begreifen, was in manchen Gehirnen vor sich geht. Vielleicht habe ich deswegen Theor so gern.* Er spürte Unruhe bei diesem Gedanken. *Ich sollte so bald wie möglich zum Wagen zurück. Theor könnte inzwischen gerufen haben.*

Das Gespräch schleppte sich endlos weiter, ohne zu einem richtigen Ergebnis zu führen.

»Wir können nicht sofort aufbrechen«, sagte Hoshi schließlich. »Wir haben Verwundete, um die wir uns kümmern müssen.«

»Ich werde das Krankenhauspersonal hinausschicken«, versprach Lorraine.

»Die Aufständischen müssen so bald wie möglich abrücken«, beharrte Swayne, und das zähe Verhandeln ging weiter.

Schließlich wurde eine erbärmliche Kompromißlösung gefunden, und die Ganymedier standen auf. Swayne verabschiedete sich mit einem kurzen Gruß und begann, sich sofort in die Lektüre irgendwelcher Papiere zu vertiefen.

Lorraine ging zu Fraser hinüber. Er war schon an der Tür.

»Mark«, sagte sie.

Er warf ihr einen kalten Blick zu.

»Mark, es . . . es tut mir leid.«

»Was du getan hast, sollte dir auch wirklich leid tun«, antwortete er schroff und öffnete die Tür.

»Kannst du es nicht verstehen? Ich muß das tun, was ich für richtig halte — genau wie du. Und wer will entscheiden, was richtig oder falsch ist?« Sie biß sich auf die Lippen und sah ihn fast flehend an.

Sie hatte das richtige Kleid für diese Gelegenheit angezogen: dezent im Schnitt, aber immer noch genug von ihrer guten Figur zeigend. Tränen schimmerten in ihren smaragdfarbenen Augen. Fraser mußte sich an gemeinsame Stunden der Arbeit und der Fröhlichkeit erinnern, und er konnte Lorraine einfach nicht hassen.

»Würdest du mir die Hand geben?« flüsterte sie.

Hoshi schaute nicht hin. Fraser streckte verlegen den Arm aus. Er fühlte den Druck ihrer Finger und noch etwas: Sie hatte ihm einen kleinen, harten Gegenstand in die Hand gedrückt.

Als sich ihre Blicke trafen, schüttelte sie fast unmerklich den Kopf. Sein Herz schlug schneller. Er ließ den Gegenstand, den Lorraine ihm zugesteckt hatte, so unauffällig wie möglich in der Tasche verschwinden.

»Auf Wiedersehen, Mark«, sagte Lorraine. Dann wandte sie sich ab und verschwand durch die gegenüberliegende Tür.

Fraser folgte Hoshi zur nächsten Luftschleuse. Zwei bewaffnete Astronauten stapften hinter ihnen her. Die Gänge waren leer. Über die meisten Bewohner von Aurora war Ausgangssperre verhängt worden. Hoshi ging mit gesenkten Schultern und sprach kein Wort.

Als sie dann wieder in Mendozas Geländewagen saßen, zog Fraser den Gegenstand aus der Tasche, den Lorraine ihm zugesteckt hatte. Es war eine zusammengefaltete Karte. Sie hatte darauf gekritzelt: *Triff mich um 8 Uhr des nächsten Zyklus hinter den Mondschiffen. Laß es niemand wissen!*

Eine Tageseinheit auf Ganymed entsprach siebeneinviertel Erdtagen. Die Kolonisten maßen die Zeit in Einheiten von vierundzwanzig Stunden und nannten sie Alpha-Zyklus, Bravo-Zyklus und weiter bis Gable-Zyklus und Harry-Zyklus als Anhängsel. Auf den anderen Monden lebten zu wenige Menschen, als daß es sich gelohnt hätte, ein besonderes Zeitsystem für sie einzuführen.

Aber was mag sie wollen? fragte sich Fraser. *Mich von ihrem Standpunkt überzeugen? Das wird ihr kaum gelingen.*

Als Fraser am nächsten Abend durch die Luftschleuse des Geländewagens ins Freie trat, schaute er sich vorsichtig um.

Keiner in Sicht. Die Wagen der Kolonisten standen in Reih und

Glied unter der hochragenden Bastion des Apachen-Kraters. Männer bewegten sich dort zwischen Licht und scharfen Schlagschatten, die die im Westen hängende Sonne über den Kraterrand warf. Im Osten, über den Glenn-Bergen, schimmerten Sterne, und der Jupiter hing in seiner halbhellen Phase als riesiger Globus im Zenit. Dennoch war die Landschaft in Dämmerung gehüllt.

Fraser hielt sich im Schatten, bis er hinter dem Krater war. Dann wandte er sich nach Osten, um außer Sicht von Aurora zu gelangen. Die Landzeichen waren ihm vertraut, und es bereitete ihm keine Schwierigkeiten, sich im Halbkreis ungesehen dem Flugfeld von Norden her zu nähern.

Die kleinen Raumschiffe für den interplanetaren Verkehr, die sogenannten Mondschiffe, ragten vor ihm empor. Eine Gestalt trat plötzlich aus dem Schatten, ergriff seinen Arm und führte ihn in die Dunkelheit zurück. Helm stieß gegen Helm.

»Oh, Mark!« Sie griff mit beiden Händen nach ihm. »Ich hatte Angst, du würdest mir mißtrauen und nicht kommen. Vielen Dank für dein Vertrauen!«

Fraser trat verlegen von einem Fuß auf den anderen.

»Warum — äh — hätte ich dir nicht vertrauen sollen?«

»Es könnte ein Trick von mir gewesen sein. Du mußt wissen, daß deine Flucht aus Aurora der erste erfolgreiche Widerstand gegen den Admiral war. Er war wütend und wollte an dir ein Exempel statuieren. Ich wußte nicht, ob er dich nicht doch einfach gefangennehmen würde, als du gestern nach Aurora kamst. Aber als wir die Zusammenkunft besprachen, mußte ich doch deinen Namen vorschlagen und dich bitten, mitzukommen. Dabei wußte ich nicht, ob er deine Immunität wirklich respektieren würde.« Sie sprach im hastigen Tonfall eines Menschen, der sich etwas von der Seele reden muß. »Ich habe ihm erklärt, daß du einer der wichtigsten Männer hier bist.«

»Das stimmt nicht«, wehrte Fraser verlegen ab. »Ich habe nie die Fähigkeiten zu einem Politiker oder Anführer gehabt. Beinahe hätte ich es abgelehnt, mit der Delegation nach Aurora zu kommen.«

»Das habe ich nie befürchtet. Du hast zuviel Pflichtgefühl dafür.«

Er sah sie durch die Sichtscheibe forschend an, konnte aber nur die bleichen Umrisse ihres Gesichts erspähen.

»Du hast also mein Leben aufs Spiel gesetzt, behauptest du«, sagte er. »Aber warum?«

»Ich habe mein eigenes Leben auch riskiert«, verteidigte sie sich.

»Du?« fragte er ungläubig. »Du hast dich doch von Anfang an auf die Seite des Admirals geschlagen.«

»Nein, Mark, ich stehe auf deiner Seite.«

Er konnte nur sprachlos in die Dunkelheit starren.

»Ich bin nicht für Sam Hall und seine Anhänger gewesen, das stimmt«, fuhr sie hastig fort. »Ich hielt sie für aufrichtig, aber irregeleitet. Jetzt ist die Situation ganz anders. Nie könnte ich mich einem Manne anschließen, der Atomwaffen gegen sein eigenes Volk richten würde, nur um seine Ziele durchzusetzen.«

»Aber du hast doch mit ihm zusammengearbeitet«, sagte Fraser verwirrt.

»Ja, natürlich. Verstehst du das nicht? Über den Stadtsprechfunk wurden Freiwillige gesucht. Ich mußte doch etwas tun. Dazu mußte ich aber in eine Position kommen, wo ich wirkungsvolle Sabotage betreiben konnte. Sie haben keine Lügendetektoren, sonst hätte ich den Admiral und seine Leute nie täuschen können. Da ich hier in der Stadt wegen meiner politischen Ansichten nicht sehr beliebt war, hielten mich Swaynes Männer für eine von den ihrigen. Natürlich haben sie mich trotzdem auf Herz und Nieren geprüft und verhört. Aber ich habe es irgendwie geschafft, und nun bin ich Stadtkommandantin. Ich sorge dafür, daß das Leben normal weiterläuft und fungiere als Unterhändler zwischen der Zivilbevölkerung und dem Admiral. Die Leute gehorchen mir, aber ich weiß, daß die meisten mich verachten. Kannst du dir vorstellen, wie entsetzlich meine Lage ist?«

Sie schwieg, und Fraser brauchte eine Weile, ehe er seine Stimme richtig in der Gewalt hatte.

»Ich muß dich um Verzeihung bitten, Lory«, sagte er demütig. »Wie konnte ich das alles ahnen?«

Als sie nicht antwortete, fragte er: »Und wie ist die allgemeine Lage in der Stadt?«

»Unübersichtlich«, sagte sie sofort. »Ich hätte mir nie vorgestellt, daß es so sein könnte. Das Leben geht weiter — aber in einer gewissermaßen verkrüppelten Form. Die Leute gehen ihren Beschäftigungen nach und führen ihr übliches Freizeitleben. Nur einige wichtige Anlagen der Stadt stehen unter ständiger Bewachung. Einige Männer, die offenen Widerstand leisten wollten, sind eingesperrt worden. Aber sie werden nicht einmal schlecht behandelt, und man kann sie zu bestimmten Stunden besuchen.

Aber irgend etwas ist da — vergiftet die Atmosphäre in der Stadt. Es ist dieser Pesthauch der Unfreiheit, der die Luft vergiftet.« Sie lachte verlegen. »Ich spreche, als wäre ich eine gewöhnliche Bürgerin der Stadt. Dabei gelte ich doch selbst als Kollaborateurin.«

»Gibt es noch andere, die dieses Spiel so wie du betreiben?«

»Ich weiß nicht. Ich habe nicht gewagt, mich einem von denen zu nähern, bei denen ich es annehmen könnte. Jedenfalls ist die Lage so, daß Swaynes Gegner vermutlich in der Überzahl sind und die Mannschaft des Raumschiffs überwältigen könnten. Aber sie sind unorganisiert und wagen es nicht, etwas zu unternehmen. Dadurch werden sie auch zu Kollaborateuren, nicht wahr?«

»Wir auch«, gestand Fraser seufzend. »Nach der Zusammenkunft mit Swayne haben wir ja auch einen faulen Kompromiß geschlossen.« Er zögerte einen Moment, bevor er die nächste Frage stellte. »Wie geht die Herstellung der Atomsprengköpfe voran?«

»Es wird alles noch organisiert. Die Produktion läuft ja größtenteils automatisch, aber einige Ingenieure und Techniker werden doch benötigt, um die nötigen Fabrikanlagen zu montieren und einige andere, um die Produktion zu leiten. Dann werden auch die nötigen Fachkräfte gebraucht, um das Erz abzubauen und zu verarbeiten. Jeder Kolonist steht in jeder Minute seiner Arbeitszeit unter Bewachung. Trotzdem muß natürlich ein Stab zusammengestellt werden, der einigermaßen zuverlässig ist und gehorsam arbeitet. Auf Grund der Psycho-Karteien ist das möglich. Das dauert allerdings seine Zeit, und ich stelle mich so ungeschickt und langsam wie möglich an.«

»Ich frage mich, ob jedes Mitglied der *Wega* absolut zuverlässig ist?«

»Ja«, sagte Lorraine sofort. »Das militärische Personal wird in gewissen Zeitabständen überprüft. Swayne hat mir erzählt, daß er nur drei Leute aus der Mannschaft entlassen mußte.«

»Hmhm . . .« Fraser suchte nach Worten, und das Schweigen zwischen ihnen dehnte sich. »Und weswegen hast du mich jetzt herbestellt?« fragte er schließlich.

»Du bist der einzige Mann, zu dem ich Vertrauen habe und der mir möglicherweise helfen kann.«

»Aber wie?«

»Du bist ein guter Raumpilot.«

»Meinst du, du könntest mich an Bord eines Mondschiffes schmuggeln?«

»Das wäre nutzloser, als du dir vorstellen kannst. Die Boote sind luftleer, und die Atomreaktoren wurden entfernt. Auf den anderen Monden gibt es auch keine benutzbaren Raumschiffe mehr. Dafür hat Swayne gesorgt, bevor ihr euren Angriff gestartet habt.«

»Ich verstehe«, sagte Fraser. »Und was hast du nun im Sinn?«

»Swayne hat ein Schiff übersehen«, sagte Lorraine, und ihre Stimme klang dumpf und gepreßt durch den Helm. »Und dieses Raumschiff hat genügend Beschleunigung, um die Erde rechtzeitig zu erreichen und die Regierung vor Swaynes Umsturzplänen zu warnen.«

»Welches Schiff?« fragte Fraser erregt.

»Die *Olympia.*«

»Aber ...«

»Ich weiß. Wegen der Schwierigkeiten auf Jupiter ist das Raumschiff bisher noch nicht eingesetzt worden, und es ist nicht mit den lebensnotwendigen Vorräten ausgestattet. Aber im übrigen ist die *Olympia* startbereit.«

»Das ist phantastisch.« Fraser spürte, wie das Blut in seinen Ohren rauschte. »Wenn man nur eine Mannschaft irgendwie an Bord schmuggeln könnte ...«

»Ich weiß nicht wie«, sagte Lorraine. »Darüber konnte ich noch nicht nachdenken. Aber vielleicht können wir uns zusammen etwas ausdenken. Und du kannst das Schiff lenken, nicht wahr?«

»Wie soll ich an Bord kommen? Hoshi will mit den Kolonisten vor Sonnenuntergang abrücken.«

»Komm in die Stadt mit mir. Im allgemeinen Wirrwarr, wenn die Evakuierten die Stadt verlassen, kannst du unbemerkt hineinschlüpfen und dich in meiner Wohnung verstecken. Wir machen dann unsere Pläne, sobald ich keinen Dienst habe. Da wir uns meine Ration teilen müssen, werden wir wohl ein wenig Gewicht verlieren, aber das macht mir nichts aus. Das Risiko ist ziemlich groß, und ich würde es dir nicht übelnehmen, wenn du ablehnst. Schließlich hast du eine Familie und ich nicht. Aber das ist alles, was ich an Vorschlägen zu bieten habe.«

Wieder frei sein! Als Held gefeiert werden! Oder einen erbärmlichen Tod sterben!

Ein Aufruhr der widersprechendsten Empfindungen tobte in Frasers Innerem. Er hatte erlebt, wie erbarmungslos Swayne zurückschlagen konnte, und er wußte, wie schwierig es sein würde, ein so abenteuerliches Vorhaben wie die Entführung eines

Raumschiffs direkt vor den Augen des Admirals und seiner Männer durchzuführen.

»Was willst du tun, Mark?« hörte er Lorraine leise und unsicher fragen. »Du kannst dich entscheiden, wie du magst. Aber du mußt es sofort tun.«

»Ich komme mit dir, Lorraine«, sagte Fraser ruhig.

11

Theoretisch wäre es am rationellsten gewesen, in Schlafsälen zu schlafen, in Kantinen zu essen und nur wenige Waschräume zu benutzen. Praktisch war aber eine gewisse Privatsphäre ein unbedingtes Erfordernis. Jedes Appartement hatte daher alle notwendigen Einrichtungen, und die Bewohner von Aurora hatten nicht die Angewohnheit, unangemeldet einander zu besuchen. Außerdem wurde Lorraine von den meisten ohnehin boykottiert, so daß Fraser in ihrem Appartement keinen überraschenden Besuch zu befürchten hatte.

Trotzdem wuchs seine Nervosität von Tag zu Tag. Die Junggesellenwohnungen bestanden nur aus einem Wohnschlafzimmer, einer winzigen Küche und einem Bad. Er fühlte sich wie eingesperrt. Außerdem gab es keinen Tabak, und er spürte ständig einen leichten Hunger.

In der ersten Nacht hatten Lorraine und er lange debattiert, ohne zu einem Ergebnis zu kommen. Nach dem Frühstück ging Lorraine dann in ihr Büro, und er machte sich ans Pläneschmieden.

Mitunter irrten seine Gedanken ab. Hoshi würde inzwischen mit seinem Brief an Eve hinter die Glenn-Berge zurückgekehrt sein.

Hoshi hatte zuerst widersprochen, als Fraser ihm sein Vorhaben erklärt hatte. Aber schließlich war er auch davon überzeugt gewesen, daß kein anderer als Fraser überhaupt die Aufgabe durchführen konnte.

»Bei der Flucht muß die *Olympia* womöglich in die Atmosphäre des Jupiter eintauchen«, hatte Fraser ihm erklärt. »Das ist keine Situation, mit der ein normaler Raumpilot fertig wird. Ich bin dafür speziell geschult worden und habe ähnliche Raumschiffe schon auf der Erde gelenkt. Mir wäre es auch lieber, man könnte einen Ersatzmann für mich finden. Aber wenn die Aufgabe überhaupt erfolgreich durchgeführt werden soll, muß ich mich wohl oder übel dafür zur Verfügung stellen.«

Danach hatte ihn Hoshi einige Sekunden schweigend angeschaut und schließlich gesagt: »In Ordnung. Und ob du Erfolg hast oder nicht: ich beneide deinen Sohn.«

Würde Eve auch soviel Verständnis haben?

Als Lorraine am Nachmittag heimkam, war Fraser zu einem ersten Entschluß gekommen.

Sie schloß die Tür hinter sich, und er richtete sich vom Bett auf.

»Hallo«, sagte sie. »Wie geht es dir?«

Ihre Stimme klang gedämpft, und sie hatte Schatten unter den Augen. Aber sie bewegte sich elastisch, und er bemerkte die Röte auf ihren Wangen und erkannte zum erstenmal, daß dieses Mädchen mehr an sich hatte als die übliche konventionelle Hübschheit.

»Ich habe vielleicht die Antwort auf unser Problem«, sagte er.

»Wirklich?« Sie wirkte sofort noch wacher und gespannter, als sie sich neben ihm aufs Bett setzte und seine Schulter ergriff. »Ich habe gleich gewußt, daß dir etwas einfallen würde.«

»Warte erst einmal ab. Wir wollen es durchsprechen und feststellen, welche Fehler in dem Plan sind.«

»Da sind bestimmt keine Fehler«, sagte sie optimistisch. »Das weiß ich jetzt schon.« Sie sprang auf und tanzte durchs Zimmer. »Mein Gott, bin ich froh!«

»Lory, du benimmst dich ja wie ein Kind, das schulfrei hat.«

»So fühle ich mich auch«, sagte sie vergnügt. »Wenn endlich ein Ende dieser Schreckenszeit in Sicht ist, muß man doch froh sein. Schau, ich habe eine Flasche Whisky für eine besondere Gelegenheit aufgehoben. Wie wäre es, wenn wir sie jetzt aufmachten.«

»Ich mache mir zwar nicht viel aus Alkohol, aber immerhin könnte ein Glas jetzt nichts schaden. Den Plan müssen wir allerdings in aller Sachlichkeit durchsprechen.«

»Hmhm.« Sie wurde etwas ernster, aber der vibrierende Unterton fröhlicher Erregung blieb in ihrer Stimme. »Ich mache zum Abendessen etwas Besonderes — auch aus meinem Vorrat. Und während das kocht, können wir ernsthaft sprechen.« Sie errötete ein wenig. »Ich möchte mich auch umziehen.«

»Natürlich.«

Er zog sich ins Bad zurück, bis sie sagte, er könne kommen. Ein hautenges schwarzes Kleid mit einer Platinbrosche als einzigem Schmuckstück hatte Lorraine wie durch Zauberei in ein völlig neues, begehrenswertes Geschöpf verwandelt. In ihrem Haar schimmerten goldene Lichtreflexe.

Fraser setzte sich verwirrt hin und versuchte Ordnung in seine Gedanken zu bringen, während Lorraine in der kleinen Küche hantierte. Als sie zurückkehrte, setzte sie sich ihm gegenüber auf einen Stuhl.

»Also, was hast du für einen Vorschlag zu machen, Mark?« fragte sie.

»Das ist folgendermaßen ...« Er bewegte sich unbehaglich und blickte an ihr vorbei auf das Wandbild.

Es war nicht die übliche kitschige Erdlandschaft, die in den meisten Kolonistenheimen hing, sondern die Abbildung eines Raumschiffes, das in metallisch glatter Schönheit vor dem schwarzen Samt des Weltraums schwebte.

»Das Problem gliedert sich im Grunde genommen in zwei Hälften«, begann Fraser zögernd zu erklären. »Erstens muß das Schiff mit Vorräten versehen werden, und zweitens muß ich irgendwie an Bord kommen. Wenn ich dann an Bord bin, müssen die Motoren angewärmt werden, und später brauche ich genug Zeit zur Beschleunigung, bevor ein Geschoß oder eine Rakete die *Olympia* treffen kann. Aber das gehört alles mehr oder weniger zu dem zweiten Teil des Problems. Wir sind in unseren Überlegungen immer wieder daran gescheitert, daß wir die beiden verschiedenen Phasen nur in dieser Reihenfolge sehen konnten.«

Lorraine schnippte erregt mit den Fingern.

»Ich glaube, ich weiß, was du meinst. Warum bin ich nicht darauf gekommen? Aber sprich weiter.«

»Es gibt auch Radiophon-Verbindungen zu allen Außensiedlungen«, erklärte Fraser. »Und Swayne hat soviel andere Dinge zu tun, daß er diese Leitungen wohl kaum überwachen läßt.«

»Das stimmt. Ich habe selbst schon Gespräche mit den Minen führen müssen. Und ich könnte einen Zeitpunkt wählen, wo ich allein im Büro bin. Mit wem soll ich Verbindung aufnehmen?«

»Mit den Leuten in Blocksberg. Das sind nahezu die Antipoden von Aurora, und Gebhardt steht auf unserer Seite. Ich bin also sicher, daß sie uns dort behilflich sein werden. Es wäre besser, jemand auf den anderen Monden zu benachrichtigen, aber diese Verbindungen laufen ja über Funkkanäle, die von der Stadt aus überwacht werden. Also müssen unsere Leute in Blocksberg dafür sorgen, daß Vorräte für eine schnelle Beladung bereitstehen. Die Kisten könnten innerhalb von fünf Minuten durch die Ladeluke gehievt werden, und ich könnte sie ordentlich stapeln, wenn ich unterwegs bin. Viel brauche ich nicht. Die Reise wird nicht allzu viele Tage dauern. Hauptsächlich benötige ich Luft, Wasser, Lebensmittel und interplanetare Navigationsausrüstung mit der Astronomentafel und den Ableitungstabellen. Entsprechende Drogen wären auch nützlich. Mit Antion kann ich die Sonne näher passieren, als es die Schutzschirme sonst gestatten würden. Dadurch verringert sich die Flugzeit erheblich.«

»Also du willst von hier starten und in Blocksberg zwischenlanden?«

»Ja. In einer langen Kurve. Vielleicht um den Jupiter herum, so daß die Radarortung nicht feststellen kann, wohin mein Kurs gerichtet ist. Ich werde so starten, daß es aussieht, als nähme ich Kurs auf einen der anderen Monde. Ich kann jeden von den galileischen Satelliten ohne Instrumente erreichen. Dazu hat die *Olympia* genug Reaktionsmasse.«

»Aber bist du sicher, daß dieser Gebhardt die Vorräte hat, die du brauchst?«

»Ich bin sicher, daß er sie nicht hat. Woher auch? Aber dort in der Nähe befindet sich ein kleiner, unbemannter Nothafen. Gebhardt könnte das dortige Vorratslager ausplündern. Ich kann es nicht wagen, direkt in dem Nothafen zu landen. Swayne könnte so etwas vermuten.«

»Du mußt den Leuten in Blocksberg aber einige Tage Zeit lassen.«

»Ich weiß«, bestätigte Fraser. »Und was Phase eins des Plans betrifft, da bin ich auf dich angewiesen. Du mußt mich aus der Stadt schmuggeln.«

»Hm.« Sie sah ihn nachdenklich an. »Darüber mache ich mir Sorgen. Swaynes Leute sind äußerst vorsichtig geworden. Die meisten Luftschleusen sind versiegelt, und jede noch in Betrieb befindliche Luftschleuse wird von einem Posten bewacht, der von jedem Passanten einen gültigen Ausweis verlangt. Aber sag mir, was du vorhast.«

»Ich werde bis hinter den Horizont wandern, im Bogen zurückkehren und mich im Schutz der Mondschiffe anschleichen. Dann gehe ich an Bord eines Mondschiffes, entferne die Sicherheitsverschlüsse und starte den Raketenantrieb.«

»Was? Willst du das Schiff explodieren lassen?«

»Nicht direkt. Nicht wie eine Bombe jedenfalls. Aber es wird ein hübsches, kleines Feuerwerk geben. Und wenn ich dann keine Chance bekomme, unbemerkt an Bord der *Olympia* zu schleichen, dann gebe ich es auf.«

Lorraine starrte vor sich auf den Tisch.

»Du könntest dabei getötet werden, Mark«, sagte sie.

»Ich habe Zeit genug, das Mondschiff zu verlassen, bevor die Maschine in die Luft fliegt. Die Anwärmperiode ist zwar wesentlich geringer als bei einem Raumschiff von der Größe der *Wega*, aber sie dauert immerhin auch einige Minuten. Die umstehenden Schiffe werden die radioaktive Strahlung ziemlich gut abschirmen. Was die Anwärmung der Reaktoren an Bord der *Olympia* betrifft, so hoffe ich, daß im allgemeinen Wirrwarr das Summen der Maschinen nicht bemerkt wird.«

Lorraine schüttelte mißmutig den Kopf.

»Trotzdem: Die Sache gefällt mir nicht.«

»Hast du eine bessere Idee?«

»Ich habe überhaupt keine«, antwortete sie kleinlaut.

Er beugte sich vor und streichelte ihre Hand.

»Mach dir nicht so viele Sorgen, Mädchen! Ich habe mir alles genau durchgerechnet. Neunzig Sekunden brauche ich vom Mondschiff zur *Olympia*. Dreißig Sekunden, um die Ladeluke zu öffnen und hineinzuschlüpfen.«

»Das dauert länger«, widersprach sie. »Die Ausstiegleiter ist nicht da. Du mußt die Landeböcke hinaufklimmen und dich irgendwie mit einer Hand festhalten, während du mit der anderen die Luke öffnest.«

»Aber . . .«

»Zwei Leute zusammen könnten das viel schneller machen«, unterbrach ihn Lorraine schnell. »Wenn einer auf den Schultern des anderen steht, verstehst du? Da ist auch noch das Problem, dich aus der Stadt zu schleusen. Ich könnte versuchen, einen Ausweis für dich zu fälschen, aber das ist verdammt riskant.«

Trotz ihrer Worte sah sie jetzt wieder optimistischer aus als zuvor.

»Was schlägst du vor?« fragte er.

»Daß ich mitgehe.«

»Du bist verrückt.«

»Nein. Schau. Ich kann mir ohne Schwierigkeiten eine Ausrede ausdenken, Aurora zu verlassen. Zum Beispiel könnte ich dem Kontrolloffizier erzählen, daß in der Navajo-Mine Geräte ausgefallen sind und daß Sabotage zu vermuten ist. Ich erkläre ihm also, daß ich eine Inspektionsfahrt dorthin machen und den Schaden selbst zu reparieren versuchen will. Neuerdings habe ich kleinere elektronische Reparaturarbeiten durchgeführt, weil wir so knapp an Fachkräften sind. Ich lasse mir also einen Paß für mich und einen Assistenten — sagen wir einmal Chris Coulter — ausstellen. Inzwischen habe ich dafür gesorgt, daß Chris Coulter in dieser Wachschicht am anderen Ende der Stadt arbeitet. Die Wachtposten wissen zwar, wie ich aussehe, aber sie können kaum einen Techniker vom anderen unterscheiden. Er wird uns mit einer Werkzeugtasche durchlassen. Ich helfe dir, das Mondschiff zu sprengen, gehe mit dir an Bord der *Olympia* und fliege mit nach Blocksberg.«

»Aber sie werden Maßnahmen gegen dich ...«

»Unsinn«, sagte sie schnell. »Außerhalb der Stadt bin ich viel sicherer, wenn dieser Coup erst einmal gestartet ist. Obwohl ich annehme, daß Swayne nicht viel unternehmen wird, wenn er merkt, daß du weg bist. Er kann nicht gegen Raumschiffe kämpfen, die vor ihm gewarnt worden sind. Entweder ergibt er sich, oder er startet mit der *Wega* in einen anderen Schlupfwinkel. Im schlimmsten Falle könnte er die Bewohner von Aurora als Geiseln einsetzen und um Begnadigung bitten. Aber er weiß dann bestimmt, daß er den Krieg verloren hat.«

»Du hast auf alle Fälle recht«, stimmte Fraser zu. »Ich bin froh, wenn du aus seiner Reichweite bist. Einverstanden!«

Sie streckte ihre Hand aus, und ihre Finger blieben lange beieinander, während sie sich in die Augen blickten.

Plötzlich küßte er sie. Einen Moment wich sie zurück. Aber dann wurde der Druck ihrer Lippen fester.

Schließlich löste sie sich mit einem unsicheren Lachen von ihm.

»Ich muß mich jetzt um unser Festessen kümmern«, sagte sie.

»Wenn es unbedingt nötig ist ...«, murmelte er.

Nach dem Essen plauderten sie noch lange, und sie erzählte ihm mehr von ihrer Vergangenheit als je zuvor einem anderen Mann. Später fiel es ihm schwer, auf seinem unbequemen Nachtlager am Boden des Zimmers einzuschlafen.

12

Jenseits der Küstenklippen lag ein Gebirge, das die Nyarraner die Rasenden Berge nannten. Daran schloß sich das öde Hochland von Rollarik an, wohin sich Walfilos geschlagene Armee vielleicht zurückgezogen hatte.

Theor marschierte weiter nach Westen bergan. Dünner, kalter Wind trieb ihm feuchte Nebelschwaden ins Gesicht. In absoluter Einsamkeit kletterte Theor über die dunklen, feucht schimmernden Eisfelsen. Irgendwo rechts von ihm war das Rauschen eines Flusses zu hören. Er überlegte sich, ob er versuchen sollte, einen Fisch zu fangen, entschied sich aber dagegen.

Unter Aufbietung seiner letzten Kräfte kletterte Theor weiter bergan. Die Veränderung des Luftdrucks in größerer Höhe ist bei der Schwerkraft des Jupiter mehrfach so groß wie auf der Erde. Theor war jetzt nicht viel höher als anderthalbtausend Meter über dem Meeresspiegel, aber weniger als die Hälfte jener Wasserstoffkonzentration, auf die sein Körper eingestellt war, kursierte jetzt durch die verzweigten Atemkanäle seines Inneren. Immer öfter mußte er mit zitternden Knien und hämmerndem Herzen anhalten.

Aber der Kamm des Gebirges konnte nicht mehr fern sein. Stolpernd und taumelnd und sich mit allen sechs Gliedern seinen Weg suchend, überquerte er eine lange Geröllhalde. Am Rande einer Felsterrasse blieb er schweratmend stehen und drückte wohl zum hundertstenmal auf den Schalter seiner Sprechscheibe.

Nur der Wind heulte eine Antwort in seine Ohren. Aber was machte das schon aus? Fraser konnte ihm hier bestimmt nicht helfen. Allerdings wäre schon die Stimme eines Freundes in dieser kalten Einsamkeit ein Trost gewesen.

Theor raffte sich auf und stapfte weiter.

Bald bin ich am Ende meiner Kräfte, dachte er, aber irgendwie erschreckte ihn der Gedanke in seinem jetzigen Zustand gar nicht mehr.

Der Nebel wurde dichter — so dicht, wie er es noch nie zuvor erlebt hatte. Er ging wie durch dunkle Rauchschwaden, wo der Wind sehr gedämpft klang und nur hin und wieder seltsam schrille Töne zu hören waren. Die Luft in seinen Kiemen schmeckte jetzt ätzend scharf. Aber das waren keine Vulkandämpfe, sagte er sich.

Was dann?

Ein *Verborgenes Volk* sollte hier nördlich von Jonnary angeblich leben und magische Tränke brauen. Bisher hatte Theor das für Aberglauben gehalten. Aber jetzt ...

Ein Schwarm von großen Flocken wehte vorbei, ehe Theor es richtig wahrnahm.

Ein weiterer Schwarm. Er griff zu und fing eine der Flocken. Etwas Lebendiges! Es zappelte in seiner Hand. Er hielt das zappelnde Wesen dicht vor seine Augen. Es hatte die Form eines kleinen Sterns mit acht ausgezahnten Spitzen. Mit seinen Fühlern tastete er über den Stern. Eine merkwürdige Substanz, aber ... Sein tierischer Impuls trieb ihn dazu, es in den Mund zu schieben und zu zerkauen. Das Fleisch schmeckte ölig und fremdartig. Aber es rutschte hinunter, und sein Magen nahm es an.

Theor stand verblüfft da. Er war zu übermüdet, um große Erregung zu spüren. Sein hauptsächliches Gefühl war Verwirrung. Die Nyarraner waren bisher immer davon überzeugt gewesen, daß hier oben keine Lebewesen existieren konnten. Aber es gab welche. Er hatte eben eines gegessen.

Wenn er genug von diesen seltsamen Bergsternen fangen konnte, war seine Ernährung gesichert. Der Gedanke erfüllte ihn mit neuer Energie, und er stapfte weiter.

Die Wolken waren noch dichter geworden, und er hielt so eifrig nach den Schwärmen dieser Bergsterne Ausschau, daß er beinahe über eine Steilklippe abgestürzt wäre. Erst im letzten Moment sprang er zurück. Eine Weile stand er zitternd da.

Der Gebirgszug schien an dieser Stelle wie von einer riesigen Axt abgehackt zu sein, und die steile Klippenwand verlor sich in tintenschwarzen Nebeltiefen.

Theor fand einen Stein und warf ihn hinunter. Er hörte den Stein aufprallen, weiterrollen, wieder aufprallen und weiterrollen, bis das Geräusch unhörbar leise wurde. Aber der Stein war noch längst nicht am Boden der Klippe angekommen.

Ein Pfiff war zu hören. Er schaute zurück und sprang im nächsten Moment fluchend in Deckung eines Felsens. Sein Dolch schwang aus der Scheide. Aber er blieb unbeachtet. Ein riesiges Etwas schwebte als vager Schatten über ihn hinweg und in die Schlucht hinaus.

Ein Mensch würde das Wesen mit einem Wal mit langen Flossen und einem Gewirr von dicken Barthaaren um den Mund verglichen haben. Jedenfalls war es auch ein Lebewesen.

Ich habe eine neue Zone des Lebens entdeckt, dachte Theor erregt. *Luftgeschöpfe bewohnen diese oberen Regionen, und wir haben es nie gewußt. Aber wir gehören ja auch in die dunklen Tiefen.*

Er erinnerte sich, daß Fraser ihm erzählt hatte, die spektroskopischen Untersuchungen hätten auf vielfältiges mikrobisches Leben in den oberen Atmosphärenschichten des Jupiter hingewiesen. Diese Mitteilung war Theor seinerzeit unwichtig erschienen. Was sollte es schon bedeuten, wenn oberhalb der Wolken so winzige Lebewesen schwebten, daß sie nicht einmal mit bloßem Auge zu erkennen waren? Aber wenn es auch größere Arten gab? Das würde ja bedeuten, daß sein ganzer Planet von einer dicht belebten Hülle umgeben war.

Theor wanderte weiter. Eine undeutliche Masse begann aus den dunklen Nebeldämpfen emporzuragen. Als er endlich erkannt hatte, was es wirklich war, stand er lange Zeit so hilflos da, als hätte er für alle Zeiten das Ende seiner abenteuerlichen Wanderung erreicht.

Eine Felswand ragte direkt vor ihm auf. Sie erstreckte sich vom Rand der Steilklippe zu seiner Linken bis zu den unsichtbaren Schluchten rechts von ihm.

Während er noch mutlos dastand und überlegte, was er tun sollte, entdeckte er einen Gegenstand, der vom scharfen Wind flach an die Felswand gepreßt wurde. Theor ging hinüber und sah so etwas wie ein riesiges, ausgefranstes Blatt von etwa sechs Metern Länge vor sich. Einige dicke, faserige Schnüre führten von den Ecken dieses schwarzen, dicht am Felsen klebenden Etwas zu einem Ding, das an einen großen, mit Warzen übersäten Baumstamm erinnerte. Als Theor das Ding anzuheben versuchte, stellte er fest, daß es nahezu so schwer war wie er selbst.

Ganz allmählich wurde ihm klar, was für eine Art von Organismus das sein mußte. Normalerweise schwebte es wie ein offener Fallschirm dahin. Die Oberfläche absorbierte Energie, und die faserigen Stränge entnahmen den Wolken Ammoniak und Mineralstoffe. Die riesige blattartige Decke trug den unförmigen Gegenstand an den verschiedenen Strängen. Es mußte eine Art Druga sein — in einem augenblicklichen Entwicklungsstadium halbwegs zwischen Pflanze und Tier.

Er versuchte die Schale des warzenübersäten Dinges zu öffnen, aber sie widerstand sowohl seinem Dolch wie auch den kräftigsten Steinhieben. Nun, dann konnte er aus dem langen Blatt wenigstens eine Decke für sich schneiden oder eine Fangtasche für die Bergsterne.

Ein seitlicher Windstoß ergriff das riesige Blatt. Theor packte zu und stellte sich gerade noch rechtzeitig darauf, ehe es davongeweht wurde.

Ich muß mein Glück festhalten, dachte Theor. *Diese Wand, die mich aufhält, hat auch etwas zurückgehalten, was mir dienstbar sein kann.*

Wieder eine Sturmbö und gleichzeitig damit eine tollkühne Idee, die durch Theors Hirn schoß.

Warum nicht? dachte er. *Ich bin auf Forgars geritten. Warum soll mich dieser pflanzenartige Fallschirm nicht tragen?*

Der Dolch zitterte in seiner Hand, als er die Stränge durchschnitt, die die schwarze, fallschirmartige Decke mit dem großen Klotz verband. Klebriges Blut floß aus den Schnittstellen. Ohne das Gewicht des Klotzes belastet, flatterte das riesige Blatt wild hin und her. Theor hatte alle Mühe, sich auf den Beinen zu halten, während er die seilartigen Stränge um seinen Körper schlang. Als er schließlich fertig war, wölbte sich der Schirm im Wind und riß ihn fast von den Füßen.

Nicht ganz. Er hatte noch etwas Gewicht. So wenig jedoch, daß es ihm möglich sein mußte, die Klippen springend und gleitend hinunterzuschweben. Es erschien ihm als das riskanteste Abenteuer seines Lebens. Aber es blieb ihm keine andere Wahl, wenn er hier oben nicht über kurz oder lang elend umkommen oder das Opfer von riesigen Wolkenfischen werden wollte.

Er nahm seinen ganzen Mut zusammen und ließ sich über den Abgrund gleiten.

Zuerst rutschte er wild einen glasglatten Steilhang hinunter. Wenn dieser Windsack zerriß, würde er im freien Sturzflug schneller und schneller hinabgleiten, bis er schließlich gegen eine Klippe geschmettert wurde. Er packte die vorderen Seilstränge und zog an, um den Windsack über sich auszubalancieren. Die Seile schnitten in seinen Leib, aber sein Gleitflug verlangsamte sich, bis er nahezu über den Steilhang abwärts zu tänzeln schien.

Dann wich der Boden unter ihm zurück, und seine Füße traten in leere Atmosphäre.

Fraser hätte ihm etwas über thermische Aufwinde erzählen können. Theor wußte nur sehr wenig davon; sie waren ein seltenes Phänomen in seinen heimischen Tiefen. Hier, wo weniger atmosphärischer Druck und geringere Dichte herrschten und größere Temperaturschwankungen die Regel waren, konnten solche Thermikströme enorme Druckkraft erzeugen.

Theor wußte lediglich, daß eine unheimliche Gewalt ihn ergriffen hatte. Er baumelte in den wirbelnden Wolken und fühlte, wie die Luft erstickend dünner und dünner wurde, während er unter seinem Windsack in die Leere hinausgeweht wurde.

13

War dieses Dröhnen und Klingen nur in seinem Kopf — bei seinem endgültigen Flug in die Nacht des Nichts?

Nein. Um ihn her waren Gestalten. Sie tauchten aus den Ammoniakwolken hervor und verschwanden wieder darin: geflügelte Schattenwesen, die so schnell kamen und gingen, daß er sie kaum erkennen konnte. Ihr Flöten und Zirpen vermischte sich mit dem Rauschen des Windes in den Seilen, die ihn hielten.

Theor wußte nicht, wie lange er halb bewußtlos durch die oberen Schichten der Jupiteratmosphäre getragen worden war. Aber allmählich nahm er wieder deutlicher seine Umgebung wahr, und das Atmen fiel ihm leichter. Die Luftströmung bewegte sich jetzt bodenwärts und trug ihn in einer weiten Kurve nach unten.

Plötzlich durchbrach er die Wolken. Die infraroten Sonnenstrahlen brannten ihm aus der riesigen schwarzen Leere des Weltraums fast horizontal auf den Rücken. Nie zuvor hatte er direkt in das blendende Licht dieser Scheibe geschaut. Die Strahlen fielen schräg über gewölbte Hügelmassen, warfen tiefdunkle und hellere Schatten über die roten Gipfel und zerbarsten in runde Regenbogen, dort wo Eiskristalle sie reflektierten.

Weit unten sah er Land und einen grauen Gebirgszug, der in Schattierungen von Lila und Braun überging, wo die Wälder von Rollarik begannen. Er konnte sogar einen tätigen Vulkan dort unten erspähen: einen glühend roten Fleck am Rande seines Sichtkreises.

Er wandte den Kopf und blickte benommen um sich. Die fliegenden Wesen glitten näher — ungefähr zwanzig von ihnen. Sie hatten etwa einen Meter lange, schlanke Körper mit walartigen Schwanzflossen, breite, dünnhäutige Schwingen, zwei Beine mit Greifzehen an den Füßen — dicht an den Leib gezogen — und Köpfe mit schnabelartigen Nasen am Ende eines gebogenen Halses. Ihre Augen waren kleiner als Theors, aber sie hatten Arme, die in Händen mit Fingern und gegenüberstellbaren Daumen endeten.

Einige trugen Seile, andere hatten Harpunen bei sich.

Das Verborgene Volk! Sie waren also nicht nur eine Legende!

Er wartete hilflos auf ihre weiteren Aktionen.

Sie umkurvten ihn in immer engeren Kreisen und schrien einander zu. Die Töne kamen aus ihren Mündern. Sie hatten weder Kehlsäcke noch Kiemen.

Offenbar atmeten sie wie Menschen. (Mark, Mark, wo magst du jetzt sein?) Aber wenn die von den Menschen aufgestellte Entwicklungslehre wirklich stimmt, gehören sie einer unglaublich fremden Art an und gehören nicht einmal in meine Klasse der Säugetiere. Vor wieviel Millionen Jahren mag jenes Tier, das unser gemeinsamer Vorfahre war, in die oberen Schichten der Atmosphäre gezogen sein. Oder war es umgekehrt? Sind wir abgestiegen?

Eine Weile lang hoffte Theor, sie würden ihn einfach unbehelligt zu Boden gleiten lassen. Aber sie schienen jetzt zu einem Entschluß gekommen zu sein. Seile schnellten vor. Angesichts der auf ihn gerichteten Harpunen versuchte er den Schlingen nicht zu entschlüpfen, die sich um seine Vorderbeine und seinen Rumpf schlossen. Die Fluggeschöpfe zogen ihn fort.

Ihre Seile schnitten grausam in sein Fleisch. Die Schwingen peitschten hart durch die Luft, und er hörte die heftigen Atemzüge aus den Lungen seiner Überwältiger.

Die Sonne hinter ihm versank im Ozean. Nur noch ein matter Widerschein von den Wolkenrändern erhellte die Atmosphäre. Plötzlich wurde hellerer Lichtschein sichtbar. Die Flugwesen steuerten darauf zu. Eines flog voraus und kehrte mit einem ganzen Schwarm von seiner Art zurück. Ihre Stimmen zirpten und flöteten durch die hier herrschende Stille.

Trotz seiner Müdigkeit spürte Theor eine wilde Erregung, als er sah, wohin die unheimliche Luftreise ging. Es war eine Zusammenballung von Hunderten von schimmernden Blasen, die als riesiger Ballon in der Luft schwebten. Die Masse war ungefähr hundert Meter dick und maß etwa achthundert Meter im Durchmesser. Überall in der Hülle dieses Ballons waren flache Mulden, und darin bewegten sich Gestalten. Es waren Nester.

Er wurde zu einem der Nester am Rande des Ballons gebracht. Die Oberfläche gab etwas unter ihm nach, und ganz ohne Zweifel sank der ganze Ballon ein wenig durch zusätzliches Gewicht.

Einige Harpunen waren auf ihn gerichtet, während zwei von den Wesen seine Seilfesseln und den Windsack entfernten. Nur noch ein Seil wurde um seinen Hals geschlungen und an sein rechtes Vorderbein gefesselt.

Theor mußte unwillkürlich grinsen. Meinten sie, er würde hier einen selbstmörderischen Fluchtversuch unternehmen?

Die anderen Mitglieder des Verborgenen Volkes flatterten umeinander und zirpten erregt. Er wollte irgendwie antworten, aber die Anstrengung war zu groß.

Laßt mich nur schlafen. Ich bin so entsetzlich müde.

In der Dämmerung erwachte er. Kurze Zeit war er völlig verwirrt und versuchte sich zu erinnern, was geschehen war. Die Erinnerung kehrte in Bruchstücken zurück. Aber es kam ihm ziemlich unwirklich vor.

Doch er war tatsächlich hier — in dieser fremden Umgebung.

Er bewegte sich steif. Das Seil behinderte ihn, als er zum Rand des Nestes humpelte und darüberspähte. Anderthalb Kilometer unter ihm schwebten die Morgennebel über Rollarik. Er konnte die Steilklippen von Jonnary erkennen, die sich von Süden nach Osten erstreckten und dort in die Wilderwall-Berge übergingen. Nicht weit nördlich davon rauchte der Vulkan inmitten der Wälder.

Die riesige, hell schimmernde Masse aus Hunderten von Blasen schwankte leicht im Wind. Wolken trieben vorüber — abgefetzt von jener riesigen Wolkenbank, die ständig den Himmel im Westen verfinsterte.

Das Verborgene Volk ging seinen Beschäftigungen nach. Geschöpfe, die er für Frauen und Jugendliche hielt, waren in anderen Nestern an der Arbeit. Sie breiteten in Streifen geschnittenes Fleisch zum Trocknen aus, entschalten die Früchte der Luftvegetation und spannten Seile. Alle ihre Behälter waren Flechtkörbe. Aus leichten, spröden Knochen wurden Werkzeuge geschnitzt. Das vermutlich männliche Wesen, das wachsam in Theors Nähe hockte, war mit einer Harpune bewaffnet, die er nun aus der Nähe mustern konnte. Der Schaft war in kunstvoller Handwerksarbeit aus Knochenteilen zusammengesetzt. Als Spitze war der Stoßzahn eines Tieres eingesetzt.

»Es sind also Jäger«, sagte Theor im Selbstgespräch.

Der Mangel an Luft und Nahrung machte sich bei ihm immer noch in einer dumpfen Gedankenträgheit bemerkbar. Aber der Schlaf hatte ihn etwas gestärkt.

»Also sind sie noch armseligere Wilde als die Waldläufer dort unten«, überlegte er laut weiter. »Aber natürlich haben sie keine Mineralien, nur die Flora und Fauna dieser Höhenlage.«

Diese Ansiedlung war trotz alledem eine beachtliche Leistung. Wahrscheinlich bestand der Ballon aus Blasen, die irgendeine Pflanzenart zu ihrem Aufbau benötigte. Natürlicherweise konnte dieser Ballon nicht so groß geworden sein. Generationen mußten daran gearbeitet haben, so viele Blasen zusammenzuholen. Was hielt sie zusammen? Eine Klebmasse?

Seine Aufmerksamkeit richtete sich wieder auf das Seil, das ihn fesselte. Man hatte den Dolch in seinem Gürtel stecken lassen. Entweder hatte man nicht erkannt, was es war, oder man hatte die Waffe in der Dunkelheit übersehen.

Er hörte zwitschernde Geräusche und drehte sich um. Zwei weitere männliche Flugwesen waren neben seinem Bewacher auf dem Rand des Nestes gelandet. Sie starrten ihn lange aus ihren hellen, seltsamen Augen an, und er mußte an die Sagen denken, die über dieses Verborgene Volk im Umlauf waren.

»Seid gegrüßt«, sagte er versuchsweise.

Sie antworteten nicht. Mit zusammengefalteten Flügeln kauerten sie am Rand des Nestes, und kein Wort kam aus ihren schnabelartigen Mündern.

Nun, das hätte er sich denken können. Er versuchte es noch einmal und hob dabei eine Hand zum Gruß.

Jetzt deutete eines der Flugwesen mit dem Schnabel auf ihn und flötete einige Töne. Theor schnitt eine Grimasse.

»Ich kann natürlich deine Sprache nicht im mindesten verstehen oder imitieren, mein Freund«, sagte er. »Aber ich kann dir zeigen, daß ich ein denkendes Wesen bin — wie ihr auch.«

Er riskierte es, den Dolch aus der Scheide zu ziehen und mit einem schnellen Schnitt das Seil zu zertrennen, das ihn fesselte. Sein Blick glitt zu den dreien hin. Sie rührten sich nicht und beobachteten ihn nur aufmerksam.

Theor steckte den Dolch in die Scheide zurück und begann in schneller Folge verschiedene Arten von Schifferknoten zu knüpfen. Er blickte auf, und es kam ihm vor, als schauten sie interessiert zu und nickten beifällig.

War der Bann zwischen ihnen gebrochen?

Theor deutete auf seinen Mund.

Das begriffen sie sofort. Einer flatterte davon und kehrte bald darauf mit einem Stück Fleisch und einigen weichen, kugelförmigen Gebilden zurück. Er warf sie vor Theor hin, und dieser begann mit Heißhunger zu essen. Die kugelförmigen Gebilde enthielten einen Saft, der seinen Durst etwas löschte. Theor vermutete, daß kein Lebewesen hier so trank wie er. Woraus sollten sie trinken? Vermutlich enthielten ihre Speisen Ammoniak, oder sie nahmen es beim Durchqueren von Wolken zu sich.

Zwei blieben auf dem Rand des Nestes hocken, aber der dritte kam jetzt herunter und begann ihm Zeichen zu geben. Theor ging darauf ein. Er machte dem Fluggeschöpf verständlich, daß er unten auf dem dunklen Jupiterboden lebte. Das schien große Überraschung auszulösen.

Jetzt deutete Theor auf sich und dann auf den Vulkan.

»Verstehst du? Ich möchte dorthin gebracht werden.«

Es war ein Aussichtspunkt, von dem aus er vielleicht Walfilos Truppen erspähen konnte.

Nach mehreren Wiederholungen schien das Fluggeschöpf zu begreifen, was Theor wollte. Es wich zurück und machte eine abwehrende Geste.

Natürlich, der Flug war gefährlich für Lebewesen, die in solcher Höhe lebten. Er mußte ihnen zumindest eine Gegenleistung versprechen, wenn sie ihm helfen sollten.

Theor zog wieder den Dolch und führte vor, wie vorzüglich die Schneide schnitt. Es war ihm aufgefallen, daß es in dieser Luftsiedlung keine wirklich scharfen Werkzeuge gab. In Zeichensprache machte er den Luftgeschöpfen klar, daß der Dolch ihnen gehören würde, wenn sie ihm behilflich waren.

Die drei begannen in ihrer Zwitschersprache miteinander zu beraten. Schließlich flog einer davon. Theor machte es sich so bequem wie möglich. Er würde vielleicht ziemlich lange warten müssen.

Es ging jedoch schneller als vermutet. Die Sonne stand noch nicht im Zenit, als etwa zwanzig der geflügelten Wesen zurückkehrten. Die meisten kreisten lautlos über dem Nest. Nur zwei flogen auf ihn zu und schleppten seinen Fallschirm mit sich. Also wollten sie offenbar wirklich auf seinen Vorschlag eingehen.

Er nahm die Seilstränge und schlang sie sich um den Leib wie zuvor. Der nächststehende Flügelträger deutete auf den Dolch. Theor seinerseits wies zum Vulkan hinunter und dann auf den Dolch und den Flügelträger.

Der Flügelträger schien zu begreifen und drückte sein Einverständnis durch einen kurzen, scharfen Zwitscherlaut aus. Sie würden ihn also hinuntergeleiten, und er würde ihnen dann den Dolch übergeben.

Theor stieg über den Nestrand und ließ sich ins Leere fallen. Die Seilstränge schnitten scharf in seinen Leib. Er stöhnte vor Schmerz. Dann ließ der Druck nach, und er begann abwärts zu schweben. Einer der Flügelträger warf ihm ein Seil zu. Theor bekam es zu fassen. Die Flügelträger formierten sich am anderen Ende des Seils und begannen ihn in Richtung des Vulkans schräg abwärts zu schleppen.

Der riesige, schwebende Ballon mit seinen vielen Nestern verschwand bald außer Sicht. Es war nicht überraschend, daß keiner der Bodenbewohner je eine von diesen schwebenden Ansiedlungen gesichtet hatte — oder die luftigen Weidegefilde und die Ungetüme, die dort ihre Nahrung suchten. In anderthalb Kilometer Höhe, mit halb so dichter Atmosphäre und vielen Wolken dazwischen blieben sie einfach unsichtbar. Theor fragte sich, was für weitere seltsame Lebensformen dort in den luftigen Gefilden gedeihen mochten.

Nach einer Weile fühlte Theor, wie der Zug an seinem Schleppseil immer stärker wurde, bis er es schließlich nicht mehr festhalten konnte und um die Hüfte schlingen mußte. Die Flügelträger mußten offensichtlich schwer arbeiten.

Gleich darauf erkannte er auch den Grund dafür. Der Windsack, der ihn trug, war von der Natur dazu bestimmt, in einer gewissen Höhe zu schweben. Sie waren jetzt in die viel dichtere Atmosphäre abgesunken. In seinen Kiemen spürte er es. Er merkte auch, daß Müdigkeit und Kälte von ihm wichen. Vorsichtig zog er an den Seilen, um Wind aus dem Fallschirm zu drücken und damit die Bremswirkung zu verringern.

Einer nach dem anderen verschwanden die Flügelträger nach oben. Sie konnten die atmosphärischen Bedingungen hier unten nicht ertragen. Die meisten blieben jedoch und schleppten ihn weiter bodenwärts.

Was für einen Schatz muß der Dolch für sie bedeuten, dachte Theor. *So etwa, als ob ich zum Boden des Ozeans tauche, um dort ein Juwel zu erbeuten.*

Natürlich verlieh ihnen der höhere Wasserstoffgehalt der Atmosphäre hier unten zusätzliche Energien, aber er konnte sich vorstellen, wie das ungewohnte Luftgemisch in ihren Kehlen brannte.

Aber sie erfüllen ihr Versprechen, dachte Theor dankbar. *Ich hoffe, daß ich sie eines Tages irgendwie wiedersehe und ihnen auch behilflich sein kann.*

Und jetzt tauchte der Vulkan vor ihnen auf. Der Krater war nicht sehr hoch, aber in seinem Inneren lohte ein riesiger Feuersee. In halber Höhe des Hanges lag ein kleinerer Feuerteich. Eine Rauchsäule stieg kerzengerade in die Höhe und vermischte sich in den oberen Regionen mit Wolken. Blitze zuckten über den östlichen Horizont. Unter sich hörte Theor das Rauschen des Windes in den Wipfeln der Wälder.

Vor sich hörte Theor das ängstliche Zirpen der Flügelträger. Für sie herrschte hier tiefe Nacht — nur erhellt vom Widerschein des glühenden Lavasees.

Der Boden glitt ihm entgegen. Er prallte mit angezogenen Beinen auf, überschlug sich und sprang auf. Um ihn her ragten Bäume empor. Die Flügelträger kreisten in blinder Richtungslosigkeit über den Wipfeln und zirpten erregt.

Er schnitt sich vom Fallschirm los, und der Windsack wurde sofort davongeweht. Es wäre jetzt ein leichtes für ihn gewesen, einfach im Wald zu verschwinden. Sicherlich brauchte er hier in dieser barbarischen Urwaldlandschaft einen Dolch nötiger als jeder andere. Aber er stand auch zu seinem Wort.

»Hier bin ich!« rief er. »Hier!«

Ein Flügelträger tauchte herab und stand dann ziemlich verloren in seine Schwingen gehüllt da. Theor ging auf ihn zu und drückte den Dolch in seiner Scheide in die kleinen Hände.

»Leb wohl, mein Freund«, sagte er, »und vielen Dank.«

Der Flügelträger flötete eine Antwort und schwang sich in die Höhe. Seine Gefährten schwärmten auf ihn zu. Sie zirpten noch einmal im Chor einen Abschiedsgruß hinunter und begannen dann langsam in Richtung ihrer luftigen Gefilde zu entschwinden.

14

Als Theor sich jetzt genauer in seiner Umgebung umschaute, spürte er tiefe Enttäuschung.

Er stand am Rande eines Waldgebiets. Hier wuchsen meist die dickstämmigen Yorwar-Bäume mit ihren hohlen, aufwärtsschwebenden Blättern und dem charakteristischen Laubwerk des Jupiters, das einen Menschen an das Zellgewebe der Lunge erinnern würde. Die Baumwipfel ragten kaum mehr als viereinhalb Meter über den Boden. Aber der Wald erstreckte sich in endlose Weiten, und Walfilo hier zu finden, war ein fast hoffnungsloses Unterfangen.

Vor ihm ragte der Vulkan als schattenhafte Masse empor. Die Rauchwolken, die dem Krater entquollen, waren in infraroten Lichtschimmer gehüllt. Theor hörte und fühlte deutlich das unterirdische Grollen und Beben des Vulkans.

Es kam ihm zum Bewußtsein, daß er keine Waffe in dieser fremden, feindlichen Umgebung hatte. Er erklomm den Hang des Vulkans und suchte im Geröll, bis er das fand, was er suchte: mehrere als Waffen und Werkzeuge benutzbare Steine. Es war eine chemische Verbindung von Wasser mit einem geringen Bestandteil von Silizium- und Magnesiumverbindungen. Aber dieses Gestein ließ sich zersplittern wie Obsidian. Theor hämmerte sich schnell eine Handaxt und mehrere Speerspitzen zurecht. Im Wald hieb er mit der Handaxt einen einigermaßen geraden Schaft von einem Larrik-Busch ab und befestigte die Speerspitze daran mit Schnur, die er aus dem faserigen Innern der Pflanze herausgeschnitten hatte. Die übrigen Speerspitzen hüllte er in ein Blatt, das er an seinen Gürtel hängte.

Seine Waffen waren zwar primitiver als die der hier hausenden Barbaren, die größere Übung in deren Herstellung hatten, aber er fühlte sich trotzdem viel sicherer damit.

Jetzt mußte er auf Nahrungssuche gehen. Seine letzte Mahlzeit lag schon weit zurück.

Er hatte Glück und mußte nicht einmal eine Stunde den Wald durchstreifen, bis er auf die frische Fährte eines Skalpads stieß. Eine Weile zögerte er. Auch mit einer Lanze war es gefährlich, einen Skalpad anzugreifen. Aber diese sechsbeinige, gepanzerte Bestie barg viel Fleisch.

Die Abenddämmerung war nahe, und ein Unwetter zog heran, als Theor die Fährte bis zu der Wiese verfolgte, wo der Skalpad weidete. Sogar durch das Heulen des Windes konnte Theor das Mahlen der riesigen Kiefer hören und die große, gewölbte Panzerkuppe sehen, die über den Büschen emporragte.

Theor umkreiste die Bestie in einem weiten Bogen, bis er sie von vorn angehen konnte. Dann packte er den Speerschaft fest mit beiden Händen und griff an.

Der gepanzerte Hals hob sich. Der hakenartig nach unten gebogene Rachen öffnete sich. Die sechs dicken Beine setzten sich langsam in Bewegung, und der Boden bebte, als die Masse von Theors mehrfachem Körpergewicht zum Gegenangriff startete.

In letzter Sekunde veränderte Theor die Stoßrichtung der Speerspitze und zielte auf die verwundbarste Stelle des Skalpads: seine Kehltasche.

Mit seiner ganzen Körperkraft und dem Angriffsschwung dahinter trieb Theor die Speerspitze in den weichen Kehlsack.

Der Skalpad schnellte herum. Theor konnte nur knapp einem zuschnappenden Biß entgehen, der ihm den Arm abgetrennt hätte. Die Bestie schüttelte sich. Der aus der Kehle ragende Speerschaft zersplitterte am Boden. Blut entströmte der Kehle und spritzte über die Büsche. Theor hielt die Wunde für tödlich, aber da die Nacht und der Regensturm schnell näher rückten, konnte er nicht warten, bis der Skalpad langsam verblutet war.

Er wickelte das Blatt auseinander, nahm die Axt in die eine und die Speerspitze in die andere Hand. Die übrigen Speerspitzen behielt er zwischen die Lippen geklemmt. So umkreiste er vorsichtig das um sich schlagende Tier und trieb in einem günstigen Sekundenbruchteil die Speerspitze in das eine Auge.

Mit den nächsten Angriffsversuchen hatte er weniger Glück, denn er mußte immer wieder dem zuschnappenden Rachen ausweichen. Als er nur noch die Handaxt übrig hatte, griff er wieder und wieder an und schlug zu, sobald sich eine Gelegenheit bot. Es war eine ekelhafte Arbeit.

Aber es war keine Zeit für Schuldgefühle. Hier herrschten die Gesetze des Dschungels. Mit der Handaxt machte er sich über den erlegten Skalpad her und schnitt einige Pfund des gut genießbaren Fleisches aus dem Panzer. Nachdem er diese feste Hülle provisorisch ausgeräumt hatte, ließ sie sich wie ein riesiger Ball rollen. Sonst hätte er den Panzer auch nie die Meilen bis zum Vulkan zurückbefördern können — geschweige denn den Hang hinauf. Seine Knie zitterten, als er den zweiten, kleineren Feuerteich halbwegs zwischen dem Fuß des Hanges und dem oberen Kraterrand erreicht hatte.

Inzwischen hatte es zu regnen begonnen. Schwere Ammoniaktropfen klatschten auf seine Haut, und die niedrige Wolkendecke wurde fast ständig von Blitzen erhellt. Wo der Regen in den Feuerteppich fiel, verwandelte er sich sofort in zischenden Dampf, in den Theor wie in eine Nebelwolke eintauchte.

Der Dampf bot ein wenig Schutz gegen die Hitze, die dem Feuerteich entströmte. Sein Durchmesser war nicht größer als die

Panzerhülle des Skalpads, und das hatte Theor in seinen vorausschauenden Plan mit eingerechnet.

Im Schutz der Ammoniakdämpfe errichtete Theor einen Steinwall am unteren Rand des Feuerteichs, bis die Umrandung ungefähr gerade war. Mit letzter Kraft setzte er dann die Skalpadhülle wie einen riesigen Kessel mit der Öffnung nach oben auf das Feuerloch.

Jetzt konnte er nichts anderes tun als warten. Er fand Schutz unter einem Überhang weiter unten. Dort riß er mit den Zähnen einen Fetzen Fleisch aus seinem Vorratsstück. Daß es roh war, störte ihn nicht. Das Kochen war hier noch eine sehr experimentelle Kunst. Sie wurde nur von einigen Mitgliedern des Ath-Volkes ausgeübt, die leichten Zugang zu Hitzequellen hatten. Aber Theor vermißte immerhin die Gewürze und mildernden Fermentsäfte, die ihm daheim zur Verfügung standen.

Daheim . . . gab es das noch?

Er preßte sich gegen die Wand und wartete. Der Regen prasselte hernieder. Nun, je länger es regnete, um so besser für ihn. Er hatte gedacht, er werde einige Regenstürme benötigen, aber vielleicht reichte dieser eine.

Theor schlief ein.

Es regnete die ganze Nacht hindurch und den folgenden Tag bis zum nächsten Morgen. Als sich schließlich der dem Regen folgende Nebel gelichtet hatte, trat Theor ins Freie. Er fühlte sich in diesem Augenblick kräftiger und hoffnungsvoller als je seit der Flucht aus der Gillen-Bucht.

Trotzdem rasten seine Pulse, als er die Skalpadhülle mit einem hakenförmig zurechtgehackten Stein von dem Feuerloch herunterzog. Die harte Panzersubstanz war geschwärzt und zusammengeschrumpft, aber das kesselartige Gehäuse war noch intakt und prallte mit lautem Krachen zu Boden. Theor spähte aufgeregt hinein.

Einige Pfund Metall glitzerten am Boden.

Er hüllte seine Hände in Blätter, bevor er die abgekühlten Klumpen herausholte. Es war unvorhersehbar, was das Material ihm in dieser Menge antun konnte, obwohl er Ammoniak einzuatmen gewöhnt war und es vermutlich zu seinem Stoffwechsel brauchte. Fraser hatte ihm gesagt, wie gefährlich rohes Natrium sein konnte.

Fraser hatte ihm auch erklärt, daß dieses Element durch Ammoniak gelöst und sich damit verbindend, viele der farbigen Wolken erzeugte. Und es reagierte heftig auf flüssiges Wasser, wie es unter unvorstellbar hohem Druck im Inneren dieser Vulkane kochte.

Den Rest des Tages verbrachte Theor damit, den Berg zu erklimmen und einen Steinwall am südöstlichen Kraterrand zu errichten. Er spähte auch oft in jene Richtung hinunter. Walfilos Heer mußte irgendwo dort unten sein. Doch er sah nichts als Wald und die ferne Mauer der Wilderwall-Berge. Dieses Land war so riesig, daß eine ganze Armee darin spurlos verschwinden konnte.

Die Nacht sank herab. Theor starrte in die glühende, brodelnde Kratertiefe hinunter. Er nahm seinen ganzen Mut zusammen, bevor er ein Stück des weichen, hellen Metalls abbrach und über den Rand in die Tiefe warf.

Gerade noch rechtzeitig, bevor der Vulkanrauch zu einem grellen, gelben Blitz wurde, konnte er sich hinter dem Steinwall in Deckung werfen. Er nahm jene Farbe nicht wahr. Seine Augen registrierten nur ein rötlich glimmendes Pirell, aber er fühlte die Strahlen auf seine Haut prallen. Explosionsechos schallten hin und her, bis sein Kopf dröhnte.

Als der Tumult vorüber war, warf er ein zweites Stück Natrium in den Kraterschlund hinab — und ein drittes. Danach wartete er einige Herzschläge lang, bevor er ein viertes und fünftes Metallstück in schneller Folge hinabschleuderte. Er hatte jetzt den rhythmischen Hilferuf eines Militärtrommlers als Lichtsignal ausgesendet.

Sein Metallvorrat reichte nur dazu, den Signalzyklus noch einmal zu wiederholen. Und dann mußte er warten. Die von den Wolken reflektierten Lichtblitze waren so hell, daß sie bei den Sichtverhältnissen auf dem Jupiter achtzig Kilometer und weiter zu erkennen waren.

Aber waren seine Leute so nahe? Und würden sie nachforschen?

Theor kroch müde in seinen Schlupfwinkel zurück.

Schritte weckten ihn einige Stunden nach Anbruch der Morgendämmerung.

Zwei männliche Nyarraner erklommen den Hang. Sie waren hager und schmutzig, aber sie trugen ihre Waffen. Als sie ihn sahen, verfielen sie in Galopp.

»Prinz! Oh, unser Prinz!«

Theor umarmte sie. Für kurze Zeit war er von jubelndem

Triumph erfüllt. Er hatte die Wildnis überwunden und seine eigenen Leute auf Pfaden erreicht, die noch kein Nyarraner gegangen war.

Dann dachte er jedoch: *Der richtige Kampf steht uns erst noch bevor!*

Und laut sagte er: »Wir müssen sofort zurückkehren. Dies ist kein gutes Land.«

Die Späher waren auf Forgarrücken gekommen, und sie hatten zwei Ersatztiere dabei. Bevor sie eines an Theor übergaben, berichteten sie ihm die neuesten Geschehnisse.

»Es ist allerdings nicht viel Gutes zu berichten, Prinz«, sagte der eine betrübt. »Wir konnten uns im Flachland gegen die feindliche Übermacht nicht halten. Wir haben also die Steilklippen überquert und sind zwei Tage lang nach Norden marschiert, bis wir einen See und jagdbares Wild erreichten. Dort kampieren wir noch, und keiner weiß, ob wir zurückkehren und kämpfend sterben oder Rollarikaner werden sollen. Einige meinen, wir könnten weit östlich von Medalon südwärts zu den Foresters ziehen, die uns vielleicht Hilfe leisten. Aber das ist zweifelhaft, und inzwischen wäre unsere Heimat längst voll und ganz in feindliche Hände gefallen.«

»Ja, wir haben wenig Zeit«, stimmte Theor zu. »Nyarra kann einer Belagerung nur so lange standhalten, wie die Vorräte reichen, und die sind in dieser Saison knapp. Ohne die Stadt Nyarra und die Eiswerke von Ath wären wir aber dem nächsten Barbareneinfall schutzlos ausgeliefert, selbst wenn wir unser Land zurückerobern könnten.«

Während Theor auf dem breiten Forgarrücken durch die Atmosphäre getragen wurde, überlegte er, was zu tun sei.

Es gab zwar keine klare Antwort, aber Theor hatte einen Entschluß gefaßt, noch bevor sie das Feldlager erreichten.

Das Kamp wirkte unauffällig genug. Die provisorischen Flechtwerkhütten standen im Walde verstreut, und die meisten Nyarraner waren auf Jagd. Aber Walfilo hatte sich am Seeufer eine große Hütte errichten lassen, und sein Banner wehte darüber.

Der narbengezierte Berufskrieger begrüßte Theor mit ehrlicher Freude. Er hörte sich dessen Bericht an und war sehr beeindruckt davon. Aber dann fragte er: »Was für Pläne hast du?«

»So schnell wie möglich nach Nyarra zurückzukehren«, antwortete Thor. »Wenn wir die Wilderwall-Berge beim Windtor-Paß überqueren, ziehen wir nicht weit vom Brantor-Fluß in Medalon ein. Dort ist genug Wald zum Herstellen von Speerschäften. Auf dem Fluß können wir auch der Stadt schnell und unbemerkt sehr nahe kommen. Sobald wir an Land sind, müssen wir die Ulunt-Khazul angreifen. Wenn die Stadtbewohner sich rechtzeitig einschalten, gerät der Feind zwischen zwei Fronten.«

»Die er in Stücke schlagen wird«, ergänzte Walfilo bitter. »Wir verfügen nicht mehr über die Armee, die dein Halbvater ins Feld geführt hat. Tod, Wunden und Hunger haben ihren Tribut gefordert.«

»Aber was für eine andere Wahl hätten wir?«

»Diese. Wir siedeln uns in Rollarik an. Schon in der kurzen Zeit sind wir immer geschickter und erfolgreicher in der Nahrungsmittelsuche geworden. Keine Bande von Waldläufern könnte uns Widerstand leisten. Wir könnten sogar eine Schmiede auf dem Vulkan errichten, wo du warst, und auf diese Weise weiterhin über geschmiedete Waffen verfügen. Unter diesen Umständen könnten wir den Kern einer völlig neuen Nation bilden.«

»Und unsere Stammesgenossen ihrem Schicksal überlassen?«

Walfilo bewegte sich unbehaglich.

»Das ist eine harte Notwendigkeit. Aber ich bin mein ganzes Leben lang ein Kämpfer gewesen, Prinz. Dies ist nicht das erstemal, daß ich viel opfern muß, um etwas Lebensnotwendiges zu erhalten. Ein Feldzug gegen die Ulunt-Khazul kann jetzt nur mit unserer Vernichtung enden.«

»Du magst mehr vom Kriegshandwerk verstehen als ich«, erwiderte Theor ärgerlich. »Aber du scheinst nicht zu wissen, was zur Aufrechterhaltung einer Zivilisation benötigt wird. Warum versuchen die Rollarikaner immer wieder in Medalon einzudringen? Weil ihr eigenes Land arm ist und die meisten Pflanzen, die uns mit den wichtigsten Rohstoffen versorgen, nur auf unserem Boden gedeihen. Weißt du, wie viele Oktaden von Jahren es erfordern würde, um genug Land auch nur für den armseligsten Farmbetrieb zu roden? Und was den Vulkan betrifft, so sind die Eismineralien dort nicht so beschaffen, daß wir gute Metallegierungen daraus herstellen könnten. Wir sind zu wenige, um eine wirkliche Kultur aufrechtzuerhalten. Ich sage dir: Wenn wir hierbleiben, werden wir schneller in Dunkelheit und Barbarei versinken, als wenn wir heimwärts ziehen und unser Leben einsetzen.«

Walfilo schüttelte den Kopf.

»Das ist deine Beurteilung der Lage. Meine ist anders. Zu gegebener Zeit könnten wir mit Hilfe von Verbündeten Medalon zurückerobern . . .«

»Ein Medalon, das ruiniert ist und dessen Volk tot oder versklavt ist«, unterbrach ihn Theor zornig. »Und nur weil wir zu feige sind, ihnen zu Hilfe zu eilen.«

Walfilos Kamm schwoll.

»Nenne mich nicht einen Feigling«, sagte er. »Oder ich erkenne dich nicht als Nachfolger deines Vaters an.«

Theor kämpfte um seine Beherrschung. Seine angeborene Kaltblütigkeit siegte schließlich. Er schätzte die Lage ab und traf seine Entscheidung.

»Ich nehme also an, du widersetzt dich einer Rückkehr«, sagte er, und als Walfilo zustimmend nickte, fuhr er fort: »Laßt uns also die Armee versammeln, damit alle Kämpfer über die Situation aufgeklärt werden.«

Den Rest des Tages verbrachte er damit, seine Rede vorzubereiten. Zu seiner Erziehung hatte auch die Schulung in der Kunst der Rhetorik gehört, und seine Unterhaltungen mit dem Erdbewohner Fraser hatten seine Geisteskräfte noch weiter geschärft.

Vor Sonnenuntergang versammelte sich das Heer am Seeufer. Theor stieg auf einen Baumstumpf und schaute über die Reihen hinweg. Speere und Helme schimmerten im letzten Tageslicht. Die Schilde waren zwar zerschrammt und glanzlos geworden, aber er konnte noch Hoheitszeichen erkennen, die eine stolze Vergangenheit hatten.

»Männer und Halbmänner von Nyarra.« Seine Stimme durchschnitt das tiefe, erwartungsvolle Schweigen, das vor dem Hintergrund der schwarzen Wälder herrschte. »Meine beiden Halbväter sind in der Gillen-Bucht gefallen, wo auch ihr viele Kameraden und Verwandte eingebüßt habt. Jetzt verlangt man von mir, daß ich diese Toten verrate.«

»Was?« rief Walfilo wütend. »Ich leugne . . .«

»Ich spreche jetzt«, sagte Theor scharf. »Nach dem Gesetz von Nyarra kannst du nachher deine Meinung äußern. Aber jetzt soll mich keiner unterbrechen.« Er wandte sich wieder dem Heer zu. »Der Feind ist auf dem Wege zu unserer Hauptstadt. Er versiegelt sie mit scharfzackigen Eismauern und wartet darauf, daß unsere Frauen und Kinder elend verhungern. Ich kann dies nicht einmal eine böse Tat nennen — jedenfalls so lange nicht, wie wir das gleiche tun.«

Ein Aufschrei ging durch die Reihen!

Als Theor seine Rede beendet hatte, erstieg Walfilo den Baumstumpf, maß mit kaltem Blick die Waffen, die drohend auf ihn gerichtet waren und rief:

»Wenn es euer Wille ist, so mag es so sein. Wir verbringen zwei oder drei weitere Tage damit, Nahrungsmittel zu sammeln und kehren dann nach Medalon zurück. Der Fall ist hiermit geklärt.«

Er trat von dem Baumstumpf herunter und ging auf Theor zu.

»Dein Vorgehen war grausam und unfair«, sagte er laut durch das allgemeine Beifallsgeschrei. »Du weißt genau, daß ich so gehandelt habe, wie ich es für am besten für unser Volk hielt.«

»Natürlich weiß ich das.« Theor ergriff die Schulter des Kriegers. »Aber hatte ich nicht die gleiche Verpflichtung? Du hast mir oft genug gesagt, man müsse viel opfern, um etwas Lebenswichtiges zu erhalten.«

»In diesem Falle ist also meine Ehre das Opfer?«

»Nein, niemals. Es wird bald in Vergessenheit geraten, daß sich meine Meinung gegen deine durchgesetzt hat. Immer in Erinnerung bleiben wird jedoch die Tatsache, daß du es warst, der unsere Armee heimwärts geführt hat.«

Walfilo stand eine Weile schweigend in der Dämmerung und betrachtete den jüngeren Mann. Schließlich legte er seine Streitaxt zu Theors Füßen nieder — die uralte Geste des Gehorsams und der Unterwerfung. »Das Blut deines Stammes ist in dir«, sagte er, »und du bist der geborene König.« Walfilo lächelte. »Und ich danke dir. Ich hätte schwer an meinem Entschluß zu tragen gehabt. Du hast nun diese Last auf deine eigenen Schultern geladen. Deinem Rate folgend, werde ich eher sterben — aber viel froher.«

15

Fraser legte den Schraubenschlüssel aus der Hand.

»Das ist es also«, sagte er. »Keine Sicherheitsventile mehr an dieser Maschine. Jetzt brauchen wir sie nur noch zu starten.«

Er richtete sich ungeschickt in seinem Raumanzug auf und sah Lorraine vor sich stehen. Die Taschenlampe, mit der sie ihm geleuchtet hatte, schwankte in ihrer Hand und warf bizarre Schatten über den Boden, die Maschinen und matt schimmernden Schotten des Raumschiffs. Hinter der Sichtscheibe hoben sich Lorraines Züge deutlich von der Dunkelheit des Durchgangs ab, und ihr blondes Haar schien fast zu knistern in der Kälte, die das Mondschiff erfüllte.

»Also gehen wir«, sagte er unbeholfen.

»Mark ...«

»Was?«

»Ich ... ach, nichts ...« Ihre Augenlider flatterten, und er konnte sehen, wie sie sich gewaltsam straffte. »Ich wollte dir nur sagen ... wenn ... wenn wir es nicht schaffen — du — du bist ein prächtiger Kerl. Es gäbe keinen, mit dem ich lieber leben würde.«

Sein Herz schlug schneller. Er streichelte ihre behandschuhte Hand.

»Das gleiche könnte ich von dir sagen, Lory«, antwortete er heiser. »Ich muß dir auch noch gestehen, daß es mir all die Tage in deinem Appartement ziemlich schwergefallen ist, anständig zu bleiben. Wenn ich eine weniger hohe Meinung von dir hätte, wäre es mir wohl kaum gelungen.«

»Meinst du, mir ist es nicht schwergefallen, eine Lady zu bleiben?« Sie machte auf dem Absatz kehrt. »Gehen wir.«

Sie klommen die Kajütleiter zur Pilotenkabine hinunter. Fraser setzte den Vorwärmer in Tätigkeit und schaltete dann den Anlasser ein. Das erste leise Beben zitterte unter seinen Sohlen.

»Schnell!« rief Lorraine erregt. »Bevor der Reaktor startet!«

Sie stand neben der Schleusentür, als wollte sie ihn zuerst hinauslassen. Aber er schob sie vor sich her. Das Vibrieren des Raumschiffs steigerte sich mit ungewöhnlicher Schnelligkeit und Wildheit. Als Fraser halbwegs die Landeleiter hinunter war, übersprang er die restlichen Stufen.

In der Dämmerung zwischen den parkenden Raumschiffen tastete er blindlings nach Lorraine. Finger schlossen sich um seinen Arm. Im Laufschritt führte sie ihn zum Nordende des Geländes und dann nach Westen weiter.

Vorsichtig spähte er hinter einem Landebock hervor. Im Dreiviertel-Licht des Jupiters erstreckte sich das Flugfeld in gelbgrauer Dämmerung zwischen ihm und der Stadt. Zur Rechten ragte die *Olympia* empor: seine einzige Hoffnung. Aber sein Blick wurde immer wieder gefesselt von dem gewaltigen Kugelgehäuse der *Wega*, von den Kanonenrohren, die sich dort als schlanke, drohende Silhouettenfinger gegen das Geflimmer der Milchstraße abzeichneten, und von den zwölf Wachtposten, die rings um das Schlachtschiff postiert waren.

Noch eine Minute, bis der Reaktor explodiert, dachte Fraser.

Unwillkürlich begann er in Gedanken zu zählen: neunundfünfzig — achtundfünfzig — siebenundfünfzig — sechsundfünfzig ... vierundzwanzig — dreiundzwanzig — zweiundzwanzig ...

Der Boden erzitterte unter ihm. Ein heftiger Stoß erschütterte seinen Körper und ließ seinen Schädel dröhnen. Das Raumschiff neben ihm schwankte auf seinen Landeböcken. Er wußte, daß er nicht in die Feuergarbe schauen durfte, die dort drüben in die Höhe schoß, aber er sah den gnadenlos grellen Widerschein der Lichtfülle den Boden mit blauweißer Helligkeit übergießen und jeden Felsen jenseits des Landefelds wie in den gleißenden Schimmer eines Eisbergs tauchen.

Ein Spalt öffnete sich im Landefeld und zog sich wie ein schwarzer Blitz zur Sicherheitsmauer vor der Stadt hin. Das Mondschiff an der Südseite schwankte und sank mit quälender Langsamkeit zur Seite, bis es mit metallischem Dröhnen auf die Piste schmetterte. Dort, wo das Mondschiff gestanden hatte, wogte weißer Dampf über den Landeböcken.

Der ganze Aufruhr dauerte nicht viel länger als eine Sekunde. Dann war der Reaktor zerstört und die Atomspaltung beendet. Die Nacht sank wieder herab. Der Jupiter hing in matter Dämmerung am Himmel, und Frasers geblendete Augen konnten nicht einen einzigen Stern erkennen.

Sie begannen beide zu rennen. Sie brauchten sich nicht umzuschauen. Ein Schuß würde ihnen verraten, ob sie verfolgt wurden. In wilden, langen Sprüngen überquerten sie das offene Flugfeld und jagten auf die *Olympia* zu.

Da dieses Raumschiff dazu bestimmt war, mittels aerodynamischer Kräfte und in starken Schwerkraftfeldern auf unsicherem Boden zu landen, ruhte es auf mit Rädern versehenen Landeböcken und mehr in horizontaler als in vertikaler Lage. Die Ladeluke lag also niedriger als bei einem normalen Raumschiff, aber immer noch zu hoch, um bequem Einstieg zu gewähren.

Fraser klammerte die Hände an die Stützleiste unter der Luke. Lorraine sprang auf seine Schultern, griff hinauf und drehte das Handrad zum Öffnen der Luke. Eine runde Öffnung tat sich auf. Lorraine schlüpfte hinein und streckte ihre Hand herunter. Fraser sprang hoch, um ihre Hand zu ergreifen. Kurze Zeit fürchtete er, sein Körpergewicht könnte sie herausziehen. Aber sie zerrte ihn herein, und er sprang sofort auf und eilte in Richtung der Pilotenkabine. Lorraine schloß die Luke und folgte ihm. Eine massive

Tür trennte den Laderaum von dem Teil des Schiffes, der für den Aufenthalt von Menschen bestimmt war. Fraser drehte das Rad und fluchte über die Langsamkeit der Zahnradübersetzung.

Dann waren sie hindurch. Fraser rannte weiter und ließ sich auf den Pilotensitz fallen. Die Schalttafeln vor ihm waren noch so dunkel wie die Kabine selbst und die Geräte anders angeordnet, als er es gewöhnt war. Er war hilflos, bis Lorraine hinter ihm stand und den Strahl der Taschenlampe auf seine Hände richtete.

»Das ist besser«, keuchte er.

Als er die Schalter und Hebel zwischen dem Gewirr der Meßuhren jetzt sah, war ihm alles sofort vertraut. Das mußte auch so sein. Er hatte Stunden damit verbracht, sich die Lagepläne des Kommandoraums einzuprägen, die Lorraine in ihr Appartement geschmuggelt hatte.

Ein leises Dröhnen ertönte, und Fraser lehnte sich aufatmend zurück. Schweiß bildete sich auf seiner Stirn und ätzte seine Augen. Zehn Minuten brauchte er mindestens zum Anwärmen.

Es gab keine Bullaugen in dem Raumschiff, und er wollte die Bildschirme nicht vor dem Start anstellen. Jemand mochte draußen mit einem Strahlendetektor herumschnüffeln.

»Was meinst du, was sie jetzt tun?« fragte er ziemlich sinnlos.

»Herumlaufen wie kopflose Hühner, möchte ich wetten«, antwortete sie. »Aber sie werden sich bald wieder fassen. Ihre Disziplin ist gut.«

Er beugte sich zur Seite, um ihr beim Anschnallen im Nebensessel behilflich zu sein.

»Bisher hat alles vorzüglich geklappt«, sagte er. »Es würde mich nicht wundern, wenn wir es tatsächlich schafften. Wie fühlst du dich als Heldin des Weltraums?«

Sie versuchte auf seinen leichten Tonfall einzugehen.

»So wie es dir gefällt, ein Held zu sein. Das heißt also: recht gut.«

»Na, ich weiß nicht. Du kannst dich noch an dem Ruhm erfreuen, der dich erwarten wird. Aber ich bin zu alt und unscheinbar dazu.«

Ihr Blick ruhte lange auf ihm.

»Du bist nicht zu alt, Mark«, sagte sie leise.

»Aber daß ich unscheinbar bin, das leugnest du nicht?« Er versuchte zu lachen.

»Ich bin jedenfalls alt genug, daß ich mir nichts aus unreifen Jungen mache«, erwiderte sie. »Ich ziehe Männer vor. Und du bist ein Mann — in jeder Beziehung mehr ein Mann, als ich je zuvor einen kennengelernt habe.«

Sie verfielen in gespanntes Schweigen, während das leise Summen des Reaktors das Raumschiff erbeben ließ. Das Dröhnen wurde lauter.

»Es ist soweit!« rief Fraser und schaltete das Innenlicht und die Bildschirme an.

Er hatte plötzlich das Gefühl, in einem Kommandoturm hoch über dem Flugfeld zu thronen. Männer schwärmten in ameisenhafter Ordnung in alle Richtungen und bildeten längere Kolonnen. Die Männer, die bei den Mondschiffen arbeiteten, trugen unförmige Anzüge zum Schutz gegen die radioaktive Strahlung. Ein Raupenschlepper war bereits aufgefahren, und die Greiferschaufel begann einen Schutzwall rings um das explodierte Raumschiff zu errichten.

»Swayne ist sogar noch schneller im Denken, als ich ihm zugestanden hätte«, gestand Lorraine widerwillig.

»Verdammt!« rief Fraser. »Unser Düsenausstoß wird die Männer einäschern, die uns zu nahe stehen.«

»Macht es dir etwas aus? — Ich glaube, ja. Ich denke, wir können dreißig Sekunden dafür opfern, sie zu warnen.«

Fraser schaltete das Radio auf den allgemeinen Sprechkanal.

»Achtung, das Bodenpersonal!« rief er. »Achtung, alle Mann vom Bodenpersonal! Raumschiff *Olympia* startet jetzt! Das Flugfeld räumen! Alle Mann sofort das Flugfeld räumen!«

Eine Männerstimme schrie aufgeregt zurück: »Was, zum Teufel, soll das bedeuten?«

Aber Fraser achtete nicht darauf. Sein Blick war wie gebannt auf das Schlachtschiff *Wega* gerichtet. Er sah wenige Sekunden später einen Geschützturm mit drei drohenden Rohren in seine Richtung schwenken.

»Ihr habt noch zehn Sekunden Zeit, das Flugfeld zu räumen!« rief er ins Mikrophon.

Die Männer unten begannen von der *Olympia* wegzurennen. Zwei Uniformierte kamen jedoch näher, blieben dicht am Rand der Gefahrenzone stehen und richteten ihre Laserwaffen auf das Raumschiff.

Die haben wirklich Mut, dachte Fraser und bewegte den Hebel des Hauptschalters.

Der plötzliche Beschleunigungsdruck preßte seinen Rücken gegen die Sesselpolster. Er sah, wie sich die Ausstoßwolke unter ihm wie Schnee und Feuer ausbreitete. Die Steuerdüsen begannen Feuer zu speien, als die Landeböcke zurückfielen. Die Nase des Raumschiffs richtete sich in die Höhe. Der Beschleunigungsdruck wurde fast unerträglich. Das Flugfeld sank schnell unter ihnen zurück.

Ganymed wurde kleiner. Bald war es nur noch eine von Kratern zernarbte Mondsichel, und die Sonne stieg über den östlichen Horizont empor.

Fraser senkte die Schubkraft, als er doppelte Fliehkraftbeschleunigung erreicht hatte. Er ließ seinen Sessel wieder in die aufrechte Position zurückgleiten und warf einen Blick auf die Bildschirme. Der freie Fall im Weltall bedeutete träumerische Stille, während die Sterne auf der raumwärts gerichteten Bildscheibe fast unmerklich zu gleiten begannen.

»Schick einen Radarstrahl zurück, Lory«, befahl Fraser. »Ich möchte sicher sein, daß wir nicht verfolgt werden.«

Ihre Finger bewegten sich über die Schaltskala. Der Bildschirm erhellte sich. Ein Computer schrieb Zahlen auf verschiedene Meßgeräte und zeichnete zwei ständig auf und ab wogende Kurven auf eine leuchtende Skalenscheibe.

»Zwei Kleinraketen«, meldete Lorraine. »Sie befinden sich aber nicht auf Kollisionskurs.«

»Um so besser.«

Ohne Navigationstafeln und die entsprechende Ausrüstung konnte Fraser die ungefähre Richtung nur abschätzen. Aber das würde auch reichen.

Über dem Radioempfänger blinkte ein rotes Signal.

»Oh, ein Anruf!« rief Lorraine. »Meinst du, daß sie unseren Richtstrahl aufgefangen haben?«

»Nein. Sie senden Rundfunkwellen aus. Ich kann mich ruhig melden. Sie können uns auf diese Weise doch nicht orten.« Fraser stöpselte sein Radio ein.

»Achtung, Raumschiff *Olympia*!«

»Swaynes Stimme«, flüsterte Lorraine.

»Hier spricht die *Olympia*«, antwortete Fraser ruhig. »Was wollen Sie?«

»Im Namen des Gesetzes: Kehren Sie sofort zurück!«

»Ist das alles, was Sie zu sagen haben?« fragte Fraser spöttisch.

»Warten Sie. Ich weiß, was Sie vorhaben. Sie meinen, Sie können zur Erde fliegen. Aber das ist unmöglich. Sie haben nicht genügend Vorräte und vor allen Dingen nicht genügend Luft.«

»Wenn Sie mir Furcht einflößen wollen, verschwenden Sie nur Ihren eigenen Luftvorrat«, erwiderte Fraser.

»Ich bin sicher, daß Sie irgendwo Vorräte aufnehmen wollen«, fuhr Swayne unbeirrbar fort. »Und ich bezweifle, daß das auf einem von den anderen Monden stattfinden soll. Die werden ohnehin von meinen Patrouillenraketen überwacht. Also nehme ich an, daß Sie irgendwo hier auf Ganymed landen wollen. Für diesen Fall ist vorgesorgt. Einige Mondschiffe werden gerade startbereit gemacht. Sie können jeden Quadratmeter der Oberfläche dieses Mondes unter Sichtkontrolle halten. Wenn Sie also irgendwo auf Ganymed landen, werden Sie gesichtet. Dann wird die *Wega* starten und Sie mitsamt Ihrer *Olympia* in die Hölle blasen. Das kann innerhalb von Sekunden geschehen, da wir die *Wega* von jetzt an auch startbereit halten.«

»Um Gottes willen, nein, nein«, flüsterte Lorraine entsetzt und wurde totenblaß.

Fraser spürte einen Schock wie nach einem unerwarteten Tiefschlag, trotzdem brachte er es fertig, höhnisch zu fragen:

»Weshalb sollte ich freiwillig zu Ihrem Exekutionskommando zurückkehren?«

»Ich bewundere Ihren Mut«, sagte Swayne. »Es war auch anständig von Ihnen, meine Männer vor dem Start zu warnen. Ich gebe Ihnen daher mein Wort als Offizier, daß Sie bei Ihrer Rückkehr lediglich eingesperrt und später vor ein ordentliches Gericht gestellt werden. Wenn Sie nicht zurückkehren, bleibt mir nichts anderes übrig, als Ihnen eine Atomrakete nachzusenden.«

Fraser starrte Lorraine an. Sie schüttelte tränenblind den Kopf.

»Hören Sie auf, den Helden zu spielen«, drängte Swayne. »Durch Ihren Tod können Sie für Ihre politische Sache nichts gewinnen.« Die Stimme wurde allmählich leiser. »Kehren Sie zurück, und Sie könnten vielleicht sogar die Chance bekommen, sich hier nützlich zu machen.«

Die Stimme war zu einem geisterhaften Flüstern geworden.

»In Ordnung«, sagte Fraser gepreßt. »Sie haben gewonnen. Ende.«

Er schaltete den Empfänger aus. Lorraine schlug in ohnmächtigem Zorn mit der Faust auf die Sessellehne.

»Ich möchte lieber tot sein«, stöhnte sie.

»Dein Wunsch wird vielleicht in Erfüllung gehen«, antwortete er rauh. »Ich habe mit meiner Zustimmung nur Zeit gewinnen wollen. Je länger er wartet, bis er die Rakete abschießen läßt, um so mehr Raum muß sie durchqueren und um so geringer wird die Treffsicherheit bei aller Präzision der automatischen Fernlenkung.«

»Du meinst, wir könnten doch entkommen?«

»Nein, ich fürchte, nicht. So viel Vorsprung haben wir leider nicht.« Er griff nach dem Hebel des Hauptschalters, zog aber die Hand wieder zurück. »Nein — wir bleiben lieber bei geringer Beschleunigung. Wenn sie einen Düsenausstoß mit roter Feuerzunge orten, schießen sie sofort die Rakete ab, und deren Zielsucher würde sich für immer auf uns richten. Es gibt nur eine Möglichkeit für uns, der Rakete zu entgehen.«

»Und das wäre?« fragte Lorraine erregt.

»Wenn wir uns in Sicherheit bringen, bevor sie uns erreichen kann.«

»Wo?«

Er deutete auf den Bildschirm an der Steuerbordseite. Jupiter erfüllte dort fast die ganze Dunkelheit mit einem matten Leuchten.

16

Als sie durch die Schlucht kamen, die die Nordseite der Wilderwall-Berge durchschnitt, hörten sie die ersten Trommeln. Theor hielt inne, und die Armee hinter ihm kam langsam zum Halten. Alle lauschten. Aber inzwischen hatten die Trommelschläge aufgehört. Nur der Wind heulte um die Felsklippen.

»Hast du das gehört?« fragte Theor.

»Ja«, antwortete Walfilo. »Es waren Vorpostensignale. Dies ist ein guter Platz für einen Hinterhalt. Stell dir vor, die Ulunt-Khazul bombardieren uns von oben her mit Steinen.«

Theor ließ die Schulter sinken. »Was sollen wir tun?«

»Wir könnten uns noch zurückziehen.«

»Nein.«

»Oder wir können uns weiter vorn verschanzen«, schlug Walfilo vor. »Die Stellung läßt sich gut verteidigen.«

»Aber was würde uns das nützen?« wandte Theor ein. »Die Ulunt-Khazul würden inzwischen Nyarra einnehmen und sich dann in aller Ruhe mit uns beschäftigen.«

»Das stimmt. Also gibt es nur eine Möglichkeit, nachdem wir bereits erspäht worden sind. Wir bauen keine Flöße, sondern marschieren ganz offen und so schnell wie möglich weiter. Aber zuerst sollten wir hier einige provisorische Befestigungsanlagen bauen, damit wir eine Verteidigungsstellung haben, wenn wir uns zurückziehen müssen.«

»Du meinst, wir sind bereits geschlagen, nicht wahr?« Theor zuckte mit den Schultern und willigte ein, ohne eine Antwort abzuwarten.

Am übernächsten Morgen waren die Vorbereitungen für die provisorischen Befestigungsanlagen abgeschlossen, und die Armee marschierte weiter — aus den Wilderwall-Bergen hinunter in die Ebene. Sie kampierten am Brantor-Fluß, und einige Trupps gingen auf Nahrungssuche.

Später am Tage landete ein Forgar. Der Reiter sprang ab und eilte auf die Anführer der Armee zu.

»Mein Prinz — General — ich habe den Feind gesichtet. Ich glaube, sein ganzes Heer!«

»Was?« rief Walfilo. »So bald? Das ist unmöglich!«

»Sie sind auf Schiffen. Der Brantor ist bedeckt mit ihren Booten.«

Wie auf ein Stichwort hin waren aus der Ferne Trommelsignale zu hören.

»Die Boote werden von ihren Wasserbestien gezogen«, sagte Theor grimmig. »Auf diese Weise können sie sogar flußaufwärts so schnell vorankommen. Aber bist du sicher, daß es die ganze Armee ist?« fragte Theor den Boten.

»Ich habe von oben gezählt. Es waren weit mehr als hundert Schiffe. Alle mit Kriegern beladen.«

»Aber dann müssen sie die Belagerung von Nyarra aufgegeben haben.«

Walfilo schnaubte verächtlich.

»Nicht direkt. Die Ulunt-Khazul haben sich zwar aus dem direkten Umkreis der Stadt zurückgezogen, aber ich glaube kaum, daß die Stadtbewohner sich weit hinauswagen können.«

»Trotzdem ist das unsere einzige Hoffnung«, sagte Theor erregt. »Wir müssen die Nachricht nach Nyarra bringen. Wenn sich die Nyarraner sofort nach Norden in Marsch setzen, können wir die Ulunt-Khazul vielleicht wirklich zwischen zwei Fronten bekommen.«

Er versammelte seine Unterführer um sich und begann Kommandos zu geben.

Die Armee bezog dann Stellung auf einem Hügel mit sattelförmiger Mulde, die Flankenschutz nach beiden Seiten gewährte. Keiner protestierte, als Walfilo befahl, daß die meisten der abgemagerten Forgars geschlachtet werden sollten, um Proviant für die Truppe zu schaffen. Es waren ohnehin zu wenige übrig, als daß sie aus der Luft her wirkungsvoll in die Schlacht eingreifen konnten. Und eine schlecht ernährte Armee würde überhaupt keinen Widerstand leisten.

Ich habe uns in diese Lage gebracht, dachte Theor düster. Er sehnte sich jetzt fast nach dem feindlichen Speerstoß, der sein Leben beenden würde.

Das Sonnenlicht verschwand im Westen. Aber in dieser Nacht schliefen nur wenige Nyarraner. Theor hörte die Unruhe im Feldlager, während er die ganze Nacht Wache hielt.

Am Morgen glitt ein Schatten durch den Nebel heran und landete auf der Hügelkuppe. Es war ein Luftspäher auf einem der wenigen noch verbliebenen Forgars. Er berichtete, daß die Ulunt-Khazul gelandet seien und den Marsch zu Fuß fortsetzten. Offenbar wußten sie genau, wo die Nyarraner waren.

Der Nebel hob sich. Die Nyarraner waren in Schlachtformation angetreten. Theor stand nahezu in der Mitte der Frontlinie und Walfilo zu seiner Linken.

Es verging nicht viel Zeit, bis die Ulunt-Khazul aus den Uferwäldern auftauchten. Beim dumpfen Dröhnen ihrer Trommeln formierten sie sich zum Angriff.

Es sind nahezu dreimal soviel wie wir, schätzte Theor.

Aber das schien nicht mehr so wichtig zu sein. Es galt nur noch in Ehren zu sterben. Theor packte seinen Schild fester und schwang die Streitaxt.

Näher und näher rückten die Reihen der riesigen feindlichen Krieger heran. Die wenigen Forgars tauchten im Sturzflug herab. Die Reiter schleuderten große Steinbrocken. Aber der Vormarsch der Ulunt-Khazul ging unbeirrbar weiter.

Mit wildem Gebrüll fielen die ersten feindlichen Krieger über die Nyarraner her. Waffen klirrten, Speere brachen. Ein riesiger Ulunt-Khazul stürzte sich auf Theor und stach mit seiner Lanze zu. Theor konnte den Stich mit seinem Schild abfangen und den Feind mit einem gewaltigen Axthieb zu Boden schmettern. Aber der nächste Ulunt-Khazul trampelte erbarmungslos über seinen gefallenen Kameraden hinweg und setzte den Angriff fort.

Minutenlang hielten die Reihen der Nyarraner dem Angriff der

Ulunt-Khazul stand. Auf beiden Seiten floß Blut, auf beiden Seiten gab es beträchtliche Verluste.

Theor stolperte über einen Körper, und das war sein Glück. Er entging auf diese Weise der vollen Wucht eines Axthiebes, der ihn nur an der Schläfe streifte und betäubte.

Er brach zusammen und fiel rücklings zwischen die Reihen seiner eigenen Krieger.

Es war nur eine kurze Ohnmacht, und als Theor zu sich kam, spürte er ein Vibrieren an seiner Brust.

Die Sprechscheibe!

Konnte es sein, daß Fraser ihn im Augenblick der höchsten Not zu erreichen versuchte?

Theor überwand seine Schwäche und kroch durch das Gewirr von Beinen weiter nach hinten. Die anderen mußten jetzt für ihn kämpfen. Die Verbindung mit Fraser war wichtiger.

17

Nach dem Bremsdruck von fünffacher Schwerkraft wirkte der Wechsel zum freien Fall wie ein Sprung von einer Klippe. In Frasers Gehirn explodierten rote Feuergarben, als er in eine tiefe Schwärze hinabzustürzen schien.

Allmählich kehrte Frasers Bewußtsein zurück. Er konnte die Sprengrakete noch nicht zwischen den Sternen auf dem Bildschirm erspähen. Aber die Radaranzeige verkündete, daß das tödliche Geschoß näherrückte. In einer heftigen Lenkbewegung führte Fraser das Raumschiff in eine Steilkurve und nahm direkten Kurs auf den Jupiter.

Der Planet war nicht mehr als Ganzes zu sehen. Sie waren jetzt schon zu nahe. Gelbe und braune Wolken wogten auf dem Bildschirm, und dazwischen tauchten düstere Schatten auf. Der Horizont kippte in Sicht. Fraser stoppte die Rotationsbewegung des Raumschiffs und drückte noch einmal den Hebel des Hauptschalters nach vorn. Wieder drohte ihn sein eigenes Körpergewicht zu ersticken.

Als sein Blick sich klärte, warf er einen Blick auf Lorraine. Sie war vor einer Stunde ohnmächtig geworden.

Besser für sie, dachte Fraser düster. *Sie spürt wenigstens nicht, was jetzt kommt. Das Raumschiff könnte beim Aufprall auf die*

Jupiteratmosphäre zerplatzen, wenn uns nicht die Rakete zuvor erwischt.

Er versuchte, die *Olympia* in den richtigen Gleitwinkel zu bringen, der eine sichere Landung ermöglichte.

Als er sich dann umschaute, sah er im Heck-Bildschirm einen Silberstrich nähergleiten und größer werden.

Dann schien eine Riesenfaust das Raumschiff zu rammen. Das Universum explodierte in Frasers Gehirn, und er sah nichts mehr.

So allmählich ist in der atmosphärischen Hülle des Jupiters der Übergang in die dichteren Schichten, daß nur wenig Reibungshitze entstand, als die *Olympia* im Tangentialflug durch die oberste Atmosphäreschicht glitt. Nach zwei Sekunden traf das Raumschiff auf eine Lage, die bei dieser Geschwindigkeit wie eine feste, aber elastische Fläche wirkte. In langgestreckten Kurven, wie ein flacher Stein, der in spitzestem Winkel auf eine Wasserfläche geworfen wird, prallte die *Olympia* immer wieder von der Atmosphäreschicht ab und umrundete den Planeten in einer enger werdenden Spirale. Der automatische Sucher der Atomrakete war jedoch nicht intelligent genug, dieses Manöver vorauszusehen und noch rechtzeitig den Kurs zu ändern. Die Rakete bohrte sich wie ein künstlicher Meteorit vertikal in die Atmosphäre. Die Hülle schmolz im Nu weg, und der Sprengkopf explodierte. In der Jupiternacht blieb dieser kurze, schwache Lichtausbruch unbemerkt, und ein Donnerschlag übertönte die Explosion.

Die *Olympia* verlor schnell an Geschwindigkeit, während sie immer tiefer in die Atmosphäre tauchte. Das dunkle Glühen der Hülle verwandelte sich wieder in stratosphärisch kalten Schimmer. Mächtige Windstöße trafen das Raumschiff wie Wogen und warfen es hin und her.

Das weckte Fraser. Er kam zu Bewußtsein, und es wurde ihm sofort klar, daß er voll aktionsbereit sein mußte, wenn der letzte Teil der Landung begann.

Es fiel ihm unendlich schwer, sich zu konzentrieren und die nötigen Manöver durchführen.

Jetzt . . . ich muß sie in Orbit bringen . . . wach bleiben, bis sie wirklich im Orbit kreist . . . ich muß . . . ich muß . . .

Als er das nächstemal wieder erwachte, fiel sein erster Blick auf die Uhr. Zwölf Stunden waren vergangen. Er schaute sich blinzelnd in der Kabine um. Sein schmerzender Körper spürte die wohltuende Schwerelosigkeit des freien Falls. Die Oberfläche des Jupiter schimmerte in bernsteinfarbig warmem Licht im Heck-

und Bug-Bildschirm. Im Raumschiff herrschte eine unglaubliche Stille.

Lorraine glitt auf ihn zu. Er sah, daß sie sich gesäubert hatte und jetzt richtig erfrischt aussah.

»Wie geht es dir, Mark?« fragte sie sanft.

Er bewegte prüfend Arme und Beine, drehte den Hals hin und her und atmete tief ein und aus.

»Ich glaube, es ist alles in Ordnung. Und du?«

»Das gleiche. Ich bin vor einer Weile zu mir gekommen und habe mich um dich gesorgt. Aber es schien besser, dich erst einmal schlafen zu lassen.« Sie hielt sich an seiner Schulter fest. »Jetzt möchte ich ein paar Minuten lang nichts tun als mich darüber freuen, daß wir wie durch ein Wunder tatsächlich mit heiler Haut davongekommen sind.«

Sie lächelten einander zärtlich an.

»Wie wäre es mit einer Mahlzeit?« fragte er schließlich.

Ihr Gesichtsausdruck trübte sich.

»Wir haben nur noch ein paar Stangen von dieser Standard-Verpflegung.«

»Das muß für den Augenblick reichen, Mädchen.«

Nachher tat Fraser das gleiche wie Lorraine und reinigte sich in der sargartig kleinen Waschkabine, so gut es möglich war. Als er dann in die Kabine zurückkehrte, sah er Lorraine am Bildschirm stehen. Sie schaute zu ihm zurück, und ihre Stimme flüsterte in seinen Ohrstöpseln:

»Ich habe noch nie einen Anblick von solcher Schönheit und Schrecklichkeit erlebt.«

Er nickte.

»Dieser Blick auf die Jupiterlandschaft entschädigt für vieles.«

Lorraine seufzte.

»Trotzdem. Mir wäre wohler, wenn dieser Planet ein wenig mehr Ähnlichkeit mit der Erde hätte.«

Fraser stieß plötzlich einen leisen Fluch aus.

»Was ist los?« fragte Lorraine.

»Ich habe eine Idee. Eine verrückte Idee, aber immerhin . . .« Er überlegte. »Was wir außer Navigationsmaterial brauchen, ist Luft und Wasser. Mit unseren knappen Eßvorräten kämen wir schon hin. Auf Jupiter finden wir alles.«

»Was?«

»Wir haben einen großen Laderaum. Auf der Oberfläche hier gibt es Eis. Theors Leute können es für uns an Bord laden. Eine provisorische Anlage, um Sauerstoff auf elektrolytischem Wege aus dem Wasser zu ziehen, könnte ich zusammenbasteln. Wir haben eine gut eingerichtete Werkzeugkabine an Bord.«

»Aber das Methan, das Ammoniak und die anderen für uns giftigen Gase. Wir können sie nicht aus dem Gemisch isolieren, nicht wahr?«

»Für das, was ich vorhabe, ist das auch nicht nötig.«

Lorraine sah ihn verwundert an.

»Wollen wir nicht zur Erde fliegen?«

»Das würden wir nie schaffen«, antwortete Fraser. »Wir müssen etwas anderes versuchen.«

Fraser ließ sich in den Pilotensitz sinken und stöpselte eine Radioverbindung ein. Das Raumschiff hatte nur einen kleinen Neutrino-Sender zur Nachrichtenverbindung über kurze Entfernungen an Bord. Aber im Orbit konnte er die Relais-Satelliten benutzen. Er drehte an den Schaltern und meldete sich.

»Theor!« rief er. »Hier spricht Mark. Hörst du mich?«

»Das ist eine seltsame Sprache«, sagte Lorraine, und nach einer Weile fügte sie hinzu: »Keine Antwort?«

Fraser seufzte.

»Bis jetzt nicht. Ich muß es noch einmal versuchen.«

Er meldete sich wieder und wartete. Dann plötzlich tönte eine rauhe Stimme in seine Ohrstöpsel.

»Mark! Kstorho g'ng korach!«

»Er ist es! Gott sei Dank.« Fraser seufzte erleichtert. »Wie geht es dir, Theor?«

»Schlecht, mein Gesinnungsbruder. Ich bin von unserer vielleicht letzten Schlacht weggekrochen, als ich deinen Ruf hörte.«

»Erzähle mir. Ich bin nicht weit fort. Vielleicht kann ich dir helfen.«

Fraser hörte sich Theors Bericht an.

»Wenn ich dir doch nur helfen könnte!« rief er und dann: »Doch! Ich kann es!«

»Eingeschlossen in deinem Raumschiff?« fragte Theor ungläubig. »Wie soll das möglich sein?«

»Laß das meine Sorge sein, Theor. Halte dich dem Kampf weiterhin fern. Ich tauche hinunter, und ich brauche deine Hilfe, wenn ich dich finden soll. Könnt ihr noch ein paar Stunden standhalten?«

»Ja . . . das sicher. Ich nehme an, der Feind wird sich jetzt bald zurückziehen, um sich vor dem nächsten Angriff auszuruhen.«

»Bleib, wo du bist. Warte auf meinen nächsten Ruf. Ich komme!«

Fraser schaltete die Radioverbindung aus, da sie während des Flugs durch die Atmosphäre ohnehin unbrauchbar war.

»Schnall dich an, Mädchen«, sagte er zu Lorraine. »Es tut mir leid, daß ich dir das noch einmal antun muß. Aber wir haben immerhin fünf-g-Beschleunigung überlebt, so nehme ich an, daß wir eine Weile lang auch die Hälfte davon aushalten werden.«

Sie widersprach nicht, sondern schnallte sich gehorsam in ihrem Sessel fest. Während er sich selbst anschnallte, erklärte Fraser was auf dem Jupiter geschehen war.

»Jedenfalls können wir ihm helfen, seinen Krieg zu gewinnen«, schloß er.

Sie lächelte ihn durch die Sichtscheibe an.

»Das sieht dir wieder ähnlich, Mark.«

»Außerdem . . . da rumort eine Idee im Hintergrund meines Bewußtseins herum. Etwas, das uns vielleicht helfen könnte . . .«

Fraser machte die nötigen Handgriffe und glich den Druck im Raumschiff der Außenatmosphäre mehr an, um nach dem Landen keine Schwierigkeiten zu haben.

Es wurde ein verhältnismäßig langsamer Gleitflug mit nur vierzig Kilometer Geschwindigkeit pro Sekunde, aber weder Fraser noch Lorraine sprachen in dieser Zeitspanne ein Wort. Der Anblick, der sich ihnen bot, war zu überwältigend.

Die Sterne verschwanden. Der Himmel verfärbte sich von Schwarz in dunkles Violett, und Eiswolken schimmerten hoch im Sonnenlicht. Unten — in diesem Ozean einer fremdartigen Atmosphäre — gab es fast alle Schattierungen von Farben und Licht.

Als die Instrumente eine Luftdichte ähnlich der in dreißig Kilometer Höhe über der Erde anzeigten — das war hier natürlich viel tiefer —, schaltete Fraser die Raumlenkung aus und ging zur aerodynamischen Steuerung über. Die obersten Sphären von Ammoniakwolken waren schon dicht unter ihnen, und sie tauchten jetzt hinein.

Es wurde dunkel um sie her. Fraser schaltete die Bildschirme auf Infrarot-Empfindlichkeit um. Das Raumschiff drang mit immer tiefer klingendem Summen in die dichtere Atmosphäre ein.

Die *Olympia* hatte sich jetzt nahezu in eine Taucherglocke verwandelt. Sie flog nicht, sondern sie schwamm mehr durch die Jupiteratmosphäre.

Einer der gefürchteten elektrischen Stürme packte das Raumschiff und warf es wie auf riesigen Wogen hin und her. Fraser setzte mehr Düsendruck ein und versuchte, unter dem Sturm hindurchzutauchen.

Seine Siegessicherheit war dahin. Er fühlte sich in diesem Augenblick sehr sterblich. Aber plötzlich tat sich eine Wunderwelt vor ihm auf.

Die Oberfläche wurde sichtbar.

Ein goldener Himmel wölbte sich über ihnen. Wolken mit dem Schimmer von Türkis, Ultramarin und Kupfer schwebten tief unter ihnen dahin. Regen rauschte von einer Steilklippe am nördlichen Horizont herunter — ein Katarakt, der die Niagarafälle wie ein Bachrinnsal erscheinen ließ. Es war ein ständiges silbernes Gleißen, und Blitze zuckten durch die rauchblauen Höhlungen oberhalb der Klippen. Über einem Ozean im Westen lag Dämmerung, und aus jeder Welle unten schienen Funken zu sprühen. Wogen, die viel schneller und höher waren als eine Gezeitenwelle auf der Erde, glitten weiter östlich ins Tageslicht und schimmerten wie Stahl. Dort, wo sie auf die Küste prallten, brachen sich die Wogen in einem Schaumschleier, der ständig wie ein riesiger, glitzernder Vorhang in der Luft zu hängen schien. Unter ihnen erstreckte sich eine Ebene mit blauen und gelben Büschen in endlose Weiten. Dahinter begannen Wälder, und im Süden ragten Eisklippen empor, zwischen denen ein Fluß mit schäumender Oberfläche dem Meer zustrebte.

In gebanntem Schweigen starrten Fraser und Lorraine auf diese wahrhaft gigantische Landschaft hinunter. Fast widerwillig begannen Frasers Gedanken sich wieder mit dem Nächstliegenden zu beschäftigen, und er warf einen prüfenden Blick auf die Instrumente.

Der mächtige automatische Radiorichtstrahl, der in Voraussicht der ersten Menschenbesuche schon vor längerer Zeit in der Nähe von Nyarra gelandet worden war, sandte schwache Zeichen herüber. Seine Schätzungen waren also nicht schlecht gewesen, dachte Fraser. Er ging noch tiefer hinab und veränderte den Kurs noch mehr nach Norden.

»Schau, dort!«

Unten auf der Ebene jagte eine Herde von sechsbeinigen Tieren mit schön geformten Hörnern in wilder Flucht davon, als die *Olympia* über ihnen dahinschwebte. Es waren Tausende von Tieren. Das erdbebenartige Donnern ihrer Füße schallte so hoch, daß es vom Echolot aufgefangen wurde.

»Und ich hatte immer gedacht, der Jupiter sei so etwas wie eine gefrorene Hölle«, sagte Lorraine entrückt.

»Den Jupiterbewohnern würde wiederum die Erde als eine heiße Hölle erscheinen«, antwortete er.

»Diese Pracht! Diese Fülle von Leben!«

Er nickte.

»Ja, das ist das wirkliche Wunder des Universums, schätze ich. Das Leben.«

Sie seufzte.

»Unser Leben ist so kurz, und trotzdem machen wir es uns gegenseitig zur Hölle. Wo es doch so schön sein könnte.«

»Die Jupiterbewohner handeln nicht anders«, antwortete er. »Sie scheinen uns nicht so unähnlich zu sein, nicht wahr?«

»Dein Freund Theor hat eine Familie, nicht wahr?« fragte sie unsicher. »Du hast es mir jedenfalls einmal erzählt.«

»Stimmt. Er hängt sehr an seiner Familie.«

»Ein glückliches Wesen.«

Er warf ihr einen verwunderten Blick zu, aber sie wandte das Gesicht ab.

Schließlich erspähte er einen Fluß, der der Brantor sein mußte. Er folgte dem Flußlauf, bis sein Radiokompaß ihm anzeigte, daß er über Nyarra schwebte.

Fraser gab Bremsdruck und schaltete die unteren Vertikaldüsen ein, um schwebend zu verharren und einen Blick nach unten zu werfen.

Zweifellos erstreckte sich unter ihnen eine Ansiedlung. Sie ähnelte allerdings mehr einem geordneten Labyrinth als einer Stadt. Bei stärkster Vergrößerung eines Bildausschnitts erkannte er unten Geschöpfe, die in Rudeln beieinanderstanden, gestikulierten und zu ihm heraufstarrten. Fraser schaltete den Neutrino-Sender ein.

»Theor, ist bei dir alles in Ordnung?« fragte er. »Wie verläuft der Kampf?«

»Schlechter, als ich befürchtet hatte. Ich wagte schon gar nicht mehr auf dein Kommen zu hoffen, Mark. Der Feind hat uns zwar noch nicht vom Hügel hinuntergetrieben, aber jeder Angriff macht unsere Verteidigungslinien dünner. Wo bist du?«

»Über deiner Heimatstadt.«

»Herrscht dort noch Leben?«

»Ja. Ich sehe auch kein Feldlager vor der Stadt. Aber man hat noch nicht versucht, Verbindung mit mir aufzunehmen.«

»Laß ihnen Zeit. Die Männer, die mit den Geräten Bescheid wissen, müssen sich erst zurechtfinden.«

»Wir können darauf jetzt nicht warten. Du und ich, meine ich. Beschreibe mir genau, wo du und deine Krieger stehen, damit ich nicht die falsche Armee angreife. Dann weise deinen Kommandeur an, er soll sich in der nächsten Kampfpause mit seinen Leuten jenseits des Hügels zurückziehen.«

Fraser hielt inne. Jetzt erst wurde ihm klar, was er vorhatte, und er scheute vor dieser Möglichkeit zurück.

»Warte, Theor!« sagte er schnell. »Kannst du mit dem Feind Verbindung aufnehmen?«

»Ich glaube, Chalkhiz, ihr Anführer, versteht unsere Trommelsignale so gut wie unsere Sprache.«

»Dann warne ihn. Sage ihm, das Orakel schwebt von der anderen Welt hernieder und wird ihn zerstören, wenn er sich nicht ergibt.«

»Darüber wird er nur lachen.«

»Mag sein. Aber wenn man sie zuvor warnt, werden sie vielleicht doch weniger Verluste erleiden.«

»Du weißt nicht, was sie uns angetan haben, Mark. Sonst würdest du dir ihretwegen keine Gedanken machen.«

»Ich tue es jedenfalls für dich«, antwortete Fraser kurz. »Und noch eines. Warne deine Leute, daß sie nicht hochschauen, wenn ich mit dem Raumschiff hinabstoße. Sie sollen ihre Gesichter bedecken und sich hinter ihren Schilden verkriechen. Klar?«

Theor bestätigte den Hinweis, und sie tauschten noch die nötigen Informationen aus. Dann glitt die *Olympia* vorwärts.

Sehr bald flogen sie über die Schiffe und Seebestien der Ulunt-Khazul hinweg. Dahinter öffnete sich der Wald zu weitem Hügelland mit Eisklippen im Noden. Es wimmelte von Jupiterbewohnern. Frasers ungeübtes Auge konnte wenig Sinn in diese Bewegungen bringen. Aber er erkannte jetzt, daß eine größere Armeegruppe sich an einem Hügelhang verschanzt hatte und eine andere vom Fluß her gegen sie vorging. Das mußten die angreifenden Ulunt-Khazul sein.

»Theor, bist du bereit?« fragte Fraser.

»Ja!«

Fraser biß die Zähne zusammen und drückte das Raumschiff im Sturzflug nach unten.

Er hatte bis zum letzten Augenblick gehofft, daß die Invasionsarmee beim Anblick des Raumschiffs fliehen würde. Aber die

Krieger waren zu diszipliniert und hatten zuviel Mut. Das Echolot trug einen Angriffsschrei zu ihm hoch, das Dröhnen von Trommeln und das Klirren von Waffen. Er sah, wie sich die Reihen fester schlossen und die Speerspitzen sich herausfordernd jenem unheimlichen Himmelswesen entgegenstreckten, das auf sie nieder stieß.

»Theor, ich sehe eine besonders große Flagge an der Spitze ihrer keilförmigen Angriffsformation. Ist dort ihr Anführer?«

»Ja. Chalkhiz kämpft dort unter seiner eigenen Flagge.«

»Dann werde ich dort angreifen.«

Das Raumschiff drehte sich um seine Querachse, bis die Heckdüsen auf die stolze Kriegsflagge gerichtet waren. Fraser gab den Düsenausstoß frei.

Es war nur eine geringe Schubkraft — gerade noch ausreichend, um radioaktive Reaktionsmasse in die Atmosphäre zu stoßen. Aber die dazu nötige Energie wurde durch Atomspaltung erzeugt, und das Gas entwich dabei mit einer Hitze von mehreren tausend Grad.

Für die Sinne der Jupiterbewohner erhellte sich ihre Welt mit einemmal zu solch greller Lichtfülle, als hätten sich alle je hier aufgeflammten Blitze zu einem einzigen mächtigen Bannstrahl vereinigt. Der Himmel zerschmolz in Glut. Der Boden dampfte. Felsen schmolzen und zerflossen über den Grund, der in Ammoniakdämpfen explodierte. Die Luft wurde für kurze Zeit zu einer riesigen Fackel, die alles Leben verzehrte.

Dann kam die Druckwelle. Der Boden bebte, und Hügelhänge brachen in donnernden Erdrutschlawinen zusammen. Staub und Rauch wirbelten in Wolken hoch, durch die Fragmente von Körpern flogen. Das nachfolgende Donnern ließ die Schädel dröhnen. Hin und her hallten die Echos, bis sie schließlich in einem letzten großen Windstoß erstarben, der über diese Szene stob.

Fraser wußte nicht, wie viele Ulunt-Khazul diesem Düsenausstoß zum Opfer gefallen waren. Er wagte es nicht abzuschätzen. Er konnte sich nur immer wieder daran erinnern, daß Tausende der Vernichtung einigermaßen unversehrt entgangen waren und daß sie jetzt in wilder Flucht in alle Richtungen davonrannten und ihre Waffen wegwarfen. Der Kampfeswille der Ulunt-Khazul war für alle Zeiten gebrochen. Die schlagkräftige Armee hatte sich in eine amorphe Masse von Einzelwesen aufgelöst, die wahnsinnig vor Angst und in schreiender Panik auseinanderstrebten.

»Mark! Mein Freund! Befreier meines Volkes!« rief Theor

jubelnd, und die Trommeln von Nyarra begannen hinter ihm triumphierend zu dröhnen.

»Sind deine Leute unverletzt davongekommen?« fragte Fraser.

»Ja. Wir haben gut geschützt hinter dem Hang gelegen. Walfilo erteilt schon seine Befehle. Wir müssen uns der feindlichen Schiffe und der Fliehenden bemächtigen. Nicht, daß sie sich je wieder sammeln und eine schlagkräftige Armee aufstellen können. Aber sie könnten in den Wäldern Partisanengruppen bilden, wenn wir sie entkommen lassen. Wir werden sie nach Rollarik deportieren. Dort können sie wenig Unheil anrichten. Kannst du landen? Als erster Mensch auf diesem Planeten?«

»Sicher kann ich landen«, sagte Fraser.

18

Fraser fühlte sich viel weniger sicher, als er gesagt hatte. Aber es gelang ihm doch, das Raumschiff so glatt und sicher aufzusetzen, daß es ihm selbst wie ein Wunder erschien.

Das erste Zusammentreffen mit Theor und seinen Nyarranern verlief etwas steif und förmlich. Fraser und Lorraine in ihren unförmigen Raumanzügen mochten den Nyarranern ebenso seltsam erscheinen wie umgekehrt den beiden die zentaurenartigen Geschöpfe, die diesen Planeten bewohnten.

Aber als der erste Bann gebrochen war, stellte Theor sofort Mannschaften bereit, die Fraser bei seinem Vorhaben behilflich waren. Kurz vor Sonnenuntergang war die Arbeit beendet, und die Nyarraner verschwanden von der Ladeluke. Es war vielleicht nicht richtig gewesen, sie sofort nach der Schlacht zu den Arbeiten in der unter Hochdruck stehenden Ladekammer einzusetzen. Fraser sah, wie müde die runden Köpfe gebeugt waren, wie die Arme schlaff herabhingen und die Beine die kräftigen Körper nur noch mühsam in Richtung des Flusses davontrugen. Aber sie konnten sich jetzt vor dem Heimmarsch ausruhen, während die Arbeit der Menschen noch kaum begonnen hatte.

Theor kam um den Bug des Raumschiffs herum. Das Sonnenlicht schimmerte auf der Sprechscheibe an seiner Brust und in den großen Augen.

»Wir haben getan, was wir konnten, Gesinnungsbruder«, sagte er. »Jetzt können wir euch nur noch unsere Hoffnungen mit auf die weite Reise geben.«

»Ihr habt viel für uns getan«, erwiderte Fraser.

»Mußt du sofort wieder aufbrechen?«

»Ja.«

»Ich habe dich nicht einmal richtig gesehen hinter jenem Helm. Und unsere Hände können sich nie direkt berühren. Dies ist wirklich eine sonderbare Welt.«

»Ich nehme mit dir Verbindung auf, sobald es möglich ist«, sagte Fraser.

»Solange ich nichts von dir gehört habe, werde ich keine Ruhe finden. Mögen die Hohen Mächte dich immer auf deiner weiten Reise begleiten.«

»Alles Gute, Theor.«

»Leb wohl, Mark.«

Der Nyarraner wich in sicheren Abstand zurück. Fraser bediente die Schalter und Hebel zum Schließen der Luke und Vorwärmen des Reaktors.

Schließlich hob sich das Raumschiff auf den Kieldüsen in horizontal schwebende Lage nicht weit über dem Boden, und dann hob sich die Bugnase, und die Heckdüsen traten in Tätigkeit.

Das Raumschiff stieg in die Höhe. Theor stand winkend da. Fraser und Lorraine beobachteten ihn, bis seine Gestalt auf dem Bildschirm kleiner und kleiner wurde und in Ferne und Nacht verschwand.

Der Flug durch die Atmosphäre aufwärts war langsam. Der Düsenausstoß bildete eine Art Gassack, der das Schiff nach oben trug. Als sie hoch genug waren, unterband Fraser die Gaszufuhr. Das Raumschiff schwankte kurze Zeit unsicher hin und her und stellte sich dann auf den neuen Antrieb um.

Fraser befürchtete einen Sturm. Aber sie wurden davon verschont. Es war so, als wollte der ganze Planet ihnen behilflich sein.

Schließlich tauchte die Sonne hervor. Fraser startete die Düsen und spürte sofort den harten Beschleunigungsdruck. Als sie schließlich im Orbit schwebten, mußte Fraser den letzten Rest von Energie aufwenden, um auch nur die Düsen abzuschalten. Im nächsten Moment war er schon eingeschlafen.

Als er nach Stunden erwachte, fühlte er sich zerschlagen an allen Gliedern und hungrig, aber doch ausgeruhter, als er erwartet hatte. Sein Gehirn arbeitete mit fast unnatürlicher Klarheit. Und doch kamen ihm seine Erlebnisse auf dem Jupiter jetzt wie ein weit zurückliegender Traum vor. Die einzige wirkliche Realität waren für ihn diese Raumschiffkabine, die Frau an seiner Seite und die vor ihm liegende Aufgabe.

»Wir werden jetzt wohl unsere letzten Nährmittelstangen essen, meinst du nicht?« fragte Lorraine. »Nach allem, was du mir gesagt hast, werden wir bei der Rückkehr nach Ganymed unsere Kräfte brauchen.«

»Bestimmt.«

Die Nährmittelstangen waren fast völlig geschmacklos in seinem Mund. Er trank viel Wasser, da sie damit jetzt nicht sparsam sein mußten.

»Jetzt müssen wir uns mit der Schaltanlage beschäftigen«, sagte er schließlich. »Die *Olympia* muß entsprechend ausgerüstet sein, wenn wir unser Vorhaben wirklich durchführen wollen.«

»Ich habe mich schon damit beschäftigt«, antwortete Lorraine. »Weil ich eher als du zu mir gekommen bin.« Sie deutete auf ein Durcheinander von Werkzeugen, Drähten und Transistorteilen auf einer der Kojen. »Ich bin sogar schon ziemlich weit gekommen.«

»Gutes Mädchen.«

Fraser betrachtete sie mit verstohlener Zärtlichkeit. Das bernsteinfarbige Licht des Jupiters zeichnete weiche, sanfte Konturen in ihr Gesicht.

»Weißt du eigentlich, daß du ein sehr hübsches Mädchen bist?« fragte er heiser.

»Sag das nicht, Mark«, flüsterte sie fast flehend. »Doch — sag es ruhig. Dies eine Mal. Es gibt ja keine Wiederholung dafür, nicht wahr?«

»Ich glaube nicht.«

»Ich kehre zur Erde zurück.«

»Nein!«

»Ich muß. Es ist der einzige Ausweg.«

»Mir wäre lieber, du würdest nicht diesen Ausweg wählen.«

»Nein, das wäre dir nicht lieber, Mark. Tief im Innern nicht.«

»Ich könnte den Mann beneiden, der dich heiratet.«

»Ich beneide deine Frau. Aber du weißt: ich bin nicht eifersüchtig auf sie. Es tut mir für sie leid, daß sie nie mit dir durchleben kann, was ich durfte.«

»Du hast nichts als eine sehr schwere und gefährliche Zeit an meiner Seite gehabt.«

»Ich sehe es anders an«, flüsterte sie fast unhörbar. »Also komm, machen wir weiter. Sonst fange ich noch zu heulen an.«

Fraser fluchte in Gedanken. Wenn Lorraine nur nicht so überaus anständig wäre. — Aber natürlich hatte sie recht, und es war gemein von ihm selbst, daß er sich bestimmte Hoffnungen gemacht hatte.

Das Leben ist kein Roman, dachte er grimmig. *Es gibt keine Happy-Ends. Das Leben geht nur einfach weiter.*

Sorgfältig arbeitend und sich nur ganz unpersönlich unterhaltend, führten sie die Installationsarbeit zu Ende. Auf dem Schaltbrett war jetzt ein Kurzschlußschalter montiert, der mit dem Haupt-Düsenhebel in Verbindung stand und an einen Zeitzünder mit Batterieantrieb angeschlossen war. Der Druck von einer Ganymed-Beschleunigung schuf die nötige mechanische Kraft, um den Schalter abzustellen oder anzustellen.

»Ich nehme an, es wird funktionieren«, sagte Fraser schulterzuckend. »Und möglicherweise wird das Ding uns nicht umbringen.«

Jupiter war jetzt zwischen das Raumschiff und die Sonne gerückt, und der Planet wich langsam zurück. Ganymed wuchs ihnen allmählich entgegen.

Fraser wunderte sich, wie wenig Furcht oder auch nur Erregung er verspürte. Und als es schließlich an der Zeit war, Verbindung aufzunehmen, schaltete er mit einer trotzigen Bewegung den Sender ein.

»Raumschiff *Olympia* ruft Aurora-Raumverkehrskommando!« rief er auf die unwirtliche Kraterlandschaft hinunter, die im Bildschirm immer deutlicher sichtbar wurde.

»Was?« rief eine fremde Stimme. »*Olympia* haben Sie gesagt?«

»Das habe ich getan.« Fraser gab seine Positionsmeldung. »Ihr Radarstrahl wird mich dort irgendwo finden. Sie können sich Zeit lassen. Wir wollen uns ergeben.«

»Warten Sie. Ich muß das meinem Vorgesetzten melden!«

Wenige Sekunden später tönte Swaynes Stimme wütend an Frasers Ohr.

»Sie sind das! Was haben Sie jetzt schon wieder vor?«

»Wir sind geschlagen«, sagte Fraser. »Wir wollten Sie und Ihre Leute ausschalten, und das ist uns nicht gelungen. Also kommen wir zurück.«

»Wer sind Sie eigentlich? Die Vlasek ist bei Ihnen, nicht wahr?«

»Ja«, sagte Lorraine. »Und ich bin stolz darauf.«

Fraser nannte seinen Namen. Alles andere wäre ihm läppisch erschienen.

»Wie sind Sie der Rakete entkommen?« fragte Swayne.

Fraser berichtete es ihm wahrheitsgemäß.

»Wir sind auf dem Jupiter gelandet«, sagte er abschließend. »Wir hatten eine schwache Hoffnung, daß die Jupiterbewohner uns irgendwie behilflich sein könnten. Aber das hat sich als Irrtum erwiesen. Unsere Vorräte sind nahezu erschöpft. So haben wir beschlossen, den Kampf aufzugeben.«

Swayne überlegte.

»Gut. Aber ich will nicht, daß Sie auf dem Flugfeld landen. Sie könnten dabei auf dumme Gedanken kommen und selbstmörderische Manöver gegen die *Wega* durchführen. Landen Sie beim Sinus-Krater, anderthalb Kilometer westlich von Aurora, dicht nördlich vor dem Navajo-Krater. Wenn Sie auch nur im geringsten von dieser Landelinie abweichen, eröffnen wir sofort das Feuer auf Sie. Was das bedeutet, wissen Sie ja.«

»Verstanden«, sagte Fraser düster. »Übergeben Sie mich dem Kontrollturm.«

Ganymed kam immer näher, bis die Spitzen der Krater durch die Bildschirme zu stoßen schienen. Aurora lag im Mondlicht unter ihnen. Jupiter war jetzt ein bleicher Halbmond.

»Sie fliegen jetzt sechzig Sekunden geraden Kurs nach Sicht«, befahl die Männerstimme vom Kontrollturm. »Sechzig — neunundfünfzig — achtundfünfzig ...«

»Null«, sagte Fraser abschließend. »Ich lande jetzt.«

Er sah das Mare Navium dunkel und kahl unter sich liegen — sah die klaffende Narbe der Dante-Schlucht und die Klippen der Gunnison-Berge.

Eines Tages würde hier ein See wogen, dachte Fraser. Aber dann würde er sehr alt sein — wenn er überhaupt noch lebte.

Der Boden glitt ihm entgegen. Er gab seitlichen Düsendruck, um einem scharfzackigen Kraterrand zu entgehen.

Jetzt!

Er ließ die mit Rädern versehenen Landeböcke ausfahren und gab dann Bremsdruck. Staub wirbelte um ihn empor. Die *Olympia* war auf diesem Mond mit Düsensteuerung schwerer zu landen als auf dem Jupiter mit aerodynamischer Lenkung. Fraser bekam das jetzt deutlich zu spüren.

Die Bugnase des Raumschiffs schwenkte in die Horizontale. Aber sie sanken zu schnell. Fraser fluchte und gab Düsendruck nach unten.

Der Aufprall auf die Landeböcke wurde von den gefederten

Rädern gedämpft. Trotzdem spürte Fraser den harten Schock. Er hatte Blutgeschmack im Mund und merkte, daß er sich auf die Zunge gebissen hatte.

Der Atommotor pulsierte noch, aber der große Aufruhr der Landung war vorbei, und Stille sickerte in die Kabine. Die Staubwolken draußen senkten sich, und die Sonne wurde wieder sichtbar.

Lorraine hatte inzwischen ihr Helmradio auf den normalen Sprechkanal eingestellt und sagte:

»Swayne will, daß wir sofort aussteigen. Ich sagte ihm, daß sich hier drinnen ein Gasgemisch gebildet hätte und daß wir das erst langsam ablassen müssen, wenn wir nicht durch die Schleuse hinausgeschossen werden wollen. Wir haben also noch Zeit für die nötigen Vorbereitungen.«

Fraser verbrachte eine nervöse Minute damit, die *Olympia* auf die *Wega* auszurichten. Sogar in der Entfernung von anderthalb Kilometern wirkte das Schlachtschiff riesig groß. Schließlich seufzte Fraser erleichtert auf. Die *Olympia* zielte mit ihrer Bugnase direkt auf das Schlachtschiff. Im nächsten Moment verband er den Autopiloten mit dem Trägheitskompaß.

Lorraine schaltete die Zeituhr ein.

»Fünf Minuten«, sagte sie. »Gehen wir.« Ihr Gesicht war sehr bleich.

Sie traten in die Schleusenkammer und warteten. Eine seltsame Ruhe überfiel Fraser. Er hatte getan, was er konnte. Das übrige mußte er dem Funktionieren der physikalischen Gesetze und dem Zufall überlassen. Er tätschelte die stählerne Wand der Schleusenkammer mit der Hand.

»Lebe wohl«, sagte er. »Du warst ein gutes Schiff.«

Das Zischen der Pumpe hörte auf. Fraser öffnete die Außentür. Ohne Landeleiter schien der Boden weit weg zu sein. Er sprang und landete glatt. Lorraine kam neben ihn. Ihre Helme berührten sich.

»Man beobachtet uns vom Schlachtschiff aus«, sagte sie ziemlich überflüssig. »Wir müssen gehen.«

»Aber nicht auf das Raumschiff zu«, sagte Fraser. »Jetzt hilft nur noch die Flucht, wenn wir nicht verbrannt werden wollen.«

Er zog sie mit sich in Richtung des Navajo-Kraters.

»He, ihr dort!« Swaynes Stimme tönte grell in die Ohrstöpsel. »Wo wollt ihr hin?«

»Um die Sicherheitsmauer herum«, sagte Fraser unschuldig. »Wir sollen doch in die Stadt kommen, nicht wahr?«

»Ich will, daß Sie sofort aufs Landefeld kommen. Schnell, bevor ich das Feuer auf Sie eröffnen lasse!«

Vor langer Zeit war ein Meteorit im Krater eingeschlagen. Die Narbe wirkte noch ganz frisch. Der Meteoritenblock lag am Fuß des Hanges, und Fraser und Lorraine stürzten darauf zu.

Ein Laser-Strahl blinkte unerträglich hell: Die Lava schmolz, wo der Strahl den Boden berührte. Immer näher glitt der tödliche Strahlenfinger. Fraser packte Lorraine, riß sie zu Boden und warf sich schützend über sie.

»Nein«, rief sie. »Du mußt an Eve und die Kinder denken . . .!«

Die Zeituhr war abgelaufen. An Bord der *Olympia* klickte ein Schalter. Eine Feder bewegte den mit dem Hauptschalter verbundenen Hebel. Die *Olympia* schoß vorwärts.

Jemand feuerte eine Granate ab. Sie explodierte viele Meter hinter der Stelle, wo das führerlose Raumschiff eben noch gewesen war. Wäre die *Olympia* weniger kräftig gebaut gewesen, dann hätten die eigenen Landeböcke bei der plötzlichen Vorwärtsbewegung ihren Rumpf von unten her aufgerissen. So aber pflügten die Räder nur eine Doppelspur von Staub, Rauch und Steinsplittern in den Boden.

Der auf geraden Kurs eingestellte Autopilot korrigierte mit Düsenstößen nach rechts und links den vulkanartigen Kraftausbruch der Heckdüsen. Den Männern an Bord der *Wega* blieben ungefähr fünfzehn Sekunden Zeit, dieses auf sie zustürmende Ungeheuer aus Metall und entfesselter Atomkraft zu beobachten.

Es gab keine Möglichkeit, diesen Ansturm zu bremsen. Die *Olympia* war schneller im toten Winkel unterhalb der Bordwaffen und Raketenrohre, als ein Mensch die Zieleinrichtungen neu einstellen konnte. Eine Laserbatterie hätte die *Olympia* zerstören können. Aber dazu blieb keine Zeit mehr.

Im letzten Moment versuchte der Pilot an Bord der *Wega*, das riesige Raumschiff zu starten. Die Maschinen waren vorgewärmt und das mächtige Schiff startbereit. Mit stärkstem Düsendruck hob sich die gewaltige Masse auch tatsächlich von den Landeböcken. Gerade in dem Augenblick, als die *Olympia* zwischen die Landeböcke krachte.

Der Düsenausstoß der *Wega* traf die *Olympia* mit voller Kraft. Die Hülle schmolz im Nu.

Riesige Energien wurden freigesetzt, als die Atomreaktoren der

Olympia zerbarsten und die Blöcke des allotropischen Jupitereises in der Lagerkammer himmelwärts geschleudert wurden. In dieser luftlosen Atmosphäre und durch die Düsenausstoßtemperaturen gaben die Wassermoleküle Energien ab, die zwar meßbar, aber nicht vorstellbar waren.

Die Schockwelle wirbelte Fraser in die Luft. Er landete mit hartem Aufprall und überschlug sich mehrere Male, bevor er liegenblieb. Es kam ihm kaum zu Bewußtsein. Nichts war in diesem Moment erkennbar als jener Höllenausbruch, der die *Wega* buchstäblich auslöschte.

In weniger als drei Sekunden war alles vorüber. Die freigewordenen Gase flohen in den interstellaren Raum zurück. Ein flacher Krater hatte sich im Flugfeld aufgetan. Winzige Bruchstücke von geschmolzenem Metall und Gestein regneten hernieder. Rauch und Staub zerteilten sich. Die Sterne wurden sichtbar, und eine entsetzliche, lastende Stille senkte sich herab.

Fraser richtete sich auf unsicheren Füßen auf und half Lorraine auf die Beine. Sie starrte ihn benommen an.

»Bist du unversehrt?« fragte er rein mechanisch.

»Jedenfalls am Leben«, antwortete sie gepreßt. »Und du? Die Stadt?«

Sie blinzelte aufgeregt gegen die Sonne. Die Sicherheitsmauer vor Aurora war teilweise eingestürzt, und der Hauptsendemast grotesk verbogen. Aber Aurora selbst stand unversehrt da.

»Wir haben es geschafft«, flüsterte er. »Tatsächlich: Wir haben es geschafft!« Er ergriff Lorraines Arm. »Gehen wir ...«

Bill Enderby kam ihnen entgegen, als sie sich dem westlichen Haupteingang näherten. Er blieb stehen und hob einen Arm im Raumanzug zum Gruß. Sein Gesicht hinter der Helmscheibe war ernst. Nur in den Augen schimmerte ein frohes Leuchten.

»Was ist mit der Garnison in der Stadt?« fragte Fraser.

»Sie haben keinen Widerstand geleistet«, sagte Enderby. »Was konnten sie auch tun? Swayne war mit den meisten an Bord der *Wega.*« Er bewegte die Laser-Waffe, die er trug. »Ich habe sie einem von der Mannschaft abgenommen. Er saß einfach da und heulte. Wir treiben sie jetzt zusammen.«

»Es sind noch immer Boote auf Patrouillenfahrt«, sagte Lorraine.

»Keine Sorge. Die können auch nichts weiter tun, als zurückkommen und sich ergeben, wenn ihre Vorräte zu Ende gehen. Selbst wenn sie versuchen sollten, die Stadt zu beschießen, wäre das mit ihren kleinen Raketen ein hoffnungsloses Unterfangen. Aber das werden sie bestimmt nicht einmal versuchen. Ihre Revolte ist gescheitert, und ohne uns wären sie zum Tode verurteilt.«

Enderby hielt inne. Immer noch war dieser seltsame Schimmer in seinem Blick, als er Lorraine und Fraser ansah.

»Das ist euer Werk, nicht wahr?« fragte er. »Ihr beide habt das geschafft.«

»Wir drei«, sagte Fraser, und er meinte es ernst.

»Ich kann unseren Dank nicht in Worte fassen«, sagte Enderby. »Keiner in Aurora kann euch jetzt so danken, wie es euch zustände. Hier, Miß Vlasek ...« Er hielt ihr die kleine Laser-Waffe ungeschickt hin. »Dies ist eine hübsche kleine Verteidigungswaffe. Sie gehört Ihnen.«

Lorraine schüttelte mit einem matten Lächeln den Kopf.

»Nein, danke. Ich möchte nie wieder eine Waffe berühren. Können Sie uns jetzt zu einem Arzt führen?«

»O ja, natürlich!« Seine Siegesfreude verwandelte sich in Besorgnis. »Sie sind hoffentlich nicht schwer verletzt?«

»Nein«, sagte sie. »Es ist nichts Gefährliches. Aber ich bin so sehr müde.«

Sie lehnte sich an Fraser, als sie sich der Schleusentür näherten.

»Weißt du, ich bin überhaupt nicht müde«, sagte er.

Die Bemerkung war vielleicht ein wenig herzlos, aber in diesem Augenblick des stolzen Triumphs konnte er sie nicht unterdrücken.

So stolz und aufrecht können Colin und Ann in Zukunft auch dahinschreiten, dachte er. *Es kommt mir jetzt selbst schon fast unglaublich vor, daß mein armes kleines Ich die Ehre hatte, meinen Kindern dieses schöne Recht zu erobern.*

Er schaute himmelwärts. Die Sonne näherte sich dem Jupiter. Aber Eve würde wohl hier sein, noch bevor die Eklipse zu Ende ging.

JOHN BRUNNER

IM ZEICHEN DES MARS

1

Ich sollte es vielleicht so erzählen, wie es mir widerfahren ist. Aber ich bin nicht mehr der ich war, als es geschah. Immerhin kann ich mich erinnern, wann die Veränderung begann — auf die Stunde, beinahe auf die Minute.

Da war der kahle Raum, erhellt von einer altersschwachen Leuchtstofflampe. Er enthielt einige Stühle. Einer von ihnen war aus Stein gemeißelt und mochte etwa eine Vierteltonne wiegen. Auf diesen hatten sie mich geschnallt, denn selbst unter den Schwereverhältnissen des Mars hätte niemand eine solche Last fortschleppen können. Für mich war das Gewicht dieses steinernen Sessels das Gewicht des Todes selbst.

Ich dachte viel an den Tod und an das, was Thoder mich gelehrt hatte — was ich nach so vielen Jahren lernte, war von Bedeutung. Mit einer gewissen Furcht erinnerte ich mich eines Satzes, den er mir einmal gesagt hatte: »Es gibt immer einen Ausweg, Mallin, und wenn es der durch die Wand am Ende des Lebens ist.«

Aber diesen Ausweg wünschte ich nicht zu nehmen. Hätte es einen Grund gegeben, hätte ich gewußt, warum diese Männer mit mir machten, was sie machten, würde ich seine Lektion vielleicht in die Tat umgesetzt haben.

Die Abwesenheit eines plausiblen Grundes brachte mir eine von Thoders früheren Lehren zu Bewußtsein: »Trost ist Rüstung.« Ich hatte einen solchen Trost. Was immer meine Verhörer von mir wollten, sie bekamen es nicht. Das wußte ich. Aber es war ein fragwürdiger Schutz gegen eine Nervenpeitsche, und ich konnte mir nicht als Verdienst anrechnen, daß ich ihnen Informationen vorenthielt, die ich nicht besaß.

Trotzdem stützte ich mich auf diesen Trost, so gut es eben ging. Die vier Folterknechte trugen Gesichtsmasken, und ihre Stimmen waren gefiltert. Wenn ich Hinweise auf ihre Identität gewinnen wollte, dann durfte ich mir nichts entgehen lassen.

Ich war schon am Anfang schwach geworden und hatte verzweifelt an eine andere Lehre gedacht, die Thoder mir vermittelt und die ich bisher nicht verstanden hatte: Es war die Sache mit der Glasperle an einem Faden: wie man die Zeit erschlaffen und die Glasperle des Bewußtseins in die Zukunft schießen ließ. Das war leicht — schließlich war es der Prozeß des Schlafens —, aber in meiner Situation konnte es mir nicht gut helfen, und so war ich darauf gekommen, das Gegenteil zu überlegen: das Anspannen der Zeit, so daß die Glasperle anhielt, das Jetzt gefror. Doch ich brannte so, brannte unter meiner Haut!

Wenn ich das überlebe, werde ich Thoder aufsuchen und um Vergebung bitten ...

Nein, ich hatte nicht die inneren Hilfsquellen, die es mir erlaubt hätten, den Zeitablauf zu verändern; ich konnte nur die Intervalle zwischen den Folterqualen benützen, um zu hören, zu sehen und mir diese Männer einzuprägen.

Zuerst hatte ich sie für Sklavenjäger gehalten. Trotz aller offiziellen Dementis gab es immer wieder Gerüchte über Entführungen in die Sklaverei. Die meisten von solchen Anschuldigungen richteten sich gegen die Tyrannei von Centaurus, aber tatsächlich waren die Schuldigen meist private Grundbesitzer, die für ihre Ländereien auf entlegenen Planeten billige Arbeitskräfte zusammenfingen.

Meine Gedanken waren abgeschweift. Ich hatte wichtige Sekunden vergeudet und gewahrte nun, daß die Pause seit der letzten Nervenfolter ungewöhnlich lang war und mir eine Chance gab, mich erneut zu konzentrieren.

Akzent? Sie beherrschten die Landessprache vollkommen. Aber ich sprach die Lingua Spatia der Leute von Centaurus und derjenigen aus der Region des Großen Bären gleich gut und konnte keinen typischen Zungenschlag heraushören ...

Sinnlos. Hör lieber auf das, was gesagt wird.

Der Mann auf dem mittleren Stuhl — drei saßen mir gegenüber — sagte: »Versuchen wir es nochmals.«

Der vierte Mann, der mit der Nervenpeitsche in der Hand abseits stand, hob sein Instrument. Ich spannte mich in Erwartung des Schocks, aber der Leiter des Verhörs schüttelte seinen Kopf. »Versuchen wir es ohne das Ding«, sagte er. »Wenn die Schmerzen zu stark werden, erzählt er uns nur, was wir nach seiner Meinung von ihm hören wollen.«

Ich versuchte keine Erleichterung zu zeigen, als der Mann zu seiner Linken in freundlich-geduldigem Ton sagte: »Ray Mallin! Es geht um Ihre letzte Reise. Versuchen Sie sich etwas genauer zu erinnern. Erzählen Sie uns, wie es dazu kam.«

Sollte ich meine Geschichte ausführlicher erzählen, mit erfundenen Details anreichern? Ich fühlte, daß ich nahe daran war, die

Leute von der Wahrhaftigkeit meiner Aussagen zu überzeugen. Ich konnte diesen Vorteil nur gefährden, wenn ich jetzt mit neuen Ausschmückungen aufwartete. Nein, es war besser, wenn ich bei der ungeschminkten Wahrheit blieb. Nur sie bot Hoffnung auf ein Entkommen und auf Vergeltung.

Meine letzte Reise hatte mich nach Durrith geführt. Ich war bis dahin nicht viel im Bereich Centaurus gereist, aber ich hatte die meisten interessanten Welten im Einflußbereich der ›Bären‹, wie man die Bewohner der Region Großer Bär im Gegensatz zu den ›Zentauren‹ nannte, bereist und kennengelernt. Jedenfalls hatte ich genug gesehen, um von der Diskrepanz zwischen der offiziellen Neutralitätspropaganda der Erde und der darunter verborgenen einseitigen Bevorzugung angewidert zu sein. Und ich ärgerte mich, daß in meinen Papieren stand, ich sei Bürger der Erde.

Früher hatte ich gedacht, die Verhältnisse im menschenbewohnten Universum seien ziemlich gleich, ob man nun in den Norden oder in den Süden ging oder im alten System blieb. Sie waren es nicht. Als ich mich das drittemal mit dem Ersten Offizier der Badewanne angelegt hatte, auf der ich fuhr — der Mann war ein aristokratischer Zentaur, der sich verwandtschaftlicher Beziehungen zum Herrscherhaus rühmte —, wurde ich kurzerhand gefeuert und unterwegs abgesetzt. Auf Durrith. Dort war ich zum erstenmal in meinem Leben froh über meine offizielle Nationalität, denn als Bürger der Erde genoß man den Vorteil, daß man je nach dem Machtbereich, in dem man sich gerade befand, der zeitweiligen Unterstützung der anderen Seite sicher sein konnte. Dieser Vorzug war indes nicht dem Taktieren irdischer Politiker zu verdanken; er ergab sich einfach aus der strategischen Lage des alten Systems zwischen zwei großen Machtblöcken.

Wie auch immer, man hatte mich an die Luft gesetzt. Ich war auf Durrith, hatte den Lohn für eine halbe Reise in der Tasche und schlechte Aussichten.

Anfangs war ich nicht sonderlich alarmiert. Ich ging zur Verkehrszentrale des Raumhafens und investierte einen Teil meines Bargelds, um in zwangloser Wirtshausatmosphäre mit den zuständigen Kontrollbeamten Bekanntschaft zu schließen. Diese Technik hatte sich schon früher bewährt, auf Nordstern; damals war ich offiziell über einen vakanten Ingenieursposten auf einem Frachter verständigt worden — mit dem einzigen bleibenden Nachteil, daß die lokale Raumfahrerinnung mir auf die Füße treten würde, wenn ich mich je wieder auf Nordstern blicken ließe. Nicht, daß es mir etwas ausmachte. Die Innung war ein bedeutungsloser kleiner Verein, anders als die progressiven Gewerkschaften des alten Systems mit ihrer umfassenden Organisation.

Nun, auf Durrith waren solche Betrachtungen irrelevant. Hier wie auf den anderen Welten in der Centaurus-Region gab es weder Raumfahrerinnungen noch Gewerkschaften, sondern einen staatlich gelenkten Berufsverband mit einer Stellenvermittlung für Mitglieder und einer kalten Schulter für gestrandete Fremdlinge. Nach drei Wochen auf Durrith hatte ich noch immer keine begründete Hoffnung, eine Schiffskajüte von innen zu sehen, und begann zu überlegen, ob ich für den Heimflug eine normale Passage buchen solle — was nach Niederlage schmeckte —, oder ob ich gegen alle meine Prinzipien zum Konsul der Erde gehen und als in Not befindlicher Bürger um Rücktransport bitten solle. Dies hätte allerdings die erniedrigende Aufgabe zur Folge gehabt, ein Jahr im Regierungsdienst zu verbringen, um die Kosten meiner Rückreise abzuarbeiten. Ein ganzes Jahr ohne Bezahlung für die Erde arbeiten! Der Gedanke stieß mich ab.

Ich hatte im Raumhafen eine Stelle als Aushilfe in einer Bar gefunden, wo ich mein Geld schonen und zugleich Beziehungen anknüpfen konnte. Ungefähr zur gleichen Zeit, als ich entdeckte, daß meine bei den Bären erfolgreiche Strategie hier bei den Zentauren keine Chance hatte, tauchte Lugath auf.

Lugath war so anders als die Centaurus-Offiziere, denen ich bis dahin begegnet war, daß ich ihm seine Staatsbürgerschaft in dieser Region kaum abgenommen hätte, wäre er nicht Kommandant eines hier registrierten Schiffes gewesen. So zeigte er Unruhe und Nervosität, was Zentauren als würdelos betrachteten. Und er kam sofort zur Sache, ohne sich mit den üblichen Höflichkeitsfloskeln aufzuhalten.

Ich zeigte ihm meine Papiere. Die Tatsache, daß sie viele Stempel der Bärenregion aufwiesen, sprach hier im Centaurus-Bereich eher gegen mich, aber sie waren alles, was ich hatte, und sie waren gut.

Ich erwartete beinahe, daß Lugath beim Anblick der vielen Bären-Stempel die Nase rümpfen und mich stehenlassen würde. Statt dessen bemerkte er nur: »Sie haben die meiste Zeit in der Bärenregion gedient, sehe ich.«

Ich nickte und zuckte halb entschuldigend die Achseln.

»Was hat Sie in diese Gegend gebracht?«

»Ein Gefrierschiff der Spica-Klasse. Sie setzten mich hier ab, weil der Erste Offizier etwas gegen mein loses Mundwerk hatte. Aber ich werde mit jedem Triebwerk fertig, das Sie mir zeigen.«

Lugath zögerte, aber nicht aus dem Grund, an den ich dachte. Schließlich sagte er: »In diesem Fall haben Sie vielleicht nicht den Wunsch, so rasch zum alten System zurückzukehren ...«

Ich beugte mich vorwärts. Das sah nach einem seltenen Glücksfall aus. »Erde?« fragte ich eifrig. »Oder Mars?«

Er warf mir einen seltsamen Blick zu, in dem etwas war, das ich erst viel später als Angst identifiziert hatte. Er sagte: »Mars, natürlich.«

Und dieses »natürlich« kam nicht von ungefähr. Wenn er ein Schmuggler war, wie ich mittlerweile vermutete, war die Erde mit ihrem perfektionierten Überwachungssystem nicht das geeignete Ziel für ihn. Ich fürchtete, mein kleiner Ausrutscher werde ihn abschrecken, aber er gab mir die Stelle.

Sein Schiff war so ungewöhnlich wie er selbst. Ein Umbau. Der Rumpf war der eines kleinen Frachters der Deneb-Klasse, mit Einrichtungen für zwanzig oder dreißig Passagiere, aber die Triebwerke stammten von einem viel größeren Schiff und waren aller nicht unbedingt nötigen Zutaten beraubt, um sie im vorhandenen Raum unterzubringen. Mit einem Rumpf von so geringer Masse verliehen sie dem Schiff die Geschwindigkeit eines Luxuskreuzers. Um meinen unausweichlichen neugierigen Fragen zuvorzukommen, erklärte Lugath beiläufig, er habe die Triebwerke billig aus einem Wrack übernommen. Die Geschichte klang ziemlich unwahrscheinlich, aber ich fürchtete zu sehr um meine Stelle, um ihn mit Fragen zu bedrängen.

Die meiste Zeit drohten die Triebwerke den Rumpf hinter sich zu lassen. Ich verbrachte die Reise, indem ich buchstäblich mit ihnen schlief, eine Alarmklingel an meiner Hängematte, um mich zu wecken, falls etwas schiefginge. Sie weckte mich häufig, und ich begann mich zu fragen, ob Lugaths regulärer Bordingenieur von der ständigen Anspannung einen Nervenzusammenbruch erlitten habe, aber auch hier enthielt ich mich aller Fragen. Wir erreichten den Mars ohne Katastrophe, und Lugath zahlte mich mit einem zusätzlichen Bonus aus.

Abgesehen von den störanfälligen Triebwerken und Lugaths Herzlichkeit, die nach allem, was ich bisher von Schiffseignern und Kapitänen erfahren hatte, durchaus ungewöhnlich war, verlief die Reise ohne bemerkenswerte Ereignisse.

Und das war es, was meine Verhörer nicht glauben wollten.

Meine Worte erstarben in Stille. Ich wartete. Schließlich zuckte der Anführer der vier mit der Schulter und gab dem Mann mit der Nervenpeitsche ein Zeichen. Der stellte seine Waffe auf maximale Wirkung ein, und ich bemühte mich zu tun, was Thoder mich gelehrt hatte: mein Bewußtsein aus der Agonie des Jetzt zu lösen.

Ich war zu langsam, aber auch so fühlte ich den Schmerz kaum. Er war so heftig, daß ich ohnmächtig wurde. Mein letzter bewußter Gedanke war eine Erinnerung an Thoders sanft tadelndes Zungenschnalzen über einen enttäuschenden Schüler.

2

Erstickung ...

Ich kämpfte gegen den Reflex der Angst und versuchte aus einer ruhigeren Periode voraus diesen Moment des Erwachens sozusagen rückblickend zu sehen und mir selbst zu erklären, was mich entsetzte. Es war wie in einem Traum, wenn einer denkt: »Ich ertrinke, mein Kopf ist unter Wasser« und zugleich weiß, daß er mit dem Gesicht im weichen Kissen liegt und nur den Kopf zu drehen braucht, damit der Traum vergeht.

Nicht daß ich, ein Marsianer, jemals wirklich in Wasser geschwommen wäre. Zuerst dachte ich, es sei Staub, der mich ersticke — mein Mund und meine Kehle waren rauh und trocken, fühlten sich wund an. Aber dieser Eindruck war falsch. Was bedrückend und schwer auf mir lag und erstickend in meine Lungen drängte, war dicke, feuchte Luft, gesättigt mit Sauerstoff, der mich schwindeln machte. Die Abhilfe war, für eine Weile das Atmen einzustellen. Warum hatte ich so tief geatmet? Ich schluckte und merkte, daß meine Stimmbänder und Muskeln gespannt und verkrampft waren. Ich hatte gebrüllt oder geschrien, wahrscheinlich in der Erinnerung an durchgestandene Schrecken.

Ich hielt den Atem an, fühlte, überlegte, analysierte. Zuerst die Luft. Wo immer ich war, es herrschten atmosphärische Verhältnisse, die für Mars mehr als ungewöhnlich waren. Luftdruck und Luftfeuchtigkeit waren schwer abzuschätzen, aber ich war an eine trockene und dünne Luft gewöhnt, wie man sie auf der Erde etwa in fünftausend Metern Höhe über dem Meeresspiegel antreffen konnte, während die Werte in diesem Raum denen in Seehöhe auf der Erde nahekommen mochten. Kein Wunder, daß ich an Ersticken gedacht hatte; kein Wunder, daß ich Sauerstoffübelkeit verspürte.

Und dann der Ort, wo ich lag. Ein Bett. Ich bewegte mich, prüfte meine Mutmaßung und fand sie bestätigt. Ein Bett, in dem man anstelle einer Federmatratze fast schwerelos schwebte. Ich lag nackt darauf, auf meinem Rücken, einen Arm neben mir, den anderen im rechten Winkel zu meinem Körper ausgestreckt, ohne daß er die Bettkante erreichte. Breit und lang, dieses Bett. Wie alle Marsianer bin ich schmal und lang.

Ich atmete wieder, langsam, füllte nur ein Drittel meiner Lungen und öffnete die Augen. Ich sah zwei Leute. Sie und ich waren in einem Raum, wo wassergrüne und goldene Farbtöne vorherrschten. Die Sonne eines frühen Morgens oder eines späten Abends schien herein. Zwei hohe Vasen mit frischen, blaßgelben Sandblumen schmückten den Raum, und an den Wänden hingen geflochtene und mit farbigen Mustern verzierte Matten aus einheimischem Schilfgras.

So wußte ich, noch bevor ich die beiden Leute ansah, einiges über sie und ihre Lebensweise — wenn dies ihre Wohnung war. Obwohl niemand sie für Marsianer halten konnte, akzeptierten sie ihre Umwelt und versuchten nicht, die Realität mit Versatzstücken aus ihrer Heimat zu verstellen.

Eine vorsichtige Folgerung stellte sich ein: vielleicht waren diese Leute mir freundlich gesinnt. War es möglich, daß sie mich gerettet hatten?

Näher bei mir, an der Seite des Bettes, ein Mädchen. Wie die meisten Erdbewohner kam sie mir zwergenhaft klein vor, aber nicht untersetzt, wie sie gewöhnlich wirkten, sondern zierlich, klein gehalten von Schwerkraft und hohem Luftdruck. Sie war anmutig, mit dunklem, im Nacken zusammengefaßtem Haar. Ihr Gesicht war blaß, etwas breiter als oval, und ihre fast schwarzen Augen musterten mich aufmerksam. Sie trug ein in bronzenen Tönen schimmerndes Kleid, das seidig raschelte, als sie sich vorwärtsbeugte.

Hinter ihr ein Mann: auf der Erde hätte man ihn groß genannt, aber für mich war er gedrungen und beinahe aufgebläht. Helles Haar über dem kantigen Gesicht. Er trug dunkelblaue und schwarze Kleider im Schnitt seiner Heimat. Eine breite Hand mit dicken Wurstfingern ruhte auf dem Arm des Mädchens, und ich mußte an die Grabschaufeln eines Baggers denken, die weiches Fleisch umklammert hielten.

»Er ist wach, Peter«, sagte sie mit einer Stimme wie Violinen. Es war komisch, wieviel tiefer und voller der Klang hier in einem Raum mit hohem Luftdruck war. Aber ich war entschlossen, mich nicht von Zufälligkeiten der Umgebung ablenken zu lassen.

Der Mann neigte sich nun auch vor und fragte: »Fühlen Sie sich gut genug, um mit uns zu sprechen?«

Ich nickte.

»Können Sie sich erinnern, was geschehen ist?«

Ich würde mich bis zu meinem Todestag daran erinnern. Aber Thoder verdankte ich den Rat: »Fragen enthalten Antworten. Der Fragesteller verrät soviel wie er lernt.« So entschied ich mich für ein Kopfschütteln.

»Sie sind in einer Dachterrassenwohnung am Großen Kanal«, sagte der Mann. »Wir fanden Sie an einer Straßenecke beim alten Tempel. Sie lagen besinnungslos im Staub. Man hatte Sie mit einer Nervenpeitsche behandelt.«

Woher wußten sie das? Hatten diese zwei an meinem Verhör teilgenommen? Meine Erinnerung wußte nichts von einer Frau, aber Gesichtsmasken, Klangfilter . . . Schließlich stellte ich ihnen die Frage.

»Zuerst dachten wir, Sie seien betrunken«, sagte das Mädchen. »Sie waren es nicht. Dann glaubten wir, Sie hätten vielleicht Larchmanns Krankheit. Aber Sie hatten kein Fieber.«

»Nüchtern, bewußtlos, kein Fieber«, sagte der Mann. »Keine sichtbaren Verletzungen, und doch hielten Sie es kaum aus, angefaßt zu werden. Das ließ nur den Schluß mit der Nervenpeitsche übrig.«

»Und Sie?« fragte ich.

Sie tauschten Blicke aus, als ob sie gehofft hätten, ich würde mit irgendwelchen Enthüllungen aufwarten, bevor ich Gegenfragen stellte — meine Verhörer verfluchen, vielleicht, und einen Hinweis auf ihre Identität geben. Um ganz zu verstehen, warum ich meine Energie nicht darauf verschwendete, hätten sie auf dem Mars geboren sein müssen — oder, besser gesagt, unter ihm, denn unser letztes Bindeglied zu unserer irdischen Herkunft ist der hohe Sauerstoffbedarf des sich entwickelnden Embryos, und die Schwangerschaft muß in einer Atmosphäre verbracht werden, deren Sauerstoffgehalt dem irdischer Luft entspricht. Vielleicht ist dies einer der wichtigsten Gründe für die Tatsache, daß es nur wenige von uns gibt.

Aber sie fanden sich mit meiner Verschlossenheit ab. Der Mann sagte: »Dies ist Lilith Choy, und ich bin Peter Nizam. Von der Erde, natürlich.«

»Natürlich.« In meiner Antwort war mehr Ironie als ich beabsichtigt hatte. »Und Sie wissen, wer ich bin?«

Wieder der Blickaustausch, und der Mann sagte: »Wenn die Papiere, die Sie bei sich tragen, Ihre eigenen sind, dann sind Sie Ray Mallin, ein Raumschiffsingenieur. Sie scheinen weit genug herumgekommen zu sein, um sich Feinde gemacht zu haben.«

»Sie fanden es also nicht seltsam, mich bewußtlos an einer Straßenecke liegen zu sehen?«

Die Reaktion war unverkennbar. Sie hatten aus irgendeinem Grund gehofft, daß ich länger brauchen würde, meinen klaren Verstand wiederzufinden, und nun waren sie verdutzt und enttäuscht, daß ich schon anfing, ihnen gezielte Fragen zu stellen.

Lilith Choy sagte ausweichend: »Nun — wir sind fremd hier.«

»Haben Sie die Polizei verständigt?«

Sie schreckte förmlich zurück. Peter Nizam sagte scharf: »Fürchten Sie, daß wir es getan haben könnten? Sind Sie in irgendwelche kriminellen Geschehnisse verstrickt?«

»Nein, aber wie Sie gesehen haben, bin ich Marsianer, und wir haben unsere eigenen Methoden zur Regelung unserer Angelegenheiten.«

»Ja«, sagte Lilith. »Wir — ah — man hat es uns gesagt. Deshalb haben wir die Polizei nicht benachrichtigt.«

»Niemand außer uns weiß«, ergänzte Peter Nizam, »daß wir Sie hierher gebracht haben.«

»Ich bin Ihnen verpflichtet«, sagte ich widerwillig. Ich mußte es sagen — es war der Brauch, und sie hatten mein Leben gerettet und nichts getan, was ich nicht wollte —, aber ich hoffte sehr, daß sie nicht auch von dem Zwang gehört hatten, unter den diese Verpflichtung mich stellte. Um den Brennpunkt der Aufmerksamkeit zu verlagern, setzte ich mich aufrecht und ließ einen prüfenden Blick über meinen Körper gehen, bevor ich zur Bettkante rutschte und aufstand. Von der beherrschenden Höhe meiner marsianischen Statur blickte ich auf sie herab.

»Darf ich meine Kleider und meine Sachen haben?«

Das Mädchen blickte an mir herauf, als ob es meine Körperlänge erst jetzt richtig wahrnähme, und ihre Augen weiteten sich ein wenig. »Ja, selbstverständlich«, sagte sie. »Ich hole sie.«

Während sie ging und im Nebenzimmer einen Schrank öffnete, sagte der Mann zögernd: »Möchten Sie etwas essen? Wollen Sie sich nicht etwas ausruhen? Die Nervenpeitsche muß Ihnen übel mitgespielt haben, daß Sie ohnmächtig wurden.«

»Danke, aber ich habe geschäftliche Dinge zu erledigen«, sagte ich.

»Mit den Leuten, die Ihnen das angetan haben?« fragte er lächelnd.

»Auf Mars stellt man solche Fragen nicht«, wies ich ihn zurecht. Er errötete etwas.

»Ja. Tut mir leid. Auch das wurde uns gesagt, aber ich hatte es vergessen. Eine Tradition, die bis in die Frühzeit zurückreicht, nicht wahr? Als das einzige, was einer sein eigen nennen konnte, ein Geheimnis sein mochte.«

»Hat irgend jemand jemals mehr besessen als das?« sagte ich.

Lilith Choy kam mit meinen Kleidern zurück, und ich zog mich an, während sie die Vorschläge Peter Nizams wiederholte: ich solle mich noch länger ausruhen, mit ihnen essen. Ich schüttelte meinen Kopf, sah meine Papiere auf Vollständigkeit durch und untersuchte meine Atemmaske. Sie hatten mir die Freundlichkeit erwiesen, das Reservoir des Atemgeräts aufzufüllen. Ich fühlte mich nach der Folter müde und erschöpft, und meine Nerven waren noch übermäßig gereizt, aber ich hatte geruht und würde in einem oder zwei Tagen ganz wiederhergestellt sein.

»Sie wollen gleich gehen?« fragte Nizam.

»Ja.« Ich legte das Atemgerät an und hielt die Maske in der Rechten, bereit, sie über Nase und Mund zu schieben, wenn ich die unter hohem Druck stehenden Räume dieser Wohnung verließe.

»Warten Sie.« Er war beinahe verlegen. »Ah — vorhin sagten Sie, Sie seien uns verpflichtet, nicht wahr?«

Also wußte er über unsere Bräuche Bescheid. Meine Rückenhaut prickelte. Trotz eines warnenden Blicks von Lilith Choy fuhr er fort: »Gut, also ich möchte das nicht gern ausnützen, verstehen Sie, aber es ergibt sich, daß Sie uns als Gegenleistung einen Gefallen tun können. Entspricht das nicht marsianischer Tradition, wenn ich Sie sozusagen beim Wort nehme?«

Ich konnte es nicht gut leugnen. Alles hing nun davon ab, ob die Gefälligkeit, die er von mir wollte, wichtig oder nebensächlich war. Ich hoffte vergebens auf etwas Geringfügiges und Alltägliches — zum Beispiel eine Bitte, etwas zu schmuggeln. Schon oft war ich gebeten worden, Parfüms und Kosmetika mitzubringen, von denen auf Mars nur schlechter Ersatz zu erschwinglichen Preisen erhältlich war, und diese Lilith war bei all ihrer Winzigkeit hübsch, und . . .

Und wenn sie in einer Dachterrassenwohnung am Großen Kanal mit Luftdruck- und Klimaverhältnissen wie in einem Seebad irgendwo auf der Erde lebten, dann hatten sie genug Geld, um für alles, was sie wollten, den regulären Einfuhrzoll zu bezahlen.

»Was wünschen Sie?« fragte ich.

»Nun, Sie sind Raumfahrer«, sagte Peter Nizam mit einer unbestimmten Geste, »da könnten Sie also zum Raumhafen hier gehen und ein bißchen mit Ihren Kollegen plaudern . . .«

Ein unheilvolles Vorgefühl breitete sich in mir aus.

»Vor etwa drei Tagen landete hier ein Schiff aus der Centaurus-Region. Es kam von Durrith und ist noch hier — jedenfalls war es heute morgen noch an Ort und Stelle. Es heißt *Hippodamia* und sieht wie ein Trampschiff aus, ist aber wahrscheinlich keins. Wir wüßten es zu schätzen, wenn Sie uns über alle Gerüchte, Klatschgeschichten und Informationen verständigten, die Sie im Zusammenhang mit dem Schiff, seiner Besatzung oder den Passagieren auffangen können.«

3

In den folgenden Sekunden war ich nahe daran, meinen Grundsätzen und Ehrbegriffen als Marsianer die Treue aufzukündigen.

Nizam verlangte von mir, daß ich mich als eine Art Privatdetektiv im Gebiet des Raumhafens herumtreiben, mich beim Bodenpersonal und allen möglichen anderen Leuten dort anbiedern und sie aushorchen sollte. Das war eine Aufgabe, zu der ich mich am allerwenigsten berufen fühlte — ich war Triebwerksingenieur. Auch war ich seit meiner Heimkehr nicht in der Nähe des Raumhafens gewesen; er schmeckte zu sehr nach Überfremdung, besonders von der Erde. Für neunundneunzig von hundert Vertretern unserer Spezies bedeutete Mars ›interstellarer Umschlagplatz und Endpunkt des alten Systems‹ und nicht ein Planet mit seinen eigenen Einwohnern, Traditionen, Gesetzen, Gebräuchen und seiner eigenen Kultur. Nachdem ich abgemustert hatte, war ich gleich in die Stadt gefahren, fort von diesem lauten Einfallstor der Fremden, und hatte mit niemand über Lugath und sein Schiff gesprochen.

Aber Peter Nizam und Lilith Choy hatten meine Papiere gesehen; die Eintragung mit dem Centaurus-Stempel am Ende der langen Reihe von Bären-Stempeln konnte ihnen nicht entgangen sein; sie mußten bemerkt haben, daß das Datum meiner Landung und Abmusterung genau mit dem Ankunftsdatum des Schiffes übereinstimmte, für das sie sich interessierten, selbst wenn sie Lugaths unleserliche Unterschrift nicht erkannt hatten.

Ich beobachtete ihre Gesichter und versuchte die Gedanken zu erraten, die hinter diesen Stirnen umgingen. Dem Mädchen schrieb ich zu: Peter, wir wissen, daß er an Bord dieses Schiffes war! Warum sagst du ihm geradeheraus, daß wir Informationen wollen? Und dem Mann: Ich habe viel von diesem übersteigerten Ehrgefühl der Marsianer gehört. Ihre Aufrichtigkeit ist etwas, das sie in ihrer eigenen Sicht über alle anderen stellt. Darauf setze ich.

Schließlich sagte ich: »Sagen Sie mir eins, bevor ich Ihnen antworte. War es bloßer Zufall, der Sie anleitete, mich zu finden?«

Darauf folgte eine unschlüssige Pause. Lilith zog eine Zigarette aus einem Metallkasten auf dem Tisch und steckte sie zwischen ihre Lippen. Ich mußte meine marsianische Reaktion unterdrükken und mir klarmachen, daß es hier genug Sauerstoff gab und es ihre Sache war, wie sie damit umgingen. Aber nun wußte ich, daß sie rauchte, und von meinem ursprünglichen Gefühl, körperlich von ihr angezogen zu sein, ging viel verloren. Selbst bei ausreichender Versorgung mit natürlichem Sauerstoff war es eine unverantwortliche Gewohnheit.

»Es war zum Teil Zufall«, sagte Nizam, als er seine Antwort überlegt hatte. »Wir hatten gehört, das ein Marsianer an Bord des Schiffes war, für das wir uns interessierten. Der alte Tempel liegt im Herzen der Stadt. Wir . . .«

Lilith Choy fiel mit klarer, entschiedener Stimme ein: »Wir suchten Sie, aber wir wußten nicht, daß Sie es waren, den wir suchten.«

»Ah — was sie meint, ist«, begann er von neuem, »daß wir . . .«

»Ich meine, was ich sage«, unterbrach sie ihn pikiert.

Wie sie oszillierten, diese beiden! Räumlich mochten sie nicht allzu weit von mir zu Hause sein, aber in ihrer Haltung standen sie mir ferner als jeder Bär oder Zentaur, dem ich je begegnet war.

Vor ein paar Minuten hatte ich das Mädchen für den verworreneren Kopf gehalten; nun schien er bei weitem nicht so klar zu denken wie sie.

Ich gab meine Versuche auf, dieses spezielle Paradoxon zu lösen, und machte eine halbherzig einladende Geste, daß sie mit ihren Fragen fortfahren sollten.

Obwohl er sein Vertrauen in marsianische Aufrichtigkeit durch sein Benehmen und seine Worte hinreichend klargemacht hatte, zögerte Nizam jetzt. Es irritierte mich, machte mich unsicher. Ich hätte leicht in Spitzfindigkeiten Zuflucht suchen und hinter der verschleierten Halbwahrheit, daß ich von niemandem Gerüchte über das Centaurus-Schiff gehört hätte, meiner Wege gehen können, aber hier spielte etwas hinein, das mich sehr persönlich und sehr unmittelbar anzugehen schien, und dem ich auf den Grund gehen mußte. Die Tatsache, daß sowohl meine maskierten Verhörer vom Vorabend als auch dieses Paar so brennend an meiner letzten Reise interessiert waren, deutete auf dunkle Angelegenheiten von enormer Bedeutung hin, die jenseits meines Gesichtsfeldes lagen.

Ich mußte wachsam und mißtrauisch sein. Daß sie mich so frühzeitig gefunden und mir möglicherweise das Leben gerettet hatten, machte eine Verbindung zwischen ihnen und den vier Männern von gestern abend denkbar; diese Verbindung konnte direkt sein, oder sie war ein zufälliges Resultat unabhängig betriebener Nachforschungen. Vielleicht hatte ich mit diesen beiden ein gemeinsames Ziel, ohne es schon zu wissen, vielleicht aber verdienten sie meinen Haß und meine Vergeltung. Ich mußte sehr vorsichtig sein.

Ich mußte herausbringen, was sie bereits über meine Reise wußten, denn sicherlich war das etwas, das mir entgangen war, während ich mich mit Triebwerken herumgeschlagen hatte, die sich vom Rumpf loszureißen drohten. Erst dann konnte ich mein weiteres Handeln planen.

»Wollen wir uns nicht setzen?« sagte Lilith Choy gefaßt. »Wenn die Angelegenheit schon ausgedroschen werden soll, dann wird es eine Weile dauern.«

»Es geht nicht darum, etwas durchzusprechen«, konterte Peter Nizam. »Wir nützen lediglich aus, daß unser Freund hier uns gegenüber eine Verpflichtung fühlt.«

»Er will wissen, warum wir uns nach diesem besonderen Schiff erkundigen.«

»Und ich habe nicht die Absicht, es ihm zu sagen.« Nizam fuhr durch sein dichtes Haar. »Soviel mir bekannt ist, gibt es hier keine feststehende Skala für die Ablösung von Verpflichtungen, aber man darf anerkennen, daß die Rettung eines Menschenlebens nicht gering zu veranschlagen ist. Habe ich recht?« Und er warf mir einen Blick zu.

»Erdenbewohner haben eine ziemlich willkürliche Wertskala«, antwortete ich. »Sie messen manchen Dingen hohen Wert bei, obwohl man sie weder essen, atmen, noch tragen kann.«

»Sehr wahr«, sagte er. »Auf der Erde wird das Leben eines Menschen zuweilen gegen etwas Absurdes eingetauscht. Hier liegt es näher, für einen Sauerstoffzylinder oder eine Flasche Wasser zu töten.«

»Wer sagte etwas von töten?« fragte Lilith Choy, erschrocken über die Direktheit der Herausforderung. Wieder fingen sie dieses Spiel mit den vertauschten Rollen an; wer eben noch das Wort geführt hatte, wurde gleich darauf zum bloßen Zuspieler. Ich fragte mich, ob es ein vorsätzliches Verhaltensmuster war, darauf angelegt, einen unwissenden Provinztrottel wie mich mit einem Rauchvorhang von Sophisterei zu verwirren.

Wenn es so war, dann sollten sie bei mir kein Glück haben.

»Wollen wir nicht zur Sache kommen?« schlug Peter Nizam vor. »Aus Gründen, die nichts mit der von Ihnen anerkannten Verpflichtung zu tun haben, retteten wir Ihnen das Leben. Wir wußten nicht, daß Sie der Marsianer waren, der mit dem uns interessierenden Schiff gekommen war, bis wir Ihre Papiere fanden und den letzten Abmusterungsvermerk sahen. Da wir es nun wissen, kommen wir offen mit unserem Ersuchen heraus, in der Hoffnung, daß Sie die Traditionen Ihres Planeten achten werden.«

»Ich werde Ihnen sagen, was ich kann«, antwortete ich.

Als ich meinen Bericht gegeben hatte, trat eine längere Pause ein. Schließlich sagte Lilith Choy: »Was er erzählt hat, bietet nieniemandem einen Grund, ihn mit der Nervenpeitsche zu bearbeiten.«

»Wir wissen nicht, daß diese Behandlung mit seiner Erzählung in Zusammenhang stand«, erwiderte Peter. »War das der Fall?«

»Sie fragten mich nach der Reise«, sagte ich knapp.

Lilith schnippte mit den Fingern. »Wenn ein Zusammenhang besteht«, sagte sie, »dann ist die entscheidende Frage: Was wurde aus dem Mann, den er ersetzte?« Sie beobachtete ihren Partner gespannt.

Peter schien Implikationen zu sehen, die mir entgingen. Er machte ein nachdenkliches Gesicht.

»Wissen Sie, was aus ihm wurde?« fragte er mich.

»Ich hörte, er sei krank geworden«, sagte ich. Ich wurde dieser Sache allmählich überdrüssig; auch war ich hungrig, und es verdroß mich, daß ich mich dieser Befragung unterziehen mußte, die nicht viel leichter zu ertragen war als das Verhör am Vorabend, wenn auch der körperliche Schmerz fehlte.

»Eine erstaunliche Koinzidenz«, sagte Lilith kühl. »Peter, ich glaube, du hast dich zu sehr auf diese theoretische marsianische Aufrichtigkeit verlassen.«

»Ich gebe zu, es klingt ziemlich nach einer bequemen Ausrede.« Seine Augen waren auf mir und zeigten Besorgnis; sie waren von einem blassen Blau, wie mir erst jetzt auffiel.

»In diesem Fall ...« Lilith führte die Zigarette an ihren Mund und paffte nervös.

»In diesem Fall, wer verhörte ihn?« ergänzte Peter.

»Es gibt zwei Möglichkeiten, nicht wahr?« murmelte sie.

Ich wartete aufmerksam. Sie parierten meine eigenen Fragen nicht ohne Geschicklichkeit, aber nun schien sie etwas zu bedrükken, das ich kaum erraten konnte. Ich hatte den Eindruck, daß sie mit jemand in Verbindung waren, der ihnen Lügen aufgetischt hatte, obwohl er wußte, welches Geheimnis die letzte Reise von Lugaths Schiff umgab. Vielleicht konnte ich doch noch etwas von ihnen erfahren.

Aber keiner von ihnen kam auf die ›zwei Möglichkeiten‹ zurück, und nachdem ich weitere Minuten gewartet hatte, sagte ich: »Ich denke, daß ich getan habe, was Sie von mir erwarteten. Damit ist meine Verpflichtung eingelöst.«

»Nicht so schnell«, sagte Peter Nizam. Er betrachtete mich nun mit entschieden finsterer Miene.

»Das ist das Dumme mit festgelegten Verhaltensregeln, nicht wahr?« sagte er. »Absolute Aufrichtigkeit, absolute Ehre ... wenn es so streng zugeht, dann lernt man auch, wie solche Grundsätze zu umgehen sind. Ich weiß nicht, was Sie seit Ihren Kindheitstagen gelernt haben, also kann ich Sie nur provozieren, um Ihre Konsequenz zu prüfen. Sie geben zu, daß Sie an Bord dieses Schiffes von — wie war noch der Name? — von Kapitän Lugath waren. Nach Ihrer Rückkehr nahm jemand Sie gefangen und bearbeitete Sie mit einer Nervenpeitsche, um Sie dann für tot liegenzulassen. Die übliche Folge einer alltäglichen Reise? Schwerlich. Sie müssen wissen, daß etwas Außergewöhnliches an diesem Schiff war — seine Ladung, seine Mannschaft oder seine Passagiere. Von Durrith bis hierher hatten Sie Gelegenheit, die Vorgänge an Bord zu beobachten, und doch behaupten Sie, abgesehen von den ungewöhnlich starken Triebwerken, die Sie zu betreuen hatten, nichts Besonderes bemerkt zu haben. Vergeben Sie mir meine irdische Flegelhaftigkeit, aber ich finde das nicht glaubwürdig. Nach Ihrem Beruf und Ihren Papieren zu urteilen, sind Sie kein einfältiger Mensch. Es erscheint mir auch als eine allzu bequeme Behauptung, daß Lugath nach der mysteriösen Erkrankung seines Ingenieurs ausgerechnet auf Durrith einen qualifizierten Ersatzmann finden sollte, der dort auf einen solchen Posten wartete, und nicht etwa einen Mann mit der Nationalität von Centaurus, wie man erwarten würde, sondern einen Bürger der Erde.«

»Einen Marsianer!« schnappte ich.

»Richtig. Tut mir leid.« Seine Mundwinkel zuckten ein wenig; ich nahm es als ein Zeichen von Triumph, daß er meine Verteidigung durchbrochen hatte, und ärgerte mich über meine Empfindlichkeit. »Ein Marsianer!«

»Aber wir können nicht viel machen, wenn er lügt«, sagte Lilith.

»Natürlich nicht«, sagte er verdrießlich. »Wir wollen uns nicht selbst erniedrigen und einen vielleicht vollkommen ehrenhaften Mann beleidigen und uns unnötig zum Feind machen. Also danken wir ihm für seine Auskünfte und — und bringen noch einen Punkt zur Sprache, bevor wir ihn ziehen lassen.«

»Und der ist?« fragte ich.

»Sie sagten, Sie betrachteten die Verpflichtung als getilgt. Das muß ich korrigieren. Ich ersuchte Sie, uns Gerüchte und Informationen aus dem Raumhafen zu beschaffen. Außer Ihnen gehörten noch andere Männer der Besatzung an, die vielleicht aufmerksamer waren und weniger verschlossen sind. Was Sie uns über Ihre Erfahrungen an Bord des Schiffes erzählt haben, ist uns willkommen, aber es ist nicht das, worum ich Sie ersuchte.«

Kasuistik ist ein irdisches Wort, dachte ich und unterwarf mich der Wahrheit seines Arguments und der Dummheit, die mich gefangen hatte.

Lächelnd sagte er: »Ein weiterer Nachteil absoluter Grundsätze, denke ich: für jene, die nicht an sie glauben, sind sie wie Hebel. Ich hoffe Sie wiederzusehen und bald ein weiteres Gespräch mit Ihnen zu führen.«

Ich stand da und blickte finster auf ihn herab, während ich überlegte, wie ich es vermeiden könnte, Klatschgeschichten aufzufangen, die ich ihm zutragen müßte. Dann, als er mir seine Visitenkarte gab, kam mir endlich eine Erleuchtung, auf die ich seit Durrith gewartet hatte.

Dort hatte ich Lugath in einem Anflug von Gedankenlosigkeit gefragt, ob er zur Erde oder zum Mars wolle — wo ich doch genau wußte, daß kein in der Centaurus-Region registriertes Schiff ohne besondere Formalitäten Erlaubnis erhalten würde, auf der Erde zu landen.

Schiffe, die auf der Erde registriert waren, hatten diese Erlaubnis selbstverständlich.

Kein Wunder, daß Lugaths Gesicht für einen Moment Schreck und Angst verraten hatte! Kein Wunder, daß er sich anders als alle Centaurus-Offiziere benommen hatte, denen ich bisher begegnet war.

Lugath hatte gefürchtet, daß ich ihn als den identifiziert haben könnte, der er war: ein Mann von der Erde, der sich als Zentaur ausgab und ein Schiff kommandierte, dessen Besonderheiten sich nicht darauf beschränkten, daß es für seine Größe zu starke Triebwerke hatte.

4

Aber dies war nicht der einzige Gedanke, der meinen Geist beschäftigte, als ich aus dem Haus am Großen Kanal trat und meine Atemmaske gegen die dünne natürliche Luft und den trockenen, bitterkalten Abendwind vor mein Gesicht schob. Der andere Gedanke war die mißmutige Erkenntnis, daß es selbst mir als einem Einheimischen noch immer nicht möglich war, ganz ohne Sauerstoffgerät auszukommen. Und das nach vielen Jahrhunderten der Akklimatisierung, wo viele Familien mit Stolz auf fünfzehn oder gar zwanzig marsgeborene Generationen zurückblickten!

Im Weitergehen befreite ich mich allmählich von derlei irritierenden Erwägungen; mein Verstand begann sich mit Plänen und Analysen zu beschäftigen. Auch wurde mir zunehmend klarer, daß es albern von mir gewesen war, das Angebot von Essen und weiterer Ruhe auszuschlagen. Obwohl die Folter fast einen Tag zurück lag, fühlte ich mich jämmerlich schwach und elend. Meine Eingeweide rumorten und stießen Luft aus, die ich in der Wohnung der beiden verschluckt hatte; ich mußte die Wangen blähen und fünf- oder sechsmal heftig aufstoßen. So aufgehalten, lehnte ich eine kleine Weile an einer verfallenen Mauer und betrachtete meine Umgebung.

Nicht einmal ich konnte meinen Planeten schön nennen. Wellige rotbraune Ebenen, Tundren, Hügel, die nicht viel mehr waren als Dünen, ein dunkler Himmel, die Monde armselige kleine Lichtflecken, die einheimischen Pflanzen arm an Arten und eher bescheiden als schön — selbst die berühmten Sandblumen —, die Winde schwach aber kalt und bitter wie verdünnte Säure . . .

Aber ich würde ihn auch niemals häßlich nennen. Nackt. Einfach. Wie würde man knotige alte Hände bezeichnen, die verbraucht waren?

Ich hatte ein eigenes Wort dafür gewählt, als mir eingefallen war, daß Thoder wie der Mars selber war. Ich sagte »altweise« und fand bleibenden Trost in dieser Bezeichnung.

Ich wanderte stadtwärts, mechanisch, verloren in meinen Reflexionen. Der Gedanke kam, daß ich hier und jetzt eine Behauptung von Peter und Lilith nachprüfen konnte: daß sie mich unbeobachtet in ihr Haus gebracht hätten. War es überhaupt möglich? Nach näherer Untersuchung sah ich keinen Grund, warum es nicht möglich gewesen sein sollte. Ihre Dachterrassenwohnung hatte direkten Zugang zur Oberfläche. Es gab einen ausgetretenen Weg, der zur Stadt führte und auch für Räderfahrzeuge geeignet war. Der Rest des vielgeschossigen Gebäudes war in die steile Seitenwand der Bruchlinie gebaut, die auf der Erde ›Kanal‹ genannt wurde und noch immer unter diesem absurd nassen Namen bekannt war. Es gab keinen günstigen Aussichtspunkt, von dem ich die Straße zwischen den unteren Ebenen der Stadt und dem Ergeschoß des Wohnblocks, wo der Haupteingang war, in ihrer Länge überblicken konnte, aber es war ohne weiteres denkbar, daß sie mich mit irgendeinem geschlossenen Fahrzeug zu der Tür gebracht hatten, aus der ich gekommen war. Und wo dieser Weg nach längerem Abstieg den Talboden erreichte, war es nicht mehr weit zum alten Tempel, wo sie mich angeblich gefunden hatten.

Jenseits des alten Tempels mein Ziel, meine Behausung, meine Zuflucht — und vielleicht mein Lehrer.

Peter Nizam und Lilith Choy hatten vermutlich im Raumhafen Nachforschungen angestellt. Nachdem sie erfahren hatten, daß in der Besatzung von Lugaths Schiff ein Marsianer gewesen war, hatten sie wahrscheinlich meine Wohnung in der Stadt aufgesucht. Und ihr Rückweg — ja, er hatte sie am alten Tempel vorbeigeführt.

Auf diese Spekulationen hin fühlte ich mich ein wenig besser, obgleich Thoder mich zweifellos gewarnt haben würde, nicht allzuviel Vertrauen auf abgeleitete Beweise zu setzen. Ich konnte seine krächzende alte Stimme beinahe hören, wie sie sagte: »Es gibt zwei Gründe, warum eine Geschichte mit den beobachtbaren Tatsachen übereinstimmen mag: entweder hat sie die Tatsachen diktiert, oder sie ist von ihnen diktiert worden.«

Wieviel mehr Vernunft und gesunden Menschenverstand hatte er mich gelehrt, die ich damals unbeachtet gelassen hatte, weil ich mich gelangweilt oder nach den glänzenden Besitztümern von Erdenbewohnern, Zentauren oder Bären gesehnt hatte? Warum hatte es einer Lektion mit der Nervenpeitsche bedurft, um mir den Wert seiner Lehre zu zeigen?

Weil ich ein Dummkopf war.

Ich kam zur Gefällstrecke der Straße, wo ich den Steilhang zum Talgrund hinabsehen konnte. Die Straße führte in Serpentinen mit einigen Haarnadelkurven abwärts, aber für Fußgänger gab es einen Treppenweg als Abkürzung, den ich nun mit langen Schritten hinunterlief.

Eines Tages würden sie künstliche Schwerkraft billig genug erzeugen, um mehr zu tun als Wohnungen wie die, aus der ich kam, den Bedingungen auf der Erde anzupassen. Schon gab es Luxusartikel wie Betten mit Schwerelosigkeit, obwohl die vom Feld beeinflußte Fläche natürlich vergleichsweise gering war und es phantastische Summen kosten würde, das Prinzip auf ganze Gebäude anzuwenden. Doch früher oder später würde das wahrscheinlich kommen.

Und damit das eigentliche Problem. Ich konnte ein paar Wochen auf einer Welt wie Durrith oder Nordstern oder Charigol aushalten, die in Masse und Atmosphäre der Erde ähnlicher waren als dem Mars, aber ich mußte langsam gehen, Energie sparen, viel mehr als gewöhnlich essen und länger schlafen; erst wenn ich nach Hause kam, fühlte ich mich wirklich zur Entspannung fähig. Auf dem Mars reckten sich meine zwei Meter dreißig wie ein sprießendes Schilfrohr; meine langen Beine trugen mich mühelos und schnell über weite Strecken; meine schmalen, langfingrigen Hände konnten das Blütenblatt einer Sandblume ein dutzendmal falten, bevor es zerfiel. Gezwungen, ständig unter irdischen Bedingungen zu leben, würde ich noch vor Erreichen eines mittleren Alters an Erschöpfung sterben.

Und es gab andere wie mich, wenn auch nicht sehr viele. Auf dem ganzen Planeten ungefähr eine Million, in fünfzehn oder zwanzig Städten und Siedlungen.

Von denen kaum eine wirklich marsianisch genannt werden konnte. Gerade hatte ich ein Stück Erde verlassen, das sich in hohlem Lippenbekenntnis zu dieser fremden Welt ›Wohnanlage Großer Kanal‹ nannte. Weil die erdrückende Schwerkraft der Erde fehlte, konnte ich es in einer solchen Wohnung lange aushalten, aber mit der Zeit würde ich in der feuchten, dichten Luft zugrunde gehen und dahinwelken wie eine Sandblume, herausgerissen aus der gewohnten Umwelt.

Ich erreichte den Talboden und blickte nach links und rechts. Hier unten war die Sonne natürlich längst untergegangen, und überall funkelten Lichter. Wo die Verwerfungsränder einen Knick nach Süden machten und dem Talverlauf eine andere Richtung aufzwangen, blendete mich das große, strahlende Leuchtzeichen auf dem Gebäude der zentaurischen Gesandtschaft. Aus derselben Richtung kamen ein paar Lastwagen durch die Stadt gerumpelt, noch überzogen vom Staub einer langen Wüstenfahrt.

Ich hatte die Absicht gehabt, in eine der Fußgängerarkaden zu gehen, die zur Straße hin abgeschlossen waren. Hier draußen war es ziemlich dunkel, und in den Tunnels gab es Licht. Auch kostenlosen Sauerstoff. Ich warf einen Blick auf den Druckmesser an der nächsten Eintrittsschleuse und sah die gewohnte 2, was bedeutete, daß im Innern ein Luftdruck von zwei Marsatmosphären herrschte.

Aber ich ließ meinen Blick über die Außenwand der Arkade gehen und zögerte. Die obere Hälfte war verglast und sollte durchsichtig sein, nur war sie es nicht; die Scheiben waren vom Sand, vom Alter und von der Sonnenstrahlung erblindet und trüb.

Macht nichts! Schließlich ist dies nur der Mars!

Schäbige, abgenutzte Sachen. Billiges Material. Dinge aus zweiter Hand. So sah der Status meiner Heimatwelt aus. Und früher oder später volle künstliche Schwerkraft, ob wir Marsianer es wollten oder nicht.

Hinter den nur noch halb transparenten Scheiben der Fußgängerarkade sah ich jemand näherkommen, der noch seine Atemmaske trug. Ich konnte nicht feststellen, ob es ein Bär, ein Zentaur oder einer von der Erde war — nicht einmal, ob es ein Mann oder eine Frau war, denn der Körper war dick in warme Kleider eingemummt. Aber jemand, dem die Luft bei doppeltem Marsdruck noch zu dünn war, mußte ein Fremder sein, ein Ausländer. Ich wandte mich rasch von der Schleuse ab und ging auf der Straße weiter.

War dies die Ecke, an der man mich liegengelassen hatte? Ich bückte mich und untersuchte den angewehten Sand und Staub an der Außenmauer des alten Tempels, aber es gab keinen sicheren Hinweis, nur Fußspuren, die von jedem beliebigen Spaziergänger herrühren konnten, schmutzige Papierfetzen und Abfälle. Ich richtete mich auf und betrachtete den Tempel, wartete vergeblich auf das ehrfürchtig prickelnde Gefühl, das mich als Kind überkommen hatte, wenn ich hiergewesen war.

Tempel? Das war wahrscheinlich wieder so ein vorgeprägter Begriff von der Erde, der mit der Wirklichkeit kaum etwas zu tun hatte. Und doch war etwas Ehrwürdiges und Feierliches an diesem Gemäuer, etwas, das selbst uns zugewanderten Marsianern, die seine ehemalige Funktion nicht besser kannten, als Touristen von der Erde, Ehrfurcht einflößte. Dieser ›Tempel‹ war von mächtigen Ausmaßen, aber schlicht wie die Wüsten des Mars. Er hatte eine Höhe von dreißig Metern und mußte noch höher gewesen sein, aber die Zeit hatte an dem Bauwerk genagt, und die Kronen der vier zyklopischen Außenmauern waren eingefallen, so daß man die ursprüngliche Höhe nicht mehr ermitteln konnte. Bei seiner Entdeckung war der Tempel ein mit Flugsand angefüllter, deckelloser Kasten gewesen. Inzwischen hatte man ihn ausgegraben, und die fünfzehn unerklärlichen Artifakte, die bei der Freilegung gefunden worden waren, konnten im Innern besichtigt werden. Besucher kamen durch einen Tunnel von der gegenüberliegenden Fußgängerarkade, um nachher ihrer Enttäuschung Luft zu machen: »Wieso, das ist doch gar nichts! Überhaupt nichts!«

Vielleicht war der Tempel nicht einmal von irgendwelchen hypothetischen Ureinwohnern gebaut worden, von denen man noch nie eine eindeutige Spur gefunden hatte. Vielleicht hatten Besucher von einem anderen Stern dieses Bauwerk errichtet, als die Menschen noch in Höhlen gelebt hatten. Wen kümmerte es? Es stand da, eine halbverfallene Ruine, aber noch stabil genug, um weitere fünftausend Jahre zu überdauern, und sagte: »Seht mich an, ihr Mächtigen, und verzweifelt!«

Ich dachte daran, hineinzugehen. Um diese Zeit würden wahrscheinlich keine Touristen dort sein. Und zu meiner Schande war ich seit vielen Jahren nicht drinnen gewesen — das letztemal vor dem Beginn meiner Raumfahrerkarriere. Das bedeutendste existierende Symbol für die Einzigartigkeit des Mars, und ich hatte es vernachlässigt.

Aber ich hatte andere dringende Angelegenheiten zu regeln. Ich mußte jemanden besuchen, den ich noch mehr vernachlässigt hatte. Ich beschloß, morgen zum Tempel zurückzukehren, oder jedenfalls vor meinem nächsten Raumflug.

Dieser Beschluß war ein Teil des gleichen Veränderungsprozesses, der wie ein Ferment in meinem Gehirn arbeitete — seit meiner Bewußtlosigkeit, vielleicht, denn er hatte an einem Tag ein langes Stück Wegs zurückgelegt. Ich dachte zurück. Sein Beginn war gewesen, als ich mich unter den Schlägen der Nervenpeitsche an Thoders Lehren erinnert hatte. Seither breitete sich ein neues Bewußtsein in meinem Kopf aus und brachte eine Art von Klarheit in meine Selbsteinschätzung.

Als ich die Mauer des alten Tempels betrachtete, begann ich zu begreifen, daß ich ein Erbe verraten hatte. Ich hatte Thoders weise Vernunft als irrelevanten Unsinn abgetan; ich hatte Raumzeitanalyse und Antriebstheorie bevorzugt.

Doch letzteres beschäftigte sich mit Maschinen. Thoder beschäftigte sich mit Menschen. Ich benötigte beide Arten von Wissen, bevor ich die Aufgabe in Angriff nehmen konnte, die ich mir vorgenommen hatte: die Entdeckung des Geheimnisses, das hinter meiner letzten Reise verborgen war.

Ich brauchte nicht lange zu überlegen, welchen Weg ich nehmen sollte, um Thoder zu finden. Es war wie das Betreten eines Pfades, der in meine Jugendzeit zurückführte . . .

5

Wenn ich früher nach langer Reise zum Mars zurückkam, pflegte ich sofort in diesen Teil der Stadt zu gehen, wo ich meine Jugend verbracht und an Gelehrsamkeit erworben hatte, was ich mein eigen nennen konnte — und das war wenig genug. In den letzten Jahren hatte ich diese Gewohnheit aufgegeben; als ich nun darüber nachdachte, schien es mir, daß die Art und Weise mich entmutigt hatte, wie sich dort niemals etwas änderte, außer zum Schlechten. Ging man heute diesen Weg, und wieder in einem Jahr, so war der einzige Unterschied, daß alles ein bißchen schäbiger geworden war — eine Tür hing etwas schiefer in ihrem Rahmen, mehr Farbe war von den Häuserwänden abgeblättert und enthüllte Risse im gegossenen Beton, und Glasfenster der Fußgängerwege waren ein wenig mehr erblindet ...

Immerhin gab es einen kleinen Trost. Die Leute hier waren Marsianer. Ich wandte den Kopf und sah einem vorbeigehenden Mädchen nach. Sie war nur etwa zwei Meter fünf groß, aber sie war eindeutig von meiner Art, während Lilith — so fein und so zierlich-hübsch sie in ihrer Winzigkeit sein mochte — es nicht war.

Die meisten Leute hielten sich in ihren Häusern auf. Es war die Zeit des Abendessens, und der Gedanke kam mir, daß ich auch etwas essen sollte, da ich keine Ahnung von Thoders derzeitigen Lebensumständen hatte und fürchtete, es könnte seine Börse belasten, wenn er einem unverhofft zurückgekehrten Ex-Schüler, der obendrein seit dreißig Stunden oder länger nichts gegessen hatte, eine Mahlzeit anbieten müßte.

Ganz in der Nähe war immer ein Restaurant gewesen ... Ich betrat den Gehsteig durch eine Schleuse, deren Druckanzeiger ein zersprungenes Glas hatte. Die Lampen waren an, aber niemand war zu sehen. Ich nahm meine Atemmaske ab. Die Luft war abgestanden, aber der Druck stimmte. Ich ging zur nächsten Kreuzung und bog nach links ab.

Ich kam in eine schmale, überdachte Gasse, deren Dach von rostigen Stahlträgern gehalten wurde. Hier kannte ich jeden Winkel; als kleiner Junge hatte ich hier herumgetobt und gespielt. Ich war verblüfft zu sehen, wie arg verbogen die Stahlträger heutzutage waren. Wenn sich auf dem Dach soviel Treibsand angesammelt hatte, daß die Stützen sich bogen, dann mußte es hier unten sogar bei Tag stockdunkel sein!

Drei Kinder, zwei Jungen und ein Mädchen, alle schon über einen Meter sechzig groß, spielten unter einem dünnen Rinnsal von Sand aus einem Loch im Dach irgendein albernes Spiel. Wenn das Loch so groß war, daß Sand durchfallen konnte, dann mußte zugleich eine Menge Luft entweichen.

Wenn noch niemand dieses Leck gemeldet hat, sollte ich es tun!

Seit ich angefangen hatte, an eine warme Mahlzeit zu denken, war ich allerdings zu hungrig, um mich sofort dieser Sache anzunehmen. Wenn ich mich recht erinnerte, mußte das gesuchte Restaurant gleich um die nächste Ecke sein . . .

Es war ein Restaurant dort, und die Fassade war noch immer mit der alten roten Farbe und versagender Leuchtschrift geschmückt, aber der Name war ein anderer: *Edisu.*

Auch das Innere des Lokals hatte einige Umgestaltungen erfahren, und die einzigen Gäste waren vier Raumfahrer von Centaurus, die offenbar Schwierigkeiten mit dem Lesen der Speisekarte hatten und laut in ihrer Sprache beratschlagten, was sie bestellen sollten.

Ich stand einige Sekunden in der Tür und überlegte, ob ich anderswo essen solle, aber dann machte mich ein Mann aus, den ich für den Besitzer hielt. Er kam mit einem so bittenden Blick herüber, daß ich sein Angebot eines Tisches annahm. Dieser Mann war ein Einwanderer von der Erde, ein reinrassiger Neger, noch immer mit dicken Muskeln blastet, die er hier nicht brauchte. Seinem schnaufenden Atem war anzumerken, daß er sich noch nicht dem niedrigen Luftdruck angepaßt hatte.

Sein einziger Kellner stand geduldig wartend am Tisch der anderen Gäste, bis die Zentauren ihr Menü bestellt hatten.

Einem unfreundlichen Impuls folgend, fragte ich den Neger mit einer Kopfbewegung zum anderen Tisch: »Was machen die hier?«

»Die — äh — die Herren dort?« Er schluckte verwirrt. »In letzter Zeit sieht man viele von ihnen hier. Sie lassen eine Menge Geld in der Stadt.«

Ich nickte und wandte mich der Speisekarte zu. Ich war wirklich lange fort gewesen — viel länger als ich mir klargemacht hatte. Ich war vor Jahren in eine kleine Wohnung am anderen Ende der Stadt gezogen, um dem Raumhafen näher zu sein, wie ich mir eingeredet hatte, aber in Wahrheit mehr weil ich dem nagenden Bewußtsein entgehen wollte, daß ich das Erbe meiner Väter verriet.

Was davon noch übrig war. Vernachlässigung, Verfall, Treibsand auf den Dächern, ein zerbrochenes Glas an einem Druckanzeiger, ein neuer Name über einem Restaurant ...

Ich blickte auf und fragte: »Kennen Sie zufällig einen Mann namens Thoder? Er ist Lehrer und wohnte immer in dieser Gegend.«

»Ich fürchte nicht«, sagte der Neger. »Ich bin erst seit zwei Jahren hier, und — und die Leute, die hier herum wohnen, bleiben mehr unter sich, wenn Sie verstehen, was ich meine.«

Ich verstand. Ich bestellte Erbsensuppe, ein geschmortes Hühnchen und einheimischen Salat aus Pflanzen der Tundra. Das Hühnchen war in einer scharf gewürzten afrikanischen Soße, statt der erwarteten Brühe, was ihm einen ungewohnten Geschmack verlieh, den ich nach einigen Bissen zu schätzen lernte.

Ich aß hastig und mit Heißhunger, doch die Müdigkeit meiner gepeinigten Nerven wurde immer stärker fühlbar. Ich hatte es noch nie mit einer Nervenpeitsche zu tun gehabt, bis auf einmal, wo die Polizei mit diesem Mittel eine Wirtshausschlägerei aufgelöst und die Streitenden — darunter auch mich — kurzerhand in Schmerzkrämpfe versetzt hatte, aber ich wußte, daß in den nächsten drei oder vier Stunden eine Welle lähmender Müdigkeit fällig wäre, die mich überschwemmen und mein Bewußtsein auslöschen würde. Bis dahin wollte ich zu Hause und im Bett sein.

Obwohl ich mein Essen hastig hinunterschlang, ergab es sich, daß die Zentauren kurz vor mir ihre Mahlzeit beendeten, ihre Rechnung bezahlten und zum Aufbruch rüsteten. Ich hielt es für richtig, sie gehen zu lassen, bevor ich selbst das Restaurant verließ, damit ich nicht in Versuchung käme, ein Streitgespräch mit ihnen anzufangen, und so ergab es sich, daß ich die zwei Bären hereinkommen sah. Sie setzten sich an einen Tisch auf der anderen Seite und riefen laut nach Bier und einem Oware-Brett. Der Neger hatte eins; er zog es unter der Theke heraus und brachte es ihnen, zusammen mit den Steinen. Die beiden machten sich sofort über das Spiel her und verteilten die Steine. Dann verlangten sie lautstark nach Würfeln.

Ich schnippte in die Finger, um meine Rechnung zu bezahlen. Der Wirt kam an meinen Tisch, und ich fragte ihn: »Haben Sie oft Bären zu Gast? Oder kommen hier mehr Zentauren?«

»Wieso? Ja. Bären sind mehr für ihre eigene Küche, müssen Sie wissen, so langweilig sie ist.«

»Für welche Partei sind Sie?«

Er bewegte sich unbehaglich, blickte vorsichtig über die Schulter, um zu sehen, ob die Zentauren schon hinausgegangen waren. Sie hatten das Restaurant schon verlassen, bevor die Bären hereingekommen waren, was gut war, sonst hätte es leicht zu einem Wortwechsel kommen können. »Nun ...«, sagte er zögernd, »als Gäste sind mir die Zentauren lieber, muß ich sagen. Sie sind ruhiger, wissen gutes Essen zu schätzen und geben auch etwas dafür aus. Die Bären trinken mehr, sind laut und vergraulen einem die Gäste mit ihrem Geschrei und ihren Glücksspielen. Über die politischen Dinge möchte ich nichts sagen.«

Ich nickte, bezahlte meine Rechnung und dachte darüber nach, wie dogmatisch ich früher an dem Prinzip festgehalten hatte, daß ein Marsianer in der Rivalität zwischen Zentauren und Bären nicht Partei nehmen sollte, schon gar nicht in der vorurteilsvollen Art und Weise, wie das auf der Erde gang und gäbe war; wie sich das in späteren Jahren geändert hatte, weil ich wegen der größeren Bereitwilligkeit der Bären, Raumfahrer aus dem alten System anzuheuern, hauptsächlich in ihrer Raumregion gearbeitet und mich so an ihre Lebensweise gewöhnt hatte. Es war zweifellos richtig, daß alle menschlichen Wesen Menschen waren, aber wie sie sich benahmen, machte einen großen Unterschied. Bären neigten dazu, unbekümmert, individualistisch und hemdsärmelig egoistisch zu sein. Sie galten als harte Geschäftemacher, gerissene Spieler und Künstler der Improvisation. Zentauren waren eher steif und diszipliniert, hatten großes Talent für Organisation und verschwendeten sogar ihre Freizeit, sich fortzubilden und zu vervollkommnen. So schätzten sie auch die mehr analytischen Denkspiele zur Förderung der logischen Intelligenz.

Als ich das Restaurant verließ, waren die Zentauren nirgends zu sehen. Ich schlug die Richtung zu Thoders Wohnung ein, und wieder erwachten um mich her die Schatten der Jugend. Von jedem Haus und aus jedem Winkel sprangen die Erinnerungen mich an. Verloren in melancholischen Reminiszenzen wanderte ich dahin, bis ich kaum zweihundert Schritte vor meinem Ziel unversehens auf die Gruppe der vier Zentauren prallte, die ich im Restaurant gesehen hatte.

Ich wollte mich an ihnen vorbeidrücken, aber einer von ihnen löste sich aus der Gruppe und sagte zögernd: »Hallo — entschuldigen Sie!« Er hielt einen Zettel mit etwas Geschriebenem in der Hand, vermutlich eine Adresse, die sie suchten. Seine nächsten Worte bestätigten meine Annahme.

»Kennen Sie sich in diesem Bezirk aus? Wir können diese Adresse nicht finden.«

»Ich bin hier zu Hause«, sagte ich reserviert. Der Mann, der selbst für irdische Verhältnisse untersetzt und klein war, blickte scheu zu mir auf, offenbar erfüllt von einer wenig zentaurenhaften Ehrfurcht vor meiner Körperlänge. Wie einfältig! Mit seinen dicken Muskeln hätte er mir einen Arm abreißen können.

»Lassen Sie mich sehen«, sagte ich und nahm die Karte. Als ich die Adresse las, erfuhr ich den größten Schock dieses schockerfüllten Abends.

Ich kannte diese Adresse so gut wie meinen eigenen Namen. Aber was in aller Welt wollten vier rangniedrige Raumfahrer von Centaurus im Haus eines obskuren marsianischen Lehrers, den sogar seine alten Schüler fast vergessen hatten?

Ich verbarg meine Verblüffung und gab den Zettel zurück. Dann nickte ich und sagte: »Zufällig gehe ich in die Richtung.«

Ich erbot mich nicht, sie zu führen; sie bedankten sich nicht für die Führung. Stumm gingen wir das letzte Stück, während meine Gedanken wie ein Rouletterad im Kreis rasten.

Die möglichen Erklärungen, die mir in den Sinn kamen, schlossen die richtige nicht mit ein. Ich dachte, daß es der Konfrontation mit meinem Ziel bedürfe, um mich zu erleuchten, und als ich es vor mir sah, erlebte ich eine niederschmetternde Enttäuschung.

Thoder war nicht mehr, wo er gelebt hatte. Neue, grelle Schilder waren an dem alten Haus, das ich so gut gekannt hatte: transparente, meterhohe Plaketten in der Form von Wappenschildern, auf die von rückwärts farbige Darstellungen bekannter Wappen projiziert wurden. Ich hatte mich nie sonderlich für Heraldik interessiert, obwohl viele von den alten marsianischen Familien Wappen führten und stolz darauf waren. Ich wußte, daß diese Traditionseitelkeit sich auch bei den Zentauren großer Beliebtheit erfreute.

Die vier in meiner Nähe begannen aufgeregt durcheinanderzureden, dann steuerten sie die von Wappen flankierte Tür an, und ich folgte ihnen mißmutig, bis ich nahe genug war, das Schild zwischen den blendenden Lichtern zu lesen. Es trug die Aufschrift: MARSIANISCHES KOLLEGIUM DER HERALDIK — erstes anerkanntes Institut für Forschung und Lehre.

Eine schreckliche Möglichkeit kam mir in den Sinn: Könnte sich hinter dieser prätentiösen Fassade Thoder verbergen? Verlassen von seinen Schülern, wie ich ihn verlassen hatte, von der Not zu dieser Äfferei getrieben, diesem trockenen Studium anmaßend-überheblicher Vergangenheit?

Das durfte nicht sein!

Die Tür öffnete sich und zeigte einen katzbuckelnden Fremden, der lächerlich bemüht war, seine marsianische Statur durch gebeugte Haltung vor seiner Kundschaft zu verkleinern. Es beschämte mich, zu sehen, wie er seine stattlichen zweieinhalb Meter zu tarnen suchte. Ich wartete draußen, bis die Zentauren hineingegangen waren, ließ noch ein paar Minuten verstreichen und läutete dann meinerseits.

6

»Thoder?« sagte der Mann und musterte mich aufmerksam. »Nein, der wohnt schon lange nicht mehr hier. Wer sind Sie, wenn ich fragen darf?«

Vor mir machte er sich nicht krumm, was eine bedeutende Verbesserung war. Er stand in einer Art Halle, die ich erst wiedererkannte, als ich zwischen den künstlich gealterten Faksimilien altertümlicher Zeitschriften — voll von pseudowissenschaftlichen, hochtrabenden Analysen komplizierter Familienbeziehungen — und dem neuen Mobiliar vertraute Dinge wiedererkannte: die schmale, steile Treppe, eine Lampe mit bunten Glasfacetten, eine Wanduhr mit Pendel.

In einem Raum auf der linken Seite konnte ich die Stimmen der vier Zentauren hören. Wie es schien, interessierten sie sich für die Anfertigung ihrer jeweiligen Stammbäume in Form von Schaubildern.

Ich sagte: »Ich bin ein früherer Schüler von ihm. Ich wollte ihn besuchen, das ist alles. Er lebt doch noch, nicht wahr?«

Irgendwie hatte ich nicht an die Möglichkeit gedacht, daß er in der langen Zwischenzeit gestorben sein könnte, aber nun, umgeben von sichtbaren Zeugnissen der Vergänglichkeit, wurde der Gedanke real und bedrückend.

»Was ist los, Yuma?«

Die Unterbrechung kam von einer energisch blickenden Frau mittleren Alters, die hinter dem Mann in die Halle gekommen war. Auch sie war eine Einheimische, von stattlicher Größe, wenn auch nicht schön zu nennen, und trug einen seltsamen Mantel, der in allen vorkommenden heraldischen Farben gestreift war. Saum, Ärmel und Kragen waren mit Hermelinimitationen besetzt.

»Eine Erkundigung nach Thoder«, antwortete der Mann. »Er ist ein ehemaliger Schüler, sagt er.«

»Ich kann Ihnen wahrscheinlich sagen, wo Sie ihn finden werden«, sagte die Frau nach einem scharfen, musternden Blick in mein Gesicht, dessen Ergebnis sie zu befriedigen schien. »Sie müssen ihn lange nicht gesehen haben, sonst wären Sie nicht zu diesem Haus gekommen.«

»Warum meinen Sie?«

»Weil er sich längst aus dem aktiven Dienst zurückgezogen hat. Ich hörte, er sei ...«

»Krank?«

»Glaube ich nicht. Einfach im Ruhestand. Er hat seine Aufmerksamkeit anderen Dingen zugewandt, soweit ich unterrichtet bin. Wie heißen Sie?«

Ich zögerte. »Ray Mallin«, sagte ich endlich, nachdem ich keinen vernünftigen Grund gefunden hatte, meine Identität zu verheimlichen.

Die Frau blickte zu Yuma, der einen Moment seine Augen schloß, wie um eine imaginäre Liste durchzugehen. Dann sagte er: »Mallin ist ein gesunder marsianischer Familienname. Seit zehn oder zwölf Generationen ansässig. Die letzte Einzweigung von der Erde war vor vier Generationen auf der väterlichen Seite. Hmm ... interessant!« Und er betrachtete mich zum erstenmal mit wirklicher Aufmerksamkeit und Neugier.

Seine Neugier war nichts gegen meine Verblüffung. Trotz meiner Abneigung gegen Heraldik und ähnlichen Firlefanz zur Befriedigung menschlicher Eitelkeiten war ich verwirrt und beeindruckt, daß dieser mir völlig fremde Mann ein Wissen über meine Abstammung besaß, das mir selbst abging. »Woher wissen Sie das?« fragte ich. »Ich habe nie Ahnenforschung betreiben lassen.«

»Yuma ist ein Eidetiker«, erklärte die Frau. »Er hat ein phantastisches Gedächtnis. Beides ist in unserem Beruf von unschätzbarem Wert. Vielleicht haben Sie irgendwo Verwandte, die uns einmal konsultiert haben.« Und sie gab Yuma einen forschenden Blick.

»Das ist sonderbar«, sagte der Eidetiker stirnrunzelnd. »Ich hatte nicht daran gedacht, aber ...« Er biß sich auf die Lippe, dann hellte seine Miene sich plötzlich auf. »Natürlich! Es ist erst ein paar Tage her, daß jemand sich nach dem Geschlecht der Mallins erkundigte.«

In meinem Bewußtsein begann ein Warnsignal zu blinken. Mit vorgetäuschtem Gleichmut sagte ich: »Wirklich? Einer von diesen Verwandten, vielleicht?«

»Genau. Ein Offizier von Centaurus, ein gewisser Major Housk aus Leovang.« Yuma nickte wiederholt, offensichtlich zufrieden mit der Genauigkeit seiner Erinnerung. »Wir konnten ihm eine ziemlich genaue Übersicht der Familienverzweigungen geben. Ich könnte mir denken, daß er sich mit Ihnen in Verbindung setzen wird. Es mag Sie interessieren, daß es in der Region Centaurus eine starke Seitenlinie der Mallins gibt.«

Ich war sehr müde — die Reaktion auf die Nervenfolter begann mit Macht einzusetzen —, aber das hinderte mich nicht daran, eine sehr große Wahrscheinlichkeit zu sehen: nämlich die, daß Major Housk sich bereits mit mir in Verbindung gesetzt hatte. Gestern abend.

»Faszinierend!« sagte ich mit aller Wärme, die ich aufbringen konnte. »Ich beginne zu sehen, warum viele Leute sich heutzutage für Genealogie und Heraldik interessieren, wo es doch Mittel sein können, weithin verstreute Mitglieder einer Sippe wieder zusammenzuführen. Haben Sie vielleicht erfahren, wo Major Housk sich aufhält? Vielleicht könnte ich ihn aufsuchen.«

»Ich fürchte, er hat es nicht gesagt«, antwortete Yuma.

Zu dumm. Immerhin hatte ich einen wertvollen Hinweis erhalten, dem ich nachgehen konnte.

Die Zentauren im anderen Raum begannen geräuschvoll zu werden. Yuma blickte die Frau an und machte eine Kopfbewegung. Sie nickte und ging, um sich der wartenden Kunden anzunehmen.

»Ja«, sagte Yuma sinnend, »Thoders gegenwärtige Adresse ... Entschuldigen Sie mich einen Augenblick. Ich muß nachsehen.«

Die Anschrift, die Yuma auf einen Zettel geschrieben hatte, ließ mich stutzen. Ich hatte eine unbestimmte Erinnerung an den Stadtteil. Es war nicht weit, ungefähr eine halbe Stunde zu Fuß, aber ich hätte die Gegend lieber gemieden, weil sie von Zugewanderten und Gästen von anderen Welten bevorzugt wurde. Die meisten Fußgängerarkaden waren dort auf einen Druck von fünf oder sechs Marsatmosphären eingestellt ... Eine irritierende Einsicht stellte sich ein: ich verabscheute das hauptsächlich, weil Leute von anderen Planeten — tolerant oder nicht — mich wegen meiner Größe für ein Monstrum hielten, und es gut war, zu Hause zu sein und zuzusehen, wie sie nach Atem rangen.

Nicht daß ein Druck von zwei Marsatmosphären einem Erdbewohner wirklich unerträglich war. Bergsteiger früherer Zeiten hatten angeblich ohne künstliche Hilfen Höhen von siebentausend Metern oder mehr erreicht, wo der Luftdruck nicht höher war als etwa eineinhalb Marsatmosphären, und in den Anden gab es Dörfer und ganze Städte in Höhenlagen von viertausend Metern, also bei einem Luftdruck von nicht mehr als drei Marsatmosphären.

Ich beschloß ein Taxi zu nehmen; meine Müdigkeit wuchs, die Zeit ging auf die Neige, und ich brauchte einen klaren Kopf, um mit Thoder zu sprechen.

Eine Viertelstunde trottete ich auf der Suche nach einem Taxi durch die fast ausgestorbenen Straßen des Viertels, dann fand ich endlich eins und faltete mich unbeholfen auf dem gepolsterten Sitz zusammen. Die Geschichte von meinen mysteriösen ›Verwandten‹ aus der Centaurus-Region gab mir zu denken. Vielleicht hatten Yuma und seine Helferin es nicht als seltsam empfunden, daß ein Mann sich nach Verwandten erkundigen sollte, deren nächste direkte Verbindung zu ihm fünf oder sechs Generationen in der Vergangenheit lag. Andererseits, warum sollte es seltsam sein? Zu allen Zeiten hatte es begeisterte Ahnenforscher gegeben, und bei den Zentauren erfreute die Genealogie sich besonderer Beliebtheit.

Aber Housk? Bedeutete dieser Name etwas für mich? Natürlich nicht. Ich war nie einer gewesen, dem es Spaß machte, in alten Geburten- und Heiratsregistern herumzustöbern, und ich konnte mich nicht einmal an den Mädchennamen meiner Großmutter erinnern, obwohl ich ihn öfters gehört haben mochte. Meine Mutter war bei meiner Geburt gestorben. Das konnte immer noch passieren. Und mein Vater — ich hatte stets ein schlechtes Gewissen, wenn ich an ihn dachte — war jetzt ein müder und trauriger alter Mann, der in einer kleinen Stadt auf der anderen Seite des Planeten lebte, wenn er nicht wieder umgezogen war . . .

Nein, ich dachte nicht gern über meine Familie nach. Thoder war sowohl mein Lehrer als auch ein halber Vater zu mir gewesen, und mein natürlicher Vater, ständig auf der Jagd nach dem Geld für unseren Lebensunterhalt, war froh gewesen, mich in seiner Obhut zu wissen.

Gewohnheitsmäßig sah ich meine Isolation als eine Art von Selbstgenügsamkeit, und das war ein typisch marsianisches Verhaltensmuster. Im legalen Sinne Bürger der Erde, waren wir doch Abgesonderte, von allen bewußt oder unbewußt als andersartig diskriminiert; warum nicht den Verhältnissen Rechnung tragen und die Einsamkeit akzeptieren?

Ich begann zu entdecken, warum nicht.

In jedem Fall, sagte ich mir, als ich meinen früheren Gedankengang wieder aufnahm, war es durchaus möglich, daß Housk nicht der richtige Name des Mannes war. Er konnte entliehen sein, um seinen Erkundigungen nach einem Mitglied der Mallin-Sippschaft Plausibilität zu verleihen. War er echt, dann hatte ich etwas Überraschendes über meinen eigenen Hintergrund erfahren. Obwohl ich mir meine eigene Parteilichkeit ungern eingestand, mußte ich zugeben, daß ich eher erwartet hatte, meine Vorfahren würden sich statt für Centaurus für die Bären-Region entschieden haben.

Natürlich gab es für diese Erwartung außer meiner Voreingenommenheit keinen stichhaltigen Grund. Die charakteristischen Verhaltensweisen von Bären und Zentauren mußten sich im Verlauf vieler Generationen allmählich ausgebildet haben und hatten vermutlich erst in jüngster Vergangenheit eine so starke Polarisierung erfahren, daß verallgemeinernde Behauptungen wie: »Zentauren sind steif und autoritär, Bären unverbindlich und unzuverlässig« möglich geworden waren.

Trotz alledem blieb das obskure Gefühl in mir zurück, daß die Wurzeln der Archetypen weit zurückreichen mußten: als ob von den frühesten Tagen der Kolonisation an der eine Charaktertyp nach Ursa Major geblickt hätte, der andere nach Centaurus. Lange vor den schweren wirtschaftlichen Krisen, die sie veranlaßt hatten, die altertümliche Institution des ›Tyrannen‹ — eines auf Zeit gewählten Diktators — wiederzubeleben und dann ihr Leben nach einem sorgfältig geplanten Modell neu zu organisieren, mußten die Zentauren eine gewisse Veranlagung gehabt haben, die ihre spätere Entwicklung in großen Zügen vorherbestimmte. Ganz ähnlich mußte es sich mit den Bären verhalten haben, obwohl ihre willkürliche und systemlose Lebensweise, die selbst Katastrophen nicht ändern konnten, es schwierig machte, feste Ausgangspunkte für irgendeine Veränderung zu ermitteln.

Ich mußte plötzlich an ein Mädchen denken, das ich auf Charigol gekannt hatte. Ich war nahe daran gewesen, mich in sie zu verlieben, das einzigemal, daß ich je daran gedacht hatte, anderswo als auf dem Mars zu heiraten und Kinder aufzuziehen. Ich fragte mich, ob das der Grund sei, weshalb ich die Vorstellung schätzte, meine Vorfahren seien in die Region des Großen Bären aufgebrochen.

Es wäre besser für mich gewesen, wenn ich fünf oder sechs Generationen früher geboren wäre. In jenen Tagen hatte niemand an unabhängige Machtblöcke gedacht, die das alte System in die Zange nehmen könnten; die Kolonien waren assoziierte, abhängige Staatsgebilde gewesen, und die Marsianer hatten ihre Blütezeit erlebt. Es war die Zeit gewesen, wo man von marsianischer Kultur gesprochen hatte, wo eigenständige Traditionen und ein unverwechselbares Lebensgefühl in schöpferischen Werken Ausdruck gefunden hatten. Niemand hätte damals geglaubt, daß auf diese verheißungsvolle Periode so bald Stagnation, Überfremdung und kultureller Niedergang folgen würden. In meiner Zeit, in diesem deprimierenden modernen Zeitalter, schien es mir, als sei das alte System wie diese Gassen hier: vor langer Zeit eingedeckt gegen den Flugsand des Raums, der sie nun zu überlagern begann und durch Risse und Löcher unaufhaltsam eindrang.

In meinem Kopf drehte es sich. Ich war erschöpft, und Müdigkeit zupfte an meinen brennenden Augenlidern. Aber ich hatte mich in die Idee verrannt, Thoder wiederzusehen. Ich mußte ihm etwas über diese verwirrenden neuen Gedanken sagen, die mich bedrängten, ihn um seine Meinung bitten ...

Das Taxi schob sich an die der angegebenen Adresse nächste Gehsteigschleuse. Ich steckte den Fahrpreis in den Geldschlitz, und die Türverriegelung sprang auf. Ich entfaltete mich mühsam aus dem Fahrzeug. Ein weiterer Grund zur Verdrießlichkeit! Warum wurden diese Dinger für Zwerge gebaut? Lohnte es sich nicht mehr, nach den Körpermaßen von Marsianern zu konstruieren, weil die meisten von ihnen aufgehört hatten, sich Taxifahrten zu leisten?

Natürlich. Weil die Leute auf dem Mars, die Taxis benützten, von schweren Welten wie der Erde kamen. Verdammt sollten sie sein.

Ich betrachtete die Fassade meines Ziels. Es freute mich, zu sehen, daß Thoder mit seinem Wegzug aus einer rein marsianischen Umgebung auf der Stufenleiter des Wohlstands offenbar einige Sprossen höhergeklettert war. Dieses Haus befand sich in gutem Zustand, war frisch gestrichen und sorgfältig instand gehalten. Ich hoffte nur, daß er zur Erlangung dieses wohlverdienten Vorzugs nicht noch im Alter seine marsianischen Prinzipien hatte verraten müssen.

So viel hatte sich verändert! Und ich war zu sehr in meine eigenen egoistischen Angelegenheiten verstrickt gewesen, um zu bemerken, was vorging.

7

Aber Thoder hatte sich nicht geändert. Gewiß, die Jahre waren nicht spurlos an ihm vorübergegangen: die magere Gestalt war gebeugter, das weiße Haar dünner, die Augen waren tiefer in einem engen Netz von Runzeln vergraben. Aber innen, wo es zählt, hatte er sich nicht verändert.

Als Einleitung hatte ich eine lange Entschuldigungsrede geplant, doch erwies sie sich als unnötig. Er erkannte mich, begrüßte mich, als ob ich ihn statt vor Jahren erst vor Tagen verlassen hätte, hieß mich willkommen und führte mich in einen großen Raum, der mit den angesammelten Dingen eines ganzen Lebens vollgestopft war. Diagramme, Karten und Bücherspulen füllten die Wandregale; jede ebene Oberfläche war mit Zeitschriftenstapeln und Gegenständen überladen, wie ich sie aus der Zeit meines Schülerdaseins kannte. Aber ich sah auch andere, neue Objekte, die ich nicht wiedererkannte: tibetanische Gebetsmühlen, eine Gruppe von Statuetten, die Angst, Hoffnung und Gewißheit darstellten, ein Brettspiel von einer Art, wie ich es auf Durrith in Gebrauch gesehen hatte ...

Thoder war natürlich mehr als ein normaler Schullehrer; ich hatte gehört, wie einige seiner erwachsenen Bewunderer ihn einen Guru genannt hatten, und danach hatte ich in einem unbeobachteten Moment in seinem Wörterbuch die Definition dieses Begriffs nachgeschlagen. Ich war damals bereits in einem Alter gewesen, wo man selbstbewußt und frech wird, und so hätte ich es als demütigend empfunden, ihn direkt um eine Erklärung des Wortes zu bitten. Ich hatte etwas gefunden, das ungefähr so lautete: »Ein Lehrer geistiger Werte, namentlich in der Tradition der altindischen Mystik.«

Ich hatte nie von einem Raumschiff gehört, das von Gebetsmühlen angetrieben wurde, und so hatte diese Information mich in meiner Absicht bestärkt, mit Thoder zu brechen und zu den Sternen zu gehen.

Es war nicht so, daß ich ihn nicht gemocht hätte. Im Gegenteil. Man könnte sagen, daß ich ihn liebte, weil er mir während meiner späteren Jugendzeit nähergestanden hatte als mein leiblicher Vater. Es war einfach so gewesen, daß ich alle seine Analogien zwischen der öden Marslandschaft und der Bildung einer wahrhaft marsianischen Persönlichkeit als irrelevant für die moderne Zeit ansah. Er sprach in Begriffen des Individuums; ich betrachtete die Nachrichten von den großen Machtblöcken mit ihren Dutzenden von Planetensystemen und Milliarden Menschen. Er sprach von Erfüllung als Marsianer; ich dachte an die legalistische Geringschätzung, die mich offiziell zum Bürger der Erde machte, obwohl ich jung sterben müßte, wenn ich mein Leben auf meiner sogenannten ›Heimatwelt‹ verbrachte. Und ich ging meine eigenen Wege.

Er brachte Kaffee und etwas Gebäck und ließ sich bedächtig in einen großen Sessel mir gegenüber nieder.

»Du siehst sehr müde aus«, sagte er.

»Nun ... äh ...« Ich suchte nach einer taktvollen Art und Weise, den Grund für meinen Besuch zu erklären. Mit der für ihn charakteristischen Abneigung gegen alle formalen Redensarten winkte er sofort ab.

»Ray! Ich weiß, daß nur ein außerordentliches Ereignis dich zu mir zurückbringen konnte. Das brauchst du mir nicht zu erläutern. Ich vermute, daß dir etwas zugestoßen ist und dich zu der Einsicht geführt hat, daß ein tieferes Verstehen dessen, was ich dir immer beizubringen versuchte, zu einer Lösung des Problems beitragen könnte, dem du dich gegenüber siehst. Wenn das so ist, dann brauche ich keine Entschuldigungen oder Erklärungen. Ich pflanzte dir die Saat eines Bewußtseins ein, und nun scheint sie aufzugehen. Welche schönere Belohnung könnte ich erwarten?«

»Es tut mir leid«, murmelte ich. »Es war eine Art von Beleidigung, anders zu denken.« Ich schlürfte den heißen Kaffee. »Ich will versuchen, mit wenigen Worten zu erklären, was geschehen ist ...«

Ich erzählte ihm von den vier maskierten Männern, die mir am Vorabend aufgelauert hatten, als ich durch die Stadt gewandert war. Ich erzählte ihm, was sie von mir verlangt hatten, wie ich ihnen nicht sagen konnte, was sie von mir wissen wollten, wie ich von zwei Fremden von der Erde gerettet worden war und wie meine Suche nach ihm zu dem Genealogen Yuma geführt hatte, der mir unwissentlich einen vielleicht brauchbaren Hinweis auf meine Verfolger geliefert hatte.

Thoder hörte mich mit gespannter Aufmerksamkeit an. Als ich

geendet hatte, schwieg er für die Dauer einiger Atemzüge, dann sagte er: »Gib mir mehr Details über die Reise. Wie hieß das Schiff?«

»*Hippodamia.*«

Er rieb sein Kinn. »Weißt du, was das bedeutet?«

Ich blickte verdutzt auf. »Nein. Ist es wichtig?«

»Ob es wichtig ist? Ray, ich dachte, du hättest meine Lehren besser verstanden. So eine Frage! Sicherlich hast du den Ursprung des Wortes Zentaur nicht vergessen?«

Ich runzelte die Stirn. Mein Bewußtsein war von Müdigkeit erodiert, und ich hatte Schwierigkeiten, mich zu besinnen, aber nach einer Weile sagte ich: »Eine Rasse in der alten Mythologie, halb Pferd und halb Mensch. Man nimmt an, daß der Mythos entstand, als ein primitiver Stamm zum erstenmal mit Angehörigen eines fremden Volks zusammentraf, die Pferde ritten.«

»Eine Vereinfachung ziemlich grober Art, aber geben wir uns damit zufrieden. ›Hippodamia‹ soll ›Pferdebändiger‹ bedeuten, woraus man durch Assoziation auch ›Bändiger der Zentauren‹ ableiten kann. Aus dem Studium alter Überlieferungen kann man viel lernen, Ray. Sie bewahren, was die Menschen über ihre alltäglichen Erfahrungen hinaus für überlieferungswürdig befanden, lange vor dem Aufkommen von Psychologie und Selbstanalyse.«

Er warf mir einen forschenden Blick zu. »Wäre es nicht besser, ich verschöbe diesen Versuch, deine durcheinandergewürfelten Informationen zu sortieren? Du kannst viel mehr daraus lesen, als du jetzt zu begreifen scheinst, aber vielleicht ist es nur deine Erschöpfung, die dich behindert. Morgen magst du selber zu den richtigen Antworten finden.«

»Nein, bitte.« Ich blinzelte angestrengt und bemühte mich krampfhaft, meine Augen offenzuhalten. »Ich brauche Ihre Hilfe, und das dringend.«

»Hah! Wieviel wirst du in diesem Zustand begreifen? Ich pflege in Rätseln zu sprechen — jedenfalls hast du mir das einmal vorgeworfen. Aber lassen wir die Vergangenheit.«

Er wandte den Kopf ein wenig zur Seite und starrte die Wand hinter mir an.

»Du sagst, du hättest die ganze Reise damit verbracht, die überstarken Triebwerke zu überwachen. Aber sicherlich hast du die Bekanntschaft von Kollegen der Besatzung gemacht?«

»Die meisten von ihnen kannte ich nicht einmal beim Namen. Ich aß und schlief im Maschinenraum.«

»Welchen Zweck hatte die Reise?«

»Zweck? Wieso — ah — es hatte Ladung an Bord, und vielleicht zehn oder zwölf Passagiere, die ich kaum zu Gesicht bekam. Ich stellte keine Fragen. Nach drei Wochen Wartezeit auf Durrith war ich so froh, wieder auf der Heimreise zu sein, daß mir alles andere egal war. Und mit Kapitän Lugath war leicht auszukommen. Es gab keine Probleme an Bord, die mich zur Aufmerksamkeit gezwungen hätten.«

»Das klingt, als ob du kein Interesse hättest, von Erfahrungen zu profitieren.«

»Man kann leicht hier auf dem Mars sitzen und predigen!« schnappte ich. »Sie waren nicht Wochen und Wochen auf einer schweren Welt gestrandet, bedrückt von dem Gedanken, sich vom Konsulat die Rückreise erbetteln zu müssen und nachher ein Jahr im unbezahlten Dienst für eine fremde Regierung zu verlieren.«

»So unerträglich wäre das auch nicht gewesen«, murmelte Thoder.

Ich bedauerte mein Aufbrausen und entschuldigte mich.

»War etwas an Kapitän Lugath, das du ungewöhnlich fandest?« fragte er.

Ich spannte mich an. In dieser Frage steckte etwas von dem Thoder, an den ich mich erinnerte! Ich hatte nichts von der Inspiration gesagt, die mir gekommen war, als ich Peter Nizam und Lilith Choy verlassen hatte. Nun erzählte ich Thoder davon und wie mir der Gedanke gekommen war, daß Lugath tatsächlich ein Mann von der Erde sei, der sich als Zentaur ausgegeben habe. Thoder nickte.

»Siehst du, daß du tatsächlich viel mehr Daten hast als du gegenwärtig zu einem Tatsachenmodell organisieren kannst? Einsichten wie diese führen zum Verstehen.«

Ich hatte das absurde Gefühl, daß er mich hinhielt. Der Gedanke schien aus dem Nichts zu kommen, aber er war da und wollte sich nicht verdrängen lassen. Ich hielt den Atem an und versuchte einen der Denkvorgänge zu vollziehen, die er mir vor langer Zeit gezeigt hatte: das Überdenken der Schritte, die zur gegenwärtigen Situation geführt haben, um irgendeinen zuvor nicht beachteten Wendepunkt auszumachen.

Hatte er nicht vor einer oder zwei Minuten seine Blickrichtung verändert und zur Seitenwand geschaut? Ich wandte den Kopf und sah nur eine Wanduhr in der Richtung. Das konnte ihn kaum bewogen haben, plötzlich ausweichend zu reagieren. Oder angenommen, er erwartete einen Besucher? Aber dann hätte er geradeheraus gesagt: »Ray, du kommst ohne Ankündigung, und ich habe eine Verabredung. Vergib mir, aber du mußt morgen wiederkommen.«

Ich sagte: »Thoder, ich war immer einer, der lieber den direkten Weg nimmt als einen Umweg. Ich hatte Zeit, meine Verhörer von gestern abend zu beobachten. Trotz ihrer Gesichtsmasken und entstellten Stimmen muß ich vieles bemerkt haben, das mir helfen könnte, sie zu identifizieren. Sie lehrten mich, daß Schmerz eine Sache sei, aus der alle bewußten Wesen lernten. Ich hatte genug Schmerzen, um für mein Leben bedient zu sein — und alles innerhalb weniger Stunden. Ich möchte, daß Sie mir helfen, meine Erinnerung an jedes Detail wiederzuerwecken; an alles, was ich sah, hörte, fühlte und roch, während sie mich verhörten.«

Er ließ sich mit seiner Antwort Zeit. Schließlich sagte er: »Ray, in deinem augenblicklichen Zustand würdest du fast sofort wieder verlieren, was du mit Mühe bei einem solchen Gespräch gewinnen könntest. Geh nach Hause. Ruhe dich aus. Komm zurück, wenn du dich erholt hast, und wir werden deinen Vorschlag prüfen.«

»Nein!« Ich war auf den Beinen, bevor ich es merkte. »Bis morgen sind sie vielleicht schon an Bord eines Schiffes und außer Reichweite! Ich habe keine Zeit zu verlieren!«

»Wenn ich dir hier und jetzt sage, daß sie unterwegs zum Raumhafen seien, um an Bord eines Schiffes zu gehen, könntest du nichts tun, sie daran zu hindern. Sei vernünftig, Junge!« Auch er erhob sich aus dem Sessel. »Tue, was ich sage und geh nach Hause. Du brauchst Ruhe.«

»Sie wollen mich loswerden«, sagte ich ihm ins Gesicht. »Warum?«

»Jemand kommt mich besuchen«, sagte er. »Ich erwarte ihn jeden Moment.«

»Aber er ist noch nicht hier«, erwiderte ich. »Ich kam unangemeldet, das gebe ich zu, aber ich erinnere mich, was Sie zu sagen pflegten, wenn einer von uns zu spät zum Unterricht erschien. Sie sagten, es sei niemandem zuzumuten, wartend herumzusitzen, denn man dürfe ein Geschenk der Zeit nicht vergeuden!«

Ich war nun nahe daran, vor Ermüdung und unter den Nachwirkungen der Folter ohnmächtig zu werden, und hätte ich nicht den Eindruck gehabt, daß er nicht offen mit mir war, wäre ich seiner Aufforderung wohl gefolgt. So aber steigerte ich mich in eine verzweifelte Hartnäckigkeit hinein, diesem Geheimnis auf den Grund zu kommen.

Bevor er sich jedoch eine überzeugende Antwort ausdenken konnte, sah ich unter dem Fenster einen Mann vorbeigehen und riß meinen Kopf eben noch rechtzeitig herum, daß ich ihn voll von der Seite sehen und erkennen konnte. Für die Dauer einiger Herzschläge weigerte ich mich, den Namen mit Thoder in Verbindung zu bringen; erst als ein Klopfen an der Tür die Assoziation unausweichlich machte, dachte ich: Sein Besucher — es ist Lugath! Lugath — von allen Milliarden in der Galaxis!

Das war zuviel. In meinem Gehirn entfaltete sich die Vision einer Verschwörung, die mich einkreiste, in Fallen lockte und mit Netzen umfing. Der Schock lockerte die Kontrolle über mein Bewußtsein, und ich stürzte in das Loch von Dunkelheit, das mich seit Stunden zu verschlingen drohte.

Thoder . . .

Lugath . . .

Nichts.

8

Bevor ich meine Augen öffnete, reckte ich mich wohlig, bis alle meine Gelenke knackten, und dachte, wie herrlich es sei, wieder in meinem eigenen Bett zu liegen; einem Bett, das zu meiner Körperlänge paßte. Auf wievielen Welten, an Bord wievieler Schiffe zwischen jenen Welten hatte ich mich mit der Hängematte begnügen müssen, die ich zusammengerollt in meinem Gepäck mitführte, weil kein Bett zu haben war, in dem ich schlafen konnte, ohne am Morgen steif und verkrampft aufzuwachen?

Und die Behaglichkeit schwerelosen Schwebens . . .

Der Gedanke erschreckte mich. Ich blinzelte, dann riß ich meine Augen auf, erfüllt von plötzlicher Angst, ich werde nicht sehen, was ich zu sehen erwartete: das Schlafzimmer meiner kleinen Wohnung in der Nähe des Raumhafens.

Doch, die Umgebung war absolut vertraut und beruhigend. In diesem Fall — woher kam diese lächerliche Eingebung, daß ich in einem Null-g-Bett liege? Selbst wenn ich mir eins hätte leisten können, würde ich es niemals hier auf meinem Heimatplaneten aufgestellt haben. Die geringe Schwerkraft auf Mars war ganz nach meinem Geschmack. Wenn ich zur Erde ginge, dann würde ich mir allerdings eins besorgen müssen.

Zum zweitenmal bremste ich den willkürlichen Gang meiner Gedanken. Zur Erde gehen? Nie in meinem ganzen Leben hatte ich die Absicht gehabt, die Erde aufzusuchen! Mir genügte die Vorstellung, wie ich mich dort durch die Straßen bewegen würde, vornüber gebeugt, schlaksig, unbeholfen, ein schwächlich geratener Riese, eine Schaubudenfigur zum Gaudium der Kinder und dem Gespött der Erwachsenen. In anderen Systemen hatte ich einen schwachen Vorgeschmack solcher Behandlung erfahren, aber die Strenge zentaurischer Erziehung und die Bedeutung, die die Leute dort disziplinierter Höflichkeit beimaßen, verhinderten offenen Spott selbst von Kindern, während die schwer erträgliche Heiterkeit und Spottlust, die Bären bei meinem Anblick zu überkommen pflegte, wenigstens von einer Grundstimmung gleichgültiger Toleranz gemildert wurde.

Ein Traum war möglicherweise für diese fehlgeleiteten Ideen verantwortlich. Ich lag stirnrunzelnd, versuchte ins Vakuum des Schlafens zurückzudenken und überzeugte mich, daß ich von wirklichen Ereignissen in meinem vergangenen Leben geträumt hatte. Ich war in einem Null-g-Bett gewesen, und zwar auf Charigol. Ja, da war dieses Bären-Mädchen gewesen — groß für ihresgleichen, was der Grund gewesen war, warum ich mich an sie herangemacht hatte.

»Selbstverständlich war sie groß!« sagte ich laut, plötzlich ohne ersichtlichen Grund nervös.

Mein Gedächtnis hatte mir ein Bild von ihr geliefert, wo sie winzig war.

Nun, nicht eigentlich ein Bild. Eine Mischung von Sinneseindrücken: ihr Gesicht, von tief unten zu mir aufblickend, das Gefühl, mich weit hinunterbeugen zu müssen, um ihr nahe zu sein, und außerdem den ständigen Zug der Schwerkraft, den sie nicht fühlte . . .

Nein, natürlich war sie groß. Entschlossen, es mir selbst zu beweisen, zog ich vom Bett aus die Kommodenschublade auf, in der alle möglichen Gegenstände und Erinnerungsstücke herumlagen.

Aus der Bewegung fiel mein Blick auf die Uhr. Sie zeigte wenige Minuten vor zwölf.

Wenn ich so lange geschlafen hatte, dann war es kein Wunder, daß meine Gedanken durcheinander waren. Automatisch prüfte ich die anderen Instrumente an der Wand. Der Luftdruckmesser stand auf zwei Atmosphären, die Luftfeuchtigkeit war ein wenig angestiegen, die Zimmertemperatur stand auf 21 Grad.

Kein Wunder, daß ich im Schlaf geschwitzt hatte. Mein Schlafanzug war noch etwas feucht und klamm, was nicht weiter bemerkenswert war, aber ich war ein Hypochonder, und sofort kam eine Unruhe in mir auf. Da war auch noch diese geistige Verwirrung ... Fieber?

Ich mußte das gleich nachprüfen und mich vergewissern, daß ich nicht einen Virus aufgenommen hatte. Aber der Eindruck, in einem Null-g-Bett zu liegen, den ich mir nicht erklären konnte, ließ sich nicht zurückdrängen. Zuerst mußte ich einen bestimmten 3D-Bildwürfel in meinem Krimskrams finden und die Sache mit diesem Mädchen auf Charigol klarstellen. Sie war groß gewesen, kein Zweifel; nicht wie eine Marsianerin, natürlich, aber außergewöhnlich groß für ihre Art, ungefähr einsneunzig, mit goldener Haut, schwarzem Haar und Mandelaugen. Sehr attraktiv. Und ich hatte an jenem Nachmittag eine Aufnahme von uns gemacht, am Garteneingang des Hauses, wo sie stundenweise Null-g-Betten vermieteten — Ah, da war der Bildwürfel; seine blanke Oberseite glänzte aus dem Durcheinander in der Schublade. Ich nahm ihn heraus und erlebte einen Moment totaler Bewußtseinsspaltung.

Groß war sie, das stimmte; wir standen Seite an Seite, und ich hatte meinen Arm um ihre Schultern gelegt. Aber sie war nicht goldhäutig. Sie war eine dunkelbraune Watussi, was ihre Körperlänge erklärte, mit schwarzen Augen und einer langhaarigen, dunkelblonden Perücke.

Lange Sekunden hielt ich den Bildwürfel ins Licht und starrte ungläubig hinein. Dann tat ich ihn kopfschüttelnd zurück in die Schublade, stand auf und ging in die Badekabine. Das war wieder so ein irdischer Begriff wie ›Kanal‹. Marsianer hatten bessere Verwendung für Wasser, als es zu erhitzen, sich darin zu suhlen und es anschließend wegzuschütten. Reinigungssprays waren sehr viel wirksamer, und man brauchte sich nicht abzutrocknen.

Auf diese Weise gereinigt und erfrischt, dachte ich wieder an meine Gesundheit. Ich hatte einen ganzen Wandschrank voller Medikamente und medizinischer Geräte. Das ständige Reisen zwischen vielen verschiedenen Welten, die Abhängigkeit von einem sauberen Gesundheitspaß als Voraussetzung für Weiterbeschäftigung und die strengen Bestimmungen auf den einzelnen Planeten machten alle Raumfahrer zu hypochondrischen Selbstdiagnostikern. Ich unterzog mich der sorgfältigsten Prüfung, die ich je versucht hatte, kreuzte meine Feststellungen auf der Diagnosekarte an und steckte sie in das Lesegerät.

Symptome: Nachtschweiß, erhöhtes Schlafbedürfnis, irrationale Wahrnehmungen, Gedächtnisverwirrung und Spannungszustände.

Bald darauf erschienen die möglichen Diagnosen auf der kleinen Mattscheibe des Diagnostikgeräts: Larchmans Krankheit, grippaler Infekt der Gruppe III, Fieber der Gruppe II in Verbindung mit paranoiden Störungen (nicht für Selbstbehandlung!), Schockreaktion bei nervösem Persönlichkeitstypus. Eine beruhigend kurze Liste.

Die Möglichkeit von Larchmans Krankheit beunruhigte mich. Ansteckung bedeutete automatische Quarantäne und eine dreimonatige Therapie, wenn man Glück hatte. Ich weichte den passenden Teststreifen in Speichel ein und wartete zwei Minuten, um zu sehen, ob die positive Reaktion den Streifen grün verfärbe.

Er blieb weiß.

Fieber? Meine Körpertemperatur lag im normalen Bereich. Schockreaktion? Was für eine Art von Schock könnte ich erlebt haben, und wann? Soweit ich mich entsinnen konnte, waren der letzte Nachmittag und Abend ruhig verlaufen. Ich war in die Stadt gegangen, hatte in einem kleinen Restaurant gegessen, wo außer mir noch einige Zentauren gewesen waren, oder vielleicht Bären . . .

Ich hielt inne. Das war schlimmer als je zuvor! Selbst auf der dunklen Seite von Pluto hätte ich einen Zentauren nicht mit einem Bären verwechselt! Und doch war ich unfähig zu bestimmen, wer von beiden gleichzeitig mit mir in jenem Restaurant gewesen war.

Beide? Die Idee schien einleuchtend; mangels einer besseren Alternative akzeptierte ich sie und arbeitete mich weiter durch den Nebel meines Gedächtnisses.

Ich war zu dem alten Tempel gegangen, was ich seit Jahren vernachlässigt hatte. Und dann war da etwas mit meinen Vorfahren gewesen, und mit der sogenannten Wissenschaft der Heraldik und Genealogie . . .

Ich preßte meine Fingerspitzen gegen meine Schläfen. Wohin sollte das führen? Zu einem Psychiater? In meinem Verstand kämpften zwei völlig gegensätzliche Konzepte um die Vorherrschaft: einmal die gewohnte Zurückweisung von Heraldik und Ahnenforschung als zeitraubende und unsinnige Befriedigung von

Eitelkeit, und zum anderen, daß etwas Wichtiges daran sein müsse.

Ich zwang mich zur Ruhe. Zurück zum Ausgangspunkt. Ich war in die Stadt gegangen, zum alten Tempel. Und dann in ein Restaurant. Oder umgekehrt erst in ein Restaurant, und dann zum Tempel ...

Es hatte keinen Zweck. Ich zog mich an und bereitete mißmutig mein Frühstück. Es gab nur eine Schlußfolgerung, die zu den Tatsachen paßte: jemand hatte mir eine Droge verabfolgt. Zu welchem Zweck, konnte ich mir nicht vorstellen. Während mein Teewasser heiß wurde, vergewisserte ich mich, daß alle meine Habseligkeiten waren, wo sie sein sollten, vor allem der einzige Gegenstand, der für einen Räuber von wirklichem Wert sein konnte, meine persönlichen Papiere und mein Ingenieurspatent.

Komisch. Das erklärte immer noch nicht, wie ich nach Hause gekommen war, aber es gab einen plausiblen Grund für mein Verschlafen ab. Jedenfalls mußte die Wirksamkeit der Droge inzwischen abgenommen haben. Ich hatte Wasser gelassen, bevor mir eingefallen war, etwas davon für einen Test auf ausgeschiedene Spuren aufzubewahren, und was ich nach dem Frühstück herausquetschen konnte, erwies sich im Test als neutral.

Meine Besorgnis über diese Probleme war allerdings so gering, daß es den Anschein hatte, als ob man mir nebenbei noch ein Beruhigungsmittel verabreicht hätte. Und die Beunruhigung, mit der ich erwacht war, hatte sich bereits gelegt. Ich gab mich mit der Annahme zufrieden, daß jemand mir K.o.-Tropfen eingeflößt hatte. Beim Erwachen hatte ich gewisse Nachwirkungen verspürt, und nun war ich in Ordnung. Heute ... heute, so beschloß ich, mochte es interessant sein, wieder zum alten Tempel zu gehen und diesmal alles genau anzusehen, auch die dort ausgestellten fünfzehn Artefakte.

Ich verließ meine Wohnung und ging hinunter. Im Hausflur öffnete ich meinen Briefkasten und fand einen Brief darin. Es war ein Handschreiben meines Vaters, einer seiner traurigen, weitschweifigen Briefe, der die übliche halbherzige Einladung enthielt, ihn bei meinem nächsten Aufenthalt zu besuchen. Er wohnte jetzt in Pegasus, einer Stadt auf der anderen Seite des Planeten, aber er erklärte nicht, warum er umgezogen war. Es hielt ihn nie lange an einem Ort, er mußte immer wieder weiterziehen, als ob es ihn drängte, mein eigenes Umherschweifen im Raum auf seine armselige Weise zu kopieren.

Vielleicht war das der Grund, warum wir im Verlauf der Jahre immer weniger gut miteinander auskamen. Vielleicht war er eifersüchtig auf meine Qualifikation und meine Leistungen. Er war Techniker für allgemeine Instandsetzungen, ein Handwerker ohne eigenes Geschäft, der sich nicht selten als Gelegenheitsarbeiter durchschlagen mußte.

Nun, Leute für Instandsetzungen wurden mehr denn je gebraucht. Ich hatte da ein Leck in einem Dach gesehen ...

Ich fuhr zusammen. Wo? Wo war ich gewesen, daß ich ein Leck in einem Dach gesehen hatte, durch das Sand herabrieselte?

Eine zur Unzeit aktivierte Kindheitserinnerung, entschied ich, Teil meines ungewöhnlich lebhaften Traums in der letzten Nacht. Ja, ich besann mich, daß bei dem Sandgeriesel drei Kinder gespielt hatten; und der Traum war in dem alten Stadtviertel angesiedelt gewesen, wo ich meine Kindheit verbracht hatte.

»Mallin!«

Der runzlige alte Quaison kam geschnauft, der Hausmeister dieses Blocks. Er war ein Einwanderer von der Erde, aber ein freundlicher alter Bursche, seit fünfundzwanzig Jahren hier und hinreichend akklimatisiert. Ich ließ meine Vorurteile beiseite und grüßte ihn.

»Heute morgen war jemand hier und fragte nach Ihnen«, sagte er. »Ein Centaurus-Offizier. Major ... Major Housk, ja, so hieß er.«

»Centaurus?« sagte ich. »In der Region war ich auf meiner letzten Reise. Das erstemal, daß ich auf einem Schiff von dort anheuerte, und gleich Ärger mit der Schiffsleitung. Und dann — na, sagen wir, daß ich nicht trauern werde, wenn ich nie wieder einen Zentauren zu sehen kriege.«

»Dachte mir schon, daß Sie so denken würden«, sagte der alte Mann. »Ich kann mich erinnern, daß Sie schon ein- oder zweimal über die Zentauren herzogen. Ich sehe die Dinge ein bißchen neutraler, aber jedenfalls sagte ich ihm, Sie seien ausgegangen, und er hinterließ eine Adresse, wo Sie ihn erreichen können. Wollen Sie sie?«

»Sagte er, wozu ich ihn aufsuchen soll?« fragte ich verwundert.

»Nein. Sie kennen ihn nicht?«

»Housk? Ich glaube nicht. Und wenn er ein Major ist, dann bin ich nicht sicher, ob ich ihn kennenlernen will.«

Quaison lachte und wandte sich zum Gehen, doch ich hielt ihn mit einer Geste zurück. »Sagen Sie mal, mir fällt eben etwas ein! Wie bin ich gestern abend nach Hause gekommen?«

»Das wissen Sie nicht? Was haben Sie gemacht, sich unter den Tisch getrunken?«

Als ich ihm außer einem finsteren Blick keine Antwort gab, zuckte er die Schultern. »Woher soll ich das wissen, bester Herr? Ich war nicht da. Für mich ist um acht Uhr abends Schluß, und um die Zeit waren Sie noch nicht zurück. Ich dachte, Sie hätten sich ein Mädchen geangelt und blieben wieder über Nacht aus.«

9

Die Bedeutung dieses ›wieder‹ ging mir erst auf, als ich mehrere Minuten später und ein gutes Stück vom Haus entfernt auf eine Uhr mit Datumsanzeige blickte.

Zuerst fiel mir ein schaler, pointenloser Witz über die Suhler auf Nordstern ein, fette, träge Tiere, die ihr ganzes Leben fast untergetaucht in halbflüssigem Schlamm verbrachten, den sie nur einmal im Jahr zur Paarungszeit verließen.

»Welchen Tag haben wir?« fragt ein Suhler den anderen.

Pause von mehreren Stunden. »Dienstag.«

Noch längere Pause. »Komisch! Ich bilde mir ein, es sei Mittwoch . . .«

Überall sonst wäre ich geneigt gewesen, die Möglichkeit einer zweitägigen Zechtour mit anschließender Bewußtlosigkeit zu akzeptieren. Ich hatte — in Kenntnis meiner Schwäche — sogar die Gewohnheit, niemals mehr Geld bei mir zu tragen als ich durch Diebstahl zu verlieren mir leisten konnte. So manchen Rausch hatte ich ausgeschlafen, wo ich gefallen war, und in den städtischen Vergnügungsvierteln der meisten Welten in der Bären-Region spielte die Tageszeit so gut wie keine Rolle.

Aber auf dem Mars tat man das nicht. Es gab eine Polizeistunde — eine Quelle des Unmuts für fremde Raumfahrer, und die Zahl der Nachtlokale und Vergnügungsstätten entsprach der Armut des Planeten: man fand sie nur, wo es Fremdenverkehr gab, und der war spärlich genug.

Zudem verbot mein Stolz als Marsianer mir derartige Ausschweifungen in meiner Heimat. Ich fühlte, daß es unpassend war, mich mit teuren Spirituosen vollaufen zu lassen, während viele meiner Landsleute um die bloße Existenz rangen. Ich war gern zu Hause, wo ich Vorsichtsmaßnahmen gegen Taschendiebe und Räuber vergessen konnte, denn kein Marsianer würde einen anderen bestehlen oder ausrauben, aber — und das war ein weiterer Grund für meine Abstinenz — ich wollte auch nicht den Beweis erleben, daß diese stolze Behauptung unzutreffend war.

Aber wo war ich gewesen, was hatte ich getan, nachdem ich am vorletzten Abend in die Stadt gegangen war?

Nicht gestern abend; vorgestern abend.

Ich blieb stehen und dann steuerte ich die nächstbeste Wirtschaft an und bestellte ein Bier. Ich saß und schwitzte, diesmal aus einem triftigeren Grund als zu hoher Temperatur und Luftfeuchtigkeit in meiner Wohnung. Daß jemand mir eine Droge verpaßt hatte, war eine zu glatte Erklärung, besonders weil sie schlecht zu der Tatsache paßte, daß ich alle Dinge behalten hatte, die einen Dieb interessieren konnten. Ich fühlte in meiner Brusttasche nach den Papieren und überzeugte mich durch die Berührung, daß ich nichts verloren hatte.

Ich fand einen Tintenstift und notierte, was ich aus dem Schiffbruch meines Gedächtnisses gerettet hatte. Als ich mit der Arbeit fertig war, war ich um nichts klüger. Welche Gemeinsamkeiten konnte es zwischen dem alten Tempel, einem Mädchen mit Mandelaugen und goldener Haut, und einem Null-g-Bett geben? Wie konnte ich Bären und Zentauren durcheinandergebracht haben? Hatte ich von einem Leck im Dach einer überdeckten Gasse geträumt, oder hatte ich es wirklich gesehen? Und wenn ja, wo war das gewesen?

Ich grübelte über diesen letzten Punkt nach und strich ihn schließlich durch. Drei spielende Kinder waren ein zu deutliches Indiz, daß dies ein Traumbild aus meiner Jugendzeit gewesen war.

Ich besaß einen möglichen Hebel zum Aufbrechen dieses Geheimnisses. Quaison hatte gesagt, daß ein Major Housk nach mir gefragt habe, ein Zentaur, und daß er eine Adresse hinterlassen habe, wo ich ihn erreichen konnte. Ich hatte den Zettel nicht angenommen. Ich war ein Trottel. Sollte ich zurückgehen und ihn holen?

Die Idee erschien mir vernünftig. Immerhin war es seltsam, daß ein Zentaurer etwas von mir wollte, und die einzige Erklärung, die mir dazu einfallen wollte, war, daß der Erste Offizier, den ich mit meiner Unbotmäßigkeit verärgert hatte, tatsächlich einen gewissen Einfluß besaß und jemanden geschickt hatte, der mich über eine Schadenersatzklage oder Ähnliches informieren sollte.

Doch blieb damit das meiste von dem, an das ich mich erinnern sollte, in Dunkel gehüllt. Ich glaubte meinen eigenen Folgerungen nicht recht, aber ich hatte nichts Besseres.

Minuten später blinzelte Quaison verdutzt zu mir auf. »Mallin«, sagte er, »Sie erzählten mir eben, daß Sie mit dem Mann nichts zu tun haben wollten! Also habe ich den Zettel in den Müllschlucker geworfen!«

»Ah, verd . . .« Ich fing mich. Es hatte keinen Sinn, Quaison zu verfluchen. Er hatte ganz recht; ich hatte deutlich genug erklärt, daß ich keine Centaurus-Majore zu sehen wünschte. »Können Sie sich an die Adresse erinnern?«

»Was ist über Sie gekommen?« fragte er zurück. »Erst wünschen Sie alle Zentauren in den Kohlensack, und nun sind Sie ganz wild darauf, diesen Burschen zu sehen! Es war eine Telefonnummer angegeben, das weiß ich. Zwei Fünfen kamen darin vor.«

»Ist das alles?«

»Mallin, ich habe mir das Ding kaum angesehen! Nahm es ihm aus der Hand und steckte es in meine Tasche.«

»Na schön, lassen wir das.« Ich wandte mich seufzend zum Gehen.

»Hören Sie, Mallin«, sagte der Alte. »Wenn Sie so daran interessiert sind, gehen Sie doch einfach zur Gesandtschaft von Centaurus! Dort wissen sie wahrscheinlich, wo dieser Major zu erreichen ist.«

Ich nickte. »Danke für den Vorschlag«, sagte ich. »Ich glaube, ich werde genau das tun.«

Und als eine Stunde mit weiteren Erwägungen vergangen war und keinen besseren Vorschlag erbracht hatte, entschied ich, daß ich es wirklich tun sollte.

Ich war gründlich deprimiert, als ich zusammengekauert im Fond des Taxis saß, das mich zur Gesandtschaft von Centaurus bringen sollte. Immer hatte ich angenommen, daß mein Verstand so gut und einwandfrei funktionierte wie der anderer Leute, und ein gutes Stück besser als bei den meisten. Ich hatte den zusätzlichen Vorteil genossen, Thoders Lehren teilhaftig zu werden, und wenn ich auch nicht der beste seiner Schüler gewesen war, so hatte ich doch genug begriffen, um mich weniger begünstigten Zeitgenossen überlegen zu fühlen.

Hier war nun eine Situation, die geradezu maßgeschneidert schien, meine Geisteskräfte auf die Probe zu stellen — und ich zappelte hilflos wie ein Fisch auf dem Trockenen. Es war an der Zeit, daß ich zu Thoder ging und etwas tat, um meine Denkfähigkeit und die psychologische Technik wiederzugewinnen, die ich so lange vernachlässigt hatte, daß ich in Gefahr war, sie ganz zu verlieren.

Moment.

Aus meiner Erinnerung tauchte wieder eine dieser verwirrenden Visionen auf. Vier Zentauren, die sich nicht auskannten und ihren Weg nicht wußten. War das ein weiteres Detail aus diesem Taum, dem ich schon andere Unwahrscheinlichkeiten zugeschrieben hatte? Oder war es eine wirkliche Erinnerung, die aus der Vergessenheit hervorbrach?

Unschlüssig spähte ich voraus, um zu sehen, wie weit ich noch von der Gesandtschaft entfernt war. Das Gebäude kam eben hinter einer Biegung in Sicht. Warum war die Leuchtschrift nicht eingeschaltet?

Warum sollte sie, am hellichten Tag?

Warum erwartete ich, daß sie eingeschaltet sein sollte?

Wie der Wind angetriebenen Staub wieder fortwirbelt und die verstreuten Knochen eines gebleichten Gerippes in der Wüste freilegt, mehrten sich diese quälenden Hinweise auf einen tieferen Zusammenhang all der erinnerten Fragmente. Aus einem undefinierbaren Grund, der zweifellos mit meiner Abneigung gegen Zentauren verbunden war, wußte ich auf einmal, daß es falsch wäre, in die Gesandtschaft zu gehen, vielleicht sogar gefährlich. Ich ließ das Taxi an die nächste Fußgängerschleuse fahren, steckte mit zitternder Hand das Fahrgeld in den Schlitz und stieg aus.

Bevor ich durch die Schleuse ging, blickte ich noch einmal zur Gesandtschaft hinüber. Ich hatte sie mit erleuchteter Schrift gesehen, und zwar aus ungefähr dieser Entfernung und dem gleichen Blickwinkel. Von wo war ich gekommen, um hier gestanden zu haben?

Das blieb mir einstweilen noch verborgen. Ich war im Begriff, die Schleuse zu öffnen, als ich erneut innehielt. Als ich das letztemal hiergewesen war, hatte ich nicht den gedeckten Gehsteig genommen; ich war auf der Straße geblieben, denn es war Nacht und der Verkehr gering gewesen.

Von hier war ich wahrscheinlich zum alten Tempel gegangen. Die Erinnerung an ihn stellte sich mit solcher Beharrlichkeit ein, daß er die bei weitem beste Möglichkeit zu sein schien.

Der alte Tempel hatte weder Türen noch Fenster. Die Entdecker waren von oben gekommen und hatten die Mauern mit Leitern überwunden; damals war das steinerne Viereck unter angewehten Dünen halb verborgen und mit Treibsand fast bis zum Rand angefüllt gewesen. Später, als die Stadt Zond entstanden war, hatte man einen Tunnel unter das geheimnisvolle Bauwerk getrieben und für Besucher einen Eingang angelegt. Ich hatte den Tunnel als geräumig und hell in Erinnerung, dekoriert mit hübschen glasierten Keramiksteinen, deren Muster ein bekannter marsianischer Künstler geschaffen hatte.

Nun war der Boden zentimetertief mit Sand und Staub bedeckt, die Hälfte der Leuchtstofflampen war ausgefallen, und an den Wänden fehlten viele Fliesen, ohne daß ein Versuch gemacht worden wäre, sie zu ersetzen. An ihrer Stelle waren leere Flächen von grauem Zement. Erschrecken stellte sich ein. Was war aus meiner Heimatwelt geworden, während ich zwischen den Sternen herumgegondelt war?

Als ich am anderen Ende die Stufen hinaufstieg, traf ich einen alten Mann an, einen Fremdenführer, der einer Gruppe von Erdtouristen gerade die Geschichte von der Entdeckung des Tempels erzählte. Nach den Kommentaren derjenigen zu urteilen, die mir am nächsten waren, waren sie lustlos und nicht sehr beeindruckt; am meisten imponierte ihnen anscheinend, daß sie von einem lebenden Menschen herumgeführt wurden und sich nicht mit den üblichen Kopfhörern und auf Band genommenen Erklärungen begnügen mußten.

Marsianer waren außer mir nicht anwesend. Selbst der Fremdenführer war kein Einheimischer, sondern ein Zugewanderter von der Erde, wahrscheinlich ein Rentner, der sich durch solche Führungen eine kleine Nebeneinnahme erschlossen hatte.

Kamen heutzutage überhaupt noch Marsianer, um diesen planetarischen Schrein zu besuchen? Die einzigen anderen Besucher waren zwei ältere Bären, denen man ihren Lehrerberuf schon von weitem ansehen konnte.

Um dem Geleier des Fremdenführers zu entgehen, ging ich zum anderen Ende des Mauervierecks und betrachtete die fünfzehn Fundgegenstände, die zum Schutz gegen weitere Verwitterung in einer argongefüllten Glasvitrine ruhten. Der Sand und der Wind von Jahrtausenden hatten sie bis zur Unkenntlichkeit zerfressen und verformt, und es war nicht auszumachen, ob sie jemals eine menschlichen Wesen verständliche Funktion erfüllt hatten. Ich erinnerte mich, daß ich sie früher einmal voll Ehrfurcht angestarrt hatte. Ja, aus dem Automaten nebenan hatte ich für mein ganzes Taschengeld Fotos von ihnen erstanden, die in meiner Jungenzeit zu meinen größten Schätzen gehört hatten. Die kostspieligeren 3D-Bildwürfel, die es damals auch gegeben hatte, hatte ich mir nicht leisten können. Und ich entsann mich, wie ich nach den Fotos Rekonstruktionen ihrer ursprünglichen Form gezeichnet hatte, phantastische, jedenfalls sehr persönliche Gebilde ...

Nun kamen sie mir weniger eindrucksvoll vor. Sie waren nicht viel mehr als klumpige Dinger aus Stahl, Aluminium und milchigtrübem Glas. Ich sah die erläuternden Texte an: »Zuerst entdeckt, 34 × 107 mm, bläulich-grau, unregelmäßig; überwiegend Stahl, fünf Glasstäbe durchbohren das linke Ende: Durchmesser 2 mm, 4,1 mm, 1,6 mm, 1,9 mm, 2,8 mm. Gesamtgewicht ...«

Ja, das war alles, was wir nach all diesen Jahren über sie wußten: sie waren zu rein im Material und zu regelmäßig in der Form, um natürlichen Ursprungs zu sein.

»Entschuldigen Sie!« Der Fremdenführer rief von irgendwo in der Nähe meines linken Ellbogens zu mir auf und versuchte mich zum Weitergehen zu bewegen, damit er sein Geleier fortsetzen und seine gelangweilten Zuhörer möglichst bald loswerden konnte. Ich ging. Den ganzen Weg zurück durch den Tunnel. Nach dem Erlebnis fühlte ich mich elend.

Wie ich in gedrückter Stimmung durch den Tunnel wanderte, streckte ich den Arm aus und berührte die Wandfliesen um die zerstörten Stellen, um zu sehen, ob noch mehr locker waren. Ich fragte mich, warum man die herabgefallenen Wandfliesen mitgenommen oder fortgeworfen hatte, statt sie wieder anzubringen. Etwas mußte hier geschehen, ebenso wie im Fall der schadhaften Überdachung, die ich gesehen hatte ... oder geträumt hatte ...

Auf einmal gab eine Wandfliese dem Druck meiner prüfenden Finger nach. Erschreckt fuhr ich aus meinem Sinnen auf und wartete auf das dumpfe Aufschlagen der Platte im Sand. Keine Wandfliese fiel. Doch ich war überzeugt, daß eine nachgegeben hatte — war es diese, die ich zuletzt berührt hatte, oder die davor?

Die davor. Aber ihr Nachgeben war nicht das einer aus ihrem Verband gelösten und herausgefallenen Wandfliese; sie blieb fest an ihrem Platz. Eine ganze Sektion der Wand, wo sie befestigt war, schwang ganz langsam nach außen, auf mich zu.

Dahinter eine kleine verborgene Kammer: kahl, erhellt von

einer einzigen Leuchtstofflampe in beträchtlicher Höhe. Außer ein paar gewöhnlichen Plastikstühlen sah ich noch einen besonderen Stuhl, einen aus Stein gehauenen Sessel mit hoher Lehne und Armstützen.

Im selben Moment kam die Erinnerung zurückgeflutet, und ich stand in wilder Bestürzung, verzweifelt bemüht, die Fülle der Tatsachen zu organisieren. Ich weiß nicht, wie lange ich erstarrt dagestanden hätte, wenn ich nicht unterbrochen worden wäre.

In dem kleinen Raum war auch ein Mann. Ein Zentaur in der Uniform eines Majors. Auf mein Eindringen war er mit einem erschrockenen Keuchen herumgefahren; während des Augenblicks meiner totalen Verwirrung hatte er eine Waffe vom Sitz des steinernen Sessels gegriffen. Eine Nervenpeitsche.

»Kommen Sie herein, Ingenieur Mallin!« schnarrte er. »Ziehen Sie die Tür hinter sich zu!« Und als ich mich nicht rührte, fügte er hinzu: »Vorwärts, Bewegung! Sie sollten von allen am besten wissen, daß ich dieses Ding zu gebrauchen weiß!«

Und als ich mich noch immer nicht bewegte, gebrauchte er es.

10

Die Tür stand halb offen. Jeden Augenblick konnte jemand durch den Tunnel kommen — vielleicht ein paar von den gelangweilten Touristen, die es eilig hatten, bei der ersten sich bietenden Gelegenheit aus diesem Gemäuer zu verschwinden. Solche Überlegungen mußten den Major bewogen haben, seine Nervenpeitsche auf halbe statt auf maximale Energie einzustellen, mit der er einen Ochsen hätte fällen können. Bei halber Energieleistung wäre der Schmerz groß genug, mich zum Gehorsam zu zwingen, aber es bliebe mir noch genug Kraft, die Tür zuzuziehen.

Soweit konnte ich die Gedanken des Majors klar wie auf einer Druckseite lesen. Über diesen Punkt hinaus konnte ich nur Vermutungen anstellen, die auf seinem ungläubigen und verblüfften Gesichtsausdruck basierten. Als er die Energie freigab, erwartete er vielleicht, daß ich mich wie unter einem Schlag gegen den Solarplexus krümmte. Statt dessen war er es, der getroffen wurde — mit steifen Fingern in die Kehle, direkt über den Adamsapfel. Wie die meisten Männer, die es gewohnt sind, mit Leuten von mittlerer Statur umzugehen, hatte er kein Augenmaß für die Reichweite eines marsianischen Arms; wie die meisten Leute, die sich in ungewohnt geringer Schwerkraft bewegen, bremste er unbewußt seine rascheren Bewegungen, um nicht über das Ziel hinauszuschießen.

Aber das war nur ein Teil der Art und Weise, wie es mir gelang, ihm die Nervenpeitsche abzunehmen.

Weit mehr war in meinem Gehirn aufgeblitzt als nur die Erinnerung, die vor mir zu verbergen Thoder versucht hatte — mein Gedächtnisverlust mußte sein Werk gewesen sein. Mit seiner künstlich eingerichteten Barriere waren auch andere hinweggefegt worden, die ihre Existenz einfach dem Fluß der Zeit verdankten. Ganze Blöcke von Thoders Lehre, für die ich niemals zuvor eine Verwendung gefunden hatte, integrierten sich plötzlich wie von selbst meinem Bewußtsein und boten mir ein Entkommen aus dieser unvermuteten Falle. Ich konnte ihn fast sagen hören, was er mir über den Schmerz als mächtige Verstärkung eingepaukt hatte.

Da war die kleine Glasperle am Zwirnsfaden. Betrachtete man sie oberflächlich, konnte man meinen, daß sie geradlinig durchbohrt sei. Tatsächlich war die Bohrung leicht gebogen. Ließ man den Zwirnsfaden erschlaffen, glitt die Glasperle rasch abwärts. Spannte man den Faden, hielt sie an.

Zuerst hielt ich sie an, um mir Zeit zum Verarbeiten der Informationsmenge zu geben, die ich wiedergewonnen hatte. Ich konnte eine merkwürdig tiefe und langgezogene Stimme etwas sagen hören: »In . . . ge . . . ni . . . eur . . . Ma . . . ll . . . in«

Die Stimme dehnte sich wie ein Gummiband.

Also war dies vermutlich Major Housk, der mich zu Hause hatte sprechen wollen. Indirekt hatte er zugegeben, einer meiner Verhörer in der vorletzten Nacht gewesen zu sein. Diesmal sollte ich den Spieß umdrehen. Die Methode bot sich von selbst an.

Schmerz war Verstärkung. Ich sammelte meine Energien, um die Gewißheit heftigen Schmerzes zu meinem Vorteil zu nutzen, instruierte mich in diesem verlängerten Augenblick des Jetzt, was ich zu tun hatte. Als ich sicher war, daß ich mit meinen ausgestreckten Fingern nicht fehlen, sondern genau die verwundbare Stelle an seiner Kehle finden würde, machte ich mich bereit, den Faden so vollkommen erschlaffen zu lassen, wie es mit meinem Bewußtsein vereinbar war, so daß ich im Augenblick der ersten Schmerzsignale an mein Gehirn den Modus umlenken würde und mein persönliches Jetzt vorausschnellen ließe. Gelang mir dies, so blieb der Schmerz für Sekunden auf der unterbewußten Ebene zurück, während ich mich in den Besitz der Nervenpeitsche bringen konnte.

Natürlich mußte ich zum normalen Wahrnehmungsmodus zurückfinden, bevor er sich erholen konnte; andernfalls würde er mich unbeholfen und als eine leichte Beute antreffen. Die Rückkehr brachte den erwarteten Gegenschlag des Schmerzes in den Brennpunkt meines Jetzt. Ich keuchte und würgte, und meine Sicht trübte sich, aber ich konnte sehen, daß Housk sich noch nicht erholt hatte. Es blieb mir noch Zeit, die Tür hinter mir zu schließen.

Es war keinen Augenblick zu früh. Der Tunnel draußen widerhallte bereits von den Schritten und Stimmen der Touristengruppe, die den Tempel verließ.

Ich kam zurück und setzte mich auf den steinernen Sessel; es befriedigte mich ungemein, diesen Platz als Verhörer statt als Opfer einzunehmen.

»Stehen Sie auf!« sagte ich zu Housk und stieß ihn mit dem Fuß an.

Er ächzte dumpf, rührte sich aber nicht. Ich stellte die Nervenpeitsche auf die niedrigste Energiestufe ein — eine Ebene, die etwa dem Verbrühen mit kochendem Wasser entspricht — und ließ ihn seine eigene Medizin schmecken. Das belebte ihn; er krabbelte hastig auf die Füße.

»Sind Sie Major Housk?«

Er nickte. Er war ein stämmiger, untersetzter Mann, ungefähr einen Meter siebzig groß, mit kupferrotem Haar, blasser Haut und grauen Augen.

»Warum wollten Sie mich heute morgen sehen?«

Stille. Ich kitzelte ihn wieder, und als das nicht half, gab ich ihm fünf oder sechs Energiestöße in rascher Folge. Ich hatte solche Sachen noch nie gemacht, aber ich erinnerte mich mit aller Klarheit, wie sie es bei meinem Verhör gemacht hatten. Jetzt sollte er sehen, daß ich ein gelehriger Schüler war.

Er krümmte sich. »Wir ... wir mußten Sie wiederfinden.«

»Sie hatten mich schon, mehrere Stunden lang. Drücken Sie sich klarer aus!«

Schweiß begann über sein Gesicht zu rinnen. »Wir dachten nicht, daß jemand so lange durchhalten könnte. Wir glaubten schließlich, daß Sie die Wahrheit gesagt haben mußten.«

»Was brachte Sie eigentlich dazu, Ihre Meinung zu ändern?« fragte ich.

»Befehle kamen ...« Er schluckte und preßte beide Hände gegen seinen Magen.

»Was für Befehle? Von wem?«

»Von ... zu Hause ...« Er schloß seine Augen und schwankte ein wenig. Offenbar kosteten diese Geständnisse ihn große Überwindung. »Sie sagten, Sie müßten etwas wissen, als wir feststellten, daß Sie bei Nizam waren ... Und dann erwies sich, daß Sie einer von Thoders Schülern gewesen sind ...«

»Sie haben mich ziemlich scharf überwacht, wie?«

»Ah ... zeitweise.« Wieder ein Schlucken, dann eine hastige Geste, bevor ich die Qual erneuern konnte. »Wir erfuhren erst viel später, daß Nizam Sie aufgelesen hatte — erst als Sie beim Genealogen gesehen wurden.«

»Ich weiß. Das war, wie Sie mir zuerst auf die Spur kamen. Sie gaben sich als ein entfernter Verwandter von mir aus und brachten diesen Yuma dazu, daß er Ihnen Einblick in meinen Familienstammbaum gab ... Sind wir wirklich miteinander verwandt?«

»Vettern ... fünften Grades«, murmelte er widerwillig.

Ich grunzte. »Ziemlich unfreundlich von Ihnen, Ihre eigenen Verwandten mit dieser Peitsche zu begrüßen, finde ich. Aber was machte Sie so begierig, mit mir in Verbindung zu kommen? Das haben Sie mir noch immer nicht erklärt.«

Er preßte die Lippen zusammen. Offenbar war für ihn die Grenze erreicht, bis zu der er bereit war, seine Sache zu verraten. Ich war zu dem Geheimnis gekommen, an dem er festhalten wollte.

»Richtig, wir wollen nichts überstürzen«, sagte ich. »Aus irgendeinem Grund, der mit meiner Anwesenheit an Bord der *Hippodamia* zusammenhängt, wollten Sie mich ausfindig machen. Der Genealoge gab Ihnen Aufschluß über meinen Hintergrund und meine familiären Verhältnisse. Darauf folterten Sie mich, um herauszubringen, ob ich wußte — nun, was immer an der letzten Reise der *Hippodamia* Besonderes gewesen sein mag. Weil Sie einsehen mußten, daß ich von diesen Besonderheiten keine Ahnung hatte, ließen Sie mich laufen.

Worauf Sie neue Instruktionen aus Ihrer Heimat erhielten und Ihre Voreiligkeit bedauerten. Sie entdeckten irgendwie, daß ich nicht die Nachwirkungen meiner Folgerung verschlief, sondern weiter meinen Geschäften nachging, also verfolgten Sie meine Spur rückwärts und machten die weitere Entdeckung, daß ich von Peter Nizam aufgelesen und in seine Wohnung gebracht wurde.

Hmm!« Ich runzelte die Stirn. »Das beweist, daß Sie ihn sorgfältig beschatten; er versicherte mir, niemand wisse, daß ich in seiner Wohnung sei.

Dies alles läßt eine wichtige Lücke in unseren Erkenntnissen. Sagen Sie mir, warum Sie mich dem ersten Verhör unterzogen.«

Keine Antwort. Ich stellte die Nervenpeitsche auf mittlere Leistung und richtete sie auf seine Beine. Er taumelte, und sein Gesicht wurde talgig weiß, aber er blieb stumm.

Ich zielte auf seinen Unterleib und gab es ihm wieder. Das brach seinen Widerstand, und er sprudelte die Worte wie in einem einzigen langgezogenen Schrei heraus: »Ich weiß es nicht! Ich weiß es nicht! Ich sollte Sie finden, über Ihre letzte Reise ausfragen, über die Ergebnisse Meldung machen — das ist alles, ich schwöre es, das ist alles!«

Widerwillig sagte ich mir, daß seine Behauptung, so enttäuschend sie sein mochte, wahrscheinlich richtig war. Militärs waren auf blinden Gehorsam in der Ausführung ihrer Befehle gedrillt; weil überdies wenigstens drei Parteien Interesse an der Sache hatten — Housk und seine Helfer, Peter Nizam und Lilith Choy und ihre etwaigen Hintermänner, und offensichtlich auch Thoder, obwohl ich nicht zu überlegen wagte, warum —, mochte das Geheimnis um die letzte Reise der *Hippodamia* eines sein, das die Zentauren einem kleinen Fisch wie Housk vorenthalten wollten.

Diese Art von Befragung war ohnehin nicht mein Fall. Die Übelkeit von dem kurzen Energieschlag, den er mir beim Betreten dieser Kammer versetzt hatte, war vergangen, aber es machte mir keinen Spaß, Schmerzen zuzufügen. Die Logik zwang mich jedoch, eine weitere Frage zu stellen, bevor ich von ihm abließ.

»Was sollten Sie von mir in Erfahrung bringen? Man muß Ihnen etwas gesagt haben, einen Hinweis auf die Art der gewünschten Informationen gegeben haben, oder Sie hätten nicht gewußt, wonach Sie fragen sollten!«

Er schüttelte seinen Kopf und biß seine Zähne zusammen, daß die Muskeln aus seinen Wangen traten.

Ich hob die Nervenpeitsche.

»Verdammter Kerl!« Es war ein Kreischen. »Warum zwingen Sie mich zum Sprechen? Sie wissen den ganzen Rest, müssen ihn wissen, aber wenn sie herausfinden, daß ich Ihnen alles gesagt habe, werden sie mich töten!«

»Wird man Sie nicht schon für das töten, was Sie bisher verraten haben?«

Er schlug seinen Blick nieder und schüttelte seinen Kopf. »Man würde mich degradieren, aber ...«

Ich betrachtete finster die Waffe in meiner Hand. »Meinetwegen«, brummte ich. »Ich bin fertig mit Ihnen.«

Er starrte mich halb hoffnungsvoll, halb ängstlich an, als fürchte er, ich meinte es nicht im Ernst.

»Aber hämmern Sie eins in die Köpfe Ihrer Vorgesetzten: Ich weiß nichts und wußte nie etwas von dem, was Sie aus mir herausholen wollten! Und nun ...«

Ich stellte die Nervenpeitsche auf Maximum und schickte ihn zu Boden, wo er besinnungslos liegenblieb. Wie ich aus jüngster Erfahrung wußte, war das weniger grausam als die niedrigeren Einstellungen; es brachte gnädige Nacht über das gepeinigte Bewußtsein.

Dann durchsuchte ich den Raum und war kaum klüger. Als ich ihn unterbrochen hatte, hatte Housk vor einer schmalen Lücke zwischen zwei von den roh behauenen Steinen der Seitenwand gestanden. Dieser Spalt war so, daß man gerade zwei Finger hineinstecken konnte.

Alles was ich darin fand, war ein dreieckiges Stückchen Papier, abgerissen von der Ecke eines größeren Bogens, weiß und leer. Der einzige Gedanke, der mir dazu einkommen wollte, war, daß der Mauerspalt etwas war, was man in den Tagen der internationalen Spionageaffären einen ›toten Briefkasten‹ genannt hatte — einen Ort, wo Agenten ihre Meldungen deponierten und ihre Befehle abholten.

Mit der widerwilligen Einsicht, daß ich hier nicht mehr lernen konnte, überlegte ich meinen nächsten Schritt. Es schien ein logischer Schluß zu sein, wenn ich mich zunächst bemühte, mehr über Peter Nizam und Lilith Choy in Erfahrung zu bringen. Das Rezept war nicht eins, das Thoder zufriedengestellt hätte, aber das Sprichwort lautete: »Der Feind meines Feindes ist mein Freund«, und Housk hatte den Namen Nizam nicht in dem Tonfall ausgesprochen, wie man ihn für seine Verbündeten reserviert.

Und was Thoder betraf ... Wenn ich wieder zu ihm ginge, und ich hatte die Absicht, das bald zu tun, würde ich mich ihm nicht wie ein verirrtes Schäflein nähern, das zu seinem Hirten zurückkehrte.

11

Ich ging direkt zum ebenerdigen Eingang von Peter Nizams Dachterrasse. Ich fühlte mich sowieso gebunden, die beiden noch einmal aufzusuchen — ich stand bei Peter Nizam im Wort und hatte ihm zu melden, was ich über die *Hippodamia* erfahren konnte —, aber nach meiner letzten Begegnung mit Housk kam hinzu, daß ich niemand sonst hatte, an den ich mich wenden könnte. Meine ursprüngliche Absicht war gewesen, die Rechnung mit meinen Entführern und Folterknechten zu begleichen. Diese Idee war verweht wie Staub im Wind.

Wenn Housk nur Befehle höherer Stellen ausgeführt hatte, dann war dies eine Affäre, in die mindestens einige Dienststellen der Regierung von Centaurus verwickelt waren; es wäre einfältig, die Augen davor zu verschließen und stur den zuerst eingeschlagenen Weg weiter zu verfolgen. Ich mußte genau wissen, in was ich da geraten war.

Ich zögerte, bevor ich an die Tür klopfte. Ich hätte zuerst anrufen sollen; sie mochten nicht zu Hause sein, und ich hätte meinen Weg umsonst gemacht. Aber ich war mit dem traditionellen marsianischen Vorurteil aufgewachsen, ein Telefon sei für den Notfall da, hatte selbst keins und hegte eine unüberwindliche Abneigung gegen das Telefonieren.

Nun, da war ich, und ich brauchte nur anzuklopfen. In einem Sinne war das auch wieder eine primitive Gewohnheit. Wie viele Dinge, die auf praktisch allen anderen zivilisierten Welten gang und gäbe waren, fehlten auf dem Mars! Wo sonst klopften die Leute noch an Türen?

Seit meiner Rückkehr fielen mir ständig neue Details auf, die von Stagnation und Rückständigkeit sprachen: lückenhaftes Fernsprechnetz, Fehlen von automatischen Türöffnern, Vernachlässigung öffentlicher Einrichtungen, keine Marsianer, die die einzigartigen Relikte im alten Tempel bewunderten ...

Die Tür wurde geöffnet. Das heißt, die äußere, undurchsichtige Tür der Druckschleuse wurde gelöst, so daß ich sie zurückschieben konnte, was nicht ohne ein häßliches Knirschen abging, weil die Führungsschiene voll Sand war. Hinter der inneren Glastür konnte ich Lilith Choy sehen. Ihr Gesicht zeigte erregte Spannung, aber nur eine Sekunde lang; dann erkannte sie mich und ließ Bestürzung durchscheinen.

Aus dem Innern der Wohnung hörte ich Peters gedämpfte

Stimme rufen: »Gut, daß er da ist! Ich hatte noch nicht mit ihm gerechnet.«

»Er ist es nicht«, antwortete Lilith. »Es ist Mallin.«

Peters nächste Bemerkung entging mir, denn dichte feuchte Luft flutete in die Schleusenkammer und dämpfte mein Gehör wie Watte, bis ich heftig schluckend für Druckausgleich sorgte. Der Druckanzeiger wanderte ein gutes Stück über seine Skala, bevor ich eintreten durfte.

Eine Atmosphäre, wie sie hier herrschte, war für mich klamm und dick wie Nebel. Peter und Lilith waren noch jung — warum leisteten sie sich den kostspieligen Luxus von Luftdruckverhältnissen, wie sie auf der Erde in Meeresspiegelhöhe vorkamen? Der normale Druck im Innern der Häuser hier betrug zwei Marsatmosphären. Dafür war ein Grundpreis zu entrichten, der bei Sonderwünschen nach höherem Luftdruck im Quadrat zum angezeigten Wert anstieg. Jeder Atemzug, den sie hier taten, kostete sie das Hundertfache von dem, was er mich in meiner Wohnung kostete.

Aber ich hatte keine Gelegenheit, mir weitere Gedanken über diese Seltsamkeit zu machen. Peter Nizam war aus einem Raum zu meiner Linken gekommen, schloß die Tür etwas zu hastig hinter sich und begrüßte mich mit falscher Herzlichkeit.

»Freut mich, Sie wiederzusehen! Haben Sie sich gut erholt?«

»Ja, danke.« Ich wartete.

»Ah — was führt Sie zu uns?« fragte er, als die Pause unerträglich geworden war.

»Haben Sie vergessen? Sie erteilten mir einen Auftrag. Ich bekannte mich zu einer Verpflichtung, und Sie nagelten mich darauf fest.«

»Oh! Das ist sehr freundlich von Ihnen«, sagte Lilith. Sie war auch über etwas nervös; ihre kleinen Hände waren zusammengepreßt, anscheinend um ein sichtbares Zittern zu verbergen. »Aber es ist nicht länger notwendig, daß Sie sich für uns bemühen.«

»Das ist richtig«, bekräftigte Peter. »Wir ... ah ... wir erhielten aus anderer Quelle, was wir brauchten. Betrachten Sie sich also mit unserem Dank für Ihre Bereitwilligkeit aus Ihrer Verpflichtung entlassen.«

Sein Blick wanderte nervös zur Tür, kehrte zurück und ruhte in verzweifelter Ungeduld auf mir.

Es kostete nicht viel Phantasie, um zu erkennen, daß sie sich in einer ähnlich mißlichen Lage befanden wie Thoder zur Zeit meines Besuchs. Sie erwarteten jemand, dessen bevorstehende Ankunft sie nicht ausposaunen wollten. Wären nicht gewisse Regeln der Gastfreundschaft und Höflichkeit gewesen, hätten sie mich kurzerhand an die Luft gesetzt; wie die Dinge lagen, mußten sie versuchen, mich behutsam hinauszukomplimentieren, bevor der wichtige Besucher erschien.

Thoders Besucher war Lugath gewesen — eine unwahrscheinliche Kombination, auf die ich nie gekommen wäre. Ich fragte mich, ob Peter und Liliths Gast eine ähnliche Überraschung für mich sein würde — Housk, zum Beispiel. Ich entschied mich für Dickfelligkeit; ich wollte meinen Besuch in die Länge ziehen, bis sie mich tatsächlich hinauswürfen.

»Seit wir uns zuletzt sahen, ist vieles geschehen«, fing ich wahllos an. »Können Sie sich erinnern, daß Sie, als Sie mich beim alten Tempel fanden, richtig folgerten, daß man mich mit einer Nervenpeitsche behandelt hatte? Nun, ich habe die Leute erwischt, die mir das angetan hatten.«

Das erweckte ihrer beider Interesse und brachte sie zugleich in ein kurzlebiges Dilemma. Sie hatten zugegeben, daß sie den marsianischen Ingenieur gesucht hatten, der mit Lugath von Durrith zurückgekehrt war; daraus folgte logisch, daß sie sich für andere interessieren mußten, die senselben Mann suchten. Aber der Funke ihrer Aufmerksamkeit erlosch sehr bald und führte nicht zu der erhofften Antwort. Vermutlich hatten sie bereits Informationen über den Gegenstand.

Möglicherweise hatten sie schon welche gehabt, als ich sie vorigesmal gesehen hatte. Schließlich hatten sie bemerkenswert wenig Neugier für die Art und Weise gezeigt, wie ich in jenen staubigen Winkel gelangt war, wo sie mich gefunden hatten.

Das Dilemma der Wahl zwischen dem, was ich zu erzählen hatte, und dem Wunsch, mich loszuwerden, wurde zugunsten des letzteren entschieden. Aber sie dachten immer noch über einen Vorwand oder eine Entschuldigung nach, als ein Geräusch hörbar wurde, das mir ganz neue Perspektiven erschloß, besonders aber den hohen Luftdruck in der Wohnung erklärte.

Aus dem Raum zur Linken, wo Peter sich bei meinem Eintreffen aufgehalten hatte, hörte ich das dünne Winseln eines sehr kleinen Kindes, eines Säuglings.

Sie tauschten entsetzte Blicke aus. Dann stieß Peter seine Finger durch sein dichtes kurzes Haar und zuckte die Achseln.

»Es tut mir leid, daß wir nicht sehr gastfreundlich sind«, sagte er, »aber ... ah ... wir haben das Kind von Freunden in Pflege genommen, und das arme Ding scheint ein wenig zu kränkeln. Wir warten gerade auf einen Arzt. Er sollte inzwischen hier sein.«

»Ich hoffe wirklich, Sie verstehen das«, stimmte Lilith ein, beglückt über die willkommene Ausrede. Ich war jenseits allen Zweifels überzeugt, daß sie logen. Aber warum diese Aufregung und diese Vorsichtsmaßregeln wegen der Anwesenheit eines Säuglings?

»Es ist eine große Verantwortung«, sagte Peter. »Wir haben uns furchtbare Sorgen gemacht, und ...«

Es klopfte. Sie erschraken, murmelten eine Entschuldigung und gingen gemeinsam zur Tür.

»Nett, daß Sie gekommen sind, Doktor!« rief Peter enthusiastisch. Die Betonung des letzten Wortes war zu auffällig. Der Neuankömmling war entschieden kein Arzt. Sie hofften nur, er werde rechtzeitig begreifen und mitspielen.

»Das arme Kind ist gar nicht gut beisammen, und wir wußten uns nicht mehr zu helfen. So dachten wir, daß der Kleine sofort von einem Arzt untersucht werden muß!« Das war Lilith, die die Botschaft mit dem Holzhammer ins Ziel brachte. Sie kam an.

»Machen Sie sich keine Gedanken«, rief der Besucher durch die innere Glastür der Schleuse, während die Luft um ihn einströmte. »Ich bin sicher, daß es nichts Schwerwiegendes sein wird!«

Er war ein massiger, schwerfällig wirkender Mann in einem einfachen braunen Mantel. Als er seine Atemmaske abnahm, sah ich ein fremdes Gesicht, eckig und breit, die Stirn vom Wind gerötet und rissig-trocken.

In diesem Fall war er kein Bewohner dieses Planeten oder erst seit kurzem hier. Der kalte und trockene Wind dieses Planeten griff die Haut von Neuankömmlingen immer in dieser Weise an, aber nach einigen Monaten verlor es sich wieder. Die Haut akklimatisierte und härtete sich. Ich hatte seine wenigen Worte aufmerksam verfolgt, und sein Akzent war mir nicht entgangen. Er war weder von hier noch von der Erde, wie man noch am ehesten hätte erwarten können.

Als er eintrat, begrüßte ich ihn im vulgärsten Bären-Dialekt, den ich zustande brachte. Für einen Bären beherrschte er sich ziemlich gut, wagte jedoch nicht, meine Herausforderung anzunehmen und seine Nationalität zu verleugnen. Er grunzte nur einen Gruß zurück und fragte Lilith, wo das Kind sei, wobei er sich vergeblich mühte, die starke Dialektfärbung aus seiner Simme zu verbannen.

Ich drängte nicht weiter und trat zur Seite, als sie ihn in das Zimmer mit dem Säugling führte. Das Winseln war inzwischen zu einem jämmerlichen, kurzatmigen Geschrei geworden, und ich hätte eine Wette abgeschlossen, daß das Kind nicht älter als sieben oder acht Wochen war.

So jung? Kränkelnd und ärztlicher Hilfe bedürftig, doch von den Eltern verlassen und in die Obhut von Freunden gegeben? Selbst wenn ich nicht bereits Gründe gehabt hätte, Peter und Lilith zu mißtrauen, wäre es mir nicht leichtgefallen, ein solches Märchen zu schlucken.

Wie die meisten Sprichwörter hatte auch der Spruch vom Feind meines Feindes Löcher. Ich gab meine Absicht auf, mit diesen zweien so offen zu sein, wie sie es letztesmal mit mir gewesen waren. Es war ein Schlag — ich war bereit gewesen, sie für das zu nehmen, als das sie sich ausgaben, sogar Freundschaft mit ihnen zu schließen, weil sie mich besser behandelt hatten als Thoder, dem ich niemals zugetraut hätte, daß er mir einen so schmutzigen Streich spielen würde, wie er es getan hatte.

Ich mußte mich mit einem neuen Stück im Puzzlespiel zufriedengeben, obwohl es meine Schwierigkeiten vergrößerte. Sie hatten etwas zu verbergen, und was immer es war, es ließ erkennen, daß an dieser geheimnisvollen Affäre auch Bären beteiligt waren.

Zentauren, Marsianer, Leute von der Erde und nun Bären? Die möglichen Verzweigungen begannen mich zu ängstigen. Ich schien unwissend in eine Sache hineingestolpert zu sein, in der mir noch mehr zustoßen konnte, wenn ich nicht sehr vorsichtig taktierte.

Peter Nizam stand vor mir. Er war nervös und ängstlich. Hatte er noch etwas zu sagen?

Er hatte. »Sehen Sie ... äh ... es war sehr nett von Ihnen, zurückzukommen und uns diese Information zu geben, obwohl ... äh ... obwohl sich herausstellte, daß wir sie nicht mehr benötigen. Ich bin ... ah ... zutiefst beeindruckt von Ihrem marsianischen Ehrgefühl und möchte mich für Lilith und mich entschuldigen, daß wir auch nur für einen Moment an Ihnen zweifelten.«

Das waren alles Redensarten; was er eigentlich wollte, war noch nicht gesagt.

»Da Sie sich in einem Sinne Ihrer Verpflichtung noch nicht entledigt haben«, fuhr er fort, »erlauben Sie mir vielleicht, Sie zu bitten, daß Sie ... ah ... die Tatsache unerwähnt lassen, daß ...«

Ich war plötzlich wütend. »Betrachten Sie Ehrenverpflichtungen als eine Art Geld?« fuhr ich ihn an. »Die eine soviel wert, die andere soundsoviel weniger, geben Sie mir heraus?«

»Nein, ich meinte nicht . . .«

»Was in aller Welt meinten Sie dann?« Ich sah jetzt einen Zweck für meinen Zornesausbruch, obwohl er unfreiwillig über mich gekommen war. Mochte er ruhig denken, daß er mich beleidigt und vertrieben habe, statt daß ich sein dürftiges Täuschungsmanöver durchschaut hatte. »Das ist die Art von kommerziellem Denken, die wir von Erdbewohnern zu erwarten gelernt haben — leider! Wenn Sie längere Zeit auf diesem Planeten bleiben wollen, werden Sie sich von solch schäbigen Ideen trennen müssen!«

Er blieb einen Moment still. »Es tut mir leid«, sagte er schließlich, und sein Tonfall war so unglücklich, daß ich beinahe bereute. »Bitte schreiben Sie es meiner Unkenntnis Ihrer Traditionen zu.«

»Ich bin nicht in Unkenntnis der Ihren«, sagte ich. »Ich weiß mehr über sie als mir lieb ist. Guten Tag!«

Draußen in der angenehm dünnen Luft überdachte ich meine Lage. Mein Plan, Peter und Lilith zu Helfern und Vertrauten zu machen, war zerronnen. Von Housk hatte ich nicht viel erfahren. Ich mußte wieder Thoder gegenübertreten, es gab keine Alternative. Und diesmal wollte ich vor ihm auf der Hut sein. Was immer aus ihm geworden war, er war nicht mehr der freundliche, respekteinflößende Lehrer meiner Kindheitstage.

12

Und doch zögerte ich mit meinem Urteil. Selbst wenn Thoder in das Netz integriert war, von dem ich mich umstellt sah, so daß ich ihn mit Mißtrauen und sogar Furcht betrachtete, schien es unvorstellbar, daß seine Natur sich so vollständig gewandelt haben sollte. Während meines Gesprächs mit ihm war mir nichts Schlimmeres aufgefallen als diese ausweichende, hinhaltende Taktik von ihm, deren Grund war, daß ich Lugath nicht sehen sollte, wenn er käme. Abgesehen davon war er nicht anders gewesen als sonst.

Blieb die Tatsache, daß er mit meinem Gedächtnis herumgepfuscht hatte, als ich ohnmächtig geworden war. Diese Drogenbehandlung ohne meine Zustimmung war allerdings eine verwerfliche Tat, die ich ihm niemals zugetraut hätte.

Konnte ich ihm wenigstens ein ehrenhaftes Motiv zuschreiben? Er hatte gesagt, ich sei im Besitz von viel mehr Daten als mir bewußt sei. Angenommen, er wußte um die Bedeutung der Ereignisse und fürchtete, ich könnte unabsichtlich irgendeinen Hinweis geben, der eine andere interessierte Partei — zum Beispiel die Bären — hellhörig machen würde?

Es war eine ziemlich gewagte Hypothese, doch erschien sie mir einleuchtend. Und dann war da noch etwas mit der Gedächtnislücke selbst: die bemerkenswerte Schnelligkeit, mit der die geistige Barriere sich wieder aufgelöst hatte. Das war zweifellos Absicht gewesen, denn die Gedächtnislücke war offen geblieben und nicht mit falschen Erinnerungen verstopft. Und als die Erinnerungen zurückkehrten, waren viele andere Dinge mit ihnen gekommen. Einfach zu sagen, ich sei bei meiner Konfrontation mit Housk in die richtige Reaktion geschockt worden, war eine unzureichende Erklärung. Ich hatte ohne langes Besinnen eine geistige Übung ausgeführt, wie ich sie seit Jahren nicht versucht und selbst als Junge unter Thoders geduldiger Anleitung niemals ganz gemeistert hatte.

Es sah aus, als ob Thoder beabsichtigt hätte, mich in einer Weise für sein Eindringen in meine innerste Privatsphäre zu entschädigen. Da er viel mehr wußte als ich, mochte er aus einem doppelten Motiv gehandelt haben: teils, um mich zu schützen, teils, um mich an unerwünschter Einmischung zu hindern.

Er hätte offen sein sollen, statt solche Umwege zu wählen, dachte ich ärgerlich — und sah sofort die Einfalt des Gedankens. Ich war in seinem Zimmer ohnmächtig zusammengebrochen, und bei meiner Erschöpfung mußte es mehrere Stunden gedauert haben, bis mein Bewußtsein wieder zugänglich war; er hatte eine Verabredung mit Lugath gehabt, die ihn ohnehin gehindert hätte, sich um meinetwillen in langwierigen Erläuterungen zu ergehen; und außerdem hatten wir uns seit vielen Jahren nicht gesehen — warum sollte er annehmen, daß man mir wichtige Geheimnisse anvertrauen durfte?

Immerhin, seine Verbindung mit Lugath hatte etwas Finsteres. Warum sollte ein Mann von der Erde sich als Zentaur verstellen? Alle denkbaren Erklärungen lagen weit abseits von dem, was man von einem pensionierten marsianischen Lehrer erwarten würde.

Ich kam immer wieder zu dem Schluß, daß Thoder nicht nur ein Lehrer war. Daß sein Beruf noch nie mehr als eine Nebenbeschäftigung zum Broterwerb gewesen war — auch damals nicht, als ich bei ihm gelernt hatte.

Die Notwendigkeit, ihn herauszufordern, war unausweichlich. Nur mußte ich mir eine neue Angriffstaktik zulegen. Bevor ich zu ihm ging, mußte ich Erkundigungen einziehen. Zum Beispiel sollte ich feststellen, wann und unter welchen Umständen er das alte Haus in der heruntergekommenen Gegend meiner Jugendjahre verlassen hatte und in einen von Fremden überlaufenen Stadtteil umgezogen war. Ich mußte eine Art geistiger Brücke über die Jahre hinweg bauen, in denen ich Thoder nicht gesehen und kaum an ihn gedacht hatte.

Also: bevor ich ihn wiedersah, mußte ich in jenen Teil der Stadt gehen, wo der Sand hoch auf den Dächern lag.

Es wäre eine gute Idee, noch einmal mit Yuma zu sprechen: ihm mit Komplimenten über sein Gedächtnis um den Bart zu gehen und ihm zu danken, daß er mich mit meinem Vetter fünften Grades zusammengebracht hatte. Der phänomenale Datenspeicher seines Gehirns konnte mir vielleicht den langwierigen Prozeß ersparen, Leute ausfindig zu machen und zu befragen, die Thoder in den alten Tagen gekannt hatten.

Die Tür war zu, aber nicht verschlossen. Türen abzuschließen war keine marsianische Gewohnheit. Ich folgte einem unklaren Impuls und ließ die Hand wieder sinken, die ich zum Klopfen erhoben hatte. Leise öffnete ich die Tür und trat ein.

Im Hausgang war es noch dunkler als draußen auf der gedeckten Gasse. Eine Sandräumung war überall im Bezirk längst überfällig. Aus einem benachbarten Zimmer drang Lichtschein, und als ich lauschend stand, konnte ich Stimmen hören: Yumas und die der Frau, seiner Partnerin.

»Wir müssen für diesen Kerl ein neues Wappenschild entwerfen!« sagte die Frau. »Zweiunddreißig Aufteilungen — das ist noch viel schlimmer als bei der alten portugiesischen Königsfamilie!«

»Wir können nicht«, sagte Yuma. »Er hat nichts getan, womit er die Ehre eines neuen Wappenschilds für sich verdient hätte.«

»Du hast gut reden«, kam die gallige Antwort. »Ich muß das

verdammte Ding nicht nur sauber mit Tusche auszeichnen, sondern auch noch ausmalen. Was nützt ein Wappen, wenn man es unter dem Mikroskop lesen muß?«

»Nun, in einem Sinn ist es selber ein Mikroskop, nicht?« murmelte Yuma, und die Frau gab ein hartes Lachen von sich. Der Witz entging mir völlig. Dann seufzte sie.

»Du hast natürlich recht. Trotzdem, mit all diesen Talenten in seiner Ahnenreihe sollte man meinen, er würde etwas mit seinem Leben anfangen, statt so dahinzuvegetieren.«

»Er hat eine Familie zu unterhalten und Kinder aufzuziehen«, sagte Yuma. »Das ist schwierig genug. Übrigens wird es dir Spaß machen, die Wappen seiner Kinder zu entwerfen. Seine Frau ist eine Boigny de Chavannes und hat selbst ein vierfach geteiltes Wappen.«

»Ah, sei still.« Ein Geraschel von Papier, und: »Verdammt und zugenäht! Wo sind nun wieder die Ausziehfedern? Hol mir doch eine frische Schachtel, ja?«

Mit einem langen und geräuschlosen Schritt war ich wieder bei der Haustür, langte mit einer Hand hinter mich, als ob ich eben erst eingetreten wäre, und stieß die Tür zu.

Yuma kam aus dem Zimmer, blinzelte und erkannte mich wieder. Mit einem ungewissen Lächeln sagte er: »Kann ich Ihnen helfen?«

»Wer ist es?« rief die Frau.

»Ingenieur Mallin, der gestern hier war!«

Yuma seufzte. Bevor er wieder sprechen konnte, sagte ich: »Ich bin wegen nichts Wichtigem gekommen, lassen Sie sich also nicht aufhalten, wenn Sie etwas zu erledigen haben.«

»Danke.« Er durchquerte die Diele zu einem dunklen alten Schrank, an den ich mich aus meiner Schülerzeit bei Thoder erinnerte; damals hatte er verschiedene Gegenstände enthalten, die Thoder als Demonstrationsobjekte für seine Schüler gebraucht hatte, während er jetzt mit kleinen Farbtöpfen, Blattgold und -silber, Papierbogen, Pergamentrollen und anderen Utensilien der Heraldik vollgestopft war.

Während er zwischen kleinen Schachteln herumsuchte, um die richtige zu finden, fuhr ich fort: »Ich kam hauptsächlich, um Ihnen zu danken und zu sagen, daß ich mit meinem Vetter von Centaurus zusammengekommen bin.«

»Major Housk?« sagte Yuma. »Die werden auch bald alle sein«, murmelte er zu sich selbst, und blätterte in einem Päckchen kleiner Wappenlilien in verschiedenen heraldischen Farben, bevor er es zurücklegte.

»Sie müssen ein erstaunliches Gedächtnis haben«, sagte ich warm.

Er zuckte mit den Schultern. »Ich bin Eidetiker«, antwortete er. »Manche Leute sind es, manche nicht. Es ist nichts, was ich mir als Verdienst anrechnen könnte.« Er hatte das Gesuchte gefunden und schloß den Schrank.

Durch Schmeichelei war er nicht leicht zu erreichen, das war klar. Ich suchte nach einer Möglichkeit, das Gespräch fortzusetzen, und sagte auf gut Glück: »Aber Ihre Vorfahren müssen bemerkenswerte Leute gewesen sein, Sie mit diesem Talent auszustatten! Sie müssen eine faszinierende Ahnenreihe haben.«

Das war ziemlich plump und dick aufgetragen, aber am allzu beiläufigen Tonfall seiner Antwort merkte ich, daß ich einen Durchbruch erzielt hatte. »Es ist ganz interessant, ja. Natürlich bin ich voreingenommen, weil es meine eigene Ahnenreihe ist.«

»Ist Ihre Familie schon lange auf Mars ansässig?«

Er brauchte eine Dreiviertelstunde, um mir alle Verzweigungen seiner Familie zu erklären. Es war nicht Langeweile, die mich zwang, meine Ungeduld zu verbergen — er war ein Fachmann, der in sein Spezialgebiet verliebt war, und es ist immer ein Vergnügen, einem Enthusiasten zuzuhören. Außerdem war seine Familie wirklich interessant; seine Ahnen entstammten vier verschiedenen Kontinenten der Erde, und ihre Nachkommen lebten über fast alle bewohnten Gegenden des Mars verstreut.

Es juckte mich jedoch, das Gespräch auf mein Thema zu bringen, und als sich keine günstige Gelegenheit ergeben wollte, fragte ich ihn rundheraus, wie es kam, daß er Thoders altes Haus übernommen hatte.

»Thoder?« Yuma zwinkerte geistesabwesend. »Das ist ein Mann mit einer Ahnentafel! Ich habe seine Genealogie einmal aus purer Neugierde durchgearbeitet, und ich kann Ihnen sagen, es ist nichts von den Merkmalen darin zu finden, die man erwarten könnte . . .«

Ich steuerte ihn sanft zu meiner Frage zurück.

»Nun, das Haus war zur rechten Zeit frei. Thoder wurde eine Stelle am Kolleg für Sereniatrie angeboten . . .«

»Was?«

»Ach so, Sie denken, er lebe im Ruhestand. Das ist richtig. Er lehrt nicht mehr. Aber soviel ich weiß, hat er einen Vertrag mit dem Kolleg und hält dort gelegentlich Vorlesungen . . .«

»Am Kolleg für Sereniatrie?«

»Ja.« Yuma zeigte sich verblüfft über die Stärke meiner Reaktion. »Es liegt ungefähr fünf Kilometer außerhalb der . . .«

»Ich weiß, wo es ist, danke«, sagte ich grimmig.

Ich wußte auch, was es war. Eine verdrehte, pseudowissenschaftliche Organisation reinsten Wassers, finanziert und unterhalten von Bären — was nicht wundernehmen konnte, weil sie seit jeher eine Schwäche für hochtrabenden Humbug hatten. Wie alle Spieler neigten sie dazu, den Begriff des ›Glücks‹ zu objektivieren, Amulette zu tragen, abergläubische Vorstellungen zu hegen und mit sektiererischem Ernst absurde Rituale zu vollziehhen. Ihre Vorliebe für hochgestochenes Vokabular hatte sie zu der Wortschöpfung ›Sereniatrie‹ inspiriert, die nichts anderes bedeuten sollte als daß man sich um die Suche nach dem Glück bemühte; das ›Kolleg‹, man mochte es glauben oder nicht, erhob den Anspruch, das Glücklichsein zu lehren!

Nein, so tief konnte Thoder nicht gesunken sein!

13

Bevor ich ihn weiter ausfragen konnte, bekam Yuma Besuch von einem Klienten, und mir blieb nichts übrig als zu gehen. Ich verbrachte einige Zeit mit Herumwandern in der Nachbarschaft, auf der Suche nach anderen, die Thoder gekannt hatten und mir mehr über seine letzten Jahre berichten konnten, fand aber nur oberflächliche Bekanntschaften, die ihn nicht sonderlich vermißten.

Zuletzt rügte ich mich wegen dieser Zeitvergeudung. Ich benützte diese Nachforschungen als Vorwand, um eine direkte Konfrontation hinauszuschieben.

Genau wie ich es das letztemal getan hatte, rief ich ein Taxi und machte mich auf den Weg zu seiner neuen Adresse. Es war ein unheimliches Gefühl, dieselben Orte in der gleichen Reihenfolge aufzusuchen, als ob ich in einer Art temporalem Echo gefangen wäre oder einer Spirale um einen Mittelpunkt folgte, die mich bei jeder Wiederholung der Erleuchtung ein wenig näher brachte . . .

Sollte es morgen wieder das gleiche sein, und übermorgen und so weiter?

Die Empfindung, in einem Echo gefangen zu sein, verstärkte sich noch, als ich aufs neue Thoder gegenüberstand. Er zeigte genau die gleiche Enttäuschung, die Lilith verraten hatte. Mein Anblick mußte ihn in erhebliche Unruhe versetzt haben, sonst hätte er seine Emotionen besser beherrscht. Doch statt mit einem hohlen Täuschungsversuch zu reagieren, wie Peter und Lilith es getan hatten, ergab er sich seufzend dem Lauf der Dinge, trat von der Tür zurück und forderte mich mit stummer Gebärde zum Eintreten auf. Ich folgte der Einladung mit gebührender Vorsicht, gefaßt auf einen plötzlichen Überfall.

»Also klappte es nicht«, sagte er, als er die Tür zugezogen hatte.

»Nein, es hat nicht geklappt.« Ich erwähnte nicht, wie es dazu gekommen war. »Nun bin ich wieder da, und diesmal hoffe ich auf einen höflicheren Empfang.«

Er öffnete die Tür zu seinem Arbeitszimmer und bedeutete mir mit einer weiteren Geste, hineinzugehen. »Ja ... Es ist selten, daß ich die Nerven verliere. Aber es ist auch sehr selten, daß ich in Ereignisse verwickelt werde, die die ganze menschliche Geschichte beeinflussen können.«

Er setzte sich mit der Umständlichkeit des alten Mannes in einen Sessel. »Ich weiß nicht, ob du nun einen Groll gegen mich hegst«, fuhr er fort, »oder ob du imstande gewesen bist, die Angelegenheit mit der wünschenswerten Klarheit zu überdenken und meine Motive richtig einzuschätzen.«

Ich wägte meine Worte ab. »Wenn Sie die Absicht gehabt hätten, die Erinnerung an diese letzten Ereignisse für immer aus meinem Gedächtnis zu tilgen, wäre Ihnen das wahrscheinlich möglich gewesen. Daß Sie überhaupt so etwas getan haben, war allerdings eine Überraschung für mich. Es schien Ihrem Charakter nicht zu entsprechen.« Ich zögerte. »Inzwischen habe ich etwas über Sie erfahren, das mich zum Umdenken zwingt. Ich habe nun den Eindruck gewonnen, daß Ihr ganzes Leben heutzutage nicht mehr Ihrem Charakter entspricht.«

»Wieso?«

»Halten Sie wirklich Vorlesungen am Kolleg für Sereniatrie?«

»Ja, warum nicht? Ich bin dort Professor für Lebenseinstellung.« Das Eingeständnis klang herausfordernd, beinahe kriegerisch, und ich sah, wie seine Miene sich verdüsterte.

»Nun ... lassen wir das«, sagte ich. »Was mich mehr bewegt, ist dies: letztesmal pfuschten Sie sehr ausgiebig mit meinem Gedächtnis herum, löschten fast sechsunddreißig Stunden Erinnerung aus. Warum, in drei Teufels Namen, haben Sie das getan?«

»Es schien mir die menschenfreundlichste Lösung zu sein, daß du ein normales Leben weiterführst, statt Gefahr zu laufen, wie ein Getreidekorn zwischen den Mühlsteinen gigantischer Mächte zerquetscht zu werden.«

»Sehr schön!« sagte ich sarkastisch. »Also geschah alles nur zu meinem Besten, und ich habe keine Veranlassung, zurückzukommen und mich zu beklagen — ist es das?«

Er schwieg.

Ich beugte mich vorwärts und sagte ärgerlich: »Warum lassen Sie die Ausflüchte nicht sein und geben endlich zu, daß Sie befürchteten, ich könnte mich in eine Sache einmischen, die zu groß für mich ist und die ich verpfuschen könnte?«

Wieder antwortete er nicht. Er stemmte sich aus dem Sessel und ging steif zum Fenster. Er blickte nach rechts und nach links, dann kehrte er wieder um und blieb vor mir stehen.

Er seufzte. »Ich würde nicht sagen, daß du einer meiner erfolgreichen Schüler gewesen bist«, fing er endlich an, »aber du bist nicht dumm, und die Tatsache, daß du zurückgekehrt bist und mich zur Rede stellst, statt mich ohne Umschweife als einen Bösewicht und Verräter zu brandmarken, läßt ein gewisses Maß von Verstand erkennen. Außerdem werden wir nach Lage der Dinge jede Hilfe brauchen, die wir kriegen können ...« Er verstummte und fuhr mit seinen dünnen, knotigen Fingern durch die weißen Strähnen auf seinem Kopf. Dabei spähte er mich unter seinen faltigen Lidern heraus an, daß sich mir das Bild eines alten Vogels aufdrängte.

»Wie siehst du die Affäre, in die du da hineingestolpert bist?« fragte er.

»Ich sehe nicht viel«, sagte ich. »Etwas an der letzten Reise der *Hippodamia* beunruhigt die Zentauren. Die Tatsache, daß Lugath offenbar ein Mann von der Erde ist, der sich als Zentaur ausgibt, paßt dazu, erklärt aber nichts. Erdbewohner interessieren sich dafür, was immer es ist, auch Bären, wie mir scheint, und Sie als Marsianer desgleichen. Vermutlich ist es von enormer Bedeutung. Sie sagten eben selbst, daß es die ganze Menschheitsgeschichte beeinflussen kann. Wie?«

Er ließ sich wieder in seinen Sessel nieder, schloß einen Moment die Augen und schüttelte langsam den Kopf. »Soviel zu erklären!« murmelte er. »Ich werde alt, Ray, und ich finde es schwierig, am richtigen Punkt zu beginnen.«

»Der Anfang könnte ein guter Ausgangspunkt sein!«

»So würde es Wochen dauern ... Fangen wir an diesem Punkt an: Ray, wie ist einem jungen Marsianer in dieser Zeit zumute?«

»Ich kann nur von mir ausgehen, und ich bin nicht mehr so jung, wie Sie vielleicht meinen«, sagte ich. »Aber wenn Sie mich fragen, finde ich die Zustände hier ziemlich deprimierend.« Ich nannte ihm Beispiele: die Schäbigkeit, die allgemeine Vernachlässigung, die Gleichgültigkeit, die ich überall beobachten konnte; das Fehlen eines marsianischen Nationalgefühls, obwohl wir nicht einmal auf der Erde, unserer legalen Heimatwelt, ohne Schwierigkeiten leben konnten.«

»Es ist noch mehr daran als du sehen kannst«, sagte Thoder. »Du stehst zu nahe, bist gefühlsmäßig engagiert. Aber um dir die Zusammenhänge klar aufzuzeigen, muß ich die Szene vorbereiten. Nenne mir einen bedeutenden wissenschaftlichen Durchbruch des letzten Jahrhunderts.«

Ich fing an zu überlegen, und er kam meiner Antwort zuvor. »Nein, das war nicht richtig«, sagte er. »Ich habe noch immer diese lebenslange Gewohnheit, andere nachdenken zu lassen, damit sie besser behalten. Ich werde dir die Mühe ersparen. Seit dem Beginn des zweiundzwanzigsten Jahrhunderts, als die Theorie des überlichtschnellen Antriebs entwickelt und in die Praxis umgesetzt wurde, hat es keinen bedeutenden wissenschaftlichen Durchbruch gegeben. Damals wurde der interstellare Verkehr von einem Abenteuer zu einer wirtschaftlich vertretbaren Routineangelegenheit.«

»Aber sicherlich ...«

»Ich argumentiere nicht, Ray. Ich sage es dir. Man könnte sogar sagen, daß das letzte neue Konzept im menschlichen Denken Einsteins Einsicht in das Gleichgewicht von Materie und Energie gewesen sei. Es gibt in der Menschheitsgeschichte bestimmte Schlüsselerfindungen, die man als etwas völlig Neues bezeichnen kann. Nenne mir ein paar!«

»Ah ... das Messer, Pfeil und Bogen, die Beherrschung des Feuers, das Rad, Schießpulver ...«

»Textilien, das Alphabet, die Nutzbarmachung der Wärmeenergie und der nuklearen Energie, und der Computer. Es gibt noch einige andere, aber diese genügen, um die entscheidenden Punkte der Kurve aufzuzeigen, die wir uns hier vorstellen müssen.«

»Was Sie meinen«, sagte ich nach einer Pause, »ist, daß wir seit der industriellen Revolution auf der Erde Dutzende von vergleichbaren neuen Konzeptionen entwickelt haben sollten.«

»Ja! Ja!« rief Thoder. »Ray, du mußt deine Ausbildung vervollkommnet haben, seit wir uns zuletzt sahen — ich dachte schon, ich müßte dich Schritt für Schritt zu dieser Erkenntnis führen!«

»Moment«, sagte ich. »Es hat eine ganze Menge gegeben. Die Atomtheorie ...«

»Im letzten Jahrhundert? In den letzten zwei Jahrhunderten?«

Ich verstummte. Jede Idee, die mir in den Sinn kam, konnte mit dem Argument gekontert werden, daß die betreffende Sache kein neues Konzept, sondern eine Fortentwicklung aus einem alten war. Eine Ausnahme war der überlichtschnelle Antrieb, und den hatten wir besprochen; außerdem lag seine Geburtsstunde mehrere Jahrhunderte zurück.

»Siehst du?« sagte Thoder. »Nun, nehmen wir einen anderen Aspekt. Glaubst du, daß die Menschheitsgeschichte einem Grundmodell folgt — oder, ganz subjektiv ausgedrückt, daß sie ein Ziel hat?«

»Sie pflegten uns zu sagen, daß jede der aufeinanderfolgenden Generationen nach ihrem besten Wissen ein solches Ziel formuliere und darauf vorbereitet sein müsse, daß die nächste Generation dieses Ziel abändere oder gar zurückweise. Sie meinten, jede andere Deutung des Menschheitsschicksals sei willkürlich.«

»Gut!« sagte Thoder, erfreut, daß ich seine Lektion so gut behalten hatte. »Ein Ziel ist wichtig. Angesichts der geistigen Verfassung des Menschen mußte es zu dieser Serie von veränderbaren Zielen kommen. Seit der Zeit der Aufklärung waren die künstlichen theologischen Begriffe immer weiteren Kreisen unglaubwürdig geworden. Der analytische Verstand wandte sich dem Diesseitigen zu, berauschte sich alsbald an den umwälzenden Neuerungen der Industrialisierung und hatte sein Ziel gefunden: den ›Fortschritt‹.«

»Eine hyperbolische Kurve, deren eine Achse in Sternenschiffen gemessen wird, während die andere von der Zahl der Leute bestimmt wird, die sich psychotherapeutischer Behandlung unterziehen müssen.«

»Ist das von mir?« fragte Thoder, und als ich nickte, lachte er zufrieden. »Eine einprägsame Formulierung — ich muß sie wiederbeleben! Aber ich bin jetzt nicht darauf aus, die Fehler unserer

Vorfahren aufzuzählen. Ray, welches ist unsere letzte und absolut unentbehrliche Hilfsquelle?«

Ich dachte eine Weile nach, dann sagte ich: »Wir selbst.«

»Richtig! Unsere genetische Ausstattung, um es etwas genauer auszudrücken. Nun laß mich noch eine oder zwei weitere Fragen stellen, und ich glaube, du wirst die Antwort auf das Rätsel selbst finden.

Erstens: Welches ist das grundlegende Hemmnis, ein Marsianer zu sein?«

»Der Sauerstoffbedarf des Embryos«, antwortete ich prompt. »Ließe dies Hindernis sich überwinden, könnte es eine wirklich marsianische Rasse geben. Wie es ist, sind wir den Amphibien ähnlich, die zur Fortpflanzung und Aufzucht ins Wasser zurückkehren müssen.«

Er nickte. »Darum gibt es sehr wenige von uns. Zweitens: Welches ist der fundamentale Unterschied zwischen Zentauren und Bären?«

Ich starrte ihn an. »Sie wissen das so gut wie ich! Es ist keine Frage ihres physiologischen Typs, ihrer Erbanlagen oder dergleichen — es ist allein die Art und Weise, wie sie ihre Gesellschaft organisieren. Bären sind gedankenlos, umgänglich und unverbindlich, Zentauren steif und diszipliniert.«

»Genau. Es wirkt sich auf alles aus, nicht wahr? Auf ihr Familienleben, die Kindererziehung, auf ihre Arbeitswelt — kurzum, auf alle Lebensbereiche.« Thoder legte seine mageren Hände auf die Armstützen und beugte sich vorwärts. »Ray, glaubst du, dies sei bloßer Zufall?«

Für die Dauer von vier oder fünf Atemzügen konnte ich keine Worte finden. Schließlich murmelte ich mit trockenen Lippen: »Und was sind wir? Neandertaler des sechsundzwanzigsten Jahrhunderts, verurteilt, auf dem Abfallhaufen der Evolution zu landen und dort zu verfaulen?«

14

»Wenn du so empfindest«, antwortete Thoder mit scharfem Tadel, »dann hast du andere Vorstellungen vom menschlichen Schicksal als ich. Vergiß nicht, daß ich auch Marsianer bin. Unser Stolz und unsere Kraft haben sich in einer feindseligen Umwelt und unter größten Schwierigkeiten bewährt. Hier ist eine neue Herausforderung — wird sie uns besiegen?«

»Ist es eine Frage von Sieg oder Niederlage? Ist es nicht eine Entscheidung, die uns aus den Händen genommen wurde?«

»Nein, es ist keine Entscheidung. Es ist einfach ein Sichabfinden mit dem, was wir sind. Aber laß mich sehen, ob du über dasselbe redest wie ich. Marsianer sind . . .?«

»Ein Experiment, das sich als erfolglos erwiesen hat.« Ich wischte Schweiß von meinem Gesicht. »Wir wurden von Bären und Zentauren überflügelt und verdrängt.«

»Im Effekt, ja. Aber ich muß den Rest zusammenfassen. Sieh mal, Ray, als Spezies sind wir ungeheuer klug. Wir können die fundamentalsten Gesetze des Universums durchbrechen und den Wettlauf mit dem Licht gewinnen. Was tun wir, wenn wir zu den Sternen kommen? Das gleiche, was wir seit Jahrtausenden auf unserem Ursprungsplaneten getan haben. Als ob wir den Scheitelpunkt unserer Entwicklung überschritten hätten und der Dekadenz und dem Niedergang anheimfielen.

Schon im einundzwanzigsten Jahrhundert erkannten weitsichtige Planer den tieferen Grund. Unter den Bewohnern der Erde war ein allmählicher Homogenisierungsprozeß in Gang gekommen. Mehr und mehr Gruppen, die bisher durch Sprachbarrieren und lokale Kulturtraditionen gegeneinander abgegrenzt gewesen waren, hatten das universale Ziel materiellen Wohlbefindens und die verwandten Konzepte übernommen. Die Menschheit verfügte über ein Vielfaches von dem Wissen, das ein einzelner Mensch sich in seiner Lebenszeit aneignen konnte, doch wir waren unfähig, aus diesem Informationsschwall neuartige Schlüsse zu ziehen. Warum? Zwei Hypothesen wurden entwickelt, und es ergab sich, daß sie sich zu einem Gesamtplan für die künftige Entwicklung der Menschheit verquicken ließen.

Zuerst wurde argumentiert, daß die damals bereits vollzogene soziale Einebnung früherer Unterschiede und die zunehmende Einförmigkeit von Zivilisation und Lebensweise zu einem Nachlassen des Antriebs führe. Eine bequeme Tendenz zum Konformismus ersetzte den Drang zu erforschen, neuen Grund umzubrechen und die Welt mit neuen Erfindungen zu schrecken. Das letzte spektakuläre Aufbranden technologischen Fortschritts war die Entdeckung und Entwicklung des überlichtschnellen Raumantriebs.

Auch argumentierte man, daß die Summe unserer vielgerühmten Fähigkeit, unsere Umgebung zu verändern, statt wie die nichtintelligenten Lebewesen von ihr konditioniert zu werden, längst unsere Fähigkeit zu vernünftigem Abwägen und nützlicher Selbstbeschränkung überstiegen habe. Mit anderen Worten, wir benötiten ein neues Talent, eine Stärkung des verstandesmäßig orientierten Elements auf Kosten unseres übermächtigen alten Steuerungsmechanismus aus Triebstrukturen und ihren irrationalen Verhaltensweisen. Dieses Talent existierte schon immer in mehr oder weniger entwickelter Form, aber allgemein gesehen, ist es noch heute im Embryonalzustand und beschränkt sich auf den abstrakten Teil unseres Denkens, während wir uns im praktischen und persönlichen Bereich nicht viel anders als die Tiere den Trieben und Instinkten anvertrauen, die in unserer komplexen technischen Gesellschaft nicht mehr ausreichen und zu der gefährlichen Diskrepanz von technologischem Fortschritt und geistiger Unreife geführt haben.

War es möglich, einen Ausweg aus diesem doppelten Dilemma zu finden?

Vor dem Aufkommen des überlichtschnellen Antriebs dachten die Menschen, daß sie für immer auf das alte System beschränkt bleiben würden. Mars war hier der einzige andere Planet, wo die Menschheit eine zweite Basis mit eigener Kultur und Tradition gründen konnte, ein Ableger, der sich durch all die Faktoren, wie sie dich und mich geprägt haben, vom alten Stamm unterschied. Aber wie du sagtest, Marsianer sind Amphibien. Wenn sie nicht wollen, daß ihre Nachkommen Idioten werden, dann müssen sie sie in sauerstoffreicher Luft austragen. Das ist und bleibt ein ernstes Hemmnis für uns . . . Ja?«

Ich hatte parallel mit ihm gedacht, und viele bisher zusammenhanglose Schnipsel fügten sich in meinem Gehirn zu einem unerfreulichen Ganzen. Ich sagte: »Wenn ich Sie richtig verstanden habe, sind Sie im Begriff zu sagen, daß der Unterschied zwischen Bären und Zentauren ein geplanter ist.«

»Richtig. Es gab damals wie heute keine Möglichkeit zu beurteilen, ob das verfügbare Talent buchstäblich zu züchten sei, oder ob der genetische Zufall es rascher hervorbringen würde.« Thoder parodierte das Werfen einer Münze. »So wurden zwei ziemlich entgegengesetzte Charaktertypen fixiert und entsprechende Gesellschaftsformen entwickelt: die Bären, in den Tag hineinlebend, verantwortungslos, gesellig, oberflächlich, und die Zentauren, genau und sorgfältig, angestrengt über alles nachdenkend . . .«

»Während die Marsianer, von den Ereignissen überholt, links liegengelassen wurden«, sagte ich bitter.

»Nicht unbedingt. Tatsächlich üben wir insgesamt einen Einfluß aus, der in keinem Verhältnis zu unserer Zahl steht.«

»Immerhin ein Trost«, sagte ich säuerlich. »Aber — wie sehen die bisherigen Resultate aus? Sie sagten, daß man nicht genug wußte, um die Zucht des höheren Menschen zu planen. Vermutlich wird also der Zufall eine Rolle spielen, und ich nehme an, daß es Sache des Bären sein wird, die Fackel der Zukunft zu tragen?«

Er blickte mich ruhig an. »Nein, Ray. Genau das Gegenteil ist der Fall. Es zeigte sich nämlich, daß die Leute damals schon genug über unsere genetische Ausstattung wußten. Das neue Talent, das jene frühen Planer anvisierten, ist sechs Generationen eher aufgetaucht als in ihren optimistischsten Prognosen.«

»Was? Unter den Zentauren?« Ich dachte an die steifen, autoritären Pedanten, die ich seit meiner letzten Reise nicht riechen konnte, und fühlte plötzliche Bestürzung bei der Vorstellung, daß das Schicksal der Menschheit in dieser Richtung lag.

Thoder langte hinter sich zu einem kleinen Schrank und öffnete ihn. Sein langer Arm reichte hinein und zog eine kleine Papierrolle heraus, die er entrollte und mir hinhielt.

Es war ein in Viertel unterteiltes Wappen. Das erste und das vierte Viertel zeigten die beiden Symbole aus dem Familienwappen des Tyrannen von Centaurus — die silbernen Sterne auf schwarzem Grund und den Tigerkopf. Die beiden anderen Viertel hatten Embleme, deren Bedeutung ich nicht kannte.

»Wollen Sie mir sagen«, murmelte ich verblüfft, »daß der Tyrann von Centaurus das Talent hat?«

»In geringerem Maße, ja. Du kennst die Zeitgeschichte, also brauche ich dir keinen Exkurs darüber zu halten. Aber natürlich ist dies nicht das Wappenschild des gegenwärtigen Tyrannen Lisab.«

»Wessen dann? Doch nicht das von einem seiner Söhne? Sie tragen das Wappenschild ihres Vaters, bis er stirbt oder abdankt.«

»Genaugenommen ist das so. Ich wußte nicht, daß du dich mit Heraldik beschäftigt hast, aber — lassen wir das!« Thoder rollte die Wappenzeichnung zusammen. »Sollte dieses Wappen jemals verliehen werden — was ich nicht hoffe —, dann würde es dem Sohn einer ziemlich bemerkenswerten Kurtisane gehören, die im Alter von siebzehn Jahren eine morganatische Ehe mit dem ältesten Sohn des Tyrannen Lisab zuwege brachte.«

»Sie sagen, daß Sie hoffen, das Wappen werde nicht verliehen«, überlegte ich laut. »Dann wollen Sie also nicht, daß Lisab seinen Enkel als legitim anerkennt, oder ...?« Ich verstummte. Eine abenteuerliche Idee kam mir in den Sinn.

»Ja?«

»War dieses Kind vielleicht an Bord der *Hippodamia*? Wurde es seinen Eltern gestohlen und zum Mars gebracht?«

Thoder nickte. »Äh — es ist nicht so grausam, wie du denkst«, versuchte er mich zu beschwichtigen. »Es waren Zwillinge, aber die Eltern wissen es nicht — die Geburt erfolgte durch Kaiserschnitt und unter Anästhesie. Außerdem hat das Mädchen vermutlich die gleichen Erbanlagen wie der Junge, den wir entführt haben.«

Ich war entsetzt. »Aber das ist doch eine — eine im höchsten Maß verwerfliche Methode! Und Sie können so etwas niemals geheimhalten! Die Zentauren müssen bereits Wind davon bekommen haben! Warum sonst wäre der Befehl gekommen, mich ausfindig zu machen und über die *Hippodamia* zu verhören?«

Eine lange Pause folgte. Endlich machte Thoder eine vage Handbewegung und sagte: »Wir glauben, daß sie die volle Wahrheit nicht wissen, aber natürlich ... Nun, Lugaths Ingenieur, dessen Stelle du bekamst, infizierte sich mit Larchmans Krankheit. Wie du wahrscheinlich weißt, leidet der daran Erkrankte an Fieber und deliriert. Lugath konnte nicht riskieren, ihn wieder mitzunehmen, und mußte ihn auf Durrith zurücklassen. Er verließ sich auf die Tatsache, daß der Kranke nicht in das ganze Geheimnis eingeweiht war, engagierte dich und machte sich so schnell wie möglich davon. Aber im Krankenhaus muß der Ingenieur genug gefaselt haben, um die zentaurischen Behörden hellhörig zu machen. Außerdem haben alle Parteien natürlich ihre Geheimdienstleute in den Territorien der anderen.«

»Leute wie Lugath?«

»Sein Status ist irrelevant, genau wie meiner!« schnappte Thoder.

»Auf meine Unterstützung können Sie nur hoffen, wenn sie rückhaltlos offen mit mir sind«, konterte ich kalt.

Thoder starrte mich sekundenlang aus verkniffenen Augen an, dann seufzte er. »Ach — ich nehme an, du könntest uns als Agenten einstufen. Aber nicht ganz im Sinne von Spionen. Wir sind ... wir betrachten uns als Instrumente der Planer, die die Zukunft der Menschheit entwerfen. Was ich sagen wollte, ist etwas anderes, nämlich, daß die Kenntnis der Genetik kein Monopol der Zentauren ist. Bären machen sich schon seit langem Gedanken über die Talente, die bei Lisabs Abkömmlingen hervortreten, und ... Aber da ist er!«

Er sprang mit einer Behendigkeit auf, die bei einem so alten Mann befremdlich wirkte, und eilte zur Tür, bevor sein Besucher klopfen konnte. Es war Lugath, natürlich.

Er starrte mich erschrocken an, und Thoder stürzte sich in eine lange Rechtfertigung seiner Handlungsweise und versuchte Lugath zu überzeugen, daß meine Teilhabe an dem Geheimnis keine Gefahr bedeute. Lugath hielt einige Minuten an sich, doch dann unterbrach er den alten Mann mit einer zornigen Handbewegung.

»Zum Teufel damit!« knurrte er. »Das Kind ist weg, und das ist eine Tatsache! Entweder haben die Zentauren ihn zurückgeholt, oder jemand anders hat sich eingeschaltet. Wie in aller Welt sollen wir ihm auf die Spur kommen, ohne sämtliche Horchposten von hier bis Sagittarius zu alarmieren?«

Thoder blickte zu mir. »Du mißbilligst unser Vorgehen, nicht wahr, Ray? Vielleicht bist du froh zu hören, daß wir den Säugling wieder verloren haben? Ich gebe zu, daß unser Tun in einem Sinne unmenschlich war. Aber du mußt überlegen: wenn er aufwächst, wird er einen Intelligenzquotienten haben, der an der Obergrenze des überhaupt Meßbaren liegt, nach der Weigandskala über 2000, und alles vererblich! Möchtest du, daß das ein Monopol der steifen, fischblütigen Zentauren wird?«

Ich zögerte. Das war ein direkter Appell an meine Ressentiments, und gerade weil er so gut gezielt war, stieß er mich ab ... Dies sollte der freundliche, weise Thoder sein, den ich seit meiner Jugendzeit gekannt und verehrt hatte? Ich sagte: »Wenn das große Experiment erwiesen hat, daß die Zukunft der Menschheit bei Typen wie den Zentauren liegt, dann sollten wir das Ergebnis akzeptieren und unsererseits umdenken, statt es mit Winkelzügen und faulen Tricks wie Kindsentführungen zu verfälschen.«

Thoder blickte zu Lugath, der vor Ungeduld kochte, dann gab er mir einen gequälten Blick. »Es sind Umstände mit im Spiel, die ich jetzt nicht im einzelnen erläutern kann«, murmelte er ausweichend. »Ich weiß, im Prinzip ist das natürlich richtig, aber ...«

»Welches ist Ihr Plan?« fragte ich schroff.

»Ihn auf dem Mars großzuziehen. Dann, wenn er erwachsen ist, wollen wir die willkürliche Vermischung genetischer Linien, wie sie bei den Bären gegeben ist, benützen, um eine Art von Ferment durch die halbe menschliche Rasse zu verbreiten.«

»Nur durch die halbe? Sie wollen die Zentauren von den Ergebnissen ihrer eigenen Hervorbringung ausschließen? Ich bin bestimmt kein Freund der Zentauren, aber damit würden Sie Ihren eigenen Plan auf den Kopf stellen und kriegerische Verwicklungen provozieren! Soll das ein bewundernswertes Projekt zur Beschleunigung menschlicher Höherentwicklung sein? Mir scheint, daß es eher ein von einer Seite finanziertes und betriebenes brutales Veredelungsprogramm ist, abgeleitet von den Praktiken der Rinder- oder Schweinezucht!«

Bevor Thoder antworten konnte, nahm Lugath in zorniger Ungeduld das Wort: »Warum stehen wir hier herum und diskutieren mit Mallin? Da sehen Sie, wie zuverlässig Ihr Schüler ist! Haben Sie mich nicht gehört? Vielleicht machen die Zentauren sich in diesem Moment bereit, den Jungen vom Mars wegzuschaffen, und für uns ist die Arbeit von Monaten für die Katz! Wenn Housk der Wahrheit so nahegekommen ist, daß er Mallin verhört hat, dann ist es ein Wunder, daß er noch keinen anderen von unseren Leuten geschnappt hat, die besser informiert sind! Ich bin nicht glücklich über Mallin hier. Wie er auf Durrith plötzlich zur Stelle war, das kam einfach zu gelegen!«

Ich sagte: »Wer sind Peter Nizam und Lilith Choy?«

Lugath, irritiert von meiner Zwischenfrage, verlor den Faden. Thoder warf ihm einen beinahe ängstlichen Blick zu, der gewisse Abhängigkeiten deutlich machte, dann antwortete er zögernd: »Zwei prominente und einflußreiche Vertreter der pro-Bären-Fraktion auf der Erde, die für einen Bruch des alten Systems mit Centaurus und einer Dauerallianz mit den Bären agitieren.«

»Was würden sie mit dem Baby machen?«

Lugath und Thoder tauschten bestürzte Blicke aus, dann sagte Thoder: »Sie würden das Kind natürlich den Bären ausliefern. Und das wäre für unseren Plan ebenso unheilvoll wie sein Verbleiben bei den Zentauren. Selbst wenn sie sich enthalten könnten, mit ihrer eigenen Gerissenheit zu prahlen — was ich bezweifle, und was ziemlich wahrscheinlich zu einem Krieg führen würde —, wäre es verhängnisvoll, wenn dieser Junge zum Parteigänger der einen oder der anderen Machtgruppe erzogen würde, statt zu einem Mann, der sich der ganzen Menschheit verbunden fühlt. Vielleicht beantwortet dies zu einem Teil auch deinen moralisch verständlichen Protest, Ray.«

»Und was hat alles das mit Ihnen zu tun?« fragte ich.

Nach einer Pause zuckte Thoder mit der Schulter. »Weil du schon soviel weißt, kann es wohl nicht schaden, wenn ich dir auch den Rest bekenne. Die beiden Viertelteilungen des Wappenschildes — diejenigen, die nicht dem Tyrannen Lisab gehören — sind die meiner eigenen Familie. Diese sehr bemerkenswerte Person, die Mutter des Kindes, ist meine Enkelin Silene.«

15

Noch immer zögerte ich. Als ich schließlich meine Entscheidung traf, geschah es nicht aus selbstlosen Gründen.

Gewiß, es spielte ein Element von Sympathie mit. Ich konnte an den Thoder denken, den ich als Lehrer gekannt hatte, mir vorstellen, was es ihn, der sehr kinderliebend war, gekostet haben mußte, sich von seinen eigenen Kindern zu trennen — denn bis zu diesem Augenblick hatte ich niemals auch nur geahnt, daß er Vater sein könnte —, doch blieben diese Gedanken im Hintergrund, abgetrennt vom Hier und Jetzt.

Andererseits . . .

Ich hatte keine Gelegenheit, mich längere Zeit zurückzuziehen, um in Ruhe zu überdenken und zu analysieren, was er mir über Zentauren und Bären erzählt hatte. Sollte ich unbesehen für das optieren, was Thoder wollte? Nach seinen Worten standen diesem mit einem überragenden genetischen Potential ausgestatteten Kind drei Wege offen — Tod oder Verletzung während dieses lächerlichen unterirdischen Tauziehens um es nicht eingerechnet. War ich überzeugt, daß es in seinem, unserem und jedermanns besten Interesse war, daß der Junge seinen Weg ins Leben vom Mars aus antrat? Hatte Thoder nicht selbst gesagt, daß die marsianische Lebensweise eine Straße sei, die in die Zukunft weise, aber nirgendwohin führe . . .?

Doch genau dies war der Punkt, wo meine eigennützigen Erwägungen begannen. Ich ertrug den Gedanken nicht, daß alles was ich schätzte, was mein Lebensgefühl und meinen Stolz ausmachte, auf den Schrotthaufen der Geschichte geworfen werden sollte, bis vom Begriff ›Marsianer‹ nichts mehr übrigbliebe als ein leeres Wort. Und selbst wenn es keine Hoffnung mehr gab, an einer marsianischen Basis für eine größere Zukunft der Menschheit zu bauen, dann sollten wenigstens Spuren dessen, was ich hochschätzte, im Gedächtnis eines Kindes überleben, das als Erwachsener die Sterne erschüttern würde!

Ich sagte: »Vor ein paar Stunden hatten sie den Jungen in ihrer Dachterrassenwohnung am Großen Kanal, und ein Bär kam, um ihn abzuholen.«

Thoder und Lugath fielen gleichzeitig mit Fragen über mich her, wieso und von wem ich das wisse, aber ich wehrte ab, denn im selben Moment war mir ein Grund eingefallen, daß meine Vermutung nicht gut zutreffen konnte. Die Heimreise von Durrith zum alten System hatte länger als zwei Monate gedauert, trotz Lugaths unwahrscheinlich starken Triebwerken, während das Kind, dessen Weinen ich bei Peter und Lilith gehört hatte, sehr jung gewesen sein mußte, bestimmt nicht älter als sechs oder acht Wochen, vielleicht jünger.

»Oder vielmehr ... es war ein Säugling dort«, schränkte ich ein. »Ich weiß es, weil ich das Kind schreien hörte. Aber es muß viel zu jung gewesen sein.«

»Zu jung?« echote Lugath. »Haben Sie es gesehen? Nein? Dann ...«

»Daß er es hörte, ist genug«, sagte Thoder zu ihm. »Aber einen Moment: Lugath, wie wurde das Kind transportiert? In einem Schiff wie Ihrem, mit beschränktem Passagierraum, ist das Kindergeschrei sicherlich nicht ungehört geblieben.«

»Kein Mensch hat etwas gehört!« sagte Lugath. »Wir haben ihn zusammengezogen. Soweit es ihn anging, dauerte die ganze Reise nur eine oder zwei Stunden.«

»Ich verstehe nicht ganz ...«, begann Thoder.

Ich unterbrach ihn. »Dann kann es dasselbe Kind sein, daß ich bei Peter Nizam und Lilith Choy hörte! Kapitän Lugath meint, daß das Kind zwar mit dem Schiff reiste, sich aber nicht im selben Raumzeit-Modus befand wie der Rest; es war in einem dem normalen Raum angenäherten Modus und Gegenstand bedingter Zeitzusammenziehung ...« Ich schlug mir vor die Stirn. »Kein Wunder, daß ich solche Schwierigkeiten mit diesen verdammten Triebwerken hatte! Es ist wie — wie wenn man ein schnelles Flugzeug fliegen will, das einen offenen Fallschirm in Schlepp hat!«

Thoder sagte: »Nehmen wir also an, es handele sich um ein und dasselbe Kind. Erzähl uns den Rest. Kannst du den Bären beschreiben, der das Kind abholen wollte?«

Ich tat es, so gut ich konnte, und Thoder schnippte mit den Fingern.

»Kennen wir ihn?« fragte Lugath.

»Nach der Beschreibung könnte es ein Mann namens Jives sein, der vor sieben oder acht Wochen einen Kurs am Kolleg belegte. Ich habe mir seit seiner Ankunft Gedanken über ihn gemacht. Er behauptet, ein kleiner Fabrikant auf Nordstern zu sein, aber in den Lebensanpassungstests, die wir routinemäßig durchführen, kam er so hoch heraus, daß ich gleich überzeugt war, er müsse gelogen haben. Ich möchte schwören, daß er ein Geheimagent der Bären ist.«

»Hergeschickt, um die Ankunft des Säuglings zu beobachten?«

»Natürlich nicht, es sei denn, ihre Spionage ist viel besser geworden. Nein, wahrscheinlich hatte er nur Anweisung, sich am Kolleg einzuschreiben und den Einfluß des Lehrstoffs auf die Bären-Studenten zu untersuchen, die zweiundneunzig Prozent der Studierenden ausmachen. Bären reagieren äußerst empfindlich auf alles, was nicht auf ihrem eigenen Mist gewachsen ist; sie wehren alle fremden Einflüsse ab, und die Tatsache, daß dieses Kolleg auf dem Mars ist, scheint ihnen zu genügen, es mit einem gewissen Mißtrauen zu beobachten.«

»Telefon!« sagte Lugath und sprang auf seine Füße.

Wir konnten ihn durch die dünne Wand hören, aber was er sagte, war offenbar an einen Assoziationskode gebunden; nur der erregte Ton seiner Stimme konnte einem Außenseiter andeuten, daß sein Gespräch über verbesserten Nuklearbrennstoff tiefere und gefährlichere Probleme widerspiegelte.

»Sind Sie sicher, daß Sie diesen Jives richtig einschätzen?« fragte ich Thoder.

Er lächelte bitter. »Du denkst noch immer, daß der Posten eines Professors am Kolleg für Sereniatrie eines ehrlichen Mannes unwürdig sei? Ich versichere dir, es ist nicht so. Ich lehre meine Schüler die Anwendung von Fertigkeiten, die Unwissende einfach als ›Glück‹ bezeichnen, und die meisten dieser Fertigkeiten sind Techniken, an die du dich aus den Denkspielen erinnern wirst, mit denen ich dich in deiner späteren Kindheit traktierte. Das Dehnen der Zeit, zum Beispiel, um eine Krisensituation besser zu meistern. Das lehre ich immer noch. Ich gebe zu, daß ich mit Rücksicht auf die Herkunft der meisten Studierenden auch andere Dinge in den Lehrplan aufnehmen muß, die ich selbst für überflüssig halte.«

Er beugte sich vorwärts. »Du mußt heute mehr erlebt haben als das mit dem Baby. Erzähl mir alles, Ray.«

Ich berichtete ihm, auf welchem Weg ich zu ihm gefunden hatte.

»Eine gute Idee, Yumas Gedächtnis zu bemühen und so die Nachforschungen abzukürzen«, kommentierte er. »Aber du hattest Glück, daß er dir etwas über mich erzählte. Wir pflegen unsere beiderseitigen Kontakte zu tarnen. Warum? Wenn jemand zufällig auf die kluge Überlegung käme, wieso Heraldiker, Genealogen und Glückslehrer die beiden Gruppen im alten System sind, die gegenwärtig den größten Einfluß auf die Machtblöcke ausüben, dann könnte er auf das stoßen, was ich dir erzählt habe ... Und du fandest Housk in der Kammer unter dem Tempel?«

»Sie kennen den Raum?«

»Oh, ja. Ich hatte schon die Vermutung, daß es der Ort sei, wo man dich verhörte. Die Erwähnung des steinernen Sessels machte es wahrscheinlich; es gibt nur sehr wenige von dieser Art auf dem Mars. Es hat übrigens beunruhigende Implikationen, aber sie werden warten müssen.«

»Welche sind es?«

»Hauptsächlich, daß die Ressentiments gegen die dominierende Rolle der Erde unter uns Marsianern — du selbst bist ein Beispiel — stärker sind als ich erwartete, wenn sie dazu führen konnten, daß ein Zentaur über diesen geheimen Raum informiert werden konnte. Ich hatte gedacht, er sei nur einer Handvoll gebürtiger Marsianer bekannt.«

Ich wollte mehr Fragen dazu stellen, aber es gab ein dringlicheres Problem, das mich beschäftigte. Ich sagte: »Was ich nicht verstehen kann, ist, wie es passieren konnte, daß Sie die Spur von diesem Kind verloren haben!«

»Es ist paradox, nicht wahr? Wir organisieren eine erfolgreiche Entführungsaktion über eine Entfernung von Lichtjahren hinweg, und dann werden wir ein Opfer dessen, was du richtig als den grundlegenden Nachteil des Marsianers identifiziert hast.

Wir wagten dieses Kind nicht Umweltbedingungen auszusetzen, die sein Wachstum beeinträchtigen könnten, namentlich die Ausbildung seines einzigartigen Gehirns. Sauerstoffmangel schadet einem Säugling nicht so sehr wie einem Embryo, aber wir hatten den Kleinen schon beträchtlichen Risiken ausgesetzt, indem wir ihn entführten und auf die schon erwähnte Art und Weise transportierten.

Um ihm bestmögliche Pflege angedeihen zu lassen und ihn zugleich sicher zu verstecken, brachten wir ihn unter falschem Namen in einer Entbindungsklinik unter. Wir dachten, wir hätten für jede Eventualität vorgesorgt; ich hielt ein Mißlingen des Planes für unmöglich. Und doch gab es einen Fehlschlag!

Wenn ich bedenke, was du uns erzählt hast, dann möchte ich wetten, daß unser schöner Plan an der Tatsache zuschanden wurde, daß die marsianischen Entbindungskliniken, weil sie unter atmosphärischen Bedingungen — Luftdruck, Sauerstoffgehalt, Luftfeuchtigkeit — arbeiten müssen, wie sie auf der Erde in Seehöhe herrschen, fast nur von der Erde zugewanderte Fachkräfte beschäftigen.

Angenommen, jemand von diesen Leuten, der mit den Bären sympathisiert, erzählte einem Mann wie Jives, daß dieses Kind auf eine ziemlich verdächtige Weise in die Klinik eingeliefert wurde. Angesichts der zeitlichen Übereinstimmung zwischen dieser Einlieferung und der Ankunft der *Hippodamia* bedurfte es keiner großen geistigen Beweglichkeit des Agenten, daß er einen Zusammenhang vermutete, zumal er von Peter Nizam und Lilith Choy wußte, daß die Zentauren an der letzten Reise des Schiffes hinreichend interessiert waren, um dich einem extremen Verhör zu unterziehen. Bisher können Nizam und Jives nur Vermutungen haben, aber wenn sie sich mit dem Baby davongemacht haben, müssen ihre Vermutungen der Wahrheit gefährlich nahe kommen!«

16

Ich wollte immer noch wissen, wie der Säugling aus der Klinik verschwunden war, aber es hatte keinen Sinn, Thoder zu fragen — hätte er es gewußt, würde er danach gehandelt haben. In jedem Fall, wir wurden von der Rückkehr Lugaths unterbrochen. Er wischte sein Gesicht und ließ sich auf einen Stuhl fallen.

»Ich lasse Jives beschatten«, sagte er zu Thoder, »und ab sofort werden alle vom Planeten startenden Schiffe überwacht, besonders solche aus der Bären-Region. Bisher hat kein Bären-Schiff um Starterlaubnis vor morgen mittag nachgesucht, was nach einem Glücksfall für uns aussieht. Wenn sie wüßten, was sie haben, würden sie nichts unversucht lassen, den Jungen sogleich fortzuschaffen.«

Er machte eine Kopfbewegung zu mir und blickte Thoder an, der seine Hände ausbreitete und sagte: »Reden Sie nur weiter. Marsianische Loyalität ist immer noch die am wenigsten käufliche.«

»Gut, auf Ihre Verantwortung, Thoder. Es gibt eine Handvoll Schiffe — ungefähr fünfzehn insgesamt —, die vom alten System aus arbeiten und ein nachrichtendienstliches Netz stützen. Der Mensch ist ein gerissenes und mißtrauisches Tier, und um seine Fortentwicklung zu lenken, bedarf es einer Menge von Informationen, die weder Bären noch Zentauren auf Anfrage zu liefern bereit sind. In gleicher Weise spionieren auch Bären und Zentauren einander aus, aber ich habe den Eindruck, daß wir die erfolgreichsten der drei Konkurrenten sind. Einmal nahm ich zwei Agenten der Bären an Bord — es war hier auf dem Mars, und sie wollten nach Durrith. Ich wußte, wer und was sie waren, aber ich glaube nicht, daß sie eine Ahnung hatten, von wem sie sich transportieren ließen. So gab ich den Kollegen von Centaurus einen Tip, und seitdem haben sie mir mehrmals kleine vertrauliche Aufträge zukommen lassen, auf der Basis meiner erwiesenen Vertrauenswürdigkeit ...« Er lächelte nachdenklich.

»Thoder!« sagte er nach kurzem Schweigen. »Sollte das Schlimmste zum Schlimmen kommen, können wir Jives dann offen der Kindesentführung anklagen?«

»Die marsianische Scheinidentität des Jungen müßte gegen lokale Nachforschungen Schutz bieten«, antwortete Thoder zögernd. »Die hiesigen Behörden werden sich nicht allzu intensiv für den familiären Hintergrund eines Säuglings interessieren, wenn wir ein geeignetes Elternpaar vorschieben können.«

»Gut. Sehen Sie das als Rückzugslinie vor«, sagte Lugath. »Wie sieht es mit unseren offensiven Möglichkeiten aus?« Er schien meine Anwesenheit fast vergessen zu haben. »Ziehen Sie sich doch mal Kanaikens Schuhe an, ja?«

Sofort erkannte ich in seiner Aufforderung eines der Denkspiele wieder, die Thoder uns Kindern beigebracht hatte: jemandes ›Schuhe anziehen‹ bedeutete nichts weiter als sich in die Lage des Betreffenden zu versetzen. Ich hatte keine Ahnung, wer Kanaiken sein mochte, aber dem weiteren Verlauf des Gesprächs entnahm ich, daß der Mann Jives' Vorgesetzter sein mußte, vielleicht der lokale Chef des Bären-Geheimdienstes.

Dies war wieder etwas aus der langen Liste von Dingen, die als geistige Gymnastik für Thoders Schüler gedacht waren, bei genauerem Hinsehen jedoch sehr weitreichende Anwendungsmöglichkeiten offenbarten.

»Kanaiken!« sagte Lugath. »Was wissen Sie über das Kind?«

Thoder rieb sein Kinn. »Hm ... seit einigen Jahren, möglicherweise schon seit einer Generation, haben unsere Leute Interesse für die Abkömmlinge des alten Tyrannen Sibor gezeigt. Wir wissen daraus, daß im Bereich Centaurus gewisse genetische Linien von ungewöhnlicher Art ausgewählt und gepflegt werden. Höchstwahrscheinlich bezieht sich die Geschichte, die ich gehört habe, auf diesen Gegenstand ...«

»Was für eine Geschichte ist das?«

»Nicht so schnell. Ich weiß, daß die Zentauren sich für ein Schiff namens *Hippodamia* interessiert haben, das bei ihnen selbst registriert ist. Ich weiß wahrscheinlich, daß dies auf einen Ingenieur zurückgeht, der auf Durrith erkrankte und durch einen Marsianer ersetzt wurde. Ich weiß nicht, was die Zentauren von dem Kranken erfuhren, aber logische Überlegung führt zu dem Schluß, daß es nicht so sehr die Mannschaft ist, über die sie sich Gedanken machen, als vielmehr die Ladung oder die Passagiere. An die Mannschaft möchte ich mich nicht wenden, weil sie aus Zentauren besteht, mit der einzigen Ausnahme des Aushilfsingenieurs. Ich gehe von der Annahme aus, daß ein Marsianer, der an Bord eines centaurischen Schiffes dient, uns Bären weniger Sympathien entgegenbringt als andere Bewohner des alten Systems. Deswegen werde ich nicht direkt Kontakt zu ihm suchen, sondern die Hilfe von zwei Erdenbürgern mit starken Sympathien für unsere Seite erbitten: Peter Nizam und Lilith Choy.«

»Erfahren sie etwas?«

»Ziemlich wenig, außer daß jemand — wahrscheinlich einer der ständig hier stationierten Centaurus-Agenten — hinreichend beunruhigt war, um den Marsianer mit der Nervenpeitsche zu verhören, was mich veranlaßt, meine Einschätzung von der Wichtigkeit der Angelegenheit zu revidieren. Zentauren sind nicht leicht aus der Fassung zu bringen, aber dies sieht nach Panik aus.«

»Ihre Vermutung, was die Leute suchen?«

»Eine Person. In diesem Stadium würde ich auf einen Spion mit wertvollen Informationen tippen.«

»Müssen Sie diese Ansicht modifizieren?«

»Sehr rasch. Ein uns freundlich gesinnter Angestellter einer Entbindungsklinik meldet verdächtige Umstände im Zusammenhang mit einem Kind offenbar nichtmarsianischer Herkunft.

Durch Jives oder einen anderen unserer Agenten, oder vielleicht durch Peter Nizam oder Lilith Choy, erhalte ich Kenntnis davon.«

»Was bringt diese zwei auf den Mars?«

»Diskussionen über unerwünschte Pro-Bären-Aktivitäten auf der Erde. Wie dem auch sei: wenn es nicht ein Spion mit wichtigen Informationen ist, der die Zentauren so alarmiert, dann könnte es der Verlust einer wichtigen genetischen Begabung sein, die aus irgendeinem Grund nicht duplizierbar ist. Hypothese: der illegitime Abkömmling einer hervorragenden genetischen Linie. Ich lasse in der Klinik einen Begabungstest ausführen — einen ganz durchschnittlichen, der keine Aufmerksamkeit erregen kann, keine komplette Aufnahme. Das Resultat läßt auf ein kindliches Genie schließen. Hmm! In diesem Fall gründet sich meine Entführungsaktion auf mehr als bloßen Vermutungen, sondern auch auf der Notwendigkeit einer sehr genauen genetischen Untersuchung.«

»Wenn er also keinen Zugang zu privaten Untersuchungseinrichtungen hat«, sagte Lugath, »weiß er noch nicht genau, was er hat. Wo ist das beste Untersuchungslabor auf dem Mars?«

»In Pegasus. Was den Vorteil hat, weit von Zond entfernt zu sein.«

»Nehmen wir an, er schickt ein Muster hin. Vor morgen abend oder übermorgen wird er keine Antwort kriegen. Bis dahin wird er mit der Möglichkeit rechnen, daß seine Vermutungen falsch sind.«

»Er hat zuviel mit Mutmaßungen gearbeitet«, sagte Thoder. »Ich glaube, seine Überlegungen basieren hauptsächlich auf der Hoffnung, den Zentauren eins auszuwischen. Vorläufig denkt er noch nicht so sehr an einen effektiven Gewinn für die Bären. Aber ziehen Sie jetzt mal Graingers Schuhe an, hm? Nein, warten Sie — zuerst müssen Sie wissen, was unser Freund hier mit Housk gemacht hat.«

Thoder gab ihm einen kurzen Bericht, und Lugath nahm ihn kopfnickend auf. Schließlich machte er eine Pantomime des Schuhanziehens, und Thoder übernahm die Rolle des Fragestellers.

»Was wissen Sie genau?«

»Ein delirierender Kranker auf Durrith, Ingenieur des Schiffs *Hippodamia*, gab unzusammenhängende Hinweise auf die bevorstehende Reise, an der er wegen Erkrankung nicht teilnehmen konnte. Vor allem redete er über seine Sorgen und Bedenken, das Schiff mit einem speziell für einen abweichenden Raumzeitmodus eingerichteten Abteil fliegen zu müssen. Die Autoritäten müssen wachsam genug gewesen sein, sofort einen Experten heranzuziehen, und der Experte wird gefolgert haben, daß das Sonderabteil für etwas Kleines und Lebendiges bestimmt war, vermutlich ein Kind. Ah — der Kranke wußte nicht, was für ein Kind, aber es würde nur ein wenig Phantasie erfordern, um an hervorragende Erbanlagen zu denken.«

»Haben Sie alles das auf einmal erhalten?«

»Nein, es kam in zwei Stufen: zuerst ging eine vorläufige Benachrichtigung ein, daß an der letzten Reise dieses Schiffs etwas verdächtig sei. Mitglieder der Mannschaft sollten ermittelt und verhört werden, zuerst der marsianische Ingenieur, der für den kranken Mann eingesprungen war, weil der Kapitän und seine Offiziere bis dahin als loyal und verläßlich betrachtet worden waren. Dann folgte die Nachricht über das Sonderabteil und seinen vermutlichen Inhalt und führte zu der Revision früherer Annahmen, besonders der Schlußfolgerung, daß der Marsianer nichts von dem Geheimnis wisse.«

»Nächster Schritt?«

»Die Mannschaft bis hinauf zum Kapitän ausfindig zu machen.« Lugath machte die Geste des Schuhausziehens. »Übrigens erfuhr ich, daß die Abteilung für Schiffsregistrierung bei der Centaurus-Gesandtschaft heute nachmittag die *Hippodamia* übernommen hat. Sie scheint das Schiff zu durchsuchen. Ich fürchte, sie werden uns für Bären-Agenten halten; in dem Fall werde ich auf der Erde um Asyl nachsuchen müssen. Aber der Verlust eines Schiffs ist kein zu hoher Preis für einen Erfolg dieser Größenordnung.«

»Wenn wir einen Erfolg daraus machen können«, sagte Thoder. »Es ist eine verfahrene Situation. Kanaiken weiß, daß er ein Kind hat, an dessen Aufenthalt die Zentauren unverhältnismäßig stark interessiert sind; er vermutet, daß besondere Erbanlagen vorliegen, aber das Untersuchungsergebnis steht noch aus, und er wird diese Untersuchung regulär bei einem Institut in Auftrag geben müssen. Sobald er das Untersuchungsergebnis hat, wird Kanaiken das Kind vom Mars fortschaffen, bevor von Pegasus aus etwas durchsickert. Wenn er das Kind verliert, bevor er das Untersuchungsergebnis hat, und dann noch eine falsche Meldung erhält, aus der hervorgeht, daß die Zentauren viel Lärm um nichts gemacht haben, dann wird er vielleicht auf Aktionen zur Wiedergewinnung des Säuglings verzichten.«

Lugath nickte. »Eine magere Hoffnung, aber unsere beste«, stimmte er zu. »Wir werden ihn mit Daten füttern müssen, die auf eine vornehme Genealogie hindeuten, aber ohne besonderes Talent.«

»Ich kann ein derartiges Untersuchungsergebnis vorbereiten lassen«, erbot sich Thoder. »Ich habe sogar eine Idee, wie wir es Kanaiken an Stelle des richtigen unterschieben können. Und was Grainger angeht: da Ihre Besatzung nichts von der wahren Identität des Kindes wußte, bleibt ihm nur die Vermutung, daß es das Kind von Zentauren ist. Können wir ihn zu der Annahme verleiten, daß auch dies nicht der Fall sei?«

Lugath schüttelte seinen Kopf. »Ich werde darüber nachdenken müssen«, murmelte er. »Jetzt muß ich telefonieren und sehen, ob ich bei den genetischen Zentren, wo ich Leute kenne, etwas erfahren kann . . .«

Thoder saß lange in brütendes Schweigen versunken. »Welch ein Durcheinander!« sagte er endlich. »Alles übereinstimmend zu machen, das ist die Schwierigkeit. Es ist einfach genug, Kanaiken dahin zu bringen, daß er das Kind für einen kleinen Zentauren aus vornehmer Familie hält, aber sonst nicht sehr bemerkenswert — vorausgesetzt, wir finden heraus, wo er die genetische Untersuchung machen läßt, und können rechtzeitig einen unserer Leute einschalten, der sich um die Sache kümmert.«

»Ist das nicht schwierig?« fragte ich.

»Nicht besonders. Würdest du nicht erwarten, daß die Mehrheit der Leute, die über den langfristigen Plan Bescheid wissen, gerade in solchen genetischen Untersuchungszentren zu finden ist?«

»Richtig«, murmelte ich. »Übrigens, wer ist Kanaiken?«

»Chef der hiesigen Niederlassung des Bären-Geheimdienstes. Und Grainger ist sein Kollege bei den Zentauren. Der mehr als wahrscheinlich glaubt, er habe es mit einem Coup der Bären zu tun, nicht einem von uns — Lugaths Schiff ist immer sorgfältig mit irreführenden Hinweisen bestückt, um etwaige Spitzel von der Wahrheit abzulenken. Also kommt es jetzt darauf an, Kanaiken glauben zu machen, daß die Zentauren sich wegen nichts aufgeregt hätten, während Grainger den Eindruck gewinnen soll, der angebliche Coup der Bären sei ein Blindgänger gewesen. Wir müssen ihn . . .«

Lugath kam forschen Schritts wieder herein. »Auf Anhieb richtig getippt!« sagte er. »Ich sprach mit Yetta Drefos in Pegasus, und sie wußte sofort, wovon ich redete. Jives rief sie vor knapp zwei Stunden unter seinem eigenen Namen an und erkundigte sich, wie lange die Untersuchung dauern würde. Sie sagte ihm, er solle das Material mit der nächsten Maschine hinschicken, dann könne sie es ihm zusammen mit dem Untersuchungsergebnis morgen mittag zurücksenden. Das ist möglich, weil die Ortszeit von Pegasus eine andere ist als die von Zond hier.«

»Das ist unser erster Glückstreffer heute«, meinte Thoder. »Fragte sie, warum wir uns in diese Sache einschalten?«

»Ich fand es besser, ihr nichts davon zu sagen, und sie stimmte mir zu«, sagte Lugath. »Sie will falsches Material von uns haben und es anstelle der Probe von Jives untersuchen; auf die Weise wird sie nicht einmal wissen, von welcher Art die echte Probe ist. Sie sagte, sie wolle darüber lieber im dunkeln bleiben.«

»Ray«, sagte Thoder nachdenklich, »ist dein Vater nicht zur Zeit in Pegasus? Ich hörte vor kurzer Zeit von ihm. Er beklagte sich, daß du ihn nicht mehr besuchst.«

17

Einer meiner Instrukteure in der Ingenieurschule hatte die Angewohnheit, seine Anfangssemester mit der paradox erscheinenden Feststellung zu verblüffen, daß es grundsätzlich schwieriger sei, von Zond nach Pegasus zu fliegen als vom Mars zur Erde. Es war tatsächlich so, und für viele Leute war der Gedanke an eine Reise zur anderen Seite des Planeten abschreckend. Unsere dünne Luft machte den Einsatz von Flugzeugen unwirtschaftlich. Frachtgut wurde vorwiegend von Lastwagen transportiert, aber ein schnelles Beförderungsmittel für Passagiere warf eine Reihe von schwerwiegenden Problemen auf. Alle möglichen Ideen waren ausprobiert worden. Rein ballistische Flugzeuge kamen ebenso wenig in Frage wie solche mit Verbrennungsmaschinen gleich welcher Art. Angesichts der Sauerstoffknappheit auf dem Mars mußte jedes luftverbrauchende Fahrzeug unter hohen Kosten den eigenen Sauerstoffbedarf erzeugen. Versuche, die Sonnenenergie auszunützen, waren gescheitert, und die endlich akzeptierte, aber keineswegs befriedigende Zwischenlösung war eine Art Wiedereintrittsvehikel, das über die Atmosphäre hinausgeschossen wurde, ein Drittel oder die Hälfte des Planeten umkreiste und bei seinem Wiedereintritt in die Atmosphäre mit schwenkbaren Flügeln im Gleitflug sein Ziel ansteuerte. Diese Flugmaschinen waren eng, unbequem und bei den Reisenden unbeliebt. Ich hatte noch nie eine gesehen, die bis auf den letzten Platz besetzt gewesen wäre.

Diesmal erwartete ich Ähnliches, aber als ich meine Reisetasche ins elastische Gepäcknetz über meinem Sitz stopfte, entdeckte ich, daß ausgerechnet diese Maschine überfüllt war.

Zu meiner Bestürzung befand Major Housk sich unter den Passagieren.

Was in aller Welt machte er hier? Ich war sofort bereit auszusteigen und einen späteren Flug zu buchen, selbst wenn es bedeutete, daß Jives sein Untersuchungsergebnis nicht zum versprochenen Termin erhalten sollte; lieber seinen unbegründeten Verdacht riskieren als Housk neue Gründe für die Annahme liefern, daß ich tiefer in die Affäre verwickelt sei.

Zu spät. Er hatte mich gesehen und näherte sich mit entschlossenen Schritten. Sein Gesicht war gerötet, seine Pupillen erweitert, was mein Unbehagen verstärkte, denn diese Erscheinungen zeigten an, daß er ein Anregungsmittel genommen hatte, wahrscheinlich eins von den hochwirksamen Amphetaminderivaten.

Ich entschied mich zum Frontalangriff, um seinem zuvorzukommen. »Noch nicht degradiert?« sagte ich in möglichst beleidigendem Tonfall.

Der Stich traf, aber er reagierte nicht darauf. »Nach Pegasus!« sagte er mit einem Blick auf das Etikett an meiner Reisetasche.

»Wenn mein Vater mich nicht mit diesem Flug erwartete«, sagte ich, »würde ich die Polizei rufen und Anzeige gegen Sie erstatten.«

Er lachte hart. »Sie sind ein Idiot. Weswegen wollen Sie mich anzeigen? Wegen neulich? Eine Anklage auf etwas zu gründen, das ich aussagte, während Sie mich mit der Nervenpeitsche behandelten, wäre völlig nutzlos. Und überhaupt, ihr Marsianer verabscheut doch die Polizei hier, nicht wahr? Weil sie eine irdische und keine marsianische Institution ist . . . Ist das nicht so?«

Das verhielt sich genauso. Aber ich dachte, ich sollte weiter versuchen, ihn zu reizen — es schien mir eine sichere Sache zu sein, weil es mit der Reaktion eines verärgerten Mannes übereinstimmte.

»Ich nehme an, jemand hat Sie unter dem alten Tempel gefunden«, stieß ich zwischen den Zähnen hervor. »Eine Schande. Ich hatte gehofft, erst der Gestank Ihres Leichnams würde schließlich die Leute aufmerksam machen.«

»Ich wurde von jemand gefunden, der nicht daran dachte, etwas gegen mich zu unternehmen«, schnappte er. »So ist auch Ihre Hoffnung, mich degradiert zu sehen, zunichte geworden. Haben Sie gehört?«

Er sagte es triumphierend, und das brachte mich auf eine Idee. Ich mußte versuchen, ihn zu Prahlereien zu verleiten. Er sollte denken, daß er den Spieß umgedreht habe. Ich suchte nach einer geeigneten Antwort, aber dann erklang das Warnsignal, das den Start ankündigte, und ich verlor meine Gelegenheit, denn mit einem letzten finsteren Blick folgte er dem Signal, wie es sich für einen guten Zentauren gehörte, und wandte sich ab, um seinen Platz weiter vorn einzunehmen.

Was konnte ihn so selbstbewußt gemacht haben? Nur das Aufputschmittel? Ich rang bis Pegasus mit diesem Problem. Zuletzt beschloß ich, ihn nach der Landung zu beobachten und mich zu vergewissern, wohin er wollte.

Natürlich war er zu wachsam, um mir diesen Gefallen zu tun. Er bummelte absichtlich herum, bis ich keine Möglichkeit mehr sah, auf überzeugende Art weitere Taxis zu verpassen. Ich seufzte und winkte den nächstbesten Wagen heran und ließ ihn in die Richtung losfahren, die zu meiner Erklärung paßte, daß mein Vater mich erwartete. Mein letzter Blick von Housk sah ihn auf dem Weg zur nächsten Telefonzelle; wahrscheinlich wollte er im Adreßbuch nachsehen, ob mein Vater tatsächlich hier lebte.

Ich hatte nicht die Absicht, direkt zur Wohnung meines Vaters zu fahren. Sorgfältig verwahrt in meiner Brusttasche trug ich ein kleines Stück Gewebe: nicht künstlich, was sowohl enorm teuer als auch zu anfällig für Fehler gewesen wäre, aber hinreichend modifiziert, um genau die Vorstellung zu vermitteln, die Thoder erwähnt hatte — daß der Spendierer einer vornehmen zentaurischen Linie entstamme, aber keine wirklich bemerkenswerte Genkombination ererbt habe.

Diese Probe mußte ich so bald wie möglich der Frau aushändigen, die Lugath erwähnt hatte: Yetta Drefos. Sie gehörte zum

Personal der städtischen Entbindungsklinik von Pegasus — wie überall auf dem Mars gingen Entbindungen und Genuntersuchung auch hier Hand in Hand. Nur Zentauren führten die Planung ihrer Nachkommen so weit, daß sie die Überprüfung der Erbanlagen von Neugeborenen zur Pflicht machten, aber auch in anderen Regionen machten viele Eltern von der Möglichkeit Gebrauch; es war eine menschliche Gewohnheit, sich über das Gedanken zu machen, was man aufzuziehen hatte.

In der Stadt angelangt, dirigierte ich das Taxi um.

Als ich in ihr glasüberdachtes Labor geführt wurde — es war der sauberste, hellste und modernste Raum, den ich auf Mars seit langem gesehen hatte —, blieb ich wie angewurzelt stehen. Sie war eine solche Seltenheit, daß ich mich seit meinen Reisen zu anderen Welten fast überzeugt glaubte, Frauen wie sie existierten in meiner Heimat nicht.

Sie war eine reine Marsianerin und dabei schön.

Sie erhob sich, und ich sah, daß sie ungefähr zwei Meter zehn messen mochte. Glattes schwarzes Haar hing über ihre Schultern und umrahmte ein ovales Gesicht mit hoher Stirn, hohen Backenknochen und einem festen, etwas dünnlippigen Mund. Sie trug einen lockeren weißen Arbeitskittel, der nicht viel von ihrem Körper sehen ließ, aber es war klar, daß sie die richtigen Proportionen zu ihrer Größe hatte. Nahezu alle Marsianer waren mager, nach den Begriffen anderer Welten geradezu dürr, aber sie war schlank, ein Adjektiv, das mir erst verspätet in den Sinn kam, weil so wenige unserer Frauen es verdienten.

»Fräulein Drefos?« sagte ich, und ohne daß ich es wollte, kam das erste Wort mit einer seltsamen Betonung heraus.

Sie lächelte und zeigte gleichmäßig weiße Zähne. »So früh hatte ich Sie nicht erwartet«, sagte sie. »Mein Onkel warnte mich, daß Ihr . . . ah . . . Ihr Paket nicht mehr rechtzeitig für einen so frühen Flug fertig werden könnte.«

»Ihr Onkel?«

»Wieso, ja — Ihr früherer Lehrer, glaube ich.«

Ich schüttelte verblüfft den Kopf. »Ich dachte, Sie seien eine Bekannte von Kapitän Lugath. Ich wußte nicht, daß Sie mit Thoder verwandt sind.«

»Der Kapitän weiß es vielleicht auch nicht. Mein Onkel ist verschwiegen über seine Verwandtschaftsbeziehungen, denn nicht alle von uns führen ein so zurückgezogenes Leben wie er.«

Ich nahm mir vor, Thoders Familie auszuforschen. Mehr und mehr verstärkte sich meine Vermutung, daß sie in marsianischen Angelegenheiten großen Einfluß ausüben mußte. Und warum nicht? Bei einer so spärlichen Bevölkerung lag es nahe, daß einzelne bedeutende Familien leichter zu Einfluß gelangen konnten als dies auf einer überfüllten Welt wie der Erde möglich gewesen wäre.

Vielleicht widerspiegelte Thoders Familie im Kleinen, was sie mit der zentaurisch-marsianischen Linie, wie sie von seinem Urenkel repräsentiert wurde, im Großen auch zu erreichen hofften ...

Sie hatte einen Wandschrank geöffnet und fragte: »Was soll ich mit der Probe tun, die Jives geschickt hat?«

»Vernichten«, sagte ich ohne Zögern. »Untersuchen Sie stattdessen diese hier.« Ich reichte ihr die zurechtgemachte Gewebeprobe, die sie in den Schrank legte, bevor sie die andere zu einem Müllschlucker neben der Tür trug.

»Gut«, sagte sie. »So wird es keine völlige Täuschung sein; Jives wird seine Untersuchung unter den gleichen Bedingungen bekommen, wie er sie im anderen Fall bekommen hätte. Ich danke Ihnen. Ohne zu wissen, um was es hier geht, und zugleich in der Überzeugung, daß die Handlungsweise meines Onkels gerechtfertigt ist, brauche ich mir jetzt keine Selbstvorwürfe zu machen. Ich bin sicher, daß Sie ihm einen wichtigen Dienst erwiesen haben.«

Sollte das alles sein? Anscheinend, denn sie kehrte an ihren Arbeitstisch zurück und fragte: »Finden Sie allein hinaus?«

Zuviel stand auf dem Spiel, um mit privatem Geplauder Zeit zu verlieren. Trotzdem war ich bitter enttäuscht. Nachdem ich durch Zufall auf eine Frau wie sie gestoßen war, wollte ich sie wenigstens noch ein wenig ansehen!

Ich tat es, das heißt, ich starrte sie an, bis sie mich nach vielleicht zehn Sekunden mit lächelnder Offenheit durcheinanderbrachte.

»Entschuldigen Sie, daß ich es sage. Nicht, daß ich Ihre Aufmerksamkeit nicht zu schätzen wüßte. Sie ist sehr schmeichelhaft. Aber ich habe eine Menge zu tun, und ich möchte den Termin einhalten, den ich Jives genannt habe, damit er nicht auf mißtrauische Gedanken kommt.«

Ich antwortete mit einem verlegenen Grinsen und ging.

Die Korridore und Treppenaufgänge des Gebäudes waren leer.

Die marsianischen Angestellten dieser Abteilung, glücklich über den geringen Luftdruck in ihren Arbeitsräumen, waren natürlich in der Minderzahl; die meisten Leute, die hier arbeiteten, waren auf der anderen Seite in der Entbindungsklinik, hinter Luftschleusen in einer dicken, feuchten Atmosphäre. Auf meinem Weg aus dem Haus sah ich keinen Menschen. Draußen auf dem Weg, der das Gebäude mit der Straße verband, begegnete ich einem Mann mit einem Strauß Sandblumen und einem Karton Äpfel, der offenbar seine Frau in der Entbindungsstation besuchen wollte; dann zwei Arbeiter, Einwanderer von der Erde, die in der geringen Schwerkraft mit alarmierender Leichtigkeit mächtige Kisten auf ihre gebeugten Rücken luden. Ich wanderte geistesabwesend ein beträchtliches Stück, beschäftigt mit Visionen von Yetta Drefos, bis mir endlich einkam, daß ich überlegen sollte, wohin ich ging.

Im Gegensatz zu Zond, das aus Gründen des natürlichen Schutzes auf dem Boden eines Grabenbruchs angelegt war, lag Pegasus im Ringwall eines alten Kraters wie in einer Schüssel. Ich hatte gerade ausgerechnet, daß ich rechtzeitig zum Mittagessen bei meinem Vater sein müßte, wenn ich zu Fuß weiterginge, als ich den Wagen vorbeifahren sah.

Es war ein Taxi, und sein Passagier war ein Mann, den ich überall wiedererkannt hätte. Und in der Richtung, die er fuhr, gab es nur einen Ort, der als Ziel für ihn in Frage kam.

Ich drehte um und rannte ihm nach, so schnell meine langen Beine mich tragen konnten.

Natürlich hatte das Taxi ihn abgesetzt und war längst fort, als ich wieder den Eingang des genetischen Zentrums erreichte. Ich stürzte hinein, warf beinahe eine ältere Frau um und stürmte die Treppe hinauf zum Labor, das ich vor wenigen Minuten verlassen hatte.

An der Tür angelangt, holte ich einmal tief Luft, bevor ich sie leise öffnete. Da stand Housk, hielt seine Nervenpeitsche auf Yetta gerichtet und befahl ihr in drohendem Ton, sie solle die Gewebeprobe herausrücken, die sie von Jives erhalten habe.

Also wußten die Zentauren weit mehr über die Vorgänge als Thoder gedacht hatte. Aber jetzt war keine Zeit, sich deswegen Sorgen zu machen. Ich mußte handeln, bevor Yettas runde Augen und die unwillkürliche Änderung ihrer Blickrichtung mich verrieten.

Ich mußte meine ganze Kraft einsetzen, aber trotzdem war ich schwach im Vergleich zu einem Mann, der auf einem Planeten mit hoher Schwerkraft aufgewachsen war. Ich legte meine Hand über Housks Augen und zog ihn rückwärts, daß er über mein vorgestrecktes Bein stolperte. Er schrie vor Schreck und krachte dumpf auf den Boden, und Yetta sprang vorwärts, um seinen Arm festzuhalten. Irgendwie gelang es uns, die Nervenpeitsche seinem verzweifelten Griff zu entwinden, dann sprang sie geschickt zur Seite, als er wild um sich zu schlagen begann.

»Danke«, sagte sie. »Können Sie mir sagen, wer in aller Welt dieser Mann ist?«

18

Es war beinahe komisch zu sehen, wie Housks Hoffnung dahinschwand. Die auftrumpfende Selbstsicherheit, die seine stimulierenden Mittel ihm verliehen hatten, war wie weggeblasen.

Aber mir blieb keine Zeit, Yetta die Hintergründe dieses Zwischenfalls zu erklären. Housks dumpfer Aufprall hatte die Leute im Erdgeschoß aufmerksam gemacht. Zuerst kam die ältere Frau herein, die ich zuvor um ein Haar überrannt hätte, aber innerhalb weniger Sekunden gesellte sich ein halbes Dutzend anderer zu ihr, unter ihnen drei Leute von der Erde, alle erschrocken und neugierig.

Einer der Männer, eine stattliche Erscheinung mit eisengrauem Haar, ließ sich sofort von Yetta die Nervenpeitsche aushändigen. Zum Glück war er Marsianer.

Weil ich ihr keinen Wink geben konnte, blieb Yetta nichts übrig als Ahnungslosigkeit vorzugeben. »Danke, Doktor Snell«, sagte sie. »Ich glaube, der Mann muß verrückt sein. Er kam ohne Warnung hier hereingestürmt, zog seine Waffe und befahl mir, ihm den Inhalt der Schublade mit den Gewebeproben herauszugeben. Wenn Ingenieur Mallin hier nicht dazugekommen wäre . . .«

»Und was führte Sie hierher?« fragte Snell, zu mir gewandt.

»Ich bin aus Pegasus, um meinen Vater zu besuchen, und hatte den Auftrag, ihr anläßlich meines Hierseins eine Botschaft auszurichten.«

»Ein Glück, daß Sie auftauchten«, sagte Snell. Dann wandte er sich zu den anderen um. »Am besten halten wir ihn irgendwo unter Verschluß, bis die Polizei eintrifft.«

»Das sind alles Lügen!« wütete Housk. »Nichts als Lügen! Mallin weiß ganz genau, wer ich bin und warum ich hier bin — fragen Sie ihn doch mal nach dem Kind, das er entführt hat!«

Snell zwinkerte. »Kind? Was für ein Kind?«

»Oh!« fiel Yetta ein. »Vielleicht erklärt das sein Benehmen. Leiden Sie unter der Täuschung, daß er Ihr Kind entführt habe? Sind Sie hergekommen, um es zu suchen?« Sie sah Snell an und kniff auffällig ein Auge zu, damit Housk das Signal auch bemerkte.

»Nein, so einfach kommen Sie nicht davon!« donnerte Housk. Er wandte sich an Snell. »Sind Sie der Chef hier? Wenn ja, dann sehen Sie mal in dem Schrank nach, und Sie werden die Gewebeprobe eines Kindes von Centaurus finden ...«

»Ich wäre nicht überrascht«, erwiderte Dr. Snell. »Gewöhnlich haben wir hier zwei- bis dreihundert solcher Gewebeproben ...«

»Ich meine diejenige, die Ihnen von einem Mann namens Jives geschickt wurde!«

»Doktor«, murmelte Yetta, »ich fürchte, wir haben es mit einem paranoiden Phantasten zu tun. Ich habe eine solche Probe, aber Jives ist ein Bürger der Bären-Region!«

Housk merkte Snells Gesichtsausdruck Zustimmung zu dieser Diagnose an. Er bezwang seine Wut und sagte mit veränderter, plötzlich müde wirkender Stimme: »Lügen, nichts als Lügen, vom Anfang bis zum Ende. Ist das die vielgerühmte marsianische Aufrichtigkeit? Dies ist ein Planet von Verrückten, die in einem Traum leben. Ich hätte es mir denken sollen, als wir die Wahrheit über den alten Tempel aufdeckten.«

»Was war das?« sagte ich.

Er gab mir einen spöttischen Blick. »Ah ja — Sie wissen über den Tempel Bescheid, nicht wahr? Oder besser, Sie glauben es. Sie erledigten mich mit der Nervenpeitsche und ließen mich dort liegen, nicht wahr? Und wenn Raglan mich nicht gefunden und über Jives aufgeklärt hätte, wären Sie ungeschoren damit davongekommen. Aber das werden Sie nicht, das versichere ich Ihnen!«

Snell sah mich an. Ich schüttelte meinen Kopf, und nach einem Moment der Unschlüssigkeit entschied er sich, mein Wort über das eines Zentauren zu stellen, der ins Institut eingedrungen war und Yetta mit der Waffe bedroht hatte. Er bedeutete den anderen, daß sie Housk wegführen sollten.

Housk befreite sich mit einem Ruck. »Nicht so schnell!« rief er und trat einen Schritt auf mich zu. »Sie schmutziger Abschaum Sie, Sie Kindesentführer! Soll ich Sie über Ihren geheiligten Tempel aufklären? Wir wissen mehr darüber als Sie, Sie Holzkopf! Wieviele Male haben Sie dagestanden und die berühmten fünfzehn Artefakte bestaunt und sich nie die Frage vorgelegt, was sie in einer Ausstellungsvitrine tun, statt analysiert und studiert zu werden?«

Die Leute von der Erde tauschten befremdete Blicke aus und zuckten die Achseln, aber dies war etwas, das jeden Marsianer brennend interessierte.

»Fälschungen!« sagte Housk. »Das ist es, was sie sind — schlichte Fälschungen, aufgestellt, um die Leute glauben zu machen, es habe marsianische Ureinwohner gegeben! Wir kennen die Wahrheit seit Jahren. Wenn es jemals eingeborene Marsianer gegeben haben sollte, oder wenn irgendwelche Besucher von anderen Sternen auf dem Mars Station gemacht hätten, dann wollten wir darüber Bescheid wissen. Also nahmen wir wissenschaftliche Untersuchungen vor und fanden, daß die Steine mit Werkzeug bearbeitet worden waren, die nach dem metrischen Normensystem gefertigt waren. Menschen haben Ihren Tempel gebaut!« Er wandte sich zu Snell um. »Ich weiß nicht, wie groß Ihre Bereitschaft zur Unvoreingenommenheit ist, aber ich versichere Ihnen, daß ich völlig normal bin. Dieser Mann — Ingenieur Mallin — hat gemeinsam mit anderen einen Säugling aus der Region Centaurus entführt und einem fremden Geheimdienst in die Hände gespielt. Leider scheint es hier auf dem Mars viele Leute zu geben, die es mit ihrem marsianischen Ehrgefühl für vereinbar halten, solche verbrecherischen Machenschaften zu decken und zu vertuschen!« Und er warf Yetta einen zornigen Blick zu. »Ist es da verwunderlich, wenn ich zu einem negativen Urteil über die Bewohner dieses Planeten komme? Und ist es nicht ein Symptom für eine verbreitete Unehrlichkeit, daß sogar das Nationalheiligtum ein planmäßiger Schwindel ist?«

Dr. Snell warf mir einen forschenden Blick zu, dann hob er die Schultern. »Lieber Mann«, sagte er zu Housk, »ich kann nicht beurteilen, wo hier die Wahrheit liegt. Es ist auch nicht meine Aufgabe, das zu ermitteln. Da scheinen Dinge hineinzuspielen, für die allein die staatlichen Sicherheitsorgane zuständig sind. Ich muß mich an die Tatsache halten, daß Sie hier eingedrungen sind und sich gewaltsam Zugang zu Institutsmaterial verschaffen wollten. Dafür muß ich Sie der Polizei übergeben.«

Housk erschlaffte in hoffnungsloser Resignation.

»Ich habe niemals wissentlich ein Kind entführt«, sagte ich wahrheitsgemäß, »und ich habe niemals ein entführtes Kind jemand in die Hände gespielt, schon gar nicht einem fremden Geheimdienst!« Ich sprach im Brustton verletzter Rechtschaffenheit, und meine Worte verfehlten nicht die Wirkung. Dr. Snell wußte nicht mehr, was er glauben sollte, und es war ihm anzusehen, daß er nichts sehnlicher wünschte als eine Gelegenheit, sich diese unerquickliche Affäre so rasch wie möglich vom Hals zu schaffen.

Die Gelegenheit ergab sich, als Housk auf Widerspruch verzichtete und sich mit einem dumpfen Kopfschütteln zufriedengab. Dr. Snell gab seinen Helfern einen Wink, und sie führten den Zentauren hinaus. Snell folgte ihnen mit der Bemerkung, er wolle die Polizei anrufen. Ich machte mir keine Hoffnung, daß Housk damit ausgeschaltet wäre; vermutlich würde er jede Auskunft verweigern und ein Gespräch mit der zentaurischen Gesandtschaft verlangen. Diese würde für seine alsbaldige Freilassung sorgen, und die einzige offene Frage blieb, ob man ihn auf dem Mars belassen oder mit dem nächsten Schiff nach Hause schicken würde.

Als auch die anderen gegangen waren, fragte Yetta: »Haben Sie das mit dem alten Tempel gewußt?«

Ich schüttelte den Kopf. Was Housk über den Tempel gesagt hatte, konnte richtig sein — war fast mit Sicherheit richtig, und die bestgehütetsten meiner verbliebenen Kindheitsillusionen zerstoben wie Staub im Wind. Aber ich wollte es mir nicht anmerken lassen.

»Glauben Sie es?« fragte sie.

Ich sah sie an. »Ich fürchte, wir werden es glauben müssen. So etwas kann man nicht einfach erfinden, in der Erbitterung eines Augenblicks improvisieren. Aber kommt es darauf an? Haben nicht alle Generationen, die vor uns diesen leeren, geschichtslosen Planeten besiedelten, so etwas gebraucht? Ein großes geheimnisvolles, unerklärliches Gebäude mit seltsamen, unverständlichen Dingen darin, woran die Phantasie sich entzünden konnte? Ein Relikt aus ferner Vorzeit, das zugleich als Ansporn und als Beweis für die Bewohnbarkeit dieser Welt dienen konnte? Ist dieser Tempel nicht in einem anderen Sinne wahr — in dem Sinne, in dem ein Mythos wahr ist?«

»Das haben Sie gut gesagt«, meinte Yetta nachdenklich. »Es ist ein tröstlicher Gedanke, genau wie ich ihn brauchte. Daß Sie ihn gefunden haben, macht Sie mir sympathisch ... Aber nun sagen Sie mir, was hat dieser Jives getan?«

»Einen von Ihren Verwandten entführt«, sagte ich, und erkannte im selben Moment, daß Thoder einen Fehler gemacht hatte.

Thoder! Ich hätte es nicht für möglich gehalten. Aber die langen Jahre seines ruhigen, unauffälligen Lebens als Lehrer, isoliert sogar von seinen einflußreichen Verwandten, mußten ihn zur Geheimniskrämerei und zur Meidung von Kontakten mit öffentlichen Institutionen konditioniert haben.

»Was?«

»Jives entführte einen Ihrer Verwandten!« Es war eine Inspiration, die mir eingekommen war. Warum vergeudete Thoder sein Leben mit diesem komplizierten Gewebe von Täuschungen, mit einem absurden Rennen gegen die Zeit, ohne andere Hilfsmittel als jene, die durch Freundschaft und Geheimwissen erhältlich waren?

»Was wissen Sie über ein Mädchen namens Silene?« fragte ich sie.

Yettas Züge verhärteten sich für einen Moment, und diese flüchtige Veränderung ihres Ausdrucks zeigte mir, daß ich recht hatte. Es schien, als sei es mir zum erstenmal möglich gewesen, meine vertraute Umwelt in einem neuen Licht zu sehen, mit der objektiven Einschätzung des Außenstehenden.

Unsere Begriffe von ehrenhaftem Benehmen, wie sie sich etwa in meiner Verpflichtung gegenüber Peter Nizam und Lilith Choy ausgedrückt hatten, weil sie mich gerettet hatten, oder auch von der Tatsache illustriert wurden, daß wir unsere Haustüren nicht zu verschließen pflegten, waren Teil meiner seltsam zweideutigen Ethik in unserer Gesellschaft, deren Unaufrichtigkeit sich zum Beispiel in meiner Weigerung zeigte, monumentale Sauftouren zu unternehmen, solange ich zu Hause war, während ich mich anderswo ungehemmt derartigen Exzessen hingeben konnte. Ein ganz ähnliches Symptom war meine Bereitwilligkeit, in anderen Gegenden Mädchenabenteuer zu suchen, ohne auch nur einen Moment an Ehe zu denken, während ich andererseits entschlossen war, später einmal eine Marsianerin zu heiraten, und zwar eine, die nach Möglichkeit nicht viel von den Erfahrungen haben sollte, die ich bei jenen anderen Mädchen zu schätzen wußte. Unsere

Gesellschaft zeigte sich unter diesem Aspekt als eine echte Nachfolgerin der frühen, puritanisch-religiös bestimmten Gesellschaftsformen, deren Stärken und Schwächen sie getreulich widerspiegelte.

Meine unvermittelte Einsicht wurde von Yettas Antwort auf meine Frage bestätigt: »Silene? Wie haben Sie von ihr gehört? Wir sind nicht sehr stolz auf diesen Zweig unserer Familie, wissen Sie.«

»Sie sollten es aber sein«, sagte ich. »Ich habe eben die Erfahrung gemacht, daß ich nicht gewillt bin, meine marsianischen Illusionen zu opfern, die mir bequem sind, während sie weit mehr geopfert haben muß — beinahe soviel wie Thoder.«

Ich wollte sie nach einem Telefonanschluß fragen, damit ich Thoder anrufen und ihm seinen Fehler erläutern könnte, bevor wir unsere Chance verlören, mehr zu tun als die Situation eben noch zu retten. Ich glaubte zu wissen, wie wir sie in einen spektakulären Triumph über Zentauren und Bären verwandeln konnten. Dann kam mir etwas zu Bewußtsein, das Housk gesagt hatte. Dieser unbekannte Raglan — vermutlich ein Agentenkollege von ihm — hatte ihn über Jives und die Lieferung der Gewebeprobe an dieses genetische Zentrum aufgeklärt. Die einzige Art und Weise, wie solche Informationen durchgesickert sein konnten, war, daß die Zentauren Fernsprechleitungen anzapfen und vielleicht sogar Kodes knacken konnten. Es wäre sicherer, wenn ich selbst sofort nach Zond zurückkehrte.

»Nehmen Sie die Gewebeprobe, die ich brachte«, sagte ich zu Yetta. »Stellen Sie jetzt keine Fragen. Jives wird kein Untersuchungsergebnis benötigen, bis wir mit ihm fertig sind. Nehmen Sie mit, was Sie an Habseligkeiten unbedingt brauchen; wir müssen mit der nächsten Maschine nach Zond.«

»Aber Sie müssen mir erklären . . .«, sagte sie, einen ängstlichen Ausdruck im Gesicht.

»Kommen Sie jetzt!« sagte ich energisch. »Ihr Onkel wird Ihnen alles erklären.«

19

»Thoder! Thoder!«

Ich schritt durch das Haus und brüllte den Namen, so laut ich konnte. Hinter mir stand Yetta im Korridor und beäugte unbehaglich ihre Umgebung.

Aus einem Raum zu meiner Linken drang ein Geräusch. Ich drehte um und streckte meinen Arm zur Tür aus, aber sie wurde von innen geöffnet, bevor ich die Klinke in die Finger bekam. Vor mir stand nicht Thoder, sondern Lugath.

»Mallin!« rief er und schien im Begriff, eine wenig freundliche Begrüßung folgen zu lassen, aber dann blickte er an mir vorbei und erkannte Yetta. Im ersten Moment hatte er einen übermüdeten und sorgenvollen Eindruck gemacht. Jetzt trat Zorn in sein Gesicht.

»Was, zum Teufel, tun Sie hier? Haben Sie das Untersuchungsergebnis für Jives mitgebracht? Es wird höllischen Ärger geben, wenn er es nicht kriegt.«

»Er kriegt es nicht«, sagte sie.

»Was?« Lugaths Gesicht wurde grau. »Aber ...«

»Ein Zentaur, der eine Art von Agent zu sein scheint, tauchte bei mir im Labor auf und verlangte die Gewebeprobe«, sagte Yetta. »Wenn Sie mehr wissen wollen, müssen Sie Ingenieur Mallin fragen.«

Lugath starrte mich an. »Housk?« fragte er.

»Ja, Housk. Er hatte allerdings kein Glück — ich kam dazwischen. Aber es macht keinen Unterschied.«

»Sind Sie verrückt?« Lugaths Stimme war am Überschnappen. »Haben Sie wenigstens die Spur verwischt?«

»Wir übergaben ihn der Polizei, und ich nehme an, daß seine Gesandtschaft ihn in einigen Tagen wahrscheinlich freibekommen wird.«

»Ah, nein!« Lugath hielt seinen Kopf mit beiden Händen. »Was für eine brillante Idee! Das hat uns noch gefehlt. Vermutlich haben noch viele andere Leute in Pegasus alles über die Sache gehört!«

»Nun, es war nicht leicht, den Mund zu halten, wenn sechs oder sieben Leute hereinstürzten und Housk am Boden liegen sahen, während Yetta mit der Nervenpeitsche über ihm stand.«

Lugath tastete wortlos nach einer Stütze und lehnte sich an die nächste Wand. »Dann ist es also vorbei«, sagte er dumpf. »Es war umsonst, und eine weitere Gelegenheit wie diese wird es in dieser Generation nicht mehr geben.«

»Falsch«, sagte ich. »Besseres hätte gar nicht passieren können, denn nun kommt doch etwas Licht in die ganze verfahrene Geschichte.«

»Sie müssen den Verstand verloren haben«, sagte Lugath. »Wenn Jives diese Gewebeprobe nicht bekommt und Nachforschungen anstellt und von der Einmischung des Zentauren hört, wird er erkennen ...«

»Warten Sie. Sie schleichen noch immer in Ihrem Irrgarten von Geheimhaltung herum, Lugath, und die Zeit dafür ist vorbei. Dies ist Mars, verstehen Sie? Nicht Leovang oder Durrith oder Nordstern, sondern Mars!«

Ich hielt vergeblich nach einem Zeichen von Verstehen bei ihm Ausschau, aber zuviele Jahre als Geheimdienstmann hatten ihn einseitig konditioniert. Aber es war auch nicht Lugath, den ich von meiner Inspiration überzeugen wollte, sondern Thoder.

»Wo ist Thoder?« fragte ich ihn.

»Wo sollte er sein, wenn er nicht hier ist?« erwiderte Lugath verdrießlich.

»Im Kolleg für Sereniatrie?«

»Natürlich. Erstens arbeitet er dort, und zweitens vermuten wir den Säugling in Jives' Besitz, und drittens ist Jives als Student am Kolleg eingeschrieben.«

»Yetta! Bitte rufen Sie ein Taxi. Wir müssen sofort zum Kolleg!«

»Mallin«, sagte Lugath, »Sie machen alles zehnmal schlimmer, wenn Sie mit ihren dilettantischen Methoden anfangen. Es hätte vollkommen genügt, wenn ...«

Ich zog die präparierte Gewebeprobe aus der Tasche und wedelte sie ungeduldig unter Lugaths Nase. »Hören Sie!« unterbrach ich ihn. »Dieser Säugling ist auf dreierlei Weise ungewöhnlich. Er ist ein Zentaur, und er ist ein potentielles Wunderkind — aber außerdem ist er auch noch ein halber Marsianer, und wenn Sie nicht sehen, was daran wichtig ist, dann wird Thoder es um so klarer erkennen!«

Die Strecke von Thoders Wohnung zum Kolleg für Sereniatrie führte über die Serpentinenstraße und in der Nähe der Wohnblocks am Großen Kanal vorbei, wo Peter und Lilith wohnten. Ich saß vorwärtsgebeugt auf meinem Sitz, wie wenn ich dadurch das langsame Tempo auf der Steigung beschleunigen könnte. Angespannt spähte ich durch die Staubwolken, die das Fahrzeug aufwirbelte.

»Verdammt noch mal!« murrte ich. »Zu Fuß käme ich diesen Hang schneller hinauf!«

Yetta antwortete nicht; doch als wir die nächste Haarnadelkurve durchfahren hatten, sagte sie: »Sind Sie wirklich sicher, daß Sie das Richtige tun? Lugath schien sehr beunruhigt ...«

»Lugath ist in einem geistigen Irrgarten gefangen«, sagte ich. »Bis vor kurzem war ich auch darin. Er ist vom Geheimdienst, und das hat ihn geprägt. Er kann nicht aus seiner Haut heraus.«

»Trotzdem ...«

»Yetta, bitte! Nein, ich bin nicht völlig sicher, daß richtig ist, was ich tue. Ich bin nur zu neunzig Prozent von der Idee überzeugt. Aber zwischen hier und unserem Ziel werde ich mich auch noch um die restlichen zehn Prozent kümmern — wenn Sie mich in Ruhe nachdenken lassen.«

»Es tut mir leid.« Sie preßte ihre Lippen zusammen und lehnte sich zurück.

Gut. Nun hatte ich mir in groben Umrissen die Geschichte zurechtgelegt, die Thoder akzeptieren sollte, und es fehlte nur noch ...

Der Wagen erreichte die Ebene und rollte an der Dachterrassenwohnung vorüber, und im selben Augenblick kam eine Gestalt aus dem Eingang. Sie hatte eine Atemmaske vor Mund und Nase und steckte in dicken warmen Kleidern, aber auch so erkannte ich sofort die winzige, zierliche Gestalt Lilith Choys. Und auch sie erkannte mich, wie ich vorwärtsgebeugt im Wagen saß, das Gesicht nahe an der Windschutzscheibe und zu ihr hinausstarrend.

Sie stand stocksteif, bis wir vorbei waren; dann blickte ich zurück und sah mit Bestürzung, daß sie kehrtmachte und wieder in ihre Wohnung ging.

Wir hatten die Hauptstraße bereits verlassen, und in dieser Richtung gab es nur ein Ziel: das Kolleg. Die Abzweigung — es war ein bloßer Fahrweg — führte nur bis dort. Wußten sie von einer Verbindung zwischen mir und Thoder, oder zwischen mir und Jives? Es war noch nicht Zeit für die versprochene Ablieferung des Untersuchungsergebnisses, aber trotzdem ...

Zum Teufel damit. Ich spähte zurück durch die Staubwolken um zu sehen, ob ein anderes Fahrzeug uns folge, aber ich sah nichts, und es hätte auch nicht viel bedeutet, denn es gab ständig einen gewissen Verkehr zwischen dem Kolleg und der Stadt.

Ich hatte das Kolleg noch nie gesehen und auch noch nie das Verlangen gehabt, in seine Nähe zu kommen, aber nun, da ich wußte, daß Thoder dort lehrte, erfüllte mich Neugierde.

Wie sich herausstellte, war der Gebäudekomplex so kitschig und geschmacklos, daß ich mich in meinem alten Vorurteil bestätigt fühlte. Die Architektur selbst war eher konventionell und bestand wie die meisten isoliert liegenden Gebäude auf dem Mars aus einer Gruppe Halbkuppeln, die durch kurze, röhrenförmige Verbindungsgänge miteinander verbunden waren, aber die Einfachheit des Grundmusters war völlig von Zierat überwuchert. Es begann schon beim Haupteingang, der von drei riesenhaften, vergoldeten Scheußlichkeiten überragt wurde, schlecht gearbeiteten Statuen, die natürlich die klassischen Bären-Symbole Angst, Hoffnung und Gewißheit darstellen sollten. Seine Fortsetzung fand der bombastische Kitsch in einem Wirrwarr von Phantasmagorien aus bemalten Gußsteinplatten: Glückssymbole von allen Planeten, aus allen Zeiten und Zonen. Sie überzogen die gesamte Kuppel des Hauptgebäudes mit ihren süßlichen Farben und plumpen Reliefs, so daß der Vergleich mit einer dekorierten Eisbombe sich von selbst einstellte. Eine andere Kuppel war als Spielbrett bemalt, eine dritte als Kartenspiel. Auf der Höhe der Hauptkuppel war ein Blitzableiter angebracht, wohl um die Absurdität buchstäblich auf die Spitze zu treiben, denn auf dem Mars hatte es noch nie ein Gewitter gegeben.

Ein anderesmal würde ich mir dieses großartige Aufgebot von Unsinn in Ruhe ansehen und nach Herzenslust darüber lachen. Jetzt hatte ich es eilig. Der Wagen hielt am Haupteingang. Ich nahm Yettas Hand und führte sie im Laufschritt ins Gebäude.

Das Kolleg war erfüllt von jener geräuschvollen Stille, die ich aus jedem Erziehungs- und Ausbildungsinstitut kannte, das ich je besucht hatte: einer Stille, die aus dem schwachen Widerhall vieler ferner Stimmen hinter Türen entlang der hallenden Korridore zusammengesetzt war. Kein Mensch war in Sicht. Ich schluckte ein paarmal, um mich dem hohen Luftdruck anzupassen, der hier zum Wohl der Bären-Mehrheit unter den Studenten herrschte. Wir eilten durch die Eingangshalle in einen runden Zentralraum, von dem sechs oder sieben Korridore ausgingen.

»Verdammt!« schnappte ich. »Welche Richtung?«

Ich hastete hinüber. Beim Überfliegen der angezeigten Lehrveranstaltungen fand ich so ausgewählte Brocken von Verdrehtheit wie »Harmonie II«, »Anpassung an planetarische Rhythmen«, »Der Einfluß von Temperatur und Luftfeuchtigkeit auf die Glückserwartung« und »Zur Diagnostik des Glücksgestörtseins: depressive Suizidbereitschaft«, durchsetzt mit halbwegs einleuchtend klingenden Themen wie etwa »Die Wahrscheinlichkeitstheorie und ihre Anwendung bei Kartenspielen«.

Ah: Lebenseinstellung, ein Kurs von sechs Vorlesungen von Professor (emeritus) Thoder. Ich prüfte die angegebenen Tage und die Stunden und fand, daß die Vorlesung im Saal A stattfand.

Ich lief herum und suchte überall nach Zeichen und Hinweisen. Als ich keine fand, rief ich Yetta und sagte: »Wir müssen hoffen, daß Glück hier kostenlos zu haben ist! Versuchen wir es zuerst mit dem großen Korridor.«

Sie nickte und kam herüber. Plötzlich öffnete sich eine Tür neben mir, und eine Frau spähte heraus.

Sie sah aus wie eine Karikatur in einer satirischen Zeitschrift. Sie reichte mir gerade bis zum Ellenbogen, hatte ihre Körperlänge aber mit Hilfe einer immensen Frisur erhöht, die in mehreren Lagen aufeinandergetürmt war. Jede dieser Lagen hatte eine andere Tönung: weiß, blond, rötlichbraun, dunkelbraun und schwarz. Kosmetika machten ihr Gesicht zu einer alterslosen Maske, die einem Kind gehört haben könnte, das gern erwachsen sein wollte, oder einer älteren Frau, die sich einredete, immer noch jung zu sein. Dunkle Augen, umgeben von rotgeädertem Weiß, fixierten uns aus Löchern in der Maske.

»Nach Huckers Theorie«, sagte sie mit quietschender Stimme, »haben Sie sich eben auf der Spirale des Größten Spiels um wenigstens hundert Umdrehungen zurückbewegt.«

»Was?« Ich starrte sie einfältig an, entschied, daß ihre Hilfe besser sei als nichts, und sagte: »Hören Sie, wo ist Saal A, wo Professor Thoder seine Vorlesung hält?«

»Nach dem, was Sie eben sagten, könnte ich Sie niemals dort einlassen«, antwortete sie mit so heftigem Kopfschütteln, daß ich glaubte, ihr aufgetürmtes Haar werde aus dem Gleichgewicht geraten. »Nicht wahr, Sie sagten, daß Glück ›kostenlos zu haben‹ sei? Dies darf man nicht einmal denken. Bitte gehen Sie, bevor Ihre Ausstrahlungen die allgemeine Harmonie der Institution stören.«

Sie ging auf mich zu und schwenkte beide Arme, als ob sie ein lästiges kleines Tier fortscheuchen wollte.

»Wo ist Saal A?« wiederholte ich.

»Gehen Sie. Wer hat Sie überhaupt eingelassen? Wir pflegen unsere Schüler auf das sorgfältigste abzuschirmen, und als Resultat haben wir hier einen Brennpunkt von universalen Harmonien, der in der ganzen Galaxis nicht seinesgleichen findet. In Ihrer geistigen Verfassung hier hereinzukommen, ist wie — wie Sand in eine Uhr schaufeln!«

»Haben Sie welche von Thoders Vorlesungen gehört?«

»Wie? Meine Güte, nein. Er lehrt nur vor den Studenten, nicht vor dem hier beschäftigten Personal.«

»Das dachte ich mir. Thoder würde Ihnen diesen Unsinn bald aus dem Kopf schlagen. Aber weil er nicht hier ist, werde ich es tun müssen.« Ich ballte meine Faust und fuchtelte damit vor ihrer Nase. »Wollen Sie mir sagen, wo ich ihn finden kann, oder soll ich Ihre Ausstrahlung beschädigen?«

»Hilfe«, sagte sie mit dünner Stimme und blickte bittend zu Yetta.

Yetta verschränkte die Arme und sagte verächtlich: »Was passiert, wenn wir ihn einfach auf die gute alte Art suchen gehen, hm?«

Die Frau mit dem furchtbaren Haar stieß einen Schreckenslaut aus, und ich dachte, sie würde nachgeben, aber in diesem Moment erklang irgendwo ein leiser Gong, und die Hintergrundgeräusche verdoppelten sich.

»Professor Thoder wird auf seinem Weg hinaus hier vorbeikommen«, sagte die Frau giftig. »Und bei der Gelegenheit werde ich ihm ein paar Worte über Ihr skandalöses Benehmen sagen.«

Ich hörte nicht mehr hin. Ich spähte über die Köpfe der Studenten, die nun den Hauptkorridor zu füllen begannen, und versuchte Thoder auszumachen — ja, da war er, und er sah müde und entmutigt aus.

Im Augenblick, als er mich sah, holte ich tief Atem. Was ich vorhatte, würde ihm nicht gefallen, aber ich konnte wertvolle Zeit sparen, wenn ich ihn vor vollendete Tatsachen stellte und nicht erst in mühsamer Diskussion zu meinem Plan überreden mußte.

»Thoder!« brüllte ich durch die Halle, daß jeder es hören konnte. »Ihr Urenkel ist hier! Es gibt jetzt keinen Zweifel mehr — er ist es!«

Er machte ein Gesicht, als ob er seinen Ohren nicht trauen

könne. Erschrecken und Bestürzung gingen über sein Gesicht, und dann stürmte er auf mich zu, so schnell seine alten Beine ihn tragen konnten, stieß Studenten beiseite, kam heran und packte meinen Arm, um in verzweifeltem Flüsterton die gleiche Frage zu stellen wie Lugath: ob ich den Verstand verloren habe?

»Nein«, sagte ich. »In meinem ganzen Leben bin ich mir noch nicht so vernünftig vorgekommen wie jetzt. Wo können wir ungestört reden?«

20

Als ich den Fehler in Thoders ursprünglichen Annahmen bloßlegte, konnte ich überall um uns her den Nachhall dessen fühlen, was ich in der Halle gerufen hatte. Thoders Studenten würden verwundert über den Zwischenfall reden und die überraschende Entdeckung diskutieren, daß Thoder Familie hatte. Und auch unter denen, die ihn nicht kannten, würde das ungewöhnliche Ereignis Gesprächsstoff liefern.

Weil er Thoder war, brachte der alte Mann soviel Selbstbeherrschung auf, mich anzuhören. Doch dauerte dieses Stadium nicht lange. So rasch, daß ich aus meinem Konzept geriet, sah er durch meine konfusen Erklärungen den Kern der Sache.

»Laß mich feststellen, ob ich dich recht verstanden habe«, sagte er. »Du erklärst, daß die Notwendigkeit zur Geheimhaltung und zu komplizierten Täuschungsmanövern in dem Augenblick hinfällig geworden sei, wo wir das Kind erfolgreich auf dem Mars landeten. Nach deiner Absicht hätten wir schon zu diesem Zeitpunkt sowohl Bären als auch Zentauren den Wind aus den Segeln nehmen sollen, indem wir unsere Tat laut verkündeten.«

Ich nickte.

»Gut. Die veröffentlichte Version der Geschehnisse würde drei oberflächlich überzeugende Unwahrheiten enthalten müssen. Die erste: daß du, du ehemaliger Schüler von mir, der Schiffsingenieur wurde, für diese Reise anheuertest, um einem Entführungsversuch der Bären zuvorzukommen. Die zweite: daß ein solcher Entführungsplan existierte, daß Lugaths Schiff ein Werkzeug der Bären gewesen sei und nicht dem Geheimdienstnetz des alten Systems angehörte — wie die irreführenden Hinweise bezeugen, die die Zentauren bei der Untersuchung des Schiffes gefunden haben werden —, und daß seine Anzeige von zwei

Bären-Agenten bei den Behörden von Centaurus ein Täuschungsmanöver gewesen sei, um diese Behörden glauben zu machen, er sei völlig loyal. Und die dritte: daß ich meine Enkelin Silene veleugnet hätte.

Was den Erfolg und die freundliche Aufnahme dieser Geschichte durch die Öffentlichkeit betrifft, so müßten wir uns auf drei soziologische Annahmen verlassen. Die erste ist, daß die Bären sich damit begnügen werden, von ihrer Einmischung Abstand zu nehmen. Für die Sympathien, die man den Bären in diesem System entgegenbringt, wäre es eine ernste Belastungsprobe, wenn sie zugäben, daß sie tatsächlich die Entführung des Kindes geplant hatten; andererseits wäre es ihnen ganz recht, die Zentauren in dem Glauben zu lassen, ihre Spionage sei so brillant, daß sie alles über des Kind wisse. Wir müßten also von der Erwartung ausgehen, daß sie ein formales Dementi veröffentlichen werden. Die zweite Annahme betrifft die voraussichtliche Reaktion der Zentauren. Sie werden es zweifellos peinlich finden, daß die Verbindung eines Herrschersohnes mit einer Kurtisane im Ausland Schlagzeilen macht. Im Licht solch unerwünschter Publizität und angesichts des Skandals, den Housks gewalttätiges Benehmen auslösen wird, werden sie sich gezwungen fühlen, die gegenwärtige Situation hinzunehmen, ohne weitere Versuche zu machen, dem Kind auf die Spur zu kommen. Der Tyrann Lisab wird es überdies nicht für opportun halten, übermäßiges Interesse für einen illegitimen Enkel zu zeigen, da man es als eine Geste der Anerkennung als linearen Nachfolger interpretieren könnte. Außerdem wird es ihren Moralvorstellungen entsprechen, wenn ich als erzürnter Großvater Schritte unternehme, um meinen Abkömmling der Obhut eines Mädchens zu entziehen, dessen Leben in sittlicher Hinsicht höchst fragwürdig gewesen ist.

Die dritte Annahme schließlich betrifft unsere Gesellschaft hier auf dem Mars. Sie ist immer noch puritanisch, obwohl die Lebensverhältnisse sich seit den alten Tagen geändert haben und manches an dieser Haltung zu purer Heuchelei degeneriert ist.

Wie auch immer man dazu stehen mag, ich bin ein erzürnter Großvater, und jeder stolze Marsianer wird sich mit neu entfachtem Nationalgefühl hinter mich stellen, gegen Bären, Zentauren und die Leute von der Erde. Daß ein Kind marsianischer Abstammung für den Planeten seiner Vorfahren wiedergewonnen wurde, wird sie mit Befriedigung erfüllen!«

Seine Rede hatte ihn zusehends befeuert, und je mehr er die

Schlüssigkeit der Überlegung begriff, desto stärker schlug die Erregung in ihm durch. Zuletzt hieb er mir auf die Schulter und sagte: »Ray, ich hatte eine Menge Schüler, die ich für besser hielt als dich — aber dies schwöre ich: ich hatte nie gehofft, von einem von ihnen belehrt zu werden! Und du hast mir gezeigt, wie blind ich war — blind durch konspirative Tradition.«

Yetta beugte sich vorwärts. »Und was willst du jetzt tun?«

»Was ich tun werde? Wir werden das Kind suchen, und zwar mit einem Maximum an Publizität!« Thoder sprang auf und marschierte zur Tür. »Wir nehmen an, daß es sich irgendwo hier im Kolleg befindet, wahrscheinlich in Jives' Zimmer, wo das Geschrei eines Säuglings nicht weiter auffällt. Viele von unseren Bären-Studenten sind verheiratet und haben ihre Frauen hier. Nicht wenige sind inzwischen Eltern geworden, denn sie glauben, daß Glück etwas sei, das mit der Luft eingeatmet und von den Kleinen absorbiert werden könne, bis sie das Glück sozusagen in den Knochen hätten!«

Ich dachte an die unheimliche Frau mit dem vielfarbigen Haaraufbau und fragte: »Wird diese Idee offiziell gefördert?«

»Natürlich — es maximiert den Kontrast zwischen Bären und Zentauren, wenn eine Gesellschaft wissenschaftlich vorausgeplant wird, während die andere sich von Zufälligkeiten und abergläubischen Vorstellungen leiten läßt.«

Als wir durch lange Korridore zu einem der kleineren Gebäude eilten, wo die Bären-Studenten ihre Zimmer hatten, war ich so erleichtert, daß ich meine Gedanken beinahe abschaltete. Ich betrachtete die Wandmalereien und sah, daß sie die Themen der Außendekorationen wiederholten: Glücksspiele, Symbole des Glücks und des Unglücks. Einige der Malereien waren für Altertumsforscher und Volkskundler von Interesse, wie etwa die Darstellung eines Zimmers, das einen zerbrochenen Spiegel, verschüttetes Salz, gekreuzte Bestecke auf einem Tisch und sogar einen aufgespannten Schirm enthielt. Ich fragte mich, ob jemals einer einen Schirm auf den Mars gebracht haben mochte; ich hatte ein solches Utensil zum erstenmal in meinem Leben gesehen, als ich in einem Regensturm auf Charigol gelandet war.

Wir machten keinen Versuch, besondere Aufmerksamkeit zu erregen, aber zwischen den Räumen der Studenten herrschte ein ständiges Kommen und Gehen, und viele sahen uns. Ich ignorierte sie.

Es war nur dem Zufall zu verdanken, daß ich schneller ging als der alte Thoder und vor ihm die Kreuzung von zwei Korridoren erreichte: während ich haltmachte und auf Thoder wartete, sah ich den Mann. Es war nur ein flüchtiger Blick, denn auch er hatte mich gesehen und verschwand sofort um eine Ecke, aber ich hatte ihn erkannt.

Ich schluckte, dann gestikulierte ich. Yetta und Thoder beschleunigten ihre Schritte und wollten wissen, was passiert sei.

»Eben habe ich Peter Nizam gesehen!« sagte ich. »Was kann er hier wollen?« Und beantwortete meine eigene Frage im selben Atemzug: »Natürlich! Lilith Choy sah uns mit dem Taxi hier herausfahren. Sie erkannte mich!«

Thoder erbleichte. »Aber das ist nicht die Richtung, wo Jives wohnt!« sagte er. Er machte eine Handbewegung in die entgegengesetzte Richtung und begann zu rennen.

Im Moment, als wir die Tür zu Jives' Zimmer aufstießen, war mir klar, daß Peter zwei und zwei addiert hatte und auf dem schnellsten Weg gekommen war, um Jives zu warnen. Der Raum war leer, aber noch nicht lange. Die Tür eines Wandschranks stand offen, und in seinem Innern roch es nach Baby.

»Eines Tages«, sagte Yetta leise, »werde ich aussprechen, was ich von Leuten denke, die ein Kind wie ein Paket oder eine Handelsware behandeln. Und das betrifft auch dich, Onkel!«

»Welchen Weg können sie genommen haben?« fragte ich. »Gibt es einen Ausweg in der Richtung, wo ich Nizam gesehen habe?«

»Nein, aber man kann durch ein anderes Gebäude und von dort zurück zum Haupteingang gehen.«

»Versuchen Sie ihnen den Weg abzuschneiden!« sagte Yetta. Ich nickte und rannte hinaus.

Diesmal waren die Studenten, die mir im Korridor begegnet waren, hinreichend neugierig geworden, daß sie mir folgten — nicht in meinem Tempo, sondern in einem faulen Trott, lachend und Witze reißend. Ich ließ sie bald ein gutes Stück hinter mir und stürmte durch die Halle, wo ich zuvor die Frau mit der unglaublichen Frisur angetroffen hatte, und da war sie wieder und berichtete einer Gruppe von Institutsangestellten mittleren Alters von der schrecklichen Invasion barbarischer Eindringlinge, die sie erlebt hatte. Als sie mich sah, brach sie ab und hob eine Hand vor ihren Mund.

»Ist Jives hier vorbeigekommen?« schnappte ich. Sie antwortete nicht. Ihre Augen schlossen sich, und ihre rechte Hand hob sich abwehrend.

Von ihren bestürzt starrenden Kollegen konnte ich nichts erfahren, das war mir klar. Ich stürzte zu einem Fenster, von dem ich den Haupteingang einsehen konnte, und spähte hinaus, um zu sehen, ob dort vielleicht jemand war, der Peter Nizam oder Jives ähnelte.

Tatsächlich! Draußen auf dem Fahrweg stand ein Privatwagen, eine große Seltenheit auf dem Mars. Zwei Männer rannten darauf zu. Einer sah wie Peter Nizam aus, der andere — beladen mit einem länglichen Gegenstand, den ich als druckstabilisierte Babytasche mit Sauerstoffgerät erkannte — war Jives.

Ich raste weiter zum Eingang, schob im Rennen die Atemmaske vor mein Gesicht und wurde fast ohnmächtig, als ich den Einstellknopf für die Sauerstoffdosierung versehentlich in die falsche Richtung drehte und mir selbst die Luftzufuhr abschnitt. Nichtsdestoweniger brachte ich es fertig, durch die Eingangsschleuse und ins Freie zu taumeln.

Obwohl ich nicht durch die Wagenfenster sehen konnte, war ich sicher, daß Lilith am Steuer saß und nur auf das Einsteigen Ihrer Gefährten wartete, um mit hoher Geschwindigkeit wegzufahren. Der bloße Gebrauch meiner Beine hätte mich niemals rechtzeitig zu Ihnen gebracht; es bedurfte eines weiteren zufälligen Faktors, der zu meinen Gunsten wirkte, um ihre Flucht hinauszuzögern. Ein auf dem Mars verkehrendes Straßenfahrzeug konnte weder eine voluminöse Luftschleuse noch den für einen entsprechenden Nachfüllzyklus benötigten Sauerstoffvorrat mit sich führen. Die Schleuse bestand daher aus einem knapp für eine Person ausreichenden Abteil mit dünnen Schiebetüren. Zwei Säkke aus aufgeblasener Folie füllten diese enge Kammer, hielten Fremdluft fern und paßten sich den Körperkonturen des Insassen an, während dieser den Zyklus betätigte, eine Tür schloß und die andere öffnete.

Die Größe der Babytragtasche verlangte, daß der Schleusenzyklus dreimal betätigt wurde, nicht zweimal; daß Nizam zuerst einsteigen, hinter der Schleuse das Baby in Empfang nehmen und dann für Jives Platz machen mußte.

Ich kam mit lautem Geschrei herangestürmt, als die Schleuse eben für das Kind geöffnet wurde. Jives hörte mich trotz der mäßigen Leitfähigkeit der dünnen natürlichen Luft, wandte sich um und sah mich heranstürmen. Eine lange Sekunde stand er in

Entsetzen versteinert, dann ergriff er die Flucht, mit Baby und allem.

Mein wildes Rennen mußte hier aufhören. Ich war es nicht gewohnt, Sauerstoff in den Mengen zu verbrauchen, wie sie für eine solche Anstrengung benötigt wurden; es machte mich schwindlig. Nichtsdestoweniger war ich optimistisch. Jives mochte mir dank seiner stärkeren Muskulatur für eine Weile davonlaufen, aber er hatte eine Last zu tragen, und ich konnte ihn mit meinen langen Schritten ermüden und in weiche Sandflächen treiben, wo er hilflos vorwärtsstapfen mußte, während ich — großfüßig und mit den Verhältnissen vertraut — die gleiche Überlegenheit ausspielen konnte, die ein Kamel in irdischen Wüstengegenden über ein Pferd hatte.

Nach einigen hundert Metern wurde das auch ihm klar. In dem Glauben, mich abgehängt zu haben, hielt er inne und blickte zurück — und sah mich leichtfüßig und mühelos nachkommen, wo er schon zu schnaufen hatte.

Von seinem Gesicht war nicht viel zu sehen, weil die untere Hälfte von der Atemmaske verdeckt war; aber die Bestürzung war seiner ganzen Haltung überdeutlich anzumerken. Plötzlich bückte er sich und legte die Babytragtasche in den Sand, und ich glaubte, er wolle sich ergeben, denn er ließ sie nicht einfach fallen und rannte weiter, sondern blieb mehrere Sekunden darübergebeugt stehen.

Dann rannte er unerwartet wieder los, diesmal im rechten Winkel zu seiner bisher verfolgten Richtung. Ich war drauf und dran, den Winkel abzuschneiden und ihn um seinen Vorsprung zu bringen, als mir eine fatale Möglichkeit einfiel. Ich ließ ihn laufen und raste zu dem Kind.

Das war nicht möglich — oder doch? Ein Bär konnte nicht kaltblütig so etwas tun. Ein Zentaur, vielleicht, aber ... nein, einem Bären traute ich es nicht zu.

Aber er hatte es getan. Ich konnte es sehen, als ich noch zwanzig Schritte entfernt war. Er hatte den Sauerstoffschlauch an der Seite der Babytragtasche vom Einlaßstutzen geschraubt, und der Sauerstoff aus dem Druckzylinder verzischte ins Freie, während der Säugling weinte und keuchend nach Luft rang.

Ich warf mich mit einem Aufschrei auf die Knie und stellte die Verbindung in fieberhafter Hast wieder her. Es war bereits zu spät. Das Ventil war voll aufgedreht, und weil es dafür eingerichtet war, den Sauerstoff gegen den Druck einer vollen Erdatmosphäre in den Innenraum zu pressen, hatten die fünfzehn oder zwanzig Sekunden im geringen Druck der freien Marsatmosphäre genügt, den gesamten Vorrat zu entleeren.

Ich starrte entsetzt in das verzerrte Säuglingsgesicht unter der transparenten Haube der Tragtasche. Durch verschmierte Kondensationströpfchen konnte ich sehen, daß das Kind in seiner Atemnot wie ein kleiner Blasebalg keuchte. In seinem engen Gehäuse mochte noch ausreichend Sauerstoff sein, um es über die nächste Minute zu bringen, aber mehr nicht.

Es gab nur eins, und ich tat es, fast ohne zu denken. Nach einigen tiefen Atemzügen schloß ich das Ventil an meinen eigenen Sauerstoffzylinder, schnallte ihn los und verband ihn mit dem freien Ende des Zuführungsschlauchs. Gewinde und Dichtungen waren natürlich standardisiert, aber ich war nervös, und diese Verbindungsstücke schienen eine Abneigung gegen das Zusammengeschraubtwerden zu haben; mein Kopf geriet wieder ins Schwimmen, bevor ich das Ventil öffnen konnte.

Ich beugte mich über die Haube und glaubte zu sehen, daß die Atmung des Säuglings sich normalisiert hatte, aber meine Augen sahen das Bild wie durch einen flimmernden Schleier. Ich hob meinen Kopf und blickte einmal in die Runde. Ich sah, daß Jives einen Bogen geschlagen hatte und wieder auf die Kuppelbauten des Kollegs zuhielt, daß auch jetzt noch niemand sonst Zeit gefunden hatte, eine Atemmaske anzulegen und mir zu Hilfe zu kommen, daß der Wagen mit Peter und Lilith anhielt, um Jives aufzunehmen und fortzubringen ...

Dann ließ mein Bewußtsein mich im Stich, und die ganze Welt verschmolz hinter rotem Nebel.

21

Ich war nicht sicher, ob ich aus dieser zeitlosen Zone zurückkehren wollte. Später wünschte ich oft, daß es mir erspart geblieben wäre und ich für ewig unter einer Decke von Stille ruhen könnte. Denn ich kehrte zu Übelkeit und Schmerzen und einem irren Chaos von Vorstellungsbildern zurück, in das gelegentlich wirkliche Ereignisse einbrachen, die ich nicht isolieren und erkennen konnte. Ich dachte, daß ich selbst wieder ein Kind sei, gefangen und nach Atem ringend — dies mochte die Erinnerung an ein

Trauma sein, das ich tatsächlich erfahren hatte, als ich nach dem Verlassen der Klinik, wo ich zur Welt gekommen war, an die marsianische Standardluft gewöhnt worden war. Dann war ich natürlich überzeugt, daß mein Versuch, das Leben des Babys zu retten, fehlgeschlagen sei, daß meine ungeschickten Finger den Sauerstoffzylinder falsch angeschlossen oder das Ventil nicht genügend geöffnet hätten, oder daß ich ohnmächtig geworden sei, bevor ich es überhaupt öffnen konnte. Wenn das so war, dann wollte ich nicht mein Bewußtsein wiedererlangen und die Schande auf mich nehmen.

Plötzlich war alles vorbei, und ich war schwach, aber intakt, lag in einem stillen, dämmerigen Raum, umgeben von Sandblumensträußen in Vasen, an denen kleine weiße Karten lehnten. Das erste, was ich sah, als ich aus meinem letzten fiebrigen Schlummer erwachte, war eine solche Karte, und sie trug die Aufschrift:

»Für Ray in aufrichtiger Bewunderung. Yetta.«

Ich ließ meinen Kopf auf die andere Seite fallen, und da war ein Mädchen von der Erde, ziemlich fett, in der Kleidung einer Krankenschwester. Sie lächelte und fragte, wie ich mich fühle, und prüfte einige Instrumente, die durch feine Drähte mit meinen Handgelenken und Schläfen verbunden waren, und sagte, es werde mir jetzt sehr bald besser gehen.

Aber über die Versicherung hinaus, daß das Baby überlebt habe, wollte sie mir nichts von dem sagen, was ich wissen wollte. Ich lag und ärgerte mich, bis ich wieder einschlief.

Der erste Besucher, den ich empfangen durfte und von dem ich Informationen verlangen konnte, war Lugath, und er hatte sich verändert. Verflogen waren die kühle Verschlossenheit und das allzeit wache Mißtrauen des Agenten. Er war nachlässig gekleidet und hatte seine Haare wachsen lassen; er sah so aus, als wäre seinem Leben irgendeine grundlegende Antriebskraft genommen.

Ich bedrängte ihn mit Fragen, die er abwesend beantwortete.

»Oh — ja, es scheint alles gelaufen zu sein, wie Sie es geplant hatten. Jives? Er soll wegen versuchten Mordes vor Gericht gestellt werden, und die Sympathien für die Bären sind überall im alten System stark abgekühlt, nicht nur auf Mars. Nizam und seine Freundin? Ja, die bärenfreundliche Organisation, für die sie arbeiteten, hatte soviele Austritte zu verzeichnen, daß sie sich wahrscheinlich auflösen wird, und was aus den beiden geworden ist, weiß ich nicht. Sie hatten natürlich nichts Kriminelles getan, also ...

Housk? Wie ich hörte, liegt es an ihm, daß Yetta nicht bleiben konnte, bis Sie sich erholten. Sie wollte es, nehme ich an, aber dann hatte sie diesen gewaltigen Krach mit ihrem Onkel über die Art und Weise, wie wir ein hilfloses Baby behandelt hatten, und — wissen Sie was? Ich glaube, sie hatte recht. Sie hat Thoder alle seine eigenen Lehren und Vorschriften an den Kopf geworfen, natürlich im geheimen, weil es sonst die öffentliche Sympathie ruiniert hätte, die Ihr Bild von ihm als beleidigten Großvater erzeugt hat ...

Aber wir redeten von Housk. Yetta mußte nach Pegasus zurück, um die Gemüter zu beruhigen. Ihr Chef, dieser Doktor Snell, scheint ein hartnäckiger Bursche zu sein, und anscheinend gab es unter den Angestellten der Klinik, soweit sie Marsianer sind, wirklich böse Gefühle, auf die die Polizei Rücksicht nehmen mußte, und so war es nicht ohne weiteres möglich, Housk seinen Landsleuten auszuliefern. Es scheint sich eine diplomatische Krise daraus zu entwickeln. Aber sie wird vergehen, nehme ich an. Übrigens hat sie das Kind mit sich genommen; sie erklärte, sie sei besser geeignet als Thoder, sich um den Kleinen zu kümmern, und da hat sie natürlich recht. Eine der besten Entbindungskliniken auf dem Mars, heißt es ...

Der alte Tempel? Ja, natürlich war das der Grund, warum die Leute in Pegasus eine solche Wut auf Housk haben. Er hatte ihnen die Illusion genommen. Ich hatte nie begriffen, wieviel dieses Ding euch Marsianern bedeutet. Es ist so eine Art Sage gewesen, nicht wahr? Etwas, das die Leute nicht wissenschaftlich untersucht haben wollen. Ich fange allmählich an, das zu verstehen.

Was ich mache? Ich werde mich für immer im alten System niederlassen müssen, wahrscheinlich hinter irgendeinem Schreibtisch in der Zentrale, wo die abgehalfterten Agenten ihr Gnadenbrot kriegen. Zur Raumfahrt kann ich nicht zurück, und das war mein Lebensinhalt. Die Bären wollen mich nicht sehen, weil sie genau wissen, daß ich keiner von ihnen war, selbst wenn die Zentauren glauben, ich sei ein Bären-Agent, und weil die Zentauren so denken, wollen sie natürlich auch nichts von mir wissen. Auf jedem Planeten nördlich und südlich vom alten System bin ich jetzt persona non grata, und das gilt übrigens auch für Sie, mein Freund.

Aber Sie dürfen sich noch glücklich schätzen. Wenigstens haben Sie eine Heimat, zu der Sie zurückkehren können. Aber ich ... wußten Sie, daß ich seit zweiundzwanzig Jahren nicht mehr auf der Erde gewesen bin? Nach so langer Zeit ist nicht viel Heimatgefühl übrig, das kann ich Ihnen versichern. Trotzdem, glaube ich, ist es kein zu hoher Preis, wenn wir diesen Jungen so aufziehen können, daß er unwichtige Etiketten wie Zentaur und Bär und Marsianer und so weiter mißachtet ...

Ach so, Sie hatten nicht daran gedacht! Es tut mir leid, daß ich derjenige sein mußte, der Ihnen diese Wahrheit beizubringen hatte, aber ich dachte wirklich, Sie hätten es längst eingesehen!«

Natürlich hätte ich längst daran gedacht haben sollen, aber in meinem geschwächten Zustand hatte mein Bewußtsein sich wohl gegen die Erkenntnis gewehrt. Natürlich gab es Schiffe, die auf der Erde registriert waren — ich konnte für eine der dortigen Linien arbeiten und immer noch den Raum befliegen. Aber die einzigen Planeten, auf denen ich Landeerlaubnis bekäme, würden Erde und Mars sein, und überall sonst würde man mir sie verweigern. Welchen Sinn hatte ein solches Leben? Also war meine Karriere beim Teufel.

An ihrer Stelle — was? Eine triste Existenz wie die meines Vaters? Mein Blick ging zu den kleinen Karten an den Blumensträußen, und ich hoffte, daß sie mich aufmuntern würden. Offenbar waren alle möglichen Leute von meiner Tat beeindruckt, darunter viele, deren Namen ich nie gehört hatte, und einige, von denen ich die Aufmerksamkeit nicht erwartet hätte. Quaison, zum Beispiel.

Und mein Vater. Ich sollte ihn wirklich besuchen. Nicht mehr denken, daß Thoder mein eigentlicher Vater sei. Schließlich hatte er sich genauso sehr als Gefangener der Umstände erwiesen wie alle anderen.

Als Thoder mich endlich besuchte, war mein Willkommen nicht sehr warm. Er fühlte meine Verstimmung und setzte sich stumm auf den Besucherstuhl, als ob er nicht wüßte, was er von diesem Empfang halten solle.

Ich ließ ihn darüber nachdenken, bis er sich endlich aufraffte und das peinliche Schweigen brach.

»Ray, hegst du einen Groll gegen mich? Ist es wegen dem, was Lugath dir gesagt hat? Er sagte, du hättest anscheinend noch nicht begriffen, daß wegen dieser Affäre weder du noch er oder sonst einer aus seiner Mannschaft Erlaubnis erhalten wird ...«

»Nein, das ist es nicht. Oder doch nur zu einem geringen Teil.« Ich fuhr müde mit der Hand über meine Augen. »Ich habe hier gelegen und nachgedacht, und ich bin zu einem Schluß gekommen. Ich denke wie Yetta über Leute, die ein kleines Kind als eine Art Spielkarte ansehen und behandeln.«

Er zögerte. Endlich sagte er: »Aber denke ein bißchen weiter, Ray. Bedauerst du, Marsianer zu sein?«

»Im Gegenteil. Ich bin stolz darauf, und ich glaube, ich kann dafür sogar rationale Gründe anführen.«

»Und doch wurdest du vorsätzlich zu einem Marsianer gemacht, lange vor deiner Geburt. Die Form der marsianischen Gesellschaft war geplant. Dinge, auf die du stolz bist — Traditionen, Verhaltensnormen —, entwickelten sich nicht zufällig, sondern waren Teil des großen Plans zur menschlichen Entwicklung.«

»Ich weiß nicht, ob die Planer auf ihr Ergebnis stolz sein können«, sagte ich. »Die Bären, zum Beispiel.« Ich schnitt ein Gesicht. »Ich hatte sie für in ihrer Art sympathische Leute gehalten, aber Jives ist ein Bär, und er war fähig, einem Säugling die Sauerstoffzufuhr abzuschneiden, nur weil er wußte, daß die Zentauren das Kind wiederhaben wollten! Und die von der Erde? Peter und Lilith sind von der Erde, und sie waren bereit, das Kind zu entführen und fortzuschmuggeln. Zentauren kehren vor anderer Leute Tür und machen sie sich so zu Feinden, und unter den Marsianern gibt es welche, die bereit sind, ihre eigenen Enkelinnen . . .«

»Ray!« unterbrach mich Thoder in plötzlichem Zorn. »Du hast mich beschuldigt, von meiner marsianischen Konditionierung so geblendet zu sein, daß ich an Geheimniskrämerei festhielt, wo ich auf öffentliche Unterstützung rechnen konnte, und daß ich nicht von selbst auf deine Lösung unseres Problems kam. Jetzt drehe ich den Spieß um. Hast du während deiner Aufenthalte auf fremden Planeten nicht ein leichtfertiges, verantwortungsloses, unmoralisches Leben geführt? Hast du nicht mit vielen Mädchen deinen Spaß gehabt, ohne ihnen deswegen verächtliche Namen zu geben? Silene ist eine erwachsene Frau im Körper eines Kindes, bewußt einem Plan ergeben, dessen Früchte sie nie sehen wird. Denkst du, ich hätte sie diesem Schicksal überlassen, wenn ich nicht fest geglaubt hätte, daß es diesen Ausgang nehmen würde? Verachtest du sie, nur weil es sich ergab, daß sie eine andere Art von Aufopferung wählen mußte als wir? Und weil ihre Art von Aufopferung deine engstirnige, doppelbödige marsianische Moral verletzt?«

Ich konnte nicht antworten, und er fuhr fort: »Wir sprachen von Zielen und Idealen, nicht wahr? Über das Menschheitsschicksal. Du akzeptiertest den Gedanken, daß jede Generation ihre eigene Version zu wählen habe und bereit sein müsse, sie von der folgenden Generation verworfen zu sehen. Nun, das gleiche gilt für die Ethik, die das Ideal widerspiegelt. Ich wünschte, es wäre nicht so. Ich wünschte, ich wäre primitiv genug, irgendein offenbares Dogma annehmen und den Mund halten zu können. Aber bei allem, was wir in Begriffen von Raumschiffen und psychiatrischen Fällen ›Fortschritt‹ nennen, müssen wir doch auf der Annahme festhalten, daß wir nicht in einen geschlossenen Zyklus eingesperrt sind, der sich wiederholt und uns hilflos im Kreis herumrennen macht, sondern schlimmstenfalls in einer Art von Irrgarten, der vielleicht einen Ausweg und gewiß Pfade hat, die wir noch nicht durchschritten haben. Selbst wenn es keinen anderen gültigen Grund geben sollte als diesen, daß es uns vor Langeweile bewahrt, ziehe ich die zweite Art vor. Und wenn wir einen Punkt erreichen, wo wir uns in einer Sackgasse sehen und keinen neuen Weg finden, der zu einer Entdeckung und zu einer Wende führen kann, was sonst sollten wir dann tun als die Art von Menschen schaffen, die dazu in der Lage sein werden?«

Nach einer Pause sagte ich: »Ja. Vielleicht. Kann sein, daß Sie recht haben. Aber einstweilen habe ich mein eigenes Leben zu leben, und ich weiß nicht, was ich nun damit anfangen soll, nachdem meine Karriere im Eimer ist und ich nicht in die Raumfahrt zurückkehren kann.«

Nach kurzem Zögern sagte Thoder: »Ich habe Yetta davon erzählt, die eine mindestens so bemerkenswerte Person ist wie irgendein anderer aus meiner Familie. Und ich will dir verraten, was sie sagte.

Sie sagte: ›Wieder zur Raumfahrt zurückkehren? Glaubst du, das wird er wollen? Nun, da er alles weiß, was du ihm gesagt hast, wird er doch sicherlich an der großen Aufgabe teilhaben wollen, die wir hier in Gestalt eines Kindes vor uns haben, das eines Tages zu einem die Geschichte verändernden Mann heranwachsen wird?‹ Ich werde nicht ewig leben, Ray. Und ich denke mir, daß du als mein sehr gelehriger Schüler auf die Idee kommen könntest, einiges von dem, das ich dich zu lehren versuchte, an den Jungen weiterzugeben. Ich kenne keinen anderen, der meine

Regeln erfolgreicher angewendet hätte, und das ist die Wahrheit ...«

Er stand auf und lächelte zu mir herab. »Denke darüber nach«, sagte er. »Und wenn du dich entschieden hast, laß es Yetta wissen, ja? Sie schien ziemlich ... ah ... begierig zu sein, ihre Idee bestätigt zu sehen.«

So entschied ich mich.

FRANK HERBERT

GEFANGEN IN DER EWIGKEIT

1

Voll von Vorahnungen und den größten inneren Spannungen erreichte Kelexel, der Untersucher, die Regiezentrale auf dem Meeresboden. Er steuerte sein schlankes Fahrzeug durch die Barriere, die wie Reihen von Insektenbeinen im trübgrünen unterseeischen Licht stand, und schwebte auf die lange graue Landeplattform.

Überall um ihn her kamen und gingen die flimmernden gelben Scheiben und Kugeln von Arbeitsbooten. Über dem Ozean war der Tag angebrochen, und hier in der Regiezentrale komponierte Fraffin, der Direktor, eine Geschichte.

Hier zu sein, dachte Kelexel. Tatsächlich auf Fraffins Welt zu sein . . .

Er glaubte bereits eine intime Kenntnis von dieser Welt zu haben, hatte er doch viele Stunden vor dem Pantovivor verbracht und Fraffins Geschichten über sie vor seinen Augen ablaufen lassen. Für ihn waren es Hintergrundstudien zur Vorbereitung seiner Untersuchung gewesen, nicht mehr; aber welcher Chem hätte nicht voll Freude mit ihm getauscht?

Auf Fraffins Welt zu sein!

Dieser Morgen an der Meeresoberfläche: der aufgerissene Himmel, Wolkentürme auf blaugrauen, goldig überhauchten Bänken. Und andere Morgen, wie Fraffins Aufnahmegruppen sie immer wieder festgehalten hatten. Und die Eingeborenen! Er hatte noch das Gemurmel der Priesterin im Ohr, wie sie sich vor einem als Gott posierenden Chem verneigte. Ah, wie weich und anmutig waren diese Frauen, wie freigebig mit ihren Küssen.

Aber jene Zeiten lebten nur noch als gestapelte Spulen in Fraffins Archiv. Die Kreaturen dieser Welt waren längst auf neue und nicht minder erregende Bahnen gelenkt.

In seinen Erinnerungen an Fraffins Geschichten erkannte Kelexel seine eigene Zwiespältigkeit.

Ich darf nicht schwach werden, dachte er.

Trotz des Durcheinanders auf der Landeplattform bemerkte die Aufsicht sofort den Neuankömmling, und ein Roboter schwebte herab, vor dessen einem Auge Kelexel sich verneigte und sagte: »Ich bin ein Besucher, Kelexel mit Namen.«

Er brauchte nicht zu sagen, daß er ein reicher Besucher war. Sein Fahrzeug und seine Kleidung sagten es für ihn. Letztere war von einem gedeckten Grün und verlieh seiner gedrungenen, säbelbeinigen Gestalt ein würdevolles Aussehen, während sie die Aufmerksamkeit eines Betrachters zugleich auf das braunäugige, großflächige Gesicht mit seiner silbrigen Haut lenkte.

Die Maschine, die er zur Inspektion durch die Instandsetzungstrupps neben die Gleitbahn abgestellt hatte, war ein nadelspitzes Kurierschiff, das jeden Punkt im Universum der Chem erreichen konnte. Nur die wohlhabendsten Unternehmer und die unmittelbaren Diener des Primats verfügten über solche Schiffe. Nicht einmal Fraffin besaß eines.

Kelexel, ein Besucher — unter dieser Tarnung fühlte er sich zuversichtlich. Das Büro zur Unterdrückung von Kriminalität hatte sein Unternehmen mit Umsicht vorbereitet.

»Willkommen, Besucher Kelexel«, sagte der Aufseher. Der Roboter verstärkte die Stimme, um die Geräusche auf der Plattform zu übertönen. »Nimm die Rampe zu deiner Linken. Unser Begrüßer erwartet dich. Möge dein Aufenthalt bei uns die Langeweile mindern.«

»Meine Dankbarkeit«, sagte Kelexel.

Ritual, ist alles Ritual, dachte er. Sogar hier.

Er steckte seine gebogenen Beine in die Halteklammern, und die Transportrampe beförderte ihn über die Plattform, durch eine rote Luke und dann einen blauen Tunnel entlang zu einem kleinen Raum, wo des Begrüßers Couch mit ihren Signallampen und baumelnden Anschlüssen wartete.

Kelexel beäugte die automatischen Kontakte. Er wußte, daß sie direkt mit dem Personenregister der Zentrale verbunden sein mußten. Der Augenblick war gekommen, da seine Tarnung auf die Probe gestellt wurde.

Er fürchtete nicht für seine Person; unter seiner Haut lag das Panzergewebe, das alle Chem gegen äußere Gewalt schützte. Es war unwahrscheinlich, daß sie versuchen würden, mit plumpen direkten Mitteln gegen ihn vorzugehen.

Aber er mußte damit rechnen, daß sie sich bemühen würden, seine Mission mit subtileren Methoden zu torpedieren. Vier Untersucher waren vor ihm hier gewesen und mit der Meldung »kein Verbrechen« zurückgekehrt, obgleich alle oberflächlichen Indizien darauf hindeuteten, daß in Fraffins privatem Reich etwas nicht stimmte. Beunruhigend war auch die Tatsache, daß alle vier den

Dienst quittiert hatten, um draußen in den Grenzbereichen ihre eigenen Regiezentralen einzurichten.

Ich bin bereit für dich, Begrüßer, dachte er.

Er wußte bereits, daß der Verdacht des Primats berechtigt sein mußte. Seine trainierten Sinne und sein Verstand verzeichneten hier mehr als genug, um ihn zu voller Wachsamkeit zu bringen. Anzeichen von Dekadenz hatte er erwartet. Regiezentralen waren Außenposten, und Außenposten neigten dazu. Aber es gab auch andere Symptome im Überfluß. Manche Mannschaftsmitglieder bewegten sich mit jener Miene wissender Überlegenheit, die dem Auge des Polizisten wie ein blinkendes Warnsignal war. Und selbst die niedrigsten Handarbeiter kleideten sich mit einer lässigen Eleganz, wie er sie anderswo noch nicht gesehen hatte. Es schien hier etwas wie ein verstohlenes Einverständnis zu herrschen, dessen Gründe ihm einstweilen noch verborgen waren.

Er hatte in mehrere der Arbeitsfahrzeuge hineingesehen und die von häufiger Bedienung polierten Hebel und Schalter der Tarnvorrichtungen betrachtet. Die Kreaturen dieser Welt waren längst über das Stadium hinaus, wo ein Chem sich ihnen bedenkenlos zeigen konnte. Es war eine Sache, um des Vergnügens willen — zur Minderung der Langeweile —, intelligente Wesen zu lenken und zu manipulieren; eine ganz andere war es, die Saat eines Bewußtseins auszustreuen, das sich eines Tages explosionsartig gegen die Chem wenden könnte.

Egal wie groß Fraffins Ruhm war, er hatte irgendwo einen falschen Weg genommen. Soviel war offensichtlich. Die Einfalt solchen Tuns brachte einen bitteren Geschmack in Kelexels Mund. Kein Verbrecher konnte den Nachforschungen des Primats entgehen — nicht für alle Zeit.

Doch es galt, vorsichtig zu sein. Dies war Fraffins Regiezentrale; und Fraffin war derjenige, der den Chem Abwechslung in die Langeweile ihrer Unsterblichkeit gebracht hatte, der ihnen in ungezählten Geschichten eine faszinierende Welt geschenkt hatte.

Er fühlte jetzt, wie diese Geschichten in seine Erinnerung zurückdrängten. Unglaublich, wie Fraffins Kreaturen die Phantasie fesselten! Zum Teil mochte es an ihrer Ähnlichkeit mit den Chem liegen, dachte Kelexel. Sie zwangen einen, sich mit ihren Träumen und Emotionen zu identifizieren.

Sich erinnernd, hörte Kelexel das Geläute von Glocken, das Schwirren von Bogensehnen, Kriegsschreie und Gewimmer, das Röcheln des Todes auf blutigen Feldern. Er erinnerte sich an eine hübsche Gutäerin, eine Sklavin mit ihrem kleinen Kind, die zur Zeit des Kambyses nach Babylon getrieben wurde.

»Die Beute des Bogens« hatte der Titel dieser Geschichte gelautet, entsann sich Kelexel. Für ihn war es eine von Fraffins größten Regieleistungen gewesen. Das Schicksal einer unglücklichen Frau, aber was Fraffin daraus gemacht hatte, war unvergeßlich. Sie war Nin-Girsu geopfert worden, dem Gott des Handels und Schutzpatron der Rechtsuchenden, der in Wirklichkeit die Stimme eines Chem-Manipulators in Fraffins Diensten gewesen war.

Hier gab es Namen und Gestalten und Ereignisse, von denen die Chem niemals erfahren hätten, wäre Fraffin nicht gewesen. Diese Welt, Fraffins Reich, der unerschöpflich sprudelnde Quell seiner Geschichten, war im Chem-Universum zu sprichwörtlicher Berühmtheit gelangt. Es würde weder einfach noch populär sein, einen solchen Mann zu stürzen, aber Kelexel wußte, daß es getan werden mußte.

Ich muß dich zerstören, dachte Kelexel, als er sich an den Mechanismus des Begrüßers anschloß. Ohne Erregung blickte er zu den Geräten auf, die ihn zu prüfen und zu durchsuchen hatten. Dies war ein normaler Vorgang, Bestandteil eines Sicherheitssystems, dessen Nützlichkeit jedem unsterblichen Chem bewußt war. Für einen Chem konnte es keine Bedrohung geben, nur die seiner vereinten Rassegenossen — aber es war nicht ausgeschlossen, daß eine Gruppe von Chem sich um das Banner einer falschen Idee scharte, und in einem solchen Fall konnte es gefährlich werden. Falsche Annahmen, fanatische Pläne, Versuche zu illegaler Bereicherung, niederträchtige Manöver aller Art — alles war möglich. Und Fraffin hatte vermutlich seine eigenen Sorgen, mußte sich vergewissern, daß der Besucher nicht der Spion eines Konkurrenten war, der ihm Schaden zufügen wollte.

Wie wenig weißt du von diesen Dingen, dachte Kelexel, als er sich der Sondierung durch den Begrüßer unterzog. Ich brauche nur meine Sinne und mein Gedächtnis, um dich zu zerstören.

Dann begann er zu überlegen, wo er mit seinen Nachforschungen am zweckmäßigsten anzusetzen habe, um etwas über Fraffins kriminelle Aktivitäten herauszubringen. Züchtete Fraffin einige seiner Kreaturen auf kurze Statur, um sie als eine Art Haustier zu verkaufen? Fraternisierten seine Leute offen mit den Objekten ihres Interesses? Wurde den Kreaturen geheimes Wissen vermittelt? Sie besaßen immerhin primitive Raketen und Satelliten. War ihnen womöglich eine nicht gemeldete, gefährliche Intelligenz eigen, voll von Immunfaktoren und imstande, ins Universum auszugreifen und den Chem entgegenzutreten?

Es muß so etwas sein, dachte Kelexel. Die Zeichen von Heimlichkeit und Schuldbewußtsein waren da. Wer Augen dafür hatte, konnte sie sehen.

Warum würde Fraffin eine solche Dummheit begehen? fragte sich Kelexel. Der Verbrecher!

2

Die Meldung des Begrüßers erreichte Fraffin, als er an seinem Pantovivor saß und die letzten Abschnitte seiner laufenden Geschichte konzipierte.

Der Krieg, der nette kleine Krieg, dachte er. Erstaunlich, mit welcher Hingabe diese Kreaturen sich dem Krieg widmeten. Der Krieg schien ein tief in ihnen wurzelndes Bedürfnis zu befriedigen. Und für die Chem-Zuschauer war es immer wieder faszinierend, diese flammenerheilten Nächte zu sehen, das Keuchen dieser Geschöpfe in ihren tödlichen Kämpfen zu hören. Einer ihrer Anführer erinnerte ihn an Cato — die gleichen nachdenklichen Züge, der gleiche nach innen gerichtete Blick des Stoikers. Apropos Cato ... das war wirklich eine seiner gelungensten Geschichten gewesen.

Aber die dreidimensionalen Bilder des Pantovivors verblaßten vor der Priorität einer Nachricht, und Ynvics Gesicht erschien, das ihn anstarrte. Ihr kahler Kopf glänzte unter den Lichtern in ihrer Chirurgie, und ihre schweren Brauen waren eindringlich und forschend hochgezogen.

»Ein Besucher, der sich Kelexel nennt, ist eingetroffen«, sagte sie. Und Fraffin, der ihr Gesicht betrachtete, dachte: Sie ist überfällig für eine Verjüngung.

»Dieser Kelexel ist höchstwahrscheinlich der Untersucher, den wir erwarten«, ergänzte sie.

Fraffin richtete sich auf und stieß einen Fluch aus, der zur Zeit Hannibals populär gewesen war: »Baal möge seinen Samen verbrennen!« Dann fragte er: »Bist du sicher?«

»Der Besucher ist zu vollkommen«, sagte Ynvic. »Nur das Büro kann so perfektionistisch arbeiten.«

Fraffin lehnte sich in seinen Regiesessel zurück. Ihre Vermutung war wahrscheinlich zutreffend. Die Zeitwahl für die Inspektion war ungefähr richtig. Draußen im Chem-Universum hatten sie sonst nicht dieses Gespür für die Wahl des richtigen Augenblicks. Für die meisten Chem lief die Zeit mit einer verrückten Geschwindigkeit ab. Aber der Umgang mit den Kreaturen dieser Welt verlangte nach einem sicheren Zeitgefühl. Ja, wahrscheinlich war es der Untersucher.

Er blickte auf und sah sich zwischen den silbernen Wänden seines Ateliers um, das ihm zugleich als Salon diente. Der lange, niedrige Raum war vollgestopft mit kreativer Maschinerie. Gewöhnlich durfte nur Ynvic es wagen, ihn bei seiner Arbeit hier zu stören, und sie tat es niemals aus Leichtfertigkeit. Etwas an diesem Besucher, Kelexel, hatte sie wachsem gemacht.

Fraffin seufzte.

Obwohl die Regiezentrale in der Tiefe des Ozeans verborgen und obendrein durch ein ausgeklügeltes System von Barrieren geschützt war, glaubte er oft die Wege der Sonne und des Mondes über den Himmel zu fühlen, und bestimmte Konjunktionen quälten ihn mit Vorahnungen drohenden Unheils.

Hinter ihm auf dem Schreibtisch wartete ein Bericht von Lutt, seinem technischen Leiter. Darin stand, daß eine neue, dreiköpfige Aufnahmegruppe, bestehend aus jungen, vielversprechenden Leuten, ohne jegliche Abschirmung draußen auf der Oberfläche gewesen sei. Die Einheimischen hätten sie gesehen, und es habe einen Sturm von erregten Spekulationen gegeben.

Solche Scherze mit den Eingeborenen waren bei den Chem dieser Regiezentrale ein alter und einst sehr beliebter Zeitvertreib.

Aber das war längst vorbei. Er hatte derartige mutwillige Herausforderungen strikt verboten. Warum mußten sie es ausgerechnet jetzt machen? fragte er sich.

»Wir werden diesem Kelexel einen Brocken hinwerfen«, sagte er. »Die Aufnahmegruppe, die draußen war und die Eingeborenen erschreckte. Fristlose Entlassung für alle drei, und eine Verwarnung für den Regieassistenten, der sie ohne einen erfahrenen Kenner der Verhältnisse ausgeschickt hat.«

»Sie könnten reden«, sagte Ynvic.

»Das werden sie nicht wagen«, versetzte Fraffin. »Du machst ihnen die Gründe klar und sagst ihnen, daß ich Gnade vor Recht ergehen lassen und ihnen Empfehlungen mitgeben werde, damit sie anderswo unterkommen können. Es ist ein Jammer, weil ich sie kaum entbehren kann, aber . . .« Er zuckte die Achseln.

»Ist das alles, was du machen willst?« fragte Ynvic.

Fraffin strich über seine Augen. Er wußte, was sie meinte, aber das Aufgeben angefangener Projekte war ihm zuwider. Wenn er seine Manipulatoren jetzt zurückzöge, wäre die ganze sorgfältig geplante Produktion verloren, und die Eingeborenen würden ihre Differenzen vielleicht am Konferenztisch beilegen. In letzter Zeit hatten sie häufiger die Tendenz.

Wieder dachte er an die Probleme, die ihn am Schreibtisch erwarteten. Da war ein Memorandum von Albik, einem seiner Unterregisseure, die übliche Klage: »Wenn ich soviel Handlung gleichzeitig erfassen soll, dann brauche ich mehr Maschinen und Plattformen, mehr Aufnahmegruppen, mehr Techniker für Schnitt und Bearbeitung ... mehr ... mehr ...«

Fraffin sehnte sich nach den guten alten Zeiten, als er und Birstala allein die ganze Regiearbeit gemacht hatten. Birstala war ein Mann gewesen, der zu eigenen Entscheidungen fähig war, wenn Ausrüstungen und Personal nicht hinreichten. Aber Birstala hatte sich als Berichterstatter selbständig gemacht und führte auf einer anderen Welt die Regie, irgendwo jenseits des Jenseits. Er hatte jetzt seine eigenen Probleme.

»Vielleicht solltest du verkaufen«, sagte Ynvic.

Er warf ihr einen finsteren Blick zu. »Das ist unmöglich, und du weißt, warum!«

»Der richtige Käufer ...«

»Ynvic!«

Sie zuckte die Achseln.

Fraffin erhob sich aus seinem Regiesessel und ging an den Schreibtisch. Ein in die Oberfläche eingelassener Bildschirm zeigte jenen Teil der Galaxis, wo die veränderlichen Sterne der Chem-Heimatwelten angesiedelt waren. Eine Berührung der Einstellinstrumente, und die Szene verschwand. An ihrer Stelle erschien eine Raumansicht seines privaten kleinen Planeten, dieser blaugrünen Welt mit ihren weißen Wolkenwirbeln über Meeren und Kontinenten vor dem sterngesprenkelten Schwarz des Kosmos.

Seine eigenen Züge spiegelten sich in der polierten Oberfläche des Schreibtischs und verschwammen mit dem Bild des Planeten: der schmale, gerade Mund, die Hakennase mit den geblähten Flügeln, die dunklen, brütenden Augen unter überhängenden Brauen, die hohe Stirn mit der Doppelwölbung unter kurzem schwarzen Haar, die silbrige Haut ...

Ynvics Gesicht kam durch die Relais der Nachrichtenzentrale

und verharrte körperlos schwebend über dem Schreibtisch, von wo es ihn erwartungsvoll anblickte.

»Ich habe meine Meinung abgegeben«, sagte sie.

Fraffin blickte gereizt zur Stationschirurgin auf. Ynvic war eine kahlköpfige, mondgesichtige Chem von der Ceyatril-Rasse, uralt selbst für die Begriffe der unsterblichen Chem. Tausend Sterne wie diese Sonne, die den kleinen Planeten hier in der Schlinge ihrer Anziehungskraft um und um wirbelte, konnten in Ynvics Lebensspanne entstanden und gestorben sein. Es gab Gerüchte, daß sie einmal eine Planetenkäuferin gewesen sei, und sogar ein Mitglied der Larra-Besatzung, die die anderen Dimensionen erforscht hatte. Dazu wollte sie natürlich nichts sagen, aber die Geschichte hielt sich hartnäckig.

»Ich kann nicht verkaufen, Ynvic«, sagte er. »Du weißt es.«

»Ein Chem tut gut daran, sich niemals endgültig festzulegen.«

»Was sagen unsere Quellen über diesen Kelexel?« fragte er.

»Daß er ein reicher Kaufmann ist, vom Primat begünstigt wird und kürzlich die Erlaubnis zur Fortpflanzung erhielt.«

»Und du meinst, er sei der neue Schnüffler?«

»Ich denke es.«

Wenn Ynvic es denkt, dann ist es wahrscheinlich so, überlegte er.

Er wußte, daß er unschlüssig war. Er wollte den netten kleinen Krieg nicht unterbrechen, sein Programm nicht umwerfen, nur weil hier eine mögliche Bedrohung vorlag.

Vielleicht hat Ynvic recht, dachte er. Ich bin zu lange hier, habe mich zu sehr mit unseren armen, unwissenden Eingeborenen identifiziert.

Und nun ist wieder ein Schnüffler vom Büro gekommen, um uns zu beobachten! Und was der Mann sucht, wird ihm nicht lange verborgen bleiben.

Ich sollte diesen Planeten verlassen. Wie konnte ich mich mit diesen groben, stumpfen Wilden identifizieren? Nicht einmal den Tod haben wir gemeinsam. Sie sterben; wir nicht.

Ich bin einer ihrer Götter gewesen!

»Mit diesem Untersucher werden wir es nicht leicht haben«, sagte Ynvic. »Er gibt sich als einer der ganz Reichen aus. Wenn er ein Angebot macht, dann solltest du darauf eingehen — und sie alle verwirren. Was könnten sie machen? Du würdest deine Unschuld beteuern, und das ganze Personal würde sich hinter dich stellen.«

»Gefährlich ...«, sagte Fraffin. Er betrachtete seine rechte Handfläche. Meine Hand war in allem, was sie ihre Geschichte nennen, dachte er. Seit Babylon und länger bin ich der Lenker ihrer Geschicke ...

»Kelexel hat um ein Gespräch mit dem großen Fraffin gebeten«, sagte Ynvic. »Er war ...«

»Er soll ruhig kommen«, sagte Fraffin grimmig. Er ballte seine Hand zur Faust. »Ja. Schick ihn zu mir.«

»Nein!« sagte Ynvic. »Verweigere dich ihm. Laß deine Agenten ...«

»Mit welcher Begründung? Ich habe schon öfters mit reichen Kaufleuten gesprochen.«

»Mit irgendeiner Begründung. Dringende Arbeiten, Laune, der Impuls eines Künstlers.«

»Nein, ich werde mit ihm reden. Ist er innerlich instrumentiert?«

»Ich kann es mir nicht denken; so simpel würden sie es nicht machen. Aber warum solltest du ...?«

»Ich will ihn aushorchen.«

»Für solche Aufgaben hast du Fachleute.«

»Aber er will mich sprechen.«

»Es ist eine Gefahr. Er wird herumschnüffeln, bis er uns alle in seiner Schlinge hat.«

Fraffin sagte: »Irgend jemand muß herausbringen, was ihn verlocken kann.«

»Wir wissen, was ihn verlocken kann«, erwiderte Ynvic. »Aber laß ihm nur die leiseste Andeutung zu Ohren kommen, daß wir uns mit diesen Wilden kreuzen können, und wir haben ihn verloren. Und zugleich sind wir verloren.«

»Ich bin kein Kind, das der Unterweisung bedarf, Ynvic. Ich werde mit ihm sprechen.«

»Du bist wirklich entschlossen?«

»Ja. Wo ist er?«

»Draußen an der Oberfläche. Er begleitet eine Aufnahmegruppe.«

»Ah, ich sehe. Und wir überwachen ihn natürlich. Wie denkt er über unsere Kreaturen?«

»Das übliche: Sie sind groß, grobschlächtig und häßlich — wie Karikaturen von uns kultivierten Chem.«

»Aber was sagen seine Augen?«

»Die Frauen der Eingeborenen interessieren ihn.«

»Natürlich!« sagte Fraffin befriedigt. »Das dachte ich mir doch!«

»Dann wirst du das Kriegsdrama auf Eis legen und eine Geschichte für ihn inszenieren?«

Seine Stimme klang plötzlich mißmutig. »Was bleibt mir anderes übrig?«

»Womit willst du es versuchen?« fragte Ynvic. »Mit dieser kleinen Gruppe in Delhi?«

»Nein, die spare ich für einen Notfall auf, für einen wirklichen Notfall, verstehst du.«

»Die Mädchenschule in Leeds?«

»Ungeeignet. Aber was meinst du, Ynvic — wird er sich von Gewalttat fesseln lassen?«

»Zweifellos. Soll es die Mörderschule in New York sein, wie?«

»Nein, nein! Ich glaube, ich habe etwas Besseres. Wir werden darüber sprechen, sobald ich ihn gesehen habe. Nach seiner Rückkehr soll er gleich zu mir kommen.«

»Einen Moment«, sagte Ynvic. »Doch nicht den Immunen — den nicht!«

»Warum nicht? Es muß unser Ziel sein, diesen Schnüffler vollständig zu kompromittieren.«

»Aber das ist alles, was dieser Untersucher brauchen würde, um uns zu ruinieren! Das alles, ohne ...«

»Der Immune kann jederzeit getötet werden«, sagte Fraffin.

»Dieser Kelexel ist nicht dumm!«

»Ich werde vorsichtig sein.«

»Vergiß nicht, alter Freund«, sagte Ynvic, »daß ich genauso tief in dieser Sache stecke wie du. Die meisten anderen würden wahrscheinlich mit Zwangsarbeit davonkommen, aber ich bin diejenige, die die Genproben fälschte, die wir dem Primat einsandten.«

»Ich höre auf dich«, sagte Fraffin. »Die Parole lautet Vorsicht.«

3

Kelexel, der sich hinter seiner Tarnung als reicher Besucher unerkannt glaubte, blieb in der Tür stehen und warf einen forschenden Blick in das Atelier-Büro des Direktors. Fast sofort registrierte sein wacher Verstand die überall erkennbaren Zeichen von Abnutzung.

Tatsächlich, dachte Kelexel, er ist schon sehr lange hier. Wir sind berechtigt, das Schlimmste zu befürchten. Die Aufmerksamkeitsspanne eines Chem kann nicht so lang sein — es sei denn, es gibt verbotene Attraktionen.

»Besucher Kelexel«, sagte Fraffin und stand auf. Er deutete auf einen Stuhl, der ihm gegenüber vor dem Schreibtisch stand.

Kelexel trat unter Höflichkeitsgesten näher und verbeugte sich über der in den Schreibtisch eingelassenen Mattscheibe. »Direktor Fraffin«, sagte er, »das Licht von Milliarden Sonnen könnte der Brillanz deines Ruhmes keine größere Leuchtkraft verleihen.«

Ihr Götter! dachte Fraffin. Einer von der Sorte! Er lächelte und setzte sich wieder, gleichzeitig mit Kelexel.

»Ich verblasse in der Gegenwart meines Gastes«, sagte er. »Wie kann ich meinem ausgezeichneten und ehrenwerten Freund dienstbar sein?«

Kelexel fühlte eine plötzliche Unsicherheit. Etwas an Fraffin störte ihn. Der Direktor war ein so kleiner Mann — hinter dem Schreibtisch und umgeben von all diesen Geräten und Maschinen wirkte er direkt zwergenhaft. Fraffins Haut war von milchigem Silber der Sirihadi-Chem und paßte vollkommen zu den Wänden des Raumes. Es war die Statur des Mannes, die ihn aus dem Konzept brachte; das war es. Kelexel hatte eine größere Person erwartet — nicht so groß wie die Eingeborenen dieses Planeten, selbstverständlich . . . aber irgendwie größer, eindrucksvoller . . . etwas, das der Macht angemessen wäre, die in seinen Zügen sichtbar war.

»Du warst sehr gütig, mir deine Zeit zu opfern, ehrwürdiger Freund«, sagte Kelexel.

»Was ist Zeit für einen Chem?« sagte Fraffin.

Bisher war alle Rede Klischee gewesen. Kelexel fand, daß der Konvention Genüge getan sei, und er beobachtete sein Gegenüber. Die Macht in Fraffins Gesicht! Natürlich war es ein berühmtes Gesicht — das schwarze Haar, die tiefliegenden Augen unter vorstoßenden Brauen, die Hakennase und das scharfe Kinn. Große Reproduktionen dieses Gesichts flimmerten auf den Bildschirmen, wo immer eine Fraffin-Produktion gezeigt wurde. Aber der wirkliche Fraffin hatte eine unretuschierte Ähnlichkeit mit den Reproduktionen, die Kelexel beunruhigend fand. Er hatte eine Disparität erwartet, etwas mehr Macht und falsche Dramatik, die ihm geholfen hätten, diese Leute hier zu durchschauen.

»Besucher suchen gewöhnlich nicht um ein Gespräch mit dem Direktor nach«, sagte Fraffin.

»Ja, ja, natürlich«, sagte Kelexel. »Ich habe eine . . .«, er zögerte wieder, betroffen über eine neue Erkenntnis. Alles an Fraffin — der Klang seiner Stimme, die Hautfarbe, diese ganze Ausstrahlung von Vitalität, alles dies deutete auf eine erst vor kurzem abgeschlossene Verjüngungskur hin. Er war in dieser Periode nicht für eine Verjüngung fällig.

»Ja?« sagte Fraffin.

»Ich habe . . . eine ziemlich persönliche Bitte«, sagte Kelexel.

»Es geht hoffentlich nicht um eine Anstellung«, sagte Fraffin. »Wir haben so viele . . .«

»Nicht für mich selbst«, sagte Kelexel hastig. »Das Niveau meiner Interessen ist ziemlich niedrig. Reisen scheint mich zu befriedigen. Wie auch immer, während meines letzten Zyklus erhielt ich die Erlaubnis, einen männlichen Nachkommen zu haben.«

»Wie erfreulich für dich, mein verehrter Freund«, sagte Fraffin vorsichtig. Und er fragte sich: Könnte der Mann etwas wissen? Ist es möglich?

»Hmm, ja«, sagte Kelexel. »Mein Nachkomme bedarf jedoch ständiger Zerstreuung. Ich bin bereit, einen sehr hohen Preis für das Privileg zu zahlen, ihn in deiner vortrefflichen Organisation unterzubringen, bis meine Verantwortlichkeit für ihn erlischt.«

Kelexel lehnte sich zurück und wartete ab. »Er wird natürlich mißtrauisch sein«, hatten die Experten des Büros zu ihm gesagt. »Er wird denken, du willst einen Spion einschleusen. Achte auf seine inneren Reaktionen, wenn du dein Angebot machst.«

Wie er den anderen nun beobachtete, sah Kelexel die Beunruhigung des Direktors. Ob er Angst hat? fragte er sich. Er sollte keine haben — noch nicht.

»Es macht mich traurig, einer so hervorragenden Persönlichkeit etwas abschlagen zu müssen«, sagte Fraffin, »doch wie das Angebot auch sein mag, ich muß ablehnen.«

Kelexel schürzte nachdenklich seine Lippen, dann nannte er einen Preis, der Fraffin verblüffte.

Das ist die Hälfte von dem, was ich für mein ganzes planetarisches Unternehmen kriegen könnte, dachte Fraffin. Ist es möglich, daß Ynvic sich über ihn irrt? Dies kann nicht gut ein Versuch sein, einen Spion einzuschleusen. Alle unsere Leute sind durch geteilte Schuld zusammengeschweißt. Kein neuer Mann kann erfahren, was wir machen, solange er nicht selbst so kompromittiert ist . . .

»Ist es nicht genug?« fragte Kelexel.

»Es, äh, bekümmert mich«, antwortete Fraffin, »aber es gibt keinen Preis, den ich akzeptieren könnte. Ließe ich die Barrieren für den Abkömmling eines reichen Mannes herunter, so würde meine Regiezentrale sehr bald ein Anlaufplatz und Zufluchtsort für Dilettanten sein. Wir sind eine arbeitsintensive Mannschaft, und jeder einzelne ist nur nach seinem Talent ausgewählt worden. Wenn dein Abkömmling jedoch den Wunsch hat, sich für eine bestimmte Laufbahn ausbilden zu lassen und den normalen Weg einer Fachausbildung an einem der einschlägigen Institute geht ...«

»Auch nicht, wenn ich mein Angebot verdoppelte?« fragte Kelexel.

Steckt wirklich das Büro hinter diesem Clown? überlegte Fraffin. Oder ist er vielleicht einer von diesen Planetenspekulanten? Er räusperte sich. »Zu kaufen ist so etwas nicht. Es tut mir leid.«

»Vielleicht habe ich dich beleidigt, edler Fraffin?«

»Nein. Es ist nur, daß meine Entscheidung von Motiven der Selbsterhaltung bestimmt wird. Arbeit ist unsere Antwort auf die Nemesis der Chem ...«

»Ah, Langeweile«, murmelte Kelexel.

»Genau«, sagte Fraffin. »Würde ich meine Türen jeder gelangweilten Person von Rang und Reichtum öffnen, würde ich alle unsere Probleme multiplizieren. Erst heute entließ ich drei Leute wegen Handlungen, die an der Tagesordnung wären, würde ich mein Personal nach der von dir vorgeschlagenen Methode einstellen.«

»Drei Leute entlassen?« fragte Kelexel verdutzt. »Was haben sie getan?«

»Sie schalteten ihre Abschirmung vorsätzlich aus und ließen sich vor den Eingeborenen sehen. Solche Dinge passieren oft genug durch Geräteausfall, man darf sie nicht noch durch Nachlässigkeit fördern.«

Wie ehrlich und gesetzesfürchtig er erscheinen möchte, dachte Kelexel. Aber der Kern seiner Mannschaft ist schon zu lange bei ihm, und diejenigen, die gehen — selbst jene, die er hinauswirft —, werden nicht reden. Etwas ist hier im Gange, das mit Legalität nicht erklärt werden kann.

»Ja, ja, selbstverständlich«, sagte Kelexel. »Es geht natürlich nicht an, daß mit den Eingeborenen dort draußen fraternisiert wird.« Er zeigte mit dem Daumen nach oben, zur Meeresoberfläche. »Das wäre illegal. Und verdammt gefährlich.«

»Es würde die Immunitätsebene anheben«, sagte Fraffin.

»Verehrter Freund«, sagte Kelexel, »deine Exekutionskommandos müssen sehr geschäftig sein.«

Fraffin gestattete sich ein stolzes Lächeln. »Im Gegenteil, mein Bester. Nicht einmal eine Million Immunpersonen brauchte ich im Laufe meiner langen Praxis auf diese Weise zu eliminieren. Im allgemeinen lasse ich die Eingeborenen sich gegenseitig umbringen. Und sie tun es gern. Man braucht sie kaum dazu zu drängen.«

»Ja, es ist die einzige Methode«, pflichtete ihm Kelexel bei. »Wir müssen uns soweit möglich heraushalten, das ist die klassische Technik. Die erfolgreiche Anwendung des Prinzips hat dich berühmt gemacht, großer Fraffin, und mit Recht. Ich wollte meinen Sohn von dir lernen lassen.«

»Tut mir leid«, murmelte Fraffin.

»Die Antwort ist ein für allemal ›nein‹?«

»Endgültig.«

Kelexel zuckte mit der Schulter. Das Büro hatte ihn auf eine glatte Ablehnung vorbereitet, aber er selbst hatte nicht recht daran glauben wollen. Er hatte gehofft, Fraffin werde mit sich handeln lassen. »Ich hoffe, ich habe dich nicht beleidigt«, sagte er.

»Keineswegs, lieber Freund«, sagte Fraffin ehrlich. Und er dachte: Aber du hast mich gewarnt.

Er war inzwischen geneigt, Ynvics Verdacht uneingeschränkt zuzustimmen. Es war etwas im Benehmen dieses Kelexel — eine innere Wachsamkeit, ein Lauern, das nicht zur äußeren Maske seiner Verbindlichkeit paßte.

»Das erleichtert mein Herz«, sagte Kelexel.

»Ich interessiere mich immer für Handelsfragen und Preise«, sagte Fraffin. »Ich muß sagen, daß ich beinahe überrascht bin, von dir kein Angebot über meinen gesamten Besitz erhalten zu haben, werter Kelexel.«

Du denkst, ich hätte einen Fehler gemacht, dachte Kelexel. Dummkopf! Verbrecher lernen nicht genug.

»Mein Besitz ist zu verstreut und zu verschiedenartig und verlangt schon jetzt zuviel Aufmerksamkeit«, sagte er. »Natürlich dachte ich daran, dir ein honoriges Angebot zu machen und all dieses meinem Abkömmling zu geben. Aber ich bin ganz sicher, daß er es verpfuschen und ruinieren würde.«

»Vielleicht die Alternative, dann«, meinte Fraffin. »Eine ordentliche Ausbildung, die normalen Kanäle, das allmähliche Übertragen von Verantwortung ...«

Kelexel war für diese Aufgabe lange und sorgfältig vorbereitet worden. Das Primat und das Büro waren mit Männern besetzt, für die Mißtrauen als Tugend galt. Ihre Unfähigkeit, Fraffin etwas nachzuweisen, schmerzte sie. In Kelexels geschärftem Bewußtsein summierten sich jetzt die winzigen verräterischen Anzeichen in Fraffins Benehmen, die Wahl seiner Worte und sein vorsichtiges, ausweichendes Taktieren, und der Untersucher fühlte sich in seinem tiefen Argwohn bestärkt. Irgendwo in Fraffins privater Domäne geschahen illegale und gefährliche Dinge. Was konnte es sein?

»Wenn es erlaubt ist«, sagte Kelexel, »werde ich die Arbeit hier ein wenig studieren und meinem Sohne geeignete Vorschläge machen. Ich wäre glücklich, wenn der große Fraffin mir diese Möglichkeit einräumen würde.«

Und er dachte: Was immer dein Verbrechen ist, ich werde es finden. Und dann wirst du bezahlen, Fraffin, genauso wie jeder andere Übeltäter.

»Sehr gut«, sagte Fraffin. Er erwartete, daß Kelexel nun gehen würde, aber der Mann blieb sitzen und starrte beleidigend über den Schreibtisch.

»Noch etwas, verehrter Fraffin«, sagte er. »Ich habe mir oft Gedanken über die sorgfältig herausgearbeitete Wirkung deiner Produktionen gemacht. Diese extreme Sorgfalt, die präzise Steuerung von Motiven und Handlungsweisen — ist das nicht eine sehr mühsame und langwierige Arbeit?«

Fraffin unterdrückte seine Verdrießlichkeit und sagte: »Langwierig? Was ist Zeit für Leute, denen die Ewigkeit gehört?«

»Ich zögere, es auszusprechen«, sagte Kelexel. »Ich fragte mich nur, ob ... ich meine, ist Langwierigkeit nicht gleichbedeutend mit Langeweile?«

Fraffin schnaufte. Er hatte zuerst gedacht, daß dieser Spitzel des Büros interessant sein könnte, aber der Bursche begann ihn bereits anzuöden. Fraffin drückte auf einen Knopf unter seinem Schreibtisch, das Signal für seine Unterregisseure, sich in einer halben Stunde zur Regiebesprechung bei ihm einzufinden. Je eher sie diesen Untersucher loswurden, desto besser.

»Ich habe dich beleidigt«, sagte Kelexel zerknirscht.

»Haben meine Geschichten dich gelangweilt?« fragte Fraffin. »Wenn ja, dann habe ich dich beleidigt.«

»Niemals!« sagte Kelexel eifrig. »Sie sind so amüsant und humorvoll. So vielfältig und einfallsreich.«

Amüsant, dachte Fraffin. Humorvoll!

Er blickte in den Rückspiel-Monitor auf seinem Schreibtisch und ließ noch einmal die letzte Phase seiner gegenwärtigen Produktion ablaufen. Das Gerät stand so, daß nur er den Bildschirm beobachten konnte. Seine Aufmerksamkeit war sofort gefesselt; er vergaß seinen Besucher, während er den Handlungsablauf verfolgte und sich Einzelszenen merkte, mit deren Schnitt er noch nicht zufrieden war.

»Was ist es, das du beobachtest, wenn ich fragen darf?« sagte Kelexel nach einer Weile. »Störe ich?«

Allmählich begreift er, dachte Fraffin. Und er sagte: »Ich habe eine neue Geschichte angefangen, ein kleines Glanzstück.«

»Eine neue Geschichte?« fragte Kelexel verblüfft. »Ist das Kriegsepos schon vollendet?«

»Ich habe die Produktion einstweilen auf Eis gelegt«, sagte Fraffin. »Sie befriedigte mich nicht. Kriege beginnen mich zu langweilen. Aber persönliche Konflikte — das ist ein lohnendes Gebiet, nahezu unerschöpflich!«

»Persönliche Konflikte?« Kelexel fand die Idee abstoßend.

»Ah, die Intimitäten, die Psychologie der Gewalt«, sagte Fraffin. »In Kriegen und Völkerwanderungen kann jeder das Drama finden. Der Aufstieg und Fall von Zivilisationen und Religionen ist voll davon. Aber wie denkst du über eine kleine Kapsel von einer Geschichte, in deren Brennpunkt eine Kreatur steht, die ihren Partner erschlägt?«

Kelexel schüttelte seinen Kopf. Das Gespräch hatte eine Wendung genommen, die ihn hilflos machte. Das Kriegsepos zurückgestellt? Eine neue Produktion? Warum? Seine üblen Vorahnungen kehrten zurück. Welche Mittel hatte Fraffin, um ihm Schaden zuzufügen?

»Konflikt und Furcht«, sagte Fraffin. »Gier und Verlangen. Ein Mechanismus, den ich nur in Gang zu setzen brauche, damit er seinen unvermeidlichen Lauf nimmt. Sie lieben, sie hassen, sie machen einander krank. Sie betrügen, sie töten, sie sterben.«

Fraffin lächelte. Kelexel fand den Ausdruck bedrohlich.

»Und der amüsanteste, der humorvollste Teil des Ganzen ist«, fuhr Fraffin fort, »daß sie glauben, sie täten das alles aus sich selbst und für sich selbst.«

Kelexel rang sich ein antwortendes Lächeln ab. Er fand die Idee irgendwie nicht amüsant. Er schluckte und sagte: »Aber würde eine solche Geschichte nicht ein wenig klein und dürftig sein?«

Klein und dürftig, dachte Fraffin. Dieser Kelexel ist ein Banause mit einer Vorliebe für Monumentalschinken. Schade um die Zeit, die ich mit ihm verbringen muß.

»Ist es nicht höchste Kunst«, fragte er, »wenn ich einen mikroskopischen Vorfall benütze, um das Allgemeingültige zu demonstrieren?« Er hob seine geballte Faust, öffnete sie und zeigte Kelexel die Handfläche. »Ich gebe dir etwas, das du nicht hast — Sterblichkeit.«

Kelexel fand den Gedanken geschmacklos — Fraffin und sein schmutziger persönlicher Konflikt, ein Totschlag, ein niedriges Verbrechen. Was für eine deprimierende Idee. Aber Fraffin beobachtete schon wieder das abgeschirmte Gerät auf seinem Tisch. Was sah er dort?

»Ich fürchte, ich habe meinen Besuch zu sehr in die Länge gedehnt«, sagte Kelexel.

Fraffin riß seinen Blick vom Monitor los. Der Tölpel wollte gehen. Gut. Er würde nicht weit gehen. Das Netz war bereits geknüpft, in dem er sich verfangen sollte.

Kelexel stand auf. »Vergib mir, wenn ich zuviel von deiner Zeit genommen habe.«

Fraffin erhob sich gleichfalls, verbeugte sich und gab die konventionelle Antwort: »Was ist Zeit für einen Chem?«

Kelexel murmelte die formelle Antwort: »Zeit ist unser Spielzeug.« Er wandte sich um und verließ den Raum. Die Gedanken wirbelten in seinem Kopf. Fraffins Benehmen enthielt eine Drohung. Es hatte etwas mit dem zu tun, was er in seinem Gerät gesehen hatte. Eine Geschichte? Aber wie konnte eine Geschichte einen Chem bedrohen?

Fraffin sah dem Besucher nach, bis die Tür sich hinter ihm geschlossen hatte, dann ließ er sich in seinen Sessel zurücksinken und schaltete wieder den Monitor ein. Oben auf der Erdoberfläche war jetzt dunkle Nacht, und der entscheidende erste Akt begann.

Er beobachtete das Geschehen mit der kritischen Distanz des erfahrenen Regisseurs. Aber nicht lange, und er schaltete das Gerät mit einer heftigen Bewegung aus.

Er stieß sich von seinem Schreibtisch ab. Ich muß etwas Vernünftiges unternehmen, dachte er. Dieser Anfang ist schlecht, eine lahme Sache, gänzlich unbrauchbar.

Mit einer entschlossenen Anstrengung stand er auf und ging durch den Raum zum stählernen Gehäuse seines Pantovivors. Er ließ sich in den gepolsterten Bedienungssessel fallen und stellte die

Instrumente ein. Relaissatelliten übertrugen ihm ein Bild der Taghälfte des Planeten.

Land schwamm durch die Beobachtungsbühne, verwaschene Flecken in Grün und Gelb und Braun. Autobahnen, Landstraßen, die schmutziggraue Amöbengestalt einer Stadt . . . Fraffin ließ sie näherrücken, und die Straßenzüge glitten langsam an seinen Augen vorüber. Plötzlich hatte er eine kleine Gruppe im Brennpunkt der Bühne, Gestalten, die wie Puppen an einer Straßenecke zusammengedrängt waren. Sie umdrängten einen fliegenden Händler oder Marktschreier, einen mageren kleinen Mann in einem zerdrückten grauen Anzug und mit einem schmierigen Hut. Er stand hinter einem wackligen, tragbaren Verschlag mit einem durchsichtigen Deckel.

»Flöhe!« rief er mit durchdringender Stimme. »Ja, Sie haben richtig gesehen, Herrschaften: Flöhe. Aber keine gewöhnlichen Flöhe, wenn ich bitten darf. Durch eine alte und geheime Dressurmethode ist es mir gelungen, sie zu kleinen Künstlern und Akrobaten auszubilden, die ihre phantastischen Kunststücke für Sie zum Besten geben! Hier ist eine kleine Flohfrau, die einen Wagen zieht. Und diese andere hier tanzt einen Reigen! Treten Sie näher, Herrschaften, und meine kleinen Freunde werden für Sie ringen und um die Wette laufen und viele andere Kunststücke vollführen. Bitte, treten Sie näher! Für billiges Geld können Sie diese kleine Wunderwelt bequem durch ein Vergrößerungsglas betrachten!«

Ob diese Flöhe wissen, daß sie jemandes Eigentum sind? dachte Fraffin.

4

Für Dr. Androkles Thurlow begann es damit, daß nachts das Telefon läutete.

Seine tastende Hand warf den Hörer auf den Boden. Dann suchte er im Dunkeln danach herum, noch immer halb im Schlaf. In seinem Bewußtsein trieben Bruchstücke eines Traums, in dem er die Momente kurz vor der Explosion im Lawrence-Strahlungslaboratorium, die seine Augen verletzt hatte, noch einmal durchlebte. Es war ein mittlerweile vertrauter Alptraum, der ihn seit jenem Unfall vor drei Monaten wieder und wieder heimgesucht hatte, aber Thurlow fühlte, daß dieser Traum jetzt eine neue Bedeutung gewonnen hatte, die es zu erforschen galt.

Psychologe, heile dich selbst, dachte er.

Aus dem Hörer kam das leise Geräusch einer blechern klingenden Stimme, und das half ihm, den richtigen Griff zu tun. Er drückte den Hörer an sein Ohr.

»Hallo?« Seine Stimme kratzte im trockenen Mund.

»Andy?«

Er räusperte sich. »Ja?«

»Hier ist Clint Mossman.«

Thurlow schwang die Beine über die Bettkante. Das Leuchtzifferblatt seines Weckers zeigte zwei Uhr achtzehn. Diese Uhrzeit und die Tatsache, daß Mossman, der für Kriminalsachen zuständige Bezirksrichter war, konnte nur einen Notfall bedeuten. Mossman wollte Thurlow in seiner Eigenschaft als Gerichtspsychologe sprechen.

»Was ist los?« fragte Thurlow.

»Ich fürchte, ich habe eine schlechte Nachricht für dich, Andy. Der Vater deiner alten Freundin hat gerade ihre Mutter umgebracht.«

Im ersten Augenblick ergaben die Worte keinen Sinn. Alte Freundin? Er hatte hier nur eine alte Freundin, aber die war längst mit einem anderen verheiratet.

»Was sagst du?«

»Joe Murphey, Ruth Hudsons Vater, hat seine Frau umgebracht«, sagte Mossman.

»Nein!«

»Ich habe nicht viel Zeit«, sagte Mossman. »Ich rufe aus einer Zelle gegenüber von Joe Murpheys Bürohaus. Er hat sich in seinem Büro verbarrikadiert und hat ein Gewehr. Er sagt, er wolle nur mit dir verhandeln.«

Thurlow schüttelte seinen Kopf. »Er will mit mir reden?«

»Wir brauchen dich hier, Andy. Sofort. Ich weiß, es ist eine unangenehme Sache für dich, Ruth und alles, aber ich habe keine Wahl. Ich möchte verhindern, daß es zu einer Schießerei kommt, und du weißt, wie unsere Polizisten sind; mit dem Finger am Drücker ist ihnen am wohlsten . . .«

»Ich habe euch gewarnt, daß so etwas passieren würde«, sagte Thurlow. Er fühlte eine plötzliche Verärgerung, eine Erbitterung, die Mossman und die ganze Stadt mit einschloß.

»Ich habe keine Zeit, mit dir zu streiten«, sagte Mossman. »Ich habe Murphey gesagt, daß du kommen wirst. Du könntest es in zwanzig Minuten schaffen. Aber beeile dich, ja?«

»Ja, ist gut. Ich komme sofort.«

Thurlow legte auf und schaltete die Nachttischlampe ein. Augenblicklich begannen seine Augen zu tränen. Er zwinkerte, bis der Schmerz allmählich nachließ, und er fragte sich, ob er jemals wieder fähig sein würde, plötzliches Licht ohne Schmerzen zu ertragen.

Die Neuigkeit drang erst nach und nach in sein Bewußtsein ein. Sein Gehirn war wie betäubt. Ruth! Wo ist Ruth? Aber das war nicht mehr seine Sorge. Das war Nev Hudsons Problem. Er zog sich an und setzte seine Brille auf, eine Spezialbrille mit polarisierenden, verstellbaren Linsen. Seine Augen entspannten sich, sowie er sie aufgesetzt hatte. Das Licht nahm eine entschieden gelbe Färbung an, die er als wohltuend empfand. Er zog Schuhe und Jacke an und warf einen Blick in den Spiegel: schmales Gesicht, hohle Wangen, die dunkle Brille mit dem dicken schwarzen Rand, dünnes braunes Haar mit großen Geheimratsecken, lange, etwas tropfenförmige Nase, breiter Mund mit verdickter Unterlippe . . .

Er brauchte einen Schnaps, aber er wußte, daß seine Flasche leer war. Armer kranker Joe Murphey, dachte er. Mein Gott, was für ein Schlamassel!

5

An der Straßenecke unweit von Murpheys Büro zählte Thurlow fünf Streifenwagen der Polizei. Handscheinwerfer ließen ihre zuckenden Lichtkegel über die Fassade des dreistöckigen Gebäudes tasten und erhellten dann und wann die ausgeschaltete Neoninschrift über dem Eingang: »J. H. Murphey Company — Feinkosmetik«.

Thurlow stieg fünfzig Meter weiter aus und machte sich auf die Suche nach Mossman. Hinter abgestellten Wagen auf der anderen Straßenseite kauerten zwei Gestalten in Deckung.

Hat Murphey auf sie geschossen? überlegte Thurlow.

Er wußte, daß er ein gutes Ziel abgab, als er die Straße überquerte, aber er fühlte keine Gefährdung. Der Gedanke, daß Ruths Vater auf ihn schießen könnte, war einfach absurd. Der Mann konnte nur in einer Richtung explodieren — und das hatte er getan. Jetzt war Murphey aufgebraucht, wenig mehr als eine Hülle.

Einer der Polizisten drüben — mehrere andere standen mit

schußbereiten Gewehren in Hauseingängen — schob ein Megaphon hinter dem Wagenheck hervor und brüllte: »Murphey! Doktor Thurlow ist hier! Kommen Sie jetzt runter und ergeben Sie sich. Letzte Chance, bevor wir das Feuer eröffnen und stürmen!«

Die verstärkte Stimme dröhnte und echote zwischen den dunklen Hausfassaden.

Im zweiten Stock des Murphey-Hauses quietschte ein Schiebefenster. Die Lichtkreise der Handscheinwerfer zuckten über die Fassade und erfaßten die Bewegung. Aus der dunklen Öffnung des Fensters kam eine Männerstimme: »Ich sehe ihn. In fünf Minuten bin ich unten.« Das Fenster knallte zu.

Thurlow lief hinüber zu Mossman, der aus einem Hauseingang getreten war und ihn erwartete. Der Bezirksrichter war ein knochendürrer Mann in einem sackartigen hellen Anzug. Ein cremefarbener, breitkrempiger Hut überschattete sein hageres Gesicht.

»Hallo, Andy«, sagte er. »Tut mir leid, das Ganze, aber du siehst, wie es ist.«

»Hat er geschossen?« fragte Thurlow. Er wunderte sich über die Ruhe in seiner eigenen Stimme. Berufliches Training, sagte er sich. Dies war eine psychotische Krise, und er war ausgebildet, um mit solchen Fällen fertig zu werden.

»Nein«, sagte Mossman müde. »Aber er hat ein Gewehr.«

»Wollt ihr ihm die fünf Minuten geben?«

»Sollten wir?«

»Ich finde es. Ich glaube, er wird genau das tun, was er sagte. Er wird runterkommen und sich ergeben.«

»Also fünf Minuten, und keine Minute länger.«

»Sagte er, warum er mich sprechen will?«

»Etwas über Ruth, und daß er Angst habe, wir würden ihn abschießen, wenn du nicht anwesend bist.«

»Das sagte er?«

»Ja.«

Thurlow sagte: »Vielleicht sollte ich hinaufgehen und mit ihm . . .«

»Nein. Ich kann nicht riskieren, ihm eine Geisel in die Hand zu geben.«

Thurlow seufzte.

»Du bist hier«, sagte Mossman. »Das ist, was er verlangte. Jetzt warten wir mal ab.«

»Gibt es keinen Zweifel, daß er Adele getötet hat?« fragte Thurlow.

»Keinen.«

»Wo?«

»In seinem Haus.«

»Wie?«

»Mit einem Messer — diesem mörderischen Souvenir, mit dem er bei seinen Grillparties im Garten immer so herumfuchtelte.«

Thurlow holte tief Atem. Das paßte natürlich. Ein Messer war die logische Waffe. Er zwang sich zu professioneller Ruhe und fragte: »Wann?«

»Ungefähr um Mitternacht. Jemand rief an und verlangte einen Krankenwagen, aber im Krankenhaus kamen sie erst eine halbe Stunde später auf den Gedanken, uns zu verständigen. Als wir am Tatort eintrafen, war Joe Murphey weg.«

»Und ihr dachtet, er könnte hierher geflüchtet sein?«

»So ungefähr.«

Thurlow schüttelte seinen Kopf und blickte wieder über die Straße. Einer der Lichtkegel bewegte sich wieder die Fensterreihen entlang, und Thurlow glaubte außerhalb von Murpheys Fenster einen Gegenstand in der Luft hängen zu sehen, aber als er genauer hinsah, schien das Objekt aufwärts in den dunklen Himmel zu gleiten. Thurlow nahm seine Brille ab und rieb seine Augen. Komisch — es hatte wie eine lange Röhre ausgesehen. Eine Nachwirkung seiner Augenverletzung, dachte er, setzte seine Brille wieder auf und wandte seine Aufmerksamkeit erneut Mossman zu.

»Was macht er in dem Büro?« fragte Thurlow. »Hast du eine Ahnung?«

»Er hängt am Telefon und ruft alle möglichen Leute an, prahlt mit seiner Tat. Seine Sekretärin, Nelly Hartnick, erlitt einen Nervenzusammenbruch und mußte ins Krankenhaus gebracht werden.«

»Hat er auch — Ruth angerufen?«

»Das weiß ich nicht.«

Thurlow dachte an Ruth, konzentrierte seine Gedanken auf sie. Es war das erstemal, seit sie ihm den Ring mit der höflichen kleinen Notiz, daß sie Nev Hudson heiraten werde, zurückgeschickt hatte. Thurlow war damals in Denver gewesen, weil er ein Stipendium für seine Fachausbildung an der dortigen Universität bekommen hatte. Danach hatte er mit wechselndem Erfolg versucht, Ruth aus seinem Bewußtsein zu verdrängen.

Was für ein Dummkopf ich war, dachte er. Dieses Stipendium war nicht wert, Ruth zu verlieren.

Er überlegte, ob er sie anrufen und versuchen solle, ihr die Nachricht so schonend wie möglich beizubringen. Aber für eine solche Nachricht gab es keine schonende Interpretation. Es mußte schnell geschehen, grausam und scharf, eine saubere Wunde, damit sie mit einer möglichst kleinen Narbe verheilen würde ... soweit die Umstände das überhaupt zuließen.

Moreno war eine kleine Stadt, und er wußte ihre Adresse. Aber ein Anruf würde zu unpersönlich sein. Er müßte selber zu ihr gehen.

Und dann wäre ich unwiderruflich mit der Tragödie verbunden, dachte er. Das will ich nicht.

Thurlow seufzte. Laß einen anderen die Unglücksbotschaft überbringen. Ich bin nicht für sie verantwortlich.

Ein Polizist in der Nähe sagte: »Ob er betrunken ist?«

»Ist er schon mal nüchtern gewesen?« fragte Mossman zurück.

Der Polizist fragte: »Haben Sie die Tote gesehen?«

»Nein«, antwortete Mossman. »Aber Jack beschrieb sie, als er mich anrief.«

»Eine Kugel wäre zu schade für den Hurensohn«, brummte der Polizist. »Man sollte ihm bei lebendigem Leib die Haut abziehen.«

Thurlow wandte sich um, als ein Wagen um die Ecke gerast kam und mit kreischenden Reifen hielt. Heraus sprang ein großer, dicklicher Mann, der unter seinem offenen Anzug einen Pyjama trug. Der Mann riß eine Kamera und ein Blitzlichtgerät aus dem Wagen. Thurlow wandte sich rasch ab, als der Mann mit der Kamera auf die in ihren Deckungen wartenden Polizisten zielte. Das Blitzlicht zuckte durch die Straßenschlucht ...

Um dem grellen Schein zu entgehen, hatte Thurlow seine gefährdeten Augen auf den nachtdunklen Himmel gerichtet. Als das Blitzlicht aufflammte, sah er wieder den seltsamen Gegenstand. Er schwebte ungefähr fünf Meter vor Murpheys Fenster. Selbst nach dem Erlöschen des Lichts blieb das Ding wie eine schwache, wolkenartige Erscheinung sichtbar.

Thurlow starrte hinauf. Dies konnte keine Illusion und keine Nachwirkung der Augenverletzung sein. Die Umrisse waren deutlich auszumachen. Das Ding schien ein zylindrischer Körper von vielleicht sechs Meter Länge und eineinhalb Meter im Durchmesser zu sein. Ein halbkreisförmiger Sims lief um das der Hausfront zugewandte Ende des Zylinders, und auf dem Sims kauerten zwei

Gestalten. Sie schienen mit einer kleinen Röhre, die auf einem Stativ befestigt war, auf Murpheys Fenster zu zielen. Die Gestalten waren in der wolkenähnlichen Form des Ganzen nicht klar zu erkennen, aber sie wirkten menschlich — zwei Arme, zwei Beine — obwohl klein: vielleicht nur neunzig Zentimeter oder einen Meter groß.

Thurlow empfand eine seltsame Erregung, die von den üblichen körperlichen Reaktionen völlig frei war. Er wußte, daß er etwas Wirkliches sah, das sich dennoch jeder vernünftigen Erklärung entzog. Wie er hinaufstarrte, wandte sich eine der Gestalten um und sah ihn voll an. Thurlow sah das Glühen von Augen durch die wolkigen Schleier. Die Gestalt stieß ihren Gefährten an. Nun spähten beide zu Thurlow herab — zwei glühende Augenpaare.

Ist es eine Art von Luftspiegelung? dachte er. Er schluckte. Eine Luftspiegelung konnte jeder sehen. Mossman stand neben ihm und blickte zu Murpheys Fenster auf. Der Bezirksrichter mußte diesen merkwürdigen Zylinder dort schweben sehen, aber er gab es nicht zu erkennen.

Der Fotograf kam zu ihnen. Thurlow kannte ihn; es war Tom Lee vom ›Sentinel‹.

»Ist Murphey noch drin?« fragte er.

Mossman bejahte.

»Hallo, Doktor Thurlow«, sagte Lee. »Was starren Sie so? Ist das das Fenster, hinter dem Murphey sich verschanzt hat?«

Thurlow packte den anderen bei der Schulter. Die zwei Kreaturen hatten das röhrenförmige kleine Ding auf dem Stativ herumgeschwenkt und zielten damit auf die Gruppe der Beamten um Thurlow. Thurlow zeigte hinauf.

»Was, zum Teufel, ist das da oben, Lee?« sagte er. »Machen Sie eine Aufnahme davon.«

Lee hob instinktiv seine Kamera und blickte in die angezeigte Richtung. »Was? Wovon soll ich eine Aufnahme machen?«

»Von dem Ding vor Murpheys Fenster.«

»Ding? Was für ein Ding?«

»Sehen Sie nicht, was da vor diesem Fenster in der Luft schwebt?«

»Ein Mückenschwarm, vielleicht. Dieses Jahr gibt es viele. Sie sammeln sich immer, wo Licht ist.«

»Was für ein Licht?« fragte Thurlow.

»Hm? Wieso . . .«

Thurlow nahm seine polarisierende Brille ab. Der wolkige

Zylinder verschwand. An seiner Stelle war eine vage, dunstige Stelle mit winzigen Bewegungen darin. Man konnte die Hauswand durch sie sehen. Er setzte die Brille wieder auf. Wieder war der zylindrische Körper dort oben, auf dessen Sims die zwei gnomenhaften Gestalten hockten. Ihr fernrohrartiges Gerät war jetzt auf den Hauseingang gerichtet.

»Da ist er!« rief jemand links von Thurlow.

Tom Lee stürzte los und hätte Thurlow beinahe umgestoßen. Die Polizisten bildeten auf der Straße einen weiten Halbkreis um den Eingang, die Gewehre schußbereit in den Händen. Thurlow stand momentan allein, als ein großer, stämmiger Mann mit einer Glatze im Scheinwerferlicht vor dem Hauseingang erschien. Er hob eine Hand, um seine Augen gegen das blendende Licht abzuschirmen. Tom Lee sprang vor ihm herum und fotografierte ihn aus allen möglichen Blickwinkeln. Sein Blitzlicht zuckte unaufhörlich. Thurlow blinzelte. Seine Augen tränten.

Polizeibeamte umringten den Mann vor der Glastür.

Als sie ihn mit Handschellen gefesselt hatten und zu einem der Wagen führten, wandte der Gefangene noch einmal den Kopf und blickte über die Schulter zu Thurlow. Die kleinen Augen in dem fleischigen roten Gesicht wirkten sonderbar lebhaft, und Thurlow konnte keine Angst in ihnen sehen.

»Andy!« rief Murphey. »Kümmere dich um Ruth! Hast du gehört? Kümmere dich um Ruth!«

Murphey wurde zu einem hin- und hergezerrten kahlen Fleck inmitten einer Menge von Polizeihelmen. Er wurde in einen Streifenwagen gestoßen, während Tom Lee unaufhörlich fotografierte.

Thurlow holte tief Atem. Die Luft um ihn her war wie aufgeladen. Der Geruch des menschlichen Rudels vermischte sich mit den Abgasen der startenden Polizeiwagen. Verspätet erinnerte er sich an den schwebenden Zylinder vor dem Fenster, doch als er aufblickte, war die Erscheinung fort.

Es wurde stiller, als die Wagen davonfuhren. Der Alptraum aus gebrüllten Befehlen, heulenden Motoren und grellem Scheinwerferlicht verlor sich.

Ein Polizist blieb bei Thurlow stehen und sagte: »Der Bezirksrichter läßt Ihnen seinen Dank ausrichten, Mr. Thurlow. Er sagt, Sie könnten in ein paar Stunden mit Murphey reden, sobald die Vernehmung beendet ist.«

Thurlow befeuchtete seine Lippen. »Danke«, murmelte er. »Morgen früh werde ich hingehen.«

Der Polizist lief zu einem wartenden Wagen, stieg ein. Der Fahrer setzte zurück und brauste dann mit aufjaulenden Reifen davon, den anderen nach.

Der Fotograf kam über die nun leere Straße und winkte Thurlow, als dieser gerade zu seinem Wagen gehen wollte. »He, Doktor!« rief er. »Ist das richtig, was Mossman sagte? Daß Murphey sich nicht ergeben wollte, solange Sie nicht da waren?«

Thurlow nickte. Die Frage erschien ihm völlig belanglos, geboren aus der gleichen Unwirklichkeit, die ihn während der letzten Minuten hier festgehalten hatte.

Tom Lee schrieb in sein Notizbuch.

»Waren Sie nicht mal mit Murpheys Tochter befreundet?« fragte er.

»Das ist wahr«, sagte Thurlow mit einer Stimme, die einem anderen zu gehören schien.

»Haben Sie die Tote gesehen?«

Thurlow schüttelte seinen Kopf.

Lee grunzte und steckte sein Notizbuch ein. »Was war das vorhin, das Sie oben bei dem Fenster zu sehen glaubten, Doktor?« fragte er.

Thurlow blickte dem dicken, trotz seiner Größe so behenden Reporter ins Gesicht, betrachtete die dicken Lippen und die kleinen, verkniffen-klugen Augen und fragte sich, wie der Mann auf eine Beschreibung des Phänomens reagieren würde, das er in der Luft beobachtet hatte. Unwillkürlich blickte Thurlow zum Fenster hinauf. Nichts zu sehen. Die Nacht war plötzlich kalt geworden. Thurlow fröstelte. Lees Stimme hatte eine irritierende Dialektfärbung, die Thurlow auf die Nerven ging.

»Ich weiß nicht«, sagte Thurlow nach einer Pause. »Ich ... ich nehme an, es war nur ein Reflex von diesen Scheinwerfern.«

»Ich wundere mich«, sagte Lee, »daß Sie durch diese Brille überhaupt was sehen; noch dazu nachts.«

»Ja«, sagte Thurlow. »Vielleicht hing es auch mit der Brille zusammen — eine Spiegelung.«

»Ich würde Ihnen gern noch ein paar Fragen stellen, Doktor«, sagte Lee. »Wir könnten zu Turks fahren, dort ist die ganze Nacht geöffnet. Und wir könnten gemütlich bei einem Glas Bier ...«

»Nein«, sagte Thurlow mit entschiedenem Kopfschütteln. »Nein, ich will schlafen. Vielleicht morgen.«

Lee lachte. »Es ist morgen, Doktor, und auf eine halbe Stunde mehr kommt es auch nicht mehr an.«

Aber Thurlow hatte sich schon abgewandt und eilte mit einer vagen, winkenden Handbewegung zu seinem Wagen. Murpheys Worte: »Kümmere dich um Ruth!« lagen wie ein heißer Stein in seinem Bewußtsein. Thurlow wußte, daß er Ruth aufsuchen und ihr jede mögliche Hilfe anbieten mußte.

6

Bewegung ging durch die Zuschauer. Es war, wie wenn in der Dunkelheit des Amphitheaters ein großer Organismus seine Glieder reckte.

Kelexel saß nahe dem Zentrum des großen Raumes, und er fühlte diese seltsam bedrohliche Bewegung im Dunkeln. Ringsum saßen die Dramaturgen und Regisseure und ihre Mitarbeiter, und außer ihnen waren noch viele dienstfreie Leute aus anderen Abteilungen gekommen, die sich für Fraffins neue Produktion interessierten. Fraffin hatte zwei Spulen vier- oder fünfmal hintereinander ablaufen lassen, während Änderungen von Handlungselementen oder wünschenswerte Schnitte, Überblendungen und dergleichen technische Feinheiten besprochen worden waren. Nun wartete man auf eine neue Wiederholung der Eröffnungsszene, während Fraffin unten bei der Bühne stand und einer Gruppe seines Regiestabs gestenreich seine Vorstellungen erläuterte.

Kelexel nahm schwachen Ozongeruch wahr. Er mußte von dem unsichtbaren Feld des Pantovivors herrühren, das Zuschauerraum und Projektionsbühne mit seinen Kraftlinien verband.

Der Untersucher hatte zwei Arbeitstage hier in der Regiezentrale verbracht, privilegiert, die künstlerischen und technischen Kader bei ihrer Tätigkeit zu beobachten.

Schließlich sagte eine Stimme irgendwo vorn in der Dunkelheit: »Abfahren!«

Jemand räusperte sich. Im Mittelpunkt der Bühne entstand Licht. Kelexel rückte in nervöser Erwartung auf seinem Sitz und nahm eine bequemere Position ein. Immer dieser gleiche komische Anfang, dachte er. Das Licht war ein verlorenes, formloses Etwas, das sich allmählich zu einer Straßenlaterne konsolidierte. Ihr Licht erhellte einen Vorgartenrasen, ein gebogenes Stück Garageneinfahrt und im Hintergrund die geisterhaft graue Wand eines Eingeborenenhauses. Die dunklen Fenster aus primitivem Glas glänzten wie geheimnisvolle Augen.

Ein Insekt zirpte.

Irgendwo in der Szene war ein keuchendes Geräusch, begleitet von dumpfen Lauten, die sich in hektischem Rhythmus näherten.

Kelexel empfand den Realismus mit allen Werten des Originals. Dies alles war so wirklich, wie wenn er die Originalszene von einem etwas erhöhten und seitlich verschobenen Standpunkt aus sähe. Der Geruch von taufeuchtem Gras war in der Luft. Die kühle Nachtbrise berührte sein Gesicht.

Schrecken kroch durch Kelexels Glieder. Er griff aus der halbdunklen Szene nach ihm und packte ihn mit lähmendem Griff. Kelexel mußte sich erinnern, daß dies die Kunst einer erzählten Geschichte war, daß es nicht wirklich war — nicht für ihn. Er erlebte die panische Angst einer anderen Kreatur, eingefangen und aufgezeichnet von hochempfindlichen Geräten.

Eine rennende Gestalt, eine eingeborene Frau in einem weiten grünen Gewand, das sich um ihre Hüften bauschte, kam ins Blickfeld. Sie keuchte in ihrem Lauf. Ihre bloßen Füße schlugen dumpf auf den geschorenen Rasen, klatschten dann über das Pflaster der Einfahrt.

Ihr Verfolger war ein grobschlächtig-stämmiger Mann mit einem Mondgesicht, der einen langen Dolch in der rechten Faust hielt. Die Klinge glitzerte silbrig im Licht der Straßenlaterne.

Entsetzen und Todesangst strahlten von der Frau aus. Sie keuchte: »Nein! Bitte, lieber Gott, nein!«

Kelexel hielt den Atem an. Obwohl er diese Szene einige Male gesehen hatte, empfand er den Akt der Gewalt jedesmal als neu. Er begann zu sehen, was Fraffin mit dieser Geschichte haben mochte. Der Arm mit der langen Dolchklinge wurde zum Zustoßen hochgerissen ...

»Schnitt!«

Der Pantovivor war aus. Alle Geräusche, Gerüche, Emotionen verschwanden ins Nichts. Es war wie der Sturz von einer Klippe.

Kelexel begriff, daß die Stimme Fraffin gehört hatte, und eine unvernünftige Wut über Fraffins Handlungsweise brandete in ihm auf. Kelexel brauchte einen Augenblick, um sich zu reorientieren, und danach fühlte er sich noch immer frustriert.

Die Saalbeleuchtung ging an. Kelexel blinzelte, blickte umher. Es war seltsam still im Amphitheater. Weiter unten und vorn, nahe der Bühne, wo Fraffin und sein Stab waren, steckte man die Köpfe in leiser Diskussion zusammen.

Kelexel konnte seine Frustration über die Art und Weise, wie Fraffin die Szene unterbrochen hatte, nicht überwinden. Ihm den Fortgang der Handlung vorzuenthalten, selbst wenn er wußte, wie sie ablaufen würde ... Kelexel schüttelte seinen Kopf. Er fühlte sich verwirrt, aufgeregt. Um sich abzulenken, ließ er seinen Blick durch das Amphitheater gehen. Im Licht der Deckenbeleuchtung sah es wie ein riesiges Spielbrett mit bunten Figuren aus. Fast alle Anwesenden trugen Uniformen, deren Farben die Tätigkeit des jeweiligen Trägers bezeichneten: Rot für Piloten, Orange für die Aufnahmegruppen, Grün für Regiepersonal, Gelb für Techniker und Wartungsmannschaften, und Blau für Fraffins inneren Kreis, die Manipulatoren, Unterregisseure und Subdirektoren.

Die Gruppe unten bei der Bühne ging auseinander. Fraffin stieg auf die Bühne und trat in ihr Zentrum, eine hagere kleine Gestalt in einem schwarzen Umhang. Er blickte auf, und seine Augen schienen sich direkt auf Kelexel zu richten.

Ein Frösteln durchlief den Untersucher. Alarmierte Gedanken schossen ihm durch den Kopf. Es war ihm, als ob Fraffin gesagt hätte: »Dort sitzt der alberne Untersucher! Das ist er, gefangen in meinem Netz!«

Im Amphitheater wurde es still. Aller Augen richteten sich erwartungsvoll und aufmerksam auf die Vorführbühne.

»Ich muß noch einmal betonen«, sagte Fraffin, »daß unser Ziel Subtilität ist.«

Er machte eine kurze Pause und blickte wieder zu Kelexel auf. Nun, dachte er, der Untersucher hat Entsetzen gefühlt. Angst verstärkt den Sexualtrieb. Und er hat die Tochter des Opfers gesehen, eine junge Frau von der Art, die einen Chem fasziniert — exotisch, nicht zu derb, anmutig und mit Augen gleich grünen Juwelen. Er wird körperliche Erregung fühlen, wenn er an sie denkt. Ha, Kelexel! Bald wirst du um Erlaubnis bitten, eine bestimmte Eingeborene aus der Nähe zu untersuchen; und wir werden es erlauben.

»Wir dürfen niemals den Fehler machen, den Betrachter außer acht zu lassen«, fuhr Fraffin fort. »Es kann nicht unser Anliegen sein, ihn in ein zu tiefes Entsetzen zu stoßen. Er soll die Geschichte genießen, aber er darf nicht denken, daß er derjenige sei, der manipuliert wird. Wir machen hier mehr als nur psychologische Kunststücke zu unserem eigenen Vergnügen.«

Kelexel fühlte, daß er nur die Hälfte von dem verstand, was hier vorging. Ich muß diese Eingeborenen genauer und mit Muße untersuchen, dachte er. Vielleicht gibt es Hinweise, die nur so gewonnen werden können.

Als ob dieser Gedanke der Schlüssel zur verschlossenen Tür der Versuchung gewesen wäre, fand Kelexel sich plötzlich von Vorstellungsbildern konfrontiert, in denen eine weibliche Eingeborene aus Fraffins Geschichte eine dominierende Rolle spielte. Der Name hatte einen so exotischen Klang — Ruth. Die rothaarige Ruth. Sie hatte etwas von den Subi, und die Subi waren berühmt für die erotischen Genüsse, die sie den Chem verschafften. Kelexel erinnerte sich einer Subi, die er einmal gehabt hatte. Leider war sie sehr bald verblaßt und unansehnlich geworden. Das ging allen Sterblichen so, wenn sie mit dem endlosen Leben eines Chem Schritt zu halten versuchten.

Vielleicht könnte ich diese Ruth zu meinem Studienobjekt machen, dachte Kelexel. Fraffins Leuten müßte es ein leichtes sein, sie hierher zu bringen.

»Subtilität«, sagte Fraffin, »ist das wesentliche Moment. Die Zuschauer müssen in einem unbeschwerten Bewußtseinszustand gehalten werden. Sie sollen unsere Geschichte wie einen Tanz sehen, nicht real in dem Sinn, wie unser Leben real ist, sondern als ein interessantes Spiegelbild, ein Chem-Märchen. Dieses Ziel darf über der dramatischen Aktion nicht in Vergessenheit geraten.«

Fraffin zog seinen schwarzen Umhang fester um sich und ging von der Bühne. Er hatte Kelexel beobachtet, und nun, als er seinem Quartier zustrebte, war er amüsiert und befriedigt. Dieser Untersucher ist so leicht zu manipulieren wie die Eingeborenen, dachte er. Es ist beinahe möglich, Mitleid mit Kelexel zu empfinden.

Bei der ersten Begegnung mit der Idee des persönlichen Konflikts war Kelexel offensichtlich abgestoßen gewesen. Aber wie hatte er sich in dem Eingeborenenkonflikt verloren, als er ihn in der Aufführung sah!

Wir identifizieren uns so leicht mit individuellen Gewalttaten, dachte Fraffin. Man könnte beinahe vermuten, daß es in unserer Vergangenheit wirkliche Erfahrungen dieser Art gegeben habe.

Der Gedanke war so sonderbar, daß Fraffin ihm nachzugehen beschloß. Er trat in die Wärme und Stille seines Salons, vertieft in die Endlosigkeit seiner Erinnerungen. Es war eine Endlosigkeit, die ihn plötzlich schreckte. Er fühlte sich am Rande beängstigender Entdeckungen, fürchtete die Ungeheuer eines Bewußtseins, die in der Ewigkeit vor ihm lauerten. Dinge waren da, die er nicht zu sehen wünschte.

Ja, dachte er, unsterblich sein, heißt ein Bedürfnis nach häufiger Anwendung moralischer Anästhesie entwickeln.

7

Thurlow saß über das Lenkrad seines geparkten Wagens gebeugt und rauchte seine Pfeife. Seine polarisierende Brille lag auf dem Sitz neben ihm, und er starrte durch die Regentropfen auf der Windschutzscheibe in den Abendhimmel. Seine Augen tränten und nahmen die Regentropfen nur verschwommen wahr. Der Wagen war ein acht Jahre altes Coupé, und Thurlow brauchte einen neuen, aber er hatte die Gewohnheit angenommen, sein Geld für den Kauf einer Wohnung oder eines kleinen Hauses zu sparen ... als er noch gedacht hatte, er werde Ruth heiraten. Damit war es vorbei, aber er fand es schwierig, die Gewohnheit zu durchbrechen, und so hielt er mit einer ziemlich unsinnigen Beharrlichkeit daran fest.

Warum will sie mich sehen? fragte er sich. Und warum hier, an unserem alten Treffpunkt? Wozu diese Heimlichtuerei?

Zwei Tage waren seit der Mordtat vergangen, und er fand es noch immer unmöglich, die Ereignisse zu einem zusammenhängenden Ganzen zu fügen. Murpheys psychotisch-uferloses Geschwafel und die gewalttätigen Reaktionen in der Gemeinde waren wie zwei Mühlsteine, die sich in seinem Gehirn drehten.

Thurlow war schockiert, daß die Öffentlichkeit Murphey tot sehen wollte. Die Reaktion in der Stadt war so heftig wie der Regensturm, der in den letzten Stunden durchgezogen war.

Jetzt war die Sonne wieder herausgekommen, tief im Westen, und badete die Unterseite der abziehenden Wolkendecke in orangerotes Licht. Die Bäume ließen ihr nasses Laub hängen, und über den Feldern zu beiden Seiten der ungeteerten, mit spiegelnden Pfützen bedeckten Landstraße lag Nebel in dünnen weißen Laken. In den Zweigen des kleinen Stadtrandwäldchens schilpten Spatzen, und im büscheligen Gras am Straßenrand zirpten ein paar Grillen.

Thurlow wußte als Psychologe natürlich, warum die Öffentlichkeit ihre Lynchung haben wollte, aber die gleiche Haltung in fast allen Beamten der Exekutive zu sehen, das war ein Schock. Er dachte an die Hindernisse, die man ihm in den Weg gelegt hatte, die Versuche, Murpheys psychiatrische Untersuchung zu verhindern. Der Bezirksrichter, Staatsanwalt George Paret und alle anderen entscheidenden Männer im Polizei- und Justizdienst der Stadt wußten inzwischen, daß Thurlow den psychotischen Zusammenbruch, der Adele Murphey das Leben gekostet hatte, vorausgesagt hatte. Wenn sie dies als eine Tatsache akzeptierten, dann mußte Murphey für unzurechnungsfähig erklärt werden und durfte nicht hingerichtet werden.

Paret hatte seine Karten bereits aufgedeckt, indem er Thurlows direkten Vorgesetzten Dr. Leroy Whelye zum Gutachter bestellt hatte. Whelye war Direktor der Staatlichen Psychiatrischen Klinik in Moreno und im ganzen Staat als Galgenpsychiater bekannt, ein Mann, der immer gutachtete, wie die Staatsanwaltschaft es wollte. Und so hatte er nach nur einer Untersuchung Murphey für seine Handlungen voll verantwortlich erklärt.

Thurlow sah auf seine nutzlose Armbanduhr. Sie war um zwölf Uhr vierzehn stehengeblieben. Inzwischen mußte es, nach dem Sonnenstand zu urteilen, kurz vor sieben sein. Bald würde es dunkel werden. Was hielt Ruth so lange auf?

Er fühlte sich plötzlich von der Heimlichkeit dieses Treffens angeekelt. Schämt sie sich, überlegte er, oder schäme ich mich, sie offen zu sehen?

Thurlow war direkt von der Klinik an diesen Treffpunkt gekommen, nachdem Whelye ziemlich massiv versucht hatte, ihn zum Rücktritt von diesem Fall zu bewegen.

»Vergessen Sie einmal, daß Sie der vereidigte Gerichtspsychologe sind, Thurlow«, hatte Whelye gesagt. »Denken Sie an Ihre persönliche Verstrickung ... Ihre alte Freundin ... ihr Vater ...« Die Bedeutung war klar, und oberflächlich gesehen, entbehrten solche Vorhaltungen nicht einer gewissen Vernunft. Aber der tiefere Grund war ein anderer: Auch Whelye wußte von diesem Bericht über Murphey, der jetzt bei den übrigen Akten über die frühere Betreuung des Mannes lag. Und der Bericht widersprach Whelyes Gefälligkeitsgutachten.

Whelye war ein verdammter Opportunist.

Thurlow nahm die Pfeife aus dem Mund und sah sie an. Die Glut war ausgegangen. Ständig geht das Mistding aus, dachte er verdrießlich.

Dann versuchte er sich an die Ermordete zu erinnern. Adele Murphey existierte jetzt als Fotografie und Nachruf in der Lokalzeitung, als eine flüchtige und schon nicht mehr bestimmbare Widerspiegelung in den Aussagen von Zeugen und Polizisten. Die Adele Murphey, die er gekannt hatte, verblaßte hinter den brutalen neuen Bildern. Ihre Züge begannen im Blätterwirbel der vergehenden Dinge undeutlich zu werden. Sein Gedächtnis hielt nur noch die Polizeifotos fest — Farbaufnahmen in der Akte des Bezirksrichters. Das rote Haar (ähnlich dem der Tochter) auf dem fleckigen Betonboden der Einfahrt, die blutlose Haut — an das erinnerte er sich.

Und er erinnerte sich an die Zeugenaussage Sarah Frenchs, der Frau des im Nachbarhaus wohnenden Arztes. Er hatte die Aussage im Protokoll gelesen, und durch Mr. Frenchs Worte konnte er sich die gewalttätige Szene bildhaft vorstellen.

»Adele ... Mrs. Murphey kam aus der Glastür des Wohnzimmers und rannte über die Terrasse in den Garten. Ich hatte Streit gehört, ein Gebrüll und dann einen gellenden Schrei, und so war ich am Schlafzimmerfenster, als Mrs. Murphey aus dem Haus lief. Sie trug ein dünnes grünes Nachthemd und war barfuß. Ich dachte noch: wie komisch, sie ist barfuß. Dann kam Joe Murphey hinter ihr aus der Tür gestürzt. Er hatte diesen furchtbaren Kris in der Hand, diesen Malaiendolch. Ich konnte sein Gesicht ganz deutlich sehen. Er sah aus, wie er immer aussieht, wenn er wütend ist. Er kann so schrecklich jähzornig sein!«

Er hatte kaum zwanzig Schritte gebraucht, um seine Frau einzuholen. Sarah French hatte die Stiche gezählt.

»Ich stand ganz starr vor Entsetzen da und zählte mit, während er mit dem Dolch zustieß. Ich weiß nicht, warum. Ich zählte einfach. Siebenmal. Siebenmal stieß er zu.«

Adele war auf dem Beton der Einfahrt liegengeblieben, das Haar wie ein Fächer ausgebreitet. So hatten die Kameras die Szene festgehalten.

Und die ganze Zeit war die Frau des Arztes an ihrem Fenster gewesen, eine Hand vor den Mund geschlagen, starr vor Entsetzen.

»Ich konnte mich nicht bewegen. Ich konnte nicht einmal sprechen. Ich konnte nur hinsehen.«

Joe Murphey hatte den Kris auf den Rasen geworfen. Dann war er in einem Bogen um den Körper seiner Frau gegangen, war sorgsam über die sich rasch ausbreitende Blutlache gestiegen und zur Straße hinausgegangen. Sarah French hatte gehört, wie ein Wagen angelassen wurde und davonfuhr.

Erst dann hatte sie sich bewegen können. Sie hatte eine Ambulanz gerufen.

»Andy?«

Die Stimme riß Thurlow aus seinen Gedanken. Ruth! Er wandte den Kopf.

Sie stand links von ihm und etwas hinter dem Wagen, eine schlanke Frau in einem schwarzen Seidenanzug, das lange rote Haar streng zurückgekämmt und im Nacken zu einem Knoten aufgesteckt. Ihre grüngrauen Augen starrten ihn mit einem Ausdruck verletzter Erwartung an.

Thurlow stieg aus seinem Wagen. Er atmete die frische, feuchte Luft.

»Ich hörte deinen Wagen nicht«, sagte er.

»Ich kam zu Fuß. Deshalb bin ich so spät.«

Er konnte die Tränen in ihrer Stimme hören. Er ging zu ihr und nahm sie bei den Händen. »Ruth ... Ich weiß nicht, was ich sagen soll.«

»Dann sag lieber nichts. Es ist ohnehin schon alles gesagt.« Sie blickte zu seinen Augen auf. »Trägst du deine Spezialbrille nicht mehr?«

»Zum Teufel mit meiner Brille«, sagte er. »Warum wolltest du nicht am Telefon mit mir reden?«

»Vater sagte ...« Sie biß auf ihre Unterlippe, schüttelte ihren Kopf. »Ach, Andy, er ist geisteskrank, und sie werden ihn trotzdem hinrichten ... Ich weiß nicht, was ich für ihn empfinden soll. Ich weiß es nicht ...«

Er legte einen Arm um ihre Schultern, und wie wenn sie darauf gewartet hätte, kam sie zu ihm und vergrub ihr Gesicht an seinem Hals. Sie begann zu schluchzen. Er streichelte etwas hilflos ihren Rücken.

Nach einer Weile flüsterte sie: »Ach, ich wünschte, wir könnten von hier fortgehen.«

Was? dachte er erschrocken. Sie war nicht mehr Ruth Murphey. Sie war Mrs. Ruth Hudson. Er wollte sie wegdrängen und ihr ein paar Fragen stellen, aber das wäre falsch gewesen. Trotzdem, sie war eines anderen Mannes Frau.

Wieder sagte sie: »Ich weiß nicht, wie ich über meinen Vater denken soll.«

»Kann ich irgendwie helfen?« fragte er lahm.

Sie nahm ihren Kopf von seiner Schulter und trat zurück.

»Du kennst Anthony Bondelli?« sagte sie. »Er ist unser Anwalt. Er möchte mit dir sprechen. Ich erzählte ihm von deinem Bericht über Vater ... du weißt schon, damals, als Vater den falschen Feueralarm gab.« Ihr Gesicht wurde zur weinerlichen Grimasse. »Oh, Andy, warum bist du fortgegangen? Ich brauchte dich. Wir brauchten dich.«

»Ruth, dein Vater wollte keine Hilfe von mir annehmen. Er wollte nichts mehr mit mir zu tun haben.«

»Ich weiß. Er haßte dich wegen deines Berichts und ... weil du ihm sagtest, wie es um ihn steht. Aber er brauchte dich trotzdem.«

»Kein Mensch wollte auf mich hören, Ruth.«

»Bondelli glaubt, du könntest ihm helfen. Er möchte auf Unzurechnungsfähigkeit plädieren und braucht dazu deinen Rat. Er bat mich, daß ich mit dir spräche ...« Sie nahm ein Taschentuch aus ihrer Handtasche und betupfte ihr Gesicht.

Das also ist der Grund, dachte Thurlow. Sie macht sich an mich ran, weil sie meine Unterstützung will.

Er wandte sich ab, um seinen plötzlichen Ärger zu verbergen. Einen Moment starrte er ins Leere, dann wurde er sich einer schwachen Bewegung am Rande der Baumgruppe bewußt. Es war etwas wie ein tanzender Mückenschwarm, aber doch anders. Wo war seine Brille? Im Wagen, auf dem Beifahrersitz! Der ›Mückenschwarm‹ stieg höher und schien sich aufzulösen. Mit seinem Vergehen hob sich ein merkwürdiger Druck von seinen Sinnen. Es war, wie wenn ein Geräusch oder etwas wie ein Geräusch auf seinen Nerven gelastet hätte, nun aber verstummt wäre.

War es das gleiche, was ich bei Murpheys Fenster sah? fragte sich Thurlow. Was kann es sein?

»Du wirst helfen?« fragte Ruth.

Dieses verdammte Betteln in ihrer Stimme! Er sagte: »Ja, ich werde helfen, so gut ich kann.«

»Der Mann im Gefängnis ist ... ist nur eine leere Hülle«, sagte sie. Ihre Stimme war leise und tonlos, fast ohne Ausdruck. »Er ist nicht mein Vater. Er sieht nur wie mein Vater aus. Mein Vater ist tot. Er ist seit langem tot. Wir hatten es nur nicht gemerkt ... das ist alles.«

»Ich werde tun, was ich kann«, sagte er, »aber ...«

»Ich weiß, daß nicht viel Hoffnung ist. Ich weiß, wie die Leute denken. Es war meine Mutter, die von diesem Mann getötet wurde.«

»Die Leute fühlen, daß er geisteskrank ist«, sagte Thurlow.

Seine Stimme nahm ungewollt einen dozierenden Tonfall an. »Sie erkennen es an der Art seines Sprechens, an seinem Tun. Geisteskrankheit ist unglücklicherweise etwas, das nicht wie andere Krankheiten hingenommen wird. Ein Tabu liegt darauf. Der Geisteskranke ist ein Störfaktor, den die Gemeinschaft entfernt sehen will. Er wirft Fragen über sie selbst auf, die die Leute nicht beantworten können.«

»Wir sollten nicht über ihn reden«, sagte sie. »Nicht hier. Und ich weiß nicht, ob es überhaupt einen Sinn hat. All diese wissenschaftlichen Erklärungen können mir nicht helfen.«

»Was ist mit . . . Nev?« fragte Thurlow zögernd.

»Nev?« kam die bittere Antwort. »Seit einem Monat lebe ich nicht mehr mit ihm zusammen. Ich wohnte bei Sarah French, und jetzt bin ich im Haus meiner Eltern. Nev war ein schrecklicher Fehler. Dieser habsüchtige Mensch!«

Thurlows Kehle war eng von unterdrückten Emotionen. Er hustete, blickte zum Himmel auf und sagte: »In ein paar Minuten wird es dunkel sein.« Wie stumpfsinnig und leer die Worte klangen!

Sie legte eine Hand auf seinen Arm. »Ach, Andy, was habe ich uns angetan?«

Er strich ihr Haar. »Wir sind immer noch da«, murmelte er. »Wir sind immer noch wir.«

»Das Traurige mit dem Mann im Gefängnis ist, daß er seine Tat auf den ersten Blick verständlich begründet.« Tränen rannen wieder über ihre Wangen, aber ihre Stimme blieb ruhig. »Er glaubt, meine Mutter sei ihm untreu gewesen. Viele Männer machen sich darüber Sorgen. Ich könnte mir denken, daß sogar Nev zu solcher Eifersucht fähig wäre.«

Ein plötzlicher Windstoß schüttelte Regentropfen von den Blättern und übersprühte die beiden einsamen Gestalten.

»Laß uns noch ein wenig gehen«, sagte Ruth.

»Im Dunkeln?«

»Wir kennen den Weg. Außerdem hat der Reitklub seinen Rundkurs jetzt beleuchtet.«

»Es kann leicht wieder regnen.«

»Dann sieht man nicht, daß ich weine.«

»Ruth . . . weißt du, ich . . .«

»Laß uns nur eine halbe Stunde spazierengehen . . . wie wir es früher getan haben.«

Er zögerte noch immer. Dieser Abend hier draußen hatte etwas

Beängstigendes ... es war wie ein Druck. Er trat zum Wagen, griff hinein und nahm seine Brille heraus, setzte sie auf. Dann blickte er umher. Kein ›Mückenschwarm‹, kein Zeichen von etwas Ungewöhnlichem. Nur dieser Druck.

»Du wirst deine Brille nicht brauchen«, sagte Ruth. Sie hängte sich bei ihm ein. »Komm.«

Sie nahmen einen schmalen Fußweg durch das kleine Gehölz, dann einen Hügel hinauf, wo Roßkastanien und Schirmkiefern den Reitweg des Klubs beschatteten. Lampen hingen in weiten Abständen zwischen den Bäumen und schimmerten durch das dunkle Laub. Der sandige Boden des Reitwegs hatte den Regen geschluckt und war gut zu begehen.

»Heute abend haben wir den Weg für uns«, sagte Ruth und drückte seinen Arm. »Nach dem Regen wird niemand draußen sein.«

Er blickte zu Ruth hinab. Ihr Scheitel reichte gerade über seine Schulter. Das rote Haar schimmerte feucht im trüben Licht. Um sie her war tropfende Stille. Der Sand machte die Geräusche ihrer Schritte unhörbar. Thurlow fühlte sich unbehaglich. Dieses komische Druckgefühl war da, und er glaubte eine Gegenwart zu fühlen, ein schwebendes Etwas ...

»Schon als Kind bin ich oft diesen Weg gegangen«, sagte Ruth. »Damals hatten sie die Lichter noch nicht.«

»Du bist hier im Dunkeln gegangen?« fragte er.

»Ja. Habe ich dir das nie gesagt?«

»Nein.«

»Die Luft ist gut nach dem Regen.« Sie atmete tief.

Der Reitweg führte auf eine kleine Wiese hinaus und verlief in einem Bogen nach rechts. Links zweigte ein dunkler Fußpfad zu einer kiefernbestandenen Anhöhe ab. Sie gingen hinauf. Unter ihnen waren die Lichter der Stadt.

Nun konnte Thurlow den sonderbaren Druck intensiv fühlen; eine Täuschung war nicht möglich. Er blickte auf und umher — nichts.

Ruth hob ihr blasses Gesicht zu ihm auf und legte ihre Arme um seinen Hals. Seine Befürchtungen, der Druck — alles war vergessen, als er seinen Kopf über ihr Gesicht beugte und sie küßte. Es schien einen Moment, als sei die Zeit rückwärts gelaufen. Aber die Wärme ihres Kusses, die verlangende Art, wie ihr Körper sich an ihn drängte, erfüllten ihn mit zunehmender Verwunderung. Er machte sich los.

»Ruth, ich ...«

Sie legte einen Finger an seine Lippen. »Sag es nicht. Andy, hast du nie mit mir schlafen wollen?«

»Was? Oft, aber ...«

»Du hast es nie richtig versucht.«

»Ich liebte dich«, sagte er unbehaglich. »Ich wollte mich mit dir nicht nur im Heu wälzen. Ich wollte mich mit dir zusammentun, Kinder haben, das ganze Drum und Dran.«

»Wie dumm ich gewesen bin«, flüsterte sie.

»Was wirst du machen?« fragte er. »Willst du dich um eine ... eine Scheidung bemühen?«

»Natürlich. Danach.«

»Nach der Gerichtsverhandlung?«

»Ja.«

»Das ist das Dumme mit einer Kleinstadt«, sagte er. »Jeder weiß alles über die Angelegenheiten des anderen, auch wenn es nicht seine Angelegenheit ist.«

»Für einen Psychologen ist das keine sehr tiefschürfende Erkenntnis«, sagte sie. Sie schmiegte sich an ihn, und sie standen schweigend, während Thurlow sich an den unbestimmten Druck erinnerte. Ja, er war noch da.

»Ich denke immer an meine Mutter«, sagte Ruth.

»Hm.«

»Sie liebte meinen Vater.«

Er öffnete den Mund zum Sprechen, blieb aber stumm, als er eine Bewegung sah. Nicht weit voraus schwebte ein Gegenstand aus den Wolken herab und kam ungefähr hundert Meter entfernt und etwas über ihnen schwebend zum Stillstand. Thurlow konnte die Umrisse deutlich erkennen — vier röhrenartige Beine unter einer fluoreszierenden grünen Kugel. Um das Ende eines jeden Beins wirbelte ein Lichtkreis in Regenbogenfarben.

»Andy! Du tust mir weh!«

Er merkte, daß er ihre Oberarme umkrallt hatte; er ließ seine Hände sinken, faßte ihre Hand.

»Dreh dich um«, wisperte er. »Sag mir, was du zwischen uns und den Wolken siehst.«

Sie schaute ihn stirnrunzelnd an, wandte sich halb um und blickte über die Stadt. »Wo?«

»Etwas über uns — geradeaus, vor den Wolken.«

»Ich sehe nichts.«

Das Ding begann näher heranzutreiben. Thurlow konnte Gestalten in der grünen Kugel erkennen. Sie bewegten sich in trübem, phosphoreszierendem Licht. Die Regenbogeneffekte um die Röhrenbeine verblaßten.

»Was siehst du?« fragte Ruth. »Was ist mit dir?«

Er schob seine Hand um ihre Schultern und spürte ihr Zittern. »Genau dort«, sagte er und zeigte mit der freien Hand auf das Ding. »Sieh hin — es ist ungefähr siebzig, achtzig Meter entfernt.«

Sie beugte sich vorwärts und starrte an seinem ausgestreckten Arm entlang. »Ich sehe nichts — nur Wolken.«

Er riß seine Brille herunter. »Hier. Vielleicht siehst du es durch diese Gläser.« Thurlow konnte die Umrisse der Erscheinung sogar mit bloßen Augen ausmachen. Das Ding glitt lautlos auf den Hügel zu, näher und näher.

Ruth hatte die Brille aufgesetzt und starrte wieder. »Ich ... da ist etwas Verschwommenes, Dunkles«, sagte sie. »Es sieht wie ... Rauch aus, oder eine Wolke ... oder Insekten. Ist es ein Schwarm von Insekten?«

Thurlows Mund war trocken. Etwas schnürte ihm die Kehle zu. Er nahm seine Brille zurück und beobachtete die langsam treibende Erscheinung. Die Gestalten im Innern der Kugel waren jetzt klar zu sehen. Er zählte fünf von ihnen, und die großen, starrenden Augen schienen alle auf ihn konzentriert.

»Andy! Was ist es?«

»Du wirst mich für übergeschnappt halten.«

»Was ist es?«

Mit stockender Stimme beschrieb er das Objekt.

»Und fünf Männer sitzen darin?« fragte sie.

»Vielleicht sind es Männer, aber sie sehen sehr klein aus. Wenn ich mich nicht täusche ... aber es ist schwer zu sagen. Sie sehen wie Gnomen aus, höchstens achtzig oder neunzig Zentimeter groß.«

»Andy, du machst mir Angst.«

»Ich habe selbst Angst.«

Sie drückte sich an ihn. »Bist du ganz sicher, daß du dieses ... Ding siehst? Ich kann nichts sehen.«

»Ich sehe alles so klar, wie ich dich sehe. Wenn es eine Sinnestäuschung ist, dann ist sie vollkommen.«

Der Regenbogenschein unter den Röhrenbeinen war zu einem stumpfen Blau verblaßt. Das Objekt senkte sich und schwebte auf gleicher Höhe mit ihnen, keine fünfzehn Meter entfernt.

»Vielleicht ist es eine neue Art von Hubschrauber«, sagte Ruth. »Oder ... Andy, ich sehe immer noch nichts.«

Er hob noch einmal seinen Arm. »Beschreibe mir, was du dort siehst ... genau dort. Du mußt etwas sehen!«

»Es ist ein bißchen diesig ... ein Nebelfleck.«

»Sie arbeiten mit einem viereckigen Gerät, das eine Art von Antenne hat«, sagte er. »Die Antenne glüht. Sie richten sie auf uns.«

Sie schauderte in seinen Armen. »Andy, ich hab' Angst!«

»Ich glaube, wir sollten weg von hier«, sagte er mit heiserer Stimme. Er wollte Ruth mit sich ziehen, zurück unter die Bäume, aber er entdeckte, daß er sich nicht bewegen konnte.

»Ich ... kann mich nicht ... bewegen«, wisperte Ruth.

Er hörte ihre Zähne klappern, aber sein eigener Körper war wie in Beton gegossen.

»Andy, ich kann mich nicht rühren!« Hysterie war in ihrer Stimme. »Ist es noch da?«

»Sie zielen mit einem Gerät auf uns«, keuchte er. »Sie machen, daß wir uns nicht rühren können. Siehst du wirklich nichts?« Seine Stimme klang, als ob sie von einer anderen Person käme.

»Nichts! Eine kleine Nebelwolke, sonst nichts.«

Thurlow hatte plötzlich das Gefühl, daß sie dickköpfig sei. Jeder, der nicht blind war, mußte dieses Ding direkt vor ihnen sehen! Zorn kroch unvermittelt in ihm auf. Warum wollte sie nicht zugeben, daß sie es sah? Direkt vor ihren Augen! Er haßte sie, weil sie so eigensinnig war. Die irrationale Plötzlichkeit der Emotion wurde ihm erst bewußt, als er die Zähne vor Wut zusammenbiß, daß seine Kiefer schmerzten. Er begann seine Reaktion in Frage zu stellen.

Wie könnte ich Ruth auf einmal hassen? Ich liebe sie.

Als ob dieser Gedanke ihn befreit hätte, konnte Thurlow wieder seine Beine bewegen. Er zog sich langsam zurück und schleppte Ruth mit sich. Sie war steif und schwer, reglos wie totes Holz. Ihre Füße schleiften über Erde und Gras und Baumwurzeln.

Sein Rückzug führte zu heftiger Aktivität bei den Kreaturen in der grünen Kugel. Sie manipulierten alle zugleich an ihrem viereckigen Gerät. Eine schmerzhafte Beengung preßte Thurlows Brust zusammen. Jeder Atemzug kostete eine Anstrengung, doch er setzte seinen Rückzug fort. Ruth hing wie ein totes Gewicht in seinen Armen.

»Andy«, keuchte sie. »Ich kann nicht ... atmen.«

»Nicht ... nachlassen«, schnaufte er.

Er hatte die Hügelkuppe unter den Bäumen erreicht, und die Fortbewegung fiel ihm leichter, als es auf der anderen Seite allmählich abwärts ging. Das kugelförmige Ding schwebte noch an derselben Stelle; die glühende Antenne blieb auf ihn gerichtet.

Nach einigen Metern begann Ruth ihre Beine zu bewegen. Sie drehte sich um, und sie schleppten sich unter Bäumen den Pfad hinunter. Mit jedem Schritt wurde das Gehen leichter. Thurlow konnte Ruths tiefe Atemzüge hören. Und plötzlich, als ob ein Gewicht von ihnen genommen wäre, gewannen sie die volle Freiheit über ihre Muskelkraft zurück.

Sie wandten sich um.

»Es ist fort«, sagte Thurlow.

Sie reagierte mit einem Zorn, der ihn bestürzte. »Was wolltest du damit bezwecken, Andy Thurlow? Mich so zu ängstigen!«

»Ich sah, was ich dir schilderte«, erwiderte er. »Du hast es vielleicht nicht gesehen, aber jedenfalls hast du es gefühlt.«

»Hysterische Paralyse«, sagte sie.

»Es hat uns beide im selben Augenblick festgehalten, und es ließ uns im selben Augenblick wieder los«, sagte er.

»Warum nicht?«

»Ruth, ich sah genau was ich dir schilderte.«

»Fliegende Untertassen!« höhnte sie.

»Nein ... das heißt, vielleicht. Aber es war da!« Er war jetzt ärgerlich, in der Defensive. Ein rationaler Teil seines Bewußtseins sah, wie verrückt und absurd die letzten Minuten gewesen waren. Konnte es eine Illusion gewesen sein? Nein! Er schüttelte seinen Kopf. »Liebling, ich sah ...«

»Ich bin nicht dein Liebling!«

Er faßte sie bei den Schultern und schüttelte sie. »Ruth! Vorhin sagtest du, daß du mich liebst. Kannst du das einfach so abschalten?«

»Ich ...«

»Will jemand, daß du mich haßt?«

»Was?« Sie starrte zu ihm auf. Im Schatten unter den Bäumen war ihr Gesicht ein verschwommener weißer Fleck.

Er nickte in die Richtung, aus der sie gekommen waren. »Dort hinten fühlte ich plötzlich einen Zorn auf dich, einen gänzlich irrationalen Haß. Ich sagte mir, daß ich dich nicht hassen könne, daß ich dich liebte. Und im gleichen Augenblick merkte ich, daß

daß ich mich bewegen konnte. Aber als ich diesen — Haß empfand, richteten sie gerade ihr Gerät auf uns.«

»Was für ein Gerät?«

»Eine Art Kasten, aus dem eine leuchtende Antenne ragte.«

»Willst du mir erzählen, daß diese blödsinnigen Gnomen, oder was immer du gesehen hast, dich dazu bringen konnten, Haß zu empfinden?«

»Das war mein Eindruck.«

»Das ist die verrückteste Sache, die ich je hörte!« Sie wich vor ihm zurück.

»Ich weiß, daß es verrückt klingt, aber so kam es mir vor.« Er griff nach ihrem Arm. »Laß uns zum Wagen gehen.«

Ruth entwand ihm den Arm. »Ich gehe keinen Schritt mit dir, bis du mir nicht erklärt hast, was dort oben geschehen ist.«

»Ich kann es nicht erklären.«

»Wieso konntest du es sehen, wenn ich es nicht konnte?«

»Vielleicht der Unfall ... meine Augen, die polarisierende Brille.«

»Bist du sicher, daß dieser Unfall im Strahlungslabor nicht mehr als deine Augen beschädigt hat?«

Er unterdrückte eine zornige Aufwallung. Es war so leicht, wütend zu werden. Mit einiger Mühe wahrte er die Beherrschung. »Sie untersuchten mich eine Woche lang«, sagte er steif. »Das Ionen-Austauschsystem meiner Netzhäute wurde verändert. Das ist alles. Aber es ist wahrscheinlich der Grund, daß ich diese Dinge sehen kann. Ich soll sie nicht sehen, aber ich kann es.«

Wieder nahm er ihren Arm und zerrte sie mit sich. Nach kurzem Widerstreben gab sie nach und ging freiwillig neben ihm.

»Aber wer oder was könnten diese Gnomen sein?« fragte sie nach einiger Zeit.

»Ich weiß es nicht. Aber sie sind real. Soviel mußt du mir glauben, Ruth. Sie existieren wirklich.« Er wußte, daß er bettelte, und er ärgerte sich darüber, aber Ruth kam näher und schob ihre Hand unter seinen Arm.

»Schon gut, Andy; ich glaube dir. Du sahst, was du sahst. Was willst du dagegen unternehmen?«

Sie hatten das kleine Gehölz erreicht, und der Wagen kam in Sicht. Als sie angelangt waren, sagte Thurlow: »Ich weiß noch nicht, was ich unternehmen werde.« Nach kurzer Pause fügte er hinzu: »Wie schwer ist es, mir zu glauben?«

Sie schwieg einen Moment, dann: »Es ist ... schwierig.«

»Gut«, sagte er. »Küß mich.«
»Was?«
»Küß mich. Ich will sehen, ob du mich wirklich haßt.«
»Andy, du bist . . .«
»Findest du die Vorstellung abstoßend?«
»Natürlich nicht . . .«
»Also schön.« Er zog sie an sich. Ihre Lippen begegneten sich. Einen Augenblick lang fühlte er Widerstand, dann schmolz sie in seiner Umarmung dahin. Ihre Hände krochen um seinen Nakken.
»Wenn das Haß ist, möchte ich mehr davon«, sagte er, als sie sich voneinander gelöst hatten.
»Ich auch.« Wieder drängte sie sich an ihn.
In seinen Schläfen hämmerte das Blut. Mit einer abrupten Bewegung machte er sich von ihr los.
»Manchmal wünschte ich, du wärst nicht so verdammt prüde«, sagte sie. »Aber vielleicht würde ich dich dann nicht lieben.«
Er wischte eine Haarsträhne von ihrer Wange. »Ich bring dich jetzt nach Hause«, sagte er. »Es ist spät geworden.«
»Ich will nicht, daß du mich nach Hause bringst.«
»Ich will nicht, daß du nach Hause gehst.«
»Aber du meinst, die Vernunft oder was du dafür hältst, gebiete es?«
»Richtig.«
Sie stiegen in den Wagen. Thurlow ließ den Motor an und schaltete die Scheinwerfer ein. Dann konzentrierte er sich auf das Wendemanöver. Die Scheinwerfer tasteten über Reihen borkigbrauner Stämme, glitten über die Straße. Dann gingen sie plötzlich aus. Die Maschine hustete und blieb stehen. Ein atemloses, bedrückendes Gefühl kam über ihn.
»Andy!« sagte Ruth. »Was ist los?«
Thurlow brauchte nicht lange zu suchen. Wo die Straße das Gehölz berührte, waren dicht über dem Boden vier regenbogenfarbene Glutpunkte, und über ihnen die grün phosphoreszierende Kugel mit den vier Röhrenbeinen. Das Ding schwebte dort, versperrte ihm den Weg.
»Sie sind wieder da«, flüsterte er rauh. »Gleich hier vorn.« Er zeigte hinaus.
»Andy . . . ich fürchte mich.«
»Egal was geschieht, du haßt mich nicht«, sagte er. »Du liebst mich. Denke daran. Du liebst mich. Merke dir das.«

»Ich liebe dich.« Ihre Stimme klang schwach.

Eine richtungslose Empfindung von Zorn begann sich in Thurlow auszubreiten. Es war wie eine Aufwallung von Jähzorn, der ein Ziel sucht, aber nicht gleich eines finden kann. Dann fühlte er ganz bewußt, wie sein Zorn sich auf Ruth zu richten suchte.

»Ich ... ich möchte dich hassen«, wisperte sie.

»Du liebst mich«, sagte er. »Vergiß das nicht.«

»Ich liebe dich«, murmelte sie. »Ich will dich nicht hassen, Andy. Ich liebe dich.«

Thurlow hob die Faust und schüttelte sie gegen die grüne Kugel. »Wir müssen die dort hassen«, keuchte er. »Diese Bastarde, die uns manipulieren wollen ...«

Sie zitterte. »Wir — hassen — sie«, sagte sie mit Mühe.

»Glaubst du mir jetzt?«

»Ja, ich glaube dir!«

»Kann der Wagen hysterische Paralyse haben?«

»Nein. Ach, Andy, ich will keinen Haß gegen dich empfinden, ich will nicht!« Sein Arm schmerzte, wo sie hineinkrallte. »Was für Kreaturen sind das? Wer sind sie?«

»Ich glaube nicht, daß sie menschlich sind«, sagte Thurlow.

»Was sollen wir tun?«

»Was wir können.«

Die Regenbogenfarben unter den Röhrenbeinen spielten ins Blau, dann ins Violett und wurden schließlich rot. Das Ding begann emporzuschweben. Bald war es in der Dunkelheit verschwunden. Mit ihm wich das Gefühl des Drucks.

»Es ist fort, nicht?« flüsterte Ruth.

»Ja.«

»Die Scheinwerfer sind wieder an«, sagte sie.

Jetzt sah er es auch. Er startete den Wagen, legte mechanisch den Gang ein und fuhr langsam an.

Ruth lehnte sich seufzend zurück. »Sie haben den Motor und die Scheinwerfer ausgeschaltet«, sagte sie. »Warum werden sie das getan haben?«

Sie! dachte er. Keine Zweifel mehr.

»Keine Ahnung«, sagte er.

»Was werden wir tun?« fragte Ruth.

»Können wir etwas tun?«

»Wenn wir darüber reden, werden die Leute uns für verrückt halten. Außerdem würde es uns ins Gerede bringen. Wir zwei hier oben ... nachts ...«

Er nickte. Es war nichts zu machen. Diese Geschichte war so absurd, daß kein Mensch sie ihm abnehmen würde.

»Andy? Warum sagst du nichts?«

»Ich denke nach.«

»Andy — könnte es nicht irgendeine andere Erklärung geben? Ich finde diese ganze Sache immer noch so unwirklich. Ich meine, daß der Motor weggeblieben ist. So etwas kommt doch vor, nicht? Auch Scheinwerfer können ausgehen ...«

»Was willst du von mir?« fragte er. »Soll ich sagen, ja, ich bin übergeschnappt, ich bin einer Sinnestäuschung erlegen?«

Sie hielt ihm den Mund zu. »Nein, natürlich will ich das nicht ... Andy, es gibt etwas, das du für mich tun könntest.«

»Was?«

»Du könntest mich in die Manchester Avenue fahren, wo Nev und ich gewohnt haben. Ich habe noch Sachen dort, die ich gern mitgenommen hätte, aber ich mochte nie allein hingehen. Würdest du mich begleiten?«

»Jetzt?«

»Es ist noch nicht so spät. Nev ist vielleicht noch unten im Werk. Mein Vater machte ihn zum Geschäftsführer, weißt du. Hat dir niemand gesagt, daß er mich nur deshalb heiratete? Um die Firma zu kriegen.«

Thurlow fragte: »Willst du, daß er erfährt, was mit uns ist?«

»Was gibt es da zu erfahren?«

»Also, wenn du meinst ...«

Sie fuhren schweigend stadteinwärts. Die Reifen zischten auf dem nassen Teerbelag. Einzelne Wagen kamen ihnen entgegen; ihre Scheinwerfer blendeten. Thurlow verstellte die polarisierenden Brillengläser. Das war eine delikate Angelegenheit: Er mußte genug Sicht haben, aber gegen den Schmerz plötzlicher Lichteinwirkung geschützt sein.

Nach einer Weile, als sie schon in der Stadt fuhren, sagte Ruth: »Ich will keinen Streit zwischen euch. Warte im Wagen auf mich. Wenn ich Hilfe brauche, werde ich dich rufen.«

»Wie du willst. Aber es würde mir auch nichts ausmachen, mit dir hineinzugehen.«

»Das ist nicht nötig. Er wird nichts versuchen, wenn er weiß, daß du draußen bist.«

Er zuckte die Achseln. Sie hatte wahrscheinlich recht, und auch ihm war es lieber so. Sie mußte Nev Hudsons Charakter inzwischen kennen. Aber eine gewisse Unruhe blieb. Thurlow hatte den Verdacht, daß die Ereignisse der letzten Tage und selbst das unheimliche Erlebnis dieses Abends in irgendeinem Zusammenhang standen.

»Warum heiratete ich ihn?« sagte Ruth. »Das frage ich mich immer wieder. Gott weiß es. Ich nicht. Es schien einfach auf den Punkt zuzulaufen, wo ...« Sie brach ab. »Nach diesem Abend überlege ich, ob überhaupt jemand von uns weiß, warum wir tun, was wir tun.« Sie blickte Thurlow von der Seite an. »Warum geschieht dies, Andy? Weißt du es?«

Das ist es, dachte Thurlow. Das ist die Preisfrage. Sie lautet nicht: Wer sind diese Kreaturen? Sie lautet vielmehr: Was wollen sie? Warum mischen sie sich in unser Leben ein?

8

Fraffin blickte finster in das projizierte Gesicht. Es gehörte Lutt, seinem Luftzeugmeister. Lutt war ein breitgesichtiger Chem mit stahlfarbener Haut, zielbewußt und sachlich in seinen Entscheidungen, doch ohne Feingefühl. Er war als Aufseher über alle Transportmittel und deren mechanische Instandhaltung außerordentlich qualifiziert, aber gerade diese Qualitäten hatten zum Scheitern seines gegenwärtigen Auftrags geführt. Offensichtlich verwechselte er Subtilität mit Vorsicht.

Ein Moment düsteren Schweigens diente dazu, Lutt mit dem Mißvergnügen des Direktors bekanntzumachen. Fraffin fühlte den sanften Druck des Kontursessels in seinem Rücken und blickte zum silbrigen Gewebe des Pantovivors auf, das gleich einem Spinnennetz über dem Raum hing. Ja, Lutt war wie dieses Instrument. Er verrichtete seine Arbeit ausgezeichnet, nur mußte man ihn präzise aktivieren.

Fraffin kratzte sich am Kinn, sagte: »Ich hatte dir nicht aufgetragen, den Immunen zu schonen. Du hattest Anweisung, die Frau hierher zu bringen — sofort!«

»Wenn ich geirrt habe, dann demütige ich mich«, sagte Lutt. »Aber ich handelte auf der Basis früherer Direktiven, die diesen Immunen betrafen. Als du seine Frau einem anderen gabst ...«

Fraffin winkte ab. »Er war eine interessante Zerstreuung und als Versuchsperson für Reaktionstests vorübergehend von einer gewissen Bedeutung für uns, das gebe ich zu. Aber das waren nur Nebensächlichkeiten. Kelexel hat gebeten, eine Eingeborene untersuchen zu dürfen, und er hat diese Frau namentlich genannt. Also ist sie sofort hierher zu bringen, unverletzt. Diese letztere Bedingung gilt nicht für irgendwelche anderen Eingeborenen, die vielleicht versuchen, dich bei der Ausführung deines Auftrags zu behindern oder abzulenken. Ist das klar?«

»Es ist klar«, sagte Lutt. In seiner Stimme waren Ergebenheit und Besorgnis. Lutt kannte die möglichen Folgen von Fraffins Ungnade: Entlassung aus einer Position, die unbegrenzte Freuden und Ablenkungen bot, aus einem Leben, das niemals langweilig war. Er lebte in einem Chem-Paradies, aus dem er leicht auf irgendeinen drittklassigen Posten verbannt werden konnte. Und er hatte kein Gegenmittel, denn sie teilten die gleiche Schuld, Fraffin und er, für die ihnen schreckliche Bestrafung drohte, käme sie je ans Licht. Nein, er konnte — und wollte — Fraffin nicht unter Druck setzen.

»Unverzüglich«, sagte Fraffin.

»Sie wird hier sein, bevor die nächste Schicht den Dienst antritt«, sagte Lutt.

Sein Bild verblaßte, erlosch.

Fraffin lehnte sich kopfschüttelnd zurück. Die Vorstellung, daß Lutt versucht hatte, die Liebenden durch eine Manipulation ihrer Gefühle zu trennen! Der Tölpel mußte wissen, wie schwierig das bei einem Immunen war. Nun, die Frau würde nichtsdestoweniger bald hier sein, und Kelexel mochte sie nach Belieben untersuchen. Selbstverständlich würde ihm jedes Mittel zur Verfügung stehen, den Willen der Eingeborenen zu brechen. Niemand sollte Fraffin, den Direktor, mangelnder Gastfreundschaft bezichtigen.

Fraffin lächelte.

Sollte der einfältige Untersucher die Freuden dieser Eingeborenen kosten. Sollte er sie nur schwängern! Das würde die Notwendigkeit einer Verjüngungskur für ihn vorzeitig aktuell machen, und an wen könnte er sich wenden? Könnte er zum Primat gehen und sagen: »Verjüngt mich; ich habe ein unlizenziertes Kind gezeugt?«

Niemals. Nein, Kelexel würde wissen, daß die Regiezentrale ihre eigenen Verjüngungsmöglichkeiten hatte, ihre eigene Chirurgie. Er würde kommen und betteln. Und nach der Verjüngung wäre er ungefährlich, vom Eigeninteresse zum Schweigen verpflichtet.

9

Zu ihrer eigenen Überraschung fand Ruth, daß die Auseinandersetzung ihr Spaß machte. Die ärgerlichen Gefühle, die sich im Laufe des Abends mit Andy in ihr angestaut hatten, konnten endlich abfließen. Sie sah das nervöse Zucken von Nevs rosigen Händen und wußte, daß es seine Empfindungen verriet, gleichgültig wie gefaßt er sich im übrigen gab. Ein knappes Jahr gemeinsamen Lebens hatte ihre Menschenkenntnis bereichert. Ihre Gedanken und Worte waren jetzt von einem kompromißlosen Haß erfüllt, bösartig gezielte Bambussplitter, die sie in Nevs manikürte Seele trieb.

»Schrei über deine Rechte als Ehemann, soviel du willst«, sagte sie. »Das Geschäft gehört jetzt mir, und du hast dort nichts mehr zu suchen. Oh, ich weiß, warum du mich geheiratet hast! Du konntest mich nicht lange täuschen, Nev. Nicht lange.«

»Aber ich bitte dich, Ruth! Woran habe ich es dir jemals fehlen lassen? Du kannst doch nicht behaupten, ich hätte dich in irgendeiner Weise vernachlässigt . . .«

»Ich will nichts mehr hören! Andy wartet draußen auf mich. Ich werde die paar Sachen zusammensuchen, die ich hier noch habe, und dann gehe ich.«

Nevs hohe Stirn lag in bekümmerten Falten. Seine braunen Augen starrten sie leer an. Sie tobt sich wieder mal aus, das ist alles, dachte er. Für vernünftige Gedanken unzugänglich. Läßt sich von ihren Trieben beherrschen. Und hat ihren Spaß daran, man sieht es ihr an. Wie eine brünstige Stute, mit dieser roten Mähne . . . Hure — eine nymphomanische Luxushure . . .

Ruth wandte ihren Blick von ihm ab. Nev machte ihr Angst, wenn er so starrte. Sie schaute flüchtig im Raum umher und überlegte, was sie mitnehmen könnte. Aber hier war nichts von ihr. Es war ein Nev-Hudson-Zimmer mit roten und braunen Farbtönen, orientalischem Krimskrams, einem großen Flügel in einer Ecke. Die Vorhänge waren zurückgezogen, und im Schein der beiden Gartenlampen waren der schmiedeeiserne Grill und die zierlichen weißen Gartenmöbel zu sehen. Nach dem Regensturm triefte alles vor Nässe.

»Kalifornien ist ein Staat, wo die Gütergemeinschaft Gesetz ist«, sagte Nev.

»Dann solltest du lieber noch mal nachlesen«, erwiderte sie kalt. »Das Geschäft ist mein Erbe.«

»Erbe?« fragte er. »Aber dein Vater ist noch nicht tot.«

Sie starrte in die Nacht hinaus, ohne auf seinen Einwand einzugehen.

Verdammtes Weib! dachte er. Sie hat nichts als diesen Thurlow im Kopf. Sie will ihn, aber sie braucht mein Gehirn, damit die Firma floriert. Sie denkt nur mit dem Unterleib, das ist es. Aber sie wird ihn nicht kriegen, ich werde dafür sorgen.

»Wenn du mit diesem Thurlow fortgehst, werde ich ihn beruflich ruinieren«, sagte er. »Und gesellschaftlich werdet ihr euch selbst ruinieren. Du weißt, wie man hierzulande von Ehefrauen denkt, die mit ihren Liebhabern davonlaufen.«

Ein kaum wahrnehmbares Lächeln umspielte ihre Lippen. »Eifersüchtig, Nev?«

»Ich habe dich gewarnt.«

»Du hast mich wegen des Geschäfts geheiratet«, zischte sie wütend. »Was bedeutet es dir, wie ich meine Zeit verbringe?« Sie funkelte ihn an. Warum habe ich dieses rosa Schweinchen von einem Mann geheiratet? fuhr es ihr durch den Kopf. Warum, warum? Weil ich allein war, darum. Ganz allein, als Andy mich wegen dieses verdammten Stipendiums verließ, und dann kam Nev mit seiner beharrlichen Freundlichkeit und Aufmerksamkeit und Fürsorglichkeit. Betrunken war ich und voll Haß. Und Nev war ein Fuchs, er gebrauchte meinen Haß, und dann waren wir verheiratet, und Andy war in Denver, und ich war immer noch allein und voll Haß und Ungeduld.

»Ich gehe«, sagte sie. »Und wenn du mich daran hindern willst, werde ich Andy rufen, und ich bin ziemlich sicher, daß er mit dir fertig wird.«

Nevs kleiner Mund spannte sich, seine Augen blitzten auf, dann war die Maske seiner Selbstbeherrschung wieder perfekt.

»Du weißt, was die Stadt denken wird«, sagte er. »Der Apfel fällt nicht weit vom Stamm; wie der Vater, so die Tochter. Sie werden alle für mich Partei nehmen. Du weißt es.«

Sie stampfte mit dem Fuß auf. »Du Schwein!«

Sie wirbelte herum, schritt hinaus und riß die Schlafzimmertür auf.

Nev folgte ihr. Er stand in der Türöffnung und sah zu, wie sie Kleider und Wäsche aus dem Schrank riß und aufs Bett warf. Als sie ihn bemerkte, fuhr sie nervös herum. »Was stehst du da herum? Du bist die widerlichste Kreatur, der ich je begegnet bin. Mir wird schon schlecht, wenn ich dich sehe!« Wieder stampfte sie mit dem Fuß auf, den Tränen nahe und bemüht, es zu verbergen. »Hau ab und laß mich in Ruhe packen!«

»Ich glaube wirklich, daß du verrückt bist«, sagte er. »Ich weiß überhaupt nicht, was in dich ...« Er brach ab und starrte an ihr vorbei zur Verandatür. Mit einem erstickten Keuchen sagte er: »Ruth!«

Sie wandte sich um, sah seinen stieren Blick und folgte seiner Richtung. Die Verandatür stand offen. Durch die Öffnung kamen drei gedrungene, grüngekleidete Gestalten. Ihre Köpfe waren seltsam groß, die Augen schwach leuchtend und furchterregend. Sie hielten kurze Rohre aus silbrigem Metall und zielten damit auf die beiden im Raum.

Nev stammelte: »Was hat das ... was soll das bedeuten? Wer ...« Seine Stimme verlor sich. Die Gestalt rechts von Ruth stieß plötzlich einen eigentümlichen, trillernden Laut aus.

Das kann nicht wahr sein, dachte sie benommen. Dann kam der Gedanke, der sie erst richtig erschreckte. Dies sind die Gnomen, die Andy draußen sah! Was wollen sie? Was tun sie hier?

Sie fand, daß sie sich nicht mehr bewegen konnte. Ihr Bewußtsein war klar, aber wie losgelöst vom Körper. Eine der Gestalten trat auf sie zu — ein seltsames Männlein mit einem massiv-rundlichen Körper, in dessen walzenförmigen Innern ein purpurnes Licht pulsierte.

Andy! Sie wollte ihn rufen, doch ihre Stimme versagte. Etwas stieß sie an, und sie sah Nev vorbeigehen. Er bewegte sich steif und ruckartig wie eine Marionette. Plötzlich kippte er vornüber und krachte durch die Glasscheibe der Verandatür. Er stürzte inmitten klirrender Scherben. Der Boden unter ihm wurde naß und dunkel. Er zuckte, lag still.

Die gnomenhafte Kreatur sagte in sehr deutlichem Englisch: »Ein Unfall, sehen Sie?«

Sie konnte nicht antworten. Ein dumpfes Grauen lähmte ihr Denken. Sie schloß ihre Augen. Wieder hörte sie eine der Kreaturen in diesem flüssigen Trillern sprechen. Sie versuchte ihre Augen zu öffnen, konnte es aber nicht. Wellen von Finsternis überspülten, was von ihrem Bewußtsein übrig war.

10

Thurlow saß im dunklen Wagen, rauchte seine Pfeife und fragte sich, was Ruth so lange im Haus mache. Es regnete wieder, ein dünnes Nieseln, das die Straßenlaterne an der Ecke mit einem diesigen Hof umgab. Er blickte zum Haus. Im Wohnzimmer brannte Licht, doch obwohl die Vorhänge zurückgezogen waren, konnte er keine Bewegung ausmachen. Was hielt sie dort?

Verdammt, ich sollte hineingehen!

Er schüttelte unbehaglich seinen Kopf und blickte vom Haus weg. Seine Gedanken kehrten zu der unheimlichen Erscheinung zurück, die er gesehen hatte. Es muß eine logische Erklärung geben, dachte er. Vielleicht sollte ich die Luftwaffe anrufen — anonym, natürlich. Jemand muß eine einfache, logische Erklärung haben.

Aber was, wenn sie keine haben?

Mein Gott! Was, wenn diese albernen Ufologen mit ihren Hirngespinsten von fliegenden Untertassen am Ende doch recht hätten?

Er versuchte auf seine Uhr zu sehen, erinnerte sich, daß sie stehengeblieben war. Er nahm seine Brille ab und putzte die Gläser mit seinem Taschentuch, setzte die Brille wieder auf.

Zum Teufel, warum blieb Ruth so lange aus? Was machte sie in dem Haus? Er griff zum Türöffner, besann sich eines Besseren. Gib ihr noch ein paar Minuten. Im Haus war alles still. Wahrscheinlich brauchte sie Zeit zum Packen . . .

Er wußte nicht, wie lange er gewartet hatte, als eine Frau in einem glänzenden Regenumhang zwischen Ruths Haus und dem links benachbarten herausgerannt kam. Einen Augenblick dachte er, es sei Ruth, und er war halb aus dem Wagen, bevor sie vom Lichtschein einer Straßenlaterne erfaßt wurde und er sah, daß es eine ältere Frau war, die eine transparente Plastik-Regenhaut über ihren Morgenrock geworfen hatte. Durchnäßte Pantoffeln schmatzten an ihren Füßen, als sie über den Rasen näherlief.

»He, Sie da!« rief sie und winkte Thurlow.

Thurlow kam ganz aus dem Wagen. Der feine Regen sprühte kalt in sein Gesicht. Schlimme Vorahnungen überkamen ihn.

Die Frau langte schnaufend bei ihm an. »Unser Telefon ist unterbrochen«, sprudelte sie. »Mein Mann ist zu den Inness' gelaufen, um von dort aus zu telefonieren, aber ich dachte, daß vielleicht alle Telefone in der Nachbarschaft ausgefallen sind, und deshalb . . .«

»Warum wollen Sie telefonieren?«

»Wir wohnen nebenan ...« Sie zeigte. »Von unserer Küche kann ich zu den Hudsons sehen, und ich sah ihn daliegen, also lief ich hinüber ... Er ist tot ...«

»Ruth ... Mrs. Hudson?«

»Nein, er. Mr. Hudson. Ich sah sie vor einer Weile nach Hause kommen, aber jetzt ist nichts von ihr zu sehen. Wir müssen die Polizei verständigen.«

»Ja. Ja, natürlich.« Er wollte zum Haus gehen.

»Sie ist nicht dort, ich sage es Ihnen. Ich bin in allen Räumen gewesen.«

»Vielleicht ... vielleicht haben Sie einen übersehen ...«

»Mister, da ist ein schreckliches Unglück passiert, vielleicht ist sie schon gelaufen, um Hilfe zu holen.«

»Ein Unglück?« Er wandte sich um und starrte die Frau an.

»Er fiel durch das Glas der Verandatür, wie es scheint. Dabei muß eine Arterie verletzt worden sein.«

»Aber ... ich war hier draußen, und ...«

Ein Polizeistreifenwagen kam mit blitzendem Blinklicht um eine Ecke und näherte sich rasch. Er stoppte hinter Thurlows Wagen, und zwei Polizisten sprangen heraus. Thurlow erkannte einen der beiden — Maybeck, Carl Maybeck, ein knochig-hagerer Mann mit schmalem, verkniffenem Gesicht. Sie kamen heran.

»Oh, Doktor Thurlow«, sagte Maybeck erstaunt. »Sie hier? Was ist passiert? Wir erhielten einen Anruf, etwas über einen Unfall. Ein Krankenwagen ist unterwegs.«

»Die Frau hier sagt, Neville Hudson sei tot, durch eine Glastür gefallen. Mehr weiß ich auch nicht. Vielleicht sollten wir hineingehen und ...«

»Selbstverständlich.«

Maybeck rannte voraus zur Haustür. Sie war verschlossen.

»Außen herum«, rief die Frau hinter ihnen. »Die Verandatür ist offen.«

Sie liefen die Stufen hinunter und am Haus entlang, wo das tropfende Laub von Ziersträuchern sie durchnäßte. Thurlow bewegte sich wie im Traum. Ruth! Mein Gott, wo ist sie? An der Hausecke glitt er im nassen Gras aus, fiel beinahe, richtete sich wieder auf und rannte hinter Maybeck über die nassen Steinplatten der Veranda. Eine Sekunde später starrte er auf Nev Hudsons blutigen Leichnam.

Maybeck richtete sich von einer kurzen Untersuchung des

Mannes auf. Er sah Thurlow an. »Tot. Wie lange sind Sie schon hier?«

»Er brachte Mrs. Hudson vor etwa einer halben Stunde nach Hause.« Es war die Nachbarin.

»Ich ... ich hatte im Wagen gewartet«, sagte Thurlow.

»Das stimmt«, bestätigte die Frau. »Ich sah den Wagen kommen und Mrs. Hudson aussteigen und ins Haus gehen. Dachte mir noch, daß es wohl wieder Streit zwischen Hudson und seiner Frau geben würde. Sie hatte ihn verlassen, müssen Sie wissen. Später hörte ich das Scherbengeklirr, aber da war ich im Badezimmer. Ich lief gleich in die Küche und schaute aus dem Fenster.«

»Sahen Sie Mrs. Hudson?« fragte der Polizist.

»Sie war nicht zu sehen. Aber aus der Tür hier kam Rauch, als ob jemand Papier verbrannt hätte. Vielleicht wollte er aufmachen und den Rauch abziehen lassen. Wissen Sie, Mr. Hudson trank ganz gern einen über den Durst, und so ...«

Thurlow befeuchtete seine Lippen. Er merkte, daß er Angst hatte, in dieses Haus zu gehen. Aber er überwand sich und sagte: »Sollten wir uns nicht drinnen umsehen? Vielleicht ...«

Maybeck begegnete seinem Blick. »Ja. Das sollten wir allerdings tun.«

Sie hörten die Sirene eines Ambulanzwagens. Das Geräusch verstummte schließlich vor dem Haus. Der andere Polizist kam um die Ecke und sagte: »Der Krankenwagen ist da, Carl. Wo ...?« Dann sah er den Toten.

»Dem Mann ist nicht mehr zu helfen«, sagte Maybeck. »Sie sollen ihn liegenlassen, damit wir etwaige Spuren sichern können. Das Beste ist, du schickst sie wieder weg.«

Der andere Beamte musterte Thurlow mit mißtrauischem Blick.

»Das ist Doktor Thurlow«, sagte Maybeck.

»Ah.« Sein Kollege machte kehrt und ging zur Hausecke, wo ihm zwei Männer in Weiß begegneten.

Maybeck machte einen Bogen um den Toten und betrat das Schlafzimmer. Thurlow folgte ihm. Sein Blick fiel sofort auf Ruths Kleider, die in unordentlichen Haufen auf dem Bett lagen. Ein schmerzhaftes Gefühl von Beengung kam in seine Brust. Die Nachbarin hatte gesagt, Ruth sei nicht hier, aber ...

Maybeck bückte sich tief, spähte unter das Bett. Er richtete sich auf, schnüffelte. »Riechen Sie was?«

Thurlow nickte. Es war ein merkwürdiger Geruch im Raum — beinahe wie von verschmorten Kabeln.

»Wahrscheinlich wurde hier wirklich etwas verbrannt«, mutmaßte Maybeck, umherblickend. Auf einem Nachttisch war ein leerer Aschenbecher. Der Polizist schaute in den Schrank, ging ins benachbarte Bad und kehrte kopfschüttelnd zurück.

Thurlow trat in den Korridor und blickte zum Wohnzimmer, dessen Tür offen stand. Maybeck schob sich an ihm vorbei und ging voraus. Er bewegte sich behutsam, aber mit geübter Sicherheit, spähte in den Einbauschrank im Korridor, hinter eine Kommode. Er berührte nur, was er zum Zweck seiner Untersuchung berühren mußte.

Auf diese Weise durchwanderten sie das ganze Haus, Thurlow als ein zögernder Zuschauer, besorgt, was sie hinter der nächsten Ecke erwarten mochte.

Bald waren sie wieder im Schlafzimmer.

Der Ambulanzarzt stand knapp außerhalb der Verandatür und rauchte. Er nickte Maybeck zu. »Da ist nichts mehr zu machen. Der Leichenbeschauer ist unterwegs.«

»Wie sieht es aus?« fragte Maybeck. »Wurde er gestoßen?«

»Schwer zu sagen«, antwortete der Arzt. »Der Teppich ist unter seinen Füßen verrutscht, wie wenn er gestolpert wäre, aber das besagt nichts; es kann natürlich ein Stoß gewesen sein, der ihn zum Stolpern brachte. Ich habe vorsichtshalber eine Blutprobe genommen, die wir auf Alkohol untersuchen werden, aber er riecht nicht wie einer, der betrunken ist.«

Maybeck nickte und zog seinen Meldungsblock aus der Tasche, um den Tatbestand festzuhalten. Draußen sprach der zweite Polizist mit der Nachbarsfrau. »Ich weiß nicht, was es war«, sagte sie mit erhobener Stimme. »Es sah wie eine Rauchwolke aus ... Dampf, vielleicht. Oder es könnte so ein Insektenspray gewesen sein — es war etwas Weißes und Wolkiges.«

Thurlow trat auf die Veranda und kehrte der Tür den Rücken zu. Er konnte den Anblick des Toten nicht ertragen. Ruth war nicht im Haus; soviel stand fest.

Insektenpulver, dachte er. Weiß und wolkig.

Er dachte an die Erscheinung, die er und Ruth vor kaum einer Stunde gesehen hatten. Ruth hatte das Ding als eine weißliche Wolke wahrgenommen. Plötzlich war ihm klar, was mit Ruth geschehen war. Er konnte nicht glauben, daß sie einfach fortgelaufen sei, ohne ihm ein Wort zu sagen. Etwas war hier eingedrungen und hatte sie geholt. Es würde den seltsamen Geruch ebenso erklären wie die Anwesenheit und das Interesse jener unheimlichen Kreaturen mit den glühenden Augen.

Aber warum? fragte er sich. Was wollen sie?

Dann: Das ist absurd! Sie war hier, als Nev Hudson verunglückte, und rannte kopflos davon, um Hilfe zu holen. Sie wird irgendwo in der Nachbarschaft sein und jeden Moment zurückkehren.

Und sein Verstand sagte: Sie ist schon lange fort.

Sie sah Polizei und Ambulanz kommen, und nun fürchtet sie sich, dachte er. Aber was, wenn sie schuldig wäre? Wenn sie Nev Hudson in die Glastür gestoßen hätte?

Ein weiterer Streifenwagen traf ein, gefolgt von einem neutralen Sedan. Der Leichenbeschauer und einige Kriminalbeamte des Morddezernats erschienen. Thurlow nahm Maybeck beiseite und sagte: »Was tun die vom Morddezernat hier? Sicherlich glauben sie nicht, daß Mrs. Hudson . . .«

Maybeck zuckte die Achseln. »Nur Routine, Doktor. Sieht so aus, als ob er gestolpert und gefallen wäre. Aber Mrs. Hudson, die bei ihm war, als es passierte, ist seitdem verschwunden. Wir müssen der Sache auf den Grund gehen, wissen Sie.«

»Ich verstehe.«

»Doktor«, sagte Maybeck, »ich wäre Ihnen dankbar, wenn Sie mich zum Revier begleiteten und eine Aussage zu Protokoll geben würden.«

»Ja«, sagte Thurlow benommen. »Natürlich.«

Er folgte dem Polizisten, vorbei an der reglosen Gestalt, die Ruths Ehemann gewesen war, vorbei an den Männern mit ihren Maßbändern und Kameras und Staubpinseln und kalt abschätzenden Augen.

Ruths Ehemann . . . Das Etikett barg eine Menge Zündstoff und führte zu Überlegungen, die Thurlow unwillkommen waren. Wo ist sie? Ist sie geflüchtet? Sie war in einem Zustand nervöser Spannung gewesen, ja, aber . . . konnte es zu Tätlichkeiten gekommen sein? Was war das für eine Wolke, die die Nachbarin gesehen hatte? Und der Geruch in dem Raum?

Sie gingen zur Straße. Vor den Häusern ringsum standen Leute und starrten neugierig. In der Garageneinfahrt auf der anderen Seite von Hudsons Haus stand ein weißer Laborwagen der Kriminalpolizei.

»Wissen Sie, Doktor«, sagte Maybeck mit leisem Tadel, »nachts sollten Sie wirklich nicht mit dieser dunklen Brille am Steuer sitzen.«

»Die Linsen sind einstellbar«, sagte Thurlow. »Nicht so dunkel, wie sie aussehen.«

»Fahren Sie lieber mit uns«, sagte Maybeck. »Wir bringen Sie später zu Ihrem Wagen zurück.«

»Ja. Sagen Sie, Maybeck — sollte nicht jemand nach Mrs. Hudson suchen?«

»Wir werden sie suchen, Doktor«, sagte der Polizist. »Und wir werden sie finden, keine Sorge.«

Ob ihr sie finden werdet? dachte Thurlow. Was war das für ein Ding, das uns beobachtete und unsere Gefühle zu manipulieren suchte? Es war real. Ich weiß, daß es real war. Wenn es nicht real war, dann bin ich verrückt. Und ich weiß, daß ich nicht verrückt bin.

Er blickte auf seine Füße im dunklen Raum hinter den Lehnen der Vordersitze. Seine Schuhe waren völlig durchnäßt.

Joe Murphey, dachte er. Joe weiß auch, daß er nicht verrückt ist. Und doch . . .

11

Ruth erwachte auf etwas Weichem. Sie fühlte um sich: ein Bett, eine seidig weiche Decke. Sie öffnete die Augen in ein beruhigendes, blaugraues Dämmerlicht. Sie bemerkte, daß sie nackt war . . . aber warm. Über ihrem Bett war ein Oval voll glitzernder Kristallfacetten, die ständig ihre Farbe wechselten — grün, gelb, blau, rot . . . Sie waren beruhigend. Alles hier war beruhigend.

Sie wußte, daß es irgendwo etwas gab, das dringend ihrer Aufmerksamkeit bedurfte, aber ihr ganzes Wesen sagte ihr, daß die dringende Sache warten konnte.

Sie wandte den Kopf nach rechts. Dort war irgendeine Lichtquelle, doch sie konnte nicht ausmachen, wo. Es war ein Licht voll warmer, gelber Töne. Es erhellte einen seltsamen Raum. Eine Wand bestand, wie es schien, aus Büchern, und auf einem niedrigen ovalen Tisch lagen alle möglichen goldenen Gegenstände: Würfel, Kugeln, rechteckige Behälter, Kegel. Hinter einem Fenster war blauschwarze Nacht. Als sie es betrachtete, wurde das Fenster plötzlich metallisch weiß, und ein Gesicht erschien und blickte herein. Es war ein großes Gesicht von seltsam silbriger Hautfarbe, mit tiefliegenden, durchdringenden Augen und harten, ausgeprägten Zügen.

Ruth dachte, daß sie sich von diesem Gesicht beängstigt fühlen sollte, aber sie konnte die emotionale Antwort nicht finden.

Das Gesicht verschwand, und das Fenster zeigte die Aussicht auf eine Meeresküste mit brandungsüberschäumten Klippen, schwarzen, nassen Felsen und Sonnenlicht. Dann kam wieder Nacht über die Szene, und sie erkannte, daß der Rahmen kein Fenster sein konnte.

Vor ihm stand eine Konsole auf Rädern, die ein Gerät trug, das wie eine asymmetrische und ziemlich surrealistische Schreibmaschine aussah.

Ein Luftzug berührte die linke Seite ihres Körpers. Es war die erste Kälteempfindung seit ihrem Erwachen. Als sie in die Richtung blickte, sah sie eine ovale Tür. Sie war offen, und in ihr stand eine kleine, stämmige Gestalt in grünen Kleidern — das Gesicht, das zu ihr hereingespäht hatte. Irgendwo in ihr war eine untergründige Reaktion, die sagte: Was für ein abscheulicher, krummbeiniger kleiner Gnom! Aber die Reaktion stieß nicht bis an die Oberfläche durch.

Der Zwerg öffnete seinen breiten, dicklippigen Mund. Er sagte: »Ich bin Kelexel.« Die Stimme klang weich. Der bloße Ton versetzte sie in angenehm prickelnde Erregung.

Seine Augen musterten ihren Körper, und sie erkannte die intensive Männlichkeit dieses Blicks. Zu ihrer Verwunderung fühlte sie sich nicht davon abgestoßen. Der Raum war so warm und wohlig, die Kristallfacetten über ihr bewegten sich mit einer so sanften Schönheit . . .

»Ich finde dich sehr anziehend«, sagte Kelexel. »Ich erinnere mich nicht, jemals eine so magnetische Anziehungskraft gefühlt zu haben.«

Die Tür hinter ihm schloß sich lautlos. Er ging langsam auf das Bett zu, auf dem sie lag.

Ruth folgte ihm mit den Augen. Ein Zittern der Erregung durchlief ihren Körper, und sie begann sich zu fragen, wie es sein mochte, diese seltsame Kreatur, diesen Kelexel, zum Liebhaber zu haben.

Kelexel stand neben ihr.

»Ich bin von den Chem«, sagte er. »Sagt dir das etwas?«

Sie schüttelte den Kopf. »Nein.«

»Du hast noch keine Person wie mich gesehen?« fragte Kelexel.

Sie erinnerte sich an die letzten Minuten mit Nev, an die Gnomen, die hereingekommen waren. Und an Andy. An ihn dachte sie mit schwesterlicher Zärtlichkeit. Der gute Andy ... so ein lieber, hilfsbereiter Mensch.

»Du mußt mir antworten«, sagte Kelexel. In seiner Stimme war Macht.

»Ich sah drei — in meinem Haus. Drei, die ...«

»Ah, die drei, die dich brachten. Ja, sie waren auch Chem.«

»Was sind die Chem?« fragte sie. Ihre Neugierde war nur oberflächlich; darunter wallten die trägen Emotionen des Wohlbefindens und der allmählich zunehmenden Erregung. Sie räkelte sich wollüstig, während sie Kelexel anstarrte. Was für ein seltsamer Gnom! Was für ein süßer kleiner Gnom!

»Der Name wird sich bald mit Bedeutung anfüllen«, sagte Kelexel. »Du bist sehr anziehend für mich. Wir Chem sind gut zu denen, die uns erfreuen. Natürlich kannst du nicht zu deinen Freunden zurückkehren, niemals. Aber es gibt Entschädigungen. Es wird als eine Ehre angesehen, den Chem zu dienen.«

Wo ist Andy? dachte Ruth. Der liebe, gute Andy.

»Sehr anziehend«, murmelte Kelexel.

Er streckte seinen Arm aus und berührte ihre rechte Brust mit dem Finger. Wie elastisch und glatt ihre Haut war! Sein Finger fuhr sanft über die Brustwarze und weiter zu ihrem Hals, ihrem Kinn, ihren Lippen, ihrem Haar.

»Deine Augen sind grün«, sagte Kelexel. »Wir Chem lieben grün.«

Ruth schluckte und stöhnte leise. Die liebkosenden Bewegungen von Kelexels Finger erfüllten sie mit Verlangen. Sie berührte seine Hand. Wie hart und männlich sie sich anfühlte. Sie begegnete dem durchdringenden Blick seiner braunen Augen.

Ruth versank in ekstatische Trance. Kelexels Kopf verdeckte momentan die kaleidoskopartigen Bewegungen der Kristallfacetten, dann fühlte sie sein Gesicht zwischen ihren Brüsten. Sie wand sich, überwältigt von Wellen ungeahnter Leidenschaft.

»O Gott«, wisperte sie. »O Gott.«

Wie angenehm, in einem solchen Moment verehrt zu werden, dachte Kelexel. Es war der höchste Genuß, den er je mit einer Frau erfahren hatte.

12

Später blickte Ruth mit einer tiefen Verwunderung über sich selbst auf ihre ersten Tage bei den Chem zurück. Sie lernte allmählich, daß Kelexel ihre Reaktionen mit seinen fremdartigen Geräten manipulierte, aber da war sie der Manipulation bereits verfallen wie eine Süchtige. Wichtig war nur, daß Kelexel zu ihr kam, mit ihr sprach, sie berührte und ihr Augenblicke ekstatischer Selbstvergessenheit verschaffte.

Er wurde in ihren Augen hübsch. Es war ein Genuß, seinen gefurchten, zylindrischen Körper zu betrachten. Es war leicht, in seinem breiten Gesicht zärtliche Gefühle und Verehrung für sie zu lesen.

Er liebt mich wirklich, dachte sie. Er ließ Nev töten, um mich zu bekommen.

Es gab sogar Genuß in der Erkenntnis ihrer völligen Hilflosigkeit, ihrem Ausgeliefertsein an Kelexels Launen, denn er mißbrauchte ihre Schwäche nicht. Sie hatte inzwischen gelernt, daß die stärkste Macht auf Erden ein Ameisenhaufen war, verglichen mit den Chem. Eine Lehrmaschine brachte ihr in kurzer Zeit die Sprache der Chem bei, was den Akklimatisierungsprozeß beschleunigte.

Der einzige Unruhefaktor in ihrer derzeitigen Existenz war die Erinnerung an Andy Thurlow. Kelexel hatte die Intensität der Manipulation behutsam zurückgenommen (ihre Reaktionen waren nun hinreichend konditioniert), und sie konnte sich mit zunehmender Klarheit an Andy erinnern. Doch die Tatsache ihrer Hilflosigkeit besänftigte ihre Schuldgefühle und Andy kam weniger und weniger in ihre Gedanken, bis Kelexel ihr einen Pantovivor brachte.

Das Gerät wurde in einer Ecke des Raumes aufgestellt, eines Raumes, in dem sie sich bereits heimisch zu fühlen begann, weil Kelexel ihn nach ihren Wünschen eingerichtet hatte. Ein benachbarter Raum war für sie als Badezimmer ausgebaut worden. Was Kleider betraf, so brauchte sie nur einen Wunsch zu äußern, und Kelexel füllte einen Kleiderschrank bis zum Überfließen. Schmuck, Parfüms, ausgewählte Speisen, alles war für sie da.

Kelexel erfüllte ihr jeden Wunsch. Er wußte, daß er sich in sie vernarrt hatte, und er genoß jeden Augenblick mit ihr. Bemerkte er, daß Leute aus Fraffins Mannschaft in seiner Nähe Blicke austauschten, lächelte er nur in sich hinein. Sie mußten alle ihre Lustgeschöpfe von diesem Planeten haben; es gehörte zu den Attraktionen des Lebens hier und war zweifellos mitverantwortlich für Fraffins großen Erfolg.

Gedanken an seine Pflicht und den eigentlichen Zweck seines Aufenthalts traten zeitweilig in den Hintergrund. Er war überzeugt, daß das Primat Verständnis aufbringen würde, wenn er die Sache erklärte und sein Lustgeschöpf zur Schau stellte. Schließlich, was bedeutete einem Chem Zeit? Die Untersuchung würde weitergehen, lediglich ein wenig verlangsamt ...

Anfangs fürchtete Ruth sich vor dem Pantovivor. Sie schüttelte den Kopf, als Kelexel ihr den Zweck und die Arbeitsweise des Geräts erklärte. Wie es funktionierte, war noch zu verstehen; aber warum es funktionierte, war völlig außerhalb ihres Begriffsvermögens.

Es war die Zeit, die sie Nachmittag zu nennen pflegte, obwohl es hier in der Zentrale kaum ein Gefühl von Tag und Nacht gab. Nachmittag bedeutete lediglich, daß Kelexel von seinen mysteriösen Pflichten zu ihr heimkehrte und eine Periode der Entspannung und Ruhe mit ihr verbrachte. Ruth saß im Kontursessel, in dessen Armlehnen die Bedienungsinstrumente untergebracht waren. Die Beleuchtung des Raumes war auf ein schummrigtrübes Gelb reduziert, und der Pantovivor fesselte ihre Aufmerksamkeit.

Der Sessel war Teil der Maschine und halb in sie hineingebaut. Vor ihr und etwas unter ihr breitete sich eine ovale Plattform aus — die Bühne.

Kelexel stand hinter ihr, eine Hand auf ihrer Schulter. Er empfand eine gewisse stolze Befriedigung, seinem Lustgeschöpf die Wunder der Chem-Zivilisation zu zeigen.

»Mit deiner Stimme oder durch Tastendruck kannst du die gewünschte Periode und den Titel auswählen«, erklärte er ihr. »Aber zuerst mußt du den Kanal zum Archiv öffnen, indem du diesen Knopf drückst.« Er zeigte auf einen orangefarbenen Knopf an der rechten Armlehne, drückte ihn für sie. »Sobald du deine Geschichte gewählt hast, kannst du die Handlung beginnen lassen.« Er drückte einen weißen Knopf zu ihrer Linken.

Eine Menschenmenge, deren Gestalten in etwa einem Viertel ihrer Lebensgröße wiedergegeben waren, erfüllte die ovale Bühne vor ihr. Wilde Aufregung strahlte von ihr aus und wurde durch das enzephalographische Übertragenetz in Ruths Bewußtsein projiziert. Sie fuhr in ihrem Sessel auf, als die turbulenten Emotionen über sie hereinbrachen.

»Du nimmst an den Gefühlen der dargestellten Personen teil«, sagte Kelexel. »Sind sie zu stark oder unangenehm, kannst du sie durch Drehen dieses Einstellrings reduzieren.« Er drehte einen mit feiner Skala kalibrierten Ring, der in die Armlehne eingelassen war. Sofort verebbte die unheimliche Erregung.

Die Menge trug abgerissene Kleidung in einem altertümlichen Schnitt. Einzelne Uniformen waren darunter, verschiedene Männer trugen Dreispitze mit blauweißroten Kokarden, andere waren barfuß und zerlumpt. Nicht wenige Frauen und Jugendliche beiderlei Geschlechts rannten schreiend in der Menge mit, und überall waren Waffen zu sehen: Säbel, Vorderladergewehre mit aufgepflanzten Bajonetten, Messer und sogar Knüppel. Die Szene hatte etwas seltsam Vertrautes. Dumpfe, vorwärtstreibende Trommelschläge rissen Ruth in ihren Rhythmus wie Pulsschläge einer plötzlich wiederbelebten Vergangenheit.

»Ist das wirklich?« fragte sie.

»Wirklich?« wiederholte Kelexel. »Welch sonderbare Frage. Es ist ... in einem Sinne vielleicht wirklich. Es geschah in früherer Zeit, und die Wiedergabe zeigt die wirklichen Ereignisse. Komisch ... der Gedanke hat mich nie beschäftigt.«

Die Menge rannte jetzt. Unter den langen Frauenkleidern kamen braune Füße zum Vorschein. Mit dem Geräusch der vielen tausend Füße kam stechender Schweißgeruch, der Gestank ungewaschener, erhitzter Körper. Plötzlich waren nur noch die rennenden Beine im Blickfeld. Sie stampften und trabten unaufhaltsam vorüber, durch schmutzige Lachen und über festgetrampelte Erde, Kopfsteinpflaster — eine faszinierende, mitreißende Abfolge vorwärtsdringender Bewegung.

Das Gesichtsfeld weitete sich zur Totalen. Hohe Steinmauern mit Festungstürmen, halbrunden Eckbastionen. Schüsse krachten. Die Menge stürmte auf die grauen Mauern zu.

»Sie scheinen eine Zitadelle anzugreifen«, sagte Kelexel.

»Die Bastille!« flüsterte Ruth. »Das ist die Bastille!«

Sie war hypnotisiert. Dies war der Sturm auf die Bastille. Gleichgültig, welches das gegenwärtige Datum war, hier vor ihren Sinnen war der 14. Juli 1789, und was sie an heiseren Schreien und Flüchen hörte, war historische Wahrheit.

Ruth packte die Armlehnen ihres Sessels. Sie zitterte.

Kelexel langte über ihre Schulter, drückte einen grauen Knopf zu ihrer Linken. Die Szene verblaßte.

»Ich erinnere mich an diese Geschichte«, sagte er sinnend. »Es war eine von Fraffins gelungensten Produktionen, die seinerzeit großen Erfolg hatte.« Er berührte Ruths Haar. »Verstehst du jetzt, wie es funktioniert?« Seine Hand zeigte nochmals die Bedienungsknöpfe. »Scharfeinstellung hier. Intensität hier. Der Pantovivor ist ganz einfach zu bedienen. Ich hoffe, er wird dir viel Abwechslung und Vergnügen bereiten.«

Sie wandte den Kopf und blickte Kelexel an, Entsetzen in den Augen. Der Sturm auf die Bastille: eine Fraffin-Produktion!

Fraffins Name war ihr ein Begriff. Kelexel hatte ihr Organisation und Arbeitsweise der Regiezentrale erklärt.

Regiezentrale!

Bis zu diesem Moment hatte sie nicht darüber nachgedacht, welche Bedeutung in diesem Wort lag.

Regiezentrale.

»Ich habe noch zu tun«, sagte Kelexel. »Es wird nicht lange dauern, aber einstweilen überlasse ich dich den Freuden des Pantovivors.«

»Ich dachte, du würdest bleiben«, sagte sie enttäuscht. Sie wollte nicht allein mit dieser Maschine sein. Sie sah das Ding als ein verlockendes Schreckensinstrument, einen Schlüssel zu einem Schatz von verschlossenen Dingen, denen sie nicht gegenübertreten konnte. Sie fühlte, daß die Wirklichkeit des Pantovivors sie versengen konnte. Es war ein gefährliches Spielzeug; sie konnte es nicht kontrollieren, noch konnte sie ihr Verlangen, es zu gebrauchen, für längere Zeit bezähmen.

Sie nahm Kelexels Hand und sagte: »Bitte bleib.«

Kelexel zögerte, aber er hatte seine Pläne. Es war an der Zeit, daß er sich um seine vernachlässigten Pflichten kümmerte.

»Es tut mir leid«, sagte er, »aber ich muß wirklich gehen. Ich werde so bald wie möglich zurückkommen.«

Sie erkannte, daß sie ihn nicht umstimmen konnte, und ließ sich in den Sessel zurücksinken, vor sich die Versuchung der Maschine. Kelexel verließ den Raum, und sie war allein mit dem Pantovivor.

Nach längerem Kampf mit sich selbst sagte sie: »Die neueste Geschichte aus der laufenden Produktion.« Sie drückte die passenden Knöpfe.

Ein blauer Lichtpunkt erschien in der Mitte des Blickfelds, wurde zu einem verwaschenen weißen Fleck vor schwarzem Hintergrund, und plötzlich sah sie einen Mann vor einem Spiegel, der sich mit einem altmodischen Rasiermesser rasierte. Sie erschrak.

Es war Anthony Bondelli, der Rechtsanwalt ihres Vaters. Sie hielt den Atem an, entsetzt. Sie hatte das Gefühl, er werde sich jeden Moment umdrehen und sie als Lauscherin ertappen.

Bondelli hatte ihr den Rücken zugekehrt, und sein Gesicht war als Reflexion im Spiegel sichtbar. Es war ein gebräuntes Gesicht mit glattem schwarzen Haar und hohen Geheimratsecken. Eine große scharfe Nase dominierte über den kleinen Mund und einen schmalen kleinen Schnurrbart. Das Kinn war für das übrige Gesicht zu breit und zu massiv, was ihr schon früher aufgefallen war. Ein Gefühl schläfriger Zufriedenheit ging von ihm aus. Zugleich roch Ruth den Badezimmerduft von nasser Seife und Rasierschaum und Zahnpasta. Der Realismus der Szene war so, daß Ruth steif in ihrem Sessel saß und sich nicht zu bewegen wagte. Sie vermeinte, leise atmen zu müssen, damit Bondelli nicht merkte, daß sie ihn ausspionierte.

Bald erschien eine Frau in einem Morgenmantel in der Badezimmertür. Sie hielt eine aufgeschlagene Zeitung in den Händen und las darin.

Ruth hatte eine plötzliche Vorahnung und wollte den Pantovivor ausschalten, fand aber nicht mehr die Kraft. Marge Bondelli war eine freundliche, etwas matronenhafte Frau, aber das runde Gesicht war jetzt im Schock verzogen.

»Tony!« sagte sie.

Bondelli ließ die Hand mit dem Rasiermesser sinken, beugte sich zum Spiegel und machte eine Grimasse, während er prüfend die Haut seiner Wange spannte. »Was ist?«

Seine Frau blickte von der Zeitung auf. Ihre blauen Augen wirkten fast glasig. Sie sagte: »Joe Murphey hat gestern abend Adele umgebracht!«

»Nein!« Bondelli ließ das Rasiermesser ins Waschbecken fallen, drehte sich um und griff nach der Zeitung.

Ruth merkte, daß sie zitterte. Es ist genau wie ein Film, sagte sie sich. Dies geschieht nicht wirklich jetzt. Dann: Die Ermordung meiner Mutter eine Fraffin-Produktion? Ein Schmerz in ihrer Brust machte ihr das Atmen schwer.

Bondelli überflog die Zeitungsmeldung, dann faltete er die Zeitung eilig zusammen und steckte sie unter seinen Arm. »Du brauchst kein Frühstück für mich zu machen«, sagte er. »Ich gehe gleich ins Büro.«

»Tony — halte dich aus der Geschichte heraus. Du bist kein Kriminalanwalt.«

»Aber ich habe Joes Rechtsfälle erledigt, seit er das Geschäft gründete ...«

»Ich weiß nicht, Tony«, sagte Marge bekümmert. »Ich habe so ein komisches Gefühl — mische dich da nicht ein.«

»Ich bin Joes Anwalt. Insofern bin ich auch für dies zuständig.«

Mit einer Willensanstrengung schaltete Ruth den Pantovivor aus. Sie sprang auf und stieß sich von der Maschine weg.

Die Ermordung meiner Mutter — eine Unterhaltung für die Chem?

Sie lief zum Bett. Das Bett stieß sie auf einmal ab. Sie kehrte ihm den Rücken zu. Die beiläufige Art und Weise, wie Kelexel es ihr überlassen hatte, diese Entdeckung zu machen, erfüllte sie mit Entsetzen und Zorn. Sicherlich mußte er damit gerechnet haben, daß sie es herausbringen würde. Aber nein — es war ihm gleichgültig; er hatte nicht einmal daran gedacht. Die ganze Sache ging ihn nichts an. Es war schlimmer als Unachtsamkeit. Es war Verachtung ...

Ruth rang ihre Hände. Sie blickte umher. Es mußte eine Waffe geben, irgendeinen Gegenstand, mit dem sie diesen abscheulichen ...

Ihr Blick fiel auf das Bett. Sie dachte an die Stunden leidenschaftlicher Ekstase, die sie dort mit Kelexel verbracht hatte, und haßte plötzlich ihren eigenen Körper. Tränen stiegen in ihre Augen. Sie begann im Zimmer auf und ab zu laufen.

Ich bringe ihn um!

Aber Kelexel hatte gesagt, die Chem seien unsterblich. Sie könnten nicht getötet werden. Der Gedanke entmutigte sie. Sie fühlte sich wie ein Staubteilchen, winzig und verloren, von Strömungen und Gewalten bewegt, gegen die sie nichts vermochte. Sie warf sich aufs Bett und starrte zum Farbenspiel der Kristallfacetten auf. Sicherlich gehörten sie zu den Manipulationsmaschinen, mit denen Kelexel sie gefügig machte.

Der Gedanke an die Manipulation erfüllte sie mit Verzweiflung. Sie wußte, was sie tun würde, wenn Kelexel zurückkehrte: Sie würde ihm wieder erliegen. Die Leidenschaft würde ihre Sinne überwältigen, und zuletzt würde sie vor ihm kriechen und um seine Aufmerksamkeit betteln.

Hinter ihr zischte etwas, und sie warf sich auf dem Bett herum, starrte zur Tür.

Ynvic war hereingekommen. Ihr kahler Schädel glänzte im gelben Licht.

»Du bist beunruhigt«, sagte sie. Ihre Stimme war berufsmäßig glatt, beschwichtigend.

»Was tust du hier?« fragte Ruth erbittert.

»Ich bin Stationschirurgin«, sagte Ynvic. »Meine Arbeit besteht hauptsächlich darin, verfügbar zu sein. Du brauchst mich.«

Sie sehen wie Karikaturen menschlicher Wesen aus, dachte Ruth.

»Geh fort«, sagte sie.

»Du hast Probleme, und ich kann dir helfen«, antwortete Ynvic.

Ruth setzte sich auf. »Probleme? Warum sollte ich Probleme haben?« Sie war sich bewußt, daß ihre Stimme hysterisch klang, aber sie konnte es nicht verhindern.

»Dieser Dummkopf Kelexel ließ dich mit einem unzensierten Pantovivor allein«, sagte Ynvic.

Ruth starrte sie feindselig an. Ob diese Chem Gefühle hatten? Gab es eine Möglichkeit, sie zu treffen, zu verletzen?

»Wie pflanzt ihr häßlichen Kreaturen euch fort?« fragte sie.

»Du haßt uns, wie?« fragte Ynvic.

»Hast du Angst, meine Frage zu beantworten?« sagte Ruth herausfordernd.

Ynvic zuckte die Achseln. »Im wesentlichen ist es wie bei deinesgleichen ... bis auf den Umstand, daß weibliche Chem in einem frühen Stadium ihrer Entwicklung von ihren reproduktiven Organen befreit werden. Wer Nachwuchs will, muß zu einem Brutzentrum gehen, die Erlaubnis beantragen — es ist ein sehr umständlicher und langweiliger Prozeß. Wir erfreuen uns auch ohne die Organe eines angenehmen und ereignisreichen Lebens.« Sie kam langsam näher.

»Aber eure Männer ziehen meinesgleichen vor«, sagte Ruth.

Wieder ließ Ynvic sich nicht herausfordern. »Das ist eine Frage des jeweiligen Geschmacks«, erwiderte sie gleichmütig. »Als Lustgeschöpfe erfreut ihr euch einer gewissen Beliebtheit, aber ist das wichtig? Ich hatte Liebhaber von deinem Planeten. Einige von ihnen waren gut, andere waren es nicht. Das Dumme ist, daß ihr so schnell altert und unansehnlich werdet.«

Lustgeschöpfe! Ruth war vor Wut fast außer sich. »Aber ihr erfreut euch an uns! Wir unterhalten und amüsieren euch!«

»Bis zu einem Punkt«, sagte Ynvic. »Interesse ist ein unbeständiges Phänomen; es nimmt zu und wieder ab.«

»Warum bleibt ihr dann hier?«

»Es ist einträglich«, sagte Ynvic. Und sie bemerkte, daß die Eingeborene bereits aus der emotionellen Spirale herauskam, die sie gefangen hatte. Ein Objekt, auf das sie ihren Haß richten konnte — mehr war nicht vonnöten. Die Kreaturen waren so leicht zu lenken.

»Aber die Chem mögen Geschichten über uns«, sagte Ruth.

»Ihr seid eine unerschöpfliche Quelle sich selbst erzeugender Geschichten«, sagte Ynvic. »Ganz allein könnt ihr natürliche Sequenzen von wahrhaft künstlerischer Qualität produzieren. Natürlich erfordert dies gleichzeitig eine sehr feinfühlige Regie und Bearbeitung für unsere Zuschauer. Fraffins Kunst besteht eben darin. Es kommt auf die Herausarbeitung der subtilen Nuancen an, damit eine Geschichte unsere Lachlust reizt oder unsere faszinierte Aufmerksamkeit gewinnt.«

»Ihr ekelt mich an!« zischte Ruth. »Ihr seid unmenschlich — das ist das richtige Wort!«

»Wir sind nicht sterblich«, sagte Ynvic. Und sie dachte: Die Frage ist, ob die Kreatur bereits schwanger ist. Was wird sie machen, wenn sie begreift, daß sie einen Chem austragen wird?

»Aber ihr versteckt euch vor uns«, sagte Ruth. Sie zeigte zur Decke. »Dort oben.«

»Wenn es unseren Zielen dient«, sagte Ynvic. »Jetzt ist es natürlich nötig, verborgen zu bleiben, aber das war nicht immer so. Ich habe offen unter deinesgleichen gelebt.«

Die Beiläufigkeit, mit der Ynvic all das vorbrachte, machte Ruth rasend. Sie wußte, daß sie diese Kreatur nicht verletzen konnte, aber sie mußte es versuchen.

»Du lügst!« sagte sie.

»Vielleicht. Aber ich will dir sagen, daß ich einmal die Göttin Inanna war . . . in Sumer, vor einiger Zeit. Es war ein harmloses Vergnügen, religiöse Verhaltensformen und Vorstellungen unter euch auszusäen.«

»Du hast dich als Göttin hingestellt?« Ruth schauderte. Aber sie wußte, daß Ynvic die Wahrheit sprach. Es klang zu selbstverständlich; es bedeutete der Sprecherin so wenig.

»Ich bin auch im Zirkus aufgetreten«, sagte Ynvic. »Ich habe viele Epen miterlebt. Manchmal erfreue ich mich an der Illusion der Altertümlichkeit.«

Ruth schüttelte ihren Kopf, unfähig zu sprechen.

»Du verstehst nicht«, sagte Ynvic. »Wie könntest du? Es ist unser Problem, siehst du? Wenn die Zukunft unendlich ist, dann hast du keine Altertümer. Du bist immer im ewigen Jetzt gefangen. Wenn du glaubst, du hättest dich mit der Tatsache abgefunden, daß deine Vergangenheit unwichtig sei, dann wird die Zukunft unwichtig. Das kann fatal sein, aber die Regiezentralen schützen uns vor dieser Fatalität.«

»Ihr spioniert uns aus, um . . .«

»Unendliche Vergangenheit, unendliche Gegenwart, unendliche Zukunft«, sagte Ynvic. Sie neigte ihren Kopf. »Ja, die haben wir. Euer Leben ist nur ein kurzes Flackern, ein Ausbruch, der bald zu Asche wird, und eure ganze Vergangenheit ist nicht viel mehr. Und doch gewinnen wir Chem von euch ein Gefühl für das Alter, das zeitlich Ferne, Archaische . . . das Gefühl einer wichtigen Vergangenheit. Ihr gebt uns das, verstehst du?«

Wieder schüttelte Ruth ihren Kopf. Diese Kreatur faselte. Aber die Konversation gab ihr eine Gelegenheit, sich zu erholen, und Ruth fühlte, wie sich in ihr ein Herd des Widerstands bildete, ein Kern, wohin sie sich zurückziehen konnte und in dem sie sicher war, gleichgültig, was sie mit ihr machten. Sie wußte, daß sie Kelexel noch immer erliegen würde, wann immer es ihm gefiel, aber der harte Kern des Widerstands und der Selbstbehauptung war da, wuchs, gab ihr ein Ziel.

Ynvic seufzte. »Es ist gleich. Ihr Lustgeschöpfe ähnelt einander darin, daß es euch allen an Intelligenz und Denkvermögen mangelt. Ich bin gekommen, um dich zu untersuchen.« Sie trat an die Bettkante.

Ruth atmete tief ein. »Du hast mich beobachtet«, sagte sie. »An der Maschine. Weiß Kelexel davon?«

»Er war ein Dummkopf, dir einen unzensierten Pantovivor zu geben, und wir waren Dummköpfe, daß wir ihn gewähren ließen«, sagte Ynvic mit erkennbarem Unwillen. »Was verstehst du von solchen Dingen?«

»Es war meine Mutter, die ihr getötet habt, meine Mutter!« stieß Ruth hervor.

»Die wir getötet haben?«

»Ja. Ihr macht, daß die Leute tun, was ihr von ihnen wollt.«

»Die Leute!« höhnte Ynvic. Die Antworten dieses Geschöpfs verrieten, daß es nichts verstanden hatte und nichts wußte. Offensichtlich hatte es nicht einmal versucht, über die Chem und ihre Welt nachzudenken.

Ynvic legte eine Hand auf Ruths Bauch, blickte zum Manipulator über dem Bett. Das Muster der funkelnden blauen Facetten veränderte sich in einer Weise, die sie lächeln machte. Diese armselige Kreatur war bereits geschwängert. Welch eine hübsche und subtile Methode, einen Schnüffler des Primats in die Falle zu locken!

Sie zog ihre Hand zurück und nahm den charakteristischen Moschusgeruch der weiblichen Eingeborenen wahr. Was für ein unförmiges Gesäuge die Kreatur hatte! Sie trug ein lose wallendes Gewand, das Ynvic an griechische Kleidungsstücke erinnerte.

Die Facetten des Manipulators gingen durch grüne Farbtöne in ein weiches Rot über.

»Ruhe dich aus, kleine Unwissende«, sagte Ynvic. Sie legte ihre Hand mit einer seltsam sanften Gebärde auf Ruths bloßen Arm. »Ruhe dich aus und sei attraktiv für Kelexels Rückkehr.«

13

»Ich bin überzeugt, daß es ihr zuviel wurde«, sagte Bondelli. »Es kam zu einer Kurzschlußreaktion, und sie flüchtete.« Er blickte nachdenklich in Thurlows Gesicht.

Sie saßen in Bondellis Anwaltsbüro, einem Ort von poliertem Holz und ledergebundenen Büchern, präzise aufgereiht hinter spiegelndem Glas, einem Ort von gerahmten Diplomen und signierten Fotos prominenter Leute. Es war früher Nachmittag, ein sonniger Tag.

Thurlow saß vornübergebeugt, Ellbogen auf den Knien, die Hände ineinander verklammert. Sein Gesicht machte einen übermüdeten und abgezehrten Eindruck. Ich darf meinen wirklichen Verdacht nicht sagen, dachte er. Ich kann es nicht riskieren.

»Ich könnte mir denken, daß sie bei Freunden oder Bekannten Unterschlupf gesucht hat, vielleicht in San Francisco. Irgend etwas von dieser Art. Wir werden von ihr hören, sobald sie ihre Panik überwunden haben wird.«

»Aber finden Sie nicht merkwürdig, daß die Polizei noch keine Spur von ihr gefunden hat, obwohl sie mittlerweile im ganzen Staat gesucht wird?«

Bondelli schüttelte seinen Kopf. »Das finde ich sogar folgerichtig. Sie weiß, daß die Polizei hinter ihr her ist, findet es aber schwierig, ihre Unschuld zu beweisen und ihre Flucht zu erklären. Das läßt ihre Panik nicht abklingen, Sie muß jemand gefunden haben, der sie deckt, und dort sitzt sie nun im Versteck und weiß nicht, was sie machen soll. Aber diese Periode wird vorübergehen, und sie wird sich stellen. Eines Tages muß sie einsehen, daß sie sich nur schadet, wenn sie der Realität entflieht.«

Wirklich? dachte Thurlow. Er konnte das Gefühl nicht abschütteln, daß er in einem Alptraum lebte. War er wirklich mit Ruth auf dem Aussichtshügel gewesen? War Nev Hudson wirklich durch diesen unheimlichen — Unfall ums Leben gekommen? War Ruth am Ende schuldig und ins Ausland geflüchtet?

Thurlow holte tief Luft und beschloß, zur Sache zu kommen.

»Sie wollen meine Meinung über Joe Murpheys Geisteskrankheit hören«, sagte er. »Aber Sie wollen vor Gericht argumentieren, und dazu ist nötig, die Dinge realistisch zu sehen.« In seiner Stimme war ein Unterton von resigniertem Zynismus. »Die juristische Definition der Geisteskrankheiten entspricht in keiner Weise moderner wissenschaftlicher Erkenntnis. Der wesentliche Punkt ist, daß die Öffentlichkeit den Mann hingerichtet haben will; und unser umnachteter Staatsanwalt, Mr. Paret, denkt an seine Wiederwahl.«

Bondelli war schockiert. »Das Gericht steht über solchen Erwägungen! Und die ganze Öffentlichkeit ist nicht gegen Joe Murphey. Warum sollte sie?«

Thurlow sagte geduldig: »Weil sie sich vor ihm fürchtet, natürlich.«

Bondelli erlaubte sich einen Blick aus seinem Fenster — vertraute Dächer, Baumwipfel, weißlicher Rauch aus irgendeinem Kamin, vom Luftzug zwischen den Häusern bewegt. Er sah Thurlow an und sagte: »Meine Frage ist, wie kann ein Geisteskranker die Natur und die Konsequenzen seines Handelns erkennen?«

Thurlow nahm seine Brille ab, betrachtete sie und schob sie wieder auf seine Nase. »Ein Geisteskranker denkt nicht über Konsequenzen nach.«

»Ich vertrete den Standpunkt, daß Joe Murphey für seine Tat nicht verantwortlich zu machen ist«, sagte Bondelli. »Ich habe vergleichbare Fälle aus der Rechtsprechung der letzten zweihundert Jahre gesammelt und bin dabei auf mehrere sehr bedeutsame Urteile gestoßen, die einhellig von der Schuldunfähigkeit geisteskranker Gewalttäter sprechen.«

Thurlow räusperte sich. Es wurde ihm zunehmend klar, daß Bondelli in den Wolken lebte. Und er fragte sich, ob er sich wirklich für Bondellis verrückte Pläne für die Verteidigung von Joe Murphey gebrauchen lassen sollte. »Das ist natürlich alles sehr wahr«, sagte er. »Aber ist es nicht möglich, daß unser geschätzter Staatsanwalt, selbst wenn er Joe Murphey für geisteskrank hält, es besser finden wird, einen solchen Mann auf den elektrischen Stuhl zu bringen, statt ihn in eine Anstalt zu stecken?«

»Allmächtiger! Warum?«

»Es kommt vor, daß die Türen von Heilanstalten sich öffnen«, sagte Thurlow. »Paret aber wurde gewählt, um die Einwohner dieses Bezirks zu schützen — sogar vor sich selbst.«

»Aber Murphey ist offensichtlich geisteskrank!«

»Sie hören mir nicht zu«, sagte Thurlow. »Selbstverständlich ist er geisteskrank. Das ist es, wovor die Leute geschützt sein wollen.«

»Aber sollte die Psychologie nicht . . .«

»Psychologie!« schnappte Thurlow.

Bondelli starrte ihn in schockiertem Schweigen an.

»Psychologie ist ein moderner Aberglaube«, sagte Thurlow. »Sie kann für Leute wie Joe Murphey nicht soviel tun.« Er schnippte mit den Fingern. »Tut mir leid, aber das ist die Wahrheit, und es ist besser, wenn sie unverblümt gesagt wird.«

»Wenn es das ist, was Sie Ruth gesagt haben, dann ist es kein Wunder, daß sie fortgelaufen ist«, sagte Bondelli.

»Ich sagte Ruth, daß ich ihr nach bestem Vermögen helfen würde.«

»Sie haben eine komische Art, es zu zeigen.«

»Hören Sie«, sagte Thurlow. »Die Öffentlichkeit hier ist aufgeregt und beunruhigt. Murphey ist der Brennpunkt für ihre verdrängten Schuldgefühle. Sie wollen ihn tot sehen. Sie wollen diesen psychologischen Druck von sich abwälzen. Wir können doch nicht eine ganze Stadtgemeinde psychoanalytisch behandeln.«

Bondellis Finger begannen ungeduldig auf den Schreibtisch zu trommeln. »Wollen Sie mir helfen, Joe Murpheys Geisteskrankheit zu beweisen, oder wollen Sie es nicht?«

»Ich werde alles tun, was ich kann, aber Sie wissen, daß Joe dieser Form von Verteidigung Widerstand leisten wird, nicht wahr?«

»Ob ich es weiß!« Bondelli lehnte sich über den Schreibtisch, die Arme flach auf der Platte. »Der verdammte Dummkopf kriegt bei der leisesten Andeutung, daß ich auf Unzurechnungsfähigkeit plädieren will, einen Wutanfall. Seine fixe Idee ist eine Verteidigung auf der Basis des ungeschriebenen Gesetzes, nach dem ein

Ehemann — wie er meint — das Recht hat, seine ehebrecherische Frau zu exekutieren!«

»Diese absurden Anschuldigungen gegen Adele«, sagte Thurlow. »Ja, ich weiß davon. Joe wird es sehr schwierig machen, den Beweis für seine Geisteskrankheit zu führen.«

»Ein geistig gesunder Mann würde an seiner Stelle Wahnsinn vortäuschen, um sein Leben zu retten«, sagte Bondelli.

»Sie müssen das ganz klar sehen«, sagte Thurlow. »Joe Murphey kann in keiner Weise die Idee akzeptieren, daß er geisteskrank ist. Würde er das zugeben — und wenn auch nur als eine Möglichkeit —, so sähe er sich der Tatsache gegenüber, daß seine Gewalttat eine nutzlose, sinnlose Sache gewesen sein könnte. Die Ungeheuerlichkeit eines solchen Eingeständnisses würde viel schlimmer sein als Geisteskrankheit. Sie ist bei weitem vorzuziehen.«

»Können Sie das einer Jury klarmachen?« fragte Bondelli.

»Daß Murphey es für sicherer hält, gesund zu spielen?«

»Ja.«

Thurlow zuckte mit der Schulter. »Wer weiß, was eine Jury glauben wird? Joe mag eine ausgebrannte hohle Schale sein, aber es ist eine verteufelt starke Schale. Nichts Widersprüchliches darf da hinein. Jede Faser von ihm ist auf die Notwendigkeit konzentriert, normal zu erscheinen, die Illusion von Vernunft aufrechtzuerhalten — sowohl bei sich selbst als auch bei anderen. Jenem anderen Eingeständnis wäre sogar der Tod vorzuziehen ...«

Bondelli blickte wieder zum Fenster hinaus. Die komische Wolke trieb noch immer über den Dächern. Er fragte sich müßig, ob Arbeiter irgendwo unter ihm eine Straße teerten. Nach einer Weile sagte er: »Wir brauchen etwas Einfaches und Elegantes, womit wir die Jury beeindrucken können. Und Ihre Erklärung von Joe Murpheys Schwierigkeiten erfüllt diese Voraussetzungen.«

»Das glaube ich nicht«, sagte Thurlow. »Eine Jury wird es nicht verstehen. Juries hören nicht, was sie nicht verstehen. Sie sind nicht aus Intellektuellen zusammengesetzt, sondern aus biederen Bürgern und Hausfrauen. Ihre Gedanken schweifen ab. Sie denken an Kleiderstoffe, Knospen im Rosengarten, was es zum Mittagessen gibt, wo sie ihren Urlaub verbringen wollen.«

»Sie haben es vorausgesagt, nicht wahr?«

»Den psychotischen Bruch, ja, den sagte ich voraus.« Er seufzte.

»Ist er im juristischen Sinn geisteskrank?«

»In jedem Sinn«, sagte Thurlow.

»Nun, dann gibt es juristische Präzedenzfälle ...«

»Psychologische Präzedenzfälle sind wichtiger.«

»Was?«

»Mr. Bondelli, wenn ich etwas gelernt habe, seit ich hier für das Gericht tätig bin, dann ist es, daß Juries viel mehr Energie darauf verwenden, die Meinung des Richters zu ergründen, als dem zu folgen, was die gegnerischen Anwälte vortragen. Juries haben einen geradezu kriecherischen Respekt vor der Weisheit von Richtern. Jeder Richter aber, der für diese Verhandlung in Frage kommt, wird ein Mitglied dieser Stadtgemeinde sein. Die Bürger wollen, daß Joe Murphey ein für allemal in der Versenkung verschwindet — tot. Wir können seine Geisteskrankheit beweisen, bis wir blau im Gesicht sind. Keiner von diesen guten Leuten wird sich bewußt mit unseren Beweisen auseinandersetzen, selbst wenn sie sie unbewußt akzeptieren. Die Tatsache ist, daß wir Joe mit dem Nachweis seiner Geisteskrankheit zum Tode verurteilen.«

»Wollen Sie mir erzählen, daß Sie nicht in den Zeugenstand treten und sagen können, Sie hätten Joes psychotischen Kurzschluß vorausgesagt, aber die Behörden hätten sich geweigert, etwas zu unternehmen, weil der Mann ein zu bedeutendes Mitglied der Gesellschaft sei?«

»Natürlich kann ich das nicht.«

»Sie meinen, man würde Ihnen nicht glauben?«

»Es macht keinen Unterschied, ob sie mir glauben oder nicht.«

»Aber wenn sie Ihnen glauben ...«

»Ich will Ihnen sagen, was sie glauben werden, Mr. Bondelli, und ich bin überrascht, daß Sie als Anwalt es nicht sehen. Sie werden glauben, daß Paret Beweise für Adeles Untreue habe, daß aber irgendwelche legalen Tricks und Techniken von Ihrer Seite ihn daran hinderten, die schmutzigen Details auszubreiten. Sie werden das glauben, weil es am leichtesten zu glauben ist. Keine noch so großartigen Auftritte von mir werden daran etwas ändern.«

»Sie sind also der Meinung, wir hätten so oder so keine Chance?«

Thurlow zuckte die Achseln. »Nicht, wenn es bald zur Verhandlung kommt. Wenn Sie den Beginn des Verfahrens hinauszögern oder einen anderen Gerichtsort durchsetzen können ...«

Bondelli schwenkte seinen Stuhl herum und starrte durch den

Rauch vor seinem Fenster. »Ich finde es sehr schwierig zu glauben, daß vernünftige, logische Menschen ...«

»Die Menschen sind weder vernünftig noch logisch«, sagte Thurlow. »Können Sie mir sagen, was an einer Jury vernünftig oder logisch ist?«

Zornige Röte kam in Bondellis Gesicht. Er schwang mit seinem Sessel zurück und blickte Thurlow finster an. »Wissen Sie, was ich glaube, Mr. Thurlow? Ich denke, die Tatsache, daß Ruth Sie sitzengelassen hat, hat Ihre Haltung zu ihrem Vater beeinflußt. Sie sagen, daß Sie helfen wollen, aber jedes Wort, das Sie sagen ...«

»Das ist genug«, unterbrach Thurlow ärgerlich. Er tat zwei tiefe Atemzüge. »Sagen Sie mir etwas, Mr. Bondelli. Warum übernehmen Sie diesen Fall? Sie sind kein Strafverteidiger.«

Bondelli fuhr mit der Hand über seine Augen. Langsam wich die Röte aus seinem Gesicht. Er blickte sein Gegenüber an. »Tut mir leid, Mr. Thurlow.«

»Schon gut. Können Sie die Frage beantworten? Wissen Sie, warum Sie diesen Fall übernehmen?«

Bondelli seufzte. »Als bekannt wurde, daß ich Murphey vertreten würde, riefen zwei von meinen bedeutendsten Klienten an und sagten, sie würden sich einen anderen Rechtsvertreter suchen, wenn ich das Mandat nicht niederlegte.«

»Und deshalb verteidigen Sie Joe?«

»Er muß die bestmögliche Verteidigung haben.«

»Und die bieten Sie ihm?«

»Ich wollte nach San Francisco gehen und Melvin Belli oder einen anderen von ähnlicher Statur für die Verteidigung gewinnen, aber Joe will nichts davon wissen. Er glaubt, es werde leicht sein.«

»Also bleibt Ihnen praktisch nichts anderes übrig.«

»Genau.« Bondelli verschränkte die Arme. »Wissen Sie, ich sehe das Problem nicht wie Sie, ganz und gar nicht. Ich glaube, unsere wichtigste Aufgabe ist zu beweisen, daß er nicht Geisteskrankheit simuliert.«

Thurlow nahm seine Brille ab, rieb sich die Augen. Sie begannen ihn zu schmerzen. Er hatte zuviel gelesen, dachte er. Er sagte: »Gewiß, Mr. Bondelli. Wenn eine Person mit Wahnvorstellungen lernt, den Mund darüber zu halten und sich nichts anmerken zu lassen, dann kann es sehr schwierig sein, ihr diese Wahnvorstellungen nachzuweisen. Eine vorgetäuschte Geisteskrankheit bloßzustellen ist leicht, verglichen mit den Problemen, eine verborgene Psychose auszumachen, aber die Öffentlichkeit versteht im allgemeinen nichts von solchen Dingen.«

»Ich sehe vier Möglichkeiten zum Einhaken«, sagte Bondelli. »Es gibt, wie ich glaube, vier allgemeingültige Grundzüge für das Verhalten geisteskranker Gewalttäter.«

Thurlow wollte etwas sagen, ließ es jedoch sein, als Bondelli seine Hand mit vier ausgestreckten Fingern hob.

»Erstens«, sagte der Anwalt. »Profitierte der Mörder vom Tod seines Opfers? Psychopathen pflegen nicht an ihre Bereicherung zu denken, wenn sie jemanden umbringen. Überdies war Adele Murphey nicht versichert.«

Bondelli nahm einen Finger herunter. »Zweitens, war der Mord sorgfältig geplant?« Ein weiterer Finger wurde eingezogen. »Psychopathen planen ihre Verbrechen nicht. Entweder überlassen sie ihre Flucht dem Zufall, oder sie machen es der Polizei lächerlich leicht, sie einzufangen. Joe Murphey tat praktisch nichts, um sich der Polizei zu entziehen.«

Thurlow nickte, und er begann sich zu fragen, ob Bondelli recht haben könnte, wenn er an den Erfolg seiner Taktik glaubte.

»Drittens«, fuhr Bondelli fort. »Wurde das Verbrechen mit einem unnötigen Maß an Grausamkeit und Gewaltanwendung verübt? Geistesgestörte pflegen einen Angriff jenseits aller Vernunft fortzusetzen, selbst wenn sie ihr Opfer längst überwältigt haben. Es gibt keinen Zweifel, daß dies auch hier zutrifft.« Ein dritter Finger kam herunter.

Thurlow rückte an seiner Brille und starrte Bondelli an. Der Anwalt war so konzentriert, so selbstsicher . . .

»Viertens«, sagte Bondelli. »Wurde der Mord mit einer improvisierten Waffe verübt? Personen, die einen Mord planen, beschaffen sich vorher eine tödliche Waffe. Ein Psychopath greift zum erstbesten Gegenstand, der gerade zur Hand ist — zu einem Hackmesser, einem Knüppel, einem Steinbrocken, einem Brieföffner, einem Stuhl.« Der letzte Finger krümmte sich, und Bondelli legte seine Faust auf den Schreibtisch. »Dieser verdammte Malaiendolch hing über Joe Murpheys Wohnzimmerkamin, seit ich ihn kenne.«

»Es klingt alles so einfach«, sagte Thurlow. »Aber was wird der Staatsanwalt die ganze Zeit tun?«

»Nun, er wird natürlich auch seine Gutachter und Experten haben.«

»Whelye, zum Beispiel.«

»Ihr Klinikchef?«

»Derselbe.«

»Bringt Sie das in Schwierigkeiten, Doktor?«

»Das stört mich nicht. Whelye ist ein weiterer Bestandteil des allgemeinen Syndroms. Die Leute werden sagen, Joe Murphey sei tot besser dran. Und die Experten und Gutachter der Anklage, die Sie jetzt mit einer Handbewegung abtun, werden das sagen, was die Öffentlichkeit hören will.«

»Ich bin sicher, daß wir einen unparteiischen Richter kriegen können.«

»Ja ... möglicherweise. Aber die Richter pflegen unausweichlich zu sagen, die zu klärende Frage sei, ob der Angeklagte zur Tatzeit imstande gewesen sei, sein Handeln als schlecht und böse zu erkennen. Verstehen Sie, was ich meine? Als ob der menschliche Geist in Abteilungen zergliedert werden könnte, ein Teil gesund, der andere geisteskrank. Unmöglich! Der Geist ist eine Einheit. Eine Person kann nicht in irgendeinem fiktiven Teil seines Geistes und seines Gefühlslebens krank sein, ohne daß die gesamte Persönlichkeit infiziert wird. Die Kenntnis dessen, was recht und was unrecht ist — die Fähigkeit, zwischen Gutem und Bösem zu wählen —, unterscheidet sich grundsätzlich von der Kenntnis, daß zwei und zwei vier ist. Die Entscheidung zwischen Gut und Böse erfordert eine intakte Persönlichkeit.«

Thurlow blickte auf, um Bondellis Reaktion zu beobachten.

Der Anwalt starrte mit nachdenklich geschürzten Lippen aus dem Fenster.

Thurlow wandte sich dem Fenster zu. Er fühlte sich krank vor Enttäuschung und Verzweiflung. Ruth war weggelaufen. Das war die einzige logische, gesunde und vernünftige Erklärung. Ihr Vater war verloren, so oder so ...

Thurlows Muskeln spannten sich im Angstreflex. Er stierte.

Kaum fünf Meter vor dem Fenster schwebte ein Gegenstand in der Luft ... ein kugelförmiger Gegenstand mit einer sauberen runden Öffnung, die auf Bondellis Fenster gerichtet war. Hinter der Öffnung bewegten sich Gestalten.

Thurlow öffnete seinen Mund, fand, daß er keine Stimme hatte. Er taumelte vom Stuhl hoch, tastete sich am Schreibtisch entlang, fort vom Fenster.

»Mr. Thurlow, ist etwas nicht in Ordnung?« fragte Bondelli. Er drehte mit seinem Sessel herum und schaute besorgt zu Thurlow.

Thurlow lehnte am Schreibtisch. Er starrte wie gebannt in die runde Öffnung der schwebenden Kugel. Augen waren darin, leuchtende Augen. Ein schlankes Rohr ragte aus der Öffnung. Eine schmerzhaft einschnürende Kraft preßte Thurlows Brust zusammen. Er mußte um jeden Atemzug kämpfen.

Mein Gott! dachte er. Sie wollen mich töten!

Wellen von Bewußtlosigkeit brandeten über seinen Geist, wichen zurück, kehrten wieder. Seine Brust war eine keuchende, schmerzende Region aus Feuer. Undeutlich sah er die Schreibtischkante hochkippen und an seinen Augen vorbeisausen. Etwas schlug dumpf auf den Teppich, und er nahm nur noch unbestimmt wahr, daß es sein Kopf war. Er versuchte sich hochzustemmen, sackte zusammen.

»Doktor! Was ist passiert?« Es war Bondellis hilflose Stimme. »Mr. Thurlow! Können Sie sprechen? Mr. Thur . . .«

Bondelli stand von einer flüchtigen Untersuchung des reglosen Körpers auf und brüllte nach seiner Sekretärin.

»Mrs. Wilson! Rufen Sie einen Krankenwagen! Ich glaube Thurlow hat einen Herzanfall!«

14

Ich darf mich nicht so an dieses Leben gewöhnen, daß ich es zu lieben beginne, sagte sich Kelexel. Ich habe ein hübsches Spielzeug, ja, aber ich habe auch Pflichten. Der Augenblick wird kommen, da ich gehen muß. Ich werde mein Geschöpf mitnehmen, aber alle die anderen Vergnügungen dieses Ortes werde ich aufgeben müssen.

Er saß in Ruths Privatquartier. Auf dem niedrigen Tisch zwischen ihnen stand eine Karaffe mit einheimischem Likör. Ruth war ungewohnt still und nachdenklich. Es hatte einer nicht geringen Manipulation bedurft, sie in empfängliche Stimmung zu bringen. Dies beunruhigte Kelexel. Sie hatte sich so willig und anschmiegsam gezeigt, hatte alles angenommen und gelernt, was er ihr als Ausbildungsprogramm vorgesetzt hatte. Nun war der Rückfall da — und ausgerechnet, nachdem er ihr ein so faszinierendes Spielzeug gegeben hatte — den Pantovivor.

Auf dem Tisch waren neben der Likörkaraffe frische Blumen in einer Vase. Rosen nannte man sie. Den Likör hatte Ynvic geschickt. Sein Geschmack überraschte und erfreute Kelexel. Die zu

Kopf steigende Hauptsubstanz erforderte ständige Anpassung seines Metabolismus. Er fragte sich, wie Ruth sich dem Zeug anpaßte. Sie trank ziemlich viel.

Trotz der Bemühungen, seinen Stoffwechsel im Gleichgewicht zu erhalten, empfand Kelexel die Erfahrung insgesamt als angenehm. Die Sinne wurden wach, geschärft; die Langeweile wich zurück.

Er hob sein Glas, gefüllt mit der bernsteinfarbenen Flüssigkeit. »Ein gutes Getränk, köstliche Speisen, bequeme Kleidung — alles das, und dazu Zerstreuung und Freude. Wer könnte sich hier langweilen?«

»Ja, wirklich«, murmelte Ruth. »Wer könnte sich langweilen?« Sie hob ihr Glas an die Lippen und stürzte den Inhalt mit einem Ruck hinunter.

Kelexel nippte. Ruths Stimme klang irgendwie fremd. Er warf einen Blick auf die Einstellung des Manipulators und überlegte, ob er den Druck ein wenig verstärken solle. Oder war es der Likör?

»Hast du dich mit dem Pantovivor gut unterhalten?«

Der ekelhafte kleine Troll! dachte sie. »Macht großen Spaß«, sagte sie halb lallend. »Warum spielst'n du nich selber 'n bißchen damit?«

Kelexel beobachtete sie erschrocken. Er bemerkte, daß der Likör Ruths Nervensystem zu lähmen begann. Ihr Kopf fiel von einer Seite zur anderen. Als sie ihr aufgefülltes Glas zum Mund führen wollte, schüttete sie den Inhalt über ihr Kinn und auf die Kleider. Dann fiel das Glas aus ihren Fingern.

Kelexel hob es auf, stellte es auf den Tisch. Entweder war sie unfähig, ihren Stoffwechsel anzupassen, oder sie hatte es nie gelernt.

»Magst'n du die Geschichtn nich?« fragte Ruth.

Kelexel begann sich an Fraffin-Produktionen zu erinnern, in denen die Probleme der Eingeborenen mit verschiedenen Rauschmitteln eine Rolle gespielt hatten. Es war also wahr; die Eingeborenen waren unfähig, die Wirkung rauscherzeugender Substanzen in ihrem Körper zu neutralisieren.

»Eine schmutzige Welt«, murmelte sie. »Meinste, wir sind auch in so 'ner Geschichte, hm? Ich meine, ob sie uns mit ihren verdammten ... Kameras — äh — filmen?«

Welch eine scheußliche Idee, dachte Kelexel. Aber in einer Weise entbehrte sie nicht einer gewissen Wahrheit. Kreaturen wie Ruth lebten seit langer Zeit (nach ihren Begriffen) in Träumen, deren Geflecht Fraffin wob. Doch es waren nicht eigentlich Träume, denn auch Chem-Beobachter konnten in diese Welt der Geschichten eintreten. In einer plötzlichen Einsicht wurde Kelexel klar, daß er in die Welt von Gewalttat und Emotion eingetreten war, die Fraffin geschaffen hatte. Und das Eintreten in diese Welt hatte ihn korrumpiert.

Kelexel wollte sich von diesem Raum losreißen, sich nur noch um seine Pflicht kümmern. Aber er wußte, daß er das nicht tun konnte. Wie war er in diese Falle geraten?

Er starrte Ruth an.

Sein Verdacht war geweckt. Er blickte hastig umher. Was wurde hier gespielt?

An diesem Ort und in diesem Moment schien es nichts zu geben, auf das er sein professionelles Mißtrauen konzentrieren könnte. Dies allein löste Zorn und Angst in ihm aus. Er fühlte, daß man mit ihm spielte. Fraffin? Er und seine Leute hatten sechs Untersucher des Büros, Kelexels Vorgänger, korrumpiert und verleitet, so daß sie aus dem Dienst ausgeschieden waren. Aber wie? Und welche Pläne hatten sie für seine eigene Person? Sicherlich wußten sie inzwischen, daß er kein gewöhnlicher Besucher war.

Ruth begann zu weinen. Sie schluchzte, daß ihre Schultern zuckten.

War es die Eingeborene hier? überlegte Kelexel. War sie der Köder in der Falle?

Ruth taumelte hoch, preßte eine Hand vor ihren Mund. Er sah ihre glasigen Augen, ihre Schweißperlen bedeckte Stirn, dann torkelte sie an ihm vorbei, stieß die Tür zum Bad auf und beugte sich über das Waschbecken. Sie würgte und spie.

Er stand auf und schloß diskret die Tür.

Kelexel hörte das Rauschen der Dusche, während er seinen alarmierten Gedanken nachging. Nach längerer Zeit kehrte sie zurück, blaß, aber deutlich ernüchtert. Sie setzte sich. Kelexel justierte den Manipulator. Er war ärgerlich.

Diese weibliche Kreatur wurde widerspenstig, aufsässig. Wie konnte es dazu gekommen sein? Nur die Chem und ein gelegentlicher Mutant waren immun gegen Manipulation. Selbst die Chem waren nicht völlig immun; darum wurden sie kurz nach ihrer Geburt immunisiert.

Er beobachtete Ruth.

Sie gab seinen Blick trotzig zurück.

Kelexel veränderte die Einstellung des Manipulators von neuem. Ruth fühlte, wie ihre Emotionen angepaßt und besänftigt wurden. Es geschah mit unheimlicher Schnelligkeit. Eine künstliche Nüchternheit drang in ihr benebeltes Gehirn ein.

»Bitte hör auf, mich zu verändern«, flüsterte sie.

Aufhören, sie zu verändern? dachte Kelexel.

Noch in dieser geflüsterten Bitte war ein harter Kern von Opposition, und er erkannte ihn mühelos. So sprachen die Barbaren immer zu den Zivilisationsbringern. Er wurde sofort der treue Diener des Primats. Diese Eingeborenenfrau sollte nicht fähig sein, sich ihm zu widersetzen. Hat Fraffin diese Kreatur ausgebildet? dachte er. Er entsann sich seines ersten Gesprächs mit Fraffin, des Gefühls von Bedrohung.

»Was hat Fraffin dir zu tun befohlen?« fragte er streng.

»Fraffin?« antwortete sie mit leerer Miene. »Ich habe Fraffin nie gesehen.«

»Seine Lakaien, dann ... was haben sie dir gesagt?«

Wieder schüttelte sie ihren Kopf. Kelexel mißtraute Fraffin und seinen Untergebenen. Vielleicht war da eine Waffe, die sie gebrauchen konnte; sie fühlte es, verstand aber nicht genug, um etwas damit anzufangen.

»Wenn Fraffin etwas Illegales mit euch Kreaturen getan hat, muß ich davon wissen«, sagte Kelexel. »Ich werde es so oder so erfahren.«

Sie schüttelte ihren Kopf.

»Als Fraffin kam, wart ihr wenig mehr als Tiere. Damals gingen die Chem als Götter unter euch, ohne die geringste Sorge.«

»Du sagtest illegal«, sagte Ruth. »Wie meinst du das?«

»Wenn eine Rasse wie die deine ein bestimmtes Entwicklungsstadium erreicht, dann gibt es ... Freiheiten, die wir nicht gestatten. Wir mußten bestimmte Rassen auslöschen, einige Chem mit schweren Strafen belegen ...«

»Aber was für Freiheiten?«

»Das braucht dich nicht zu kümmern.« Kelexel kehrte ihr den Rücken. Es schien offenkundig, daß sie aus Unwissenheit sprach. Unter solchem Manipulationsdruck konnte sie nicht lügen oder Ahnungslosigkeit vortäuschen.

Ruth starrte seinen Rücken an. Eine Frage, die sie seit vielen Tagen immer wieder beschäftigte, kam ihr in den Sinn. Die Antwort erschien ihr wichtiger denn je. »Wie alt bist du?« fragte sie.

Kelexel wandte sich langsam um. Es kostete ihn einen Moment, die Geschmacklosigkeit einer so ungehörigen Frage zu verwinden, dann sagte er: »Wie kann das für dich von Interesse sein?«

»Ich möchte es wissen.«

»Die tatsächliche Dauer — das ist nicht wichtig. Aber seit meiner Empfängnis sind Welten wie diese hier entstanden und wieder zu Staub zerfallen. Nun sag mir, warum du es wissen wolltest.«

»Ich ... ich wollte es bloß wissen.« Sie schluckte mit trockener Kehle. »Wie ... wie erhaltet ihr euch?«

»Verjüngung.« Er schüttelte seinen Kopf. Was für ein widerwärtiges Thema. Diese Eingeborene war wirklich eine barbarische Kreatur.

Ruth fühlte seine emotionale Beunruhigung und freute sich, eine empfindliche Stelle gefunden zu haben. Sie sagte: »Diese Frau, Ynvic, nennt sich Chirurgin. Macht sie diese Verjüngungsoperationen?«

»Es ist reine Routine«, sagte Kelexel. »Wir haben ziemlich ausgeklügelte Geräte und Vorrichtungen, die alles bis auf kleinere Schäden verhüten. Die Chirurgin kümmert sich um die kleinen Schäden, aber das wird sehr selten notwendig. Im übrigen machen wir unsere Regenerationsbehandlungen selber. Warum fragst du?«

»Könnte ich ... wir ...«

Kelexel warf den Kopf zurück und lachte. »Du mußt ein Chem und von Geburt an auf den Prozeß vorbereitet sein; anders ist es nicht zu machen.«

»Aber ... ihr seid wie wir. Ihr ... könnt mit uns schlafen, Nachwuchs zeugen ...«

»Nicht mit dir, mein Liebes. Wir sind einander auf eine recht angenehme Weise ähnlich, das gebe ich zu. Aber mit dir ist es nur Tändelei, Ablenkung von Langeweile, nicht mehr. Wir Chem können uns nicht mit anderen Rassen vermischen ...« Er brach ab und starrte sie an. Ein Gespräch kam ihm in den Sinn, das er mit Ynvic geführt hatte. Das Thema waren die Immunen unter den Eingeborenen gewesen.

Ist es möglich? dachte er. Nein, es konnte nicht sein. Genproben von dieser Eingeborenen waren immer wieder eingesandt und untersucht worden. Er hatte sie selbst gesehen. Aber was, wenn ...? Nein! dachte er. Es gibt keine Möglichkeit.

Aber wenn die Genproben gefälscht wären? Ynvic wäre dazu imstande. Doch warum? Die ganze Idee war ungeheuerlich.

Selbst Fraffin würde nicht wagen, einen Planeten mit Halb-Chem zu bevölkern. Die Immunitätsrate würde es an den Tag bringen.

»Ich werde mit Fraffin reden!« stieß er hervor.

15

Fraffin saß wartend hinter seinem Schreibtisch als Kelexel eintrat. Die Raumbeleuchtung war auf maximale Stärke eingestellt und verbreitete blendendes Licht. Die Schreibtischoberfläche glitzerte. Fraffin trug, was Kelexel mit Mißtrauen vermerkte, einen schwarzen Anzug nach Art der Eingeborenen. An den Manschetten seines weißen Hemdes schimmerten goldene Knöpfe.

Hinter einer Maske düsterer Überlegenheit empfand Fraffin Heiterkeit und Befriedigung. Dieser arme Dummkopf von einem Untersucher!

»Du wolltest mich sprechen?« fragte Fraffin. Er blieb sitzen und betonte so seine Mißbilligung.

Kelexel bemerkte die Geste und ignorierte sie. Fraffins Benehmen war beinahe flegelhaft. Vielleicht spiegelte es Zuversicht und Selbstsicherheit wider, und auf die galt es zu achten. Aber das Primat bediente sich zu seinen Nachforschungen keiner Dummköpfe; das sollte der Direktor bald erfahren.

»Ich möchte über die Kreatur sprechen, die du mir zur Verfügung gestellt hast«, sagte Kelexel und setzte sich unaufgefordert dem Direktor gegenüber.

»Ist etwas nicht in Ordnung?« fragte Fraffin. Er lächelte in sich hinein, als er an die letzte Meldung über Kelexels Mätzchen mit der Eingeborenen dachte. Der Untersucher war jetzt mißtrauisch, ohne Zweifel. Aber zu spät — viel zu spät.

»Vielleicht ist alles in Ordnung mit ihr«, sagte Kelexel. »Und es ist wahr, daß ich mein Vergnügen an ihr habe. Aber ich habe bemerkt, daß ich so wenig über die Eingeborenen weiß, über ihren Ursprung wie über ihr . . .«

»Und du kommst zu mir, um diese Informationen zu erhalten?« unterbrach Fraffin ungeduldig.

»Ich war überzeugt, daß du mit mir sprechen würdest«, sagte Kelexel. Er wartete. Es war an der Zeit, daß sie den Konflikt offener als bisher austrugen.

Fraffin lehnte sich zurück. Seine Augen waren halb geschlossen; er schien mit sich zu Rate zu gehen. Kelexel umfaßte die

Armlehnen seines Stuhls. Der Raum war von einem schwachen, exotischen Duft erfüllt, voll fremdartiger Seltsamkeit ... eine Pflanzenessenz, vielleicht.

»Aber du hast Vergnügen an deiner Kreatur?« fragte Fraffin.

»Sie ist köstlich«, sagte Kelexel. »Besser noch als die Subi. Ich frage mich, warum du diese weiblichen Eingeborenen nicht exportierst.«

»Du hattest also eine Subi«, sagte Fraffin, um die Frage zu parieren.

»Ich wundere mich wirklich, daß du diese weiblichen Kreaturen nicht exportierst«, sagte Kelexel. »Ich finde es sehr komisch.«

Ah, du findest es komisch, dachte Fraffin mit einem säuerlichen Gefühl. Kelexel war offensichtlich vernarrt in dieses Weib; nun, es war seine erste Erfahrung mit ihnen ...

»Es gibt viele Sammler, die auf die Gelegenheit springen würden, eine von diesen Eingeborenen zu haben«, sagte Kelexel. »Von allen Köstlichkeiten, die du hier hast ...«

»Und du glaubst, ich hätte nichts Besseres zu tun, als meine Eingeborenen zu verkaufen, damit gewisse Leute ihr Vergnügen haben?« fragte Fraffin. Seine Stimme klang entschieden ärgerlich, und er wunderte sich über die Emotion. Bin ich eifersüchtig auf Kelexel?

»Worin siehst du dann deine Aufgabe hier, wenn du dir diesen Profit entgehen läßt?« fragte Kelexel. Er verspürte eine zunehmende Gereiztheit. Zweifellos wußte der Direktor mittlerweile, daß er einem Untersucher gegenübersaß. Aber keine von Fraffins Reaktionen verriet Angst.

»Ich bin ein Sammler von Klatsch und anderen Geschichten«, erklärte Fraffin. »Daß ich einiges davon selbst produziere, ist im Grunde belanglos. Ich tue es nur, um meine schöpferische Begabung nicht verkümmern zu lassen.«

Klatsch? dachte Kelexel.

Und Fraffin dachte: Ein Sammler von alten Klatschgeschichten — ja.

Er wußte jetzt, daß er auf Kelexel eifersüchtig war, neidisch auf sein erstes Zusammentreffen mit einer Eingeborenen. Fraffin erinnerte sich der alten Tage, als die Chem offen auf dieser Welt umhergezogen waren und den Prozeß des langsamen Reifens in Gang gesetzt hatten, Geburtshelfer der Zivilisation. Ja, das waren Zeiten gewesen ...

Fraffin fühlte sich von den Visionen seiner Erinnerung mitgerissen. Die Tage, da er selbst unter den Eingeborenen gelebt hatte — lauschend, lernend, manipulierend. Er sah seine eigene Villa im römischen Baiae, unweit der Grotte, wo die berühmte Sybille ihre Weissagungen zu machen pflegte — nach seinen Ratschlägen. Er sah den ziegelbelegten Weg, den jungen Pfirsichbaum, die Glyzinien, die den Portikus der Villa mit ihren blauen Blüten überschütteten — sie hatte die Glyzinien so geliebt. Die Sonnenuntergänge am Golf von Baiae, flüssiges Gold, in dem Ischia schwamm ... versunken, verweht.

»Sie sterben so leicht«, flüsterte er.

Kelexel sagte: »Ich glaube, du hast eine Neigung zu morbider Dekadenz — all diese Betonung von Gewalt und Tod.«

Fraffin warf Kelexel einen finsteren Blick zu und sagte: »Du denkst, du haßt solche Dinge, wie? Nein, du tust es nicht! Du sagst, du fühltest dich von solchen Dingen wie deiner hübschen Eingeborenen angezogen. Ich höre, daß du eine Schwäche für die Lebensart der Eingeborenen hast, ihre Speisen und Getränke. Wie wenig kennst du dich selbst, Kelexel.«

Kelexels Gesicht wurde dunkel vor Zorn. Das war zuviel! Fraffin verletzte alle Regeln der Schicklichkeit.

»Wir Chem haben die Tür zu Tod und Gewalt verschlossen und versiegelt«, sagte er. »Diese Dinge als Unterhaltung unter die Leute zu bringen, ist eine perverse Tändelei, nicht mehr.«

»Wir haben die Tür zum Tod verschlossen?« fragte Fraffin. »Für uns nicht länger interessant, sagst du? Morbide Dekadenz?« Er lachte. »Und doch steht sie da, unsere ewige Versuchung. Was mache ich hier, das dich so anzieht? Ich will es dir dagen: Ich spiele mit der Versuchung. Ich tue es für meine Chem-Brüder, damit sie es sehen. Und sie wollen es sehen, weil auch sie das Bedürfnis haben.«

Fraffin gestikulierte, während er sprach. Kelexel starrte den Mann an, gefangen im Zauber von Fraffins Worten. Tod — Versuchung? Sicherlich nicht! Doch es war etwas in der Idee, eine kalte Gewißheit.

»Du lachst«, sagte Kelexel. »Du findest mich amüsant.«

»Nicht nur dich«, antwortete Fraffin. »Alles ist amüsant — die armen Kreaturen im Käfig meiner Welt und jeder von uns, der die Warnung unseres eigenen ewigen Lebens nicht hören kann. Aber es gibt immer eine Ausnahme, wie? Du selbst! Das ist es, was ich sehe und was mich amüsiert. Du lachst über sie, wenn du sie in meinen Produktionen siehst, aber du weißt nicht, warum du lachst. Ach, Kelexel, hier ist es, wo wir das Bewußtsein unserer eigenen Sterblichkeit verbergen.«

Kelexel sagte in schockierter Entrüstung: »Wir sind nicht sterblich!«

»Mein Freund — wir sind sterblich. Jeder von uns kann die Verjüngungstherapie beenden, und das ist Sterblichkeit.«

Kelexel starrte Fraffin an. Der Direktor war wahnsinnig!

Das immerwährende Bewußtsein, das seine eigenen Worte wiedererweckt hatte, überschäumte Fraffins Verstand und legte seinen Zorn frei.

Ich bin erbittert und reuevoll, dachte er. Ich habe eine Moral angenommen, die kein anderer Chem auch nur für einen Moment in Erwägung ziehen würde. Ich habe Mitleid mit Kelexel, und ich habe Mitleid mit all den Kreaturen, die ich ohne ihr Wissen bewegt und entfernt habe.

Er dachte an die Frau — die dunkle, exotische Herrin seines Landsitzes in den paradiesischen Gefilden zwischen Baiae und Cumae, die Freund Vergil besungen hatte. Sie war nicht viel größer gewesen als er, zwergwüchsig nach den Begriffen der Eingeborenen, aber lieblich in seinen Augen — die Beste von allen. Sie hatte ihm acht sterbliche Kinder geboren und war alt und unansehnlich geworden; auch an das erinnerte er sich. Sie hatte ihm gegeben, was kein anderer geben konnte: einen Anteil an Sterblichkeit, den er als sein eigen annehmen durfte.

Was würde das Primat nicht geben, um von diesem kurzen Zwischenspiel zu wissen, dachte er.

»Du redest wie ein Wahnsinniger«, wisperte Kelexel.

Mit soviel Offenheit hast du nicht gerechnet, wie? dachte Fraffin. Vielleicht nehme ich mir zuviel Zeit für diesen Tölpel. Vielleicht sollte ich ihm jetzt sagen, wie er in unserer Falle gefangen ist.

Aber Fraffin fühlte sich von seinem eigenen Zorn mitgerissen. »Wie ein Wahnsinniger?« fragte er höhnend. »Du sagst, wir seien unsterblich, wir Chem. Wie sind wir unsterblich? Wir verjüngen und verjüngen uns. Wir haben einen Balancepunkt gefunden, an dem wir eingefroren verharren. In welchem Stadium unserer Entwicklung, Chem Kelexel, sind wir eingefroren?«

»Stadium?« Kelexel starrte ihn an. Fraffins Worte waren wie Feuerbrände.

»Ja, Stadium! Sind wir in der Reife erstarrt? Ich denke nicht. Um reif zu sein, muß einer blühen und Früchte tragen. Wir tun nichts davon, Kelexel. Wir bringen nichts Schönes und Liebliches hervor, nichts, was die Essenz unseres Selbst wäre!«

»Ich habe Nachkommenschaft!«

Fraffin konnte sein Lachen nicht zurückhalten. Als der Impuls verebbt war, sah er den wütenden Kelexel an und sagte: »Der blütenlose Same, die ewige Unreife, die die ewige Unreife produziert — und du prahlst damit! Wie leer und furchtsam du bist, Kelexel.«

»Was habe ich zu befürchten?« fragte Kelexel. »Der Tod kann mich nicht antasten. Du kannst mich nicht antasten!«

»Von innen«, sagte Fraffin. »Der Tod kann einen Chem nur von innen berühren. Wir sind souveräne Individuen, unsterbliche Zitadellen unseres Selbst, die keine Macht stürmen kann ... nur von innen. In jedem von uns ist diese Saat aus unserer Vergangenheit, die Saat, die flüstert: ›Erinnerst du dich der Zeit, als wir sterben konnten?‹«

Kelexel stemmte sich hoch und stand. »Du bist wahnsinnig!«

»Setz dich, Besucher«, sagte Fraffin.

Kelexel sank auf seinen Stuhl zurück. Er rief in sein Gedächtnis zurück, daß die Chem gegen bizarre Formen des Wahnsinns immun waren, aber man wußte nie, welche nervösen Spannungen das Leben in einem Außenposten und der Kontakt mit einer fremden Rasse hervorrufen konnte.

»Laß uns sehen, ob du ein Gewissen hast«, sagte Fraffin.

Es war eine so unerwartete Erklärung, daß Kelexel ihn nur anglotzen konnte. Aber dann sah er Gefahr in Fraffins Worten.

»Wovon redest du?« fragte Kelexel. Er sah mit Erstaunen, wie einer von Fraffins Leuten mit einer Vase voll Rosen hereinkam und sie auf den Schrank hinter Fraffins Schreibtisch stellte. Sie waren rot und voll erblüht.

Während Kelexel starrte, bediente Fraffin die Kontrollinstrumente an seinem Schreibtisch. Sein Pantovivor summte und glitt wie ein riesiges Ungeheuer zu einem Punkt rechts von Fraffin, wo sie beide die Bühne im Blickfeld hatten.

Kelexel starrte darauf. Sein Mund war trocken. Die frivole Unterhaltungsmaschine war ein Monstrum, von dessen plötzlichem Zuschlagen er sich bedroht fühlte. Er begriff, daß er die Situation längst nicht mehr in der Hand hatte, sondern nur noch reagierte. Er war hilflos gegenüber den Kapriolen, die der kranke Geist Fraffins vollführte.

»Es war aufmerksam von dir, deinem Lustgeschöpf ein solches

Gerät in den Raum zu stellen«, sagte Fraffin. »Wollen wir uns ansehen, was sie gerade betrachtet?«

»Was kümmert es uns?« sagte Kelexel. Er hörte Verärgerung und Unsicherheit in seiner eigenen Stimme, wußte, daß die Reaktion Fraffin nicht entging.

»Laß uns sehen«, sagte Fraffin. Die Bühne wurde zu einem Raum oben auf der Oberfläche des Planeten. Es war ein langer, schmaler Raum mit gelblichgrau getünchten Wänden. Ein von Brandmalen pockennarbiger, bekritzelter und vielfach gekerbter Holztisch stand in der Mitte, und unter einem vergitterten Fenster zischte die Dampfheizung.

Zwei Männer saßen einander an diesem Tisch gegenüber.

»Nun«, sagte Fraffin, »links haben wir den Vater deines Lustgeschöpfs, und zur Rechten haben wir den Mann, mit dem sie sich gepaart haben würde, wären wir nicht eingeschritten und hätten sie dir gegeben.«

»Dumme nutzlose Eingeborene«, höhnte Kelexel.

»Aber deine Kreatur beobachtet diese beiden jetzt«, sagte Fraffin. »Dies ist, was in ihrem Pantovivor vorgeht . . . den du ihr so großzügig zur Verfügung gestellt hast.«

»Sie ist ganz glücklich hier, ich bin dessen sicher«, sagte Kelexel.

»Warum entläßt du sie dann nicht aus der Kontrolle des Manipulators?« fragte Fraffin.

»Sobald sie völlig konditioniert ist«, sagte Kelexel. »Sie wird mehr als zufrieden sein, einem Chem zu dienen, wenn sie versteht, was wir ihr geben können.«

»Natürlich«, sagte Fraffin. Er beobachtete Andy Thurlows Profil. Thurlows Lippen bewegten sich, doch Fraffin ließ den Ton ausgeschaltet. »Deshalb beobachtet sie diese Szene aus meiner laufenden Produktion.«

»Was ist an dieser Szene so wichtig?« wollte Kelexel wissen. »Vielleicht ist sie von deiner künstlerischen Darstellung fasziniert.«

»In der Tat«, sagte Fraffin.

Kelexel studierte das Gesicht des Eingeborenen zu seiner Linken. Der Vater seines Lustgeschöpfs? Er bemerkte, wie der Eingeborene die schweren Lider über die Augen sinken ließ. Es war ein fleischiger Mann, stiernackig und massig, dessen Züge grob sinnlich und keiner sensiblen Empfindung fähig schienen. Wie konnte dieses Ding die schlanke Anmut gezeugt haben, an die Kelexel jetzt mit Verlangen dachte?

»Derjenige, mit dem sie sich gepaart hätte, ist ein eingeborener Schamane«, sagte Fraffin.

»Schamane?«

»Sie ziehen es vor, sich Psychologen zu nennen. Wollen wir uns anhören, was sie zu sagen haben?«

Kelexel zuckte die Achseln. »Schaden kann es nicht.«

Fraffin schaltete den Ton ein.

»Vielleicht wird es amüsant«, sagte Kelexel, aber in seiner Stimme war keine Heiterkeit. Warum beobachtete seine Kreatur diese Gestalten aus ihrer Vergangenheit? Es konnte sie nur quälen.

»Schhh«, sagte Fraffin.

»Was?«

»Hör zu!«

Thurlow fingerte in einem Stapel von Papieren, die vor ihm auf dem Tisch lagen. Das Geräusch war ein schwaches Zischeln. Es roch nach staubiger, trockener Luft.

Joe Murpheys gutturale Stimme erklang von der Bühne: »Ich bin überrascht, dich zu sehen, Andy. Hörte, du hattest einen Herzanfall oder was.«

»Es muß die eintägige Grippe gewesen sein«, sagte Thurlow. »Alle Leute klagen darüber.«

»Hast du Nachricht von Ruthy?« fragte Murphey.

»Nein.«

»Du hast sie wieder verloren, das ist es. Ich dachte, ich hätte dir gesagt, daß du dich um sie kümmern sollst. Aber vielleicht sind die Weiber alle gleich.«

Thurlow rückte an seiner Brille, blickte auf und direkt in die Augen der Chem, die die Szene aufnahmen.

Kelexel keuchte.

»Was sagst du dazu?« flüsterte Fraffin.

»Ein Immuner!« zischte Kelexel. Und er dachte: Jetzt habe ich Fraffin! Erlaubt einem Immunen, seine Aufnahmegruppe zu beobachten! Er fragte: »Ist die Kreatur denn wirklich noch am Leben?«

»Wir haben ihr jüngst eine kleine Kostprobe unserer Macht gegeben«, sagte Fraffin. »Aber ich finde den Burschen zu amüsant, um ihn einfach zu zerstören.«

Joe Murphey hustete und räusperte sich laut, und Kelexel lehnte sich zurück. Dann zerstöre dich selbst, Fraffin, dachte er.

»Wärest du hier drin, würdest du nicht krank werden«, sagte

Murphey. »Ich habe bei dieser Gefängniskost sogar zugenommen. Was mich wundert, ist, wie gut ich mich dem Tagesablauf hier angepaßt habe.«

Thurlow richtete seine Aufmerksamkeit wieder auf die Papiere vor ihm. »Dann geht also alles gut, wie?« fragte er. Er legte ein Paket Karten mit Tintenklecksmustern vor Murphey, um den Rorschach-Test zu machen.

»Nun, es zieht sich hin«, sagte Murphey. Er versuchte die Karten nicht anzusehen.

»Wir wollen es diesmal ein bißchen anders machen«, sagte Thurlow. »Du hast diese Tests so häufig durchgespielt, daß ich Abwechslung hineinbringen möchte.«

Ein lauernder Blick trat in Murpheys Augen, aber seine Stimme war unverändert offen und freundlich. »Wie du meinst, Andy. Du bist der Doktor.«

»Ich werde dir hier gegenübersitzen.« Thurlow legte eine Stoppuhr neben sich auf den Tisch. »Und ich habe die gewohnte Reihenfolge der Karten verändert.«

Die Stoppuhr schien eine merkwürdige Anziehungskraft auf Murphey auszuüben. Er starrte darauf. Ein leises Zittern kam in seine Finger. Es kostete ihn sichtliche Anstrengung, seinen Zügen einen Ausdruck gleichmütiger Freundlichkeit und Bereitwilligkeit aufzuzwingen.

»Letztesmal hattest du dich hinter mich gesetzt«, sagte er. »Doktor Whelye übrigens auch.«

»Ich weiß«, sagte Thurlow. Er beschäftigte sich damit, die Reihenfolge der Testkarten nachzuprüfen.

Kelexel fuhr zusammen, als Fraffin seinen Arm berührte. Er blickte auf und sah den Direktor über den Schreibtisch gebeugt. »Dieser Thurlow ist gut«, flüsterte Fraffin. »Beobachte ihn aufmerksam. Sieh, wie er den Test abändert. Wenn derselbe Test mehrere Male wiederholt wird, dann kann das Testobjekt lernen. Thurlow bemüht sich, diesen Lernprozeß beim anderen zu blokkieren.«

Kelexel hörte die Doppeldeutigkeit in Fraffins Worten, sah den Direktor lächelnd in seinen Sessel zurücksinken. Sein Unbehagen kehrte verstärkt zurück. Er wandte seine Aufmerksamkeit wieder dem Pantovivor zu. Was war die Bedeutung dieser Szene? Er starrte Thurlow an, überlegte, ob Ruth zu dieser Kreatur zurückkehren würde, wenn man sie freiließe. Wie könnte sie, nachdem sie einen Chem erlebt hatte?

Ein Stich von Eifersucht schoß durch Kelexel. Seine Miene verfinsterte sich.

Thurlow hatte seine Vorbereitungen abgeschlossen. Er deckte die erste Karte auf, setzte seine Stoppuhr in Gang und ließ seine Hand darauf liegen.

Joe Murphey starrte auf die erste Karte und schürzte die Lippen. Kurz darauf sagte er: »Ein Autounfall. Zwei Tote oder Verletzte. Das sind ihre Körper neben der Straße. Viele Unfälle, heutzutage. Die Leute wissen einfach nicht mit schnellen Wagen umzugehen.«

»Isolierst du Teile des Musters, oder gibt dir die ganze Karte dieses Bild?« fragte Thurlow.

Murphey blinzelte, zwinkerte. »Nur dieser kleine Teil hier.« Er legte die Karte mit dem Bild nach unten weg und nahm die zweite. »Dies ist ein Testament oder was, ein Vertrag, aber jemand hat es ins Wasser fallen lassen, und die Schrift ist ausgelaufen und verschmiert. Darum kann man sie nicht lesen.«

»Ein Testament? Hast du eine Vorstellung, wessen?«

Murphey fuhr mit der Karte durch die Luft. »Weißt du, als Großvater starb, hat keiner das Testament gefunden. Er hatte eins gemacht. Wir wußten es alle, aber weil es nicht auffindbar war, ging der größte Teil von Großvaters Besitz an Onkel Amos. Daraus lernte ich vorsichtig mit meinen Papieren umzugehen. Wichtige Papiere muß man sorgfältig verwahren.«

»War dein Vater auch so sorgfältig?«

»Mein Alter? Im Gegenteil!«

Thurlow schien etwas in Murpheys Ton zu finden, das ihn interessierte. Er sagte: »Warst du mit deinem Vater verkracht?«

»Wir stritten gelegentlich, das ist alles.«

Murphey legte die Karte weg und nahm eine dritte auf. Er legte den Kopf auf die Seite. »Das Fell von einer Bisamratte, zum Trocknen aufgespannt. Die brachten elf Cents das Stück, als ich ein Junge war.«

Thurlow sagte: »Sieh zu, ob du was anderes in der Karte finden kannst. Vielleicht ergibt sich noch eine Assoziation.«

Murphey warf Thurlow einen schnellen Blick zu, sah wieder die Karte an. Ein gespanntes Unbehagen kam über ihn.

Schließlich schaute Murphey wieder zu Thurlow. »Es könnte eine tote Fledermaus sein«, meinte er. »Jemand könnte sie geschossen haben.«

»So? Warum würde jemand das tun?«

»Weil sie schmutzig sind!« Murphey legte die Karte auf den Tisch und schob sie fort. Er sah in die Enge getrieben aus. Langsam griff er nach der nächsten Karte und deckte sie auf, als ob er Angst vor dem hätte, was er finden könnte.

Thurlow kontrollierte die Stoppuhr.

Murphey studierte die Karte in seiner Hand. Mehrmals setzte er zum Sprechen an. Jedesmal zögerte er und schwieg. Endlich sagte er: »Ein Feuerwerk; diese Raketen, die in der Luft explodieren und Sterne und Leuchtkugeln hinausschießen. Diese Dinger können Brände verursachen.«

»Hast du das schon mal gesehen?«

»Ich habe davon gehört.«

»Wo?«

»Liest du keine Zeitung? Jedes Jahr warnen sie die Leute vor den verdammten Dingern.«

Thurlow machte eine Notiz auf den Block vor ihm.

Murphey beobachtete ihn einen Moment mißtrauisch, ging zur nächsten Karte über. Er streckte sie auf Armeslänge vor sich und blinzelte. »Das auf der linken Seite könnte dieser Berg in der Schweiz sein, von dem die Leute runterfallen und sich die Hälse brechen.«

»Das Matterhorn?«

»Ja.«

»Sagt dir der Rest der Karte etwas?«

Murphey warf die Karte auf den Tisch. »Nichts.«

Thurlow machte eine Notiz, blickte zu Murphey auf, der die nächste Karte betrachtete.

»Ich habe diese Karte oft gesehen«, sagte Murphey, »aber nie ist mir diese Stelle da oben aufgefallen.« Er zeigte darauf. »Das ist ein Schiffswrack, und die kleinen Punkte sind die Ertrunkenen.«

Thurlow schluckte. Er schien einen Kommentar zu überlegen. Plötzlich beugte er sich vor und fragte: »Gab es Überlebende?«

Ein Ausdruck traurigen Widerstrebens kam über Murpheys Gesicht. »Nein«, seufzte er. »Übrigens, mein Onkel Al starb in dem Jahr, als die Titanic sank.«

»War er an Bord der Titanic?«

»Nein, aber so kann ich mir das Jahr merken. Eine Gedächtnisstütze. Wie damals, als der Zeppelin verbrannte; das war in dem Jahr, an dem ich mit meiner Firma den Neubau bezog.«

Murphey hob die nächste Karte auf und lächelte. »Das ist eine einfache Sache. Es ist ein Atompilz.«

Thurlow befeuchtete seine Lippen, dann fragte er: »Die ganze Karte?«

»Nein, nur diese Partie hier an der Seite. Es ist wie eine Fotografie von der Explosion.«

Murpheys klobige Hand griff zur nächsten Karte. Er beugte sich darüber und blinzelte darauf wie ein Kurzsichtiger.

Kelexel blickte zu Fraffin und fand, daß der Direktor ihn beobachtete.

»Was ist der Zweck von alledem?« flüsterte Kelexel.

»Du flüstert«, sagte Fraffin. »Willst du nicht, daß Thurlow dich hört?«

»Was?«

»Diese eingeborenen Schamanen haben seltsame Kräfte«, sagte Fraffin. »Zuweilen sind sie sehr scharfsinnig.«

»Es ist ein Haufen Unsinn«, sagte Kelexel. »Hokuspokus. Der Test hat überhaupt nichts zu bedeuten. Die Antworten des Eingeborenen sind völlig logisch. Ich könnte selbst vergleichbare Erklärungen gefunden haben.«

»Wirklich?« fragte Fraffin.

Kelexel blieb still und beobachtete wieder die Bühne des Pantovivors. Murphey spähte wachsam in Thurlows Gesicht. »Der mittlere Teil könnte ein Waldbrand sein«, sagte er, ohne Thurlow aus den Augen zu lassen.

»Hst du mal einen Waldbrand gesehen?«

»Wo einer gewesen war. Eine ganze Ranch war mit abgebrannt, oben am Siuslaw. Das tote Vieh stank zum Himmel.«

Thurlow schrieb auf seinen Notizblock.

Murphey starrte ihn mißtrauisch an, schluckte und nahm sich die letzte Karte vor. Als er sie ansah, sog er scharf die Luft ein, wie wenn er einen Schlag in den Magen bekommen hätte.

Thurlow blickte rasch auf und beobachtete ihn.

Murphey schien verwirrt. Er rückte auf seinem Stuhl herum, dann sagte er: »Ist das eine der regulären Karten?«

»Ja.«

»Ich kann mich nicht an sie erinnern.«

»Erinnertest du dich an alle anderen Karten?«

»Ungefähr.«

»Und was ist mit dieser Karte?«

»Ich glaube, du hast eine neue reingeschmuggelt.«

»Nein. Es ist eine von den regulären Rorschach-Karten.«

Murphey richtete einen harten, starren Blick auf den Psychologen und sagte: »Ich hatte ein Recht, sie zu töten, Andy. Das wollen wir festhalten. Ich hatte ein Recht. Weißt du, was in alter Zeit mit ehebrecherischen Personen gemacht wurde? Man ertränkte sie, warf sie ins Moor, wo sie versanken!«

Thurlow saß schweigend und wartete.

Murphey riß seinen Blick von ihm los und schaute stirnrunzelnd die Karte an. »Ein Schrottplatz«, sagte er. »Es erinnert mich an einen Schrottplatz.«

Thurlow blieb weiterhin still.

»Autowracks, alte Boiler, solche Sachen«, sagte Murphey. Er warf die Karte zu den anderen und lehnte sich mit einer Miene wachsamen Abwartens zurück.

Thurlow holte tief Atem, sammelte die Karten ein und steckte sie zusammen mit seinem Block in eine Aktentasche, die er vom Boden neben seinen Stuhl aufhob. Langsam drehte er seinen Oberkörper und starrte direkt in den Pantovivor.

Kelexel hatte das beunruhigende Gefühl, Thurlow blicke ihm direkt in die Augen. Er mußte sich erinnern, daß die Szene Vergangenheit war, ohne Verbindung zum Hier und Jetzt.

»Sag mir, Joe«, sagte Thurlow und zeigte direkt auf die Betrachter des Pantovivors. »Was siehst du dort?«

»Hm? Wo?«

»Dort.« Thurlows Arm blieb ausgestreckt.

Nun blickte auch Murphey aus dem Pantovivor die Betrachter an. »Staub oder Rauch, oder was«, sagte er.

»Aber was siehst du in dem Staub oder Rauch?« drängte Thurlow. Er ließ seinen Arm sinken.

Murphey blinzelte, legte seinen Kopf auf die Seite. »Oh, mit ein bißchen Phantasie sehe ich kleine Gesichter . . . Babygesichter wie bei diesen kleinen Engelfiguren, oder . . . nein, wie diese kleinen Kobolde, die man auf Bildern von der Hölle sieht.«

Thurlow wandte sich zurück zum Gefangenen. »Kobolde aus der Hölle«, murmelte er. »Wie passend.«

Fraffin schaltete den Pantovivor aus. Die Szene verging.

Kelexel sah mit Erstaunen, daß Fraffin lächelte.

»Kobolde aus der Hölle«, sagte Fraffin. »Das ist hübsch. Das ist wirklich gut.«

»Du läßt vorsätzlich zu, daß ein Immuner uns beobachtet und unsere Aktionen registriert«, sagte Kelexel. »Ich sehe nichts Hübsches daran!«

»Wie denkst du über Murphey?« fragte Fraffin.

»Er machte einen absolut vernünftigen Eindruck. Ich glaube, er ist genauso vernünftig wie ich.«

Ein Lachanfall überwältigte Fraffin. Dann schüttelte er seinen Kopf, rieb sich die Augen und sagte: »Murphey ist meine persönliche Schöpfung, Kelexel. Ich habe ihn höchst sorgfältig von Kindheit an geformt. Ist er nicht köstlich? Kobolde aus der Hölle!«

»Ist er auch ein Immuner?«

»Wo denkst du hin, nein!«

Kelexel dachte nach. Sicherlich hatte Fraffin die Tarnung mittlerweile durchschaut. Warum verriet er sich und prunkte vor einem Untersucher des Primats mit einem Immunen? Steckte der Schamane selbst dahinter? Besaßen diese Eingeborenen irgendeine mysteriöse Macht, die Fraffin sich nutzbar machte?

»Ich verstehe deine Motive nicht, Fraffin«, sagte Kelexel.

»Das ist offensichtlich«, erwiderte Fraffin. »Aber was sagst du zu Thurlow? Verursacht es dir keine Schuldgefühle, die Kreatur zu beobachten, die du ihres Partners beraubt hast?«

»Der Immune? Er muß beseitigt werden, und zwar unverzüglich. Wie kann ich ihn irgendeiner Sache berauben? Es ist das Recht eines Chem, von den niedrigen Ordnungen zu nehmen, was er braucht.«

»Aber ... Thurlow ist beinahe eine Persönlichkeit, meinst du nicht?«

»Unsinn!«

»Nein, nein, Kelexel. Er hat große Fähigkeiten. Er ist ausgezeichnet. Konntest du nicht sehen, wie er Murphey auszog, bis der nackte Wahnsinn offenlag?«

»Wie kannst du sagen, der Eingeborene sei wahnsinnig?«

»Er ist es, Kelexel. Ich machte ihn so.«

»Ich ... glaube dir nicht.«

»Geduld und Höflichkeit«, sagte Fraffin. »Was würdest du sagen, wenn ich dir erzählte, ich könne dir mehr von Thurlow zeigen, ohne daß du ihn überhaupt siehst?«

Kelexel setzte sich aufrecht. Was sollte alles das? Fraffin starrte ihn an. Es war, als ob sie mit den beiden Eingeborenen, die sie beobachtet hatten, die Plätze getauscht hätten. Fraffin hatte Thurlows Rolle eingenommen, und er, Kelexel, war Murphey.

Welche Kraft hatte er von diesen Eingeborenen gewonnen? fragte sich Kelexel. Kann er in mich hineinsehen, meine Gedanken lesen? Aber ich bin nicht geisteskrank oder gewalttätig.

»Was für ein Paradoxon soll das sein?« fragte er. Und er war stolz, daß seine Stimme ruhig und beherrscht blieb.

»Es ist eine amüsante Sache«, sagte Fraffin. »Sieh her.« Und er machte eine einladende Geste zur Bühne des Pantovivors, während er die Bedienungsknöpfe drückte.

Kelexel drehte sich widerwillig um und sah die projizierte Szene — derselbe kahle Raum, dasselbe vergitterte Fenster, dieselbe zischende Dampfheizung. Murphey saß in derselben Haltung am zerkratzten Tisch. Der einzige Unterschied war, daß ein anderer Eingeborener bei Murphey war. Er saß hinter dem Gefangenen, den Rücken den Beobachtern zugekehrt, ein Bein über das andere geschlagen, Papiere auf den Knien.

Wie Murphey machte dieser neue Mann den Eindruck massiver Leibesfülle und robuster Standfestigkeit. Die fleischigen Nacken- und Wangenpartien waren glattrasiert und gerötet.

Ein unordentlicher kleiner Stoß von Tintenkleks-Testkarten lag vor Murphey auf dem Tisch. Murphey trommelte mit den Fingern auf die Tischplatte.

Kelexel bemerkte einen feinen Unterschied in Murpheys Haltung. Er war ruhiger und entspannter, beinahe selbstsicher.

Fraffin räusperte sich, sagte: »Der Eingeborene bei Murphey ist ein anderer Schamane, Whelye. Er hat gerade den gleichen Test mit Murphey gemacht wie zuvor Thurlow. Beobachte ihn aufmerksam.«

»Warum?« fragte Kelexel. »Diese Wiederholung von irrelevanten Eingeborenenriten beginnt mich zu langweilen.«

»Beobachte die beiden«, sagte Fraffin. »Es dauert nicht lange.«

Plötzlich nahm Murphey die oberste Karte auf, sah sie an und warf sie wieder auf den Haufen.

Whelye wandte sich halb um und hob seinen Kopf. Sie sahen ein rotes, dickes Gesicht mit Hängebacken, kleine blaue Augen und eine lange, fleischige Nase über dem dünnlippigen Mund. Befriedigung strahlte von ihm aus wie ein Licht, das alles beschien, was im Bereich seiner Sinne war. Eine lauernde Schlauheit lag in dieser Befriedigung.

»Diese Karte«, sagte er empfindlich. »Warum haben Sie diese Karte noch einmal angesehen?«

»Ich — ah — wollte bloß einen Blick darauf werfen.«

»Sahen Sie etwas Neues darin?«

»Was ich immer darin sehe — eine aufgespannte Tierhaut.«

Whelye beobachtete Murpheys Hinterkopf mit einem Ausdruck

verschmitzter Munterkeit. »Eine Tierhaut von der Art, die Sie trockneten und verkauften, als Sie ein kleiner Junge waren.«

»Ich hatte mit diesen Bisamfellen eine Menge Geld gemacht. Hatte immer einen Riecher für Geld.«

Whelye nickte. Eine Fleischfalte in seinem Nacken quoll über seinen Kragen, als er seinen Kopf ganz hob. »Möchten Sie eine der anderen Karten noch einmal ansehen?«

Murphey starrte verdrießlich auf die Karten. »Ich glaube nicht.«

»Interessant«, murmelte Whelye.

Murphey deutete eine Körperdrehung an und sagte über die Schulter, ohne den Psychiater anzusehen: »Doktor, vielleicht können Sie mir mal was sagen.«

»Was?«

»Ich habe diesen Test schon für einen Ihrer Kollegen gemacht — Thurlow. Was kam dabei heraus?«

Ein ärgerlich-aggressiver Zug kam in Whelyes Gesicht. »Hat Thurlow es Ihnen nicht gesagt?«

»Nein. Wissen Sie, zu Ihnen habe ich mehr Vertrauen. Ich dachte mir, mit Ihnen könnte ich eher von Mann zu Mann reden.«

Whelye sah auf die Papiere in seiner Hand, begann abwesend seinen Bleistift zu bewegen. Er füllte die O's einer Druckzeile aus. »Thurlow hat keinen medizinischen Grad.«

»Ja, aber was sagt der Test über mich?«

Whelye vervollständigte seine Bleistiftarbeit und betrachtete sie. »Die Auswertung des Materials dauert einige Zeit«, sagte er, »aber ich würde die Vermutung riskieren, daß Sie so normal sind wie jeder andere.«

»Heißt das, daß ich gesund bin?« fragte Murphey. Er starrte mit angehaltenem Atem auf den Tisch, wartete.

»So gesund wie ich«, sagte Whelye.

Ein tiefer Seufzer löste sich aus Murpheys Brust. Er lächelte, blickte von der Seite auf die Testkarten. »Danke, Doktor.«

Die Szene verblaßte.

Kelexel blickte kopfschüttelnd zu Fraffin. Der Direktor grinste zurück.

»Wenn das alles zu deiner neuen Produktion gehört, Fraffin«, sagte Kelexel kalt, »dann muß ich dir einen Mißerfolg prophezeien. Sie ist langweilig.«

Fraffin ignorierte die Kritik. »Hast du gesehen?« fragte er.

»Noch einer, der Murphey für gesund hält. Jemand, der mit dir übereinstimmt.«

»Du sagtest, du würdest mir Thurlow zeigen.«

»Aber das tat ich!«

»Ich verstehe nicht.«

»Hast du nicht die zwanghafte Art gesehen, wie dieser Schamane die Buchstaben auf seinem Papier ausgefüllt hat? Sahst du Thurlow etwas dergleichen tun?«

»Nein, aber ...«

»Und hast du nicht bemerkt, wie sehr dieser Schamane Murpheys Angst genoß?«

»Aber Angst kann zuweilen amüsant sein.«

»Diese Eingeborenen haben die seltsame Idee entwickelt«, sagte Fraffin, »daß alles, was Leben mißachtet, eine Krankheit sei.«

»Aber das hängt allein davon ab, welche Form von Leben mißachtet wird«, wendete Kelexel ein. »Selbst deine Einheimischen würden nicht zögern, das Leben eines ... eines ... eines Wurmes zu mißachten!«

Fraffin starrte ihn an.

»Nun?« sagte Kelexel.

Fraffin starrte weiter.

Kelexel fühlte Wut in sich hochsteigen. Er blickte finster zurück.

»Es ist nur eine Idee«, sagte Fraffin, einlenkend, »etwas um damit zu spielen. Auch Ideen sind unser Spielzeug, nicht wahr?«

»Eine absurde Idee«, grollte Kelexel. »Und wenn ich recht informiert bin, ist sie bei deinen Eingeborenen alles andere als verbreitet. Wie ich hörte, bringen sie sich gegenseitig in großer Zahl um.«

Fraffin schwieg, und Kelexel unterdrückte seine wütende Aufwallung. Er besann sich, daß er hier war, um den verrückten Direktor dieser Regiezentrale unschädlich zu machen. Und er hatte ihn seines Verbrechens überführt!

»Jetzt«, sagte Fraffin. »Jetzt ist der Augenblick.«

Will er mich verleiten, daß ich ihn offen anklage? überlegte Kelexel. Nein, ich lasse mich nicht provozieren! Hier gibt es noch mehr aufzudecken, und erst wenn ich alles Material gesammelt habe — ah, dann!

»Ich habe das Vergnügen, dir mitzuteilen«, sagte Fraffin, »daß du einen weiteren Abkömmling haben wirst.«

Kelexel saß wie vom Donner gerührt da. Er versuchte zu sprechen, konnte nicht. Nach unerträglich langer Pause fand er seine Stimme, krächzte: »Aber wie kannst du ...?«

»Oh, nicht in der legalen, genehmigten Art und Weise«, sagte Fraffin schnell. »So einfach ist es nicht.«

»Was ...«

»Deine kleine Eingeborene«, fuhr Fraffin genüßlich fort. »Du hast sie geschwängert. Sie wird dein Kind in der altertümlichen Weise austragen, wie es auch bei uns einmal üblich war, bevor das Primat organisiert wurde.«

»Das ... das ist unmöglich!« flüsterte Kelexel.

»Durchaus nicht. Siehst du, was wir hier haben, ist ein Planet voll von wilden Chem.«

Kelexel saß stumm, während die böse Schönheit von Fraffins Enthüllung in ihn eindrang und er die Dinge hier zu sehen begann, wie er sie sehen sollte. Das Verbrechen war so einfach. Es war ein Verbrechen, das zu Fraffins Statur paßte, ein Verbrechen, wie es kein anderer Chem jemals erdacht hatte. Eine perverse Bewunderung für Fraffin kam in Kelexel auf. »Du glaubst«, sagte Fraffin, »daß du mich nur zu denunzieren brauchst, damit das Primat die Angelegenheit regele. Bedenke die Konsequenzen. Man wird die Kreaturen dieses Planeten sterilisieren, um einer Vergiftung des Chem-Erbgutes vorzubeugen. Man wird den Planeten zur verbotenen Zone erklären, bis wir ihn nach dem Aussterben der Eingeborenen einem geeigneten Zweck nutzbar machen können. Dein neuer Abkömmling, eine Mischung, wird das Schicksal aller anderen teilen.«

Vergessene Instinkte begannen in Kelexel zu erwachen und kämpferische Gedanken zu produzieren. Die Drohung in Fraffins Worten setzte Kräfte frei, die er für immer angekettet geglaubt hatte. Seltsame Empfindungen flatterten wie gefangene Vögel durch seinen Geist. Etwas Freies und Wildes erhob sich in ihm, und er dachte:

Eine unbegrenzte Zahl von Abkömmlingen zu haben!

Dann: Das also ist, was den anderen Untersuchern geschah!

In diesem Moment wußte Kelexel, daß er verloren hatte.

»Willst du sie deinen Abkömmling zerstören lassen?« fragte Fraffin.

Die Frage war überflüssig. Kelexel hatte sie bereits gestellt und beantwortet. Kein Chem würde seinen eigenen Abkömmling einer Gefahr aussetzen — ein so seltenes und kostbares Geschenk, dieses einsame Bindeglied mit der verlorenen Vergangenheit. Er seufzte.

Fraffin sah seinen Sieg, und er lächelte.

Kelexels Gedanken kehrten sich nach innen. Das Primat hatte eine weitere Runde mit Fraffin verloren. Seine Rolle in diesem Ringen wurde Kelexel von Minute zu Minute klarer. Er war blind in die Falle gelaufen. Für Fraffin war er so leicht zu manipulieren gewesen wie die erstbeste unter den wilden Kreaturen dieser Welt.

Die Erkenntnis, daß er seine Niederlage hinnehmen mußte, brachte Kelexel ein sonderbares Glücksgefühl.

Ich werde eine unbegrenzte Zahl von weiblichen Eingeborenen haben, dachte er. Und sie werden mir Nachkommen geben.

Aber Kelexel war noch immer der erfahrene, logisch denkende Untersucher. In dieser Situation gab es ein Element, das zu sehen Fraffin sich weigerte. Der Kampf mußte eines Tages zur Niederlage führen. Die Ewigkeit war zu lang. Das Primat würde sich nicht für alle Zeit täuschen lassen. Über kurz oder lang mußte der Verdacht zur Gewißheit werden, und dann würde man jedes Mittel anwenden, um dieses Geheimnis zu entschleiern.

Diese Einsicht bekümmerte Kelexel. Es war, als ob das Unausweichliche bereits geschehen wäre.

»Wir werden einen eigenen Planeten für dich finden«, sagte Fraffin.

Er überlegte, ob er vielleicht voreilig gewesen sei. Kelexel mochte einige Zeit benötigen, um alles zu verdauen. Bei dieser letzten Ankündigung schien er sich unwillkürlich zu versteifen, aber nun stand er auf, wieder der höfliche Chem, der seine Niederlage mit Haltung hinnahm und sich mit einer Verbeugung verabschiedete.

16

Kelexel lag auf dem Bett, die Hände verschränkt hinter dem Kopf, und sah zu, wie Ruth im Raum auf und ab lief. Und bei jedem Schritt raschelte ihr langes grünes Gewand. Sie tat das jetzt fast immer, wenn er hierher kam — es sei denn, er bediente sich des Manipulators.

Seine Blicke folgten träge ihrem ruhelosen Gang. Ihr Körper gab die Schwangerschaft deutlich zu erkennen. Natürlich wußte sie von ihrem Zustand, aber nach einem hysterischen Ausbruch, den der Manipulator rasch unter Kontrolle gebracht hatte, hatte sie sich offenbar in ihr Schicksal ergeben und nichts mehr gesagt.

Nur zehn Ruheperioden waren vergangen, seit er sein Gespräch mit Fraffin geführt hatte, doch schon fühlte Kelexel, daß die Vergangenheit, die im Büro des Direktors geendet hatte, in Unwirklichkeit verblaßte. Die ›amüsante kleine Geschichte‹ über Ruths Vater war aufgezeichnet und als Produktion abgeschlossen. (Jedesmal, wenn Kelexel sie sah, fand er sie weniger amüsant.) Übrig blieb nur noch, einen geeigneten Vorposten-Planeten für seinen eigenen Gebrauch zu finden.

Ruth lief auf und ab. In einem Moment würde sie wieder am Pantovivor sitzen, Kelexel wußte es. Bisher hatte sie es in seiner Gegenwart vermieden, aber er sah, wie sie immer wieder hinblickte. Die Maschine übte eine Anziehungskraft auf sie aus.

Kelexel prüfte die Einstellung des Manipulators, der ihre Emotionen kontrollierte. Der ausgeübte Druck war nicht allzu stark, aber seine Wirkung war nur noch gering; eines Tages würde sie immun sein.

Kelexel seufzte.

Nun, da er wußte, daß Ruth eine wilde Chem war, fand er, daß seine Gefühle für sie zwiespältig waren. Die Tatsache, daß ihre Vorfahren mit Abstammungslinien von Chem aus der Regiezentrale aufgekreuzt waren, beunruhigte ihn. Sie war mehr als eine Kreatur, beinahe eine Person.

War es Rechtens, eine Person zu manipulieren? Er sagte sich, daß ihre teilweise Chem-Abstammung nicht nachgewiesen sei. Auf keinen Fall war sie eine vollwertige Chem. Sie war nach der Geburt nicht eingezogen und durch den Unsterblichkeitsprozeß umgewandelt worden — sonst wäre sie als Folge davon kleinwüchsig. Sie war in keinem Personenregister der Chem eingetragen . . .

Ruths unaufhörliches Hin und Her begann ihn zu ärgern. Sie tat es, um ihn zu reizen, um die Grenzen seiner Geduld festzustellen.

»Du bist wütend auf mich«, sagte er. »Warum? Ich habe dir jeden Wunsch erfüllt, jede deiner Launen befriedigt.«

Statt einer Antwort trat sie zum Pantovivor, legte eine Hand auf die Bedienungsknöpfe. Dann zögerte sie, drehte sich halb nach ihm um.

»Ich wünschte, du könntest sterben«, sagte sie. »Ich will, daß du stirbst.«

Obwohl der Manipulator eingeschaltet war, fühlte sie tief in sich einen unbändigen Haß. Ohne den besänftigenden Einfluß des Manipulators hätte sie sich möglicherweise auf den Chem gestürzt und ihre Fingernägel an seiner unverwundbaren Haut zerstört. Ihre Stimme aber war so ruhig und nüchtern, daß Kelexel die Worte beinahe übergangen hätte, bevor er ihre Bedeutung begriff. Sterben! Sie wünschte ihn tot! Er war konsterniert. Was für eine Ungeheuerlichkeit, so etwas zu sagen!

»Ich bin ein Chem«, sagte er. »Wie wagst du so etwas zu einem Chem zu sagen?«

»Du weißt wirklich nicht, warum ich es sage, wie?« sagte sie höhnisch.

»Ich war freundlich und großzügig zu dir«, sagte Kelexel. »Ich brachte dich in meine Gesellschaft. Ist das deine Dankbarkeit?«

»Ich habe beinahe Mitleid mit dir«, sagte sie.

Kelexel schluckte. Mitleid? Ihre Reaktionen waren ihm unverständlich. Er blickte auf seine Finger und entdeckte, daß die Nägel verfärbt waren — eine Folge seiner sexuellen Aktivität und ein warnendes Signal. Die Beanspruchung seines Fortpflanzungsmechanismus hatte die Uhr des Fleisches zum Ticken gebracht. Eine Verjüngung war vonnöten, und zwar bald.

Warum schiebe ich es auf? fragte er sich.

Plötzlich war er stolz auf sich — auf seinen Wagemut. Er war weit über den Punkt hinausgegangen, an dem andere Chem schon zu den Verjüngungsapparaten rannten. Er hatte es beinahe absichtlich unterlassen, er wußte es. Er hatte mit den Gedanken und Empfindungen von Sterblichkeit gespielt. Welcher andere Chem hätte das gewagt? Sie waren alle Feiglinge! Er war beinahe sterblich! Und diese Kreatur hier beschimpfte ihn, obwohl er ihr in diesem Punkt fast gleich war! Sie verstand überhaupt nichts. Wie konnte sie?

Selbstmitleid regte sich. Wie konnte irgend jemand dies verstehen? Wer wußte es? Die anderen Chem mußten als selbstverständlich voraussetzen, daß er sich der Verjüngungsmöglichkeiten bediente, wenn er ihrer bedurfte. Niemand verstand.

Kelexel war nahe daran, Ruth zu sagen, was er getan hatte, aber ihre Worte hinderten ihn daran. Sie wünschte ihn tot.

»Wie kann ich es dir zeigen?« sagte Ruth. Sie beugte sich über die Knöpfe des Pantovivors und machte die notwendigen Einstellungen. Diese abscheuliche Maschine, Produkt der abscheulichen Chem, war ihr auf einmal sehr wichtig. In diesem Moment brannte sie darauf, Kelexel zu zeigen, warum sie ihn haßte. »Sieh her«, sagte sie.

Auf der Bühne des Pantovivors wurde ein langer Raum sichtbar. An einem Ende war ein erhöhter Richtertisch, darunter waren zu beiden Seiten mehrere Tische und Stühle und hinter ihnen an den Wänden je zwei Bankreihen. Eine Barriere aus dunklem Holz trennte dieses Arrangement von der anderen Hälfte des Raumes, die offenbar Zuschauern vorbehalten war. Die Wände waren dunkel getäfelt und durch Halbsäulen in nachempfundenem korinthischen Stil gegliedert. Zwischen ihnen waren auf beiden Längsseiten hoch angebrachte, große Fenster. Die Morgensonne schien herein. Während der Zuschauerteil mit unruhigen, erwartungsvollen Leuten vollgestopft war, saßen auf der anderen Seite der Barriere zwölf Eingeborene in verschiedenen Posen der Langeweile. In der Mitte des Richtertisches saß ein dicker glatzköpfiger Mann in schwarzer Robe, und die einfallende Sonne glänzte auf der weißlichen Kugel seines vorwärtsgeneigten Kopfes.

Kelexel erkannte einige der Eingeborenen, an den Tischen unterhalb des Richtertisches. Da war die untersetzte, grobschlächtige Gestalt Joe Murpheys; und da war Bondelli, der Rechtsanwalt, den er in Fraffins Pantovivor gesehen hatte. In der Bankreihe hinter Bondelli saßen die beiden Schamanen, Whelye und Thurlow.

Thurlow interessierte Kelexel. Warum hatte sie eine Szene gewählt, die diesen eingeborenen Hexenmeister enthielt? Traf es zu, daß sie beabsichtigt hatte, sich mit dieser Kreatur zu paaren?

»Das ist Richter Grimm«, sagte Ruth mit einer Geste zu dem Mann in der schwarzen Robe. »Ich ging mit seiner Tochter zur Schule. Wußtest du das? Ich war in seinem Haus eingeladen.«

Kelexel hörte Kummer in ihrer Stimme, dachte an eine höhere Einstellung des Manipulators und entschied sich dagegen. Sie könnte sich zu sehr gehemmt fühlen, und er war jetzt neugierig, was Ruth mit dieser Vorführung bezweckte. Welche Motive konnte sie haben?

»Der Mann mit dem Stock, an diesem Tisch auf der linken Seite, das ist Paret, der Bezirksstaatsanwalt«, sagte Ruth. »Seine Frau und meine Mutter waren im selben Gartenklub.«

Kelexel betrachtete den bezeichneten Eingeborenen aufmerksam. Der Mann wirkte solide, eine integre Erscheinung. Eisengraues Haar bedeckte einen eckigen Schädel mit gerader Stirn und festem Kinn. Der Mund war eine spröde, empfindsame Variation zur schmalen und geraden Nase. Buschige Brauen hingen wie Nester über blauen Augen, deren äußere Winkel leicht abwärtsgezogen waren.

Der Stock lehnte neben seinem Stuhl am Tisch. Hin und wieder berührte Paret die aus Elfenbein geschnitzte Krücke.

Irgend etwas Wichtiges schien in diesem Raum zu geschehen. Als Ruth den Ton einschaltete und das Husten und Scharren der Zuschauer hörbar wurde, stand Kelexel auf und kam zu Ruths Sessel. Dort blieb er stehen, eine Hand auf der Lehne, und beobachtete die Vorgänge.

Thurlow verließ seine Bank und ging zu einem Stuhl vor dem erhöhten Richtertisch. Es folgte ein kurzer religiöser Ritus, der mit Wahrheitsliebe zu tun hatte, dann setzte sich Thurlow, während Bondelli hinter seinem Tisch aufstand..

Kelexel beobachtete Thurlow. Der Mann machte den Eindruck, als kauere er hinter seiner dunklen Brille. Ruheloses Unbehagen ging von ihm aus. Er vermied es, in eine bestimmte Richtung zu blicken. Kelexel kam der Gedanke, daß Thurlow in dieser Szene bemüht war, Fraffins Aufnahmegruppe zu ignorieren. Er war sich der Anwesenheit von Chem bewußt! Natürlich! Er war immun.

Kelexel verspürte eine momentane Wiederkehr von Pflichtgefühl. Er fühlte Scham, Schuld. Und er begriff auf einmal, warum er von den Verjüngungseinrichtungen der Zentrale keinen Gebrauch gemacht hatte. Täte er das, wäre er Fraffin endgültig ausgeliefert. Dann wäre er einer von ihnen, genauso fest in Fraffins Besitz wie irgendein Eingeborener dieser Welt. So lange er die Verjüngung hinausschob, war er frei. Doch Kelexel wußte, daß es nur eine Frage der Zeit war.

Bondelli sprach jetzt zu Thurlow, eine müde, nutzlose kleine Szene, wie es Kelexel schien.

»Nun, Doktor Thurlow«, sagte Bondelli. »Sie haben die Punkte aufgezählt, die diesen Angeklagten mit anderen geisteskranken Gewalttätern in eine Reihe stellen. Was führt Sie sonst noch zu der Schlußfolgerung, daß er tatsächlich geistesgestört ist?«

»Meine Untersuchungen des Angeklagten.«

»Doktor Thurlow, haben Sie den Angeklagten nicht schon vor mehreren Monaten untersucht?«

»Ja, das habe ich.«

»Unter welchen Umständen?«

Kelexel blickte zu Ruth und sah mit einem gewissen Schock, daß Tränen über ihre Wangen rannen.

»Mr. Murphey hatte grundlos die Feuerwehr alarmiert«, sagte Thurlow. »Er wurde identifiziert und verhaftet. Ich wurde als Gerichtspsychologe beigezogen.«

»Warum?«

»Ein falscher Feueralarm ist nicht eine Sache, die man unbeachtet lassen kann, besonders dann nicht, wenn er von einem Mann gegeben wird, der die Zeit seiner Jugendstreiche seit langem hinter sich hat.«

»Deshalb wurden Sie beigezogen?«

»Nein — das war mehr oder weniger Routine.«

»Aber welche Bedeutung hatte dieser falsche Feueralarm?«

»Er war im Grunde sexuell bedingt. Dieser Zwischenfall ereignete sich ungefähr zu der Zeit, da der Angeklagte sich erstmals über sexuelle Impotenz beklagte. Diese zwei Faktoren zusammen ergeben ein sehr beunruhigendes psychologisches Bild.«

»Wieso?«

»Nun, er zeigte auch einen fast vollständigen Mangel an Wärme in seiner Natur. Es war ein Versagen in jenem Persönlichkeitsbereich, den wir gewöhnlich als Freundlichkeit und Liebenswürdigkeit bezeichnen. Seine damaligen Reaktionen auf dem Rorschachtest ermangelten fast völlig der lebendigen Elemente. Mit anderen Worten, sein Ausblick konzentrierte sich auf Tod. Ich berücksichtigte alle diese Dinge: eine kalte Natur, fixiert auf Tod, plus sexuelle Störung.«

Bondelli glättete seinen Schnurrbart mit Daumen und Zeigefinger, blickte auf eine Notiz in seiner Hand.

»Und was war der Inhalt Ihres Gutachtens, Doktor?« fragte Bondelli. Er richtete seinen Blick auf Richter Grimm.

»Ich sprach darin die Warnung aus, daß dieser Mann, wenn er seine Richtung nicht radikal ändere, geradewegs auf einen psychotischen Bruch zusteuere.«

Noch immer zum Richter gewandt, fuhr Bondelli fort: »Würden Sie bitte erklären, was ein psychotischer Bruch ist, Doktor?«

»Zum Beispiel — die unüberlegte Ermordung einer nahestehenden Person unter Begleitumständen wie sinnloser Gewalt und wilder Leidenschaft ist ein psychotischer Bruch.«

Der Richter schrieb etwas auf ein Papier vor ihm. Eine der sechs Geschworenen musterte Bondelli mit zusammengezogenen Brauen.

»Sie prophezeiten dieses Verbrechen?«

»In einem ganz realen Sinne — ja.«

Der Bezirksstaatsanwalt beobachtete die Geschworenen. Er schüttelte langsam seinen Kopf, beugte sich zur Seite, um zu einem Helfer zu flüstern.

»Wurde auf Ihr Gutachten hin etwas unternommen?« fragte Bondelli.

»Meines Wissens nicht.«

»Nun, warum nicht?«

»Vielleicht war vielen, die das Gutachten lasen, nicht bewußt, welche Gefahren darin angesprochen wurden.«

»Haben Sie versucht, jemanden auf die Gefahren aufmerksam zu machen?«

»Ich erläuterte meine Befürchtungen den damals mit dem Fall befaßten Justizorganen.«

»Trotzdem wurde nichts unternommen?«

»Von verschiedener Seite wurde mir entgegengehalten, daß ein erfolgreicher Unternehmer und wichtiges Mitglied der Gesellschaft nicht gefährlich sein könne und daß ich wahrscheinlich einem Irrtum erlegen sei.«

»Ich sehe. Unternahmen Sie irgendwelche persönlichen Anstrengungen, dem Angeklagten zu helfen?«

»Ich versuchte ihn für Religion zu interessieren.«

»Ohne Erfolg?«

»So ist es.«

»Haben Sie den Angeklagten seit seiner neuerlichen Inhaftierung wieder untersucht?«

»Letzten Mittwoch. Das war meine zweite Untersuchung, seit er verhaftet wurde.«

»Zu welchen Ergebnissen kamen Sie?«

»Er befindet sich in einem Zustand, den ich als paranoid definiere.«

»Konnte er die Natur und die Konsequenzen seiner Tat erkannt haben?«

»Nein, Sir. Sein Geisteszustand ließ Erwägungen über Gesetzlichkeit oder Moral gar nicht zu.«

Bondelli wandte sich um und starrte lange den Staatsanwalt an, dann sagte er: »Das ist alles, Doktor.«

Der Staatsanwalt fuhr mit seinen Fingern über die Stirn. Er studierte seine Notizen über die Zeugenaussage.

Kelexel, fasziniert von der Verzwicktheit der Szene, nickte zu sich selbst. Die Eingeborenen hatten offensichtlich ein Rechtsbewußtsein, und sie besaßen auch ein rudimentäres Rechtssystem, wenn auch alles ziemlich unreif war. Trotzdem erinnerte es ihn an seine Schuld. Konnte das der Grund sein, warum Ruth ihm diese Szene zeigte? Er fühlte, daß sie ihn irgendwie mit vor Gericht stellen wollte. Ohne es zu wollen, identifizierte er sich plötzlich mit ihrem Vater und nahm durch den Pantovivor an den Emotionen des Eingeborenen teil.

Und Murphey saß in stummer Wut, erfüllt von einem verzehrenden Haß auf Thurlow, der den Zeugenstand noch nicht verlassen hatte.

Dieser Immune muß vernichtet werden! dachte Kelexel.

Der Blickwinkel des Pantovivors veränderte sich ein wenig und rückte den Staatsanwalt in den Mittelpunkt. Paret erhob sich, nahm seinen Stock und stützte sich darauf.

»Mr. Thurlow«, sagte er, bewußt den Titel des anderen weglassend, »habe ich recht mit der Vermutung, daß der Angeklagte nach Ihrer Ansicht unfähig war, Recht und Unrecht zu unterscheiden, als er seine Frau ermordete?«

Thurlow nahm seine Brille ab. Ohne sie wirkten seine Augen grau und kurzsichtig und wehrlos. Er wischte die Linsen, setzte die Brille wieder auf und sagte: »Ja, Sir.«

»Waren die Untersuchungen, die Sie am Angeklagten vornahmen, von der gleichen Art wie die, welche Doktor Whelye durchführte?«

»Sie waren im wesentlichen die gleichen — Rorschachtests, Warteggtests mit Zeichenvorlagen und andere projektive Tests.«

Paret konsultierte seine Aufzeichnungen. »Sie hörten Doktor Whelye aussagen, daß der Angeklagte zum Zeitpunkt des Verbrechens medizinisch gesund und für seine Tat rechtlich voll verantwortlich war?«

»Ich hörte diese Aussage, ja.«

»Ist Ihnen bekannt, daß Doktor Whelye früher Polizeipsychiater für die Stadt Los Angeles gewesen ist und im Sanitätswesen der Armee gedient hat?«

»Doktor Whelyes Qualifikationen sind mir bekannt.« Thurlows Ton war defensiv und beinahe signierend. Kelexel fühlte eine Anwandlung von Sympathie.

»Siehst du, was sie mit ihm machen?« fragte Ruth erbittert.

»Was kann ich dafür?« sagte Kelexel. »Und was spielt es schon für eine Rolle?« Aber er wußte, daß Thurlows Schicksal wichtig war, denn Thurlow stand zu seinen Prinzipien, obwohl er wußte, daß er unterliegen und daß man ihn ruinieren würde. Es gab keinen Zweifel, daß Murphey geisteskrank war. Fraffin hatte ihn geisteskrank gemacht — zu seinem Zweck.

Ich war dieser Zweck, dachte Kelexel.

»Dann haben Sie auch gehört«, fuhr Paret fort, »daß Doktor Whelyes medizinisches Expertengutachten jede Form von organischem Gehirnschaden in diesem Fall ausschließt? Sie haben ferner die Aussage dieses qualifizierten Mediziners gehört, daß der Angeklagte keine manischen Tendenzen zeigt und daß er nicht an einem Zustand leidet, der juristisch als Geisteskrankheit bezeichnet werden kann?«

»Ja, Sir.«

»Können Sie uns dann erläutern, Mr. Thurlow, warum Sie zu einer Meinung gekommen sind, die im Gegensatz zu den Ergebnissen qualifizierter Mediziner steht?«

»Das ist einfach zu beantworten, Sir«, sagte Thurlow. »In der Psychiatrie und der Psychologie wird die Befähigung gewöhnlich an den Ergebnissen gemessen. In diesem Fall stützte ich meinen Anspruch auf einen abweichenden Standpunkt auf die Tatsache, daß ich dieses Verbrechen voraussagte.«

Zorn verdunkelte Parets Gesicht. Er blickte wieder auf seine Notizen, dann sagte er: »Sie sind Psychologe und nicht Psychiater, ist das richtig?«

»Ich bin klinischer Psychologe.«

»Welches ist der Unterschied zwischen einem Psychologen und einem Psychiater?«

»Ein Psychologe ist ein Spezialist für menschliches Verhalten, der keinen medizinischen Universitätsgrad hat. Der ...«

»Und Sie stimmen nicht mit Männern überein, die medizinische Universitätsgrade haben?«

»Wie ich eben sagte ...«

»Ach ja, Ihre sogenannte Voraussage. Ich habe das damalige Gutachten gelesen, Mr. Thurlow, und ich möchte Ihnen eine Frage stellen: Trifft es nicht zu, daß dieses Gutachten in einer Sprache abgefaßt war, die verschiedene Auslegungen denkbar erscheinen läßt — daß es, mit einem Wort, zweideutig war?«

»Für zweideutig oder auslegungsbedürftig könnte es nur von jemand gehalten werden, der mit dem Begriff ›psychotischer Bruch‹ unvertraut ist.«

»Ah, und was ist ein psychotischer Bruch?«

»Ein extremer Bruch mit der Realität, der zu Gewalttaten wie der führen kann, die hier erörtert wird.«

»Aber wenn es kein Verbrechen gegeben hätte, wenn der Angeklagte sich von der angeblichen Krankheit, die Sie ihm zuschreiben, erholt hätte, könnte Ihr Gutachten dann so ausgelegt werden, daß es auch diese Möglichkeit in Betracht zog?«

»Nicht ohne eine zusätzliche Erklärung, warum er sich erholte.«

»Lassen Sie mich dann eine weitere Frage stellen: Gibt es für Gewalttaten keine andere Erklärung als Psychose?«

»Gewiß gibt es Gewalttaten, die von nicht psychotischen Tätern verübt werden, aber hier ...«

»Trifft es nicht zu, daß Psychose ein umstrittener Begriff ist?«

»Es gibt Meinungsverschiedenheiten.«

»Meinungsverschiedenheiten, wie sie hier sichtbar geworden sind?«

»Ja.«

»Und jeder gegebene Gewaltakt kann von Faktoren ausgelöst werden, die nichts mit einer Psychose zu tun haben?«

»Natürlich.« Thurlow schüttelte seinen Kopf. »Aber in einem wahnhaften System ...«

»Wahnhaft?« schnappte Paret. »Was ist Wahn, Mr. Thurlow?«

»Wahn? Es ist eine innere Unfähigkeit zu realitätskonformem Verhalten.«

Paret murmelte: »Realitätskonformes Verhalten.« Dann fuhr er fort: »Sagen Sie mir, Mr. Thurlow, glauben Sie den Beschuldigungen des Angeklagten gegen seine Frau?«

»Nein.«

»Aber wenn die Beschuldigungen des Angeklagten berechtigt wären, würde das Ihre Meinung über sein wahnhaftes System ändern?«

»Meine Meinung beruht auf ...«

»Ja oder nein, Mr. Thurlow! Beantworten Sie die Frage!«

»Ich beantworte sie!« Thurlow holte tief Atem. »Sie versuchen den Ruf eines wehrlosen Zeugen zu schwärzen ...«

»Mr. Thurlow! Meine Fragen zielen darauf ab, ob die Beschuldigungen, die der Angeklagte gegen seine Frau erhebt, im Licht der vorliegenden Beweise und Zeugnisse vernünftig sind. Ich gebe zu, daß sie nicht bewiesen oder widerlegt werden können, da die

Hauptperson tot ist, aber sind die Beschuldigungen vernünftig?«

Thurlow schluckte, dann sagte er: »War es vernünftig, zu töten, Sir?«

Parets Gesicht lief wieder dunkel an. Seine Stimme kam leise, aber mit tödlicher Schärfe: »Es ist an der Zeit, daß wir aufhören, mit Worten zu spielen, Mr. Thurlow. Wollen Sie dem Gericht bitte sagen, ob Sie zu der Familie des Angeklagten andere Beziehungen als die eines ... eines psychologischen Gutachters haben?«

Thurlow umklammerte die Armlehnen seines Zeugenstuhls, daß die Knöchel weiß heraustraten. »Was wollen Sie damit sagen?« fragte er.

»Waren Sie nicht zu einer Zeit mit der Tochter des Angeklagten verlobt?«

Thurlow nickte stumm.

»Sprechen Sie«, sagte Paret. »Trifft das zu?«

»Ja.«

Bondelli sprang auf, funkelte Paret an und blickte dann zum Richtertisch. »Ich erhebe Einspruch!« rief er. »Diese Art der Befragung ist für die Wahrheitsfindung irrelevant und zielt nur darauf ab, Doktor Thurlow als Zeugen und Gutachter zu diskreditieren.«

Paret wandte sich langsam um, schwer auf seinen Stock gestützt. »Herr Vorsitzender«, sagte er, »die Jury hat das Recht, alle Faktoren zu kennen, die diesen Zeugen bewogen haben mochten, seinen hier vertretenen Standpunkt einzunehmen.«

»Was ist Ihre Absicht?« fragte der Richter.

»Die Tochter des Angeklagten kann nicht als Zeugin vernommen werden, Herr Vorsitzender. Sie ist nach dem bis zur Stunde ungeklärten Tod ihres Ehemannes unter mysteriösen Umständen verschwunden und konnte bis heute nicht ausfindig gemacht werden. Dieser Zeuge befand sich in unmittelbarer Nachbarschaft, als der Ehemann ...«

Bondelli schlug mit der Faust auf seinen Tisch. »Herr Vorsitzender, ich erhebe Einspruch!«

Richter Grimm schürzte die Lippen. Er blickte zu Thurlow, dann zu Paret. »Was ich jetzt sage, möchte ich nicht als Billigung oder Mißbilligung von Doktor Thurlows Aussage verstanden wissen. Aber ich möchte feststellen, daß dieser Gerichtshof seine

Qualifikation bestätigt und ihn zum amtlichen Gerichtspsychologen bestellt hat. Als solcher ist er berechtigt, Gutachten abzugeben und Meinungen zu vertreten, die von den Gutachtern und Meinungen anderer qualifizierter Zeugen abweichen. Es ist Sache der Jury, zu entscheiden, welches Expertenurteil sie als das verläßlichste akzeptieren wird. Dem Einspruch wird stattgegeben.«

Paret zuckte die Achseln. Er schien etwas sagen zu wollen, zögerte und erklärte schließlich: »Keine weiteren Fragen.«

Als Ruth den Pantovivor ausschaltete und die Szene zu verblassen begann, beobachtete Kelexel den Angeklagten. Joe Murphey lächelte ein schlaues, verstohlenes Lächeln.

Kelexel nickte und lächelte gleichfalls. Nichts war völlig verloren, solange selbst die Opfer über ihr Schicksal lächeln konnten.

Ruth wandte den Kopf, sah das Lächeln in Kelexels Gesicht. »Verdammt sollst du sein!« zischte sie. »In jeder Sekunde deiner gottverdammten Ewigkeit!«

Kelexel zwinkerte verdutzt.

»Du bist so verrückt wie mein Vater!« sagte sie wild. »Andy Thurlow beschreibt dich, wenn er über meinen Vater redet.« Sie fuhr wieder herum und hantierte am Pantovivor. »Sieh dich selbst!«

Der Pantovivor quietschte und kratzte, als Ruth auf Drucktasten schlug und Einstellskalen herumriß. Kelexel wollte sie von der Maschine wegzerren; er fürchtete, was sie ihm zeigen würde. Mich selbst sehen? dachte er. Es war ein bestürzender Gedanke. Ein Chem sah sich nicht selbst im Pantovivor!

Bondellis Büro erschien, der große Schreibtisch und die Glasscheiben der Bücherschränke, die langen Reihen dunkelroter, goldgeprägter Buchrücken schützten. Hinter dem Schreibtisch saß Bondelli, einen Bleistift in der Hand drehend. Ihm gegenüber saß Thurlow hinter verstreuten Papieren. Er hielt seine dunkle Brille in der Linken und gestikulierte damit, während er sprach.

»Dieses wahnhafte System ist wie eine Maske«, sagte er. »Hinter dieser Maske verkriecht sich Murphey. Er will für gesund, vernünftig und für seine Tat voll verantwortlich erklärt werden, obwohl er weiß, daß ihn das zum Tode verurteilt.«

»Es ist nicht logisch«, murmelte Bondelli.

»Innerhalb seines Systems ist es logisch«, sagte Thurlow. »Es ist schwierig, den Mechanismus mit Worten zu beschreiben, die ein Laie verstehen kann. Aber wenn Murpheys Wahnsystem zerstört würde, wenn wir eindrängen und es aufbrächen, dann wäre das etwa der Situation einer gewöhnlichen Person vergleichbar, die eines Morgens aufwacht und ihr Bett anders als das vorfindet, in dem sie sich schlafen gelegt hat, das Zimmer anders, eine andere Frau, die sagt: ›Ich bin deine Frau!‹, unvertraute Kinder, die ihn als Vater beanspruchen. Eine solche Person, ein solcher Mann wäre überwältigt, seine Vorstellungswelt und das ganze Konzept seines Lebens wäre zerstört.«

»Totale Unwirklichkeit«, flüsterte Bondelli.

»Die Realität, wie sie sich vom Standpunkt eines objektiven Beobachters ausnimmt, ist hier nicht wichtig«, sagte Thurlow. »Solange Murphey sein Wahnsystem aufrechterhält, rettet er sich vor dem psychologischen Äquivalent der Auslöschung. Und das ist natürlich die Todesfurcht.«

»Todesfurcht?« Bondelli schien verwundert. »Aber die müßte er doch eher dann fühlen, wenn er für gesund ...«

»Es gibt hier zwei Arten von Tod, Mr. Bondelli. Murphey hat weit weniger Angst vor dem wirklichen Tod in der Gaskammer als vor jenem anderen Tod, den er im Zusammenbruch seiner Wahnwelt erfahren würde.«

»Aber kann er den Unterschied nicht sehen?«

»Nein.«

»Das ist verrückt!«

Thurlow blickte überrascht auf. »Das ist es doch, was wir gesagt haben, nicht?«

Bondelli ließ seinen Bleistift fallen und seufzte. »Und was geschieht, wenn er für gesund und für seine Tat voll verantwortlich erklärt wird?«

»Dann wird er überzeugt sein, daß er auch diesen letzten Teil seines unglücklichen Schicksals kontrolliere. Für ihn bedeutet Geisteskrankheit Verlust der Kontrolle. Es bedeutet, daß er nicht die starke und tüchtige Persönlichkeit ist, die ihr Schicksal selber gestaltet. Behält er aber die vermeintliche Kontrolle bis zuletzt, so sieht er sich in seiner Größe bestätigt. Der Tod in der Gaskammer wird für ihn zu einer Art Betriebsunfall, einer fatalen Panne, gegen die er machtlos ist, die aber nichts an seiner Größe und Tüchtigkeit ändert.«

»Das leuchtet mir ein«, sagte Bondelli, »Aber es gehört zu den Dingen, die man vor Gericht nicht beweisen kann.«

»Schon gar nicht in dieser Gemeinde, und nicht jetzt«, sagte Thurlow. »Das ist, was ich Ihnen von Anfang an klarzumachen versuchte. Kennen Sie Vauntman, meinen Nachbar? Ein Ast meines Walnußbaumes hing über den Zaun in seinen Garten. Ich ließ ihn immer die Nüsse davon haben. Manchmal scherzten wir darüber. Letzte Nacht sägte er den Ast ab und warf ihn über den Zaun in meinen Garten — weil ich für Murpheys Verteidigung als Zeuge auftrete.«

»Das ist doch Wahnsinn!«

»Zur Zeit ist es die Norm«, sagte Thurlow. »Vauntman ist unter den meisten Umständen völlig normal. Aber diese Sache mit Murphey hat ein Rattennest von unbewußten und verdrängten Schuld-, Angst- und Schamgefühlen aufgedeckt. Die Leute werden damit nicht fertig. Vauntman ist nur ein isoliertes Symptom. Alle wissen, daß Murphey geisteskrank ist, aber niemand will es zugeben, weil sie ihn sicher unter der Erde wissen möchten. Solche inneren Konflikte setzen die wütendsten Aggressionen frei. Die ganze Gemeinde steuert auf einen psychotischen Bruch zu.«

Thurlow setzte seine dunkle Brille auf, wandte sich um und starrte direkt aus dem Pantovivor. »Die ganze Stadt«, murmelte er.

Ruth streckte tastend ihre Arme aus und schaltete den Pantovivor ab. Als die Bühne dunkel wurde, starrte Thurlow noch immer zu ihr. Leb wohl, Andy, dachte sie. Lieber Andy. Ruinierter Andy. Ich werde dich nie wiedersehen.

Kelexel machte mit einem Ruck kehrt und schritt durch den Raum. Er drehte wieder um und starrte Ruths Rücken an. Er verwünschte den Tag, da er sie zuerst gesehen hatte.

Thurlows Worte klangen noch in ihm nach — Größe! Wahn! Tod!

Was war an diesen Eingeborenen, das den Verstand und die Sinne fesselte? Er beobachtete Ruth, und der Gedanke an ihre Haßausbrüche erfüllte ihn plötzlich mit blindem Zorn.

Wie kann sie zu behaupten wagen, ich sei wie ihr Vater?

Wie kann sie an ihren armseligen einheimischen Liebhaber zu denken wagen, wenn sie mich hat?

Keuchende Geräusche kamen von Ruth. Ihre Schultern zitterten und zuckten. Kelexel merkte, daß sie schluchzte, und ihr Weinen nährte seinen Zorn. Er war zu nachsichtig gewesen. Ihr zuliebe hatte er den Manipulatordruck niedrig gehalten. Jeden Wunsch hatte er ihr von den Augen abgelesen.

Langsam drehte sie sich nach ihm um. Emotionen zuckten in ihrem Gesicht, machten es zu einer Fratze. »Ewig leben sollst du!« zischte sie. »Und jeden Tag deines Lebens soll das Bewußtsein deiner Schuld und deines Verbrechens dich zerfressen!« Sie spuckte aus. In ihren Augen war der nackte Haß.

Absurd! dachte Kelexel schockiert. Was für eine Schuld? Welches Verbrechen? Was kann sie von meinem Verbrechen wissen? Sie ist keine Chem; nur ein Chem kann unsere Gesetze kennen.

Aber sein Zorn war noch da und kam ihm zu Hilfe.

Sie ist von diesem Immunen vergiftet! dachte er. Der verdammte Pantovivor hat diese alten Geschichten in ihr wieder an die Oberfläche gespült. Nun, sie soll sehen, was ein Chem mit ihrem Liebhaber machen kann!

Kelexel griff unter seine Kleider und drehte den Manipulator ganz auf. Der plötzliche Druck machte sie taumeln. Ihre Augen quollen aus den Höhlen und stierten Kelexel angstvoll an. Ihre Hände krallten in der Luft herum, dann erschlaffte sie und sackte bewußtlos in sich zusammen.

17

Fraffin marschierte mit langen, ärgerlichen Schritten über die Landeplattform. Jenseits des kuppelförmigen Kraftfelds stand die See wie dunkelgrünes Glas. Zehn Maschinen standen auf der grauen Rampe bereit. In der komprimierten Luft war beißender, feuchter Ozongeruch.

Fraffin verlangsamte seinen Schirtt, als er sich der Verkehrskontrolle näherte, die gelben Kugeln, die die Landeplattform beherrschte. Lutt, sein technischer Leiter, tat selbst dort Dienst. Die untersetzte, breite Gestalt vermittelte Fraffin ein Gefühl von Zuversicht.

Aber in Lutts Zügen war ein listiger Ausdruck, und Fraffin erinnerte sich an einen Ausspruch Catos: »Fürchte Könige, deren Sklaven schlau sind.« Ach, das war ein Eingeborener gewesen, den man bewundern mußte, dieser Cato. Und Fraffin erinnerte sich an Catos karthagische Feinde, an den unglücklichen Hannibal und den verräterischen Masinissa, der noch rechtzeitig seinen Frieden mit Rom gemacht hatte. Aber Cato war tot, ein davonwirbelndes welkes Blatt im Wind der Zeit. Er war tot, und Rom und Karthago waren tot.

Sicherlich ist die Meldung über Kelexel falsch, dachte Fraffin. Sie kann nicht wahr sein. Die Logik spricht dagegen.

Er sieht ein bißchen wie der ältere Catos aus, dachte Fraffin, als er bei Lutt angelangt war. Die gleiche Knochenstruktur des Gesichts. Ja, wir haben viel von uns in die Erbmasse dieser Eingeborenen eingebracht. Fraffin zog seinen Umhang um sich.

»Geehrter Direktor«, sagte Lutt. Wie vorsichtig er sprach!

»Ich hörte gerade eine beunruhigende Meldung über den Untersucher«, sagte Fraffin.

»Den Untersucher?«

»Kelexel, du Dummkopf.«

Lutt befeuchtete seine Lippen. Er blickte nach links und rechts und wieder zu Fraffin. »Er ... er sagte, er habe deine Erlaubnis ... Er hatte die eingeborene Frau bei sich. Sie ... was ist?«

Fraffin brauchte einen Moment, seine Fassung wiederzugewinnen.

»Der Untersucher ist also fort?« fragte Fraffin, und er war stolz, wie ruhig seine Stimme herauskam.

»Er sagte, er wolle nur einen kurzen Ausflug machen«, sagte Lutt nervös. Er nickte schnell und ruckartig. »Er hatte die Eingeborene in einem Schwebebehälter bei sich. Sie war bewußtlos. So sei sie leichter zu kontrollieren, sagte er.«

»Sagte er, wohin er wollte?« fragte Fraffin mit trockenem Mund.

Lutt zeigte mit dem Daumen aufwärts.

Fraffins Blick folgte der Bewegung. Er bemerkte die warzige Haut, und seine Gedanken waren voll Verwunderung, daß eine solche beiläufige Geste das Gewicht so vieler schrecklicher Möglichkeiten tragen konnte.

»In seiner Maschine?« fragte er.

»Er sagte, er sei mit den anderen nicht so vertraut wie mit seiner eigenen«, antwortete Lutt. Er wurde zusehends ängstlicher. Die äußerliche Ruhe des Direktors konnte den Zweck dieser bohrenden Fragen nicht verbergen — und es hatte bereits einen ärgerlichen Ausbruch gegeben.

»Er versicherte mir, daß er deine Zustimmung habe«, erklärte Lutt. »Er sagte, es sei Teil seines Trainings für die Zeit, da er seinen eigenen ...«

Das zornige Funkeln in Fraffins Augen brachte ihn zum Verstummen. Nach kurzer Pause fügte er hinzu: »Er sagte, die Eingeborene werde Gefallen daran finden.«

»Aber sie war bewußtlos«, sagte Fraffin trocken.

Lutt nickte.

Warum war sie bewußtlos? überlegte Fraffin. Hoffnung begann

sich zu regen. Was kann er tun? Wir besitzen ihn. Ich war einfältig, gleich in Panik zu geraten.

Neben Lutt blinkte ein rotes Signallicht auf. Der Kommunikator gab einen lauten Summton von sich und projizierte Ynvics rundes Gesicht in die Luft vor ihnen. Die Züge der Chirurgin waren eine verkniffene Maske von Bitterkeit und Besorgnis. Ihre Augen fixierten Fraffin.

»Da bist du!« schnappte sie. Ihr Blick zuckte zu Lutt, erfaßte den Hintergrund und kehrte zu Fraffin zurück. »Ist er fort?«

»Ja. Und er hat seine Eingeborene mitgenommen«, sagte Fraffin.

»Er hat sich nicht verjüngen lassen!« platzte Ynvic heraus.

Es dauerte eine lange Minute, bis Fraffin seine Stimme fand. »Aber alle anderen ... er ... du ...«

»Ja, alle anderen gingen sofort zur Verjüngung«, sagte Ynvic. »Darum dachte ich, dieser sei von einem Assistenten behandelt worden oder habe sich selbst behandelt, wie du es zu machen pflegst. Wer hätte etwas anderes gedacht? Aber die Unterlagen zeigen keine Spur von ihm, und wenn er die Geräte in Anspruch genommen hätte, dann hätten sie es automatisch aufgezeichnet. Er wurde nicht verjüngt!«

Fraffin schluckte mit trockener Kehle. Dies war undenkbar! Nicht verjüngt! »Die Zeit ...«, flüsterte er rauh. »Es muß mindestens ...«

»Einer meiner Leute sah ihn vorhin mit der Kreatur und verständigte mich«, sagte Ynvic. »Kelexel zeigte bereits deutliche Zeichen von Verfall.«

Fraffin fand es schwierig zu atmen. Seine Brust schmerzte. Nicht verjüngt! Wenn Kelexel alle Spuren der Eingeborenen vernichtete ... Aber das hätte keinen Zweck. Die Regiezentrale besaß vollständige Unterlagen über seine Liaison mit der Kreatur. Aber wenn er sie tötete ...

Lutt zupfte schüchtern an Fraffins Umhang.

Wütend fuhr Fraffin herum: »Was willst du?«

Lutt zog den Kopf ein und wich zurück, spähte ängstlich zu Fraffin auf. »Verehrter Direktor, der Interkom ...« Lutt berührte das in seinen Nacken eingebettete Instrument. »Kelexels Schiff ist gesehen worden.«

»Wo?«

»In der Heimatregion der Eingeborenen.«

»Sehen sie ihn noch?«

Fraffin hielt den Atem an.

Lutt lauschte einen Moment, schüttelte seinen Kopf. »Das Schiff wurde gesehen, als es ohne Sicherheitsabschirmung flog. Einer der Beobachter meldete diese Verletzung der Sicherheitsbestimmungen. Er hat das Schiff nicht mehr im Sichtbereich.«

»Alle anderen Arbeiten werden unterbrochen!« befahl Fraffin. »Du wirst alle verfügbaren Piloten und Maschinen mobilisieren. Dieses Schiff muß gefunden werden!«

»Aber . . . was tun wir, wenn wir es gefunden haben?«

»Die Eingeborene«, sagte Ynvic.

Fraffin blickte in das körperlose Gesicht vor ihm, sah wieder Lutt an. »Ja, die Eingeborene. Sie wird in Gewahrsam genommen und hierher zurückgebracht. Sie ist unser Eigentum. Mit diesem Kelexel werden wir uns danach verständigen. Keine Dummheiten, verstanden. Bringe sie zu mir. Sollte Kelexel Widerstand leisten, muß er überwältigt werden. Entscheidend ist, daß du mir die Eingeborene herbeischaffst.«

»Wenn ich kann, geehrter Direktor.«

»Sorge dafür, wenn dir an deiner Zukunft gelegen ist«, sagte Fraffin.

18

Thurlow erwachte beim ersten Klingeln seines Weckers. Er drückte auf den Knopf, bevor das Werk ablaufen konnte, setzte sich im Bett auf und wehrte sich gegen einen tiefen Widerwillen, diesen Tag zu beginnen. In der Klinik würde es höllisch sein, das wußte er. Whelye machte ihm das Leben sauer, wo er nur konnte, und dabei würde es bleiben, bis . . . Thurlow seufzte. Es war ihm klar, daß seine Stellung unhaltbar geworden war. Whelye wollte ihn hinausekeln. Er mußte sich um eine neue Stelle bemühen, bevor seine Nerven versagten.

Die Öffentlichkeit tat das ihre, um diese Entscheidung zu erleichtern — Drohbriefe, haßerfüllte Anrufe. Er war ein Paria.

Die Haltung der Professionellen stand dazu in einem eigenartigen Kontrast. Was sie im Gerichtssaal sagten und taten und wie sie sich außerhalb des Gerichts verhielten, schien in separaten, sorgfältig isolierten Abteilungen ihrer Gehirne zu entstehen.

»Der Sturm wird sich legen«, hatte Grimm gesagt. »Geben Sie ihm Zeit.«

Und Paret: »So ist das Leben, Andy. Heute gewonnen, morgen verloren, übermorgen ...«

Thurlow fragte sich, ob Murpheys Tod überhaupt Empfindungen in ihnen weckte. Paret war zur Hinrichtung eingeladen worden, und der Gerichtsklatsch wollte wissen, daß er gegangen wäre, hätten Kollegen ihn nicht gewarnt, man würde es ihm als unnötige Rachsucht ankreiden.

Warum ging ich hin? fragte sich Thurlow. Wollte ich der Niederlage noch ein weiteres Maß persönlichen Schmerzes hinzufügen?

Aber er wußte, warum er gegangen war und die mit schiefem Lächeln vorgebrachte Einladung des Verurteilten, er solle ihn zum Höllentor begleiten, angenommen hatte. Es war die Lockung seiner eigenen Halluzination gewesen: Würden die Beobachter in ihrer schwebenden Kugel auch dort sein?

Sie — oder die Illusion — waren dagewesen.

Seine Gedanken kehrten zur Hinrichtung zurück. Es würde mehr als eines langen Wochenendes bedürfen, um diese Erinnerung auszulöschen — das Klirren von Metall gegen Metall, die Schritte der Wärter, die Murphey in den Hinrichtungsraum brachten.

Der benommene Blick des Verurteilten war in Thurlows Gedächtnis eingebrannt. Murphey hatte während des Prozesses und der anschließenden Wartezeit auf seine Hinrichtung viel von seiner fleischigen Fülle verloren. Der Gefangenenanzug hing locker von seinen eingesunkenen Schultern, und er ging mit schwerfälligen, schleppenden Schritten. Vor ihm wanderte ein schwarzgekleideter Priester, rechts und links flankierten ihn zwei Gefängniswärter, die sich mit Handschellen an ihn gekettet hatten.

Sie gingen an den plötzlich verstummten amtlichen Beobachtern vorbei, deren Blicke sich wie auf Kommando auf den Scharfrichter konzentrierten. Der Mann sah wie ein Kurzwarenverkäufer aus, groß, mager und ausdruckslos. Er öffnete die gummigedichtete Tür zur kleinen grünen Zelle mit ihren runden, nur von außen durchsichtigen Fenstern.

Nachdem die Wärter dem Verurteilten die Handschellen abgenommen hatten, nahm der Scharfrichter Murpheys Arm und half ihm über den Einstieg. Ein Wärter und der Priester folgten den beiden hinaus.

Der Wärter zog einen Gurt über Murpheys linken Arm und sagte ihm, er solle auf dem Stuhl weiter zurückrutschen. »Legen

Sie Ihre Hand hier hinauf. Ein bißchen weiter. So.« Er zog den Gurt fest. »Ist das zu eng?«

Murphey schüttelte seinen Kopf. Seine Augen blieben benommen, aber der Blick eines gefangenen Tieres war in ihnen.

Der Scharfrichter blickte den Wärter mißbilligend an und sagte: »Al, warum bleibst du nicht bei ihm und hältst seine Hand?«

In diesem Moment erwachte Murphey aus seiner Passivität, wandte den Kopf und sah Thurlow an, zwang ihn, sich abzuwenden. »Leb wohl, Andy«, sagte Murphey. »Und kümmere dich um Ruth.«

Als seine Erinnerung diesen Punkt erreicht hatte, seufzte Thurlow und schwang seine Füße aus dem Bett auf den kalten Boden. Er fuhr in seine Pantoffeln, zog seinen Bademantel über und ging zum Fenster. Dort stand er und starrte, vor sich die Aussicht, die seinen Vater vor fünfundzwanzig Jahren bewogen hatte, dieses Haus zu kaufen.

Das Morgenlicht tat seinen Augen weh, und sie fingen zu tränen an. Thurlow nahm seine dunkle Brille vom Nachttisch, setzte sie auf und justierte die Linsen, daß die Einwirkung des Lichtes auf seine Augen unter der Schmerzwelle blieb.

Das Tal lag unter herbstlichen Nebelschleiern. In den Zweigen einer immergrünen Eiche unter ihm saßen zwei Krähen und riefen mit ihren rauhen Stimmen ungesehene Gefährten. Ein Tautropfen fiel von einem Akazienblatt direkt unter dem Fenster.

Jenseits der Bäume war Bewegung. Thurlow spähte hinaus und sah einen zigarrenförmigen Körper von etwa zehn Metern Länge. Er schwebte über den Wipfel der Eiche näher, und die Krähen flogen mit klatschenden Flügelschlägen auf, tauchten heiser krächzend in den Nebel ein.

Sie sehen es! dachte Thurlow. Es ist wirklich!

Plötzlich schoß das Ding aufwärts, zog in steil aufsteigender Bahn nach links über den Himmel. Hinter ihm kam ein Schwarm von Kugeln und Scheiben.

Alle wurden von der dünnen Wolkendecke verschluckt.

Die Stille des Schocks, kaum gestört von Thurlows heftigem Atmen, wurde von einer seltsam schnalzenden Stimme gebrochen: »Du bist der Eingeborene Thurlow.«

Thurlow fuhr herum und sah eine Erscheinung in der offenen Tür seines Schlafzimmers — eine kleine, stämmige, säbelbeinige Gestalt in einem grünen Umhang und grünen Beinkleidern, mit eckigem Gesicht, silbriger Haut, dunklen Haaren und breit klaffendem Mund. Unter starken Brauen brannten fiebrige Augen.

Der Mund bewegte sich, und wieder kam diese schnalzende, doch klangvolle Stimme: »Ich bin Kelexel.«

Thurlow stierte. Ein Zwerg? Ein Irrer? Er fand sein Gehirn von Fragen verstopft.

Kelexel blickte aus dem Fenster hinter Thurlow. Es war amüsant gewesen, Fraffins Meute zu beobachten, wie sie dem leeren Schiff nachgejagt war. Der programmierte Kurs konnte die Verfolger natürlich nicht für immer täuschen, aber bis sie seine Maschine einfingen, wäre hier alles getan. Der Tod war unwiderruflich.

Fraffin würde sich damit auseinandersetzen müssen — und mit seinem Verbrechen.

Stolz festigte Kelexels Willen. Ich kenne meine Pflicht, dachte er. Die Frau würde bald aufwachen und kommen, wenn sie ihre Stimmen hörte. Dann würde sie Zeugin seines höchsten Triumphes sein. Später, dachte er, wird sie stolz sein, daß sie einem Chem gehörte.

»Ich habe dich beobachtet, Schamane«, sagte Kelexel.

Ein Gedanke flackerte durch Thurlows Hirn: Ist dies irgendein unheimlicher Psychopath, der gekommen ist, mich wegen meiner Zeugenaussage umzubringen?

»Wie bist du in mein Haus gekommen?« fragte er.

»Für einen Chem war es sehr einfach«, sagte Kelexel.

Thurlow hatte plötzlich das alptraumhafte Gefühl, daß dieses Wesen mit den Objekten verbunden sein könne, die in die Wolken geflogen waren, mit den Beobachtern, die ... Was ist ein Chem? dachte er verwirrt.

»Wie hast du mich beobachtet?« fragte Thurlow.

»Deine Mätzchen wurden in einem Ding festgehalten, das ... euren Filmen ähnlich ist.« Er machte eine wedelnde Handbewegung. Es war so schwierig, sich mit diesen Kreaturen zu verständigen. »Es ist natürlich viel mehr«, fügte er hinzu. »Eine Aufzeichnung sämtlicher Sinneswahrnehmungen, die durch empathische Stimulierung direkt auf die Betrachter einwirkt.«

Thurlow räusperte sich. Die Worte ergaben kaum einen Sinn, aber seine Beunruhigung verstärkte sich. Seine Stimme kam heiser heraus: »Etwas Neues, zweifellos.«

»Neu?« Kelexel lächelte. »So alt wie dein Planet.«

Verschrobener Zwerg, dachte Thurlow. Er fühlte sich etwas ermutigt. Er muß verdreht sein. Warum gehen sie immer auf Psychologen los?

Aber er erinnerte sich an die Krähen. Keine Logik konnte die Tatsache auslöschen, daß die Krähen diese Dinger auch gesehen hatten ...

»Du glaubst mir nicht«, sagte Kelexel. »Du willst mir nicht glauben.« Sein Körper entspannte sich. Er begann an dieser Situation Gefallen zu finden. Er sah die Faszination, die Fraffins Leute einmal gekannt haben mußten, als sie unter diesen Kreaturen gelebt hatten. Sein Ärger und die Eifersucht auf Thurlow begannen sich aufzulösen. Dies war amüsant!

Thurlow schluckte. Sein Verstand drängte ihn in abenteuerliche Gedankengänge. »Wenn ich dir glaubte«, sagte er, »dann müßte ich annehmen, daß du ... daß du eine Art von ...«

»Daß ich jemand von einer anderen Welt sei?«

»Ja.«

Kelexel lachte. »Ich könnte es leicht beweisen. Ich könnte dich mühelos vor Angst schwitzen machen.« Er schnippte mit den Fingern.

Es war eine völlig menschliche Geste von dieser nichtmenschlichen Person. Merkwürdigerweise trug sie nicht zu Thurlows Erleichterung bei. Er holte tief Atem. Sieht wie ein Zirkuszwerg aus, dachte er. Kann nicht größer als einen Meter zehn sein.

Eine nahezu panische Angst vor seinem unheimlichen Besucher durchschoß Thurlow. »Warum bist du hier?« fragte er.

Warum ich hier bin? Für einen Moment fiel Kelexel kein logischer Grund ein, den er diesem Eingeborenen sagen konnte. Er dachte an Ruth, die im anderen Raum bewußtlos im Schwebebehälter lag.

»Ich habe eine Überraschung«, sagte er. »Aber vielleicht sollte ich dein Weltbild zurechtrücken. Vielleicht sollte ich dich mit meinem Schiff hoch über deinen albernen Planeten bringen und dir zeigen, was für ein unwichtiges Stäubchen er ist.«

Ich muß auf ihn eingehen, dachte Thurlow. Er sagte: »Nehmen wir an, dies ist kein schlechter Witz, und du ...«

»Einem Chem sagt man nicht, daß er schlechte Witze mache«, sagte Kelexel.

Thurlow hörte die Heftigkeit in Kelexels Stimme und hob seine Hand in einer unwillkürlichen Abwehrgeste. Mit einiger Willensanstrengung zwang er sich zu einem gleichmäßigen Atemrhythmus.

»Ich habe die wichtigsten Gesetze meiner Gesellschaft gebrochen, um hierher zu kommen«, sagte Kelexel. »Was ich getan habe, bestürzt mich.«

Ich muß sehen, daß er weiterredet, dachte Thurlow. Solange er redet, macht er seiner Gewalttätigkeit Luft.

»Was ist ein Chem?« fragte er.

»Gut«, antwortete Kelexel. »Wenigstens hast du eine normale Neugierde.« Er begann zu erklären, wer die Chem waren, ihre Macht, ihre Unsterblichkeit, die Regiezentralen.

»Warum bist du zu mir gekommen?« wiederholte Thurlow seine Frage. »Was würde geschehen, wenn ich anderen von deinem Besuch erzählte?«

»Vielleicht wirst du nicht in der Lage sein, anderen von uns zu erzählen«, sagte Kelexel. »Und wer würde dir eigentlich glauben?«

Das war richtig, dachte Thurlow. Aber warum ist er hier? Wenn er ist, was er zu sein behauptet ... warum? Bruchstücke aus Kelexels Erläuterung gingen durch Thurlows Bewußtsein. Unsterblichkeit, Regiezentralen. Suche nach Unterhaltung. Langeweile als Nemesis. Unsterblichkeit ...

Thurlow starrte Kelexel an. »Du zweifelst an deiner Vernunft, wie?« fragte er. »Ist es das, warum du hier bist?«

Es war ein Fehler, und Thurlow erkannte ihn, sowie die Worte aus seinem Mund waren.

»Wie kannst du es wagen?« gab Kelexel zurück. »Meine Zivilisation überwacht die geistige Gesundheit aller ihrer Mitglieder. Die Ordnung unseres neutralen Inhalts wird durch die ursprüngliche Einstellung von Tiggywauks Gewebe gewährleistet, wenn das Neugeborene die Gabe der Unsterblichkeit erhält.«

»Tiggy ... Tiggywauks Gewebe?« fragte Thurlow. »Ist das eine ... eine mechanische Vorrichtung?«

»Mechanisch? Nun ... ja.«

Lieber Himmel! dachte Thurlow. Ist er vielleicht hier, um eine psychoanalytische Maschine zu verkaufen? Ist das Ganze nur ein raffinierter Plan zur Verkaufsförderung?

»Das Gewebe verbindet alle Chem«, sagte Kelexel. »Wir sind die Daoine-Sithe, die vielen, die eins sind. Das gibt uns Einsichten, von denen du nicht ahnst, armes Geschöpf. Ihr habt nichts dergleichen, und darum seid ihr blind.«

Thurlow unterdrückte ein Gefühl von Entrüstung. »Bin ich blind?« fragte er. »Vielleicht. Aber nicht so blind, daß ich unfähig wäre, zu sehen, daß jede psychoanalytische Vorrichtung eine nutzlose Krücke ist.«

»Was?« Kelexel fand die Behauptung verblüffend. Eine nutzlose Krücke? Das Gewebe? »Wahrscheinlich verstehen wir unter solchen Dingen etwas Verschiedenes«, sagte er. »Aber bleiben wir bei dir. Du verstehst deinesgleichen ohne solche Dinge, wie?«

»Ich hatte einigen Erfolg damit«, sagte Thurlow.

Kelexel tat zwei Schritte in den Raum. Er musterte Thurlow. Was er im Pantovivor gesehen hatte, sprach dafür, daß der Eingeborene seinesgleichen tatsächlich verstand. Möglicherweise war es keine eitle Prahlerei. Aber konnte er auch in die Chem sehen und sie verstehen? Er fragte: »Was siehst du in mir?«

Thurlow studierte das seltsam eckige, doch sensible Gesicht. Vorsichtig sagte er: »Vielleicht hast du so lange eine bestimmte Rolle gespielt, daß du beinahe diese Rollenfigur geworden bist.«

Eine Rolle gespielt? überlegte Kelexel. Er suchte nach anderen Bedeutungen in den Worten, fand keine. Er sagte: »Meine mechanische Vorrichtung hat keine menschlichen Fehler.«

»Wie sicher muß das die Zukunft machen«, sagte Thurlow. »Bist du wirklich unsterblich?«

»Ja.«

Thurlow fand, daß er ihm auf einmal glaubte. Es war etwas an der Person und am Auftreten dieses Eindringlings, das alle Prahlerei und Vorspiegelung ausschloß. Ebenso abrupt wurde ihm klar, warum Kelexel gekommen war.

»Unsterblich«, sagte Thurlow sinnend. »Ich glaube zu wissen, warum du hier bist. Du bist betrunken von zuviel Leben. Du bist wie eine Person, die eine steile Felswand erklettert. Je höher du kletterst, desto tiefer der Sturz. Aber wie anziehend die Tiefe zu sein scheint! Du kamst her, weil du einen Unfall fürchtest.«

Kelexel lächelte. Dieser Thurlow war so transparent, daß das Diskutieren mit ihm wie ein Spiel war. »Wie soll ich einen Unfall befürchten, da ich unsterblich bin? Für einen Chem gibt es solche Probleme nicht. Wir sind reife Wesen, die ...«

»Ihr seid nicht reif«, sagte Thurlow.

Kelexel fiel ein, daß Fraffin das gleiche gesagt hatte, und das Lächeln verging ihm; er blickte Thurlow finster an.

Thurlow sagte: »Du kamst her, um nach dem Tod zu fragen, um mit dem Tod zu spielen. Du möchtest sterben, und du fürchtest dich davor.«

Kelexel schluckte, starrte den anderen entsetzt an. Ja, dachte er, deshalb bin ich hier. Und dieser Schamane hat es in mir gesehen. Sein Kopf nickte beinahe von selbst.

»Du kamst auf der Suche nach einer besseren Philosophie hierher«, fuhr Thurlow ermutigt fort, »ohne zu begreifen, daß alle Philosophien Sackgassen sind, Wurmlöcher in einem alten Stamm.«

»Aber ihr seid . . «

»Wer sollte über solche Wurmlöcher mehr wissen als die Würmer?« fragte Thurlow.

Kelexel befeuchtete seine Lippen. Fast verzweifelt sagte er: »Irgendwo muß es Vollkommenheit geben!«

Wirklich? dachte er. Wie würde sie sein?

»Stellen wir uns ein Individuum vor, das in einem solchen System der Vollkommenheit lebt«, sagte Thurlow. »Es würde in einem niemals endenden vollkommenen Kreis herumwandern, bis es in Frustration und Langeweile zugrunde ginge. Vollkommenheit ist tödlich, und auch sie kann enden.«

Kelexel fuhr mit der Hand über seine Augen. In seiner primitiven und geheimnisvollen Art hatte dieser eingeborene Zauberer recht — absolut recht.

Ein schlurfendes Geräusch bei der Tür ließ Thurlow herumfahren. Seine Augen weiteten sich im Schock, als Ruth in der Öffnung erschien. »Ruth!« flüsterte er.

Ihr rotes Haar war aufgetürmt und mit einer glitzernden, smaragdbesetzten Silberkette umwunden. Sie trug ein langes grünes Gewand mit einem Gürtel aus viereckigen Goldplättchen, in die dunkelrote Granatsteine eingelassen waren. Es war eine exotische Fremdheit an ihr, die Thurlow erschreckte. Dann sah er die Wölbung ihres Bauches unter dem Gürtel und erkannte, daß sie schwanger war.

»Ruth!« sagte er wieder.

Sie beachtete ihn nicht. Ihre Augen waren haßerfüllt auf Kelexel gerichtet. »Ekelhafter Zwerg!« zischte sie. »Verbrecher! Teufel! Geh mir aus den Augen! Ah, wie ich dich hasse!« Ihre Stimme erstickte in wildem Schluchzen. »Ach, Andy, er hat mich zugrunde gerichtet!« Sie sank zitternd gegen die Wand zurück.

Kelexel hatte sich bei ihrem Eintreten mit ruhiger Würde umgewandt. Hier war sie nun, völlig frei, konnte ihn ohne irgendeine Intervention eines Manipulators sehen. Und dies war ihre Reaktion? Dies war ihre Wahrheit? Sie haßte ihn. Sie konnte seinen Anblick kaum ertragen. Ein schlechter Geschmack kam in Kelexels trockenen Mund. Er, ein Chem, hatte diese armselige Eingeborene angelächelt, sie zu sich emporgehoben, und sie verabscheute ihn.

Was er für diesen Besuch auf der Oberfläche des Planeten geplant hatte, stand im Mittelpunkt seines Bewußtseins. Er würde es tun, aber es würde kein Triumph sein — nicht in Ruths Augen. Nicht in den Augen dieser bornierten Eingeborenen. Was wußten sie? Sein persönlicher Triumph würde es sein, und Fraffin würde es wissen. Fraffin, dessen Sieg sich unerwartet in eine Niederlage verwandeln würde.

Thurlow ging wütend durch den Raum auf Kelexel zu. »Was hast du ihr getan?« knirschte er.

»Du bleibst stehen, wo du bist!« sagte Kelexel scharf, und er hob seine Rechte mit der Handfläche gegen Thurlow.

»Andy!« kam Ruths entsetzte Stimme. »Nicht ...«

Er gehorchte, sah sie fragend an.

Ruth legte eine Hand auf ihren geschwollenen Bauch. »Das hat er gemacht«, schluchzte sie. »Und er hat meine Mutter und meinen Vater getötet und dich ruiniert und ...«

»Keine Gewalttätigkeiten, bitte«, sagte Kelexel. »Es wäre nutzlos gegen mich. Ich könnte euch beide auslöschen.«

»Er könnte es, Andy«, flüsterte Ruth unter Tränen. »Er würde es tun.«

Kelexels Blick richtete sich auf Ruths Bauch. Eine merkwürdige Art, einen Abkömmling zu erzeugen. »Du wünschst nicht, daß ich deinen eingeborenen Freund auslösche?« fragte er.

Stumm schüttelte sie ihren Kopf von Seite zu Seite. Gott! Was hatte das verrückte kleine Ungeheuer vor? Von seinen Augen ging ein Gefühl schrecklicher Macht aus.

»Ich bedaure«, sagte Kelexel mit Würde, »daß ich dir meinen Abkömmling anvertraut habe, denn für deine Worte hast du den Tod verdient. Vergiß nie, daß er es ist, der dir jetzt das Leben rettet.«

Thurlow bewegte sich langsam an Ruths Seite und versuchte seinen Arm um ihre Schultern zu legen, aber sie stieß ihn hysterisch fort. Ihre Lippen bebten, ihre angststarrenden Augen verfolgten jede Regung in Kelexels Gesicht. »Was ... was hast du vor, Kelexel?« stammelte sie.

Er kehrte ihr den Rücken zu und trat an Thurlows Bett. Nach einem Augenblick des Zögerns begann er Laken und Decke zurechtzuziehen und zu glätten. »Ich werde tun, was kein anderer unsterblicher Chem je getan hat«, sagte Kelexel.

Wie sie ihn am Bett hantieren sah, hatte Ruth den schrecklichen Gedanken, daß Kelexel sie mit dem Manipulator gefügig machen und Andy zwingen wolle, dem widerwärtigen Akt als Zuschauer beizuwohnen. O Gott! dachte sie. Bitte, nein!

Kelexel wandte sich zu ihnen um. Er setzte sich auf die Bettkante, die Hände neben sich. Das Bett fühlte sich weich an, die Decke warm und flauschig. Das Bett stank nach Eingeborenenschweiß, und der Geruch erinnerte ihn an seine erste Zeit mit Ruth. Ärgerlich verdrängte er die erotische Assoziation.

»Ihr werdet beide stehenbleiben, wo ihr seid«, sagte er.

Dann richtete er seinen Blick nach innen, suchte das pochende Zentrum seines eigenen Herzschlags. Es sollte möglich sein, dachte er. Es sollte möglich sein. Er konzentrierte sich auf sein Herz.

Zuerst gab es keine Reaktion. Aber bald fühlte er eine kaum wahrnehmbare Verlangsamung des Herzrhythmus. Dann, als er den Rhythmus kontrollieren lernte, ging die Geschwindigkeit deutlich herunter. Er paßte den Rhythmus seinem eigenen Atem an: einatmen — ein Herzschlag; ausatmen — ein Herzschlag.

Es setzte aus.

Unkontrollierbare Panik durchschoß Kelexel. Sekundenlang versuchte er den Normalzustand wiederherzustellen. Nein! dachte er in eiserner Entschlossenheit. Dies ist nicht, was ich will! Verdammte Angst! Doch er brauchte sich nicht mehr anzustrengen; schon war er in der Gewalt einer anderen Macht. Seine Sinne begannen sich zu umnebeln, dämpften den unsäglichen Schrecken nie gekannter Todesangst. Etwas Gigantisches griff mit lähmendem Druck nach seiner Brust. Er seufzte, gab nach, bereit, sich in den schwarzen Abgrund wirbeln zu lassen.

Irgendwo in der diesigen Dunkelheit seiner Umgebung sagte eine sich entfernende Stimme: »Er ist krank; etwas ist nicht in Ordnung mit ihm!«

Kelexel merkte, daß er rücklings auf Thurlows Bett gefallen war. Der Schmerz in seiner Brust wurde zur alles zerreißenden Agonie. Er fühlte sein Herz inmitten dieser Agonie zucken — langsamer, langsamer . . .

Willkommen, dachte er. Nimm mich auf, großer Tod. Der Abgrund gähnte. Er hatte die Empfindung, als ob ein wirklicher Wind an seinen Ohren vorbeistriche, als er in die Dunkelheit abstürzte. Er entspannte sich. Eine Stimme winselte ihm nach, um in Leere zu vergehen: »Mein Gott! Er stirbt!«

Thurlow stürzte zum Bett und fühlte an Kelexels Schläfe und Hals nach einem Pulsschlag. Nichts. Die Haut fühlte sich trocken an, glatt wie Metall. Vielleicht sind sie nicht wie wir, dachte er. Vielleicht zeigt sich ihr Puls an einer anderen Stelle. Er griff nach dem rechten Handgelenk. Wie schlaff und leer die Hand sich anfühlte! Kein Puls.

»Ist er wirklich tot?« wisperte Ruth.

»Ich glaube, ja.« Thurlow ließ die Hand fallen, blickte zu ihr auf. Eine Empfindung wie Reue kam über sie. Sie dachte an die Chem, ihre Unsterblichkeit, dieses scheinbar endlose Leben. Habe ich ihn umgebracht? fragte sie sich. Und laut sagte sie: »Haben wir ihn umgebracht?«

Thurlow blickte auf die leblose kleine Gestalt. Er dachte an sein seltsames Gespräch mit Kelexel, der irgendeine mystische Beruhigung bei ihm gesucht hatte. Hatte der Chem geglaubt, er, der ›primitive Schamane‹, könne ihm etwas über das Sterben sagen?

Ich gab ihm nichts, dachte Thurlow. Aber dies war, was er wollte. Er wollte den Tod, und der Tod kam.

»Er war verrückt«, flüsterte Ruth. »Sie sind alle verrückt.«

»Nicht verrückt«, murmelte Thurlow. »Anders.«

Er dachte an Kelexels kurze Schilderung der Chem-Gesellschaft. Es gab also mehr von ihnen. Was würden sie tun, wenn sie zwei Eingeborene mit einem toten Chem fänden?

»Sollten wir etwas unternehmen?« fragte Ruth.

Thurlow räusperte sich. Was meinte sie? Künstliche Beatmung vielleicht? Aber er fühlte die Vergeblichkeit solchen Tuns. Der Chem hatte seinen Tod mit reiner Willenskraft herbeigeführt. Thurlow blickte wieder zu Ruth auf, gerade rechtzeitig, um zwei weitere Chem hereindrängen zu sehen.

Sie ließen Ruth und ihn unbeachtet, eilten zum Bett.

Thurlow beobachtete sie wie in einem Traum. Eine der Gestalten, grün gekleidet wie Kelexel, war eine weibliche Chem, kahlköpfig und mit einem runden Gesicht. Ihr Körper war wie ein Faß. Sie beugte sich über Kelexel, untersuchte ihn mit zielsicheren Bewegungen. Der andere Chem, in einem schwarzen Umhang, hatte zerklüftete Züge, eine Hakennase. Beide hatten eine unheimliche, metallisch-silbrige Hautfarbe.

Nicht ein Wort fiel zwischen ihnen, während die weibliche Chem ihre Untersuchung machte.

Ruth stand wie gelähmt, wie an den Boden genagelt. Die weibliche Chem war Ynvic, und Ruth erinnerte sich ihres Zusammenstoßes mit der Chirurgin. Der männliche Chem war eine andere Sache; ihn hatte sie nur in der Projektion des Kommunikators gesehen, wenn Kelexel mit ihm gesprochen hatte — Fraffin, der Direktor. Selbst Kelexels Tonfall hatte sich geändert, wenn er von Fraffin gesprochen hatte.

Ynvic richtete sich auf und sagte zu Fraffin: »Er hat es getan. Er hat es tatsächlich getan.« Ihre Stimme war leer und tonlos.

Sie starrte Fraffin an. Der Blick, den sie austauschten, war erfüllt vom Bewußtsein ihrer Niederlage. Sie wußten beide, was wirklich hier geschehen war.

Fraffin seufzte, erschauerte. Der Moment von Kelexels Tod war durch Tiggywauks Gewebe zu ihm gekommen, dessen alle Chem umfassende Einheit für die Dauer eines Augenblicks zerstört worden war. Als er diesen Tod und seine Richtung gefühlt hatte, war ihm mit schrecklicher Gewißheit die Identität des Toten klargeworden. Natürlich hatte jeder Chem im Universum das gleiche gefühlt und sich ohne Zweifel in diese Richtung gewandt, aber Fraffin wußte, daß nur wenige diese bestimmte Kenntnis der Identität mit ihm teilten.

Durch seinen Tod hatte Kelexel ihn besiegt, den schon entschiedenen Kampf zu seinen Gunsten gewendet. Fraffin hatte dies gewußt, als er mit Ynvic zur nächstbesten Maschine gestürzt war und Kurs auf diesen Punkt an der Erdoberfläche genommen hatte. Der Himmel über ihnen war voll von Maschinen aus der Regiezentrale, aber die Besatzungen fürchteten sich und würden ohne Befehl nicht landen. Die meisten von ihnen mußten erraten haben, wer hier gestorben war. Sie mußten auch wissen, daß das Primat nicht ruhen würde, bis es den Toten identifiziert hätte. Kein Chem dort draußen würde ruhen, bevor das Geheimnis aufgedeckt wäre.

Hier war der erste unsterbliche Chem gestorben, der erste in all dieser endlosen Zeit. Bald würde dieser Planet von den Günstlingen des Primats wimmeln. Alle Geheimnisse würden sie schonungslos aufdecken.

Wilde Chem! Eine emotionale Explosion würde durch das Universum der Chem fegen. Keiner konnte voraussagen, was mit diesen Kreaturen geschehen mochte.

»Was tötete ihn?« flüsterte Ruth in der Sprache der Chem.

Ynvic richtete einen starren Blick auf sie. Das dumme, eingebildete Ding! Was wußte sie von Leben und Art der Chem? »Er tötete sich selbst«, sagte Ynvic. »Es ist die einzige Art und Weise, wie ein Chem sterben kann.«

»Was sagt sie?« fragte Thurlow. Seine Stimme schien überlaut durch den Raum zu dröhnen.

»Daß er sich selbst getötet hat«, antwortete Ruth.

Sich selbst getötet, dachte Fraffin. Er schaute Ruth an, und alle anderen exotischen Kreaturen wie sie kamen ihm in den Sinn. Er dachte: Sie haben keine Vergangenheit außer der, die ich ihnen gab.

In seiner Nase war plötzlich der gleiche bitter-salzige Geruch, den er einst in Karthago geatmet hatte. Er sah sein eigenes Leben als eine Parallele zur Karthago.

Das Primat würde ihn für immer verbannen, fern von anderen Chem. Es war die schwerste Strafe, die einem Chem auferlegt werden konnte, gleichgültig, welches sein Verbrechen sein mochte.

Wie lange werde ich es aushalten, bevor ich Kelexels Ausweg wähle? fragte er sich.

Wieder atmete er den staubigen, salzigen Geruch — Karthago, niedergebrannt, dem Erdboden gleichgemacht, seine Überlebenden zitternde Sklaven der unbarmherzigen Sieger.

»Ich sagte dir, daß es so enden würde«, sagte Ynvic.

Fraffin schloß die Augen gegen ihren Anblick. In der selbstgewählten Dunkelheit konnte er seine eigene Zukunft sehen. Seine Erinnerungen an diesen Planeten würden ihm keine Ruhe lassen. Seine Gedanken waren wie ein geworfener Stein, der die Oberfläche eines Sees berührt; er selbst war der geworfene Stein, der nach Äonen einsam in schlammiger Tiefe versank, allein mit seinen Erinnerungen: ein Baum, ein Gesicht ... der flüchtige Blick in ein Gesicht — Kallimasins Tochter, wie sie Amenophis III. zur Frau gegeben wurde, dreitausendfünfhundert winzige Jahre zurück.

Und Tatsachen: Er erinnerte sich, daß Karl V. die Einsamkeit des Klosters Yuste dem Thron vorgezogen hatte. Der Unglückliche!

Und Orte: eine Mauer in einem elenden Dorf an einer Wüstenpiste, ein Ort namens Muqajjar. Eine zerbröckelte Mauer, und sie rief das mächtige Ur in sein Gedächtnis, wie er es zuletzt gesehen hatte ... In seinem Geist war Tiglat-Pileser nicht gestorben, sondern marschierte noch durch die Prozessionsstraße und durch das Ischtar-Tor von Babylon. Es war eine zeitlose Parade, festgehalten von seinen Aufnahmegruppen: Sanherib, Salmanassar, Sinsar-iskun, Nabopolassar und sein Sohn Nebukadnezar. Sie alle und noch viele andere hatten nach seiner Melodie getanzt.

In Fraffins Geist war der Pulsschlag einer Welt, die er aufgebaut und gelenkt hatte; die Spur, die sich durch ungezählte Generationen hinzog. Seine Gedanken tauchten in das Akkadisch-Babylonische ein, das der Welt zweitausend Jahre lang als Verkehrssprache gedient hatte, bevor er den Topf umgerührt und ihnen Jesus gegeben hatte.

Nun fühlte Fraffin, daß sein eigener Geist der einzige Verwahrungsort für seine Kreaturen war, seine Person die einzige Erhaltung, die es für sie gab — ein Ort sehnsüchtigen Verlangens, voll von Stimmen und Gesichtern und ganzen Völkern, die keine andere Spur hinterlassen hatten als ein fernes Geflüster in seinem Gedächtnis.

Aus der Zeit des Königreichs von Saba gab sein Gedächtnis ihm eine Vision der kamelreichen Hauptstadt Marib, dessen Mauern den goldgierigen Römern unter Aelius Gallus widerstanden hatten, aber nun wie Karthago — und er selbst — zu Schutt und Steinen zerfallen waren —, ein Ort, der geduldig auf den Ausgräber wartete, der seine leeren Schädel ans Licht bringen würde.

Aurum et ferrum, dachte er. Gold und Eisen.

Und er fragte sich, ob es jemals ein Leuchtfeuer von Vernunft geben würde, bevor die brennende Dunkelheit hereinbräche.

Es wird keine Beschäftigung für mich geben, in der ich meinen Geist verstecken könnte, dachte er, nichts mehr, um mich vor Langeweile zu schützen.

Epilog

Anordnung des Primats:

Während des laufenden Zyklus werden keine Gesuche von Personen angenommen, die die wilden Chem in ihrer natürlichen Umgebung zu beobachten wünschen. Anträge für den nächsten Zyklus werden nur von Beobachtern angenommen, die sich auf den Gebieten Genetik, Soziologie, Philosophie und Chem-Geschichte sowie ihren Nebengebieten qualifiziert haben und ein berechtigtes Interesse nachweisen können.

Für Kontakte mit den Eingeborenen behalten die bisherigen Bestimmungen Gültigkeit. Darüber hinaus ist den Besuchern untersagt:

1. Fragen der Sterblichkeit zu diskutieren.
2. Ereignisse zu erwähnen, die mit der früheren Regiezentrale, ihrem Personal und der Bestrafung Direktor Fraffins, Chirurgin Ynvics und aller übrigen Schuldigen in Zusammenhang stehen.
3. Gespräche zu führen, die nicht bei den zuständigen Sicherheitsorganen angemeldet oder von diesen nicht genehmigt wurden.

Es wird darauf hingewiesen, daß alle Eingeborenen, die durch Direktor Fraffins schuldhaftes Handeln in direkte Berührung mit Chem gekommen sind, einer partiellen Gedächtnislöschung unterzogen werden. Alle Versuche, die Betreffenden zu mündlichen oder schriftlichen Darstellungen ihrer Erlebnisse zu veranlassen, sind daher zwecklos.

Aus Sicherheitsgründen unterliegen alle nicht genehmigten Versuche, den Planeten der Eingeborenenreservation zu besuchen, strengster Bestrafung.

(Gesiegelt im Auftrag und Namen des Primats)